深圳学派建设丛书 · 第四辑

范晓燕◎著

唐宋词与士林文化研究

中国社会科学出版社

图书在版编目（CIP）数据

唐宋词与士林文化研究／范晓燕著．—北京：中国社会科学出版社，2017．5
（深圳学派建设丛书．第四辑）
ISBN 978-7-5203-0290-6

Ⅰ．①唐…　Ⅱ．①范…　Ⅲ．①唐宋词-诗词研究②知识分子-研究-中国-古代　Ⅳ．①I207.23②D691.71

中国版本图书馆CIP数据核字（2017）第091002号

出 版 人　赵剑英
责任编辑　王　茵　马　明
责任校对　胡新芳
责任印制　王　超

出　　版　中国社会科学出版社
社　　址　北京鼓楼西大街甲158号
邮　　编　100720
网　　址　http://www.csspw.cn
发 行 部　010-84083685
门 市 部　010-84029450
经　　销　新华书店及其他书店

印　　刷　北京明恒达印务有限公司
装　　订　廊坊市广阳区广增装订厂
版　　次　2017年5月第1版
印　　次　2017年5月第1次印刷

开　　本　710×1000　1/16
印　　张　33
插　　页　2
字　　数　482千字
定　　价　136.00元

凡购买中国社会科学出版社图书，如有质量问题请与本社营销中心联系调换
电话：010-84083683

总序：学派的魅力

王京生*

学派的星空

在世界学术思想史上，曾经出现过浩如繁星的学派，它们的光芒都不同程度地照亮人类思想的天空，像米利都学派、弗莱堡学派、法兰克福学派等，其人格精神、道德风范一直为后世所景仰，其学识与思想一直成为后人引以为据的经典。就中国学术史而言，不断崛起的学派连绵而成群山之势，并标志着不同时代的思想所能达到的高度。自晚明至晚清，是中国学术尤为昌盛的时代，而正是在这个时代，学派性的存在也尤为活跃，像陆王学派、吴学、皖学、扬州学派等。但是，学派辈出的时期还应该首推古希腊和春秋战国时期，古希腊出现的主要学派就有米利都学派、毕达哥拉斯学派、埃利亚学派、犬儒学派；而儒家学派、黄老学派、法家学派、墨家学派、稷下学派等，则是春秋战国时代学派鼎盛的表现，百家之中几乎每家就是一个学派。

综观世界学术思想史，学派一般都具有如下的特征：

其一，有核心的代表人物，以及围绕着这些核心人物所形成的特定时空的学术思想群体。德国 19 世纪著名的历史学家兰克既是影响深远的兰克学派的创立者，也是该学派的精神领袖，他在柏林大学长期任教期间培养了大量的杰出学者，形成了声势浩大的学术势力，兰克本人也一度被尊为欧洲史学界的泰斗。

---

* 王京生，现任国务院参事。

其二，拥有近似的学术精神与信仰，在此基础上形成某种特定的学术风气。清代的吴学、皖学、扬学等乾嘉诸派学术，以考据为治学方法，继承古文经学的训诂方法而加以条理发明，用于古籍整理和语言文字研究，以客观求证、科学求真为旨归，这一学术风气也因此成为清代朴学最为基本的精神特征。

其三，由学术精神衍生出相应的学术方法，给人们提供了观照世界的新的视野和新的认知可能。产生于20世纪60年代、代表着一种新型文化研究范式的英国伯明翰学派，对当代文化、边缘文化、青年亚文化的关注，尤其是对影视、广告、报刊等大众文化的有力分析，对意识形态、阶级、种族、性别等关键词的深入阐释，无不为我们认识瞬息万变的世界提供了丰富的分析手段与观照角度。

其四，由上述三点所产生的经典理论文献，体现其核心主张的著作是一个学派所必需的构成因素。作为精神分析学派的创始人，弗洛伊德所写的《梦的解析》等，不仅成为精神分析理论的经典著作，而且影响广泛并波及人文社科研究的众多领域。

其五，学派一般都有一定的依托空间，或是某个地域，或是像大学这样的研究机构，甚至是有着自身学术传统的家族。

学派的历史呈现出交替嬗变的特征，形成了自身发展规律：

其一，学派出现往往暗合了一定时代的历史语境及其“要求”，其学术思想主张因而也具有非常明显的时代性特征。一旦历史条件发生变化，学派的内部分化甚至衰落将不可避免，尽管其思想遗产的影响还会存在相当长的时间。

其二，学派出现与不同学术群体的争论、抗衡及其所形成的思想张力紧密相关，它们之间的“势力”此消彼长，共同勾勒出人类思想史波澜壮阔的画面。某一学派在某一历史时段“得势”，完全可能在另一历史时段“失势”。各领风骚若干年，既是学派本身的宿命，也是人类思想史发展的“大幸”：只有新的学派不断涌现，人类思想才会不断获得更为丰富、多元的发展。

其三，某一学派的形成，其思想主张都不是空穴来风，而有其内在理路。例如，宋明时期陆王心学的出现是对程朱理学的反动，但其思想来源却正是前者；清代乾嘉学派主张朴学，是为了反对陆王心学的空疏无物，但二者之间也建立了内在关联。古希腊思想作为欧洲思想发展的源头，使后来西方思想史的演进，几乎都可看作是对它的解释与演绎，“西方哲学史都是对柏拉图思想的演绎”的极端说法，却也说出了部分的真实。

其四，强调内在理路，并不意味着对学派出现的外部条件重要性的否定；恰恰相反，外部条件有时对于学派的出现是至关重要的。政治的开明、社会经济的发展、科学技术的进步、交通的发达、移民的汇聚等，都是促成学派产生的重要因素。名震一时的扬州学派，就直接得益于富甲一方的扬州经济与悠久而发达的文化传统。综观中国学派出现最多的明清时期，无论是程朱理学、陆王心学，还是清代的吴学、皖学、扬州学派、浙东学派，无一例外都是地处江南（尤其是江浙地区）经济、文化、交通异常发达之地，这构成了学术流派得以出现的外部环境。

学派有大小之分，一些大学派又分为许多派别。学派影响越大分支也就越多，使得派中有派，形成一个学派内部、学派之间相互切磋与抗衡的学术群落，这可以说是纷纭繁复的学派现象的一个基本特点。尽管学派有大小之分，但在人类文明进程中发挥的作用却各不相同，有积极作用，也有消极作用。如，法国百科全书派破除中世纪以来的宗教迷信和教会黑暗势力的统治，成为启蒙主义的前沿阵地与坚强堡垒；罗马俱乐部提出的“增长的极限”“零增长”等理论，对后来的可持续发展、协调发展、绿色发展等理论与实践，以及联合国通过的一些决议，都产生了积极影响；而德国人文地理学家弗里德里希·拉采尔所创立的人类地理学理论，宣称国家为了生存必须不断扩充地域、争夺生存空间，后来为法西斯主义所利用，起了相当大的消极作用。

学派的出现与繁荣，预示着一个国家进入思想活跃的文化大发展时期。被司马迁盛赞为“盛处士之游，壮学者之居”的稷下学宫，之所以能成为著名的稷下学派之诞生地、战国时期百家争鸣的主要场所与最负盛名的文化中心，重要原因就是众多学术流派都活跃在稷门之下，各自的理论背景和学术主张尽管各有不同，却相映成趣，从而造就了稷下学派思想多元化的格局。这种“百氏争鸣、九流并列、各尊所闻、各行所知”的包容、宽松、自由的学术气氛，不仅推动了社会文化的进步，而且也引发了后世学者争论不休的话题，中国古代思想在这里得到了极大发展，迎来了中国思想文化史上的黄金时代。而从秦朝的“焚书坑儒”到汉代的“独尊儒术”，百家争鸣局面便不复存在，思想禁锢必然导致学派衰落，国家文化发展也必将受到极大的制约与影响。

深圳的追求

在中国打破思想的禁锢和改革开放30多年这样的历史背景下，随着中国经济的高速发展以及在国际上的和平崛起，中华民族伟大复兴的中国梦正在进行。文化是立国之根本，伟大的复兴需要伟大的文化。树立高度的文化自觉，促进文化大发展大繁荣，加快建设文化强国，中华文化的伟大复兴梦想正在逐步实现。可以预期的是，中国的学术文化走向进一步繁荣的过程中，具有中国特色的学派也将出现在世界学术文化的舞台上。

从20世纪70年代末真理标准问题的大讨论，到人生观、文化观的大讨论，再到90年代以来的人文精神大讨论，以及近年来各种思潮的争论，凡此种种新思想、新文化，已然展现出这个时代在百家争鸣中的思想解放历程。在与日俱新的文化转型中，探索与矫正的交替进行和反复推进，使学风日盛、文化昌明，在很多学科领域都出现了彼此论争和公开对话，促成着各有特色的学术阵营的形成与发展。

一个文化强国的崛起离不开学术文化建设，一座高品位文化城市的打造同样也离不开学术文化发展。学术文化是一座城市最内在的精神生活，是城市智慧的积淀，是城市理性发展的向导，是文化创造力的基础和源泉。学术是不是昌明和发达，决定了城市的定位、影响力和辐射力，甚至决定了城市的发展走向和后劲。城市因文化而有内涵，文化因学术而有品位，学术文化已成为现代城市智慧、思想和精神高度的标志和“灯塔”。

凡工商发达之处，必文化兴盛之地。深圳作为我国改革开放的“窗口”和“排头兵”，是一个商业极为发达、市场化程度很高的城市，移民社会特征突出、创新包容氛围浓厚、民主平等思想活跃、信息交流的“桥头堡”地位明显，是具有形成学派可能性的地区之一。在创造工业化、城市化、现代化发展奇迹的同时，深圳也创造了文化跨越式发展的奇迹。文化的发展既引领着深圳的改革开放和现代化进程，激励着特区建设者艰苦创业，也丰富了广大市民的生活，提升了城市品位。

如果说之前的城市文化还处于自发性的积累期，那么进入新世纪以来，深圳文化发展则日益进入文化自觉的新阶段：创新文化发展理念，实施“文化立市”战略，推动“文化强市”建设，提升文化软实力，争当全国文化改革发展“领头羊”。自2003年以来，深圳文化发展亮点纷呈、硕果累累：荣获联合国教科文组织“设计之都”“全球全民阅读典范城市”称号，原创大型合唱交响乐《人文颂》在联合国教科文组织巴黎总部成功演出，被国际知识界评为“杰出的发展中的知识城市”，三次荣获“全国文明城市”称号，四次被评为“全国文化体制改革先进地区”，“深圳十大观念”影响全国，《走向复兴》《我们的信念》《中国之梦》《迎风飘扬的旗》《命运》等精品走向全国，深圳读书月、市民文化大讲堂、关爱行动、创意十二月等品牌引导市民追求真善美，图书馆之城、钢琴之城、设计之都等“两城一都”高品位文化城市正成为现实。

城市的最终意义在于文化。在特区发展中，“文化”的地位正发生着巨大而悄然的变化。这种变化首先还不在于大批文化设施的兴建、各类文化活动的开展与文化消费市场的繁荣，而在于整个城市文化地理和文化态度的改变，城市发展思路由“经济深圳”向“文化深圳”转变。这一切都源于文化自觉意识的逐渐苏醒与复活。文化自觉意味着文化上的成熟，未来深圳的发展，将因文化自觉意识的强化而获得新的发展路径与可能。

与国内外一些城市比起来，历史文化底蕴不够深厚、文化生态不够完善等仍是深圳文化发展中的弱点，特别是学术文化的滞后。近年来，深圳在学术文化上的反思与追求，从另一个层面构成了文化自觉的逻辑起点与外在表征。显然，文化自觉是学术反思的扩展与深化，从学术反思到文化自觉，再到文化自信、自强，无疑是文化主体意识不断深化乃至确立的过程。大到一个国家和小到一座城市的文化发展皆是如此。

从世界范围看，伦敦、巴黎、纽约等先进城市不仅云集大师级的学术人才，而且有活跃的学术机构、富有影响的学术成果和浓烈的学术氛围，正是学术文化的繁盛才使它们成为世界性文化中心。可以说，学术文化发达与否，是国际化城市不可或缺的指标，并将最终决定一个城市在全球化浪潮中的文化地位。城市发展必须在学术文化层面有所积累和突破，否则就缺少根基，缺少理念层面的影响，缺少自我反省的能力，就不会有强大的辐射力，即使有一定的辐射力，其影响也只是停留于表面。强大的学术文化，将最终确立一种文化类型的主导地位和城市的文化声誉。

近年来，深圳在实施“文化立市”战略、建设“文化强市”过程中鲜明提出：大力倡导和建设创新型、智慧型、力量型城市主流文化，并将其作为城市精神的主轴以及未来文化发展的明确导向和基本定位。其中，智慧型城市文化就是以追求知识和理性为旨归，人文气息浓郁，学术文化繁荣，智慧产出能力较强，学习型、知识型城市建设成效卓著。深圳要建成有国际影响力的智慧之城，提高文化软实力，学术文化建设是其最坚硬的内核。

经过30多年的积累，深圳学术文化建设初具气象，一批重要学科确立，大批学术成果问世，众多学科带头人涌现。在中国特色社会主义理论、经济特区研究、港澳台经济、文化发展、城市化等研究领域产生了一定影响；学术文化氛围已然形成，在国内较早创办以城市命名的“深圳学术年会”，举办了“世界知识城市峰会”等一系列理论研讨会。尤其是《深圳十大观念》等著作的出版，更是对城市人文精神的高度总结和提升，彰显和深化了深圳学术文化和理论创新的价值意义。

而“深圳学派”的鲜明提出，更是寄托了深圳学人的学术理想和学术追求。1996年最早提出“深圳学派”的构想；2010年《深圳市委市政府关于全面提升文化软实力的意见》将“推动‘深圳学派’建设”载入官方文件；2012年《关于深入实施文化立市战略建设文化强市的决定》明确提出“积极打造‘深圳学派’”；2013

年出台实施《“深圳学派”建设推进方案》。一个开风气之先、引领思想潮流的“深圳学派”正在酝酿、构建之中，学术文化的春天正向这座城市走来。

“深圳学派”概念的提出，是中华文化伟大复兴和深圳高质量发展的重要组成部分。树起这面旗帜，目的是激励深圳学人为自己的学术梦想而努力，昭示这座城市尊重学人、尊重学术创作的成果、尊重所有的文化创意。这是深圳30多年发展文化自觉和文化自信的表现，更是深圳文化流动的结果。因为只有各种文化充分流动碰撞，形成争鸣局面，才能形成丰富的思想土壤，为“深圳学派”的形成创造条件。

深圳学派的宗旨

构建“深圳学派”，表明深圳不甘于成为一般性城市，也不甘于仅在世俗文化层面上造点影响，而是要面向未来中华文明复兴的伟大理想，提升对中国文化转型的理论阐释能力。“深圳学派”从名称上看，是地域性的，体现城市个性和地缘特征；从内涵上看，是问题性的，反映深圳在前沿探索中遇到的主要问题；从来源上看，“深圳学派”没有明确的师承关系，易形成兼容并蓄、开放择优的学术风格。因而，“深圳学派”建设的宗旨是“全球视野，民族立场，时代精神，深圳表达”。它浓缩了深圳学术文化建设的时空定位，反映了对学界自身经纬坐标的全面审视和深入理解，体现了城市学术文化建设的总体要求和基本特色。

一是“全球视野”：反映了文化流动、文化选择的内在要求，体现了深圳学术文化的开放、流动、包容特色。它强调要树立世界眼光，尊重学术文化发展内在规律，贯彻学术文化转型、流动与选择辩证统一的内在要求，坚持“走出去”与“请进来”相结合，推动深圳与国内外先进学术文化不断交流、碰撞、融合，保持旺盛活力，构建开放、包容、创新的深圳学术文化。

文化的生命力在于流动，任何兴旺发达的城市和地区一定是流动文化最活跃、最激烈碰撞的地区，而没有流动文化或流动文化很少光顾的地区，一定是落后的地区。文化的流动不断催生着文化的分解和融合，推动着文化新旧形式的转换。在文化探索过程中，唯一需要坚持的就是敞开眼界、兼容并蓄、海纳百川，尊重不同文化的存在和发展，推动多元文化的融合发展。中国近现代史的经验反复证明，闭关锁国的文化是窒息的文化，对外开放的文化才是充满生机活力的文化。学术文化也是如此，只有体现“全球视野”，才能融入全球思想和话语体系。因此，“深圳学派”的研究对象不是局限于一国、一城、一地，而是在全球化背景下，密切关注国际学术前沿问题，并把中国尤其是深圳的改革发展置于人类社会变革和文化变迁的大背景下加以研究，具有宽广的国际视野和鲜明的民族特色，体现开放性甚至是国际化特色，也融合跨学科的交叉和开放。

二是“民族立场”：反映了深圳学术文化的代表性，体现了深圳在国家战略中的重要地位。它强调要从国家和民族未来发展的战略出发，树立深圳维护国家和民族文化主权的高度责任感、使命感、紧迫感。加快发展和繁荣学术文化，尽快使深圳在学术文化领域跻身全球先进城市行列，早日占领学术文化制高点，推动国家民族文化昌盛，助力中华民族早日实现伟大复兴。

任何一个大国的崛起，不仅伴随经济的强盛，而且伴随文化的昌盛。文化昌盛的一个核心就是学术思想的精彩绽放。学术的制高点，是民族尊严的标杆，是国家文化主权的脊梁骨；只有占领学术制高点，才能有效抵抗文化霸权。当前，中国的和平崛起已成为世界的最热门话题之一，中国已经成为世界第二大经济体，发展速度为世界刮目相看。但我们必须清醒地看到，在学术上，我们还远未进入世界前列，特别是还没有实现与第二大经济体相称的世界文化强国的地位。这样的学术境地不禁使我们扪心自问，如果思想学术得不到世界仰慕，中华民族何以实现伟大复兴？在这个意义上，深圳和全国其他地方一样，学术都是短板，与经济社会发展不相匹配。而深圳作为排头兵，肩负了为国家、为民族文化发展探路的光荣使命，尤感责任重大。深圳的学术立场不能仅限于一隅，而应站在全国、全民族的高度。

三是“时代精神”：反映了深圳学术文化的基本品格，体现了深圳学术发展的主要优势。它强调要发扬深圳一贯的“敢为天下先”的精神，突出创新性，强化学术攻关意识，按照解放思想、实事求是、求真务实、开拓创新的总要求，着眼人类发展重大前沿问题，特别是重大战略问题、复杂问题、疑难问题，着力创造学术文化新成果，以新思想、新观点、新理论、新方法、新体系引领时代学术文化思潮。

党的十八大提出了完整的社会主义核心价值观，这是当今中国时代精神的最权威、最凝练表达，是中华民族走向复兴的兴国之魂，是中国梦的核心和鲜明底色，也应该成为“深圳学派”进行研究和探索的价值准则和奋斗方向。其所熔铸的中华民族生生不息的家国情怀，无数仁人志士为之奋斗的伟大目标和每个中国人对幸福生活的向往，是“深圳学派”的思想之源和动力之源。

创新，是时代精神的集中表现，也是深圳这座先锋城市的第一标志。深圳的文化创新包含了观念创新，利用移民城市的优势，激发思想的力量，产生了一批引领时代发展的深圳观念；手段创新，通过技术手段创新文化发展模式，形成了“文化+科技”、“文化+金融”、“文化+旅游”、“文化+创意”等新型文化业态；内容创新，以“内容为王”提升文化产品和服务的价值，诞生了华强文化科技、腾讯、华侨城等一大批具有强大生命力的文化企业，形成了读书月等一大批文化品牌；制度创新，充分发挥市场的作用，不断创新体制机制，激发全社会的文化创造活力，从根本上提升城市文化的竞争力。“深圳学派”建设也应体现出强烈的时代精神，在学术课题、学术群体、学术资源、学术机制、学术环境方面迸发出崇尚创新、提倡包容、敢于担当的活力。“深圳学派”需要阐述和回答的是中国改革发展的现实问题，要为改革开放的伟大实践立论、立言，对时代发展作出富有特色的理论阐述。它以弘扬和表达时代精神为己任，以理论创新为基本追求，有着明确的文化理念和价值追求，不局限于某一学科领域的考据和论证，而要充分发挥深圳创新文化的客观优势，多视角、多维度、全方位地研究改革发展中的现实问题。

四是“深圳表达”：反映了深圳学术文化的个性和原创性，体现了深圳使命的文化担当。它强调关注现实需要和问题，立足深圳实际，着眼思想解放、提倡学术争鸣，注重学术个性、鼓励学术原创，不追求完美、不避讳瑕疵，敢于并善于用深圳视角研究重大前沿问题，用深圳话语表达原创性学术思想，用深圳体系发表个性化学术理论，构建具有深圳风格和气派的学术文化。

称为“学派”就必然有自己的个性、原创性，成一家之言，勇于创新、大胆超越，切忌人云亦云、没有反响。一般来说，学派的诞生都伴随着论争，在论争中学派的观点才能凸显出来，才能划出自己的阵营和边际，形成独此一家、与众不同的影响。“深圳学派”依托的是改革开放前沿，有着得天独厚的文化环境和文化氛围，因此不是一般地标新立异，也不会跟在别人后面，重复别人的研究课题和学术话语，而是要以改革创新实践中的现实问题研究作为理论创新的立足点，作出特色鲜明的理论表述，发出与众不同的声音，充分展现特区学者的理论勇气和思想活力。当然，“深圳学派”要把深圳的物质文明、精神文明和制度文明作为重要的研究对象，但不等于言必深圳，只囿于深圳的格局。思想无禁区、学术无边界，“深圳学派”应以开放心态面对所有学人，严谨执着，放胆争鸣，穷通真理。

狭义的“深圳学派”属于学术派别，当然要以学术研究为重要内容；而广义的“深圳学派”可看成“文化派别”，体现深圳作为改革开放前沿阵地的地域文化特色，因此除了学术研究，还包含文学、美术、音乐、设计创意等各种流派。从这个意义上说，“深圳学派”尊重所有的学术创作成果，尊重所有的文化创意，不仅是哲学社会科学，还包括自然科学、文学艺术等。

“寄言燕雀莫相啅，自有云霄万里高。”学术文化是文化的核心，决定着文化的质量、厚度和发言权。我们坚信，在建设文化强国、实现文化复兴的进程中，植根于中华文明深厚沃土、立足于特区改革开放伟大实践、融汇于时代潮流的“深圳学派”，一定能早日结出硕果，绽放出盎然生机！

序

陶文鹏

如果从王国维发表《人间词话》算起，中国现代词学研究已经走过了一个世纪。在这一百多年间，词学研究成绩卓著，其中唐宋词研究更是硕果累累，引人注目。在已经出版的多种中国文学史和中国词学史中，都有对唐宋词全面系统的论述，多部唐宋词史已先后问世。此外，还有从政治经济、民俗地域、市民文化、音乐创作、歌妓表演以及风格流派等角度来研究唐宋词的专著与论文，其数量之巨大，堪称汗牛充栋。因此，在我这个并不专治唐宋词的学人看来，要写出一部有所开拓创新的唐宋词研究专著，实在是很难措手的事情。

近日，我收到深圳大学人文学院范晓燕教授寄来她撰写的《唐宋词与士林文化研究》书稿，眼前顿时一亮，因为此前我没有看过从“士林文化”这个视角来研究唐宋词的论著。我认为范晓燕寻找到一个新鲜的有创意的学术视角。她说这部书稿已经过三校，过几天就要交给出版社正式印行，想请我写一篇小序。我以时间紧、人已老、精力不济为理由推辞，她恳请不让，说我曾经答应写的，应重然诺；又说她是我师弟、已故词学家刘扬忠的学生，故尊称我为“师伯”，师伯为师侄写篇序文义不容辞。于是，我欣然命笔。

范晓燕这部专著，将唐宋士林的生存方式、价值取向、政治作为、宗教信仰、文化心态、审美情趣，同唐宋词在不同时段的题材内容、创作倾向、风格流派和词学理论紧密联系起来，予以较为系统而深入的考察和阐释，确是对唐宋词研究的拓展和深化。作者在书稿中论证词风与士风之互渗、词风与世风之熏染、词派与士派之聚分以及词运与时运之兴庞，使文学研究与文化研究双向互动融为一体，避免了以词为例子谈文化或以文化为背景论词的片面性。她以唐宋词史为纵向，以各体派代表词人及创作为横向，形成一个纵横交错的框架结构。全书共12章，以花间艳词与晚唐五代士人倚红偎翠的生活方式开篇，一直写到蒋捷等伤乱词与南宋亡国遗民的黍离之悲，既清晰地展现唐宋词流变的脉络和各体派词作的思想内涵、艺术风貌，同时也呈示出唐宋社会生活图景以及所包含的士林文化意蕴。作者努力将宏观把握与微观剖析、历时性流变与共时性趋向相结合，词史互证，由点及面，又适当运用比较分析方法求同存异。书中涉及政治、经济、哲学、宗教、美学、社会学、历史学、心理学、民俗学等多学科，引用的文献资料翔实而博赡，逻辑严谨，论析细致。可见，作者以求真求实的学术态度辛勤笔耕，倾注了大量心血，才完成了这部在汲取前哲时贤研究成果的基础上有所拓展创新的著作。

范晓燕还是诗人，她在教学与科研工作之余创作现代新诗，先后出版了《风裳水珮》、《流年心絮》、《暗香盈袖》三本诗集。女诗人的才情，使这部学术著作运笔生动活泼，文辞雅洁，情思洋溢，有一种灵秀气韵，文学性、可读性较强，这是很值得点赞的。

当然，由于作者撰写学术专著的实践经验不够丰富，使这部书稿也有一些缺憾：与对唐宋词的论析相比较，对士林文化的阐释稍显不足。宋代理学是宋代士林文化的一个突出特征，理学词也是南宋词坛不可忽略的一个流派，尽管已有的研究成果较多，本书仍应设专章写出自己独到的见解，不宜将其置于“清雅词”一章中简略带过。另外，书中有些节的内容排序欠妥，但瑕不掩瑜。我衷心祝贺这部学术新著的出版，无疑，它将是范晓燕35年执教生涯的一个圆满句号。

是为序。

2017年4月16日于北京

前　言

“郁郁乎文哉”①，大唐盛宋是文化繁盛的时代。对泱泱大唐之后的宋代文化，陈寅恪先生曾这样评说：“华夏民族之文化，历数千年之演进，造极于赵宋之世。”② 其中，晚唐五代至宋的士林文化以其丰富的内涵和充盈的活力熠熠生辉。

“士林”一词，较早见于东汉陈琳《为袁绍檄豫州》：“自是士林愤痛，民怨弥重。”③“士林”乃文士荟萃也，它指古代文人士大夫阶层、知识分子阶层，包括文人、士子、仕子。将这一概念外延，李煜、赵佶皆可归于“士林”。南唐后主李煜实为多重身份：有作品传世，是文人；饱读诗书，是士子；官僚的顶尖，是仕子。龙衮《江南野史》记载李后主：“喜肄儒学，工诗，能属文，晓悟音律。姿仪风雅，举止儒措，宛若士人。”④ 所以，完全有理由将李煜归于“士林”来论其人其词。

在崇文抑武的统治者“与士大夫治天下”⑤ 的宋代，作为社会精英阶层的文人士大夫受到优厚的待遇，现实境况、社会地位空前提高，士林文化成为社会的主流文化。文化，是一个涵盖广泛而最

---

①（春秋）孔子，钱穆新解：《论语新解·八佾》，生活·读书·新知三联书店2002年版，第51页。

② 陈寅恪：《邓广铭〈宋史职官志考证〉序》，陈寅恪：《金明馆丛稿二编》，生活·读书·新知三联书店2015年版，第245页。

③（南朝梁）萧统编，（唐）李善注：《昭明文选》第五册，上海古籍出版社1986年版，第1969页。

④（宋）龙衮：《江南野史》卷三，傅璇琮主编：《五代史书汇编》第九册，杭州出版社2004年版，第5174页。

⑤（宋）李焘：《续资治通鉴长编》卷二二一，中华书局2004年版，第5370页。

具人文意味的概念。士林文化，包含了器物文化、制度文化、精神文化、行为文化等多个层面。从唐宋词创作与社会文化的关联、从词人的个体特质到群体特征，来探究唐宋士林的生存方式、价值取向、宗教信仰、文化心态、创作趋势、审美思潮以及社会风尚等，不失为一种恰当的审视视角。

词风与士风之浸染：

士风，指一定历史时期文人士大夫的风气，士人们在思想意识、文化心态、政治作为、审美情趣等方面的表现倾向。士林文化背景下，文人士大夫的文学价值观、审美取向等都影响到词的创作取向和艺术风貌。晚唐五代，尚艳的柔媚词风与放纵颓废的士风；北宋前期，主流的绮丽词风与浅斟低唱的士风；南宋后期，盛行的清雅词风与唱酬雅玩的士风，两者都互为滋生的土壤，表现为一种词风与士风之互动的社会文化现象。

同时，词风与社会风尚交互作用。世风，是一个时代在政治、经济、文化状况方面所形成的社会风气。宋代统治者对现时行乐的提倡，城市经济的繁荣、歌妓制度的发达以及城市体制的变革、市民阶层的活跃和新兴的街市娱乐文化的勃兴，使长期被封建伦理压抑、禁锢的情感和欲望找到了宣泄的出口。宋代整个社会心理和社会习尚转为浮靡，人们追逐于对世俗物欲的享受，从柳永市井气息的俗词中，更能看到随着这种新兴的世俗精神的滋长，文人士大夫新的心理诉求及其对世俗享乐的追求。

此外，宋代作为文化转型时期，“雅”的士人文化与“俗”的市井文化相互渗透、相互制衡。北宋前期词坛出现了晏殊贵族雅词与柳永市井俗词的对峙，这种雅俗并存显然受到雅、俗交合之世风的熏染，其他如张先、欧阳修等人的词创作，也反映出士大夫雅文化与市井俗文化兼蓄的审美态势。

词派与士派之聚分：

词作，是创作主体内在情感的外化和显现，“词家一般由个体的角度外射社会群体”①。在词体的酬唱填制、演唱传播活动中，代

① 乔力：《主体意识的深化》，《苏州大学学报》1996年第4期。

表词人的个体凝聚作用以及群体的追随效应，会形成大致的审美取向、创作倾向的趋同性，形成一定的词的流派。不同的词派、士派之间有时难以截然划分，间或有交叉、叠合现象，而宋代词林与士林、词之流派与士之派别往往有一种关联，如苏轼的豪旷词派与苏门文士群体，尤其是稼轩英雄词派与抗金志士群体。宋代文人士大夫大多以名节自砺、以道义相期、以开济自任，他们的忧患意识、担纲意识比其他历史时期都更为强烈，纠结着个人的和民族的英雄主义情结。稼轩词派聚集的，正是这样一群有济世襟抱的英雄志士，他们为收复半壁山河振臂而呼，但统治者的苟安求和，却使他们的一腔忠愤徒然化作一生悲凉。那是一个南北分裂的令天下志士豪杰恸哭悲歌的时代，而那个时代的英雄悲剧精神深深地浸润在辛派词人的词作里。

词运与时运之兴衰：

词运与时运之兴衰并非直接的对应关系，但在特定历史时期，词运与“时运交移”有着多种多样的联系。歌酒颓靡的晚唐五代之乱世，词为之成熟而勃然兴起。花间艳词，是天府之国上下灯酒喧沸、弦歌昼夜的必然产物，是那个动荡乱世里，文人士大夫醉生梦死的玩世心态、倚红偎翠的生活方式以及无奈感伤的末世情怀所致。至文人士大夫歌舞宴饮的北宋盛世，词繁盛之极；再到南宋衰亡末世，儒士阶层被抛弃到流离失所的悲惨境地，词则黯然衰竭了。如刘勰《文心雕龙·时序》所云：“文变染乎世情，兴废系乎时序。”① 一个时代的歌舞繁华的兴盛与消歇，也是一代之文学——词的兴盛与消歇。

本书以唐宋词史为纵向，以构体衍派的代表词人为横向，形成一个纵横交错的框架结构：同时以“士林文化意蕴”为主线贯穿，将阶段性特征与整体性衍变有机结合起来。纵而观之，唐宋词史发展、演变的脉络庶几清晰；分而观之，各体派及代表词人的艺术风貌灿然纷呈；综而观之，则唐宋社会生活的历史图景以及所蕴含的

---

① （南朝梁）刘勰撰，陆侃如、牟世金等译注：《文心雕龙译注》下册，齐鲁书社1982年版，第310页。

士林文化整体呈现出来。此为多元研究方法的组合运用：一是“史”的观念，将唐宋词史与唐宋社会历史相结合，词史互证；二是以点带面，将典型性分析和普遍性研究相结合，由个别到一般；三是比较分析，将历时性流变和共时性趋同相结合，同中求异。

21世纪词学研究的一个趋势，即注重从社会文化学的视野，对唐宋词做微观的剖析和宏观的把握，本书顺应这一研究趋向，为社会文化视域的“唐宋词与士林文化”研究。它在汲取前哲时贤的研究成果的基础上，从文学、哲学、宗教、美学、社会学、历史学等多学科视角，适当运用文化阐释的叙述方式，对唐宋词及其所蕴含、关联和折射的士林文化进行系统而深入的论述，是一种视域宽泛的拓展性研究。

俄国文艺批评家车尔尼雪夫斯基说：“任何东西，凡是显示出生活或使我们想起生活的，那就是美。”[①]唐宋词是美的，我们对唐宋词人创作状态的探究，对唐宋士林文化意蕴的揭示以及对唐宋社会历史的叙说，都可以从这里开始。

自晚唐五代至宋，“唐宋词的发展史从总体上讲乃是一个文化演变和文化选择的历史进程”[②]，从文化层面和审美观照的角度，唐宋词这种文学文本，也可以作为士林文化的“心灵文献”、历史文献来读。

---

① ［俄］车尔尼雪夫斯基著，周扬译：《艺术与现实的审美关系》，人民文学出版社2009年版，第56页。

② 刘尊明、甘松：《唐宋词与唐宋文化》，凤凰出版社2009年版，第11页。

目　录

第一章

花间词：倚红偎翠的生活方式

第一节　花间“艳”词

司马光《资治通鉴》记载：天祐元年（904），梁王朱全忠胁迫唐昭宗迁都洛阳（今属河南），“毁长安宫室百司及民间庐舍，取其材，浮渭沿河而下，长安自此遂丘墟矣”①，唐朝的繁华兴盛成为了一去不返的历史陈迹。唐哀帝天祐四年（907），朱全忠篡唐称帝，国号“大梁”（史称“后梁”），建都东京汴梁。自唐末大乱后的50多年里，各藩镇以强凌弱，逐鹿中原，遂形成五代十国的割据局面。

一　西蜀：据山川之险而偏安

西蜀之地，先有王建、王衍父子之前蜀；后有孟知祥、孟昶父子之后蜀。在唐代，除西京长安（陕西西安）、东都洛阳之外，扬州（今属江苏）、益州（今四川成都）就是有名的花柳繁华之地，当时民谚有“扬一益二”之说。洪迈《容斋随笔》载：“唐世盐铁转运使在扬州，尽斡利权，判官多至数十人，商贾如织。故谚称‘扬一益二’，谓天下之盛，扬为一而蜀次之也。”②

五代时期，北方屡遭动乱，地方割据势力横征暴敛，经济凋敝，而西南的成都平原和东南的长江中下游地区，避开中原战火的

---

①（宋）司马光等：《资治通鉴·唐纪》卷二六四，中华书局1956年版，第8626页。（本书脚注的版本所据，部分来自数字图书。）

②（宋）洪迈：《容斋随笔》卷九，北京燕山出版社2007年版，第59页。

摧毁，仍然保持了城市经济的日渐繁荣，于是继六朝之后再次迎来了大批中原移民的迁入。

唐朝亡，割据蜀地称王的王建自立为帝，国号“蜀”（史称“前蜀”）。王建前蜀的建立平息了内部纷争，他励精图治，“革弊从新，去华务实”①，容纳直言，善待士人，为了扩大其政治势力，对前来蜀地避乱的唐末世族文人“礼而用焉”②。后蜀孟知祥入蜀后，“择廉吏使治州、县，蠲除横赋，安集流散”③。后主孟昶继位之初，亦整顿吏治，奉行守境安民的国策，经济得到长足发展。

是时，处于唐末衰亡乱世的文人士大夫颠沛流离，四处寻求安身之处，大多投奔西南、东南两地。而西蜀地处中原纷争以外，据山川地势之险而偏安一隅；封闭而优越的地理条件又形成了蜀地经济的相对自足性，物产丰富，经济富庶，于是物华天宝的天府之国遂成为唐末文人所趋之地。

二　花间词派的创作取向

中唐之后，晚唐五代文人开始大量创作新声歌词。后蜀广政三年（940），在唐末五代文人才士萃聚的蜀地，产生了一本《花间集》，它由赵崇祚编选、欧阳炯作序，付梓印行。这是第一部文人词的总集，它的出现使流行于民间巷陌的曲子词全面进入文人的创作领域，标志着一种新的文学体式——词的成熟。

《花间集》十卷，辑录了18家词500首，他们由于大致相同的历史文化背景和审美价值取向，形成了多样化统一的群体创作倾向，后人以其选本的名称为之命名，称之为“花间派”。这是唐宋词史上的第一个流派，有着温婉的江南文化的特征，更倾向并注重于描写内心的细腻感受，它的兴起预示着江南审美精神的凝聚由个体自发转向群体自觉。“花间”诸家有着大致的风格体貌和审美倾向：专写小令体式；以男女情爱的别离相思为主要描写对象；追求和表现阴柔之美，词风以婉丽为尚；视词为“艳科”，功能为娱宾

---

① （宋）勾延庆：《锦里耆旧传》卷五，中华书局1985年版，第9页。

② （清）吴任臣：《十国春秋》卷三五，中华书局1983年版，第501页。

③ （宋）司马光等：《资治通鉴》卷二七四，中华书局1956年版，第8966页。

遣兴。

“花间派”可视为一个松散的流派，花间十八家派中有派，一般分为温、韦两派，近人李冰若《栩庄漫记》则分为“花间三派”：

> 《花间》词十八家，约可分为三派：镂金错彩，缛丽擅长，而意在闺帏，语无寄托者，飞卿一派也；清绮明秀，婉约为高，而言情之外，兼书感兴者，端己一派也；抱朴守质，自然近俗，而词亦疏朗，杂记风土者，德润一派也。①

即“缛丽”的温庭筠一派，“清绮”的韦庄一派，“疏朗”的李珣一派。在花间三派中，“镂金错彩”而“意在闺帏”的温庭筠，代表着花间派的主导性创作风格，西蜀词人无不追效其踪迹。温庭筠的词作于晚唐，《花间集》编成之时，距他去世已经60多年。西蜀词人将他入选此集中，列在首位，所选词作达66首之多，数量居诸家之冠。这，表明了花间群体对温庭筠词的认同、尊崇和效法的宗派意向。

三　自觉“言情”时期

唐代对六朝宫体艳情诗的彻底否定，使诗控制在传统诗教的端庄、严肃、雅正的路径上。但是，随着唐帝国从巅峰的逐渐衰落，士大夫阶层的转移升降，伦理道德标准及社会风习的变迁，中、晚唐时期，仕人们从所追求的外在的建功立业和集体价值转而将生命价值寄托于个体本身，个人的内在情感受到了重视。作为文学正宗的诗，已尝试着满足社会生活及人们感情变化的需要，把笔触伸向被以往传统遗弃的角落，一个特定的两性情感的敏感角落，如元稹的悼亡诗、李贺的艳诗、李商隐的《无题》、韩偓的《香奁集》等。

贞元之时，唐德宗以文治粉饰其苟安局面，民间亦趋于嬉娱游

① 李冰若：《栩庄漫记》，张璋等编：《历代词话续编》（下），大象出版社2005年版，第877页。

乐，上下相应，成为一种崇尚文辞、矜诩风流、侈于游宴之风气。当时文人墨客，如杜牧等皆以风流自诩，流连于秦楼楚馆间。风流才子杜牧“美容姿，好歌舞，风情颇张，不能自遏”[①]，时常出入歌楼妓馆，唐文宗大和七年至大和九年（833—835）应邀入淮南节度使牛僧孺幕中任推官，王谠《唐语林·补遗》卷七记载：

> 杜牧少登第，恃才，喜酒色。初辟淮南牛僧孺幕，夜即游妓舍。厢虞候不敢禁，常以榜子申僧孺，僧孺不怪。逾年，因朔望起居，公留诸从事从容，谓牧曰：“风声妇人若有顾盼者，可取置之所居，不可夜中独游，或昏夜不虞，奈何？”牧初拒讳，僧孺顾左右取一箧至，其间榜子百余，皆厢司所申，牧乃愧谢。[②]

后，杜牧调任监察御史，即将离扬州赴长安时，与一妙龄歌妓相别，挥洒才情写了绮艳绝妙的《赠别》诗：“娉娉袅袅十三馀，豆蔻梢头二月初。春风十里扬州路，卷上珠帘总不如。”[③]

至懿宗、僖宗时，如陈寅恪先生感叹的：“进士科举者之任诞无忌，乃极于懿、僖之代”，“重词赋而不重经学，尚才华而不尚礼法，以故唐代进士科，为浮薄放荡之徒所归聚，与娼妓文学殊有关联。观孙棨《北里志》及韩偓《香奁集》，即其例证”[④]。这种时代风气浸入文人的诗歌创作，便形成了中唐渐至晚唐“声调婉媚”[⑤]的绮艳诗风。

确实，中唐诗歌已表现出向梁陈绮艳回归的迹象，如权德舆《玉台体十二首》刻意模仿齐梁纤艳之风，其《杂诗五首》之四：

---

① （元）辛文房：《唐才子传》卷六，京华出版社2000年版，第167页。

② （宋）王谠撰，周勋初校证：《唐语林校证》（下），中华书局1987年版，第621页。厢虞候：执法长官。厢，宋代所设城市治安管理机构，分置厢官（武职），负责警戒巡查、烟火盗贼公事。

③ （清）彭定求等奉敕编：《全唐诗》卷五二三，第十六册，中华书局2008年版，第5988页。（以下所引唐诗，皆据此本。）

④ 陈寅恪：《元白诗笺证稿》，上海古籍出版社1978年版，第86页。

⑤ （明）许学夷：《诗源辨体》卷二六，人民文学出版社1987年版，第262页。

“碧树泛鲜飙，玉琴含妙曲。佳人掩鸾镜，婉婉凝相瞩。文袿映束素，香黛宜鳗绿。寂寞怀远春，何时来比目？”其诗绮丽香艳，置之《玉台新咏》[①] 几可乱真。而元稹以绝世才华写艳情，将男女之间的生离死别、悲欢离合写得哀感缠绵，如《离思》其四“曾经沧海难为水，除却巫山不是云”等。他的《会真诗三十韵》“无力慵移腕，多娇爱敛躬。汗光珠点点，发乱绿松松”，则无所遮掩地写男女情事。由唐人韦縠选唐诗十种的《才调集》所选元稹 57 首皆艳诗，所写无非闺阁女性的容貌、风情、体态、服饰的艳丽，较之梁陈宫体辞彩更华美、技巧更娴熟、体制更庞大，一时闻名遐迩，时人皆“学淫靡于元稹”[②]。而李贺的艳诗，如《美人梳头》“金盘解下丛鬟碎，三尺巫云绾朝翠”，“芙蓉拆向新开脸，秋泉慢转眸波横”，则用密丽的辞藻直接描写女性的情态姿容，细腻尽致。至晚唐李商隐所写男女情爱的诗，如《无题》“红楼隔雨相望冷，珠箔飘灯独自归”，“远路应悲春晼晚，残宵犹得梦依稀”，感情的深挚悱恻、意象的凄美精丽、境界的朦胧深曲，犹不失含蓄蕴藉。

当然，晚唐写艳情绮思的“冶游情篇”[③] 最为突出的是韩偓。韩偓于晚唐诗名颇盛，少时曾即席赋诗，一座皆惊，得姨父李商隐称赏“雏凤清于老凤声”（《韩冬郎即席为诗相送因成二绝》）。唐昭宗朝历任左谏议大夫、翰林学士、中书舍人、兵部侍郎等职。早期仕途春风得意，生活优渥奢华，正如晚年他寓居南安整理《香奁集》的序文所自述：“柳巷青楼，未尝糠秕；金闺绣户，始预（参与）风流”，“不能忘情，天所赋也”。[④] 故所作诗多艳词丽句，其《香奁集》纯写闺帏艳情，委婉缠绵，绮丽华艳。如《已凉》：

---

① 《玉台新咏》：自汉至南朝梁的一部诗歌总集，由南朝梁陈时文学家徐陵辑成，共十卷，编纂宗旨为“选录艳歌”，以绮艳的宫体、闺情诗为主。《四库全书总目·〈玉台新咏〉提要》云：“未可概以淫艳斥之。”

② （唐）李肇、（唐）赵璘：《唐国史补·因话录》，上海古籍出版社 1979 年版，第 57 页。《唐国史补》卷下：“元和已后，为文笔，则学奇诡于韩愈，学苦涩于樊宗师；歌行，则学流荡于张籍；诗章，则学矫激于孟郊，学浅切于白居易，学淫靡于元稹。俱名为‘元和体’。”

③ （明）胡震亨：《唐音癸签》卷八，上海古籍出版社 1981 年版，第 80 页。

④ （唐）韩偓.《香奁集·序》，（清）王士祯编，（清）郑方坤删补：《五代诗话》卷六，中华书局 1985 年版，第 212 页。

碧阑干外绣帘垂，猩色屏风画折枝。
八尺龙须方锦褥，已凉天气未寒时。

翠绿栏杆、低垂绣帘、猩红屏风、八尺锦褥，从室外写到室内，从环境写到心境。幽深的闺楼绣户，华丽的闺居陈设，含婉的闺情绮思，组合成一片香艳旖旎的情景，从中透出一种温软的气息，深闺寂寞中女主人公心境的细波微澜于折枝屏风的暗示、已凉天气的烘染中隐约可见。再如摹写女子幽约凄迷心态的《五更》："秋雨五更头，桐竹鸣骚屑。欲似残春间，断送花时节。空楼雁一声，远屏灯半灭。绣被拥娇寒，眉山正愁绝。"《香奁集》中的《幽窗》、《江楼》、《别绪》、《见花》、《懒起》、《半睡》、《春归》等，所写绮情艳思也大多皆类此，所摹写女子的情怀不出相思愁怨。其《香奁集》自序云：绮丽之作数百篇，"往往在士大夫之口，或乐工配入声律，粉墙椒壁，斜行小字，窃咏者不可胜记"[①]。

一说《香奁集》为和凝所作。和凝，五代时文学家，长于短歌艳曲，后唐官至工部侍郎，后晋拜同中书门下平章事，入后汉封鲁国公。沈括《梦溪笔谈》云："和鲁公有艳词一编名《香奁集》。凝后贵，乃嫁其名为韩偓，今世传韩偓《香奁集》，乃凝所为也。……自为《游艺集·序》云：'予有《香奁》、《籯金》二集，不行于世。'凝在政府，避议论，讳其名，又欲后人知，故于《游艺集·序》述之。"[②] 可见像和凝那样身居政要地位的人，写诗若笔涉艳情，也是要"避议论"而"讳其名"的。

晚唐文人用诗写女色艳情有所避忌，好之者也只能"窃咏"，但是用填词的方式来写艳情则不然。在曲词中，他们可以摘下社会角色的面具，脱去峨冠博带，无所顾忌地写婉媚之艳情，抒发内心细腻柔软处最真实的欲求。就词体文学来看，如果在敦煌民间词那里，披露内心深隐的男女情爱，多少还是一种不自觉的行为；那

① （唐）韩偓：《香奁集·序》，（清）王士祯编，（清）郑方坤删补：《五代诗话》卷六，中华书局1985年版，第212页。

② （宋）沈括：《梦溪笔谈》卷十六，岳麓书社2002年版，第117页。

么，到花间词人以温庭筠为鼻祖，“为侧艳之词”①，则是有意识地用新兴曲子词来表现男女情爱。

花间诸家基于对词媚的价值取向的一致性体认，以艳为美，多为相思离愁、两情欢好的“倚红偎翠之作”②，于是“言情”的唐末五代词坛，成了充溢浓艳芬芳的花信时期。花间词人追步温庭筠词的香软词风，“镂玉雕琼”、“裁花剪叶”，堆砌华艳辞藻来写女性的服饰体态、闺阁器物、庭院景致，写花间樽前的男欢女爱。花间词的意向组合多围绕“闺帏”，如：梦、思、泪、寂寞的女子情思；帘、屏、枕、香炉的闺阁摆设；花、草、柳、蝶的庭院小景；莺、燕、雁、鸳鸯的时节飞禽；春、风、月、雨的天气物候。所营造的婉柔香艳、低徊缱绻的闺帏氛围中，有刻骨的情恋、惆怅的别离，有脂腻的粉香、珠光的宝气，浓郁地涂抹了一层斑斓的艳美色彩和柔媚的女性色彩。有着“蹙金结绣”③ 之妙的《花间集》，风流华美，熏香掬艳，令人炫目醉心的艳情、艳语、艳物交叠在一起，这成为了花间派的基本词格。历代词论家们评花间词，也多着眼于一个“艳”字，如李冰若《花间集评注》云：

> 魏承班词浓艳处似飞卿。
> 毛文锡尤工艳语。
> 顾敻词五十五首，皆艳词也。④

况周颐读欧阳炯的《浣溪沙》“酒阑重得叙欢娱，凤屏鸳枕宿金铺。兰麝细香闻喘息，绮罗纤缕见肌肤”，曾经感叹道：“自有艳词以来，殆莫艳于此矣。”⑤

其实南朝时，齐、梁至陈的文坛艳情诗风炽盛，尤其是梁简文

① （后晋）刘昫等：《旧唐书·文苑传》卷一四〇，中华书局 1975 年版，第 5079 页。
② （后蜀）赵崇祚编，华钟彦注：《花间集注》，河南大学出版社 2008 年，第 5 页。
③ （清）王士祯：《花草蒙拾》，唐圭璋编：《词话丛编》第一册，中华书局 1986 年版，第 675 页。
④ （后蜀）赵崇祚编，李冰若评注：《花间集评注》，河北教育出版社 1999 年版，第 186、105、146 页。
⑤ （清）况周颐：《蕙风词话》卷二，上海古籍出版社 2009 年版，第 25 页。

帝萧纲、梁元帝萧绎兄弟以及聚集于他们周围的文士庾肩吾、徐陵、庾信等，所作宫体诗之浮靡轻艳并不逊色于花间，但是作为新兴词体大量地写艳情，花间为起始者，也为极盛者。“情有文不能达，诗不能道者，而独于长短句中，可以委宛形容之。”① 应歌而起的曲子词大肆“言情”，极大地发展了中晚唐的艳情成分，成为表达幽微隐约的男女情爱最为“惬意”的文学形式，由此它与传统的“载道”之文、“言志”之诗完全划清了界限。毛亨《毛诗序》云：“诗者，志之所之也。在心为志，发言为诗。情动于中而形于言，言之不足，故嗟叹之；嗟叹之不足，故永歌之；永歌之不足，不知手之舞之、足之蹈之也。”② 其实何谓“词”？词者，情之所之也，在心为情，发言为词。情动于中而形于言，嗟叹之、咏歌之、手之舞之、足之蹈之，只是此之“情爱”与彼之“情志”有所不同罢了。诗与词有别，一为“言志”，一为“言情”，这种分疆始于花间艳词，至北宋苏轼的“以词言志”，诗词之分界才被彻底打破。

四　雅艳与俗艳：双重审美价值

欧阳炯在《〈花间集〉叙》中，将花间词称为“诗客曲子词”③。什么是“曲子词”？词最初产生于民间，是应歌演唱的音乐文学。《旧唐书·音乐志》记载：“自开元以来，歌者杂用胡夷里巷之曲”④，燕（宴）乐一时流行。词，是歌筵酒席之间配乐曲演唱所填的歌词，故称“曲子词”。“诗客”，诗人也。唐末五代的词多由诗人填制，如花间派代表人物温庭筠、韦庄都是晚唐著名诗人，“诗客曲子词”即诗人填写的词。

赵尊岳指出：唐末民间曲子词“率意取男女爱悦、伤离怨别之情事，纬之以音节，被之于歌筵”⑤。即随意取男女爱悦、伤离怨别

① （清）查礼：《铜鼓书堂词话》，唐圭璋编：《词话丛编》第二册，中华书局1986年版，第1481页。

② （唐）孔颖达疏：《毛诗正义》卷一，（清）阮元等校勘：《十三经注疏》，中华书局1980年版，第269—270页。

③ （后蜀）赵崇祚编：《花间集》，中州古籍出版社1990年版，第1页。

④ （后晋）刘煦等：《旧唐书·音乐志》卷三十，中华书局1975年版，第1089页。

⑤ 任二北：《敦煌曲初探》引，上海文艺联合出版社1954年版，第394页。

之情事谱入乐曲，在歌筵酒席之间演唱，以之作为愉悦听众的主要手段。《花间集》十之八九不离男女情事，正是对民间曲子词这种“俗”的男女情爱的表现内容及娱乐功能的认同。但是，《花间集》作者是文学修养深厚的文人才士，欧阳炯《〈花间集〉叙》称花间诸家词作“名高白雪”[1]，将之与古代雅曲《阳春》、《白雪》相比况。确实这些“诗客”们填词，以蕴藉的手法、绮丽的文字以及谐美的音调来写男女情爱，少却了民间曲子词世俗的鄙亵气味，即使是表现世俗的绮怨艳情，也具有文人士大夫固有的雅致情味。如牛峤的《望江怨》：

东风急，惜别花时手频执。罗帏愁独入。马嘶残雨春芜湿。倚门立，寄语薄情郎，粉香和泪泣。

这是一首伤春思远的闺怨词。春风花树，纤手频执，写别时之情景；忽闻马嘶，倚门而立，写待人的情景；粉香泪泣，寄语情郎，写决绝的情景。三个层次于“繁弦促柱间，有劲气暗转，愈转愈深”[2]。其别离相思之情景不乏艳俗，但词人笔致婉曲，将一幕爱情小悲剧的过程跌转写出，蕴含缠绵悱恻的无限情思。

顾敻的《诉衷情》：

永夜抛人何处去？绝来音。香阁掩，眉敛，月将沉。　争忍不相寻？怨孤衾。换我心，为你心，始知相忆深。

纯用白描写闺阁相思，情极怨极，既有民间词的质朴浅俗，又有文人词的委婉含蓄，是典型的“诗客曲子词”。王士祯《花草蒙拾》称赏此词：“自是透骨情语。”[3]《诉衷情》词调因此词，又名

① （后蜀）赵崇祚编：《花间集》，中州古籍出版社 1990 年版，第 1 页。

② （清）况周颐：《餐樱庑词话》，（清）况周颐撰，孙克强辑校：《况周颐词话五种》，浙江古籍出版社 2014 年版，第 202 页。

③ （清）王士祯：《花草蒙拾》，唐圭璋编：《词话丛编》第一册，中华书局 1986 年版，第 674 页。

《怨孤衾》。

一般来说，花间词的艺术表现讲究含蓄蕴藉、婉约温柔、华美雅丽，而多以此来写俗艳的男女情爱，这种俗艳趣味与雅艳笔调的融合为一，在《花间集》中俯拾即是。欧阳炯在《〈花间集〉叙》中，从词与乐的关系来把握词之体性，将花间诸作称为“曲子词”，可见《花间集》实是一部附丽于乐的歌辞唱本，其编选目的在于“资羽盖之欢、助妖娆之态”①。它作为满足当时世俗文化需求的一种载体，其创作动机、填制环境、表现内容、传播场所等无不体现了应歌侑酒的娱乐功能。《花间集》中那些迎合世俗娱乐喜好的俗艳词，恰是资唱佐欢的应歌而制和词人媚俗创作心态的双向产物。

当然，花间词并非纯粹应歌佐欢之作，偶或如詹安泰先生《论寄托》所云，亦于“闺帏之内，羁旅之中，柔情绮思，忆别伤离，而身世家国之怀寓焉”②，使得曲子词在娱乐消遣的功能之外，还隐然带有些许传统诗教的“美人香草”式的托喻成分。中国古代认为人禀气而生，气分阴阳，张志聪《黄帝内经集注》曰：“阴阳之道，其在人则为男为女，在体则为气为血。”③所以，每个人身上都存在阳与阴两种相互对立而又相互依存的因素，同时具有男女阳刚与阴柔的双重气质。花间群体在“男子而作闺音”④时，自然有女性化“言情”和男性化“言志”的双性心态，只是后者是一种被弱化了的隐形。如叶嘉莹先生所指出的：花间词具有“男性之作者透过女性之形象与女性之语言所展露出来的一种‘双性人格’之感情心态，因此遂形成了此类小词之易于引人生言外之想的双重或多重之意蕴的一种潜能”⑤。所以《花间集》虽然绝大部分为“代言”之作，但不能将其诠释为简单的“代言”，它具有多重蕴藉的“双性

① （后蜀）欧阳炯：《〈花间集〉叙》，（后蜀）赵崇祚编：《花间集》，中州古籍出版社1990年版，第1页。

② 詹安泰撰，詹伯慧编：《詹安泰词学论集》，汕头大学出版社1997年版，第226页。

③ （清）张志聪（隐庵）注，王宏利、吕凌校注：《黄帝内经素问集注》，中国医药科技出版社2014年版，第22页。

④ （清）田同之：《西圃词说》，唐圭璋编：《词话丛编》第二册，中华书局1986年版，第1449页。

⑤ 叶嘉莹：《词学新诠》，北京大学出版社2008年版，第92页。

之美”，那些艳词秀句所描写的女性形象，包孕了一种潜藏的象喻性而使人产生言外之想。男性词人们通过女性化的情景描写，有时会自觉或不自觉地寄托自己的情志，如温庭筠式的“寄言托意”。

另外，《花间集》中还有写属于诗歌题材的怀古词、边塞词，如韦庄的《河传》：“江都宫阙，清淮月映迷楼，古今愁。”写隋炀帝南游之事，于苍凉的客观描述中叹古伤今。孙光宪的《定西番》：“何处戍楼寒笛，梦残闻一声。遥想汉关万里，泪纵横。”于戍楼寒笛、汉关万里的感慨中隐含对动乱现实的讥贬。这一类词虽然为数不多，但也显示出花间词在大量“言情”之外，一种雅的诗化色彩。

概而言之，为侧艳词的《花间集》，作为“诗客曲子词”的集结，显示出其雅俗兼容的艺术特性。它既具有文人“诗客”雅的文学性，又具有民间“曲子词”俗的娱乐性，跨越了雅、俗两个层面，表现出独特的双重审美价值。

第二节　温庭筠“以艳为美”

关于温庭筠，最为经典的史料记载是《旧唐书》本传：

> （唐懿宗）大中初，应进士，苦心研席，尤长于词赋。初至京师，人士翕然推重。然士行尘杂，不修边幅，能逐弦吹之音，为侧艳之词。公卿家无赖子弟裴诚、令狐滈之徒，相与蒱饮，酣醉终日。由是累年不第。①

刘昫为五代时期政治家、史学家，后唐明宗时官至宰相。这段评价出于这样一位正统史学家之手，显然带有一种贬斥意味，但后人多以“能逐弦吹之音，为侧艳之词”二句来评述温庭筠其

① （后晋）刘昫等：《旧唐书·文苑传》卷一九〇，中华书局1975年版，第5078—5079页。弦吹：弦乐和管乐。此指歌楼妓馆的音乐歌舞。

人其词。

一 “逐弦吹之音，为侧艳之词”

（一）“逐弦吹之音”，士行尘杂

温庭筠（812—约870），本名岐，字飞卿，并州祁县（今属山西）人。为唐初宰相温彦博之裔孙。其相貌奇丑，人称“温钟馗”。曾任随县（今属湖北）尉、国子助教等微职，坎坷一生，流落而死。

温庭筠于唐懿宗大中年初，应进士考试，“初至京师，人士翕然推重”，其才思敏捷，“能走笔成万言”①，在晚唐颇有诗名，有《金荃集》。其“才情绮丽”②，具有“尤长于词赋”的音乐文学才华，但生性放浪不羁的他，很快便投入都市娱乐的歌楼酒馆，与一些公卿无赖子弟追逐弦吹歌舞、“酣醉终日”。晚唐流行之乐，主要是市井里巷、歌筵樽前的燕乐，而非黄钟大吕的雅乐，也非短歌微吟的清商乐，上层文人士大夫对非正统的娱乐消遣的燕乐既喜欢又排斥。温庭筠“逐弦吹之音”而行迹放浪，成了混迹于歌楼妓馆、耽于侧艳词曲的轻薄士子、无行（品行）文人，这不合于士人正统的道德规范，故遭到缙绅们的鄙薄。

同时温庭筠性情刚硬耿介，又恃才自傲，好讥讽权贵。计有功《唐诗纪事》记载：

> 宣宗爱唱《菩萨蛮》词，丞相令狐绹假其新撰密进之，戒令勿泄，而遽言于人，由是疏之。温亦有言云：“中书堂内坐将军”，讥相国无学也……令狐绹曾以旧事访于庭筠，对曰：“事出《南华》，非僻书也。或冀相公燮理之暇，时宜览古。”益怒，奏庭筠有才无行，卒不登第。③

唐代举子科考，多以“行卷”拜谒和结交达官显贵，以求得考

① （元）辛文房：《唐才子传》卷八，京华出版社2000年版，第172页。

② （元）辛文房：《唐才子传》卷八，京华出版社2000年版，第172页。

③ （宋）计有功：《唐诗纪事》卷五四（下），中华书局1965年版，第823页。

场外的荐誉。而温庭筠却屡屡惹怒宰相令狐绹，为其所嫉恨而不容，故奏他“有才无行”，于是“累年不第”。

其实，温庭筠为科考也四处干谒“行卷”，只是他不愿以谄媚权贵走科场捷径，有着不媚时、不趋势的独立人格，尤其是他的政治态度，并不因晚唐牛李两党势力的消长而随时俯仰。温庭筠素对中兴名臣李德裕仰慕已久，曾投诗陈情，希求援引，但未得其提携。后唐宣宗即位，李德裕失势罢相被贬，境况非常凄凉，士大夫文人皆缄口不语，温庭筠却赋《题李相公敕赐屏风》诗为其鸣不平，在诗中他将李德裕誉为社稷之臣，嗟叹政局变化而斥责世态炎凉，表现出为人仗义耿介的品格。

温庭筠亦有率意而为的本真性格。辛文房《唐才子传》记载：“宣皇好微行，遇于传旅，温不识龙颜，傲然而诘之曰：‘公非司马、长史之流？’帝曰：‘非也。’又谓曰：‘得非六参、溥、尉之类？’帝曰：‘非也。’谪为方城尉。”①《北梦琐言》也记载有此事。温庭筠路遇便服私访的唐宣宗，误将其轻慢为司马、长史、主簿之类微官，不知敛身回避而傲视龙颜。后温庭筠因此事贬方城县尉，中书舍人裴坦制辞时曰：“孔门以德行居先，文章为末。尔既早随计吏，宿负雄名，徒夸不羁之才，罕有适时之用。”② 于是温庭筠“有才无行”的恶名亦传扬开来。

（二）“为侧艳之词”，尤为独绝

温庭筠久遭贬损压抑，“负‘士行尘杂，不修边幅’之谤，郁郁不得志，于是益趋颓放，狂游狭邪，蒱饮酣醉，流连声伎，以寄其抑郁不偶之情，故其词多剪红刻翠之句”③。其所作剪红刻翠的“侧艳之词”，多被歌妓于宴饮歌席间竞相演唱，范摅《云溪友议》记载：晚唐温庭筠与裴诚为友，“好作歌曲，迄今饮席，多

① （元）辛文房：《唐才子传》卷八，京华出版社 2000 年版，第 172 页。

② （元）辛文房：《唐才子传》卷八，京华出版社 2000 年版，第 172 页。

③ （唐）温庭筠、（唐）韦庄、（南唐）冯延巳撰，曾昭岷校：《温韦冯词新校》，上海古籍出版社 1988 年版，第 2 页。

是其词焉”[①]。

何谓“艳”，描写爱情谓之“艳”。古代有艳歌、艳诗、艳词、艳曲等，如与唐代名歌妓薛涛有过一段恋情的元稹，在《叙诗寄乐天书》中自言作“艳诗百余首”[②]。词，是隋唐以来在民间逐渐兴起的一种新的文学样式，原本反映了丰富的社会生活内容，王重民的《敦煌曲子词集·叙录》，就其所辑164首词云：

> 有边客游子之呻吟，忠臣义士之壮语，隐君子之怡情悦志，少年学子之热望与失望，以及佛子之赞颂，医生之歌诀，莫不入调。其言闺情与花柳者，尚不及半。[③]

早期敦煌曲子词的题材非常广泛，包括了战乱之苦、婚姻爱情、闺妇怀人、游子思归、义士壮语，甚至“佛子之赞颂，医生之歌诀，莫不入调”，即使中唐时期的文人词，题材也很开阔，如张志和的《渔歌子》、白居易的《忆江南》、刘禹锡的《竹枝词》等。然而发展到晚唐五代温庭筠及花间词人，他们的创作视域完全转向裙裾脂粉、花柳风月，于是“言闺情与花柳者，尚不及半”的词，便成了表现范围狭窄的艳情文学。“花间词”顾名思义，花间写词、词中写花，“花”是女人与情爱的别样说法。

所谓“侧”，是旁侧之意，与诗的“正”统相对。刘勰在《文心雕龙·乐府》中，继承孔子诗分“雅”与“郑”的传统，明确提出“艳歌婉娈，怨志诀绝，淫辞在曲，正响焉生”[④]的观点，将“艳”歌淫辞与“言志”雅乐相对，采取摒弃的态度。所以诗言志为正，而词言情为侧，被排除在正统文学之外，不登大雅之堂。

温庭筠屡次落第，于是我行我素，长期出入歌楼妓馆，倾其力

---

① （唐）范摅：《云溪友议》卷下，《唐五代笔记小说大观》下册，上海古籍出版社2000年版，第1309页。

② （唐）元稹撰，冀勤点校：《元稹集》上册，中华书局1982年版，第353页。

③ 王重民：《敦煌曲子词集·叙录》，商务印书馆1950年版，第61页。

④ （南朝梁）刘勰撰，陆侃如、牟世金等译注：《文心雕龙译注》上册，齐鲁书社1981年版，第82页。

于艳词的创作，这使他成为文人中第一个大力于填词者。由此，曲子词由文人偶然之作成为有意之作，汪东《唐宋词选评语》指出："词宗唐五代，犹诗之宗汉魏也。然唐人为词多以馀事及之，至温篇什始富，而藻丽精工，尤为独绝。"①

二　温庭筠词风：香软浓艳

明代曾益笺注的《温飞卿诗集》九卷，所收录的314首诗中"言情"之作寥寥无几，而是将女色情爱无所禁忌地写入了词中。温庭筠的"侧艳词"，以《菩萨蛮》14首为其代表作，词风香软浓丽。其中，写女性之美的"眉"12次、"鬓"8次、"钗"6次、"屏"7次。而摹写与女性相关的容貌形态、衣饰器具、起居环境所用的词语，如香气氤氲的词："香腮"、"香雾"、"香闺"、"香烛"等；金碧辉煌的词："金鹧鸪"、"金翡翠"、"金翠钿"、"金凤凰"等；珠光宝气的词："水晶帘"、"玻璃枕"、"鸳鸯锦"、"玉钩"等，可谓华而丽、艳而美，堆金叠玉、铺锦缀绣而五色炫目。

温庭筠词"意在闺帏"，现存66首中有61首的抒情主人公是女性，偏嗜写寂寞、慵懒的华贵女性。如《菩萨蛮》：

> 玉楼明月长相忆，柳丝袅娜春无力。门外草萋萋，送君闻马嘶。　　画罗金翡翠，香烛销成泪。花落子规啼，绿窗残梦迷。

此词写一深闺女子思念远人。上片：柳丝袅娜，芳草萋萋，回忆临别分手的情景；下片：香烛成泪、绿窗残梦，写眼前独守空闺之境况。这闺情闺怨，如香烛春梦一般香软缠绵、迷离低徊。读"柳丝袅娜春无力"这样的词句，使人联想到李商隐的《无题》诗："相见时难别亦难，东风无力百花残。"晚唐李商隐与温庭筠并

① 汪东：《唐宋词选评语》，《词学》第二辑，华东师范大学出版社1983年版，第76页。

称“温李”，诗风相近而同趋于绮艳；同时晚唐的绮艳诗风与词风存在交互影响的现象。李商隐虽然不曾填词，但其诗幽美细约的意境与词体意脉相通，一些写爱情的无题诗辞藻华丽、意象艳美、曲折隐约，如缪钺先生《诗词散论·论李义山诗》指出的“已有极近于词者”①，读来具有词味。温庭筠的诗与词亦有相通之处，其乐府诗歌如《春晓曲》、《偶游》、《舞衣曲》、《春洲曲》等描写女子的娇艳容态及撩人风情，其香艳绮媚直接被人视为词。

温庭筠另有《归国遥》云“舞衣无力风敛，藕丝秋色染”，毛文锡《虞美人》云“游丝无力系花腰”，聂冠卿《多丽》云“腰肢纤细困无力”，那“无力”的是春风、是游丝，是舞衣、是纤腰，更是庭院闺阁里伊人梦残的相思情怀。温庭筠及花间词多描写这种娇慵无力的女性情态，并以慵懒为美。

在这一方面，花间词承接南朝宫体诗而来。宫体诗中的女性均表现出柔弱“无力”的体态特征，如“腕弱复低举，身轻由回纵”（萧衍《咏舞》），“簟纹生玉腕，香汗浸红纱”（萧纲《咏内人昼眠》），“关情出眉眼，软媚著腰肢”（萧纶《车中见美人》），多是这一类举止娇懒、意态柔媚的女性形象。宋代词人承花间而来，亦多写女性倦怠、娇慵的柔弱情态，如柳永的《法曲献仙音》：“镇厌厌多病，柳腰花态娇无力。”杜安世的《杜韦娘》：“芳容衰减，顿欹玳枕困无力。”刘克庄的《六州歌头》：“千万态，娇无力，困相扶。”仇远的《眼儿媚》：“云鬟鬖髿娇无力，此醉不禁重。”古代男权社会要求女性对男性尊崇地位的奉承，“以顺为正者，妾妇之道也”②，这是儒家设定的女性行为规范，即以顺应、逢迎男性和满足男子的要求为“妇道”的衡量标准。因此作为男子的附属物存在，以男性为全部生活内容的女性，在独守闺房、打发时光时，自然是寂寞无聊的意绪和情态。“以慵懒为美”既是男性对女性赏玩的一种审美趣味，也是女性以娇弱之态去迎合男性的审美心理和需求。

① 缪钺：《缪钺全集》第三卷，河北教育出版社2004年版，第137页。

② （战国）孟子撰，（清）焦循注疏：《孟子正义·滕文公下》，中华书局1987年版，第417页。

再看其他花间词人毛文锡的《虞美人》：

宝檀金缕鸳鸯枕，绶带盘宫锦。夕阳低映小窗明。南园绿树语莺莺，梦难成。　　玉炉香暖频添炷，满地飘轻絮。珠帘不卷度沉烟。庭前闲立画秋千，艳阳天。

毛文锡入选《花间集》的31首词作中，十之六七跳出了“绮靡”的藩篱，为花间词中的别调。其《甘州遍》（秋风紧），是花间唯一的一首边塞词。其《醉花间》：“深相忆，莫相忆，相忆情难极！银汉是红墙，一带遥相隔。”写别离相思以质直为情致，也有别于一般花间的绮艳。但他的这首《虞美人》，“鸳鸯孤枕、小梦难成，玉炉香暖、珠帘未卷，佳人庭前闲立，秋千索空自摇荡，艳阳天。”写贵族女性楼阁庭院的慵懒、寂寞，富丽而香艳，颇具温庭筠风味。

三　“花间范式”的审美取向

先著、程洪《词洁辑评》云：“词之初起，事不出闺帷、时序。”[①]《花间集》500首写女性所占比例超过了80%，一部《花间集》，一个艳丽的女性世界，一片莺吭燕舌之声、绮罗香泽之态，可以说，艳情成了那个特定时代文人们填词自觉的题材选择。

刘熙载《艺概·词曲概》指出：“温飞卿词，精妙绝人，然类不出乎绮怨。”[②] 其《菩萨蛮》：

小山重叠金明灭，鬓云欲度香腮雪。懒起画蛾眉，弄妆梳洗迟。　　照花前后镜，花面交相映。新帖绣罗襦，双双金鹧鸪。

此词写美人晨睡、懒起、画眉、照镜、穿衣等娇慵情态以及闺房陈设，情辞浓艳细腻，意象绵密隐约。唐圭璋先生欣赏其末句，

---

① （清）先著、（清）程洪：《词洁辑评》卷二，唐圭璋编：《词话丛编》第二册，中华书局1986年版，第1347页。

② （清）刘熙载：《艺概》卷四，上海古籍出版社1978年版，第107页。

认为："此首写闺怨……末句，言更换新绣之罗衣，忽睹衣上有鹧鸪双双，遂兴孤独之感与膏沐谁容之感。有此收束，振起全篇。上文之所以懒画眉、迟梳洗者，皆因有此一段怨情蕴蓄于中也。"①

这首《菩萨蛮》无论是题材之闺帏，语言之浓丽，风格之华美，手法之精巧，均堪称温庭筠词的典范。"照花前后镜，花面交相映"两句词正好配宋人苏汉臣的《妆靓仕女图》。其中"小山重叠金明灭，鬓云欲度香腮雪"为佳句。清晨，枕上佳人似醒非醒，眉际一抹残妆，随着她一转头，乌黑的浓发半掩在雪白胭红的脸腮上。这两句是一幅浓艳媚俗的美人图，宛如胎息于中国唐代绘画的日本浮世绘美人画。温庭筠词主要写绮情闺怨，他以近乎迷恋的心态和唯美的笔调写闺帏之中的女性。这两句令人仿佛看到：那一绺卷曲浓黑的秀发，在胭脂香味的粉白脸颊上流动，在懒起的鸳鸯绣枕上流动。让人读到闺阁女子的慵懒、寂寞，嗅到浓艳的胭脂香味，这就是香软浓艳、"意在闺帏"的温庭筠词，这就是花间艳词。

花间词人中，李珣的《南乡子》（乘彩舫）、孙光宪的《浣溪沙》（蓼岸风多桔柚香）等吟咏粤湘荆楚风物风情之作，"写得质朴清新，对'花间'秾艳词风有所'稀释'"②，但花间总体还是在温式的笼罩之下。温庭筠"意在闺帏"的题材香艳、情调柔媚、风格浓丽的"侧艳词"，奠定了"词为艳科"③ 的基本特质。英国诗人艾里略《诗的作用和批评的作用》说："创造一种形式并不是仅仅发明一种格式、一种韵律或节奏，而且也是这种韵律或节奏的整个合式的内容的发觉。"④ 绮艳言情的词，从其产生至花间成熟，不只是一种格式、一种韵律的发现，也是与这格式、韵律相适合的内容的发觉。"词为艳科"，科，类也，即词为言艳情一类。艳情是词体创作的自然要求，而词体是艳情的"一种恰是如此思想

① 唐圭璋：《唐宋词简释》，人民文学出版社 2010 年版，第 3 页。
② 刘尊明：《唐五代词史论稿》，文化艺术出版社 2000 年版，第 258 页。
③ 胡云翼：《宋词研究》，巴蜀书社 1989 年版，第 28 页。
④ 宗白华：《美学散步》引，上海人民出版社 1981 年版，第 18 页。

感情的方式”[①]，“词之为体，要眇宜修，能言诗之所不能言”[②]，正在如此。

温庭筠为“花间范式”[③] 的创始者，词体文学绮丽柔婉的主导风格的奠基人，始开了“诗庄词媚”的格局。从此，词成为具有阴柔之美、女性之美的一种文学体裁，如谢章铤《赌棋山庄词话·黄瓯论词》云：“词体如美人含娇掩媚，秋波微转。”[④] 王蛰堪《半梦庐词话》云：“词犹美艳少妇，微步花间，风姿绰约。”[⑤]

欧阳炯《〈花间集〉叙》标榜花间派对词体形式美的追求，云：“镂玉雕琼，拟化工而迥巧；裁花剪叶，夺春艳以争鲜”[⑥]，在充溢脂香腻粉气味的闺帏艳情里，他们崇尚雕饰，追求婉媚。实质上，花间词娱宾遣兴的价值取向和绮丽言情的唯美色调，截然有别于“诗言志”的正统，它在追求词体的审美艺术时，淡化乃至消解了其社会教化功能，以至宋代，复雅词人们仍然从儒家教化着眼，试图通过对其艳俗流靡一面的批判，以树立词旨雅正的规范。随着北宋承绪的绮情软媚的词风逐渐衰落，南宋后，《花间集》更多地处于传统雅正诗教观的排斥和贬抑之中，如林景熙《〈胡汲古乐府〉序》批判时人以“香奁粉泽”、“宛转妩媚”为词之本色时，云：“唐人《花间集》，不过香奁组织之辞，词家争慕效之，粉泽相高，不知其靡。”[⑦] 尽管如此，婉丽绮艳的温庭筠及花间词所开启的范型意义，被后世婉约词人奉为创作的圭臬，它为宋代词人们所广泛接受并进一步张扬之，乃至发展成词体艺术的主流，自晚唐五代而北宋、南宋以降，一直贯注到清词的复兴。

---

① 宗白华：《美学散步》引，上海人民出版社 1981 年版，第 18 页。

② （清）王国维撰，黄霖、周兴陆导读：《人间词话》下卷（未刊手稿），上海古籍出版社 1998 年版，第 19 页。

③ 王兆鹏：《唐宋词史论》，人民文学出版社 2000 年版，第 139 页。

④ （清）谢章铤：《赌棋山庄词话》卷七，唐圭璋编：《词话丛编》第四册，中华书局 1986 年版，第 3408 页。

⑤ 王蛰堪：《半梦庐词话》，刘梦芙编校：《当代诗词丛话》，黄山书社 2009 年版，第 213 页。

⑥ （后蜀）赵崇祚编：《花间集》，中州古籍出版社 1990 年版，第 1 页。

⑦ （宋）林景熙：《霁山集》卷五，中华书局 1960 年版，第 132 页。

第三节　浓妆与淡妆：温、韦之辨

一　“画屏金鹧鸪”与“弦上黄莺语”

温、韦为花间派代表词人，关于二者个体的词风差异，自清代以来多有辨析。

郭麐《灵芬馆词话》以美人喻花间词云：“风流华美，浑然天成，如美人临妆，却扇一顾，花间诸人是也。”① 其中温、韦之异，周济《介存斋论词杂著》也以美人比喻：“飞卿，严妆也；端己，淡妆也。”② 温词是浓妆的美；而韦词是淡妆的美。王国维《人间词话》则以佳鸟比喻：“‘画屏金鹧鸪’，飞卿语也，其词品似之；‘弦上黄莺语’，端己语也；其词品亦似之。”③

“画屏金鹧鸪”出自温庭筠的《更漏子》：

> 柳丝长，春雨细，花外漏声迢递。惊寒雁，起城乌，画屏金鹧鸪。　　香雾薄，透帘幕，惆怅谢家池阁。红烛背，绣帘垂，梦长君不知。

此词更多的是闺阁庭院的景色描写、场景设置，人物情感和心态从柳丝春雨、更漏雁声、画屏香雾、红烛绣帘的客观描写中暗示出来。其设境幽深、描写细腻，确实给人以丰美的联想，但终是流于客观的外在描摹，缺乏人物内在情感的真切传达，华美、精美、婉美而少却了生气、生趣、生动。

“弦上黄莺语”出自韦庄的《菩萨蛮》：

---

① （清）郭麐：《灵芬馆词话》卷一，唐圭璋编：《词话丛编》第二册，中华书局1986年版，第1503页。

② （清）周济：《介存斋论词杂著》，人民文学出版社1959年版，第7页。

③ （清）王国维撰，黄霖、周兴陆导读：《人间词话》，上海古籍出版社1998年版，第3页。

红楼别夜堪惆怅，香灯半卷流苏帐。残月出门时，美人和泪辞。　　琵琶金翠羽，弦上黄莺语。劝我早归家，绿窗人似花。

红楼别夜、出门泪辞的一段江南情事直接写来，“劝我早归家，绿窗人似花”的叮咛，几多温婉多情，将远行人的心揉碎。王国维比喻温词是画屏上的金鹧鸪，呆板；韦词是琵琶弦上的黄莺语，灵动，所喻非常贴切。

近、现代论者，或认为温词秾丽而韦词清丽；或认为温词浓密而韦词清疏、温词隐曲而韦词显直；或认为温词客观冷静而韦词主观深挚。温庭筠的词，大多停留在客观描写，尚未能深入人物的内心世界，还是“画屏金鹧鸪”，而使这只美丽的鹧鸪飞动起来，进入人的内心深处的是韦庄。

二　韦庄词的清丽“淡妆”

韦庄（约836—910），字端己，长安杜陵（今陕西西安）人。为武则天时宰相韦待价之后，中唐诗人韦应物第四代孙。父母早亡，家境贫寒。66岁入蜀，王建倚为心腹，王建称帝后，官至吏部侍郎兼平章事（宰相）。

韦庄是唐末著名诗人，有《浣花集》十卷，其词与温庭筠并称“温韦”。韦庄的词，除了带有花间词普遍的风格外，又有自己的个性特点，多以情感真挚、明白吐露见长，如《菩萨蛮》：

人人尽说江南好，游人只合江南老。春水碧于天，画船听雨眠。　　垆边人似月，皓腕凝霜雪。未老莫还乡，还乡须断肠。

“春水碧于天，画船听雨眠。”这是韦庄词中最美的名句：一湖比天还碧蓝的春水，闲卧在一只画船里，听细雨声淅淅沥沥，敲打着船篷、船舷，悠然入眠。这画面、这情致，清丽之至。陈廷焯《云韶集》云：“一幅春水画图，意中是乡思，笔下却说江南风景好，真是泪溢中肠，无人省得。”[①] 谭献《谭评〈词辨〉》读后评曰：“强颜作愉快语，怕断肠，肠亦断矣。”[②] 当是“省得”者。此词或是蜀人劝留，或是乡人话旧，娓娓道来，写江南之美而道出无限乡思，读来，几多温婉而又几多酸楚。这就是具有吴越水乡的真淳、温和性情的韦庄，这就是韦庄的词，采用白描手法抒写真情挚意，少却了温庭筠词的香软艳丽，是一种清丽的秀美。如陈廷焯《词则》所云：“词至端己，语渐疏，情意却深厚。”[③]

三　“端己词凄艳入人骨髓”

如同温庭筠及其他花间词人一样，韦庄也善写“花”的艳词，如写女子的纤柔体态：“垂玉佩，交带，袅纤腰”（《诉衷肠》）；写女子的娇羞神情：“忍泪佯低面，含羞半敛眉”（《女冠子》）；写女子的艳丽容貌：“露桃花里小腰肢，眉眼细，鬓云垂”（《天仙子》其一）；写男女的幽欢暗约：“漏更长，解鸳鸯。朱唇未动，先觉口脂香。缓揭绣衾抽皓腕，移凤枕、枕潘郎。”（《江城子》）“潘郎”，本指西晋著名文学家潘岳。据《晋书·潘岳传》载：“岳美姿仪，辞藻绝丽，尤善为哀诔之文。少时常挟弹出洛阳道，妇人遇之者，皆连手萦绕，投之以果，遂满车而归。”[④] 后来遂用“潘郎”泛指少年俊美的男子，此词中抑或词人自指。韦庄曾追忆江南时年少狂荡的生活，其《菩萨蛮》自云：“当时年少春衫薄。骑马倚斜桥，满楼红袖招。翠屏金屈曲，醉入花叶宿。”

陈廷焯《云韶集》云：“端己词凄艳入人骨髓，飞卿之流亚也。”[⑤] 是说韦庄的情词凄艳，温庭筠之流次之。试看他的《浣溪沙》：

---

① （清）陈廷焯：《云韶集》，（清）陈廷焯撰，孙克强主编：《白雨斋词话全编》第一册，中华书局2013年版，第33页。

② （清）谭献：《谭评〈词辨〉》卷一，王兆鹏主编：《唐宋词汇评》唐五代卷，浙江教育出版社2004年版，第192页。

③ （清）陈廷焯：《词则》（上），上海古籍出版社1984年版，第28页。

④ （唐）房玄龄等：《晋书·潘岳传》卷五五，中华书局1997年版，第1507页。

⑤ （清）陈廷焯：《云韶集》，（清）陈廷焯撰，孙克强主编：《白雨斋词话全编》第一册，中华书局2013年版，第33页。

> 夜夜相思更漏残，伤心明月凭阑干。想君思我锦衾寒。　　咫尺画堂深似海，忆来惟把旧书看。几时携手入长安？

韦庄另一首《谒金门》云：“空相忆，无计得传消息。天上嫦娥人不识，寄书何处觅。　　新睡觉来无力，不忍看伊书迹。满院落花春寂寂，断肠芳草碧。”其中“新睡觉来无力，不忍把伊书迹”两句，写小睡初醒，一襟相思慵懒无力，不忍把伊人的信笺拿出来看，不忍看那信笺上的点点墨迹。况周颐的《餐樱庑词话》将“忆来惟把旧书看”一句与这两句相比较，认为：“一意化两，并皆佳妙。”①一个意思化作两面说，唯把书信看与不忍看书信皆因相思之深之切。

“咫尺画堂深似海”一句，语出唐人崔郊《赠婢》诗“侯门一入深似海，从此萧郎是路人”，崔郊与其姑婢女的本事见唐人范摅《云溪友议》②记载。韦庄用崔郊典故，其中隐含了自己的爱情故事，杨湜《古今词话》记载：

> 庄有宠人，资质艳丽，兼善词翰。（王）建闻之，托以教内人为词，强庄夺去。庄追念悒怏，作《小重山》及此词，情意凄怨。人相传播，盛行于时。姬后传闻之，遂不食而卒。③

韦庄有一爱姬为蜀主王建所夺，锁禁于深宫，所爱之人虽近在咫尺，却由于某种缘由不得相会，夜夜相思，月下凭阑，衾寒

---

① （清）况周颐：《餐樱庑词话》，王兆鹏主编：《唐宋词汇评》唐五代卷第一册，浙江教育出版社2004年版，第189页。

② （唐）范摅：《云溪友议》卷上，《唐五代笔记小说大观》下册，上海古籍出版社2000年版，第1265页。

③ （清）朱彝尊、（清）汪森编，李庆甲校点：《词综》卷二引，上海古籍出版社2014年版，第20页。此词：即韦庄的《荷叶杯》：“绝代佳人难得，倾国，花下见无期。一双愁黛远山眉，不忍更思惟。　　闲掩翠屏金凤，残梦，罗幕画堂空。碧天无路信难通，惆怅旧房栊。”

无眠。此词叙说离别相思之情，含欲言不尽之意，缠绵凄恻，深婉低回。

四　温、韦词的同中之异

韦庄的《女冠子》，吴世昌先生《词林新话》认为是“忆故姬之作”①：

> 四月十七，正是去年今日，别君时。忍泪佯低面，含羞半敛眉。　　不知魂已断，空有梦相随。除却天边月，没人知。
>
> 昨夜夜半，枕上分明梦见，语多时。依旧桃花面，频低柳叶眉。　　半羞还半喜，欲去又依依。觉来知是梦，不胜悲！

前一首写女忆男，后一首写男忆女，前后两首为“联章体”。记述一对恋人离别之后梦中相见的情景，由别时忍泪低眉，到别后相思魂断，再到梦醒望月而悲，梦中情态真切生动，历历如绘。韦庄另有夜梦思姬之作《荷叶杯》：“残梦，罗幕画堂空。碧天无路信难通，惆怅旧房栊。”《谒金门》：“春漏促，金烬暗挑残烛。一夜帘前风撼竹，梦魂相断续。”许昂霄《词综偶评》评曰：“语淡而悲，不堪多读。”② 其实此类词以冶艳情事为内容，与温庭筠无大异，只是韦庄表现自身情爱生活，写来语短情长，将一个凄艳的梦境写得一往情深，比之温庭筠客观冷静的绵密秾丽的描摹，多了主观情感的深挚，多了一些清疏流丽，韦庄的艳，是一种如“初日芙蓉春月柳”的“清艳”③。

温庭筠词模仿女性的口吻，或揣摸女性的心理来写闺情闺怨，纯粹的“男子而作闺音”。其词多用“物语”、“景语”，很少用甚至不用“情语”，即使用情语也含蓄蕴藉，“发之又必若隐者现，反

---

① 吴世昌：《词林新话》，北京出版社 1991 年版，第 94 页。

② （清）许昂霄：《词综偶评》，唐圭璋编：《词话丛编》第二册，中华书局 1986 年版，第 1549 页。

③ （清）周济：《介存斋论词杂著》，人民文学出版社 1959 年版，第 5 页。

复缠绵，终不许一语道破”[1]。如他的那首《更漏子》（柳丝长）也写夜尽更残、相思无眠，上片以柳丝绵长、春雨细泠、漏声迢远、塞雁惊飞，衬托春夜辗转的不宁；下片以炉香轻袅、帘幕透寒、池阁静悄、红烛昏笼，渲染孤枕残梦的冷寂；最后“梦长君不知”一声叹息，仍然不露伊人面。很显然，这种“代言”缺乏强烈的主人公的主观抒情成分，人物情感隐没在客观景物和精美意象的着力烘染中，被弱化、被淡化，所写闺情相思流于一种泛化的浮浅，远没有韦庄《谒金门》深切幽怨的感动人心的艺术力量。

日本当代汉学家村上哲见认为：五代时西蜀词人从大体的倾向来说，都“热心于模仿飞卿的艳丽笔触”[2]。韦庄词虽然与温庭筠有所不同，但也还是处于温词艺术范式的笼罩之下。尚艳、尚柔的审美取向，精巧婉美的小令形式，恋情绮思的吟咏对象，温、韦词在这些方面有着相同的艺术倾向，有着“花间词派”的共同烙印，可以说温韦之异是同中之异。

第四节　倚红偎翠的乱世颓废

一　晚唐五代的衰乱之世

时，十国之中“蜀险而富”[3]。地处西南一隅的前蜀、后蜀割据政权，前后维持了近50年，依凭地势险道而免于卷入中原战乱，呈现出相对安定的政治、经济局面。蜀中有着平原、高原、丘陵、山地、草地等多样的地理景观及丰饶的物质资源，尤以盐业、织锦、茶叶为全国畅销之物品，“川泽沃衍，有海陆之饶，珍异所聚，故商贾并凑”[4]，成为当时商业经济非常活跃、发达的区域。而经济

① （清）陈廷焯：《白雨斋词话》卷一，唐圭璋编：《词话丛编》第四册，中华书局1986年版，第3777页。

② ［日］村上哲见著，杨铁婴译：《唐五代北宋词研究》，陕西人民出版社1987年版，第116页。

③ （宋）欧阳修：《新五代史·世家序》，吉林人民出版社1995年版，第430页。

④ （唐）魏徵等：《隋书·地理志下》卷三一，中华书局2000年版，第603页。

的繁荣极大地刺激了君臣的奢靡享乐心理；同时，蜀人固有的割据自足、封闭保守的文化观念使得他们不求励精图治，而是依仗三川之殷实，安于一隅之逸乐。据佚名《五国故事》记载：

> 衍即伪位，荒淫酒色，出入无度。尝以缯彩数万段，结为彩楼。山上立宫殿亭阁，一如居常栋宇之制。衍宴乐其中，或逾旬不下。……彩山之前，复穿一渠，以通其宫中。衍乘醉，夜下彩山，即泛小龙舟于渠中，使宫人乘短画船，倒执炬蜡千余条，逆照水面，以迎其船。歌乐之声，沸于渠上。及抵宫中，复酣宴至晓。①

同时，因避乱大量聚集在蜀的唐末文人士子，也将晚唐以来日渐绮靡的社会风气在蜀地延续乃至变本加厉地张扬，“率土之滨，家家之香径春风，宁寻越艳：处处之红楼夜月，自锁嫦娥”②。正是这样的现实基础和思想基础，浓情艳思的柔美小词迎合了西蜀君臣的欣赏趣味，得以大行其道。

“侧艳”词风的花间词，实是晚唐五代历史时期政治、经济和文化诸因素合力作用的结果，它既是江南城市的审美趣味和文化精神孕育的产物，更是天府之国上下竞相奢华，灯酒喧沸、弦歌继夜的必然产物。唐末五代乃衰乱之世。先是藩镇割据，后为十国分裂，那是一个战乱频仍、朝不保夕的动荡历史时期。置身于这样一种岌岌乱世，晚唐五代的词人大都以颓废心态醉生梦死。

二　“醉入花丛”的生活方式

（一）“自南朝之宫体”

欧阳炯《〈花间集〉叙》指出：词体产生的奢华背景，是“争高门下，三千玳瑁之簪；竞富尊前，数十珊瑚之树”；词体演唱的

① （宋）佚名：《五国故事》卷上，朱易安、傅璇琮主编：《全宋笔记》第一编（三），大象出版社2003年版，第243页。

② （后蜀）欧阳炯：《〈花间集〉叙》，（后蜀）赵崇祚编：《花间集》，中州古籍出版社1990年版，第1页。

艳美环境，“则有绮筵公子，绣幌佳人，递叶叶之花笺，文抽丽锦；举纤纤之玉指，拍按香檀”；词体具有的香软特质，乃“自南朝之宫体，扇（兴）北里之娼风”①。关于这后两句的解读，学界历来有争议。或认为这两句说明花间词上承齐梁宫体，下附北里娼风，是“齐梁宫体与晚唐五代倡风的结合”②。确实欧阳炯所描述的镂玉雕琼、裁花剪叶之雕镂绮艳，正是从宫体到花间在形式和内容上一脉相承的两大主要特征。如张泌的《柳枝》：“腻粉琼妆透碧纱，雪休夸。金凤搔头坠鬓斜，发交加。倚著云屏新睡觉，思梦笑。红腮隐出枕函花，有些些。”整个词摹写女子睡态，情绮藻艳，与梁简文帝的《咏内人昼眠》完全相同，似有意模仿之作。实际上，自《〈花间集〉叙》出，后世视花间词为继六朝宫体之余绪，代表一种绮靡的文学风气，似乎成了不可移易的结论。如王世贞《艺苑卮言》云：“盖六朝诸君臣，颂酒赓色，务裁艳语，默启词端，实为滥觞之始。”③ 这既指明了宫体诗与花间词一脉相承的文学渊源，也揭示了两者产生的相近的创作环境和社会基础。

宫体诗风靡一时的南朝，是一个急剧动荡的时代，宋、齐、梁、陈之更替有如走马灯，虽为半壁江山，但位于得天独厚的江南胜地。身处时世动乱的人们对生命危浅、人生无常的感受甚于以往，也更多地滋生出人生苦短、纵情适意的享乐意识。帝室皇胄、达官权贵们在美酒佳肴之间、酒酣耳热之际，红袖把盏，挥毫作诗，然后被之管弦，命女乐婉转歌出，其诗反复描写女性的朱唇玉步、妙舞轻歌、笑意娇态，他们在那春宵冬晓里沉迷于声色的享乐。

（二）奢靡享乐之风

花间词的产生，与宫体诗有着极为相似的社会背景。唐末五代

① （后蜀）赵崇祚编：《花间集》，中州古籍出版社 1990 年版，第 1 页。南朝之宫体：（唐）魏徵等《隋书·经籍志》载：“梁简文帝之在东宫，亦好篇什。清辞巧制，止乎衽席之间；雕琢曼藻，思极闺闱之内。后生好事，递相放习，朝野纷纷，号为‘宫体’。”

② 吴熊和：《唐宋词通论》，浙江古籍出版社 1998 年版，第 176 页。

③ （明）王世贞：《艺苑卮言·附录》，唐圭璋编：《词话丛编》第一册，中华书局 1986 年版，第 385 页。

之世，政治道德体系崩溃，统治者和颓废文人置社会的衰败、动乱于不顾，放纵于绮筵歌舞的感官刺激和享乐。据李肇《唐国史补》卷下记载：京城“长安风俗，自贞元侈于游宴”①，晚唐统治阶层奢侈豪逸，“武宗数幸教坊作乐，优倡杂进。酒酣，作技谐谑如民间宴席，上甚悦”②。

这种奢侈风气至西蜀尤盛。前蜀后主王衍纵奢无度，出游浣花溪，“龙舟彩舫，十里绵亘。自百花潭至万里桥，游人士女，珠翠夹岸”③。上行下效，国人亦多耽于宴饮游乐，“每春三月，夏四月，多有游花苑及锦浦者，歌乐掀天，珠翠填咽，贵门公子，华轩彩舫，共赏百花潭上。至诸王功臣以下，皆各置标亭，异花名果充溢其中。”④ 韦庄的《河传》：

> 春晚，风暖，锦城花满。狂杀游人，玉鞭金勒寻胜，驰骤轻尘。惜良晨。　　翠娥争劝临邛酒，纤纤手，拂面垂丝柳。归时烟里，钟鼓正是黄昏。暗销魂。

记叙的止是蜀中苟安，三月暮春时节风暖花满、寻胜游乐的场面。

好声色享乐，用“酒和女色”消遣人生，最典型的莫过于王衍，经常与聚集身边的佞臣狎客相与嬉乐，“杂以妇人，以姿荒宴。或自旦至暮，继之以烛”⑤。叶申芗《本事词》记载：

> 前蜀主王衍好裹小巾，其尖如锥。宫妓多衣道服，簪莲花冠，施燕支夹粉，号“醉妆”。自制《醉妆词》云：“者边走，

---

① （唐）李肇、（唐）赵璘：《唐国史补·因话录》，上海古籍出版社1979年版，第60页。

② （宋）王谠撰，周勋初校证：《唐语林校正》卷三，中华书局1987年版，第209页。

③ （清）吴任臣：《十国春秋》卷三七，中华书局1983年版，第538页。

④ （清）吴任臣：《十国春秋》卷四九，中华书局1983年版，第719—720页。

⑤ （宋）薛居正等：《旧五代史·僭伪列传》卷一三六，中华书局1976年版，第1819页。

那边走，只是寻花柳。那边走，者边走，莫厌金杯酒。"①

这边走，那边走，"只是寻花柳"，"莫厌金杯酒"，足见其酒色荒淫。大臣刘纂呈《请禁醉妆疏》劝谏道："下之从上，如风偃草，以仁义理法化之则为谨愿之行，以骄奢淫佚化之则为狂薄之俗。今国之人，皆效醉妆，臣恐邦基颓然，如人之醉而不可支持也。"② 可王衍置若罔闻。张唐英《蜀梼杌》记载，前蜀乾德三年（921）王衍在成都筑宣华苑：

> 宣华苑成，延袤十里，有重光、太清、延昌、会真之殿，清和、迎仙之宫，降真、蓬莱、丹霞之亭。土木之功，穷极奢巧。衍数于其中为长夜之饮，嫔御杂坐，舄履交错。③

王衍在位八年间不理朝政，日以冶游为乐，"尤酷好靡丽之辞"④，曾以艳体诗200首结为《烟花集》。该诗集今已不存，但从《烟花集》的名称和仅存的两首词之一的《醉妆词》，可想见其淫靡。

后蜀孟昶即位之初尚勤政，云："王衍浮薄，而好为轻艳之辞，朕不为也。"⑤ 似乎要以前蜀亡国为鉴，然而后也渐趋奢侈享乐，其好色"浮薄"较之王衍，有过之而无不及。前蜀王衍以帝王之尊，常微服私行于酒肆娼家，张唐英《蜀梼杌》记载他："好私行，往往宿于娼家，饮于酒楼，索笔题曰：'王一来'云。"⑥ 孟昶则更

① （唐）孟棨、（清）叶申芗：《本事诗 本事词》，古典文学出版社1957年版，第37页。

② （五代）刘纂：《请禁醉妆疏》，周绍良主编：《全唐文新编》第四部第四册，吉林文史出版社2000年版，第11148页。

③ （宋）张唐英撰，王文才、王炎校笺：《蜀梼杌校笺》第二卷，巴蜀书社1999年版，第168页。

④ （清）吴任臣：《十国春秋》卷三七，中华书局1983年版，第531页。

⑤ （清）吴任臣：《十国春秋》卷四九，中华书局1983年版，第712页。

⑥ （宋）张唐英撰，王文才、王炎校笺：《蜀梼杌校笺》第二卷，巴蜀书社1999年版，第175页。

甚，冶游之后，公然将舞歌娼妓收入宫中。终日以酒色淫乐为务，每巡幸出游“乘步辇，蔽以重帘，环结珠香囊，垂于四角，香闻数里，人罕睹其面”①。甚至以七宝石装饰溺器（便壶），宋太祖将他俘虏后，当面将之击碎并斥责道：“汝以七宝饰此，当以何器贮食？所为如此，不亡何待？”②

花间词人中，除了温庭筠、皇甫松、薛昭蕴、和凝四人之外，其余的或流寓于蜀，或生长于蜀，或仕宦于蜀。前蜀小朝廷，供养着牛希济、尹鹗、李珣等一批前蜀花间词人。后蜀花间词人鹿虔扆与欧阳炯、韩琮、阎选、毛文锡等，“俱以工小词，供奉后主（孟昶）”③。上好之则下必效之，西蜀士大夫文人醉心于声色歌舞享乐，弥漫成风气。缘于此，“绮筵公子，绣幌佳人，递叶叶之花笺，文抽丽锦；举纤纤之玉指，拍按香檀”，西蜀词人笔下出现几近泛滥的醇酒美色的描写，则是自然不过的了。

三 无奈现实的颓废心态

时前蜀至后蜀，君主贪淫放纵、奢华无度，买官鬻爵成风，吏治腐败，地震旱灾屡屡发生，兼之其他割据以强凌弱，虎视眈眈，政权实在是岌岌可危。儒家的正统观念，仕者，经世致用也。这种思想观念，即使在衰乱之世也仍然存在于一些正直的士大夫心中，但忧患国事的忠直之臣，反而被奸佞群小嘲弄。王弈清《历代词话》记载：

> 衍尝宴怡神亭，召嘉王宗寿赴宴。宗寿因持杯谏衍：“宜以社稷为念，少节宴饮。”其方言慷慨激烈，至於流涕。衍有愧色。佞臣潘在迎、顾在珣、韩昭等奏曰：“嘉王从来酒悲，不足责。”乃相与谐谑戏笑。④

---

① （清）吴任臣：《十国春秋》卷四九，中华书局1983年版，第742页。

② （元）脱脱等：《宋史·太祖本纪》卷三，中华书局1985年版，第49—50页。

③ （清）吴任臣：《十国春秋》卷五六，中华书局1983年版，第815页。

④ （清）王弈清编：《历代词话》卷三，唐圭璋编：《词话丛编》第二册，中华书局1986年版，第1121页。

一次怡神亭宴饮，嘉王宗寿持杯劝谏说："应以社稷为念，稍节制宴饮。"说时慷慨流涕，以致王衍面有愧色。佞臣潘在迎等却奏曰："嘉王从来饮酒伤感，陛下不足以自责。"于是一起戏谑大笑。

江河日下，无力回天的文人士大夫们，转而把自己的人生消耗在"半为枕前人，半为花间酒"（孙光宪《生查子》）的酒色享乐中。曹操《短歌行》曾吟唱："对酒当歌，人生几何？譬如朝露，去日苦多。"[①] 韦庄在词中也吟唱："须愁春漏短，莫诉金杯满。遇酒且呵呵，人生能几何！"（《菩萨蛮》）汉末风云际会的乱世，曹操横槊赋诗、对酒当歌，是感叹流光易逝、大业未成的慨慷而歌；而晚唐五代奢华绮靡的乱世，花间词人的对酒当歌则是人生苦短的颓废。他们在感叹人生苦短的同时，多用美酒女色来填充自己空虚无聊的人生，"拚死为红颜"（牛希济《临江仙》）、"醉入花丛宿"（韦庄《菩萨蛮》），成了他们纵情逸乐而玩世的主要生活方式。那花丛的红颜佳人尽呈现绮罗香泽之态：

或傅粉梳头：

　　微傅粉，拢梳头，隐映画帘开处。（孙光宪《风流子》）

或眼波含笑：

　　月如眉，浅笑含双靥。（牛峤《女冠子》）

或娇羞出浴：

　　翠袂半将遮粉臆，宝钗长欲坠香肩。（孙光宪《浣溪沙》）

或舞姿萦回：

　　慢舞萦回，娇鬟低弹。（聂冠卿《多丽》）

那身处乱世而身如飘蓬的文人们，似乎在这些充满脂粉气味的"香而软"、"香而艳"的闺闱中，在这些容貌艳美、意态妩媚的女人身上，找到了他们的精神慰藉和情感释放。这，实是一种无奈于现实的颓废放纵！

---

① （三国）曹操：《短歌行》，逯钦立编：《先秦汉魏晋南北朝诗》上册，中华书局1983年版，第349页。

一部《花间集》，看似花间樽前一片姹紫嫣红、流光溢彩的景象，其深处却潜伏着无奈的悲哀。如温庭筠的香艳词，抛开那些镂金错彩的辞藻的修饰、堆砌，就会发现其“绮怨”内在的哀婉凄约。他笔下“寒外草先衰”（《玉蝴蝶》）的衰残，“月孤明，风又起”（《酒泉子》）的孤冷，“绿窗残梦迷”（《菩萨蛮》）的迷离，“香烛销成泪”（《菩萨蛮》）的哀伤，与铺锦缀绣的华丽闺阁形成鲜明对比。所极力铺张、渲染的物质环境的奢侈华丽和女子情态的艳美娇慵，与所流露出的心理感受的冷漠、内在精神的空虚，两者组成了看似矛盾的沉迷的恋世心理与消极的厌世情绪的融合体。当我们透过温庭筠一类的绮情闺怨，探寻这背后的社会时代背景及词人的身世遭遇，就不难理解那一层总也抹不去的哀婉凄艳的色调，实是词人在艳妆浓抹的掩饰下寓含的自伤忧时的惨淡情绪，是那衰败之秋“摇落使人悲，肠断谁得知”（温庭筠《玉蝴蝶》）的心境写照，是那流离乱世“歌满耳，酒盈樽，前非不要论”（顾敻《更漏子》）的颓废无奈。

四　软玉温香的“情隐”

唐朝安史之乱后，社会政治从由盛转衰，雄浑的盛唐气象及其激情高昂的时代精神似乎都在“渔阳鼙鼓”声中消歇了，人们面对一个逐渐走向衰落的国势世运。至晚唐，中央集权统治力量渐已削弱，外有边患频仍与藩镇割据，内有宦官专权与朋党之争，据《资治通鉴·唐纪》记载：

> 于斯之时，阉寺专权，胁君于内，弗能远也；藩镇阻兵，陵慢于外，弗能制也；士卒杀逐主帅，拒命自立，弗能诘也；军旅岁兴，赋敛日急，骨血纵横于原野，杼轴空竭于里闾。①

① （宋）司马光等：《资治通鉴·唐纪》卷二四四，中华书局 1956 年版，第 7880—7881 页。

这正是唐晚期王室式微、政治黑暗、赋税苛重、社会状况混乱的真实描述。随着唐末朋党之争、宦官专权、藩镇割据的无可抑制的恶性膨胀，各种社会矛盾的不断加剧，终于大唐帝国分崩离析了。之后，代之而来的是五代十国，一个天下分裂的历史时期。《新唐书·昭宗哀帝纪》感叹道：

> 自古亡国，未必皆愚庸暴虐之君也。其祸乱之来有渐积，及其大势已去，适丁斯时，故虽有智勇，有不能为者矣。可谓真不幸也，昭宗是已。昭宗为人明隽，初亦有志于兴复，而外患已成，内无贤佐，颇亦慨然思得非常之材，而用匪其人，徒以益乱。自唐之亡也，其遗毒余酷，更五代五十余年，至于天下分裂，大坏极乱而后止。迹其祸乱，其渐积岂一朝一夕哉！①

身处晚唐五代动荡的浊世、乱世，主观理想与客观现实严重的矛盾冲突，使文人士大夫的个人意志无法张扬，生存境况陷入困顿，他们一方面日趋疏离政治权力的争斗，对混乱的现实局面采取冷漠麻木的回避态度；而另一方面衰乱的时世又给他们的心灵蒙上一层浓重感伤的阴影，挥之不去，于是晚唐五代文人出现了整体的心理危机。为了寻求一种新的平衡，他们的人生追求转向自我的个人需求，退向内心深隐的柔软角落，其“审美趣味和艺术主题已完全不同于盛唐，而是沿着中唐这一条线，走进了更为细腻的官能感受和情感色彩的捕捉追求中”，“时代精神已不在马上，而在闺房”②，在佳人醇酒、花朝月夕，那情思艳冶、爱意轻柔的闺闱。

据统计，《花间集》中直接写男女幽会的词作有20多首，这也是最为人所诟病处。朝代更迭、割据战乱的唐末五代，无力面对乱世的花间词人们“晚逐香车”（张泌《浣溪沙》）、“醉入花丛”

---

①（宋）宋祁、（宋）欧阳修等：《新唐书·昭宗哀帝纪》卷十，中华书局1975年版，第305—306页。

② 李泽厚：《美的历程》，文物出版社1981年版，第155页。

（韦庄《菩萨蛮》），通过情欲的无可遏制的释放和满足来证实自己的存在；同时他们从萍水倾盖、逢场作戏的片刻的亲昵欢爱中，暂时化解心中隐藏的失意和忧患，在软玉温香的游冶中寻求一种遁离乱世的逃避，即所谓“情隐”。

晚唐五代的文人，或如皮日休怒骂冷嘲的愤世，或如罗隐颓废放浪的玩世，或如司空图名利无心、闲吟为乐的隐世，或如温庭筠倚红偎翠、声色自娱的避世，抑或这四种情形或多或少地并存，构成了一种多重纠结的乱世情怀。花间词人群体更多是沉湎声色而“避世”一类，他们不愿面对置身于其中的国势衰败、战乱频仍的社会现实，而是苟且怀安、追随流靡世风，把自己放逐到轻薄放荡的歌楼妓馆。

晚唐五代士人群体在处理“仕”与“隐”矛盾时，打破“兼济”、“独善”的传统模式，将具有离经叛道色彩的“情”引入其隐逸价值观念中，“在深化其内涵的同时，也在背离着它的基本内核”①。花间词人的“情隐”，不是隐于山林以避祸远害而“全其身”，也不是隐于朝市以不苟流俗而“全其志”，而是隐于歌筵以放纵自我而“全其情”，即将“情”与“隐”绾合，通过世俗男女情欲的放纵来达到对昏浊乱离世道的回避，是身处衰乱之世，一种漠视社会矛盾和消解政治角色的退避方式，也是一种情绪宣泄和安放生命的存在方式。

温庭筠早年“承家学鲁儒”（《赠卢长史》），深受儒家用世思想的熏染，原本是志在经邦济世的有志才士，他在《百韵》诗中自谓：“经济怀良画”，“蕴策期干世”。经济，经国济民也。温庭筠先祖温彦博为唐太宗李世民的宰相，封虞国公，虽至晚唐温氏一脉家道已衰落，但他“仰企前修，追怀逸躅”②，有着跻身仕途而重振家声的强烈愿望，为此温庭筠勤学苦读，学习政务，窥视吏事，博览群典，精研诗法。可是晚唐官场腐败、科场污浊，朋党勾结，行

① 陈家红等：《论晚唐五代士人之“情隐”观》，《天津师范大学学报》2012 年第 2 期。

② （唐）温庭筠：《上萧舍人启》，（唐）温庭筠撰，刘学锴校注：《温庭筠全集校注》下册，中华书局 2007 年版，第 1192 页。

贿纳贿，大量出身寒门、秉性正直的士子不屑迎合时俗，又拙于钻营，往往蹭蹬场屋十年二十年，即使皓首穷经博得一第，也很难被朝廷所重用。更何况温庭筠自恃才高、不得权贵援引，还背负有“士行尘杂”的恶名，故每于科场仕途遭受排斥和打击。才志难伸、托足无门的他，在《客愁》诗里曾感叹：“客愁看柳色，日日逐春深。荡漾春风里，谁知历乱心。”社会的乱离动荡、仕宦的一事无成，让一怀客愁春恨的他感到忧心、痛心。但是，他无力摆脱那个社会昏暗政治势力压抑的阴影，也走不出狎游寻欢的享乐世风，在“济世”与“弃世”矛盾的苦闷彷徨中，除了从宗密禅师结社、学禅论道以求解脱外，就只能“放情”甚至滥情，在狂游狎饮里放浪不羁、玩世不恭了。

花间鼻祖的温庭筠如此，其他花间词人亦然。西蜀“绮筵公子”们在“绣幌佳人”的脂粉堆里厮混，醉倒在花间樽前，他们以流连声色的纵情适意来消解乱离之世的忧困，但是这种乱世而玩世的“情隐”很脆弱，其放浪形骸的外显行为往往内隐着伤世忧生的哀伤悲凉。《花间词》普泛化、类型化地表现闺闱女性的孤独空虚，如牛峤《望江怨》写倚门独立的愁怀：“马嘶残雨春芜湿，倚门立。”薛昭蕴《小重山》写夜梦不成的沮丧：“愁极梦难成，红妆流宿泪、不胜情。”和凝《薄命女》写残梦醒后的孤寂：“梦断锦帷空悄悄，强起愁眉小。”这些闺闱绮怨，实是人命危浅、朝不虑夕的乱世，那个社会时代和文人自我生存的双重悲剧情绪的深深郁结，灯红酒绿、浮靡华艳，最终难以掩饰的就是这乱世的悲哀——忧愁、孤寂、迷离、迟暮、幻灭。

五　从历史语境角度的再审视

李冰若《花间集评注》自序指出：“观《花间》一集，录词凡五百首，其中不无愤发悱恻之词，实多流连风月之作。”① 而流连风月，正是愤发悱恻的乱世文人无可奈何的人生选择及艺术选择。当

---

① （后蜀）赵崇祚编，李冰若评注：《花间集评注》，河北教育出版社1999年版，第1页。

然，花间词人们追欢逐乐的颓靡放纵的生活方式和人生态度并不就是可取的。计有功《唐诗纪事》记载：

> 孟蜀欧阳炯与可朋为友。是岁酷暴中，欧阳命同僚纳凉于净众寺，依林亭列樽俎，众方欢适。寺之外皆耕者，曝背烈日种耘田，击腰鼓以适倦。可朋遂作《耘田鼓诗》以贽欧阳，众宾阅已，遽命撤饮。①

一个酷暑天，欧阳炯与同僚相聚于成都净众寺纳凉，于依林亭中大摆筵席，饮酒作乐，而寺林外炎炎烈日下农夫却在挥汗耕田，诗僧可朋遂作《耘田鼓》② 诗讽劝之。其诗中所写耘田鼓，是农忙时挂在田头树上催促劳作的敲击之鼓；筵上鼓，是王公贵族筵宴上歌舞饮酒时奏击之鼓，耘田鼓何其苦，筵上鼓何其乐，一苦一乐形成强烈对比。时欧阳炯身居相位，在后蜀诸词人中名望甚高，《花间集》收其词 17 首，多写柔婉艳情。所撰《〈花间集〉叙》是古代词学史上第一篇词论，他认为曲子词就是用于歌筵酒席间唱的，其功能是应歌佐酒、娱宾遣兴。故于炎夏之日对农人劳作之苦视而不见，与同僚歌筵聚饮为乐。但是，当他听了诗僧可朋《耘田鼓》的劝谏后“遽命撤饮”，也可见其自省而有所收敛。后，丹棱（今属四川）邑人因可朋善讽、欧阳炯善纳之故，遂改“依林亭”为“善讽亭”，留下一段千古文坛佳话。

对花间词人的男女欢爱、歌酒宴饮的颓靡生活方式，宋代陆游较早给予指责：

> 《花间集》，皆唐五代时人作。方斯时，天下岌岌，生民救

---

① （宋）计有功：《唐诗纪事》卷七四（下），中华书局 1965 年版，第 1086 页。此事，（宋）尤袤《全唐诗话》卷六、（宋）李畋《该闻录》、（清）吴任臣《十国春秋》卷五七、（清）王弈清《历代词话》卷三均有记载。

② （后蜀）释可朋《耘田鼓》：“农夫田头鼓，王孙筵上鼓。击鼓兮皆为鼓，一何乐兮一何苦？上有烈日，下有焦土。愿我天公降之以雨，令桑麻熟，仓箱富，不饥不寒，上下一般足。”

死不暇，士大夫乃流宕（放荡）至此，可叹也哉！或者，出于无聊故耶？①

“死去元知万事空，但悲不见九州同”（《示儿》）的陆游，作为南宋著名的爱国词人，他以士大夫文人应有的社会责任感，严厉批评花间词人生于乱世却不恤生民疾苦，唯知个人享乐的“流宕”放纵和“无聊”空虚。其实像陆游这样从道德价值层面对《花间集》提出质疑的人不在少数。很显然，倚红偎翠、娱宾遣兴的花间词与“乐而不淫，哀而不伤”② 的传统诗教相悖离，也与“发乎情，止乎礼义”③ 的传统礼教相悖离。当人们以儒家“温柔敦厚”④、“中和雅正”的标准衡量花间词，以传统的伦理教化功能非难其娱乐消遣功能时，自然多采取摒弃的态度，所以历代词论对花间都不乏讥贬之辞。

如若仅把花间词看作晚唐五代文人放荡的男欢女爱、脂香粉腻的流靡之作，则不免失之浅薄，我们不妨从历史语境、文化语境的角度审视花间词的存在及其艺术价值。花间词作为一种新兴的阴柔精美的抒情诗体，将诗体文学从传统的伦理教化的附庸地位完全独立出来，其为人所诟病的“艳”，实际上展现出活色生香的女性世界，是“好写女性生活和女性之美而带来的一种特殊的审美新感受”⑤，它改变了传统诗歌的严肃面目，使之更贴近个人的感情世界，呈现出本应具有的复杂的情感状态和多元的价值观念；同时它反映了享乐之风盛行的动荡乱世里，文人士大夫颓靡放

---

①（宋）陆游：《〈花间集〉跋》，金启华、张惠民等编：《唐宋词集序跋汇编》，江苏教育出版社 1990 年版，第 340 页。

②（春秋）孔子，钱穆解：《论语新解·八佾》，生活·读书·新知三联书店 2002 年版，第 55 页。

③（汉）毛亨：《毛诗序》，（唐）孔颖达疏：《毛诗正义》卷四，（清）阮元等校勘：《十三经注疏》，中华书局 1980 年版，第 272 页。

④（汉）戴圣编，（唐）孔颖达疏：《礼记正义》，（清）阮元等校勘：《十三经注疏》，中华书局 1980 年版，第 1609 页。《礼记正义》云：“《诗》依违讽谏，不指切事情，故云‘温柔敦厚’，是《诗》教也。”

⑤ 杨海明：《唐宋词美学》，江苏教育出版社 1998 年版，第 58 页。

纵于酒色的生存状态、玩世心态，并隐现出他们无奈感伤的忧患意识和末世情怀。即花间词呈现了一种历史的真实，成为可供我们解读当时社会状态和词体创作的一种文本，所以，“从词的产生语境来看，花间词的面貌呈现的是历史的必然，或者说是一种合理的存在”[①]。

① 莫道才：《从历史语境角度重新审视花间词》，《光明日报》2004年9月1日（《文学遗产》专刊）。

第二章

南唐词：人生长恨的悲剧意蕴

词在滥觞时期，两个源头分流而下：一是民间曲子词；一是中唐文人词。至温庭筠及花间词人则总合这两个源头而又偏取了民间词的艳质，而真正的文人词则是到了南唐词这里。五代的南唐词略晚于花间词兴起，它与花间词有着相承继的关系，一方面在“词为艳科”的道路拓进了一步；另一方面又侧重从韦庄清丽一派的词风发展而来，更多地糅入了文人雅的心态和情致。

第一节　南唐“雅”词

词至南唐渐趋雅致，这一点为词学界所不争。李清照曾“历评诸公歌词，皆摘其短，无一免者”①，尤苛责唐五代词为流靡之音，而独以“文雅”推许南唐词。其《词论》认为自唐开元、天宝后：

> 郑卫之声日炽，流靡之变日烦……五代干戈，四海瓜分豆剖，斯文道熄。独江南李氏君臣尚文雅。②

“郑卫之声”，春秋战国时郑、卫等国的民间音乐。孔子云：

---

① （宋）胡仔：《苕溪渔隐丛话》后集卷三三，人民文学出版社 1993 年版，第 268 页。

② （宋）李清照：《词论》，郭绍虞主编：《中国历代文论选》第二册，上海古籍出版社 2001 版，第 350 页。

“放郑声”，“郑声淫”。[①] 将其斥为淫靡之音而弃之。汉经学家认为“郑卫之声”即《诗经》国风中的郑风、卫风，因多写男女情爱，为淫辞情声。李清照苛责唐五代词如花间艳词一类为柔靡之音，唯独以“文雅”推许南唐词。

其实无论花间词还是南唐词，作为当时社会风尚和审美取向的载体，都烙上了晚唐五代词共同的时代印记；但是如果将二者一言以概之为本质趋同的风格，则失之偏颇。若细而辨之：花间词多“香软”的绮艳色调，南唐词更具“文雅”的婉丽风貌。

唐五代词从敦煌民间的“曲子词”，至中唐文人的“长短句之诗”，再到花间的“诗客曲子词”、南唐的“士大夫之词”，这一明晰的阶段性相继的动态发展，表明词体在原生态时期诸因素既相承续又具变化，它从民间词的俚俗粗鄙，到文人词渐趋婉丽文雅，走着一条雅俗并存而又由俗从雅的演进轨迹。

词至南唐趋雅，较为直接的原因有三方面：

一　传播环境之清雅

晚唐及前蜀词人，大多于市井的秦楼楚馆应歌填词，而南唐词实有别于此，其词乐的承载和传播主体主要是教坊伶人和贵族家妓。陈世修《〈阳春集〉序》记载冯延巳：

> 公以金陵盛时，内外无事，朋僚亲旧，或当燕（宴）集，多运藻思，为乐府新词，俾歌者倚丝竹而歌之，所以娱宾而遣兴也。[②]

时南唐国势危殆，金陵盛时“内外无事”只是一种文饰，但宰相府及南唐词人宴饮填词的创作情况大抵如此。这种妓乐歌舞环境，必然影响士大夫倚曲填词的艺术品位，故南唐君臣欢会、朋僚

① （春秋）孔子，钱穆新解：《论语新解·卫灵公》，生活·读书·新知三联书店 2002 年版，第 290 页。

② （宋）陈世修：《〈阳春集〉序》，金启华主编：《唐宋词集序跋汇编》，江苏教育出版社 1990 年版，第 8 页。

宴集，所制新词“娱宾而遣兴”，多涉雅趣而渐脱去倡风，少了一些裾裙脂粉、花柳风月的描写。

二　文化底蕴之儒雅

南唐金陵为“六朝古都”，吴、东晋、宋、齐、梁、陈六朝先后在此建都，其正统文化的积淀深厚。开国君主李昪深爱文章道义，将儒学作为立国之本。中主李璟“天性雅好古道，被服朴素，宛同儒者。时时作为歌诗，皆出入风骚”①。风骚，指《诗经》的国风和屈原的《离骚》，这是古代诗歌的两大源头，由此建立优良的诗歌传统。统治者倡导和崇尚儒家文化，使南唐词创作的审美取向与“中和雅正”的传统文艺观相契合，自觉地弃却花间艳腻的情辞淫声，变柔靡之音为和缓清雅之调。

三　创作主体之高雅

南唐词人群体的文学艺术修养远高于西蜀诸家。官至宰相的冯延巳多才艺、工书法，“其学问渊博，文章颖发，辩说纵横，如倾悬河暴雨，听之不觉膝席而屡前，使人忘寝与食”②，填词“思深辞丽，均律调新，真清奇飘逸之才也”③。后主李煜才华横溢，工书善画，雅知音律，“酷好著述，有《杂说》百篇行于代，时人以为可继《典论》”④，“为文有汉魏风”⑤，即写文章有刚健雅正之风。这些皆是具有很高文学艺术造诣的风流雅士，他们致力于词章，用词抒写自我情致使得南唐词的脂粉味趋淡了。

总的来看：远离市井的传播环境之清雅，中和雅正的文化底蕴

---

① （宋）史温：《钓矶立谈》，王兆鹏主编：《唐宋词汇评》唐五代卷，浙江教育出版社2004年版，第471页。

② （宋））史温：《钓矶立谈》，王兆鹏主编：《唐宋词汇评》唐五代卷，浙江教育出版社2004年版，第419—420页。

③ （宋）陈世修：《〈阳春集〉序》，金启华主编：《唐宋词集序跋汇编》，江苏教育出版社1990年版，第8页。

④ （宋）陈彭年：《江南别录》，傅璇琮主编：《五代史书汇编》第九册，杭州出版社2004年版，第5141页。

⑤ （宋）陈彭年：《江南别录》，傅璇琮主编：《五代史书汇编》第九册，杭州出版社2004年版，第5138页。

之儒雅，饱学才士的创作主体之高雅，如此诸多因素作用于南唐词的创作，其词风趋于雅致可谓必然矣！

唐代安史之乱的爆发，使中国的经济重心逐步南移，江南地域文化也自六朝后再一次获得了勃兴的机遇。在中原文化衰落时，江南文化得到了长足发展，“成为影响中国文化精神的重要力量，江南的诗性精神和北方的伦理精神构成了中国文化的‘两面’”①。在文学领域，晚唐五代文人的聚集和词的兴起是其表现之一。而浸染着繁荣金陵文化的南唐君臣文人群体的存在，使词的创作于花间词派后形成了一个特殊的高雅群体，他们将江南诗性的文化精神和审美气韵化入宫廷华宅的娱乐和燕乐词体艺术。这，正是南唐雅词兴起的主要文化背景。

第二节　“变伶工之词而为士大夫之词”

一　由“代言”到“自言”

曲子词经过中、晚唐文人的尝试及大力创制，从五代起呈现勃兴之势，但文人创作的“代言”体式使词的抒情功能受到一定的限制。花间派词人中不乏超出“代言”者，如皇甫松的《梦江南》：

兰烬落，屏上暗红蕉。闲梦江南梅熟日，夜船吹笛雨萧萧。人语驿边桥。

此词写旅客思乡、梦中江南，其黯然之情让人凄清“断肠”，它于浓艳柔媚的花间代言词之外，闪现出一抹清丽色彩、一襟清新抒怀。然而对“代言”体式多有超越的主要是韦庄，他的词虽然未尽脱应歌佐饮的娱乐功能的制约，但在延续花间固有的艳情题材中即事抒怀、触情兴发，而且重心已悄然转向自我，向主体意识及诗

① 朱逸宁：《江南文化与中古城市文艺精神的蜕变》，《江苏社会科学》2013年第4期。

体抒情性倾斜。

当然真正对应歌代言的限制予以突破，是到了南唐词人手里。南唐雅词，实为五代词之“变调”，这主要在于它有意识地在叙述方式上突破，为艳体小词注入了不同于以往的抒情新质。

南唐词人改变花间词应歌填词的代言做法，在词的创作中渗入一种新的视角，即从抒情主人公的角度体验生活、抒写自我感受。这一视角的转移，意味着“代言体”向“自言体”的抒情模式的转变。这一根本性转变，始于冯延巳而确立于李煜。

二　冯延巳词的“堂庑特大”

《谒金门》：“风乍起，吹皱一池春水。”这是冯延巳词一时为人传诵的名句。一“乍”字突出主观的感受；一“皱”字形象生动，具有画面般的视觉效果。这一“乍”一“皱”，写出了由静而动的变化过程，风乍起时，晕皱的不只是一池春水，更是主人公的心境——一怀春心。词人以主体内心透视出来的外在景物，揭示出人物内心的细微而深刻的变化。

冯延巳多写闺情离思，就内容题材与温、韦相差无几，但他提升了词的抒情品味，给词体注入了更深沉的情感，一种来自生命深处的忧悒、孤寂，在发掘人物心境上表现出深度和广度。如他的《清平乐》：

> 雨晴烟晚，绿水新池满。双燕飞来垂柳院，小阁画帘高卷。　黄昏独倚朱阑，西南新月眉弯。砌下落花风起，罗衣特地春寒。

此词从写春晚景色中见出人之心情。“双燕飞来”，暗示只身孤独。“画帘高卷”，盼伊人归；“黄昏独倚”，伊人未归。末了，“砌下落花风起，罗衣特地春寒”，将这种孤寂的清寒深入人的内心。所写虽然未脱闺怨题材，但它表现出一种深沉幽微的心境，是抒情主体隐微深邃的内心情感的流露，与温庭筠代言式的“懒起画蛾眉，弄妆梳洗迟”（《菩萨蛮》）的客观描摹不同。

冯延巳词没有了温庭筠花间的浓艳雕琢，更多的是文人情韵，其词风清丽、委婉情深而时带感伤气息，表明词由花间追求外在的感官享受，转向了深入人的内心感受，而且将主体情感与客体自然合为一体。他的词拓展了词的表现意境，将词体在花间建构的精小楼阁改造成深广的庭院，并融入了文人雅的格调和深沉情怀。王国维《人间词话》说：

冯正中词，虽不失五代风格，而堂庑特大，开北宋一代风气。①

三　李煜词的"感慨遂深"

当然完成抒情方式这一转变的，是到了李煜的后期词。他的《虞美人》"春花秋月何时了"的低哀，《子夜歌》"人生愁恨何能免"的泣诉，《浪淘沙》"流水落花春去也"的无奈，都直接用第一人称的叙说方式吐露内心情感，是主体情感的直接抒泄，而且词的作者与抒情主人公合而为一，呈现出创作主体独立而多层次的情感世界。

李煜后期词之所以能具有撼动人心魄的力量，就在于惨痛的现实使他的目光从男女艳情移到了广阔的社会人生，心灵已从"幽禁状态下解放出来而获得自由表达自己的能力"②。他的词以直抒手法抒写性灵，所抒之"情"不再囿于男女之间，转而为家国之忧患、故国之悲思以及丧失之憾恨、命运之无奈等，为社会人生中感发的深沉凝重的复杂情感，至此，词体的抒情特征凸现出来，词的境界也为之阔大。王国维《人间词话》云：

词至李后主而眼界始大，感慨遂深，遂变伶工之词而为士大夫之词。③

---

①（清）王国维撰，黄霖、周兴陆导读：《人间词话》，上海古籍出版社 1998 年版，第 47 页。

②［德］黑格尔著，朱光潜译：《美学》第三卷（下册），商务印书馆 1991 年版，第 220 页。

③（清）王国维撰，黄霖、周兴陆导读：《人间词话》，上海古籍出版社 1998 年版，第 47 页。

伶工之词，即乐工歌妓于青楼教坊、歌宴酒席之间应歌演唱的词。花间词于绮罗绣幌中供乐伎演唱、应歌而作，往往是男性文人模仿女性的生活情态和心理状态而“代言”，绝少渗入或者淡化词人的自我情感，所谓“男子而作闺音”。而南唐词“自言”抒情模式的位移，加大了词作的主体介入性，多了作者个人情志的抒写，同时它消除了第三人称叙述方式带来的隔膜，使词在抒情方面获得了更大的空间和自由度，人物情思的传达变得深致婉曲，被引向更幽微、更深广之处。

诚然，南唐词的画堂红烛、落花飘絮与惜春伤别、凭栏怀远一类题材，未尽跳出花间窠臼，但当南唐词人从原有的“代言”叙述模式中走出来，便不再拘执于以第三者的角度对审美客体做静态观照和描摹，而是更注重人物内心的刻画。一般花间词的抒情主人公为青楼歌女、红粉佳人、富家闺秀，其人物形象系列明显带有普泛化的特征，而且往往置于模式化的生活场境中，充斥了浓厚的脂香粉腻。至南唐词人则摒弃秾丽香艳的铺排堆砌，淡化对女子容貌服饰以及闺房陈设、庭院景致的描写，不再是温庭筠式的“冷静之客观”① 摹写的单一模式，而是在人物形象描述中融入“热烈之感情及明显之个性”。如：

中庭雨过春将尽，片片花飞。独折残枝，无语凭阑只自知。

——冯延巳《采桑子》

手卷真珠上玉钩，依前春恨锁重楼。风里落花谁是主？思悠悠。

——李璟《摊破浣溪沙》

别来春半，触目愁肠断。砌下落梅如雪乱，拂了一身还满。

——李煜《清平乐》

这些词减却了歌容舞态、酒色情欲的俗艳成分，其女性容姿情态秀洁、内心情感深挚，不再是脂粉雕琢出的类型化的人，而是带

① 叶嘉莹：《迦陵论词丛稿》，河北教育出版社 2000 年版，第 15 页。

有鲜明感情色彩的个性化形象。词从花间到南唐，词人的笔触向纵深处伸展，逐渐疏离风花雪月的浮靡，重在表现内在的情感世界，呈现出一种由实而虚、由外而内的变化趋向。

很显然，艺术风貌“文雅”的南唐词与花间有别：应歌佐酒的娱乐功能逐渐消减，对酒当歌的抒情功能凸显出来。由此，市井乐伎配乐演唱的“俗子之词”，逐渐变为文人士大夫抒发情志的“雅士之词”。这，就是南唐雅词。

第三节　李煜的人生悲剧体验

文学是情感的表现形式，“缀文者情动而词发”①，即为文者，情动于衷而发于辞。晚清小说家刘鹗《老残游记·序》认为：“感情生哭泣”，哭泣分有力和无力两类，“城崩杞妇之哭，竹染湘妃之泪，此为有力类的哭泣。有力类的哭泣又分两种：以哭泣为哭泣的，其力尚弱；以不哭泣为哭泣的，其力甚劲，其行乃弥远也。”②

> 《离骚》为屈大夫之哭泣，《庄子》为蒙叟之哭泣，《史记》为太史公之哭泣，《草堂诗集》为杜工部之哭泣；李后主以词哭，八大山人以画哭；王实甫寄哭泣于《西厢》，曹雪芹寄哭泣于《红楼梦》。③

此皆“其感情愈深者，其哭泣愈痛”。屈原之于《离骚》，庄子之于《庄子》，司马迁之于《史记》，杜甫之于《草堂诗集》，他们的哭泣当为“不以哭泣为哭泣”者；而李煜之于词的哭泣，似乎是“以哭泣为哭泣”者。确实，李煜的词饱蘸了泪水，刘鹗用“哭”一字来诠释，正揭示了李煜词极富悲剧性生命体验的思想内涵。

① （南朝梁）刘勰撰，陆侃如、牟世金等译注：《文心雕龙译注·知音》下册，齐鲁书社 1981 年版，第 390 页。

② （清）刘鹗：《老残游记》，上海古籍出版社 2011 年版，第 1 页。

③ （清）刘鹗：《老残游记》，上海古籍出版社 2011 年版，第 1 页。

一　国破身囚的人生剧变

（一）国破身囚的悲剧

唐末天下大乱后，地方割据势力纷纷称帝，南方诸侯国并立，江淮地区前后有吴、南唐。公元937年，李昪废吴主自立为帝，改国号为“唐”（史称“南唐”），建都于金陵（今江苏南京）。南唐小朝廷，烈祖李昪传中主李璟，李璟传后主李煜，凡三世共39年，公元975年被宋朝所灭。

李煜（937—978），初名从嘉，字重光，彭城（今江苏徐州）人。李煜生得“天骨秀异，神气精粹，言动有则，容止可观”①，《新五代史》本传记载他：

> 善属文，工书画，丰额骈齿，一目重瞳子。②

其善书画，精通音律，工于诗词，才士也；丰颊骈齿，美男子也；一目重瞳，乃异人也。古代史书上记载，造字的仓颉、三皇五帝之一的舜帝、春秋五霸之一的晋文公重耳、西楚霸王项羽等都是“重瞳”，乃异人之相、帝王富贵之相。

李煜为南唐中主李璟第六子。兄长中4个早夭，长兄文献太子李弘冀为人猜忌严刻，却果断刚毅，精通带兵之道，野心勃勃，为皇储之位与叔父李景遂相争斗。此时的李煜无意贪恋皇权，天性喜好学问，“独以典籍自娱，未尝干预时政”③，其风神洒脱“有尘外意”④，自号“钟隐居士”⑤。写有《渔父》词：

---

① （南唐）徐铉：《宋追封吴王陇西公墓志铭》，张玖青编：《李煜全集（汇编汇评汇校）》，崇文书局2011年版，第131页。

② （宋）欧阳修：《新五代史·南唐世家》卷六二，吉林人民出版社1995年版，第448页。

③ （宋）陈彭年：《江南别录》，傅璇琮主编：《五代史书汇编》第九册，杭州出版社2004年版，第5138页。

④ （宋）史温：《钓矶立谈》，王兆鹏主编：《唐宋词汇评》唐五代卷，浙江教育出版社2004年版，第508页。

⑤ （清）彭元瑞《五代史注》卷六十二引《宣和画谱》：“江南伪主李煜，政事之暇，寓意于丹青，颇到妙处。自称‘钟峰隐居’，又略其言曰‘钟隐’。”

浪花有意千重雪，桃李无言一队春。一壶酒，一竿纶，世上如侬有几人？

一棹春风一叶舟，一纶茧缕一轻钩。花满渚，酒满瓯，万顷波中得自由。

据阮阅《诗话总龟》云："张文懿家有春江钓叟图，上有李煜《渔父词》二首，其一曰：'浪花有意千里雪（略）。'其二曰：'一棹春风一叶舟（略）。'"[①] 这两首《渔父》词表达了一种闲适的隐逸情趣：船头浪花卷雪，岸上桃李粲然，一壶浊酒、一竿垂钓，一棹春风、一叶小舟，于"万顷波中得自由"。这正是李煜所思慕的悠然自得的渔隐生活，是他心疏于利禄、厌世而欲求遁世的吟唱。

李煜想做一个王孙贵族式的名士或隐士，然而"天教心愿与身违"（《浣溪沙》），命运却没有成全他。后周显德五年（958），李弘冀入主东宫后毒杀叔父李景遂，不久自己也暴死，于是原本无意追逐君位的李煜，25 岁于金陵登基即位，在位 15 年，史称"南唐后主"。据《宋史》记载："煜虽外示畏服，修藩臣之礼，而内实缮甲募兵，潜为战备"，赵匡胤对此有所察觉，"虑其难制"，两次遣人诏他北上，李煜均以病推辞。[②] 宋太祖开宝七年（974），曹彬率十万宋军、战船千艘，自荆南顺流而下攻伐南唐。次年金陵城被攻破。当时李煜意图自杀，被左右力止，无奈最后以宋军不得屠城、伤害百姓为条件，率众臣吏"肉袒出降"。后来，李煜追忆陷落之际仓皇离开金陵的惨痛情景，写有《破阵子》：

四十年来家国，三千里地山河。凤阁龙楼连霄汉，玉树琼枝作烟萝，几曾识干戈？　一旦归为臣虏，沈腰潘鬓消磨。最是仓皇辞庙日，教坊犹奏别离歌，垂泪对宫娥。

---

① （宋）阮阅：《诗话总龟》前集卷二十，人民文学出版社 1987 年版，第 223 页。张文懿：张士逊，北宋仁宗朝官至宰相，封邓国公，谥号"文懿"。

② （元）脱脱等：《宋史·李煜传》卷四七八，中华书局 1985 年版，第 13859 页。

李煜被俘押至汴京（今河南开封）后，白衣纱帽待罪于明德楼下，屈辱地受封为违命侯，软禁在一老卒守门的宅院，所写《浪淘沙》云："秋风庭院藓侵阶。一任珠帘闲不卷，终日谁来?"垂帘的室内死寂清冷，小宅庭院一阶青苔，终日无人来访，李煜就在这幽闭为囚的极度孤独中度日。宋太宗太平兴国三年（978）七夕之夜，李煜42岁生日，命原南唐宫妓作乐，演奏自己新作的《虞美人》（春花秋月何时了）。赵光义闻之大怒，认为他犹眷念南唐君位，"卧榻之侧，岂容他人酣睡"，于是赐牵机药酒毒杀之。此事详细记载于王铚的《默记》卷上：南唐旧臣徐铉归降宋朝后，官至左散骑常侍，迁给事中。奉宋太宗之旨于所囚禁小院见李煜，"后主相持大哭，及坐默不言。忽长吁叹曰：'当时悔杀潘佑、李平。'铉既去，乃有旨再对，询后主何言。铉不敢隐，遂有秦王赐牵机药之事"①。"又后主在赐第，因七夕命故妓作乐，声闻于外，太宗闻之大怒；又传'小楼昨夜又东风'及'一江春水向东流'之句，并坐之，遂被祸云。"② 一杯牵机药酒，结束了李煜不堪屈辱的囚禁生活。后主死后，马令《南唐书·后主书》记载："追封吴王，以王礼葬洛京之北邙山。"③ 其死讯传至江南，已是宋朝子民的南唐故人"父老有巷哭者"。④

李煜的人生以亡国被俘为界，可分为前期和后期。从一国君主到一介臣虏，这种人生的荣辱剧变和角色转换，使李煜备尝了人世的深悲巨痛，构成了他极为深刻的悲剧性生命体验。

（二）李煜后期的亡国词

王国维《人间词话》指出："生于深宫之中，长于妇人之手，是后主为人君短处，亦即为词人所长处。"⑤ 李煜前期生活在锦衣玉

---

①（宋）王铚、（宋）王林：《默记 燕翼诒谋录》，《唐宋史料笔记丛刊》，中华书局1981年版，第4页。

②（宋）王铚、（宋）王林：《默记 燕翼诒谋录》，《唐宋史料笔记丛刊》，中华书局1981年版，第4页。

③（宋）马令、（宋）陆游：《南唐书（两种）》，南京出版社2010年版，第49页。

④（宋）马令、（宋）陆游：《南唐书（两种）》，南京出版社2010年版，第240页。

⑤（清）王国维撰，黄霖、周兴陆导读：《人间词话》，上海古籍出版社1998年版，第4页。

食、富贵温柔乡中。其《喜迁莺》：

> 晓月坠，宿云微，无语枕频欹。梦回芳草思依依，天远雁声稀。　啼莺散，馀花乱，寂寞画堂深院。片红休扫尽从伊，留待舞人归。

通首写梦回后的情景，梦中事不着一字，只留下“天远雁声”的梦影残痕。结尾更意味深远，片红不扫，只为“留待舞人归”，那落红满地，留给所钟爱的美人看的，是自己的一夜相思，是春光的匆匆易逝，是美好时光的虚度。这首词写别后的梦回孤枕、彻夜相思的情怀，因循了绮情柔美的花间词风。再如《菩萨蛮》：

> 花明月暗笼轻雾，今宵好向郎边去。刬袜步香阶，手提金缕鞋。　画堂南畔见，一向偎人颤。奴为出来难，教君恣意怜。

或认为此词所写乃李煜确有其风流韵事。大周后的胞妹，小名女英。大周后病重时，入宫侍候，后主一见而心倾，而女英年方及笄，也情窦初开。后，大周后病逝，李煜守礼三年，将女英立为国后，史称“小周后”。词中“刬袜步香阶，手提金缕鞋”是描述与小周后幽会的情形，卓人月《古今词统》将此词题作“幽欢”。词中朦胧的幽光、迷蒙的轻雾、淡雅的月色与暧昧的情调糅合，仿佛听见怀春少女幽会时，蹑脚步阶时衣裙玉佩的细响声和偎入情郎怀中胆怯而欢快的微颤声。这一类词绮靡曼艳，可说是花间词之余绪。

李煜前期的词写宫闱韵事、儿女艳情，待到被俘囚禁于深院小楼，便绝弃浮华绮艳，唱出了痛彻心扉的亡国词。其《虞美人》：

> 春花秋月何时了，往事知多少。小楼昨夜又东风，故国不堪回首月明中。　雕栏玉砌应犹在，只是朱颜改。问君能有几多愁？恰似一江春水向东流。

起句，一个痛不欲生的灵魂在挣扎地呼喊道：春花秋月啊，什么时候才是个了结！因为昨夜，春风又来到囚院小楼。惨淡月光下，他想起了南唐宫殿曾经拥有过的无数“春花秋月”，那是“春殿嫔娥鱼贯列”、“重按霓裳歌遍彻”（《玉楼春》）的春晨秋夕。可是如今雕栏玉砌犹在，却江山易主，只有自己身心憔悴，已不复往日朱颜。于是，结尾迸发出：“问君能有几多愁，恰似一江春水向东流。”这一贴切的比喻，将刻骨铭心的故国之思、撕心裂肺的亡国之哀推向极点，倾泻成“一江春水”向东流去，那浩渺无涯的画面撼人心魂。自李煜唱出这末两句，后世词人多以春水喻愁，如：

离愁渐远渐无穷，迢迢不断如春水。

——欧阳修《踏莎行》

便做春江都是泪，流不尽，许多愁。

——秦观《江城子》

此三者以春水喻愁的词流丽而婉曲，各有妙处，但欧阳修、秦观词都不及李煜的“一江春水”意境深广。秦观的词句用深进一层的写法，即使那一江春水都是泪，也流不尽许多愁，似乎更凄哀欲绝，但有雕琢痕迹，不及李煜的词直率自然而全然无所矫饰。

周济《介存斋论词杂著》曾以绝色“天下美妇人”作比，论晚唐五代词著名的三位词人：

毛嫱，西施，天下美妇人也。严妆佳，淡妆亦佳，粗服乱头，不掩国色。飞卿，严妆也。端己，淡妆也。后主则粗服乱头矣。①

温庭筠，严妆佳；韦庄，淡妆亦佳；“后主则粗服乱头矣”。“粗服乱头”后面还有四字“不掩国色”，可见，三位词人中对李

① （清）周济：《介存斋论词杂著》，人民文学出版社1959年版，第7页。

煜的评价最高，“粗服乱头”的美，即李煜词自然而无雕饰的美。况周颐《蕙风词话》云：

吾听风雨，吾览江山，常觉风雨江山外有万不得已者在。此万不得已者，即词心也。而能以吾言写吾心，即吾词也。此万不得已者，由吾心酝酿而出，即吾词之真也。①

李煜的词是“万不得已”由心酝酿而出，所抒写的是一种词心，是“词之真者”。刘鹗《老残游记·序》云“李后主以词哭”，王国维《人间词话》云“后主之词，真所谓以血书者也”②。李煜的后期词字字从血泪中泣出，无一字不真，他把郁结于心的亡国之痛、幽囚之苦、偷生之辱倾吐为词，不需要敷陈排比、辞藻雕饰，只需纯任性灵、自然真率，以清新、白描的洗练笔墨直接抒泄，如这首《虞美人》直抒胸臆，以“一江春水向东流”倾泻自己的深哀剧痛。叶嘉莹先生将李煜归于“纯情的诗人”的最好代表，指出：“这一类的诗人之感情，像滔滔滚滚的江水，其姿态乃是随物赋形的，经过蜿蜒的涧曲，它自会发为撩人情意的潺溪，经过陡峭的山壁，它也自会发为震人心魄的长号，以最任纵最纯真的感情来反映一切的遭遇。”③ 用这一段话来比喻李煜，形象生动而又甚为精当。

（三）“话到沧桑语始工”

朱彝尊《〈紫云词〉序》云：

昌黎子（韩愈）曰：“欢愉之言难工，愁苦之言易好。”斯亦善言诗矣，至于词，或不然。大都欢愉之辞工者十九，而言愁苦者十一焉耳。④

① （清）况周颐：《蕙风词话》卷一，上海古籍出版社2009年版，第9—10页。

② （清）王国维撰，黄霖、周兴陆导读：《人间词话》，上海古籍出版社1998年版，第5页。《人间词话》：“尼采谓‘一切文学，余爱以血书者。’后主之词，真所谓以血书者也。”

③ 叶嘉莹：《唐宋词名家论稿》，河北教育出版社2000年版，第39页。

④ （清）朱彝尊：《曝书亭集》卷四十，吉林文史出版社2009年版，第489页。

朱彝尊认为韩愈所说的“欢愉之言难工，愁苦之言易好”，善用以言诗而不宜言词，词体创作“欢愉之辞工者十九，而言愁苦者十一”。朱彝尊为清代著名词人，开“浙西词派”，作词推崇姜夔、张炎的清雅婉丽，他的这一结论似乎是根据花间一类婉约词片面得出的。欧阳修《〈梅圣俞诗集〉序》曾指出：“诗人少达而多穷”，认为“愈穷则愈工”、“诗穷而后工”。[①] 是说处于困顿境况、幽愤郁积的诗人，常常能写出好诗。这与司马迁的“发愤著书”说、韩愈的“不平则鸣”说一脉相承，大体都论及创作主体的生存状态与创作潜能的关系，欧阳修则是进一步从韩愈“愁苦之言易好”而来，将作者的生活境遇、情感状态直接地与其创作自身的特点联系起来。其实“诗穷而后工”说也宜于言词，唐宋词持久地感动人心的，有很多是词人“穷”后抒愁言恨一类，如：李煜忧患悲感的亡国词、秦观哀婉凄厉的贬谪词、辛弃疾悲慨失意的英雄词，还有姜夔写黍离之悲的词、蒋捷写颠沛流离的词，皆以表现社会人生的悲剧美而成为千古绝唱。

德国哲学家费尔巴哈说：“痛苦是诗歌的源泉，只有将一件有限的事物的损失看成是无限损失的人，才具有抒情的热情与力量。”[②] 李煜的后期词正源于“痛苦”，这痛苦来自他囚禁生活无止的屈辱、他人生永远的悔恨和失去，那是永难愈合的生命创痛。江山已逝、故国不再，一种无法解脱、无法超越的丧失，使他处于缺失性的人生状态，而这种缺失性的情感体验酝酿了他一种情感动力，成为他创作“抒情的热情和力量”，词也就成了他释放和宣泄巨大痛苦的最好方式。李煜如果没有创伤性的悲剧生命，没有国破身囚的“穷”途，就没有他抒写“愁苦之言”的后期词，那是将生命的悲哀底蕴诠释得淋漓尽致的千古绝唱。

叶梦得《石林燕语》记载一段逸事：

---

① （宋）欧阳修撰，李逸安点校：《欧阳修全集》卷四三，第二册，中华书局 2001 年版，第 612 页。

② ［德］费尔巴哈：《关于哲学改造的临时纲要》，［德］费尔巴哈著，荣震华等译《费尔巴哈哲学著作选集》下卷，商务印书馆 1984 版，第 106 页。

> 江南李煜既降，太祖尝因曲燕问："闻卿在国中好作诗？"因使举得意一联。煜沉吟久之，诵其《咏扇》云："揖让月在手，动摇风满怀。"上曰："满怀之风，却有多少？"他日复燕煜，顾近臣曰："好一个翰林学士！"①

李煜沉吟久之而诵的《咏扇》诗："揖让月在手，动摇风满怀。"形容团扇揖让时，明月在手；摇动时，清风满怀。吟扇生动而传神，又见出摇扇人的潇洒神态，可谓好诗句。宋太祖对李煜的才华实有欣赏之意，故说他"好一个翰林学士！"但是作为雄才大略的开国君主，宋太祖也曾责叹李煜："若以作诗工夫治国事，岂为吾虏也？"②

关于李煜的荒政误国，史料多有记载：

> 后主天性纯孝，孜孜儒学。虚怀接下，宾对大臣，倾奉中国，惟恐不及。但以著述勤于政事，至于书画皆尽精妙。③
>
> 煜性骄侈，好声色，又喜浮图，为高谈，不恤政事。④
>
> 酷好浮屠，崇塔庙，度僧尼不可胜算。罢朝辄造佛屋，易服膜拜，以故颇废政事。⑤

或认为南唐衰亡，主要是李煜耽于声色，勤于著述，喜好诗词书画，酷好佛教，以致不恤政事、荒疏政事而误国。当时如此情形固然有之，也曾招致大臣对李煜的严厉劝谏，如监察御史张宪感于国势日危，而李煜迷恋大周后，好诗词书画，以致政事尽废，于是

---

① （宋）叶梦得：《石林燕语》卷四，中华书局1984年版，第60页。

② （宋）蔡絛：《西清诗话》，吴文治主编：《宋诗话全编》第三册，江苏古籍出版社1998年版，第2501页。

③ （宋）郑文宝：《江表志》，傅璇琮主编：《五代史书汇编》第九册，杭州出版社2004年版，第5492页。

④ （宋）欧阳修：《新五代史·南唐世家》卷六二，吉林人民出版社1995年版，第449页。

⑤ （宋）马令、（宋）陆游：《南唐书（两种）》，南京出版社2010年版，第240页。

上章直言极谏，后主“赐帛三十匹，以旌敢言”。[①] 李煜嘉奖张宪的忠直敢言，却不曾纳谏而悔改，仍沉湎于大周后的美色歌乐，所写《玉楼春》（晚妆初了明肌雪），生动描述了当时禁苑凤箫吹断、霓裳歌遍的声色享乐生活。

但是，若将南唐败亡归咎于李煜，斥责他一味荒淫亡国，则又不尽然。五代十国末，宋朝结束分裂局面、一统天下成了历史发展的必然趋势，如江河日下不可阻挡；而李煜嗣位时南唐国运衰弱，财力空竭，亡形已现。其实李煜并不是残暴昏聩的君主，即位后尚能图治而实施“善政”，惩处贪官，减赋利民，礼遇大臣，征纳良策，据陆游《南唐书·后主本纪》记载：

> 乾德五年春，命两省侍郎、谏议、给事中、中书舍人、集贤勤政殿学士，更直（值班）光政殿，诏对咨访，率至夜分。[②]
>
> 专以爱民为急，蠲赋息役，以裕民力。尊事中原，不惮卑屈，境内赖以少安者十有五年。[③]

但李煜终无治国安邦的文才武略，优柔寡断，不辨忠奸，重臣潘佑为复兴南唐屡次上疏，却听信谗言拒谏，遣人收捕而致使其自尽；虎将林仁肇骁勇善战，主动请缨出兵伐宋，却受离间之计而将其误杀。面对颓危的南唐国势，他忧心似焚，却只能每天与臣下设宴酣饮、忧愁悲歌不已。当宋朝挥师南下时，隔江对峙，李煜命人预积柴草，准备一旦都城失守，就与宫殿俱焚。龙衮《江南野史》记载此事：“初，后主即违朝旨，拒命不行，尝谓人曰：‘他日王师见讨，孤当躬擐戎服，亲督士卒，背城一战，以存社稷。如其不获，乃聚室自焚，终不做他国之鬼！’”[④] 然而无奈的是，最终城

① （宋）龙衮：《江南野史》卷三，傅璇琮主编：《五代史书汇编》第九册，杭州出版社 2004 年版，第 5589 页。

② （宋）马令、（宋）陆游：《南唐书（两种）》，南京出版社 2010 年版，第 237 页。

③ （宋）马令、（宋）陆游：《南唐书（两种）》，南京出版社 2010 年版，第 240 页。

④ （宋）龙衮：《江南野史》卷三，傅璇琮主编：《五代史书汇编》第九册，杭州出版社 2004 年版，第 5174 页。

破身俘。北宋词坛巨擘苏轼对李煜词有所承接，但当他读到李煜于金陵城陷时所写的《破阵子》（四十年来家国），颇有微词云："举国与人，故当恸哭于九庙之外，谢其民而后行，顾乃挥泪宫娥，听教坊离曲哉。"[①] 如果结合当时的客观情形，此斥责不免有些苛刻了。

对于李煜，清人郭麐《南唐杂咏》也有一叹："作个才人真绝代，可怜薄命作君王!"[②] 是说：李煜做个才子那真是风华绝代，可惜薄命做了君主，落个国破身囚的悲惨结局。其实，如果没有国破身囚的人生剧变，李煜就只是一个苟安享乐的庸懦之君，而恰恰是国亡身囚这一人生悲剧成就了他，成就了他绝代华彩的词章。这，便是赵翼《题遗山诗》所说的："国家不幸诗家幸，赋到沧桑句便工。"[③] 薄命君王，绝代词帝，这就是李煜不幸而幸的命运。

二 多情善感的心理气质

李煜《子夜歌》云："人生愁恨何能免？销魂独我情何限！""销魂"，指极度的痛苦，使人魂魄消散。"何限"，无限，无尽。"销魂独我情何限"一语，恰揭示了李煜自己特禀的心理气质——极为敏锐的多情善感。

（一）多情之人

李煜是欲挣脱尘网而不得者，他曾在诗中强烈地表现出对于命运的不可把握和无奈："憔悴年来甚，萧条益自伤。风威侵病骨，雨气咽愁肠。夜鼎唯煎药，朝髭半染霜。前缘竟何似，谁与问空王（佛）。"（《病中感怀》）此诗有小注："后主昭惠后周氏，小字娥皇，年二十九殂。"

昭惠后周氏为南唐司徒周宗长女，19岁入宫为妃，李煜继位册封为国后，史称"大周后"。昭惠皇后美艳，"烟轻丽服，雪莹修

---

① （宋）苏轼撰，王松岭点校：《东坡志林·跋李后主词》卷四，中华书局1981年版，第85页。

② （清）袁枚撰，顾学颉校点：《随园诗话》引，人民文学出版社1982年版，第637页。

③ （清）赵翼：《赵翼全集》第四册，凤凰出版社2009年版，第349页。

容；纤眉范月，高髻凌风”①，她自创的“高髻纤裳”、“首翘鬓朵”等妆容纤丽袅娜，为后宫争相效仿。而且通晓书史，能歌善舞，与李煜知音唱和、感情甚笃。陆游《南唐书·昭惠后传》记载：

> （昭惠后）通书史，善歌舞，尤工琵琶。……尝雪夜酣燕，举杯请后主起舞，后主曰：“汝能创为新声则可矣。”后即命笺缀谱，喉无滞音，笔无停思，俄顷谱成，所谓《邀醉舞破》也。②

大周后所生次子仲宣，聪明伶俐，4岁时在佛堂玩耍，因大琉璃灯为猫触落，受惊吓成疾而夭折。李煜亲撰《悼仲宣铭》寄托哀思，泣曰：“呜呼！庭兰伊何，方春而零……与子长诀，挥涕吞声。噫嘻，哀哉！”③ 而已是身体病弱的昭惠皇后不堪痛失爱子，卧床不起，不久病逝于瑶光殿。恩爱情深十年的大周后撒手而去了，释文莹《玉壶清话》记载李煜：

> 悼息痛伤，悲哽几蹶绝者数四，将赴井，救之获免。④

古代帝王三宫六院佳丽无数，纯属玩物滥情，不过是君王个人泄欲、繁衍皇族子孙的工具，可是李煜对大周后恩宠有加、用情极深。大周后染疾病重时，李煜“朝夕临视，药非亲尝不进，衣不解带者逾月”。⑤ 大周后病逝后伤痛不已，悲咽到数次晕厥在地，还弃江山于不顾，要投井自尽随之而去。李煜写有悲情哀悼的《昭惠周

---

① （南唐）李煜：《昭惠周后诔》，（宋）马令、（宋）陆游：《南唐书（两种）》，南京出版社2010年版，第55页。

② （宋）马令、（宋）陆游：《南唐书（两种）》，南京出版社2010年版，第335页。

③ （南唐）徐铉：《岐王墓志铭》引，周绍良主编：《全唐文新编》第四部第四册，吉林文史出版社2000年版，第11117页。

④ （宋）释文莹：《玉壶清话》，中华书局1991年版，第88页。

⑤ （宋）陈彭年：《江南别录》，傅璇琮主编：《五代史书汇编》第九册，杭州出版社2004年版，第5138页。《江南别录》载：“周后疾，后主朝夕临视，药非亲尝不进，衣不解带者逾月。及殂，哀毁骨立，杖然后起。”

后诔》，其《挽词》诗云：

珠碎眼前珍，花凋世外春。
未销心里恨，又失掌中身。
玉笥犹残药，香奁已染尘。
前哀将后感，无泪可沾巾。……

时，前失幼子后丧爱妻的李煜欲哭“无泪”，年不到三十已形销骨立、鬓半染霜，只剩一副病骨愁肠，并对自身命运的存在发出“前缘竟何似”（《病中感怀》）的疑惑和焦虑，真乃多情之人也。

（二）善感之人

张炎《清平乐》云：“只有一枝梧叶，不知多少秋声。”在多愁善感的人耳里，哪怕是一枝梧桐树叶所引发的秋声，也能产生“秋风秋雨愁煞人”的无穷大之心理效果！李煜的《乌夜啼》：

昨夜风兼雨，帘帏飒飒秋声。烛残漏滴频欹枕，起坐不能平。　世事漫随流水，算来一梦浮生。醉乡路稳宜频到，此外不堪行。

深秋的夜晚，风声、雨声、帘幔声、滴漏声清晰敲打着，夜不成眠里时起时坐，一怀深深愁绪。世事随流水，浮生若一梦，从这一悲秋的怅叹中，不难感受到词人内心的细腻善感。他以真纯的心灵，在“风兼雨”的秋夜体悟生命过程中无处可寻的失落、无路可行的幻灭，那烛残漏断时秋声飒飒，渲染出的是清冷凄孤的心境，是莫可名状的深愁幽恨。其它如《谢新恩》：“嗈嗈新雁咽寒声，愁恨年年长相似。”《浪淘沙》：“往事只堪哀，对景难排。秋风庭院藓侵阶。”愁恨年年、往事堪哀的万千思绪，皆由雁咽秋声、藓侵秋阶，从敏细脆弱而颤动不安的内心而自然感发出来。

李煜原本就不是善于治国理政的君王，而是多情善感之人，“人生愁恨何能免”确不为虚叹，他的词中亦多写到“恨”、“愁”、“泪”，如“愁恨年年长相似”（《谢新恩》）、“新愁往恨何穷”

（《谢新恩》）、“心事莫将和泪说”（《望江南》）等。李煜有着其父李璟天性儒雅懦弱的遗传性格，属于内倾的抑郁质型，这种极为细腻敏感的心理气质，使他更沉痛地承受国破身败的命运，也更深切地感知人生所固有的悲剧性。

三　“流水落花春去也”的悲剧意蕴

人生悲剧体验，贯穿了李煜的一生，他的前期词和后期词表现出一致性的悲剧色彩，即使在前期反映奢华宫廷生活的词中，也隐然流露出来。这具体表现在人生无常的苦难、流水落花的失去、往事成空的幻灭三个方面。

（一）人生无常的苦难

佛教的苦谛认为“有生皆苦”，痛苦是人的最基本的生存状态。人生“八苦”：“谓生苦、老苦、病苦、死苦、爱别离苦、怨憎会苦、求不得苦、五阴炽盛苦。”[①] 现世诸种苦相中的“病苦”，“一者身病，谓四大不调，众病交攻；二者心病，谓心怀苦恼，忧切悲哀”[②]。国势飘摇欲坠终而国亡身囚的李煜，更多地感受和经历了人生“苦”难，词作中多描写身心交病之苦，如“满鬓清霜残雪思难禁”（《虞美人》）、“心事数茎白发”（《开元乐》）、“一旦归为臣虏，沈腰潘鬓销磨”（《破阵子》）。这些悲苦愁情难禁的哀吟和体验，透露出浓厚的悲剧生命意识。

李煜最痛的是人生无常的“忧切悲哀”的苦，其《乌夜啼》：

> 林花谢了春红，太匆匆！无奈朝来寒雨晚来风！　胭脂泪，留人醉，几时重？自是人生长恨水长东！

“林花谢了春红，太匆匆！无奈朝来寒雨晚来风！”这伤悼落花的一怀怅恨，使人联想到大观园里黛玉葬花：“花谢花飞飞满天，

---

① 恒强法师校注：《中阿含经》卷七《象迹喻经》，线装书局2012年版，第507页。五阴：即“五蕴”，分别是色蕴、受蕴、想蕴、行蕴、识蕴。“蕴”是梵文的音译，意谓积聚或者和合。佛教认为人的生命个体是由五蕴和合而成。

② 黄忏华：《佛学概论》，江苏广陵古籍刻印社1992年版，第126页。

红消香断有谁怜？……一年三百六十日，风刀霜剑严相逼。明媚鲜妍能几时，一朝飘泊难寻觅。”① 叶嘉莹先生《论李煜词》认为此词所写的是：“由林花红落而引发的一切有生之物的苦难无常之哀感。”② 林花嫣红醉人，可无奈朝雨晚风，匆匆凋谢了春红，犹如自己以国主至尊，忽忽沦为了阶下囚；带露的残红像含泪的胭脂一样，凄艳的美丽只在转瞬间即逝。历经荣辱盛衰而不堪人生风雨摧折的词人，以自然之无常来暗喻人生之无常，加重自己对“无常”苦难的双重感受。词最后以“自是人生长恨水长东”约束全篇，笔力千钧。

李煜，前是高贵的“唯我独尊”的孤独者，后是卑贱的“降为臣虏”的孤独者，极盛之荣与绝悲之辱的巨大反差，使他感受到生命无常的极致，更深邃地咀嚼到“人生长恨”。此词结尾喷吐出的一句，乃人生警句：人生之永远的愁恨、憾恨，如水之永远东流。这种情感体验带有不容置疑的普遍性，是对生命本体悲剧性的哲理思考，是融汇和浓缩了人世无数痛苦的哀叹，如唐圭璋先生所说：

> 以水之必然长东，喻人生必然长恨，语最深刻。“自是”二字，尤能揭出人生苦闷之意蕴。……以重笔收束，沉哀入骨。③

身为阶下囚的李煜，深感生命的脆弱无助，他挣扎在愁与恨叠生的人生地狱中，发出了“自是人生长恨水长东”的无奈之叹。欧里庇德斯为“古希腊三大悲剧大师”之一，他曾以其悲剧诗人的体验诉说道：“悲惨充满人的一生，永无尽期。”④ 这与李煜词里所哀叹的一样，在对悲剧生命、悲惨人生的呻吟和沉吟上体现了人类思维认识和情感体验的共同性。李煜的“人生长恨”绵延不尽，是他

① （清）曹雪芹撰，（清）高鹗续：《红楼梦》第二十七回，人民文学出版社 2008 年版，第 371 页。

② 缪钺、叶嘉莹：《灵谿词说》，上海古籍出版社 1987 年版，第 90 页。

③ 唐圭璋：《唐宋词简释》，人民文学出版社 2010 年版，第 46 页。

④ ［德］叔本华著，陈晓南译：《爱与生的苦恼》引，中国和平出版社 1986 年版，第 136 页。

永远无法挣脱的，直到他的生命被残酷地扼杀。

（二）流水落花的逝去

国破身俘后，李煜完全丧失了作为一国之主的神圣、尊贵乃至人格尊严。人身没有自由，酷爱之书籍尽遭焚毁，宗室兄弟不能保护，连心爱的皇后也被人呼之即来、挥之而去。南唐亡时，小周后随李煜一起被掳至宋朝京师，封为郑国夫人。小周后乃绝色美人，宋太宗赵光义觊觎其美色，多次将她宣至后宫“行幸”，还召宫廷画师将“行幸”的场面绘成画，这就是《熙陵幸小周后图》[①]。关于此事，王铚《默记》卷下最早记载在案：“小周后随后主归朝，封郑国夫人。例随命妇入宫，每入辄数日而出，必大泣骂后主。声闻于外，（后主）多宛转避之。”[②]

沦为臣虏、任人宰割的李煜，“此中日夕，只以眼泪洗面”[③]，他发出了不堪生命苦难的呻吟和呼喊，那血泪交织的深哀巨悲远不是“感伤”、“愁苦”之类的词语所能概括的。如他的《浪淘沙》：

> 帘外雨潺潺，春意阑珊。罗衾不耐五更寒。梦里不知身是客，一晌贪欢。　　独自莫凭栏，无限江山。别时容易见时难。流水落花春去也，天上人间。

春意残落的寒夜，梦境里出游上苑，“车如流水马如龙，花月正春风”（《望江南》），那片刻的繁华欢娱让人贪恋，浑然忘了自己是被俘囚之身，忘了被囚禁的惶恐和屈辱。可一阵帘外雨潺，惊醒时梦破了、残了，又被唤回现实。眼前三千里江山已失，自己身陷囚禁之地，无限伤感、万般无奈，吐出结尾两句：“流水落花春去也，天上人间。”

---

① （明）沈德符《万历野获篇》云：“偶于友人处，见宋人画《熙陵幸小周后图》。”宋太宗死后葬在河南巩县的永熙陵，故称其“熙陵”。

② （宋）王铚、（宋）王楙：《默记 燕翼诒谋录》，《唐宋史料笔记丛刊》，中华书局1981年版，第44页。

③ （宋）王铚、（宋）王楙：《默记 燕翼诒谋录》，《唐宋史料笔记丛刊》，中华书局1981年版，第44页。

胡仔《苕溪渔隐丛话》引《西清词话》云："南唐后主，围城中作长短句，未就而城破：'樱桃落尽春归去（略）。'余尝见残稿点染晦昧，心方危窘，不在书耳。"①其《临江仙》中的"樱桃落尽春归去"一句，与此词的"流水落花春去也"如出一叹，只是一是金陵城破的危殆之际，一是国亡被囚的伤痛之时，所以后者比前者多了"流水"意象，不只是花落春去，而是流水把一切都流走了，所感叹的更哀切、绝望、幻灭。"无限江山，别时容易见时难"，当初"肉袒出降"，别离在国亡的仓皇间，如今想再回到那"雕栏玉砌"已不可能，一切都尽了，逝了。

此词与《虞美人》（春花秋月何时了）同写回首故国之哀、感慨人生之痛，过去拥有的美好的一切，都"流水落花春去也，天上人间"，过去与现在天壤之别，一国之主的尊荣华贵与降为臣虏的卑贱屈辱就如同天堂与地狱。蔡绦《西清诗话》记载：南唐李后主降宋后"每怀江国，且念嫔妾散落，郁郁不自聊（依赖），尝作长短句云'帘外雨潺潺……'含思凄惋，未几下世"②。可知这首《浪淘沙》乃后主之绝笔，让人读到一个孤独而凄冷的灵魂，一个绝望而哀泣的生命，一个无奈而失去的悲剧。

（三）往事成空的幻灭

据杨敏如所辑《南唐二主词新释辑评》③，李煜现存词作36首，写"梦"的约有18首。作为一种情感依托，通过梦意象来抒发情感，似乎成了符合他个性气质的最佳的倾诉方式。李煜前期是奢华宫廷的醉梦："潜来珠琐动，惊觉银屏梦"（《菩萨蛮》）、"落花狼藉酒阑珊，笙歌醉梦间"（《阮郎归》）、"何处相思苦？纱窗醉梦中"（《谢新恩》），这些在珠帘纱窗、笙歌酒樽间追逐声色的梦如此缱绻，让人"迷"、"醉"。而沦为臣虏后，南唐故国成了李煜心

① （宋）胡仔：《苕溪渔隐丛话》前集卷五九引，人民文学出版社1962年版，第406页。

② （宋）蔡绦：《西清诗话》，吴文治主编：《宋诗话全编》，江苏古籍出版社1998年版，第2513页。

③ （南唐）李璟、（南唐）李煜撰，杨敏如辑：《南唐二主词新释辑评》，中国书店2003年版。

中永难释解的情结，他后期的“梦”多是囚楼里的归梦，如“转烛飘蓬一梦归，欲寻陈迹怅人非”（《浣溪沙》）[①] 等，而尤以《浪淘沙》的“梦里不知身是客，一晌贪欢”语意最为幽怨。拥有过江山美人、玉楼瑶殿的李煜，始终不能忘记繁华一梦的过去，而眼前国亡身囚的现实对他来说太残忍、太冷酷，他所寻觅到的平衡心理和摆脱痛苦的办法，就是在梦里重温过去，寻求哪怕只是暂时的片刻慰藉。但是“梦”并不能帮助李煜真正摆脱现实的苦难，“一晌贪欢”的归梦是要醒的，梦醒了，一切都成空成虚，如他在《子夜歌》中写到的：“故国梦重归，觉来双泪垂”；而且梦中的故国繁华更反衬出囚居生活的悲苦，如他在《望江梅》中所怨叹的：“多少恨，昨夜梦魂中”。

李煜《乌夜啼》云“世事漫随流水，算来一梦浮生”，这是他对自己一生的总结。一个“漫”字极空虚、极幻妄，一切都丧失了、毁灭了，一切都无所希冀、无所寄托，“一梦浮生”终归于“漫随流水”的空无。据统计，李煜现存诗词中 13 次使用“空”字，另外间接包含“空”意的句子也不少，[②] 这是李煜所体验到的蕴含了佛理的“空”。

不谙治世的李煜，无奈地面对风雨飘摇的国势。史温《钓矶立谈》云：“承蹙国之后，群臣又皆寻常充位之人，议论率不如旨，尝一日叹曰：‘周公仲尼，忽去人远。吾道芜塞，其谁与明。’”[③] 他想用正统儒道来经国化民，然群臣无贤能者，无奈感叹圣贤人远、“吾道芜塞”。当道路芜塞、烦恼侵扰，生性懦弱的李煜只有选择逃避，以皈依空门来寻求解脱，如他《病中书事》所云：“赖向空门知气味，不然烦恼万涂侵。”这和唐代自号“摩诘居士”的王维一样：“一生几许伤心事，不向空门何处销？”（《叹白发》）

---

① 此《浣溪沙》词，（明）陈耀文《花草粹编》等本为冯延巳作，（清）沈辰垣等编《御选历代诗余》及各本南唐二主词均为李煜作。其词意悲凉凄苦、怅恨难消，当为李煜亡国入宋后所写。

② 王秀林：《试论李煜诗词中的佛教文化意蕴》，《湖北大学学报》2000 年第 3 期。

③ （宋）史温：《钓矶立谈》，傅璇琮主编：《五代史书汇编》第九册，杭州出版社 2004 年版，第 5018—5019 页。

对于这一点，后来北宋的苏轼甚为理解，他读李煜的《开元乐》词："心事数茎白发，生涯一片青山。空林有雪相待①，野路无人自还。"曰："李主好书神仙隐遁之词，岂非遭罹多故，欲脱世网而不得者耶？"②

后主一生笃信佛教。徐铉奉宋太宗之旨所撰《宋追封吴王陇西公墓志铭》云：

> 本以恻隐之性，仍好竺乾（佛）之教。草木不杀，禽鱼咸遂。赏人之善，常若不及；掩人之过，惟恐其闻。以至法不胜奸，威不克爱。以厌兵之俗，当用武之世。孔明罕应变之略，不成近功；偃王躬仁义之行，终于亡国。道有所在，复何愧欤？③

徐铉认为李煜以好生戒杀的"厌兵"之人，处"用武之乱世"而躬行仁义，以至于法令不能断绝奸邪、威势不足形成震慑，最终还是亡国，实是问心无愧，乃天意如此！徐铉于南唐时官至吏部尚书，旧臣为故君所撰墓志铭自当可信，只是其中将最终亡国归于天意，不免有掩饰之词。但也由此可知李煜生性仁厚，以恻隐之性酷好佛教。

李煜出生于崇信佛教的帝王之家，据陆游《南唐书·烈祖本纪》记载：南唐烈祖李昪"喜从浮屠游，多晦迹精舍，时号'李道者'"④。中主李璟既自通佛教精理，又劝勉臣子读经习义。⑤后主

① "空山"句：早期经藏和律藏中记载，佛祖释迦牟尼出家后即于雪山修行，"雪山"是佛国澄澈清凉境界的象征。此词中"空山有雪相待"具有象喻义。此词的作者题署不一，唐圭璋《南唐二主词汇笺》列入李煜词。

② （宋）阮阅：《诗话总龟》后集卷四十，人民文学出版社1987年版，第254页。

③ （南唐）徐铉：《宋追封吴王陇西公墓志铭》，曾枣庄、刘琳主编：《全宋文》第一册，巴蜀书社1988年版，第539页。

④ （宋）马令、（宋）陆游：《南唐书（两种）》，南京出版社2010年版，第215页。

⑤ （宋）江少虞《宋朝事实类苑》卷六十五："江南中主常语（徐）铉以'佛经有深义，卿颇阅之否？'铉曰：'臣性所不及，不能留意。'中主以《楞严经》一帙授之，令看读，可见其精理。经旬余，铉表纳所借经求见，言曰：'臣读之数过，见其谈空之说，似一器中倾出，复入一器中，此绝难晓，臣都不能省其义。'因再拜，中主哂之。"

李煜则自言："平生喜耽佛学，其于世味澹如也。"① 东晋时，释慧远于庐山东林寺结社精修念佛，专修净土法门，又掘池植白莲，故称"白莲社"，后世形成净土宗，又称"莲宗"。李煜自称"莲峰居士"，是以佛教信徒自居，其信佛佞佛礼佛，顶礼膜拜的痴迷程度比其祖其父更甚，"顶僧伽帽，披袈裟，课诵佛经，跪拜顿颡，至为瘤赘"②。平日课诵佛经、跪拜佛像以致额头长出肉疙瘩。即使兵临城下、金陵城被围时，南唐国运命悬一线，李煜仍在净居室听僧人德明、云真等诵念《楞严》、《圆觉》经。在城破被俘后，李煜乘船被押往汴京，"至汴日，登普光寺，擎拳赞念久之，散施缗帛甚众"③。于俘押途中，犹礼拜佛祖、施舍众生。

晚唐五代至宋初，是佛教南禅的鼎盛时期。法眼宗为南禅五家之一，据《五代会元》记载，法眼宗创始人文益禅师与南唐中主、后主颇有交往，后主与法眼文益禅师法嗣——清凉泰钦法灯禅师、报恩院法安慧济禅师、钟山章义院道钦禅师、净德院智筠达观禅师等也过往甚密。李煜一生受佛教思想的浸润很深，佛禅的"空"幻感在他的诗词文赋中时时流露出：爱妻大周后病逝，写《挽辞》"秾丽今何在，飘零事已空"；无奈失去而伤悲，写《病中感怀》"前缘竟何似？谁与问空王"；弟弟从善使宋未归，写《却登高文》"空苍苍兮风凄凄，心踯躅兮泪涟涟"；囚禁中思念故国，写《浪淘沙》"想得玉楼瑶殿影，空照秦淮"。从《虞美人》"往事知多少"，透出人生如梦的感喟，到《浪淘沙》"往事只堪哀"，流露出万事皆非的悲叹，回首一生如梦幻泡影、如露如电，转瞬即逝，转头成空。他的《子夜歌》感叹："往事已成空，还如一梦中"，与佛家的"诸相虚妄"、"浮生如梦"的思想相合，流露出浓厚的虚无的空漠感、空灭感，这是他后期囚禁心境的真实反映，也是深受佛教"空观"影

① （宋）史温：《钓矶立谈》，傅璇琮主编：《五代史书汇编》第九册，杭州出版社2004年版，第5020页。

② （宋）马令：《南唐书·浮屠传》卷二六，（宋）马令、（宋）陆游：《南唐书（两种）》，南京出版社2010年版，第45页。

③ （宋）马令：《南唐书·后主书》卷五，（宋）马令、（宋）陆游：《南唐书（两种）》，南京出版社2010年版，第49页。

响的结果——是他阅尽生命的悲凉底色，走向人生尽头的感悟。

德国美学家伏尔盖特《论悲剧的美学》中指出：悲剧性的特点，第一是“强烈的异乎寻常的苦难，使它的牺牲者通过身体的毁灭和精神的崩溃，甚至两者同时并至，而导致最后的灾难”①。李煜经历了“身体的毁灭和精神的崩溃”并至的异乎寻常的苦难，在悲剧的感情力量和思想深刻方面，远超出了平常普通人，而他生命也因这毁灭性的灾难悲剧得到纯净和升华。

李煜国亡身囚的悲剧虽属于一己之遭际，但一经写进他具有悲剧性审美特质的词里，便将“自我”的一己之情感升华为人类共有的情感，典型地代表了广泛意义上的人类悲剧情感和悲剧命运，凸显了生命中的大悲大痛，他后期词的那些血泪文字，蕴含了永恒的生命悲剧意义。

第四节　南唐衰亡的忧患之叹

五代十国，是中国社会由统一走向分裂又由分裂走向统一的时代，政权更迭，战乱纷起。花间词人身处这一乱世，偶尔也会于伤春惜别的闺怨中寓兴寄慨，《花间集》中鹿虔扆有一首别调《临江仙》：

> 金锁重门荒苑静，绮窗愁对秋空。翠华一去寂无踪。玉楼歌吹，声断已随风。　烟月不知人事改，夜阑还照深宫。藕花相向野塘中。暗伤亡国，清露泣香红。

宫苑荒芜，重门闭锁，玉楼歌吹已随风声断，唯有野塘藕花含露泣红，词人于荒寂景象中蕴含人事已改的今昔之慨，借野荷泣红写亡国之哀。俞陛云《唐五代两宋词选释》云：“周道《黍离》之

① ［英］李斯托威尔著，蒋孔阳译：《近代美学史评述》引，安徽教育出版社2007年版，第228页。

感，唐宋以来，多见于诗歌。在词中，惟南唐后主亡国失家，语最沉痛。虔扆词亦善感乃尔。"[①] 然而这"暗伤亡国"的情怀，在花间词人只是一种潜在性的渗透，不及南唐词人深切地一以贯之。

南唐于乱世江南，苟延残喘保有一壁江山，才艺风流的南唐君臣，尽管也似西蜀君臣一样耽于声色享乐，依红偎翠，陶穀《清异录》云："李煜在国，微行倡家……乘醉大书右壁曰：浅斟低唱，偎红依翠大师，鸳鸯寺主，传持风流教法。"[②] 但是大厦将倾，朝不虑夕，面临日益窘迫的衰颓国势，南唐君臣的词中自然大量浸染了为"花间"词人所没有的病酒愁颜的感伤情调，充溢着浓厚的忧患意识和悲剧气氛。他们的"人生长恨"交叠了社会历史的多重悲剧，吟唱的是南唐王朝的衰微与破灭。

一　"西风愁起绿波间"的寒寂

南唐中主李璟（916—961），字伯玉，彭城（今江苏徐州）人。好读书，多才艺，常与宠臣韩熙载、冯延巳等宴饮，于歌筵舞榭赋诗填词。李璟的词于绮艳中有深婉哀美之致，宋人所编《南唐二主词》录存其词4首，与其子李煜人称"二李词"。

陆游《南唐书·冯延巳传》记载："元宗（李璟）尝因曲宴内殿，从容谓曰：'"吹皱一池春水"，何干卿事？'延巳对曰：'安得如陛下"小楼吹彻玉笙寒"之句！'"[③] 曲宴，为宫廷赐宴的一种，席上常有赏花赋诗等活动，与宴者主要是宗室成员、近密臣僚等。南唐君臣于禁中宴饮时相互调侃，意为欣赏对方词作的名句。冯延巳自愧不如的"小楼吹彻玉笙寒"，出自李璟的《浣溪沙》：

> 菡萏香销翠叶残，西风愁起绿波间。还与韶光共憔悴，不堪看。　　细雨梦回鸡塞远，小楼吹彻玉笙寒。多少泪珠何限恨，倚阑干。

---

① 俞陛云：《唐五代两宋词选释》，上海古籍出版社1985年版，第80页。

② （宋）陶穀：《清异录》卷上，朱易安、傅璇琮主编：《全宋笔记》第一编（二），大象出版社2003年版，第31页。

③ （宋）马令、（宋）陆游：《南唐书（两种）》，南京出版社2010年版，第148页。

词中“细雨梦回鸡塞远，小楼吹彻玉笙寒”两句尤为佳妙。梦醒了，征人远在边塞戍地，细雨小楼独自吹笙，久久地，当吹完最后一曲，露水凝重了，笙寒而声咽。那玉笙寒寂了，小楼寒寂了，更是念远思人的情怀寒寂了。此两句以景衬情，亦远亦近，亦虚亦实，且对仗工巧，实乃千古名句。这首词所写的秋风愁起、香销叶残，细雨梦回、小楼吹笙，那样一种迷离清寂而“远”、“寒”的感受，成了后世文人词赏玩的意境。此词之美感，在于词人发自内心深处的某种深微、寒寂的沉郁感，以及隐约一种意内言外的蕴涵。陈廷焯《云韶集》评曰：“凄然欲绝，只在无可说处。”①

对于这首词，王国维《人间词话》有不同解读：

> 南唐中主词“菡萏香销翠叶残，西风愁起绿波间”，大有众芳芜秽、美人迟暮之感。乃古今独赏其“细雨梦回鸡塞远，小楼吹彻玉笙寒”，故知解人正不易得。②

王国维所说如屈原《离骚》的“众芳芜秽、美人迟暮之感”，似指此词中隐含了南唐衰微之感、家国之忧思，正可谓“知解”人也。李璟的闺情词确实托喻比兴，寄托有深意。

烈祖李昪建立南唐后，勤于政事，变更旧法，又与吴越和解，保境安民，与民休息，使南唐成为了南方地域优越、经济富庶、文化繁荣的重要割据政权之一。但李昪晚年崇尚道术，服用丹药中毒，终因背疮恶化而病逝。公元943年李璟嗣位，史称“南唐中主”。即位后大规模对外用兵，消灭闽、楚二国，扩大了南唐疆土，由二十八州拓为三十五州，但李璟奢侈无度，小朝廷日渐政治腐败，党争加剧。公元957年后周派兵入侵南唐，占领淮南大片土地，并长驱直入长江一带，迫于北周的威胁，李璟向后周世宗柴荣称臣，去帝号，改称“国主”。周亡后，又向宋割

① （清）陈廷焯：《云韶集》，（清）陈廷焯撰，孙克强主编：《白雨斋词话全编》第一册，中华书局2013年版，第31页。

② （清）王国维撰，黄霖、周兴陆导读：《人间词话》，上海古籍出版社1998年版，第4页。

地称臣，减制纳贡。李璟在位 19 年，最后六年南唐内外交困，处境尤为困危。

中主李璟与僧侣的交往较为密切，据《十国春秋·南唐列传》记载：

> 僧文益，余杭鲁氏子也。……元宗重其人，延住报恩院，赐号“净慧禅师”。保大末，政乱国危，上下不以为意，文益因观牡丹，献偈以讽曰：“发从今日白，花是去年红。何须待零落，然后知始空！”元宗颇悟其意。①

时，南唐“政乱国危”，众臣不以为然，净慧禅师以观牡丹偈诗相劝谏：“何须待零落，然后始知空。”李璟“颇悟其意”。

平日研习佛经深义的李璟顿悟佛理，深知世事无常、国运难保，他虽然尽享君主之尊的奢华富贵，但在现存的词里，却不曾表现醉歌酣歌的奢侈享乐。其《应天长》：

> 一钩初月临妆镜，蝉鬓凤钗慵不整。重帘静，层楼迥，惆怅落花风不定。　　柳堤芳草径，梦断辘轳金井。昨夜更阑酒醒，春愁过却病。

词写闺中女子鬓乱钗斜、无心梳理的一怀伤离念远。月夜梦断时，风乱花落，更阑酒醒后，春愁如病，一层抹不去的清寒冷寂色调中，隐微地流露出凝重的伤感情绪和残败意识，就如同“菡萏香销翠叶残，西风愁起绿波间”所隐含的“迟暮之感”，也许这才是中主李璟面对南唐国势的每况愈下，独自孤寂处内心的真实流露。

李璟身系南唐安危的重任，既无图强之志，也无回天之力，他只能借词比兴寄托，于闺怨中融入国事之忧、伤时之感。李煜在词

---

① （清）吴任臣：《十国春秋》卷三十三，中华书局 1983 年版，第 468 页。保大：南唐中主李璟的年号（943—957）。（南唐）释文益《无题》：“拥毳对芳丛，由来趣不同。发从今日白，花是去年红。艳冶随朝露，馨香逐晚风。何须待零落，然后知始空。”

中是坦陈了自己的，而李璟则不然，如《浣溪沙》（菡萏香销翠叶残）写闺怨秋思，却将自己的身影藏在思妇身后时隐时现。他的另外一首《摊破浣溪沙》：

> 手卷真珠上玉钩，依前春恨锁重楼。风里落花谁是主？思悠悠。　　青鸟不传云外信，丁香空结雨中愁。回首绿波三楚莫，接天流。

“风里落花谁是主”之句，与“惆怅落花风不定”，都是写思妇如落花飘零的孤独无依的幽怨，那珠帘重楼的春恨雨愁，渗透在深层的是词人自己面对南唐国事飘摇的一怀危苦、孤冷和茫然。或认为此词结句“回首绿波三楚莫（暮），接天流”，气象雄浑，境界阔大，与词中所写情思低徊的闺妇形象、“丁香空结雨中愁”的柔美意象不相谐和。其实它正是词人情之所至，直接将自己的胸中块垒一吐为快，那苍茫暮色里，一江绿波远接天际流去，就如同李煜的“问君能有几多愁，恰似一江春水向东流”。

二 “惆怅还依旧”的郁悒

冯延巳（903—960），又名延嗣，字正中，广陵（今江苏扬州）人。仕于南唐烈祖李昪、中主李璟两朝。时内有朝廷之党争，外有宋兵之压境，在内外局势交困中三次拜相三次罢相，身为乱世苟安的宰辅大臣，他无力撑起国势颓落的衰局，宰相府上朋僚燕集、倚歌填词，娱宾遣兴的背后更多的是举步维艰的忧惧。

《阳春集》收录其词120首，冯煦《〈阳春集〉序》说冯延巳词“郁抑怆怳之所为”①。试看他的《鹊踏枝》：

> 谁道闲情抛掷久，每到春来，惆怅还依旧。日日花前常病酒，不辞镜里朱颜瘦。　　河畔青芜堤上柳。为问新愁，何事

① （清）冯煦：《〈阳春集〉序》，史双元编著：《唐五代词纪事会评》，黄山书社1995年版，第582页。

年年有，独立小桥风满袖，平林新月人归后。

独立小桥，任寒风入袖，直到林间月上、路断行人，可见日日病酒、朱颜消瘦的愁怀不是一般的“闲情”，不然，何以难以弃掷而每到春来惆怅依旧。最后两句“独立小桥风满袖，平林新月人归后”，让人读到主人公内心一种深沉盘郁的孤寂惆怅之感。魏文帝曹丕的四言诗《善歌行》有云：“高山有崖，林木有枝，忧来无方，人莫之知。”① 冯延巳春来依旧、独立小桥的惆怅，与曹丕的“忧来无方，人莫之知”是同一类的愁情纠结，那无端、无知的纠结里，表现出忧伤孤寞的自我形象。其《采桑子》：

马嘶人语春风岸，芳草绵绵。杨柳桥边，落日高楼酒旆悬。　旧愁新恨知多少，目断遥天。独立花前，更听笙歌满画船。

落日楼头，目尽远天的怅望；独立花前，听画船笙歌的孤寂——“旧愁新恨知多少”，隐然流露出的是文人士大夫身处衰世困境的隐忧。即使是写伤春怀人，如另一首《采桑子》：“小堂深静无人到，满院春风。惆怅墙东，一树樱桃带雨红。　愁心似醉兼如病，欲语还慵。日暮疏钟，双燕归栖画阁中。”那满院春风、深静无人，一树樱桃、墙头雨红，日暮疏钟、双燕归栖，作为载体的客观物象呈现出一种凄清而沉冷的主观情感状态，词人更多地运用比兴寄托手法，将如病“愁心”——内心深处的凄迷怅惘与社会现实的危苦糅合在一起。冯延巳词清而不浅、意境深至，有“旨隐”② 之称，所谓“隐”，正在这辞近而旨远，一种情感表达的双重意蕴。

---

① （魏）曹丕：《善歌行》，逯钦立编：《先秦汉魏晋南北朝诗》上册，中华书局1983年版，第390—391页。

② （清）冯煦：《〈阳春集〉序》，史双元编著：《唐五代词纪事会评》，黄山书社1995年版，第582页。

三 “剪不断，理还乱”的哀愁

宋太祖建隆二年（961），中主李璟在内忧外患中一病而驾崩，时年四十六岁。李煜即位时，宋朝统一南北、削平割据已到了最后阶段，南唐小朝廷以向宋称臣纳贡而苟安于江南一隅，但国力日衰，颓势已不可挽回。《新五代史·南唐世家》记载：

> （后主）尝怏怏以国蹙为忧，日与臣下酣宴，愁思悲歌不已。①

李煜以风流才子误作人主。虽处南唐国主之尊，但文弱怯懦、不谙治国之道的他，登位后如履薄冰，内有丧妻失子之哀痛，外迫于赵宋王朝的步步进逼，内心承受着惶惑危惧的痛苦煎熬。

李煜有太多的无奈：“可奈情怀，欲睡朦胧入梦来”（《采桑子》），“秋风多，雨相知，帘外芭蕉三两窠，夜长人奈何”（《长相思》），“无奈夜长人不寐，数声和月到帘栊”（《捣练子令》）。他前期所写的小词虽不免绮靡曼艳，但也隐含有好景不长之叹，不乏幽愁暗恨，如《捣练子》（深院静）、《清平乐》（别来春半）、《虞美人》（风回小院庭芜绿）等 。其《清平乐》：

> 别来春半，触目柔肠断。砌下落梅如雪乱，拂了一身还满。　雁来音信无凭，路遥归梦难成。离恨恰如春草，更行更远还生。

此词淡笔勾勒，明净自然，流走如珠，是李煜一贯纯熟的艺术表现手法，其疏朗语言中见委婉含蓄，清丽喻象中透深沉凝重。其“砌下落梅如雪乱”，一个“乱”字写出了触景伤情的砌下之人，独立无语却又心乱如麻的心境。此词所写并非拘泥于别情离恨，词

① （宋）欧阳修：《新五代史·南唐世家》卷六二，吉林人民出版社 1995 年版，第 449 页。

人愁肠寸断、黯然神伤的是与之紧密联系的时势国事。

开宝四年（971），李煜派其弟郑王李从善朝贡赵匡胤，却被扣留在汴京为人质，这首《清平乐》有“雁来音信无凭，路遥归梦难成。离恨恰如春草，更行更远还生”句，应是从善入宋第二年春天，李煜一怀思念深苦而作。陆游《南唐书·后主本纪》记载：李煜曾亲手上书宋太祖，请求让从善回南唐，未获允许，“后主愈悲思，每登高北望，泣下沾襟，左右不敢仰视。”① 为此作《却登高赋》：

> 怆家艰之如毁，萦离絮之郁陶。
> 陟彼岗矣企予足，望复关兮睇予目。
> 原有鸰兮相从飞，嗟子季兮不来归。
> 空苍苍兮风凄凄，心踯躅兮泪涟涟。
> 无一欢之可作，有万绪以缠悲。……

其赋文凄恻酸楚，不忍卒读。结尾两句“无一欢之可作，有万绪以缠悲”，正是李煜家国难保、时时自危的凄惶悲哀的处境。三年后南唐被灭，李煜自己也成了宋朝的阶下囚。

南唐在宋军围城的危急之时，无力抵御，李煜触目伤情而写有《临江仙》：

> 樱桃落尽春归去，蝶翻金粉双飞。子规啼月小楼西，玉钩罗幕，惆怅暮烟垂。　　别巷寂寥人散后，望残烟草低迷。炉香闲袅凤凰儿，空持罗带，回首恨依依。

此词尾原残缺十六字，据陈鹄《耆旧续闻》所录补足。这首春怨词虚实相生，用重笔铺染的手法涂抹出衰残、凄迷的暮春景象，衬映春尽无归的一怀寂寥落寞的意绪。词人实借残败暮春隐喻国势危亡，借思妇之怨恨表达孤苦无奈的绝望情怀，如苏辙读后题云：

① （宋）马令、（宋）陆游：《南唐书（两种）》，南京出版社2010年版，第342页。

“凄凉怨慕，真亡国之声也。”①

李煜的悲剧是不以个人意志为转移的悲剧，政权的危机、生存的威胁、肉体的病痛、精神的孤苦以及自由的丧失、尊严的被践踏，种种人生不堪的重负碾碎了一个文雅柔弱的生命。李煜被压抑、被桎梏乃至被毁灭的悲剧是社会悲剧，也是个体的性格悲剧和命运悲剧，他的词是最绝望的“纯粹的眼泪”，浸透了浓厚的悲剧意识。所谓“悲剧意识”是人类存在的根本性意识，即当人们意识到自身个体的短促性、渺小性和悲剧性的时候，产生的一种个体的孤独感、价值的空没感和生命的无奈感，是认定一切虚无幻灭，一切终将归于悲剧结局的一种思维方式和情感方式。李煜的悲剧意识与他的悲剧生命同在，是他对现实的正视和反省，是声色喧闹中的寂寞、繁华褪落后的苍凉，是人生无常的理性审视。

国运危殆的阴影像梦魇始终压抑着李煜，驱散不去。他在奢华宫廷里，欣赏美人的舞姿曼妙、秋波流盼，然而长夜不寐听冷风寒砧，一怀清冷孤独：“深院静，小庭空，断续寒砧断续风”（《捣练子》）；他在欢乐极限时瞥见命运注定的悲凉结局，怀疑一切的存在和所拥有的真实：“宴罢又成空，魂迷春梦中”（《菩萨蛮》），他沉溺于眼前的云鬓香腮、轻歌曼舞：“一曲清歌，暂引樱桃破”（《玉楼春》），用来掩盖和麻痹自己内心的忧虑、惶恐和空虚。

吴梅《词学通论》云：“二主词，中主哀而不伤，后主则近于伤矣。”② 李煜哀而近于伤、近于痛，近于悲愁凄恨乃至绝望哀吟的词，主要是到了后期。《乌夜啼》：

> 无言独上西楼，月如钩。寂寞梧桐深院锁清秋。　剪不断，理还乱，是离愁。别是一般滋味在心头。

---

① （宋）陈鹄：《耆旧续闻》引《西清词话》，王兆鹏主编：《唐宋词汇评》唐五代卷，浙江教育出版社 2004 年版，第 485 页。

② 吴梅：《词学通论》，中国书籍出版社 2006 年版，第 76 页。

一般认为这首《乌夜啼》写于李煜后期。“无言独上西楼”，那是一个“斯人独憔悴”的身影，如楼头的一钩残月清瘦凄冷；梧桐深院所闭锁的愁剪不断、理还乱，纷乱如麻，是缠绕心头的家破身囚的离愁。那“别是一般滋味”的，是悔是恨，是怨是悲？尽在欲言而“无言”中。此词心境与空间融合，写幽囚深院小楼的愁苦情怀，乃凄楚伤心语也，黄昇《花庵词选》云：“此词最凄婉，所谓亡国之音哀以思。”①

四　“忧生念乱，意内而言外”

“忧患之嗟”——忧生忧世，是一种思索社会人生意义的特定历史文化心态，由此形成了古代士大夫文人集体沉淀的忧患意识以及严肃主题的创作传统。“忧患”一词，最早见于《周易·系辞下》：“作易者，其有忧患乎？”② 群雄逐鹿的战国时期，屈原与孟子是最具忧患意识的人物，屈原《离骚》云：“长叹息以掩涕兮，哀民生之多艰。”③《孟子·尽心上》曰：“孤臣孽子，其操心也危，其虑患也深。”④ 他们掩涕叹息的忧患之嗟，千百年来，引发了多少文人志士的共鸣和喟叹。

南唐立国不久，就先后处于后周和北宋强大的政治压力和武装侵逼之下，国势日渐衰微，君臣为国运忧患的气氛所笼罩。他们将伤时念乱的忧思，注入意象偏于清寒冷寂的词中，如李璟的《浣溪沙》（菡萏香销翠叶残）、冯延巳的《鹊踏枝》（秋入蛮蕉风半裂）、李煜的《临江仙》（樱桃落尽春归去），虽为相思怨别之作，但无论秋来的香销叶残、冷雨疏荷，还是春归的樱乱草低，在大体相似、反复描摹的物象中，已经融入了某种典型性的衰残凄清的主观意味。冯煦《〈阳春集〉序》评冯延巳：

---

① （宋）黄昇：《花庵词选·唐宋诸贤绝妙词选》卷之一，辽宁教育出版社 1997 年版，第 23 页。

② 郭彧译注：《周易·系辞下》，中华书局 2006 年版，第 394 页。

③ （汉）刘向辑，（汉）王逸注，黄灵庚疏证：《楚辞章句疏证》卷一，中华书局 2007 年版，第 178 页。

④ （战国）孟子撰，（清）焦循注疏：《孟子正义》，中华书局 1987 年版，第 902 页。

危苦烦乱之中，郁不自达者，一于词发之。忧生念乱，意内而言外。①

南唐君臣的词皆如此，他们身处危苦之乱世，盘结于心中的孤寂、悲怆和愁苦尽于词中抒泄之，正所谓“忧生念乱，意内而言外”。李煜《浪淘沙》“独自莫（暮）凭栏，无限江山”的人物呈现，冯延巳《采桑子》“满目悲凉，纵有笙歌亦断肠”的内心诉说，李璟《浣溪沙》“菡萏香消翠叶残，西风愁起绿波间”的景物描写，已不仅仅是一人之态、一己之悲、一时之景，它们所融汇的俯仰人生的思索与家国身世的慨叹，使其词作超越表层可感触的具象，而另涵纳了带普遍性意义的深层意蕴。所以念及南唐风雨飘摇、岌岌可危的严峻国势，我们应读到这些词郁结于题材表层后面的意味更深长的内涵——忧患之嗟——衰亡之叹：社会人生的悲剧。

① （清）冯煦：《〈阳春集〉序》，史双元编著：《唐五代词纪事会评》，黄山书社1995年版，第582页。

第三章

闲愁词：忧衰惜时的生命意识

北宋初期文职官吏俸禄优厚，闲暇之余歌筵宴饮成为风气，词作为樽前花间娱宾遣兴的工具，侧重反映了这一士大夫阶层歌酒悠闲的生活，他们所作词调以小令为主，清丽闲雅，其题材、风格都未突破晚唐五代以来的婉丽格局；同时，北宋初统治者强调“留意儒雅，务本向道”①，其正统的儒学观念也影响到词的创作，文人作词多以雅为审美取向。这一时期词坛出现了以晏殊、欧阳修为代表的贵族雅词派，尤其是晏殊的词上继五代南唐遗绪，下开北宋婉约词风，被誉为“北宋倚声家之初祖”②。

第一节　晏殊的雍容富贵

一　命运宠儿：晏殊的富贵仕途

晏殊（991—1055），字同叔，临川（今江西抚州）人。幼时聪慧过人，7岁以文章出众被乡里推为“神童”。宋真宗景德元年（1004），14岁被江南按抚张知白举荐于朝廷，《宋史·晏殊传》记载，次年：

> 帝召殊与进士千余人并试廷中，殊神气不慑，援笔立成。

---

① （宋）吴曾：《能改斋漫录》卷十六，上海古籍出版社1984年版，第480页。

② （清）冯煦：《蒿庵论词》，唐圭璋编：《词话丛编》第四册，中华书局1986年版，第3585页。

帝嘉赏，赐同进士出身。后二日，复试诗、赋、论，殊奏："臣尝私习此赋，请试他题。"帝爱其不欺，既成，数称善。①

之后，晏殊仕途一帆风顺。真宗朝，天禧二年（1018），28岁为知制诰，天禧四年（1020），30岁拜翰林学士，渐参与掖垣机密，深得真宗倚重，《宋史》本传记载："帝每访殊以事，率以方寸小纸细书，已答奏，辄并稿封上，帝重其慎密。"② 欧阳修曾亲眼见到这些细书文稿，有80卷之多。

仁宗朝，天圣三年（1025），35岁迁枢密副使；天圣八年（1030），40岁知礼部贡举；明道元年（1032），42岁为参知政事；庆历三年（1043），53岁加同中书门下平章事，次年罢相出知颍州（今安徽阜阳），又移知陈州（今河南淮阳）、许州（今河南许昌）；皇祐五年（1053），63岁爵封临淄公。皇祐六年（1054），64岁因疾归汴京，以"旧学之臣"留侍讲迩英阁③，诏五日一朝于前殿，仪从如宰相，次年病逝。《宋史·晏殊传》详细记载："以疾，请归京师访医药。既平，复求出守，特留侍经筵，诏五日一与起居，仪从如宰相。逾年，病浸剧，乘舆将往视之。殊即驰奏曰：'臣老疾，行愈矣，不足为陛下忧也。'已而薨。帝虽临奠，以不视疾为恨，特罢朝二日。"④

沈遘《赠司空兼侍中晏殊谥元献》云：

> 初以圣童召见，章圣皇帝（真宗）即以卿器之。维先帝知人之哲，所以奖励而育成其材者，非他臣敢望；而司空亦自以天子为知己，所以感奋一心，以事上者又非他臣所及。故终先帝世未尝去左右，君臣之遇盛以极矣！上嗣位，以先帝之所

① （元）脱脱等：《宋史·晏殊传》卷三一一，中华书局1985年版，第10195页。同进士出身：宋代进士分五甲，《宋史·选举志二》载："第一甲赐进士及第并文林郎，第二甲赐进士及第并从事郎，第三、第四甲进士出身，第五甲同进士出身。"

② （元）脱脱等：《宋史·晏殊传》卷三一一，中华书局1985年版，第10196页。

③ 侍讲：宋置侍读、侍讲，皆以他官中之文学之士兼充，掌读经史，释疑义，备顾问应对。

④ （元）脱脱等：《宋史·晏殊传》卷三一一，中华书局1985年版，第10197页。

属，且东朝之旧，遂大任之。夫以少年起远外，为两朝亲臣，登丞相府，为国元老。①

晏殊一生历仕真宗、仁宗两朝，年少荣华，晚来厚宠，“君臣之遇盛以极矣”，在宋代众多的文人中极为少见。

二　宋初词坛：贵族雅词派宗主

（一）致力于教育和荐拔人才

晏殊执政正当北宋“承平”时期，也是朝廷官僚机构因循保守、墨守祖宗成法而难有所作为的时期。他仕途显达，久处政权中枢地位，但政治上无大的建树，而是多致力于文化教育和荐拔人才。

天圣五年（1027），晏殊知应天府（北宋的陪都南京，今河南商丘），期间大力扶持应天府书院，力邀范仲淹加入讲学，培养了大批人才，该书院与白鹿洞、石鼓、岳麓书院合称宋初“四大书院”。庆历三年（1043）于宰相任上时，又与枢密副使范仲淹倡导州、县立学，自此京师至郡县皆设有官学，史称“庆历兴学”。晏殊“大兴学校，以教诸生”，使五代以来屡遭禁废的学校教育由衰而复兴，《宋史》本传引欧阳修言：

> 自五代以来，天下学校废，兴学自殊始。②

欧阳修对老师晏殊的这一评价并非虚誉。同时，仁宗朝是人才荟萃的时期，形成了北宋“承平”鼎盛的政局，这与身为宰辅重臣的晏殊选贤任能不无关系。晏殊慧眼识才、重才选才，《宋史·本传》记载：

> 殊平居好贤，当世知名之士，如范仲淹、孔道辅皆出其门。

① （宋）沈遘：《西溪集》卷九，曾枣庄、刘琳主编：《全宋文》第37册，巴蜀书社1992年版，第687页。

② （元）脱脱等：《宋史·晏殊传》卷三一一，中华书局1977年版，第10196页。

> 及为相，益务进贤材，而仲淹与韩琦、富弼皆进用，至于台阁，多一时之贤。①

叶梦得《石林燕语》云：“晏元献公喜荐引士类，前世诸公为第一。”② 晏府的庭前贴了一副对联，正是他识人善任的真实写照：“门前桃李重欧苏，堂上葭莩推富范。”时，欧阳修、苏舜卿、富弼、范仲淹都出其门下，此外王安石也受过他的奖掖，宋祁、张先等均曾在他手下任职，这都是当时政坛、文坛的一流人物。

（二）“惟喜宾客，未尝一日不燕饮”

沈括《梦溪笔谈》记载：“时天下无事，许臣僚择胜燕饮。当时侍从文馆士大夫为燕集，以至市楼酒肆，皆供帐为游息之地。”③ 太平宰相晏殊也极喜交游燕集，常于府邸主办文酒之会。叶梦得《避暑录话》记载：

> 惟喜宾客，未尝一日不燕饮。而盘馔皆不预办，客至旋营上。……每有嘉客必留，但人设一空案一杯。既命酒，果实蔬茹渐至。亦必以歌乐相佐，谈笑杂出。数行之后，案上已粲然矣。稍阑即罢，遣歌乐曰：“汝曹呈艺已遍，吾当呈艺。”乃具笔札，相与赋诗，率以为常。前辈风流，未之有此也。④

晏殊每逢宴饮“必以歌乐相佐”，并亲自“呈艺”——即席填制歌词，与宴者则奉和，“前辈风流，未之有此”。所从游宴饮、诗词唱和者多为中上层文人士大夫，有中书省和枢密院“两禁”的朝廷官属、相府门客及晏殊的门生文友等。

晏殊处于士大夫文人景仰的政坛、文坛的中心地位，其身份职位、文才志向、性情喜好、处世特点和为人胸怀，使他成为一代词

---

① （元）脱脱等：《宋史・晏殊传》卷三一一，中华书局 1977 年版，第 10197 页。

② （宋）叶梦得：《石林燕语》卷九，中华书局 1984 年版，第 132 页。

③ （宋）沈括：《梦溪笔谈》卷九，岳麓书社 2002 年版，第 73 页。

④ （宋）叶梦得：《避暑录话》卷上，《宋元笔记小说大观》第三册，上海古籍出版社 2001 年版，第 2615 页。

坛领袖，其娱宾遣兴的创作活动具有很大的群体效应，团聚了众多的追随者。当时，以江西籍文士二晏父子和欧阳修为骨干，聚合而成一个台阁词人群体——北宋江西词派（贵族雅词派），其词体创作以南唐词为主要艺术渊源，以小令为主要抒写形式，以雅洁婉丽为主导风格，而晏殊以其尊贵的文官魁首地位和雅丽雍容的士大夫词风，成为一派之宗主。

第二节　闲雅的“富贵气象”

一　晏殊词的珠圆玉润

晏殊一生身居要职，过着花团锦簇的贵族生活，他的词大致可分为：“艳情”，男女的相思离别；“闲情”，富贵生活的闲雅。据刘扬忠先生《晏殊词新释辑评》[①] 138首词中艳情词60余首，闲情词70余首。其词作题材固然狭窄，但词人于酒边花前，即兴抒发其性情、思绪和心境，其词无论是写男女绮情，还是写富贵闲情，不腻不俗、不骄不浮，富有个性的一点在于：毫不矫饰地反映了贵族士大夫阶层特定的生活情趣与气质风度。

（一）“冯延巳词，晏同叔得其俊”

刘攽《中山诗话》云：“晏元献尤喜江南（南唐）冯延巳歌词，其所自作亦不减延巳。”[②] 冯延巳与晏殊，二者有着相似的创作环境，皆于宰相府邸朋僚宴集，歌筵酒席间运藻思为词，歌妓倚丝竹歌之，娱宾而遣兴。而且《阳春集》与《珠玉词》也都具有相同的脱俗尚雅的创作趋向，词作内容多局限于闺阁园亭、相思怨别，善写淡淡感伤的富贵闲愁，表现一种闲情逸致。

宋初期词坛，晏、欧词同是承接南唐余绪而来，刘熙载《艺概·词曲概》说：“冯延巳词，晏同叔得其俊，欧阳永叔得其

① （宋）晏殊撰，刘扬忠辑评：《晏殊词新释辑评》，中国书店2003年版。

② （宋）刘攽：《中山诗话》，（清）何文焕辑：《历代诗话》（上），中华书局2011年版，第292页。

深。"[①] 确然，冯延巳的词常在不经意间，流露出一种洒落的才情韵致，如他的《抛球乐》：

坐对高楼千万山，雁飞秋色满阑干。烧残红烛暮云合，飘尽碧梧金井寒。咫尺人千里，犹忆笙歌昨夜欢。

昨夜笙歌欢乐，今日红烛烧残，绿梧飘寒，人却咫尺千里，但是那"坐对高楼"、"雁飞秋色"的远扬情思将这一怀伤离冲淡了，自是一种秀逸之气，一种隽永思致。晏殊词承五代而来，抖落花间的俗艳气，呈现出一种清雅秀洁，正是得冯延巳此一"俊"处。他的词或伤离惜别，如《踏莎行》"红笺小字凭谁附？高楼目尽欲黄昏，梧桐叶上萧萧雨"[②]；或伤逝惜时，如《破阵子》"重把一尊寻旧径，所惜光阴去似飞。风飘露冷时"，其清朗流丽、雅洁秀逸，皆颇得南唐冯延巳之精神。只是北宋太平盛世的宰相，没有五代乱世宰相的家国濒临衰亡的压抑和"俯仰身世，所怀万端"[③] 的郁悒，自然也就没有冯延巳词的"极沉郁之致"[④]。但晏殊词气韵更悠游从容，运意更深蕴高远，更多一种温润色调、俊朗风神，自是"亦不减延巳"。

（二）"温润秀洁，亦无其比"

晏殊晚年自编定的《珠玉词》收词130余首，冯煦《蒿庵论词》称其词："和婉而明丽。"[⑤] 其《踏莎行》：

小径红稀，芳郊绿遍。高台树色阴阴见。春风不解禁杨花，蒙蒙乱扑行人面。　　翠叶藏莺，珠帘隔燕。炉香静逐游丝

---

① （清）刘熙载：《艺概》卷四，上海古籍出版社1978年版，第107页。

② 唐圭璋主编：《全宋词》第一册，中华书局1999年版，第126页。（以下所引宋词，皆据此本。）

③ （清）冯煦：《〈阳春集〉序》，施蛰存：《词籍序跋萃编》，中国社会科学出版社1994年版，第17页。

④ （清）陈廷焯：《白雨斋词话》卷五，唐圭璋辑：《词话丛编》第四册，中华书局1986年版，第3780页。《白雨斋词话》卷五："冯正中词，极沉郁之致，穷顿挫之妙。"

⑤ （宋）冯煦：《蒿庵论词》，人民文学出版社1998年版，第59页。

转。一场愁梦酒醒时，斜阳却照深深院。

上片写出游郊野。红稀绿遍，浓荫飞絮，正值春光衰残时节，一缕伤春愁绪隐然，只是不着一字道破。下片写归来庭院。炉香袅袅，游丝悠转，见出院落静寂和心境虚闲。歇拍“一场愁梦酒醒时，斜阳却照深深院”，妙在不着实写，而无聊之孤寂、莫名之惆怅尽可味而得之，芳郊漫步、深院闲居的春思也都落到一“愁”字上，由此透露而出。作者以景见情用笔含婉，不作直泻浅露，也没有激烈促迫之音，重在抒写一种深微幽隐的内心感发，自有一种含婉蕴藉、温润闲雅的味致，可堪玩赏。再看他的《浣溪沙》：

一曲新词酒一杯，去年天气旧亭台。夕阳西下几时回？　无可奈何花落去，似曾相识燕归来。小园香径独徘徊。

这首《浣溪沙》伤春惜时、忆旧怀人，却不作直接抒写而妙在含蓄蕴藉。暮春天气、水榭亭台、西下夕阳都依旧似去年，暗示伊人不在；眼前，花落如情事已去，燕归伊人却未归，小园芳径，唯有独自徘徊。通篇不作一句怀人语，一怀空寞惆怅的深隐情绪只以景映衬、以景喻托，自是含蓄隽永。此词圆转流利、和婉明丽，如珠圆玉润一般，是《珠玉词》特有的格调。

王灼《碧鸡漫志》云：“晏元献公长短句，风流蕴藉，一时莫及，而温润秀洁，亦无其比。”① 晏殊的温婉雅丽的典型词风，成为同时期贵族雅词派词人趋尚的圭臬。

二　“富贵寄于闲淡之中”

（一）“每吟咏富贵，不言金玉锦绣”

吴处厚《青箱杂记》记载晏殊：

文章富贵，出于天然。尝览李庆孙《富贵曲》云：“轴装

① （宋）王灼撰，岳珍校正：《碧鸡漫志校正》卷二，巴蜀书社2000年版，第34页。

曲谱金书字，树记花名玉篆牌”，公曰：“此乃乞儿相，未尝谙富贵者。”故公每吟咏富贵，不言金玉锦绣，而唯说其气象，若“楼台侧畔杨花过，帘幕中间燕子飞”，“梨花院落溶溶月，柳絮池塘淡淡风”之类是也。故公自以此句语人曰：‘穷儿家有这景致也无？’”①

确实晏殊所写的“楼台侧畔杨花过，帘幕中间燕子飞”（《正月十八夜》）、“梨花院落溶溶月，柳絮池塘淡淡风”（《无题》），贫寒人家绝无此景致，只有朱门富丽的宰相府才有。而高宅华府里的诗酒风流，是在水榭亭台、小园芳径的歌舞宴席间，文人墨客的雅兴填词，姬妾歌妓的演唱佐酒，达官贵人的浅酌听曲，一切都不免充溢着花团锦簇、珠环翠绕的华贵景象，但晏殊笔下写来不见金玉锦绣的富贵俗味，只觉“富贵气象”：梨花院落、柳絮池塘，溶溶月色里淡淡清风，即一种轻柔静谧的幽淡气息，一种闲雅脱俗的趣味韵致。此二联为晏殊得意之诗句，故“以此句话人曰：‘穷儿家有这景致也无？’”其自得之状溢于言表。

宋初诗坛，晏殊也有诗名。刘攽《中山诗话》云：“祥符天禧中，杨大年、钱文僖、晏元献、刘子仪以文章立朝，为诗皆宗尚李义山（商隐），号‘西昆体’。”② 但他后来厌倦了堆垛过密、浓腻化不开的典丽诗风，力主用淡雅语言去表现富贵气韵。欧阳修《归田录》记载：“晏元献公喜评诗，尝曰：‘“老觉腰金重，慵便枕玉凉”未是富贵语；不如“笙歌归院落，灯火下楼台”，此善言富贵者也。’”③“笙歌归院落，灯火下楼台”这样的诗句，不艳俗不浮华，自是饶有台阁贵族高雅风流的意态气韵，确为善言富贵者。

晏殊论诗的“气象说”，作为一种审美取向和表现方式也运用到他词的创作，雅的意态情韵每于《珠玉词》中流落出来，如：

---

① （宋）吴处厚：《青箱杂记》卷五，中华书局1985年版，第46页。

② （宋）刘攽：《中山诗话》，（清）何文焕辑：《历代诗话》（上），中华书局1981年版，第287页。

③ （宋）欧阳修：《归田录》卷二，中华书局1981年版，第21页。

翠叶藏莺，朱帘隔燕，炉香静逐游丝转。（《踏莎行》）

绿酒初尝人易醉，一枕小窗浓睡。（《清平乐》）

小阁重帘有燕过，晚花红片落庭莎。（《浣溪沙》）

花间温庭筠的词也有富贵气，其词的富艳之貌是由金鹧画屏、香烛暖烟、翠钿罗衣、鸳枕绣帘堆垛而成，涂抹了一层浓艳香郁的色泽和气味。而晏殊的“富贵气象”则不然，它不是金玉锦绣的丽字华藻点缀出来的，而是一种内蕴而外溢的雅致、情韵和品位。南唐李煜的前期词描春殿歌宴，也有几分富贵闲雅之致。如他的《玉楼春》：

晚妆初了明肌雪，春殿嫔娥鱼贯列。笙箫吹断水云间，重按霓裳歌遍彻。　　临春谁更飘香屑？醉拍阑干情味切。归时休照烛花红，待放马蹄清夜月。

俞陛云《唐五代两宋词选释》云：“按霓羽之清歌、爇沉香之甲煎，归时复踏月清游，洵风雅自喜者！”① 所被叹赏的“笙箫吹断水云间”、“待放马蹄清夜月”，确实颇有风流才子的清雅情趣，但李煜毕竟是歌舞享乐的南唐后主，此词中晚妆雪肌、嫔娥鱼贯、霓裳歌遍、风飘香屑，终不能尽脱华丽色调的宫廷富贵气。

（二）“富贵之极”的闲雅

晏殊出身寒庶，其父晏固仅为抚州衙门一小吏②。宋代随着科举制的进一步完善，更为公平地向社会各阶层读书人敞开大门，其官吏阶层变得更富于平民化色彩，个人才华乃至“个人人格上资格的有无，较之家族系统和血缘更为重要，已经变得具有决定性意义”③。因此，宋代士人多以砥砺道德、立身树教为己任，由此构成

① 俞陛云：《唐五代两宋词选释》，上海古籍出版社1985年版，第128页。

② 晏固：晏殊之父，据《五朝名臣言行录》“本抚州手力节级”，为从事文书一类的衙役。后父因子贵，诰赠太师中书令兼尚书令，追封楚国公。

③ ［日］村上哲见：《唐五代北宋词学研究》，陕西人民出版社1987年版，第41页。

了士大夫集体人格结构的一个方面。晏殊出身于风尘俗吏之家，没有贵族门阀的生而富贵以及与生俱来的雍容高雅，而是一介寒儒凭学而优入仕，跻身于文人官僚阶层。古代寒庶俊士一旦通过科举仕途晋身，便会形成对自身所处的新地位的阶层归属意识，晏殊亦然，平步青云而成为宰辅重臣的他处处自重身份，笃学而手不释卷，其文学创作托以深厚的文化气韵，以典雅高贵、脱却尘俗为旨归。

晏殊府上虽喜宾客宴饮，但私人生活方式非常清俭，以清婉自得。叶梦得《避暑录话》云："晏元献公虽早富贵，而奉养极约。"① 吴处厚《青箱杂记》亦云："公风骨清羸，不喜肉食，尤嫌肥羶。"② 同时晏殊的文学趣味亦厌弃脂腻俗气，曾"集梁文选以后迄于唐别为集，选五卷，而诗之选尤精，凡格调猥俗而脂腻者皆不载也。"③ 而中唐韦应物诗多写山水田园，气韵清远澄澈，尤得晏殊赏爱："每读韦应物诗，爱之曰：'全没些脂腻气。'"④ 缪钺先生《论宋诗》指出："宋人所好之美在意态而不在形貌，贵澄洁而不贵华丽。……其词句不尚蕃艳而贵朴澹，其美不在容光而在意态，味不重肥醲而重隽永，此皆与其时代之心情相合，出于自然。"⑤ 孜孜于精神生活层面的晏殊，其词的"富贵气象"在意态而不在形貌，在澄洁而不在华艳，在隽永而不在肥腻，正体现出这种与其所处时代相切合的社会心理和审美趋向。

晏殊为人处事散淡自如，他身处位极人臣的荣华富贵，而以从容平和的心态追求淡雅清婉的情趣，在恬淡与富贵之间寻找到二者的结合点，如吴功正《晏殊：富贵气象和清婉心态》指出的："他是富贵寄于轻闲之中，不是未能享用到的富贵，而富贵之极后的闲适和雅致"。⑥ 因此他的词写富贵而出之以闲淡之语、清雅之态，写

① （宋）叶梦得：《避暑录话》卷上，《宋元笔记小说大观》第三册，上海古籍出版社2001年版，第2615页。

② （宋）吴处厚：《青箱杂记》卷五，中华书局1985年版，第47页。

③ （宋）吴处厚：《青箱杂记》卷五，中华书局1985年版，第47页。

④ （宋）吴处厚：《青箱杂记》卷五，中华书局1985年版，第47页。

⑤ 缪钺：《缪钺全集》第二卷，河北教育出版社2004年版，第165页。

⑥ 吴功正：《晏殊：富贵气象和清婉心态》，《南京社会科学文学研究》2003年第6期。

得雍容而闲雅、神清而气远。其《清平乐》：

> 金风细细，叶叶梧桐坠。绿酒初尝人易醉，一枕小窗浓睡。　紫薇朱槿花残，斜阳却照阑干。双燕欲归时节，银屏昨夜微寒。

秋风细细，梧桐叶坠，绿酒初尝后，“一枕小窗浓睡”。在这首词里找不到衰飒伤感的悲秋情绪，有的只是在紫薇花残、斜阳栏杆的富贵闲适生活中，对于节序更替的一种闲静优雅的体味与感触。它或是暑去秋来、岁月流逝而牵动的一丝闲愁，这一丝闲愁淡淡细柔，甚至是飘忽幽微、若有若无的，词人用温润含蓄的笔触，将它通过对外在景物的描写舒徐平缓地流露出来，整个词褪尽了镂金铺玉的俗气浅薄，文辞秀洁而意境清婉。胡应麟《诗薮》云：“诗最贵丽，而丽非金玉锦绣也。……丽语必格高气逸，韵远思深，乃为上乘。”[①] 晏殊词的“富贵气象”正在于格雅气逸、思隽韵远。

（三）“此人不住三家村也”

晏殊的词并不是完全不用锦绣金玉一类词语，如“绣户珠帘，日影初长，玉辔金鞍，缭绕沙堤路”（《玉堂春》），但他重在表现富贵生活的闲淡情韵，如“小庭帘幕春晚，闲共柳丝垂”（《诉衷情》），“林叶静、疏红欲遍。朱帘细雨，尚迟留归燕”（《殢人娇》），“画楼残点两三声，窗外月胧明”（《喜迁莺》），那小庭春晚、柳丝闲垂，朱帘细雨、斜风归燕，画楼残漏、窗外月明，皆所谓不言金玉而自有富贵气者，正如吴曾《能改斋漫录》引晁无咎语：“知此人不住三家村也。”[②] 三家村，意指人迹稀少的僻穷村落，陆游《村饮示邻曲》诗句有“偶失万户侯，遂老三家村”。确实困住三家村而时露穷酸相的贫寒潦倒之人，很难有这种气韵清逸的闲

---

① （明）胡应麟：《诗薮》内编卷五，上海古籍出版社1962年版，第97页。

② （宋）吴曾：《能改斋漫录》卷十六，上海古籍出版社1984年版，第469页。《能改斋漫录》引晁无咎云：“晏元献不蹈袭人语，而风调闲雅，如‘舞低杨柳楼心月，歌薄桃花扇底风’，知此人不住三家村也。”按：“舞低杨柳楼心月，歌薄桃花扇底风”为晏几道词句，误作晏殊。

雅生活和淡定心境。

晏殊不是享受富贵而讳言富贵。他身为台阁重臣，一生荣华，不必为生存的果腹剥夺享受生活的自由，属于摆脱了被直接的功利目的制约的享乐者，所以他能够在审“美”的层面上充分地审视生活、享受生活，细嚼地品味他的富贵闲适生活。晏殊的富贵心态是一种完满的自足，词中所写富贵气象既远离了三家村窘迫寒酸的卑俗，也摒弃了朱门华宅堆金砌玉的庸俗，是一种高雅的贵族文化气韵和士大夫的闲雅风度。

司空图《二十四诗品》“绮丽”品云：

> 神存富贵，始轻黄金。浓尽必枯，淡者屡深。雾余水畔，红杏在林。月明华屋，画桥碧阴。金罇酒满，伴客弹琴。取之自足，良殚美襟。①

指出富贵华丽存于“神”，即神味、神韵之中，薄雾水畔、红杏林梢，月明华屋、画桥绿荫，金尊酒满、悠然琴声，不言金玉满堂而富贵气象弥漫其间，自足而美尽在心襟。北宋前期词坛，盛誉一时的人物多为雍容华贵的达官显宦，如宋祁、张先、欧阳修、寇准、韩琦等，他们的词作也大多清雅婉丽，无脂粉味、无金玉气，表现出美在心襟、贵在神韵的风调闲雅的富贵气象。

三　歌筵酒席间的闲雅风流

唐末以来的词，多浸染于朝歌暮饮的游宴氤氲。有人说晏殊的词是一种“酒席文学”，此说不妥。尽管太平宰相府“唯喜宾客，未尝一日不燕饮”，歌筵酒席间的唱酬之作占其词的40%，但晏殊的《珠玉词》脱去了酒醺腻味。

（一）侑觞劝酒，娱宾遣兴

宋代实行抑武扬文、优礼士大夫的政策，庶族阶层知识分子

---

①（宋）司空图撰，罗仲鼎、蔡乃中注：《二十四诗品》，浙江古籍出版社2013年版，第34页。

“学而优则仕”①，通过科举步入仕途，他们在“苦其心志，劳其筋骨，饿其体肤”的困顿和磨炼中“动心忍性，增益其所不能”②。一旦擢第，从一介寒儒转为显宦权贵，情感上承受的波动必然会产生一定的补偿性心理，晏殊也难免如此。晏殊年轻未显达的时候，据沈括《梦溪笔谈》记载：时侍从文馆的官僚多择佳时胜日聚集宴饮。

> 公是时贫甚，不能出，独家居，与昆弟讲习。一日选东宫官，忽自中（禁中）批除晏殊。执政莫谕所因，次日进复，上谕之曰：“近闻馆阁臣寮（僚），无不嬉游燕赏，弥日继夕。唯殊杜门与兄弟读书。如此谨厚，正可为东宫官。”公既受命，得对，上面谕除授之意，公语言质野，则曰：“臣非不乐燕游者，直以贫，无可为之具。臣若有钱，亦须往，但无钱不能出耳。”上益嘉其诚实，知事君体，眷注日深。仁宗朝，卒至大用。③

晏殊在朝中任馆职时，因俸微食贫，不能参与文馆士大夫弥日继夕的宴饮聚集，只好闭门不出与兄弟读书，却由此被皇帝任为辅助东宫太子的官职。待到面圣时，晏殊毫无矫饰地坦言回奏：“臣并非不喜欢宴集游乐，只是因为贫寒无以为之，臣若有钱也会前往。”也许晏殊正是缘于这年轻时贫寒，不能融入同僚们的宴游，以致形成了心理上的落寞，于是就有了飞黄腾达后唯喜宾客宴饮的补偿性心理和行为。

胡亦堂《〈晏元献遗文〉序》曰：“公为人慎密恭俭，今读其《答赞善中丞家书》，谆谆以节用保家为言，此岂有富贵骄淫之习足

---

① （春秋）孔子，钱穆解：《论语新解·子张》，生活·读书·新知三联书店 2002 年版，第 490 页。

② （战国）孟子撰，（清）焦循注疏：《孟子正义·告子下》，中华书局 1987 年版，第 864 页。

③ （宋）沈括：《梦溪笔谈》卷九，岳麓书社 2002 年版，第 73 页。批除：皇帝下手谕晋升官职。批，古代公文的一种。除，拜官授职，意为除去原有官职而任命新的官职。

以相染？于此知歌词所作，盖以托兴，非其害也。”① 其实晏殊只是养尊处优而不奢侈、雍容华贵而不骄淫罢了，他于自身奉养简约，却广招宾朋聚会宴饮，其词大多作于娱宾遣兴的歌筵酒席间，陈元靓《岁时广记》引《古今词话》记载，晏殊曾于筵席上自作《木兰花》词以侑觞：

> 庆历癸未十二月十九日立春，甲申元日，丞相晏元献公会两禁于私第。丞相席上自作《木兰花》以侑觞曰：“东风昨夜回梁苑。日脚依稀添一线。旋开杨柳绿蛾眉，暗折海棠红粉面。……”于时坐客皆和，亦不敢改首句“东风昨夜”四字。②

可见宰相府上喜延客聚饮，其意不在美酒佳肴，而在于歌乐管弦、诗词酬唱之清雅风流。

（二）摒弃酒醺的俗气味

作于歌筵酒席的晏殊词，内容题材多为听歌观舞、踏径凭栏、品花赏月、庆寿酬答一类，其间不离酒樽。毛晋据旧刻本重加考订的《珠玉词》得词 131 首，其中约有 80 首写到酒，但那华府绮筵的觥筹交错，散溢的是清雅的醇酒芳气，而不是庸俗的酒醺腻味。

晏殊一生高官厚禄，为他提供了优裕的物质生活享受，也滋生了他的闲雅气度和高雅的精神生活品味，一部《珠玉词》散发着如玉盏绿酒的莹润光泽。其自斟浅饮，“绿酒初尝人易醉，一枕小窗浓睡”（《清平乐》），“午醉醒来，柳絮飞撩乱”（《蝶恋花》），从酒里醉里流溢出一种舒徐的闲适意趣；其宾朋宴饮，“清歌咽后云生袂，妙舞翻时雪满裾”③，轻歌曼舞、娱宾遣兴之际，表现出的是超拔世俗化享乐生活的风流雅致。

---

① （清）胡亦堂：《〈晏元献遗文〉序》，祝尚书编：《宋集序跋汇编》第一册，中华书局 2010 年版，第 122 页。

② （宋）陈元靓：《岁时广记》引，唐圭璋编著：《宋词纪事》，上海古籍出版社 1982 年版，第 26 页。两禁：北宋时翰林学士直舍在皇宫北门两侧，故以“两禁”借指翰林院。

③ 傅璇琮等主编：《全宋诗》卷一七二，第三册，北京大学出版社 1991 年版，第 1958 页。（以下所引宋诗，皆据此本。）

晏殊以闲雅心态于富贵优游的歌酒生活中自发地追求一种闲适雅淡。魏泰《隐居诗话》记载晏殊任枢密使时：

> 一日，雪中退朝，客次有二客，乃欧阳学士修、陆学士经，元献喜曰："雪中诗人见过，不可不饮也。"因置酒共赏，即席赋诗。是时西师未解，欧阳修句有"主人与国共休戚，不唯喜乐将丰登。须怜铁甲冷彻骨，四十余万屯边兵。"元献怏然不悦。尝语人曰："裴度也曾燕客，韩愈也会做文章，但言'园林穷胜事，钟鼓乐清时'，却不曾恁地作闹。"①

一日退朝后，大雪天于西园宴客，欧阳修即席赋诗，言镇边之寒苦："须怜铁甲冷彻骨，四十余万屯边兵。"晏殊立刻怏然不悦。当时，晏殊身为掌管军政大权的枢密使，却不愿于酒樽前言边地战事，他认为主宾饮酒吟诗间，只当写园林雅事、钟鼓清乐一类，而欧阳修所赋诗刀光铁甲，如此"作闹"使饮酒赏雪的雅兴全无。

写富贵生活的闲适、闲愁，是贯穿《珠玉词》的主题，如："青梅煮酒"、"水绿暖风"、"梧桐夜雨"、"晚花落庭"，还有斜阳深院、碧纱秋月、罗幕轻寒、游丝炉香等，诸如此类，无不表现出一种雍容和缓的情感基调和闲雅情趣，如薛砺若《宋词通论》指出的：晏殊词"其最特异之处，即在于能于一切平易之境，含有一种极舒缓闲适的情绪。如微风之拂轻尘，如晓荷之扇幽香"②。应该说晏殊的词是一种"闲适文学"、"闲雅文学"，而不是"酒席文学"。

第三节　忧惧衰残的闲愁心绪

晏殊的富贵闲雅，总是渗入了忧惧衰残的淡淡闲愁。他的《踏莎行》有"翠叶藏莺，珠帘隔燕"一句，是不可随意读过的。燕

---

① （宋）魏泰：《隐居诗话》，吴文治主编：《宋诗话全编》第二册，江苏古籍出版社1998年版，第1218页。

② 薛砺若：《宋词通论》，上海书店出版社1985年版，第79页。

子，是晏殊偏好摄取的自然物象，带有鲜明的主观色彩，所谓“以我观物，物皆着我之色彩”[①]，它作为一种审美意象渗入了词人的情感、情趣和情致，具有特定的情感内涵。《珠玉词》中约24首写到“燕”意象，如：“小阁重帘有燕过”（《浣溪沙》），“燕子归来，几处风帘绣户开”（《采桑子》），“帘幕风轻双语燕”（《蝶恋花》），“罗幕轻寒，燕子双飞去”（《鹊踏枝》）等。这深院小阁的珠帘、重帘、风帘之燕，乃“王谢堂前”的燕，寓含了词人多少伤感的闲愁，词人从燕子双飞中牵扯起一缕孤独寂寞，更从燕子归来中惊觉春光衰晚、悄然已逝，它是词人闲淡的生命忧思的感性载体。

晏殊于钟鸣鼎食、荣华富贵之极不乏闲雅的愁绪，那是一种如燕归依稀、炉香幽微、斜阳迷茫、庭院虚空的伤逝而惜时的情怀，于《珠玉词》中常见。

一　闲雅从容里的“促迫”情绪

唐末五代纷争后建立的宋朝，以唐代的覆亡为前车之鉴。为了杜绝强势藩镇的雄起，宋太祖在酒宴的从容揖让之间消解了老将功臣的兵权，后又实行“更戍法”及军权分割制，派文臣主持各地的政务。同时，提出“与士大夫治天下”[②]的重要国策，蔡襄《国论要目》记载：

> 今世用人，大率以文词进。大臣，文士也；近侍之臣，文士也；钱谷之司，文士也；边防大帅，文士也；天下转运使，文士也；知州，文士也。[③]

---

① （清）王国维撰，黄霖、周兴陆导读：《人间词话》，上海古籍出版社1998年版，第1页。

② （宋）李焘：《续资治通鉴长编》卷二二一，中华书局2004年版，第5370页。《续资治通鉴长编》卷二六：宋太宗对宰相李昉等曰：“天下广大，卿等与朕共理，当各竭公忠，以副任用。”

③ （宋）蔡襄撰，（明）徐㶿等编，吴以宁点校：《蔡襄集》卷二二，上海古籍出版社1996年版，第384页。

这种重文抑武的治国方略，既借助文官制度防止武人拥兵割据，又强化了文人仕子对国家政权的自觉依赖；与此同时统治者的尊儒崇文，大量擢用文士，给文人士大夫带来了优渥的政治待遇和丰厚的物质生活条件。所以北宋前期的词人大多过着悠游安逸的生活，于秦楼楚馆听歌观舞、咏吟填词，更多地表现封建士大夫文人的闲情雅致。但是即使这样，有时他们也会厌腻弥漫脂香的行乐日子，感慨人生的忧伤、短促与倦慵。

晏殊的《拂霓裳》：

> 乐秋天，晚荷花缀露珠圆。风日好，数行新雁贴寒烟。银簧调脆管，琼柱拨清弦。捧觥船，一声声、齐唱太平年。　人生百岁，离别易，会逢难。无事日，剩呼宾友启芳筵。星霜催绿鬓，风露损朱颜。惜清欢，又何妨、沉醉玉尊前。

“无事”暇日，又值晚荷露圆、新雁轻烟的清秋天，呼宾唤友芳筵欢饮，清弦脆管歌咏“太平”，词人却生发出人生百年离易聚难的伤感、星霜风露催损朱颜的哀叹，催促自己惜清欢而醉玉尊。其实在晏殊的闲雅从容里，有一种“相当促迫的情绪，此即：对于老之将至的深悄忧惧和对时光流逝的浓重伤感”①。

> 人貌老于前岁，风月宛然无异。（《谒金门》）
> 春花秋草，只是催人老。（《清平乐》）
> 暮去朝来即老，人生不饮何为。（《清平乐》）

人貌老于去年，而清风明月宛然无异；春花秋草，只是催人老去；暮去朝来便老，人生何不对酒当歌。在词人的时间焦虑里，充满了忧衰惧老的惜时心绪。

缘于这种忧惧衰残的惜时心绪，晏殊的闲雅词多以淡雅委婉的笔调写失落和消逝了的美好。其《浣溪沙》：“一曲新词酒一杯，去

① 杨海明：《唐宋词与人生》，河北人民出版社2002年版，第56页。

年天气旧亭台。夕阳西下几时回?”日落自是又日出，可词人却问“夕阳西下几时回?”可知那一曲新词、一杯斟吟里，有多少忧惧逝去的惆怅。“几时回”?恍然之间词人低唤的是流逝的光阴，也是逝去的去年旧事。陆游也曾感叹：“万事已随流水去，一尊将奈夕阳何!”(《偶思蜀道有赋》)那是壮志不酬、英雄迟暮的他，85岁时强烈感受到生命尽头的迫近，所以对于时光流逝的感慨格外深沉。而晏殊的“夕阳西下几时回”不一样，郑骞《成府谈词》说晏殊：“亦曾累遭拂逆，且与物有情，而地位崇高，性格严峻，更易蕴成寂寞心境。”① 他身居高位、性格清峻所蕴成的“寂寞心境”，是一种孤独的情感体验、一种精神状态，与之相联系的正是在《浣溪沙》中流露出的世事聚散的无常感、人生易逝的空漠感。

《珠玉词》中颇堪玩味的是祝寿之词多达约30首，如：

> 人尽祝，富贵又长年。(《长生乐》)
> 家人拜上千春寿，深意满琼卮。(《少年游》)
> 斟美酒，萦舞袖，当筵劝我千长寿。(《渔家傲》)

人之常情乃恋生而惧死，博识达理的晏殊也难免。据王铚《默记》记载：

> 晏元献自西京以久病请归京师，留置讲筵。病既革，上将临问之。甥杨文仲谋谓：“凡问疾大臣者，车驾既出，必携纸钱。盖已膏肓，或遂不起，即以吊之，免万乘再临也。”遂奏：“臣病稍安，不足仰烦临问。”仁宗然之。实久病忌携奠礼以行，然后数日即薨。②

晏殊晚年因疾请归京师，病中婉谢皇上和大臣的探问，“实久

① 郑骞：《成府谈词》，吴熊和主编：《唐宋词汇评》两宋卷第二册，浙江教育出版社2004年版，第145页。

② (宋)王铚、(宋)王楙：《默记 燕翼诒谋录》，《唐宋史料笔记丛刊》，中华书局1981年版，第13页。

病忌携奠礼以行”，可知他至衰病老死之际，犹缺乏直面死亡的勇气。词人尽享雍容富贵、安乐闲适，内心深处却有着挥之不去的对老之将至的焦虑感，对衰老、死亡的胁迫感。琼卮寿宴上“绿鬓朱颜，道家装束，长似少年时”（《少年游》），台榭歌筵间“莫教红日西晚，留着醉神仙”（《长生乐》）。他深知“红颜岂能长如旧”（《渔家傲》）、“不觉星霜鬓边白”（《滴滴金》），唯恐自己享有的美好一切匆匆逝去，所以一年又一年地祝寿，企求“富贵又长年”。其流连于金风月圆、琼卮舞袖的寿筵，这看似浅薄的及时行乐，却隐含着深沉的人生况味，是对无常之生命的忧惧，是惜时恋生的缱绻情怀，也是对时间不可逆性和生命有限性的悲剧性感受。

二　圆满人生的残缺

晏殊志得名遂的圆满人生，也有着深深的缺陷。据夏承焘先生《二晏年谱》[①]，晏固有三子，长子晏融、次子晏殊、三子晏颖。据《临川县志》记载：“元献与弟颖举神童，入秘阁，而颖夭。”[②] 晏殊之弟晏颖，也是聪慧过人的神童，与晏殊一起被推荐至朝廷，入秘阁读书。后召试翰林院，赋《宫沼瑞莲》而受宋真宗嘉许，赐同进士出身并授奉礼郎官职。佚名《道山清话》云：“其季弟颖，自幼亦如临淄公警悟，章圣闻其名，召入禁中，因令作《宫沼瑞莲赋》，大见称赏，赐出身，授奉礼郎。颖闻之，走入书室中，反关不出。其家人辈连呼不应，乃破壁而入，则已蜕去。案上有纸，大书小诗二首，一云：‘兄也错到底，犹夸将相才。世缘何日了，了却早归来。’一云：‘江外三千里，人间十八年。此行谁复见，一鹤上辽天。’其年十八岁也。章圣御篆‘神仙晏颖’四字，赐其家。”[③] 晏

---

① 夏承焘：《唐宋词人年谱》，上海古籍出版社 1979 年版。

② （清）胡亦堂修纂：《康熙临川县志》卷二九《茔墓·晏元献祖墓》，台湾成文出版社 1984 年版。

③ （宋）佚名：《道山清话》卷一，中华书局 1985 年版，第 25—26 页。或认为此事指李邦颖，（宋）蔡绦《西清诗话》载：“晏元献、李邦颖自为童子，秀嶷有声。后真宗闻之，召试翰林院，赋宫沼瑞莲，赐出身，授奉礼郎。颖闻报，闭书室高卧。家人裹饭呼之，久弗应。折关（毁门锁）就视，则已蜕去。旁得书 纸云：‘江外三千里，人间十八年。此时谁复见，一鹤上辽天。’”

颖及第得官却遽然去世，年仅 18 岁，此事亦见载于《临川县志》卷二十五《仙释》条。次年，宋真宗大中祥符六年（1013）其父晏固亡故，三年后其母吴氏去世，时晏殊 26 岁。晏殊青年时，对生命之脆弱和人生之无常，就经历了如此痛楚入骨的感受，这一道心理阴影终其一生也难以抹去。

晏殊入仕“由王官宫臣，卒登宰相，凡所以辅道圣德，忧勤国家，有旧有劳，自始至卒，五十余年”[①]。欧阳修在给老师的挽辞中，说晏殊“富贵优游五十年，始终明哲保全身”[②]。其实，晏殊五十年仕宦生涯并不尽是“富贵优游”，他也曾历经仕途风波。晏殊在朝时常怀戒惧之心，天圣八年（1030），宋仁宗率百官为皇太后上寿，范仲淹上书谏不合国体。时，“晏殊初荐范仲淹为馆职，闻之大惧，召仲淹，诘以狂率邀名，且将累荐者。仲淹正色抗言曰：‘仲淹谬辱公荐，每惧不称，为知己羞，不意今日反以忠直获罪门下！’殊不能答。”[③] 晏殊责备门生范仲淹“狂率邀名”，实是自己有忧谗惧祸的心理。尽管他 50 余年为官，谨小慎微以求明哲保身，却仍然难免遭贬黜。据夏承焘《二晏年谱》，晏殊于仁宗朝曾三次被贬官：

天圣五年（1027），因上疏忤旨，罢枢密副使，以刑部侍郎出知宣州（今安徽宣城），后改知应天府。

明道二年（1033），因谏阻太后“服衮冕以谒太庙”，罢参知政事，以礼部尚书出知亳州（今属安徽），后移知陈州。

庆历四年（1044），因撰修李宸妃墓志事，被言官弹劾罢相，以刑部尚书知颍州（今安徽阜阳），后徙知陈州、许州，以观文殿大学士徙知永兴军（治所今陕西西安）。

其中，第三次罢官纯属宫廷的争斗。《宋史·本传》记载，仁宗庆历年，晏殊居相位时多进用贤才：

---

① （宋）欧阳修：《赠司空兼侍中晏公神道碑铭》，（宋）欧阳修撰，李逸安点校：《欧阳修全集》卷二二，第二册，中华书局 2001 年版，第 351 页。

② （宋）欧阳修：《晏元献公挽辞三首》，（宋）欧阳修撰，李逸安点校：《欧阳修全集》卷五六，第三册，中华书局 2001 年版，第 812 页。

③ （明）陈邦瞻：《宋史纪事本末》卷二四，中华书局 1977 年版，第 189 页。

（仁宗）帝亦奋然有意，欲因群材以更治，而小人权幸皆不便。孙甫、蔡襄上言："宸妃生圣躬为天下主，而殊尝被诏志宸妃墓，没而不言。"又奏论殊役官兵治僦舍以规利。坐是，降工部尚书知颍州。然殊以章献太后方临朝，故志不敢斥言；而所役兵，乃辅臣例宣借者，时以谓非殊罪。①

谏官孙甫、蔡襄上奏章弹劾晏殊二条：宸妃为宋仁宗赵祯生母，可晏殊曾受诏命为宸妃写墓志铭，却隐瞒此事不提；又，晏殊役使士兵建筑僦（租赁）舍以谋求利益。其实这两条时人认为不能构成晏殊罪名，一是章献太后垂帘听政，为刘宸妃作墓志铭自当不敢提及其生有子；二是使用士卒修筑租赁房，是当时辅臣例行的公开借用，但是晏殊却由此遭弹劾而被罢相。所以一生权重而显贵的晏殊也有忧谗畏讥之感，也曾感叹"劝君看取利名场，今古梦茫茫"（《喜迁莺》），似乎流露出仕宦浮沉无定的难言隐忧。

60余年的漫长人生，晏殊有过很多感慨，如他在《玉楼春》中感叹的"细算浮生千万绪"。而这千万思绪中，他体味最多的是忧惧衰残和慨叹美好流逝的惜时心绪。杨海明先生认为：晏殊作为北宋盛时的达官贵人，其惜时伤逝的忧伤"始终带有几分富贵气和优雅相。故把他对生命的感叹比喻为'从人生美酒中呒咂出来的几分苦涩'，或许也大体得当"②。

三　晏、欧伤逝惜时之比较

北宋初江西词派中，以晏殊、欧阳修成就最高，故"晏欧"并

① （元）脱脱等：《宋史·晏殊传》卷三一一，中华书局1985年版，第10197页。章献太后：宋真宗皇后刘氏。李宸妃原为刘氏侍女，后为真宗妃嫔，生子赵祯为刘氏所据（民间所传"狸猫换太子"事）。仁宗明道元年（1032），李宸妃卒，晏殊受命撰志文，只言生女一人，早卒，无子。明道二年（1033）章献太后薨，"燕王谓仁宗言：'陛下李宸妃所生，妃死以非命。'仁宗号恸毁顿，不视朝者累日，下哀痛之诏自责，尊宸妃为皇太后。""叹息曰：'人言其可信哉！'"见（宋）邵伯温《邵氏闻见录》卷八。

② 杨海明：《唐宋词与人生》，河北人民出版社2002年版，第63页。

称之，有“翔双鹄于交衢，驭二龙于天路”[①]的美誉。欧阳修（1007—1072），字永叔，号“醉翁”，吉州永丰（今属江西）人。诗、文、词均为一时之冠。其词既以和婉含蓄见长，也以清丽疏放称胜，“疏隽开子瞻，深婉开少游”[②]。有《六一词》、《醉翁琴趣外编》多种。

晏、欧为师生关系，宋仁宗天圣八年（1030），晏殊主持礼部考试，欧阳修列为第一名。魏泰《东轩笔录》记载：“欧阳文忠素于晏公无它，但自即席赋雪诗后，稍稍相失。晏一日指韩愈画像语坐客曰：‘此貌大类欧阳修，安知修非愈之后也。吾重修文章，不重他为人。’”[③]可知晏、欧师生二人有芥蒂。《宋史·本传》记载：欧阳修“天资刚劲，见义勇为；虽机阱在前，触发之不顾”[④]。其嫉恶如仇，言辞多激讦，敢于面折庭争，这与政尚宽简、处事稳重的晏殊不合。确实在为人处事上欧阳修与晏殊不属同一类，欧阳修政治上刚劲正直，不及晏殊谨慎沉稳；性情也不如晏殊老成持重，更多一些疏放不羁。

宋神宗熙宁二年（1069），王安石为参知政事，始实行新法，欧阳修连上二札对青苗法提出异议，次年改任蔡州（今河南汝南）知州。自撰《六一居士传》云：“吾家藏书一万卷，集录三代以来金石遗文一千卷，有琴一张，有棋一局，而常置酒一壶；以吾一翁老于此五物之间，是岂不为‘六一’乎？”[⑤]遂自号“六一居士”。他沉醉于琴、棋、书、酒、金石遗文，在惬意玩赏的情趣中忘却遭贬的不快、“乱伦”的诬陷以及政治观点的对立争斗。欧阳修为人疏放，旷达自适，词里表现出的伤逝惜时心绪与晏殊内向的独省有

---

① （清）冯煦：《蒿庵词话》，张璋等编：《历代词话续编》（上），大象出版社2005年版，第8页。

② （清）冯煦：《蒿庵词话》，张璋等编：《历代词话续编》（上），大象出版社2005年版，第8页。

③ （宋）魏泰撰，李裕民点校：《东轩笔录》佚文，《唐宋史料笔记丛刊》，中华书局1983年版，第180页。

④ （元）脱脱：《宋史·晏殊传》卷三一一，中华书局1985年版，第1026页。

⑤ （宋）欧阳修撰，李逸安点校：《欧阳修全集》卷四四，第二册，中华书局2001年版，第634—635页。

所不同，其《浪淘沙》：

> 今日北池游，漾漾轻舟。波光潋滟柳条柔。如此春来又春去，白了人头。　　好妓好歌喉，不醉难休。劝君满满酌金瓯。纵使花时常病酒，也是风流。

波光潋滟、轻舟荡漾的悠闲里，柳条拂起“春来又春去，白了人头”的一怀惆怅，韶光已逝而老之将至，所以词人劝饮道：莫负大好春光，只需享受眼前的金樽美酒、歌舞佳人。这与晏殊的“不如怜取眼前人”是同一情致，只是欧阳修的“纵使花时常病酒，也是风流”，这种醉意人生的恣纵，却是感性欲望积淀后更多理性操持的晏殊所不多有的。晏殊的《拂霓裳·饮兴》也曾云：“惜清欢，又何妨沉醉玉樽前”，但还是一种雍容悠游。欧阳修不似自己的老师晏殊，倒是与也曾身居相位而性情耿直的寇准“堪惜流年谢芳草，任玉壶倾倒”（《甘草子》）的疏放有几分相近，它更多来自欧阳修的一种禀赋自为的超然洒脱。再看他的《朝中措》：

送刘仲原甫出守维扬

> 平山阑槛倚晴空，山色有无中。手种堂前垂柳，别来几度春风？　　文章太守，挥毫万字，一饮千钟。行乐直须年少，尊前看取衰翁。①

此词全篇由高旷到低徊到豪纵，笔墨疏宕一气流贯，婉而不柔，豪而不粗，在宋初词坛，不同于风花雪月的绮艳婉丽，而属于疏宕豪放一路。

这首《朝中措》为送友赴任的赠别之作。当年自己镇守扬州，而今友人出守扬州，旧地、故友，不尽拳拳之意。上片“手种堂前垂柳，别来几度春风？”微寓今昔伤逝之感。过片应词题写友人挥

---

① 刘仲原甫：刘敞，字原甫。曾任知制诰、翰林学士。文思敏捷。（元）脱脱等《宋史》本传载：刘敞掌外制时，起草诏书“立马却坐”，顷刻而成。“欧阳修每于书有疑，折简来问，对其使挥笔，答之不停手。”

毫万字的才思敏捷、一饮千盅的豪气过人。结处转笔写自身苍颜白发，行乐樽前。词人历经宦海浮沉，如今两鬓斑白，饯别筵前知己对饮，自是人生易老、及时行乐的无限感慨见于言外。岁月已逝，容颜已衰，但恣意豪饮的性情不减，欧阳修的伤逝惜时所表现出的，不是晏殊的从容闲雅，而是潇洒旷达的风神个性，是洒脱恣纵之中的苍凉郁勃之气。

第四节　唐宋文人惜时的生命意识

朱良志《中国艺术的生命精神》指出："中国人通过艺术体味人生，成就至高的哲学智慧，艺术精神和审美态度成为哲学精神的重要组成部分。中国文化这一特点，决定了哲学的生命精神必然会延伸到艺术，甚至在艺术中才能充分体现这种精神。"① 唐宋文人士大夫尤善通过"言情"的词体味人生，凝结成生命的哲理和智慧，同时唐宋词则将延伸其中的"哲学的生命精神"艺术化地充分体现出来。

在古代文学传统中，惜时忧衰的吟咏由来已久。孔子《论语》感叹："逝者如斯夫，不舍昼夜！"② 屈原《离骚》哀叹："日月忽其不淹兮，春与秋其代序。惟草木之零落兮，恐美人之迟暮！"③ 曹操《短歌行》慨叹："对酒当歌，人生几何！譬如朝露，去日苦多。"刘希夷《代悲白头翁》伤叹："年年岁岁花相似，岁岁年年人不同。"无论是哲人志士，还是骚客文人，他们既有对岁月流逝的感触，对美好不再的惋惜，也有时不我待的渴求、生命短促的感伤。这是由生命的有限性、不确定性生发出的惆怅和叹惋，是人类恒久无法摆脱的一种人生愁绪，是人生哲学的永恒命题。

缪钺先生曾对六朝与宋朝作审美价值评判，将二者比较说：

---

① 朱良志：《中国艺术的生命精神》，安徽教育出版社2006年版，第5页。

② （春秋）孔子，钱穆解：《论语新解·子罕》，生活·读书·新知三联书店2002年版，第237页。

③ 陈子展：《楚辞直解》，江苏古籍出版社1988版，第40—41页。

“六朝之美如春华，宋代之美如秋叶；六朝之美在容颜，宋代之美在意态；六朝之美在繁丽丰腴，宋代之美在精细澄澈。”① 自晚唐五代至宋，词日渐兴盛，这种不同于传统的言志之诗、载道之文的新兴文体，更适宜表现人内心的细腻感受和婉转情思；同时，“宋代之美在精细澄澈”，随着宋代文化的内敛深微，追求安宁、闲雅、享乐的社会思潮，温存出以表现个人闲适生活和内心体验为主的温婉词风，于是沉静如秋叶，敛入自我内在视界的吟咏“闲情幽思”的词大量产生。

据刘尊明对《全宋词》的检索统计，包含“闲情”二字的词70首，包含“闲愁”二字的词162首，至于用到“闲”这一语词意象的词作则多达2641首。② 唐宋文人士大夫的闲雅情思，多于风景优美、环境清雅的池馆亭阁中，饮酒赏花、听歌观舞、吟诗填词时悠然生发，如吴文英《满江红》云：“有花香、竹色赋闲情，供吟笔。”周密《少年游·赋泾云轩》云：“花外琴台，竹边棋墅，处处是闲情。”

陈世骧《论时：屈赋发微》指出：诗歌、哲学乃至宗教，“会出现对‘时间’与‘存在’的不安意识。其时，我们会发现‘时间’是锐利地为人所感觉，并为最摇荡的心态所处理。”③ 唐宋文人忧衰惜时的闲愁心绪，正是从他们锐利的感受和心态里摇荡出来的。它首先表现为对外界变化的感性觉察的敏细，进而表现为内在的理性思考的深细。在他们的闲愁词里，有着对生之短促的敏感，对死之忧惧的淡然超越，一种对个体生存的强烈渴望——生命意识。

一　敏细的感性觉察

（一）晏殊的静观默察

晏殊惜时伤逝的心理，使他对客观景物的时序变化有着一种敏

① 缪钺：《诗词散论》，上海古籍出版社1982年版，第50页。

② 刘尊明：《论唐宋词中的“闲情”》，《文学评论》2007年第4期。

③ 陈世骧：《论时：屈赋发微》，《中国文学的抒情传统：陈世骧古典文学论集》，生活·读书·新知三联书店2015年版，第144页。

细感受。他的《踏莎行》“小径红稀，芳郊绿遍”，一幅春夏接替的彩色图画：春花已谢，几瓣残红坠落在小径；夏草渐长，一片茂绿染遍了郊野。这种由春末向夏初的渐变，时光的流转，正是词人通过对外界细微变化的感性观察而描绘出来的。再如他的《浣溪沙》：

> 小阁重帘有燕过，晚花红片落庭莎。曲阑干影入凉波。　一霎好风生翠幕，几回疏雨滴圆荷。酒醒人散得愁多。

宋仁宗庆历八年（1048）春，晏殊移知陈州。据所撰《庭莎记》[①] 自云：西园隙地“以人迹之罕践，有莎生焉”，遂命人移植建为莎场。时，自晏殊庆历四年（1044）罢相出知外郡已近四年之久，却一怀闲淡超然，所植莎场“光风四泛，纤尘不惊”，他吟咏其中而“无施不谐”[②]。

此词所有静观默察的感受都是在西园“酒醒人散”之后，词人透过小阁重帘看到紫燕的掠过、落花的飘落、曲阑的投影，感受到透过翠幕的清风，听到荷叶上疏雨的洒落，于是增添了一缕愁绪。“几回疏雨滴圆荷”，“几回”？晚花又落、雨荷又碎、酒醉又醒！这种惜时心态、这种伤逝感受何等闲雅从容，而又何等敏锐细腻。

（二）张先“影”之幽微

这种细腻的感官觉察，在张先词里善用“影”字来表达。张先（990—1078），字子野，乌程（今浙江湖州）人。宋仁宗天圣八年（1030）进士，曾知安陆县（今属湖北），以尚书都官郎中致仕[③]。深谙音律，尤工于词，初作小令与晏殊、欧阳修并称，后取时调新声填慢词，与柳永齐名。在他的《安陆词》中，有影字的词29首，占全部词作的1/6，时有“张三影”之美誉。陈师道《后山诗话》

---

① （清）王士俊修纂《河南通志·陈州》载西园：“在州城西，宋知州张咏创。中有七亭，曰流芳、中燕、流杯、香阴、环翠、洗心、望京。有阁曰‘吟风’，堂曰‘清思’。又筑台曰‘望湖’。宋晏殊以故相居此，于隙地有莎丛生，作《庭莎记》。”

② （宋）晏殊：《庭莎记》，曾枣庄、刘琳主编：《全宋文》第十册，巴蜀书社1990年版，第202页。

③ 致仕：古代官吏退休，又称致事、致政、休致等。致，给予。致仕，意为交还官职。古代官吏退休或辞官归还故里，有陈乞致仕和特令致仕两种。

记载："尚书郎张先善著词，有云：'云破月来花弄影'、'帘幕卷花影'、'堕絮轻无影'，世称诵之，号'张三影'。"① 其实不只此三影，他如"隔墙送过秋千影"（《青门引》）、"无数杨花过无影"（《木兰花》）等，也均属其名句。"云破月来花弄影"出自张先的《天仙子》：

> 时为嘉禾小倅，以病眠不赴府会。
>
> 水调数声持酒听，午醉醒来愁未醒。送春春去几时回？临晚镜，伤流景。往事后期空记省。　　沙上并禽池上暝，云破月来花弄影。重重帘幕密遮灯，风不定，人初静。明日落红应满径。

此词约作于张先52岁任嘉禾（今浙江嘉兴）判官时，亦题为"春恨"，是老境伤春之作。一地花影、满径落红，"临晚镜，伤流景"的词人，不由感叹晚春已去、流光已逝却又往事成空、后期无定。那歌中酒里流溢的愁，是深蕴在词人心底的叹老嗟卑之愁和寥落孤寂之愁，故极凝重深沉，酒醒愁未醒。

"云破月来花弄影"一句，用连续三种动态写月夜花树婆娑景色，前人称赏其"影"字，王国维《人间词话》则激赏"著一'弄'字，而境界全出矣"②。此句中"弄"字之灵动、"影"字之朦胧皆为锤炼之字，化实为虚，化静为动，拓出一片空灵而迷离的幽眇意境，若非细腻的感性觉察写不出。

"隔墙送过秋千影"出自张先的《青门引》：

> 乍暖还轻冷，风雨晚来方定。庭轩寂寞近清明，残花中酒，又是去年病。　　楼头画角风吹醒，入夜重门静。那堪更被明月，隔墙送过秋千影。

---

①（宋）陈师道：《后山诗话》，（清）何文焕辑：《历代诗话》（上），中华书局1981年版，第308页。

②（清）王国维撰，黄霖、周兴陆导读：《人间词话》，上海古籍出版社1998年版，第2页。

宋代黄昇《花庵词选》题作“春思”。全篇从黄昏到夜晚，抒写伤春怀人的萧索孤寞情怀。上片用加倍写法：冷暖不定，风雨初歇，空庭寂寞里残花中酒、春愁黯然，况又是“去年”情怀；下片用推进一层写法：待到夜深酒醒，重门静寂，正是春思深处那堪明月送影。结处“那堪更被明月，隔墙送过秋千影”二句尤妙，淡淡月色，隔墙倩影，既见庭院寂寥清幽，又以他人之乐衬己之哀，确为神来之笔。词人伤春伤逝，残花病酒又如去年，其所感情事当与“秋千”有关，别有红袖佳人在，只是未曾道破，然心绪的流驰、意念的浮漾都隐然见于飘忽摇荡的“秋千影”中。此词触物而感怀，景物幽微、感触幽微，层层触物，层层感怀，故词境层层翻进，终至深微窈渺之致，表达出一种锐敏而尖新的感受。

日常生活的琐碎，往往使人们原本并不迟钝的感觉被钝化，丧失对外界事物变化的新鲜感。而词人们对外在世界善于感性观察，如此的敏细入微，他们于倏然之间从疏雨、残荷、落花、絮影中觉察和捕捉到时光流逝的痕迹，并在对客观外物做静穆的观照后，将一己之生命融入宇宙自然，参悟出一襟沉静、睿智。

二　含敛沉静的理性思考

宋代的高官显贵乃至文人士大夫阶层，如寇准的好柘枝舞、宋祁的作长夜饮、晏殊的无日不宴、张镃的南湖乐事等，这些歌吹沸天、宴饮盈日的声色之娱成为当时娱乐生活的主要内容。但晏殊富贵而不庸俗，享受声色而不溺于声色，比他人更多了一些沉潜，一种脱去浮华的深细的理性思索和感悟。

晏殊生活在北宋承平的时期，才高学富，曾巩为《晏元献公类要》作序曰：

> 公于是时为学者宗，天下慕其声名。人见公应于外者之不穷，而不知公之得于内者深也。……公于六艺、太史、百家之言，骚人墨客之文章，至于地志、族谱、佛老、方伎之众说，旁及九州之外蛮夷荒忽诡变奇迹之序录，皆披寻䌷绎；

而于三才万物变化情伪，是非兴坏之理，显隐细钜之委曲，莫不究尽。①

晏殊对百家之言、佛老之说，是非兴衰、显隐细巨，莫不究尽，有着通才博雅、学养深湛的涵茹；而且又高官厚禄、位极人臣，数十年的仕宦生涯使之具有三思而行的处事原则和悲喜有度的城府，所以《珠玉词》中，常常表现出一种与他雍容闲雅的气度相应的客观理性的特征。

（一）自我解悟的理致

叶嘉莹先生《大晏词的欣赏》将晏殊归于“理性的诗人”：“感情不似流水，而却似一面平湖，虽然受风时亦复縠绉千叠，投石下亦复盘旋百转，然而却无论如何总不能使之失去其含敛静止、盈盈脉脉的一份风度。”② 确然，读晏殊的词有一种意蕴深厚而耐人回味的感觉，宛如縠绉千叠而不失其含敛静止的一面平湖，盈盈脉脉，这与他的词景中寓情、“情中有思”的艺术特点有关。即晏殊的词将抽象的理性认识融入具象的感性描述，融合了一种情致、思致，一种理性思辨的色彩、人生哲理的意蕴。如他的《浣溪沙》：

一向年光有限身，等闲离别易销魂。酒筵歌席莫辞频。　满目山河空念远，落花风雨更伤春。不如怜取眼前人。

此词写酒筵饯别。“念远”既然是“空”然的，落花风雨又催促短暂人生，因此，最后落在“不如怜（爱怜）取眼前人”的歌舞饮酒上。这已不是单纯的某一次与恋人或友人分别的具体情事，而是与人生的无常和缺憾联结的、深刻的生命体验和圆融观照。如叶嘉莹先生《大晏词欣赏》所指出：

“满目”一句，除“念远”之情外，它更使读者想到人生

① （宋）曾巩撰，陈杏珍、晁继周点校：《曾巩集》卷十三，中华书局1984年版，第210页。

② 叶嘉莹：《迦陵论词丛稿》，河北教育出版社2000年版，第34页。

> 对一切不可获得的事物的向往之无益；“落花”一句，除“伤春”之情外，则更使人想到人生对一切不可挽回的事物伤感之徒劳；至于“不如怜取眼前人”一句，它所使人想到的也不仅仅是“眼前”一个“人”而已，而是所该珍惜把握的现在的一切。①

“不如怜取眼前人”这末一句，化用了元稹《莺莺传》“还将旧时意，怜取眼前人”的典故，但含义深刻而翻出新意。词人的心灵是敏感细腻的，仍然是对时光的叹惋、对春意的感伤，一怀伤逝伤别，但词人自我排解地、以豁达的人生态度做出理智的选择——“不如怜取眼前人”。这是词人以理化情，对人生悲哀的理性的自省与节制，是适可而止的理性把握，一种情与理的契合。

晏殊《浣溪沙》的名联：

> 无可奈何花落去，似曾相识燕归来。

这两句原是晏殊《示张寺丞王校勘》七言律诗中的一联：“元已清明假未开，小园幽径独徘徊。春寒不定斑斑雨，宿醉难禁滟滟杯。无可奈何花落去，似曾相识燕归来。游梁赋客多风味，莫惜青钱万选才。”晏殊不避在诗词中重复使用，又将之拈入《浣溪沙》词中，可见其深爱。这一联在原律诗的沉闷中，如金玉没入沙砾；一入词中，则淘汰沙砾，金玉生辉！

在词人敏感的感性观察里，花开又花落，燕去又燕归，他领略到大自然的无往而不复、永恒而常新，将具体感性事物升华到理性思考的层面，从沉吟的笔端流露出诗意的人生哲理：去的，倩影芳姿飘逝无回，如无可奈何的花落；来的，残踪旧迹恍惚依稀，如似曾相识的燕归。其生动的形象描摹中呈现沉静的客观理性色彩，一种高妙的情致：人生聚散如花开花落，往事追忆似幻似真。此两句思致隽永，情致缠绵，音调谐婉，是工巧而流丽、浑然天成的名

---

① 叶嘉莹：《迦陵论词丛稿》，河北教育出版社2000年版，第35页。

对，确是词家妙语。如沈际飞《草堂诗余正集》称赏的："自是天成一段词，著诗不得。"①

王国维《人间词话》云："诗人对宇宙人生，须入乎其内，亦须出乎其外。入乎其内，故能写之；出乎其外，故能观之。入乎其内，故有生气；出乎其外，故有高致。"② 晏殊既能入乎其内，也能出乎其外。他没有放纵于闲适富贵的享乐生活，而是透过富贵闲适的表象，进入对人生的深层理性思索。他在雍容闲雅的气度中，流露出淡淡的忧思；在贵极人臣的完满时刻，感受到内心的寂寞。

《珠玉词》伤逝忧衰所表现的，是一种具有普泛意义的生命意识和时间哲理，为其词增添了一份沉静、深邃，使一切浮华易逝的物质享乐得到精神的升华。这，正是晏殊富贵"闲雅"词的文化内涵之所在。

（二）重理趣的文学心态

"宋人诗主理"，不同于"唐人诗主情"③，而宋诗重理趣的文学心态，也直接影响到词的创作。缪钺先生《论宋诗》说："宋诗之情思深微而不壮阔，其气力收敛而不发扬，其声响不贵洪亮而贵清冷。"④ 这是与其所处的时代环境相联系的。宋代文人一般享有优越的政治待遇，食君之禄而担君之忧，他们关心国事民生，以议论时势为风尚；而另一方面宋代的国策"崇内虚外"，边防国力积弱，文人士大夫的文化性格随之"内敛而不外扩"。这反映到宋诗创作上，呈现出"以议论为诗"⑤ 的深邃而冷峭的艺术特征，而受到宋诗"主理"的影响，擅于言情的宋词也不时闪现出理性之思考。如代表宋代哲理诗最高成就的苏轼，"在词中多方面、多角度地揭示了普遍的深湛的人生哲理，表达了他对祸与福、荣与辱、生与死的理性思考，对人生的短暂与永恒、虚幻与实在、真相与底蕴、意义

① （明）沈际飞：《草堂诗余正集》，吴熊和主编：《唐宋词汇评》两宋卷第一册，浙江教育出版社2004年版，第147页。

② （清）王国维撰，黄霖、周兴陆导读：《人间词话》，上海古籍出版社1998年版，第15页。

③ （宋）严羽：《沧浪诗话》，中华书局2014年版，第23页。

④ 缪钺.《缪钺全集》第二卷，河北教育出版社2004年版，第165页。

⑤ （宋）严羽：《沧浪诗话》，中华书局2014年版，第23页。

与价值的深切感受。”[①]

欧阳修承接韩愈的“以文为诗”，善于诗中发议论，如他的绝句《画眉鸟》：“百啭千声随意移，山花红紫树高低。始知锁向金笼听，不及林间自在啼。”后两句言理，将自己感悟到的理念——厌恶禁锢而追求自由含蕴其中。同时欧阳修也于词中情理兼容，寓含哲思，其《采桑子》其四：

> 群芳过后西湖好，狼藉残红。飞絮濛濛，垂柳阑干尽日风。　　笙歌散尽游人去，始觉春空，垂下帘栊，双燕归来细雨中。

欧阳修历尽仕宦风波，65岁告老退居于颍州宅第。此词写暮春凭栏观湖。上片群芳凋后，残红飞絮缭乱，一片春光衰残；下片游春过后，笙歌游人散尽，一湖暮色沉寂。开篇以“西湖好”加以赞赏。“好”，美也。这花谢柳老、人去湖冷，究竟美在哪里？还须于词的结拍处细加体味。小令词不像长调慢词那样讲究婉转铺叙，而是重在结句，往往通篇蓄意、蓄势，最后于结处得之，营造出一种清韵悠长的意境。

词以“双燕归来细雨中”收束，和风、笙乐、游人、画船一切繁丽热闹都消歇了，只剩双燕翩然归栖，一帘细雨迷蒙。这一收结，是喧极归寂的“悟语”。词中隐然有笙歌散尽、繁华春空的惆怅伤感，但作者以清旷自适出之，并将它融入一片空蒙静寂的意境中。这芳歇红残、人去春空的“至寂”之境，是繁丽过后的虚寂、闲寂和恬寂，只有欧阳修那样历尽笙歌繁华之后归于退隐的人才能“觉”，才能“悟”，并在这觉悟中脱却世事纷杂，无所牵系地安然自适。刘永济先生《词论》称此词“至寂之中，真味无穷”[②]，正在于此。

若作比较，晏殊是富贵之极花落燕归的闲淡；欧阳修则是繁华

---

① 陶文鹏：《苏轼诗词艺术论》，上海古籍出版社2001年版，第178页。

② 刘永济：《宋词声律探源大纲·词论》，中华书局2007年版，第169页。

过后“始觉春空”的清寂。他们都将理性之思致融入词之写景抒情，在敏细的感受之中，透露出一种旷达的理性观照；在惜时情绪的叙写中，表现出一种含敛沉静的理性的反省，其声响不在外在张扬的洪亮，而在内敛的“情思深微”的隽永。

（三）结缘禅林，静习闲趣

同时深受到佛禅影响的唐宋文人，空幻情结使他们词的情感体验和表达具有深刻的哲理意味。如晏殊于佛法夙有熏染，据释志磐《佛祖统纪》记载：“（天圣）九年，敕韶州守臣诣宝林山南华寺，迎六祖衣钵，入京阙供养，及至奉安大内清净堂。敕兵部侍郎晏殊撰《六祖衣钵记》。”① 李贤等《明一统志》记载：“崇因寺在进贤县西北五十里，宋晏殊举神童时过此，有诗云（略）。”② 所作诗《崇因寺》：“卷帘山色眼前见，入夜涛声枕上闻。苔径雨余堆落叶，石楼风静锁寒云。”实为晏殊早年结缘禅丛之佐证。晏殊另有《正月十八夜》诗：

槿户茅斋雅自便，京华风味入新年。
楼台冷落收灯夜，门巷萧条扫雪天。
病酒不闻花外漏，放朝仍得日高眠。
何妨静习闲中趣，欲问林僧结净缘。

已入新年，可诗中不曾有繁花盛景的京华风味，只有门巷冷落的雪天，昼日酣酒、放朝高眠，这槿户茅斋的雅淡自适，正来自于“林僧结净缘”的静习闲趣。

结缘禅林，静习闲趣，给晏殊带来为人处世的温润、智慧，一种对生命的圆融观照。晏殊惜时伤逝的词，如“门外落花随水逝，相看莫惜樽前醉”（《鹊踏枝》）、“急景流年都一瞬，往事前欢，未免萦方寸”（《更漏子》）、“当时共我赏花人，点检如今无一半”

① （宋）释志磐撰，释道法校注：《佛祖统纪校注》卷四六，上海古籍出版社2012年版，第1069页。

② （明）李贤等：《明一统志》卷四九，文渊阁《四库全书》影印本，上海古籍出版社1987年版，第16页。

（《更漏子》）、“往事旧欢何限意，思量如梦寐”（《谒金门》）。词人晓知万物变动不居的事理，谙识世事“无常”之佛理，静观生灭荣枯、缘起流转之世间的虚幻实相，在词中表现出如此深邃的哲理式的情思，落花一逝、流年一瞬、故人一半、往事一梦，这是理性思索的沉静与超越，是参悟社会人生出乎其外的“高致”，读来让人抚卷沉吟，回味深长。

三 对生命的体悟，珍惜流年

孔子《论语》曰：“诗可以兴，可以观，可以群，可以怨”①，毛亨《毛诗序》云：“经夫妇、成孝敬、厚人伦、美教化、移风俗，莫善乎诗。”② 长期以来，由于这种儒家正统的诗学观念的引导与制约，传统诗歌更注重作者身外的现实世界，表现时事政治、社会时弊、民生疾苦等。唐宋词人则转过身来，关注个体价值，关注自身的生存状态及内在情感世界，展示个人化的心灵空间和深隐幽微的人生体验，表现一种超越现实功利性的对生命本体的思虑与观照。他们在“小园香径独徘徊”里，用词沉吟出深沉的思索，对这种自我的内在情感、细微心绪予以咀嚼和品味。

（一）伤逝惜时的生命意识

伤逝惜时的闲愁情绪，本质上是对生命本体的体悟和思考——一种生命意识，这种生命意识是对人生价值、生存意义诸问题的高度关切。

词境有异于诗境，它作为“心绪文学”，比之诗境更加幽微窈深，更适宜表现人们的闲愁心绪。在唐宋词中，词人们基于生命意识的惜时心绪突出表现为伤春悲秋一类，尤以落花伤春为多。“年年春事关心事”（赵令畤《乌夜啼》），人们往往在春意盎然时，想到春色阑珊之后花残花落的萧索和狼藉，就如同时光、岁月、生命。

---

① （春秋）孔子，钱穆新解：《论语新解·阳货》，生活·读书·新知三联书店2002年版，第325页。

② （唐）孔颖达疏：《毛诗正义》卷四，（清）阮元等：《十三经注疏》，中华书局1980年版，第271页。

晚唐皇甫松的《摘得新》："锦筵红蜡烛，莫来迟。繁红一夜经风雨，是空枝。"汉代佚名《古诗十九首·生年不满百》叹曰："昼短苦夜长，何不秉烛游。"① 意谓人生短暂，应当及时行乐。秉烛赏花的闲情雅致，亦见于白居易的《惜牡丹》诗："惆怅阶前红牡丹，晚来唯有两枝残。明朝风起应吹尽，夜惜衰红把火看。"秉烛赏花，只因唯恐一夜风雨之后，花殒香消，那满枝繁花会成空枝颓叶，词人惜花实为惜时光、惜岁月，人生几多风雨，风雨过后是一地残败，空空如也。晚唐司空图的《酒泉子》："旋开旋落旋成空，白发多情人便惜。黄昏把酒祝东风，且从容。"词人将怜惜花落与自伤白发的心情合而为一，"旋开旋落旋成空"里，深藏着"人生苦短"、"好景不长"的浓重伤感。

宋代李元膺的《洞仙歌》，词小序云："一年春物，惟梅柳间意味最深。至莺花烂漫时，则春已衰迟，使人无复新意。予作洞仙歌，使探春者歌之，无后时之悔。"

> 雪云散尽，放晓晴池院。杨柳于人便青眼。更风流多处，一点梅心，相映远，约略颦轻笑浅。　一年春好处，不在浓芳，小艳疏香最娇软。到清明时候，百紫千红，花正乱，已失春风一半。早占取韶光共追游，但莫管春寒，醉红自暖。

一年春物，唯有梅柳间意味最浓，那一点梅心的羞红与柳眼的流翠相映衬，恰似佳人隐约的轻颦浅笑，当早早饮酒赏梅，莫要等到清明，因为"到清明时候，百紫千红，花正乱，已失春风一半"。此词蕴含了一种更加哀婉层深的心态：就在人生最美好的盛时，如春浓花开绚烂时，却忧惧着它的凋谢、逝去。如同李元膺的"早占取韶光"，晏殊也曾感叹"占取春风"，"免使繁红，一片西飞一片东"（《采桑子》）。

德国存在主义哲学家海德格尔说："死亡是一种此在（人）刚

① 马茂元：《古诗十九首初探》，陕西人民出版社1981年版，第97页。（以下所引《古诗十九首》，皆据此本。）

一存在就承担起来的去存在的方式。”① 生、死之间的生命流转，不是对峙关系，生命的律动原就是生与死、盛与衰的并存和消长的过程。“伤逝”的文人士大夫从时光的逝而不返中，体悟存在自身所具有的时限性，领会生命“存在之意义”，他们总在春浓花繁时看到春逝花谢，看到生命的由盛而衰，所以催促自己享受生命的每一瞬间，把握眼前的这一刻。

（二）“落花”意象负载的意蕴

德国哲学家、美学家黑格尔说：“在艺术里，感性的东西是经过心灵化了，而心灵的东西也借感性化而显现出来。”② 唐宋文人无处不在而又飘忽不定的惜时闲愁，偏好借用“落花”这种特定的感性物象显现出来。如晁补之《尉迟杯·亳社作，惜花》：

> 去年时，正愁绝，过却红杏飞。沈吟杏子青时，追悔负好花枝。今年又春到，傍小阑、日日数花期。花有信，人却无凭，故教芳意迟迟。　　及至待得融怡。未攀条拈蕊，已叹春归。怎得春如天不老，更教花与月相随。都将命、拚与酬花，似岘山、落日客犹迷。尽归路，拍手拦街，笑人沈醉如泥。

词旨在一“惜”字。上片“惜花”：去年不曾如期赏花，辜负了春华；今年细数花期，花信人却无凭，芳意迟迟。下片“惜春”：待到花开怡然，还未攀条拈蕊赏看，竟已成绿叶繁滋，唯有就尚未凋残的余花，流连酣饮，何妨沉醉如泥！春光的促迫之感加重人生的迟暮之悲，词中的春去花落，是情感的“客观对应物”，是心灵化了的感性物象，词人借此表达出浓厚的伤逝惜时心绪。

晏殊的《珠玉词》也多有描写落花的句子：

> 余花落尽青苔院。（《蝶恋花》）

---

① ［德］海德格尔著，陈嘉映、王庆节译：《存在与时间》，生活·读书·新知三联书店1987年版，第294页。

② ［德］黑格尔著，朱光潜译：《美学》第一卷，商务印书馆1991年版，第49页。

晚花红片落庭莎。（《浣溪沙》）
紫薇朱槿花残。（《清平乐》）

余花、晚花、残花，词人将忧残惧衰的抽象情绪，化为感性而又不失其普遍性的落花物象在笔端隐然流泻。春，是最能激发人的生命意识的季节，春天绽放的花是青春、生命的象征，好花不常开，世事之无常，花之飘落凋零意味着生命的衰老逝去，所以词人才有“乍雨乍晴花自落”（《浣溪沙》）的无端之感，“留花不住怨花飞”（《凤衔杯》）的无理之怨，“无可奈何花落去”（《浣溪沙》）的无奈之叹。晏殊词屡用负载着生命意识的落花意象，正是将自己萦绕不去的生之思考与死之忧惧糅入了落花特定的喻义里，从而表现出具有普泛意义的生命之哀愁、闲愁。

（三）珍惜流年，眷念生命

自然生命的脆弱、短暂和有限，一直是文人们敏感而又无奈的，也为他们所反复咏叹，如“人生天地之间，若白驹之过隙，忽然而已”①、“人生寄一世，奄忽若飙尘”（《古诗十九首》）、“一生复能几，倏如流电惊”② 之类。苏轼《前赤壁赋》的“哀吾生之须臾”，可以说是文人们所普遍持有一种敏感心态和生命意识。

钟嵘《诗品·序》云：“若乃春风春鸟，秋月秋蝉，夏云暑雨，冬月祁寒，斯四候之感诸诗者也。”③ 指出春夏秋冬的四时物候对于诗歌创作的感发作用。春秋代序，时节流转，这原本是很平常的自然规律，但流水落花、春风秋雨等本身积淀着时间意义的自然物象，却往往感诸敏细多思的文人们，诱发他们内心潜在的人生忧思——浮生如寄、岁月不居，他们总是在外物局限与内心欲求的冲突里纠结，在自然永恒与人生有限的矛盾里低徊，如此深细地敏感到时间的流逝，深邃地体悟到生命的短促，几乎天地万象都能给他

① （战国）庄子撰，王叔岷校诠：《庄子校诠·知北游》外篇，中华书局2007年版，第821页。

② （东晋）陶渊明：《饮酒》其三，袁行霈笺注：《陶渊明集笺注》，中华书局2011年版，第166页。（以下所引陶渊明诗，皆据此本。）

③ （南朝梁）钟嵘撰，周振甫译注：《诗品译注》，中华书局1998年版，第1页。

们带来流光易逝、人生无常的焦虑和忧伤，并由此而歌酒纵乐、风月逸情，享受生命中的每一次快乐和美好，将所负荷的生命之沉重化作歌酒风月的逸乐轻松。

在楼台芳径、歌筵舞席之间，感受每一次风起雨落，玩味每一季春花秋月，怜惜每一寸似水流年，成了唐宋文人士大夫在词中表现的突出主题。他们于从容闲雅之时，以感性观察的敏锐与理性思索的沉静，将伤逝惜时的心绪这种纯粹的生命情感形式，体验和表现到了一种诗性哲理的极致。

第四章

世俗词：游冶享乐的世俗况味

在北宋词人中，柳永第一个突破花间和南唐的清辞丽句、小境短章的传统格局，在题材内容、风格意境和体制形式诸方面大开拓。柳永词的开拓主要表现在两个方面：一是创意：大量引市民意识、世俗生活及情调入词，扩大了词的表现内容；二是创调：吸取和利用民间的俗曲新声，大量创制长调慢词，使词的体式趋于完备。由于柳永创意与创调的双重开拓，宋代词坛崛起了一个以他为代表的俗词派。

柳永俗词的崛起，代表了宋代勃兴的市井文化。

第一节　浪子词人柳永

一　簪缨之家，燃烛勤读

柳永（987—1053）①，初名三变，字耆卿，建州崇安（今属福建）人。排行七，又称“柳七”，官至屯田员外郎，又称“柳屯田”，后世称其词为“柳七风味”、“屯田蹊径”。

柳永出生于诗礼簪缨之家，一个“奉儒守官”的传统士大夫之家。其祖父柳崇是地方名儒，崇有六子，皆于南唐、宋初为官。其父柳宜，曾任南唐监察御史，入宋后，官至工部侍郎。柳氏兄弟三复、三接、三变皆有文名，号称“柳氏三绝”。柳永少时燃烛勤读，

① 柳永的生卒年，迄今无定论，此据唐圭璋先生《柳永事迹新证》987—1053年之说。

所撰《劝学文》云："学则庶人之子为公卿，不学则公卿之子为庶人。"① 其家乡为文风昌炽的名邦，《嘉靖建宁府志》记载："建州至宋而诸儒继出，蔚为文献之邦。……家有诗书，户藏法律，其民之秀者狎（习）于文。"② 柳永受到"奉儒守官"家庭的良好教育，得到优异的地域文化的熏染，又自我勉励勤学苦读，其年少志向大致不离传统儒学的兼济天下，他的人生道路本该这样走：读书—及第—入仕，成为正统的士大夫文人，可是柳永没有。

二 "多游狭邪，善为歌辞"

柳永一赴汴京应试，便迷失在都市繁华的柳巷歌笑里，用他的音乐、文学才华填制词曲，并深受歌妓乐工的青睐。

> 珊瑚筵上，亲持犀管，旋叠香笺。要索新词，殢人含笑立尊前。
>
> ——柳永《玉蝴蝶》

柳永属于士大夫阶层，却投身于秦楼楚馆的市井俗文化圈子，并不顾及上层文人雅士们的批评与鄙夷，放纵浪迹于其中。如他自己曾说的"尘事常多雅会稀"（《看花回》），日益疏离士大夫的诗酒雅会，而痴迷于歌楼妓馆的风尘俗事。

有宋以来，随着城市经济的繁荣、市民阶层的日益壮大，市井文化的兴起已成为时尚潮流。柳永很快成为市井娱乐文化的佼佼者，所填制的曲词被乐伎们广为传唱，叶梦得《避暑录话》云：

> 柳耆卿为举子时，多游狭邪，善为歌辞。教坊乐工，每得

---

① （宋）柳永：《劝学文》，曾枣庄、刘琳主编：《全宋文》第十四册，巴蜀书社1991年版，第236页。

② （明）夏玉麟、（明）汪佃修纂：《嘉靖建宁府志》卷四，厦门大学出版社2009年版，第99页。

新腔，必求永为辞，始行于世，于是声传一时。①

现存疆村本《乐章集》所收词206首，其中反映冶游狭邪生活的近150首，占了3/4，叶梦得《避暑录话》所云柳永“多游狭邪，善为歌辞”，正说明其创作与他流连歌楼妓馆的狭邪生活密切相关。王灼《碧鸡漫志》指出：宋人从柳氏而来，以浅俗语言、轻薄情调表现狭邪生活，“今少年……十有八九不学柳耆卿，则学曹元宠（组）”②。也说明柳永“多游狭邪”而声传一时的词影响之大。

三　科考被黜，“奉旨填词”

宋代统治者多喜好当时流行的曲词，如宋太宗翰墨自娱，“亲制大小曲及旧声创新声”③，并于试士、宫宴、御园赏花时，延召大臣唱和。陈师道《后山诗话》记载：柳永填词名播遐迩，甚至传入禁中。“仁宗颇好词。每对宴，必使侍从歌之再三。”④ 但这是统治者宫廷宴饮的私下生活，宋仁宗为政宽仁，善于纳谏，重视文化，史家有“仁宗盛治”之称，从治国大政来说，他“留意儒雅，务本向道，深斥浮艳虚华之文”⑤。吴曾《能改斋漫录》记载：

初，进士柳三变好为淫冶讴歌之曲，传播四方。尝有《鹤冲天》词云：“忍把浮名，换了浅斟低唱。”及临轩放榜，特落之，曰：“且去浅斟低唱，何要浮名！”⑥

---

① （宋）叶梦得：《避暑录话》卷下，《宋元笔记小说大观》第三册，上海古籍出版社2001年版，第2629页。

② （宋）王灼撰，江枰疏证：《碧鸡漫志疏证》卷二，江西教育出版社2015年版，第74页。

③ （元）脱脱等：《宋史·乐志》卷一四二，中华书局1985年版，第3351页。

④ （宋）陈师道：《后山诗话》，（清）何文焕辑：《历代诗话》（上），中华书局1981年版，第311页。

⑤ （宋）吴曾：《能改斋漫录》卷十六，上海古籍出版社1984年版，第480页。

⑥ （宋）吴曾：《能改斋漫录》卷十六，上海古籍出版社1984年版，第480页。

柳永因“好为淫冶讴歌之曲”，临到放榜御批时，遭宋仁宗斥责而被黜名，曰：“且去浅斟低唱，何要浮名！”惹恼宋仁宗的“忍把浮名，换了浅斟低唱”词句，出自柳永的《鹤冲天》：

> 黄金榜上，偶失龙头望。明代暂遗贤，如何向？未遂风云便，争不恣狂荡。何须论得丧？才子词人，自是白衣卿相。　　烟花巷陌，依约丹青屏障。幸有意中人，堪寻访。且恁偎红翠，风流事，平生畅。青春都一饷，忍把浮名，换了浅斟低唱！

柳永早期一次科考落第后，写了传诵一时的《鹤冲天》：偶失金榜题名，何必为那功名患得患失？做一个填制词曲的才子词人，即使一介白衣，也不亚于公卿将相。烟花巷陌与歌妓依偎，才是平生风流畅事。青春不过片刻，我怎能用如浮云的功名，换了这浅斟低唱。词人在沮丧而又愤激地抒泄中，以“才子词人”自负而藐视功名权贵，这种倔强而叛逆的思想性格，自然与统治者的道德秩序、价值观念相背离。

同时“风流才调，平生自负”（《传花枝》）的柳永，具有恃才傲物、狂放不羁的性格。《众名妓春风吊柳七》记载：宰相吕夷简60大寿，因“家妓无新歌上寿”，乃遣堂吏寻柳永为之作新词。柳永遂作《西江月》云：

> 腹内胎生异锦，笔端舌喷长江。纵教匹绢字难偿，不屑与人称量。　　我不求人富贵，人须求我文章。风流才子占词场，真是白衣卿相。

吕夷简阅后大怒，乃在宋仁宗面前说柳永“虽有才华，然恃才高傲，全不以功名为念”，遂不得重用。[①] 且不论话本小说的故事真实性与否，就柳永本人来看，其狂傲不羁的性情，即使历经困厄，终其一生也未曾有所收敛。《乐章集》中“狂”字出现的频率很

① （明）冯梦龙辑：《古今小说》（上），凤凰出版社2007年版，第184页。

高，几乎贯穿他一生所有的词作，如：

凤帐烛摇红影，无限狂心乘酒兴。(《昼夜乐》)
恨少年、枉费疏狂。(《惜春郎》)
拟把疏狂图一醉。(《凤栖梧》)
恣狂踪迹，两两相呼。(《黄莺儿》)

这些“狂”字表现了抒情主人公的一种生命状态。柳永之狂有多种表现形态：或“狂”恋于烟花丛中而恣欢纵乐，或“狂”醉于歌宴樽前而忘情忘我，或“狂”傲于科举落第后轻蔑功名，如此等等，而《鹤冲天》一词正凸显了柳永的狂放自傲的性格。如刘永济先生《唐五代两宋词简析》所评：“此词乃永初试不及第所作，词皆狂放。……然如柳之市民阶级狂放性格与统治者仁宗伪崇理道之心理，究竟矛盾。今就此事观之，仁宗之怒，即柳永之不善阿谀。柳之不善阿谀，即柳狂放之才不善作制官样之文也。然则，即使擢用，亦未必终合统治者用人之要求。此其所以毕生落拓也。”① 确然，“狂放”是造成柳永仕宦偃蹇的重要缘由之一。

此外，宋仁宗生性谨慎，是重视规则、规范的君主。据邵伯温《邵氏闻见录》记载：仁宗一次于夜间观看众僧做道场，“各赐紫罗一匹”。众僧致谢时，嘱曰：“来日出东华门，以罗置怀中，勿令人见，恐台谏有文字论列。”② 仁宗朝，所重用的臣僚多为循礼而端正的正统儒雅之士，宰辅如晏殊、富弼、韩琦、文彦博，台谏之臣如唐介、包拯、司马光、范镇等。而柳永平日里放浪形骸，于烟花巷陌中眠花宿柳，在某种程度上背离了正统的封建伦理秩序，被人指责为“薄于操行”。这样的“才子词人”自然不入宋仁宗的眼，而且执政者也绝不容许与士大夫正统价值观念对立的人通过科举进入精英阶层，所以柳永不被任用。

胡仔《苕溪渔隐丛话》引《艺苑雌黄》另有记载：

---

① 刘永济：《唐五代两宋词简析 微睇室说词》，中华书局2007年版，第57—58页。

② （宋）邵伯温：《邵氏闻见录》卷二，《唐宋史料笔记丛刊》，中华书局1983年版，第13页。

> 柳三变喜作小词，薄于操行。当时有荐其才者，上曰："得非填词柳三变乎？"曰："然。"上曰："且去填词！"由是不得志，日与猖子纵游倡馆酒楼间，无复检约。自称云"奉圣旨填词柳三变"。①

宋仁宗御批曰："且去填词！"由此，柳永每作词则自称"奉旨填词"。并以"白衣卿相"自诩，愤而转向社会的下层，长期与市井歌妓乐工厮混，成为一个与正统士大夫阶层疏离、走近或步入世俗生活圈的下层文人。当然，这种选择也成全了作为词人的柳永，使他成为宋代市井文化的代表人物和俚俗词的开派者。

柳永流连于酒肆歌楼，为乐工歌妓填制词曲，供之演唱，也常得到一些酬金，罗烨《醉翁谈录》记载：

> 耆卿居京华，暇日遍游妓馆。所至，妓者爱其有词名，能移宫换商，一经品题，声价十倍。妓者多以金、物资给之。②

凭借通俗曲词的创作而获取一定的经济收入，由此柳永也为解决衣食之虞而潜心于词艺，这可视为宋代文学商品化的萌芽，元明从事通俗文艺创作的书会才人③从柳永所肇始。

但是封建社会衡量文人士子价值的标准是"入仕"，柳永"定然魁甲登高第"（《长寿乐》）的心志并没有完全断绝，他后来将"柳三变"改为柳永，约50岁科举中第。吴曾《能改斋漫录》说柳永"（仁宗）景祐元年方及第"④，宋翔凤《乐府余论》说他"及第已老"⑤。柳永蹉跎考场近30载，及第后，也只是做了睦州（今浙

---

① （宋）胡仔：《苕溪渔隐丛话》后集卷三九引，人民文学出版社1993年版，第335页。

② （宋）罗烨：《醉翁谈录》丙集卷二，古典文学出版社1957年版，第32页。

③ 宋元时，称为勾栏瓦肆编撰话本、杂剧的作者和说话艺人为"才人"。

④ （宋）吴曾：《能改斋漫录》卷十六，上海古籍出版社1984年版，第480页。

⑤ （清）宋翔凤：《乐府余论》，唐圭璋编：《词话丛编》第二册，中华书局1986年版，第2499页。

江建德）团练推官、余杭（今浙江杭州）县令、定海晓峰（今属浙江）盐监、泗州（今江苏盱眙）判官等地方小官卑职。苏洵《上韩丞相书》云："凡人作官，稍可以纾意快志者，至京朝官始有其仿佛耳。自此以下者，皆劳筋苦骨，摧折精神，为人所役使，去仆隶无几也。"① 柳永十余年卑职苦役，后才转官入京为著作郎、太常博士，官至屯田员外郎（隶属工部，秩从六品）。

王辟之《渑水燕谈录》记载柳永：

> 皇祐中，久困选调。入内都知史某爱其才，而怜其潦倒。会教坊进新曲《醉蓬莱》，时司天台奏老人星见，史乘仁宗之悦，以耆卿应制。耆卿方冀进用，欣然走笔，甚自得意，词名《醉蓬莱慢》。比进呈，上见首有"渐"字，色若不悦。读至"宸游凤辇何处"，乃与御制真宗挽词暗合，上惨然。又读至"太液波翻"，曰："何不言波澄？"乃掷之于地。永自此不复进用。②

王辟之，宋英宗治平年间进士，其《渑水燕谈录》虽多与史传相出入，然"所记质实可信"③。宋仁宗皇祐五年（1053），晚年"流落不偶"的柳永病殁于润州（今江苏镇江）。死时家无余财，由谢玉英、陈师师等一班名歌妓集资下葬。出殡之时，东京的歌妓都来了，半城缟素，一片哀声——"群妓合金葬柳七"，可以说，柳永之死得其所哉！每遇清明日，歌妓们相约赴其坟冢祭扫，载酒肴饮于墓侧，称之"吊柳会"，相沿成习。

柳永由追求仕宦功名转而厌倦仕宦功名，转而沉溺于"倚红偎翠"、旖旎繁华的都市生活，在"浅斟低唱"中寻找自己的生命价值，并沿这条人生道路，倾其一生精力创制曲词，遂成为北宋第一

---

① （宋）苏洵撰，曾枣庄、金成礼笺注：《嘉祐集笺注》，上海古籍出版社 1993 年版，第 353 页。

② （宋）王辟之：《渑水燕谈录》卷八，中华书局 1981 年版，第 106 页。

③ （清）纪昀等：《四库全书总目·〈渑水燕谈录〉提要》卷一四〇，河北人民出版社 2000 年版，第 1557 页。

个专力作词的词人。

第二节 柳永词“俗”的市井趣味

在宋代词坛，柳永是一个引人注目的人物。这不仅是因为他的词极负盛名，“凡有井水饮处，即能歌柳词”①，而且还在于其人其词带有一般正统文人和传统文学所少见的世俗化的市井色彩。

一 开辟“屯田蹊径”

或认为柳永游学与求官于汴京时，沾染市井习气，醉心于民间曲词，其实在这之前他已倾向于通俗词曲了。

> 宋无名氏《眉峰碧》词云：“蹙损眉峰碧，纤手还重执。镇日相看未足时，忍便使、鸳鸯只。　　薄暮投村驿，风雨愁通夕。窗外芭蕉窗里人，分明叶上心头滴。”真州柳永少读书时，遂以此词题壁，后悟作词章法。一妓向人道之，永曰：“某于此亦颇变化多方也。”然遂成“屯田蹊径”。②
>
> ——杨湜《古今词话》

王明清《玉照新志》载：宋神宗也颇喜这首《眉峰碧》词，曾诏令曹组访明作者姓名上奏，但终无下落。此词广泛流传于民间，先写别时：眉峰蹙损、纤手重执，整日相看不够，怎忍鸳鸯散离。再写别后：暮投村驿，窗外风雨芭蕉，滴打在窗里人的心里。由情到景再到情，一层层铺叙而来，其情感真挚浓烈，语言质朴通俗，章法自然而精巧，体现了民间词较高的艺术水平。

柳永年少读书时，将这首佚名《眉峰碧》词题写于壁上，细心

---

① （宋）叶梦得：《避暑录话》卷下，《宋元笔记小说大观》第三册，上海古籍出版社2001年版，第2628页。

② （清）王弈清编：《历代词话》卷四引，唐圭璋编：《词话丛编》第二册，中华书局1986年版，第1164页。

加以琢磨，后从中悟出作词的章法，于是成了他词的创作路径。即使是在柳永后来雅俗兼具的长调慢词里，仍能看到其效学的痕迹。如他最负盛名的代表作《雨霖铃》①：

寒蝉凄切，对长亭晚，骤雨初歇。都门帐饮无绪，留恋处、兰舟催发。执手相看泪眼，竟无语凝噎。念去去、千里烟波，暮霭沉沉楚天阔。　　多情自古伤离别，更那堪、冷落清秋节！今宵酒醒何处？杨柳岸、晓风残月。此去经年，应是良辰好景虚设。便纵有千种风情，更与何人说？

此词情感真挚强烈，章法精妙，全词就“别”字生发，未别—临别—别后，由景及情、由情及景，一层一层宛转铺陈。无论是“执手相看泪眼”的细节描写，还是情景层层铺叙的章法，都依稀可以看到佚名《眉峰碧》词的影子。这首《雨霖铃》言情绘景运以曲笔亦作直叙，细密而清朗，顿挫而和畅，既婉曲含蓄而又淋漓尽致，表现出柳永长调“曲处能直，密处能疏，奡处能平，状难状之景，达难达之情，而出之以自然”② 的高超技巧，这是柳永沿“屯田蹊径”而来，所达到的炉火纯青的艺术境界。

柳永初始作词，即以民间词《眉峰碧》一类作为效法学习的对象，宋人杨湜将之称为“屯田蹊径”，王灼则称之为“柳氏家法”③。而由此创作的“柳耆卿体”，带有强烈的艺术个性特征，大致包含：思想内容上，鲜明的市井意识和大量的都市生活题材；风格趋向上，以俗为主要特征，大量运用俚语俗辞入词；曲调体式上，汲取民间的俗曲新声，以长调慢词为主要表现形式；表现手法上，“以赋为词”的层层铺叙以及直线型结构。诚如刘扬忠先生

① 雨霖铃：原为唐教坊大曲，后用为词调。据《明皇杂录》云：唐玄宗避安史之乱入蜀，初入斜谷，霖雨连日，于栈道中闻铃声，起悼念杨贵妃之思，故采其声作《雨霖铃》曲以寄恨。宋词始见于柳永，应是取唐时旧曲，另依新声翻制。

② （清）冯煦：《蒿庵词话》，张璋等编：《历代词话续编》（上），大象出版社2005年版，第8页。

③ （宋）王灼撰，江枰疏证：《碧鸡漫志疏证》卷二，江西教育出版社2015年版，第56页。

《唐宋词流派史》指出的：从审美取向上看，“屯田蹊径”或“柳氏家法”，应指柳永以通俗俚浅的语言和民众喜爱的艺术形式去反映当时都市生活和新兴市民阶层的情趣这样一种独特的创作路子。[①]

二　长调慢词的勃然兴盛

唐宋时燕乐的乐曲有急、慢之分，慢者，调长拍缓，曼声歌唱也[②]。慢词，即以慢调填的词；长调则指90字以上的词。[③] 慢词与长调，一是从音乐曲调讲，一是从句式结构讲，之间不尽相同又相互关联。长调慢词的结构比单调复杂，有二叠、三叠甚至四叠，如柳永自创的慢词曲调《戚氏》，三叠长达212字，是词中的第二长调。

宋人所称的“今体慢曲子”，是一种声调舒缓延长而篇幅相应加长的形式，自唐开元以来就已在民间大量存在，但唐五代文人词中用这种慢曲子填制的长调，仅有杜牧《八六子》（存疑）、薛昭蕴《别离难》等寥寥数篇。宋翔凤《乐府余论》云：

> 词自南唐以后，但有小令。其慢词盖起宋仁宗朝。中原息兵，汴京繁庶，歌台舞席，竞赌新声。耆卿失意无俚（无聊），流连坊曲，遂尽收俚俗语言，编入词中，以便伎人传习。一时动听，散播四方。其后东坡、少游、山谷辈，相继有作，慢词遂盛。[④]

宋翔凤指出：宋仁宗朝中原息兵，汴京繁华，歌台舞席竞唱新声。柳永科宦失意而流连市井坊曲，遂尽收俚俗语言编入词中，让乐工歌妓演唱，一时散播四方。“其后东坡、少游、山谷辈，相继

① 刘扬忠：《唐宋词流派史》，福建人民出版社1999年版，第214页。

② （清）毛先舒《填词名解》：“词以慢名者，慢曲也，托音袅娜，不欲辄尽。”

③ （清）毛先舒《填词名解》：“凡填词五十八字以内为小令，自五十九字始至九十字止为中调，九十一字以外者俱长调也。”

④ （清）宋翔凤：《乐府余论》，唐圭璋编：《词话丛编》第二册，中华书局1986年版，第2499页。

有作，慢词遂盛。”确实词自南唐以后只作小令，晏殊等贵族文人不屑市井俗流，只习惯于用短调小令含蓄地抒写士大夫的闲情逸致，而第一个吸取民间俗曲“新声”大量创制长调慢词的，是市井气十足的叛逆文人柳永。据施议对《词与音乐关系研究》统计，宋人所用的720余词调中，有630余调是宋时新调。[①] 而宋代词人创制新调，以柳永较为多，他的《乐章集》130多个曲调中，除了《玉楼春》、《清平乐》等十余调是晚唐五代的“旧声”，其它皆为流行新声或唐教坊曲“旧曲翻新”。其中长调慢词多达十之七八，或改旧曲小令为新声慢词，如《抛球乐》、《应天长》；或衍令曲为长调，如《木兰花慢》、《定风波慢》；或翻制唐教坊旧曲为新曲，如《曲玉管》、《雨霖铃》、《夜半乐》；《戚氏》、《望海潮》等则是柳永自制慢曲。

三　市井俗词与贵族雅词的对峙

宋代，日益壮大的市民阶层和不断成长的市民意识，使市民文化勃然兴起，而柳永的俗词，正是有宋以来城市经济繁荣、市民文化兴起的产物。张舜民《画墁录》记载：

> 柳三变既以词忤仁庙，吏部不放改官。三变不能堪，诣相府。晏公曰：“贤俊作曲子么？”三变曰：“只如相公亦作曲子。”公曰：“殊虽作曲子，不曾道‘彩线慵拈伴伊坐’。”柳遂退。[②]

柳永因以作词忤逆仁宗，入仕多年仍沉于下僚，吏部不予晋升调任。“三变不能堪，诣相府”，晏殊带讽刺意味地说：“贤俊之才作曲子吗？”三变绵里藏针答道：“只如宰相您亦作曲子。”晏殊说：“殊某我虽作曲子，不曾道‘彩线慵拈伴伊坐。’”柳永无语以对，便默然退下。

---

① 施议对：《词与音乐关系研究》，中华书局2008年版，第68—69页。

② 唐圭璋编著：《宋词纪事》，上海古籍出版社1982年版，第16页。

清初张祖望《〈掞天词〉序》曰："词虽小道，第一要辨雅俗。"[①] 实际上，自唐而宋的"新声"曲子词，诞生于歌妓乐舞的母体，传唱于民间勾栏瓦肆，先天就具有"俗"的属性，无论言辞是雅正抑或通俗，"其内涵本质，却不出世俗化的绮怨侧艳一途"[②]。当然也有另一种情形：一些在唐宋社会变革中属于崛兴阶级的庶族文人，他们的身上具有精英文化与世俗文化复合的特征，"于朋游尊俎之间"填制一些娱情悦性的"新声"小词，这些词并未改变词所固有的世俗特质，但被赋予了士大夫精英文化的气息和品位，于是在文化层次和品格上，词又呈现出"雅"的一面。如欧阳修的"舞余裙带绿双垂，酒入香腮红一抹"（《玉楼春》）、"含羞整翠鬟，得意频相顾。雁柱十三弦，一一春莺语"（《生查子》），那佳人舞裙曳带、酒入香腮，含羞相顾、琴弦莺语，几多温柔旖旎之情，乃文人品味雅丽而艳。

彭孙遹《金粟词话》云："词以艳丽为本色，要是体制使然。如韩魏公、寇莱公、赵忠简，非不冰心铁骨，勋德才望，照映千古。而所作小词，有'人远波空翠'，'柔情不断如春水'，'梦回鸳帐余香嫩'等语，皆极有情致，尽态穷妍。"[③] 所并举的韩琦、寇准、赵鼎均为宋代宰相，作词皆极有情致，穷尽妍态。其中赵鼎，《四库全书总目·〈忠正德文集〉提要》称他："鼎南渡名臣，屹然重望，气节学术，彪炳史书。"[④] 然早期亦作闺情绮语，其"小词婉媚，不减《花间》、《兰畹》"[⑤]。此实乃词之本色使然，只是三个位高权重者的绮艳小词含蓄蕴藉，不曾流入色情渲染的淫亵、直露和鄙俗罢了。

---

① （清）王又华：《古今词论》引，唐圭璋编：《词话丛编》第一册，中华书局1986年版，第605页。

② 沈松勤：《唐宋词社会文化学研究》，浙江大学出版社2000年版，第295页。

③ （清）彭孙遹：《金粟词话》，唐圭璋编：《词话丛编》第一册，中华书局1986年版，第719页。

④ （清）纪昀等：《四库全书总目提要》卷一五六，河北人民出版社2000年版，第542页。

⑤ （清）杨慎：《词品》卷四，张璋等主编：《历代词话续编》（下），大象出版社2005年版，第911页。

北宋贵族雅词派代表词人晏、欧，都有蓄妓饮酒之风流，其词亦不乏绮怨侧艳。小晏曾为作婉美小词的父亲辩解，赵与旹《宾退录》记载："《诗眼》云：晏叔原见蒲传正云：'先公平日小词虽多，未尝作妇人语也。'传正云：'"绿杨芳草长亭路，年少抛人容易去。"岂非妇人语乎？'"[①] 其实晏殊亦作"妇人语"，如他的《踏莎行》："碧海无波，瑶台有路。思量便合双飞去。当时轻别意中人，山长水远知何处？　绮席凝尘，香闺掩雾。红笺小字凭谁附？高楼目尽欲黄昏，梧桐叶上萧萧雨。"其"思量便合双飞去"的句意，与柳永的"镇相随，莫抛躲"（《定风波》）并无不同。

毛先舒《诗辨坻》引柴虎臣语："指（旨）取温柔，词归蕴藉。昵而闺帷，勿浸而巷曲；浸而巷曲，勿堕而村鄙。"[②] 晏殊虽贵为宰相，但其词的富贵气与柳永词的市井态皆自歌筵酒席而来，只是他所作艳情词贵族士大夫式地雅化了，讲究温柔蕴藉，清雅婉丽，自有一种雍容清雅的格调和情韵；而柳永词"浸而巷曲"、"堕而村鄙"，其语音之俚俗、情调之卑俗，堕入了市井里巷的轻佻艳俗味，如宋人黄昇《花庵词选》评为"丽以淫"[③] 的《昼夜乐》（秀香家住桃花径），严有翼《艺苑雌黄》斥为"淫媟之语"[④] 的《慢卷紬》（闲窗烛暗）等。所以，同样是花间樽前作词而且都以词盛名一时，但晏殊不屑于柳永。这，就是北宋前期词坛贵族雅词与市井俗词的对峙。

四　代表新兴的市井文化

柳永的市井文化意识和世俗情趣，更多地表现在他所写的表现

① （宋）赵与旹、（宋）徐度：《宾退录 却扫编》，上海古籍出版社 2012 年版，第 9 页。晏殊《玉楼春·春恨》："绿杨芳草长亭路。年少抛人容易去。楼头残梦五更钟，花底离情三月雨。　无情不似多情苦。一寸还成千万缕。天涯地角有穷时，只有相思无尽处。"

② （清）毛先舒：《诗辨坻》卷四，郭绍虞编，富寿荪校点：《清诗话续编》上册，上海古籍出版社 1983 年版，第 94 页。

③ （宋）黄昇：《花庵词选·唐宋诸贤绝妙词选》卷之五，辽宁教育出版社 1997 年版，第 87 页。

④ （宋）严有翼：《艺苑雌黄》，中华书局 1980 年版，第 579 页。

市井女性生活和心理的长调慢词之中。其“针线闲拈伴伊坐”一句，出于他的《定风波》：

> 自春来、惨绿愁红，芳心是事可可。日上花梢，莺穿柳带，犹压香衾卧。暖酥消，腻云亸，终日厌厌倦梳裹。无那。恨薄情一去，音书无个。　　早知恁么，悔当初、不把雕鞍锁。向鸡窗、只与蛮笺象管，拘束教吟课。镇相随，莫抛躲，针线闲拈伴伊坐。和我，免使年少，光阴虚过。①

此词以“代言”手法，揭示一位市井女性的内心世界，上片写思妇的愁苦，下片写思妇的追悔。“终日厌厌倦梳裹”一句，写女子慵懒无聊的心绪和情态，柳永词中多有这一类描写，如“日高花榭懒梳头”（《少年游》）、“坠髻慵梳，愁蛾懒画”（《锦堂春》）等。这是宋元以后逐渐形成的女性审美情态，即以慵懒为美，后世《西厢记》、《红楼梦》中也都有这种描写。“恨薄情一去，音书无个”一句，浅近通俗如同口出。柳永的词与所表现的市井情味相应，大量使用俚俗语言，如“意中有个人，芳颜二八”（《小镇西》），其神态声口一如市井说话。“镇相随，莫抛躲。针线闲拈伴伊坐”二句，表达了朝夕相守相随的心愿，这种市井的爱情追求比之姜夔的“小红低唱我吹箫”（《过垂虹》）的文人雅士的爱情生活似乎世俗了许多，平庸而又现实。晏殊拎出来的“针线闲拈伴伊坐”词句，可以说，是对柳永词中的市井情味的极好概括。

柳永的这一类言情词，写男欢女爱的情欲，以直白浅俗的口语入词，不用含婉笔触，不作侧面烘托，只以直笔一泻无余地铺叙，人物心理刻画直切入微，情感发露畅快淋漓，它生动活泼而带着明显的世俗意味，反映了市民阶层情爱意识的勃发之势。这种“俗”，敢于反抗封建礼教的压抑，少却羁绊而任情放露，全然不合正统的“温柔敦厚”的审美趣味，故被当时推崇雅正的词人视为“俗不可

---

① 鸡窗：（唐）欧阳询《艺文类聚》卷九一引《幽冥录》云：“晋兖州刺史沛国宋处宗，尝买得一长鸣鸡，爱养甚至，恒笼著窗间。鸡遂作人语，与处宗谈论，极有言智，终日不辍。处宗因此言巧大进。”后因以“鸡窗”称作书窗、书房。

耐”，也有肆意诋毁者。徐度《却扫编》记载：

> 刘季高侍郎，宣和间，尝饭于相国寺之智海院。因谈歌词，力诋柳氏，旁若无人者。有老宦者闻之，默然而起，徐取纸笔，跪于季高之前，请曰：“子以柳词为不佳者，盍自为一篇示我乎？”刘默然无以应。①

当然柳永以俗为美、以艳为美，其词不避俚俗、不避绮语，多有绮罗香泽之态的描写，如“暖酥消”、“尤云殢雨”之类，则不免流于香艳轻冶。

柳永词的这一“俗”性，在为数不多的宋代词话中或褒或贬地被界定、被认同，其词也屡遭“以俗为病”的指责，如：

> 李清照《词论》云：
>
> 虽协音律，词语尘下。②
>
> 王灼《碧鸡漫志》云：
>
> 唯是浅近卑俗，自成一体。③
>
> 陈师道《后山诗话》云：
>
> 作新乐府，骫骳（委婉）从俗，天下咏之。④

“尘下”、“卑俗”、“从俗”，这些评介都涉及了柳词的特质——“俗”。同时论者也多将柳词被世人广为传唱归于一点：因俗使然。如：

---

① （宋）赵与旹、（宋）徐度：《宾退录 却扫编》，《宋元笔记小说大观》第四册，上海古籍出版社2001年版，第147页。

② （宋）李清照：《词论》，郭绍虞主编：《中国历代文论选》第二册，上海古籍出版社2001年版，第350页。

③ （宋）王灼撰，江枰疏证：《碧鸡漫志疏证》卷二，江西教育出版社2015年版，第36页。

④ （宋）陈师道：《后山诗话》，（清）何文焕辑：《历代诗话》（上），中华书局1981年版，第311页。

严有翼《艺苑雌黄》云：

彼其所以传名者，直以言多近俗，俗子易悦故也。[①]

徐度《却扫编》云：

多杂以鄙语，故流俗人尤喜道之。[②]

确实，代表市民文化的柳永词趋俗、尚俗、媚俗而风靡一时，他的忠实听众乃在于“流俗人”，即广大市井阶层，所以柳永词的“俗”虽不入正统雅士之眼，却深得市民阶层的喜爱。

其实柳永的词呈现出双向传播的趋向，既向下传唱于乐工歌妓市井阶层，也向上传唱于文人士大夫阶层。王明清《挥麈后录》记载：与张耒多有唱酬的王彦昭“好令人歌柳三变乐府新声”[③]。张耒《明道杂志》记载：宋哲宗宰相韩维“每酒后，好吟柳三变一曲”[④]。甚至佛门释子也好柳词，江少虞《皇朝事实类苑》云：邢州开元寺僧法明，落魄不检，“每饮至大醉，惟唱柳永词”[⑤]。柳永词雅俗共赏，传布甚广，就如同唐代白居易的诗“禁省、观寺、邮候墙壁之上无不书；王公、妾妇、牛童、马走之口无不道”[⑥]，流传之广正赖于其“俗”质的自然平易的通俗性，在这一点上柳俗与白俗何其相似。《四库全书总目·〈东坡词〉提要》云：“词自晚唐五季以来，以清切婉丽为宗，至柳永而一变，如诗家之有白居易。”[⑦]

① （宋）严有翼：《艺苑雌黄》，中华书局1980年版，第579页。

② （宋）赵与旹、（宋）徐度：《宾退录 却扫编》，上海古籍出版社2012年版，第147页。

③ （宋）王明清：《挥麈录·后录》卷八，《宋元笔记小说大观》第四册，上海古籍出版社2001年版，第3722页。

④ （宋）张耒：《明道杂志》，中华书局1985年版，第4页。

⑤ （宋）江少虞辑：《宋朝事实类苑》卷四四，上海古籍出版社1981年版，第584页。

⑥ （唐）元稹：《〈白氏长庆集〉序》，（唐）元稹撰，冀勤点校：《元稹集》下册，中华书局1982年版，第555页。

⑦ （清）纪昀等：《四库全书总目提要》卷一九八，河北人民出版社2000年版，第1065页。《四库全书总目·〈东坡词〉提要》：“词至晚唐五季以来，以清切婉丽为宗。至柳永而一变，如诗家之有白居易，至轼而又一变，如诗家之有韩愈，遂开南宋辛弃疾等一派。寻源溯流，不能不谓之别格。”

着眼于柳词之俗与白诗之俗的相契合点，指出如同白居易的浅俗诗风一变中唐诗歌，柳永俗词的意义在于：使北宋词坛为之一变。

当时词坛，长于纤艳而多近俚俗的柳永词影响甚大，“盖词本管弦冶荡之音，而永所作旖旎近情，故使人易入。虽颇以俗为病，然好之者终不绝也”[①]。刘扬忠先生指出：“在宋代曾经形成过一个以民间词人为主的阵容颇为庞大的学柳的词派。”[②] 只是这个俗词流派被正统社会及其主流文化所排斥，众多的学柳的“流俗之人”的词作不曾进入时人词集的编选本，如曾慥的《乐府雅词》、黄昇的《花庵词选》。唯有王灼的《碧鸡漫志》略作记载：北宋后期至南北宋之交，沈唐、李甲、孔夷、孔榘、晁端礼、万俟咏六人“源流从柳氏来”。[③] 另外，时颇具词名的康与之，字伯可，号“顺庵”。建炎初年，因上高宗《中兴十策》而名震一时；后媚事秦桧，为秦门下十客之一。作词追随柳永，音律谐婉，杂俗白之语，南宋人论其词“康柳”并称，如张炎《词源·杂论》曰：“康、柳词亦自批风抹月中来。”[④] 试看康与之的小令《长相思》：“南高峰，北高峰，一片湖光烟霭中。春来愁杀侬。　　郎意浓，妾意浓，油壁轻车郎马骢。相逢九里松。”写一对浓情蜜意的男女邂逅，一见钟情，颇近柳永词的俚俗风味。对这种俗艳之词，南宋后期主“雅正说”的张炎予以排斥：

> 一为情所役，则失其雅正之音。耆卿、伯可不必论，虽美成亦有所不免。如“为伊泪落”，如“最苦梦魂，今宵不到伊行”，如“天便教人，霎时厮见何妨”，如“又恐寻消问息，瘦损容光”，如“许多烦恼，只为当时，一晌留情”，所谓淳厚日变成浇风也。[⑤]

① （清）纪昀等：《四库全书总目·〈乐章集〉提要》卷一九八，河北人民出版社2000年版，第5446页。

② 刘扬忠：《唐宋词流派史》，福建人民出版社1999年版，第226页。

③ （宋）王灼撰，江枰疏证：《碧鸡漫志疏证》卷二，江西教育出版社2015年版，第74页。

④ （宋）张炎：《词源》卷下，中华书局1991年版，第71页。

⑤ （宋）张炎：《词源·杂论》卷下，中华书局1991年版，第68—69页。浇风：浮薄的社会风气。

张炎指斥柳耆卿、康伯可，甚至周邦彦也有所不免，乃“为情所役”者，所作俗艳词使社会风气变淳厚为浮薄。

由唐入宋，文人士大夫的吟唱更多地走向世俗社会，趋于世俗化、市井化。相应地，传统诗文的一统天下被打破，出现了更适宜于市井说唱和欣赏的文学样式，如曲词、杂剧、话本等。而盛于宋的词原本就是世俗文化的，所反映的世俗情欲和世俗生活是它作为燕乐“新声”的文学本质所在，是它区别于正统诗文的文学新价值的显现。柳永俚俗词的出现，正是顺应了这一潮流，它代表了新兴俗文学发展的趋向，启示了金、元时期以关汉卿等人为代表的市井文艺流派。

五　雅、俗交合世风的熏染

胡仔《苕溪渔隐丛话后集》云：“柳之乐章，人多称之，然大概非羁旅穷愁之词，则闺门淫媟之语。”① 似将柳永词分为两大类。柳永的言情婉约词整体上为“俗”，但若再作进一步的分辨，诚如夏敬观《手批〈乐章集〉》指出的：“耆卿词当分雅、俚二类。”② 俗者，浅近清新，表现世俗情感；雅者，婉丽蕴藉，表现文人情怀。前者是混迹歌楼的浪子艳情词，后者为仕宦奔波的游子羁旅词，时而二者也交互呈现。其《八声甘州》：

> 对潇潇暮雨洒江天，一番洗清秋。渐霜风凄紧，关河冷落，残照当楼。是处红衰翠减，苒苒物华休。惟有长江水，无语东流。　　不忍登高临远，望故乡渺邈，归思难收。叹年来踪迹，何事苦淹留。想佳人、妆楼颙望，误几回、天际识归舟。争知我、倚阑干处，正恁凝愁！

这是柳永羁旅行役词的佳作，形象清丽，境界高远，当属柳词

---

① （宋）胡仔：《苕溪渔隐丛话》后集卷三九，人民文学出版社 1993 年版，第 335 页。

② 夏敬观：《手批〈乐章集〉》，夏敬观撰，葛渭君辑录：《吷庵词评》，《词学》第五辑，华东师范大学出版社 1986 年版，第 199 页。

中“精金粹玉”之类。赵令畤《侯鲭录》引东坡云：“世言柳耆卿曲俗，非也。如《八声甘州》云：‘风霜凄紧，关河冷落，残照当楼。’此语于诗句不减唐人高处。”① 其意境苍凉、雄浑不减唐人高处，应是柳永内化于心的文人气韵的自然流露。郑文焯《与张尔田书》云：“屯田则宋专家，其高深处不减清真，长调尤能以沉雄之魄、清劲之气，写奇丽之情，作挥绰之声。”② 所大加称赏的，也当是这一类抒情自我化的词。但这毕竟是柳永的雅词，细加体会，它或多或少仍然难以脱去柳永独有的歌楼狎妓的世俗味。陈廷焯《白雨斋词话》云：

> “对萧萧暮雨洒江天”一章，情景兼到，骨韵俱高。而有“想佳人妆楼长望”’之句，“佳人妆楼”四字连用，俗极！③

宋代文化转型时期，“雅”的主流文化与“俗”的市井文化相互渗透、相互制衡。柳永的雅词“雅不避俗”，俗词“俗不伤雅”，这种雅俗并存显然受到北宋雅、俗交合之世风的熏染，反映出当时文人已有了将士大夫雅文化与都市俗文化兼蓄的思想倾向和审美倾向。④

第三节　柳永的世俗享乐况味

一　“名缰利锁”，人生价值观念

古代传统文化中，儒家文化建构了文人士大夫心理结构的主体，但随着宋代市民阶层的应运而生和不断壮大，具有充分的世俗性和娱乐性的市民文化，作为一种异质力量对正统文化形成冲击。

① （宋）赵令畤：《侯鲭录》卷七，中华书局1985年版，第69—70页。

② （清）郑文焯撰，孙克强、杨传庆辑校：《大鹤山人词话》卷二，南开大学出版社2009年版，第219页。

③ （清）陈廷焯撰，杜维沫校点：《白雨斋词话》，人民文学出版社1959年版，第143页。

④ 刘扬忠：《唐宋词流派史》，福建人民出版社1999年版，第217页。

柳永是既饱受儒家文化涵养又深受市井文化浸染的文人，他游移在二者相互渗透的交界处，其文化人格类型更多地接近于商业经济所孵化出的市民阶层的人格，表现出浓重的市井意识。

柳永以“才子词人”浪迹于青楼楚馆一生，他的“才子词人，自是白衣卿相”（《鹤冲天》）的人生宣言，典型地代表了世俗文化精神的人生选择，“可以说，他的人生抉择，开辟了士人自屈原之进、陶潜之隐后的第三种人生道路”①。

及时行乐，是柳永的人生价值取向，如《凤归云》：“狎玩尘土，壮节等闲消。”《戚氏》：“绮陌红楼，往往经岁迁延。”《传花枝》：“遇良辰，当美景，追欢买笑。”纯然是都市里浪子文人的口吻，所表现的“狎玩尘土”、“追欢买笑”的词人自我形象，已脱离了传统士大夫的雅士形象。柳永在《看花回》中自言：

> 屈指劳生百岁期，荣瘁相随。利牵名惹逡巡过，奈两轮、玉走金飞。红颜成白发，极品何为？　尘事常多雅会稀，忍不开眉？画堂歌管深深处，难忘酒盏花枝。醉乡风景好，携手同归。

人生苦短，荣辱相随，逡巡间红颜成白发，即使官爵极品又何为，唯有及时行乐。与此相似的看法，还见于他的《思归乐》：“晚岁光阴能几许。这巧宦，不须多取，共君把酒听杜宇。”《尾犯》：“虽照人轩冕，润屋珠金，于身何益？一种劳心力。”

及时行乐，实是宋代文人士大夫所普遍具有的一种集体性享乐心理，如仁宗朝官至宰相的政治人物张昇，其《满江红》云：“一瞬光阴何足道，但思行乐常不早。”以英雄自诩、志在收复中原的辛弃疾，其《水调歌头》亦云：“闲处直须行乐，良夜更教秉烛。”但是他们的及时行乐与建功立业是并行不悖的，而柳永的及时行乐渗进了某些新的平民化思想因素，即对正统封建文人所追求的功名利禄予以厌弃或蔑视。如：

---

① 木斋：《唐宋词流变》，京华出版社 1997 年版，第 72 页。

醉乡归处，须尽兴、满酌高吟。向此免、名缰利锁，虚费光阴。

——《夏云峰》

念蝇头利禄，蜗角功名，毕竟成何事？

——《凤归云》

柳永对为了名利仕宦而往来奔走已深感厌倦，故将功名利禄形容为“蝇头蜗角”，竟成何事？视之为“名缰利锁”而虚费光阴。柳永所处的“太平盛世”，宋真宗赵恒曾亲撰《劝学诗》，大力宣扬“书中自有黄金屋”、“书中自有千钟粟”① 的功利主义读书观和人生观，而柳永视功名利禄为缰锁的思想，明显具有离经叛道的意味。其《鹤冲天》：“且恁偎红翠，风流事，平生畅。青春都一饷。忍把浮名，换了浅斟低唱！”视功名为“浮名”，宁愿做一个浪子词人，在倚红偎翠、浅斟低唱的风流生涯中寻觅个人的快乐和价值。这，体现了一种背离士大夫意识而走近市民意识的人生哲学。

二　歌酒狎妓的纵乐冶游

仁宗朝“四十二年不识兵革”②，社会安定，国民富庶。柳永作为世俗化、平民化的失意潦倒文人，生逢一个都市繁华的享乐盛世，“日与狷子纵游娼楼酒馆间”，于烟花柳巷、勾栏瓦肆寻欢逐乐。

柳永的《尾犯》词云：“似此光阴催逼，念浮生、不满百。虽照人轩冕，润屋珠金，于身何益？一种劳心力。图利禄，殆非长策。除是恁、点检笙歌，访寻罗绮消得。”感叹浮生短促、光阴催逼，高官轩冕、润屋珠金乃身外之物，劳心费神何益？所追求的只需在笙歌罗绮中享受快乐。这，正是柳永及时行乐、名缰利锁的价值观念影响下的行为取向。

柳永《乐章集》212 首词作中歌妓情词约 103 首，几乎占了一

① （宋）黄坚选编：《详说古文真宝大全》前集卷一，湖南人民出版社 2007 年版，第 14 页。

② （宋）邵博：《邵氏闻见后录》卷一，中华书局 1983 年版，第 5 页。

半。“小楼深巷狂游遍”（《集贤宾》）的柳永，多在词中记叙自己歌酒狎妓的游冶境况：

误入平康小巷，画檐深处，珠箔微褰。罗绮丛中，偶认旧识婵娟。翠眉开、娇横远岫，绿鬓𩯭、浓染春烟。

——《玉蝴蝶》

念掷果朋侪，绝缨宴会，当时曾痛饮。命舞燕翩翻，歌珠贯串，向玳筵前，尽是神仙流品。

——《宣清》

平康小巷、画檐深处“尽是神仙流品”的宴会，“舞燕翩翻，歌珠贯串”，才子美女加上醇酒佳肴和轻歌曼舞，在这诗酒歌舞之乐的恣意享受中，柳永以风流才子自负的心理快感得到畅快宣泄。

自宋太祖提倡歌儿舞女、饮酒相欢，到了真宗朝歌酒游乐之风更甚。据《宋史》记载：“真宗临御岁久，中外无虞，与群臣燕（宴）语，或劝以声色自娱”。[①]“景德三年九月，诏许群臣士庶选胜宴乐，御史台、皇城司毋得纠察。”[②]在统治者的倡导下，北宋文人士大夫歌酒遣兴盛然成风气，娱宾宴客时多用歌妓佐酒侑觞。

宋祁（998—1061），字子京，开封府雍丘（今河南民权）人。北宋著名文学家、史学家，与兄长宋庠并有文名，时称“二宋”。据吴曾《能改斋漫录》记载：宋仁宗庆历元年（1041），宋祁因其兄宋庠与宰相吕夷简不合而被罢相之事，贬寿州（今安徽寿县）知州。赴任途中经过扬州，时任扬州知州的刘敞为之设宴款待，当筵写《踏莎行》一词以佐酒添兴，词云：

蜡炬高高，龙烟细细。玉楼十二门初闭。疏帘不卷水晶寒，小屏半掩琉璃翠。　桃叶新声，榴花美味。南山宾客东山妓。利名不肯放人闲，忙中偷取工夫醉。

① （宋）苏辙：《龙川别志》，（宋）苏洵、（宋）苏轼、（宋）苏辙撰，曾枣庄、舒大刚主编：《三苏全书》史部第五册，语文出版社2001年版，第18页。

② （元）脱脱等：《宋史·志》卷一一三，中华书局1985年版，第2700页。

宋祁遂即席和答一首，以谢别刘敞。[①] 其主宾饯饮酬唱之间，便有歌妓唱桃叶新声以侍酒。“桃叶新声”出自白居易的《杨柳枝二十韵》，诗小序云：“杨柳枝，洛下新声也。洛之小妓有善歌之者，词章音韵，听可动人，故赋之。”其诗有云：“小妓携桃叶，新声蹋柳枝。妆成剪烛后，醉起拂衫时。绣履娇行缓，花筵笑上迟。身轻委回雪，罗薄透凝脂。笙引簧频暖，筝催柱数移。……”可见自唐至宋，歌妓侍酒是文人士大夫的一种歌酒风流，文人以艳词写歌酒携妓并不犯禁，只要不堕入猥亵的色情渲染，就无可指责。

阮葵生《茶余客话》云：“东坡生平不耽女色，而亦与妓游。”[②] 苏轼平素不耽女色，但也多与友人携歌妓冶游，所撰笔记《约客湖上》记载：“子瞻守杭日，春时每遇休假，必约客湖上，早食于山水佳处。饭毕，每客一舟，令队长一人各领数妓，任其所适。晡后鸣锣集之，复会望湖楼或竹阁，极欢而罢。”[③] 苏轼的一些歌妓词，所写也多是携佳人同游于湖光山色，尽兴于诗情画意，柔媚中平添疏放，绮靡中不失儒雅，有着正统文人士大夫的自持。其《减字木兰花》：

> 神闲意定，万籁收声天地静。玉指冰弦，未动宫商意已传。　悲风流水，写出寥寥千古意。归去无眠，一夜余音在耳边。

从歌妓的纤纤玉指间流泻出的古琴声如“悲风流水”，弹琴人与听琴人皆神闲意定，词人“归去无眠，一夜余音在耳边”，全然是一种超脱尘俗的精神层面的艺术享受。这种女妓丝竹的娱乐，其“娱宾遣兴”自有一番雅趣，不同于茶房酒肆、秦楼楚馆中的词客风流，也不同于混迹市井里巷的柳永，一味沉溺于歌酒世俗生活的

① （宋）吴曾：《能改斋漫录》卷十七，上海古籍出版社1984年版，第495页。

② （清）阮葵生：《茶余客话》，丁传靖辑：《宋人轶事汇编》卷十二，中华书局1981年版，第621页。

③ （宋）苏轼撰，萧屏东校注：《苏东坡笔记》，湖南文艺出版社1991年版，第122页。

感官享乐。

柳永抛开着正统文人的自律矜持，“只不过解放了被监禁在他灵魂中的感情”①。他“以俗为美”、“以艳为美”②，肆意用淫艳猥亵之语，直接写与下层歌妓的恋情和“偎香倚暖”（《慢卷紬》）的狎玩，甚至是“鸳鸯被里翻红浪”（《凤栖梧》）的云雨欢合。如他的《小镇西》：

> 意中有个人，芳颜二八。天然俏、自来奸黠。最奇绝。是笑时、媚靥深深，百态千娇，再三偎着，再三香滑。　久离缺。夜来魂梦里，尤花殢雪。分明似旧家时节。正欢悦。被邻鸡唤起，一场寂寥，无眠向晓，空有半窗残月。

词人用细腻而性感的词句写相思伊人、写夜来梦境，将“再三偎着，再三香滑”的意中人刻画得“百态千娇”，即使梦里相拥入怀也是“尤花殢雪”。

花间词开启了对女性声色情态的细致描摹，它通过闺帏华美浓丽的色彩、温情香暖的气息隐隐透露出男性“色”的暧昧意味，如《菩萨蛮》“夜来皓月才当午，重帘悄悄无人语。深处麝烟长，卧时留薄妆”一类，是温庭筠式的暗示、隐约的两性描写。但是柳永将这一层遮掩的朦胧的纱帘拉开了，如郑振铎云：“耆卿的作品，则如初成熟的少妇，‘偎香倚暖’恣情欢笑，无所不谈，谈亦无所不尽。”③ 同样是写两性情爱，如果说《花间》是情窦初开的少女羞怯含情，柳永则是初已成熟的少妇恣情欢笑。他不用宛转隐晦地去掩饰，而是无所顾忌地去写，甚至不讳言床第之欢，被王灼《碧鸡

① ［法］史达尔夫人：《来自德国》，伍蠡甫主编：《西方文论选》下册引，上海译文出版社1986年版，第137页。史达尔夫人（1766—1817），19世纪法国作家，积极浪漫主义文学的前驱。主要作品有《论卢梭的性格与作品》，小说《黛尔菲娜》、《柯丽娜》，论著《论文学与社会制度的关系》。

② 杨海明：《试论唐宋词的“以艳为美”及其香艳味》，《齐鲁学刊》1996年第5期。

③ 郑振铎：《插图本中国文学史》，商务印书馆1979年版，第487页。

漫志》斥为“野狐涎之毒”①，即认为柳永所写狎妓艳词如野狐精以涎水媚人，如：

绸缪凤枕鸳被，深深处、琼枝玉树相倚。困极欢余，芙蓉帐暖，别是恼人情味。

——柳永《尉迟杯》

香靥融春雪，翠鬓亸秋烟。楚腰纤细正笄年。凤帏夜短，偏爱日高眠。

——柳永《促拍满路花》

按新声、珠喉渐稳，想旧意、波脸增妍。苦留连，凤衾鸳枕，忍负良天。

——柳永《玉蝴蝶》

应念念，归时节。相见了、执柔荑，幽会处、偎香雪。免鸳衾、两恁虚设。

——柳永《塞孤》

柳永因失望于仕途，遂把“烟花巷陌”、“云踪雨迹”的风流畅事作为自己倾心的生活，沉溺于青楼妓院、勾栏瓦肆这些下层娱乐场所，在与歌妓厮混的芙蓉帐中、鸳鸯枕上寻觅别一般情味。这种世俗生活的男欢女爱，虽然不免有些直露轻佻，但相拥入怀的“尤物意中人”，轻细腰身、珠喉婉转而心性温柔、品流清雅，具有真实的情感需求、内心活动和精神气质，呈现的不是物化形态的美，而是洋溢着生命活力的美，在她们身上表现了词人自我情感的投入以及对女性的欣赏、爱慕之情。柳永大量的艳情词，也往往由此创作出来而传唱一时、称誉一时，如邓廷桢《双砚斋词话》所云：“《乐章集》中，冶游之作居其半，率皆轻浮猥媟，取誉筝琶。”②

① （宋）王灼撰，江枰疏证：《碧鸡漫志疏证》卷二，江西教育出版社2015年版，第8页。

② （清）邓廷桢：《双砚斋词话》，唐圭璋编：《词话丛编》第三册，中华书局1986年版，第2528页。

至柳永步入仕途，历经宦游漂泊，其流连于花衢勾栏的玩世享乐才有所收敛。如他自己所感叹的：“又岂知、名宦拘检，年来减尽风情。”（《长相思》）“道宦途踪迹，歌酒情怀，不似当年。”（《透碧霄》）按照宋制，未获朝籍的士子可自由出入青楼妓馆，一为朝廷命官就会受到限制，这也是柳永晚年为“宦”所累，冶游狂荡之心逐渐收敛的原因之一。但是柳永即使在浪子暮年、情场失落的人生悲哀时，留恋的仍然是歌楼舞榭、偎绿倚红的风月生活，如“追念少年时，正恁风帏，倚香偎暖，嬉游惯”（《阳台路》）。

说到柳永，似乎总是风流才子与青楼歌妓联系在一起。后来的话本小说、戏文，有许多关于柳永与歌妓的恋情故事，如明代洪楩《清平山堂话本》有《柳耆卿诗酒玩江楼记》，明代冯梦龙《古今小说》有《众名妓春风吊柳七》等，元代关汉卿曾把柳永与歌妓的恋情故事，写成《谢天香》杂剧，搬到戏曲舞台上演出。

三　都市风情的恣意游赏

北宋真宗、仁宗时期，正是“太平日久，人物繁阜，垂髫之童，但习鼓舞，班白之老，不识干戈”① 的太平盛世，汴京等大城市的商业经济迅速发展，出现了繁华旖旎的都市风情，节序风俗活动的“游观之盛，冠于前代”②。吴自牧《梦粱录·中秋》记载中秋赏月：“此际金风荐爽，玉露生凉，丹桂香飘，银蟾光满，王孙公子，富家巨室，莫不登危楼，临轩玩月。或开广榭，玳筵罗列，琴瑟铿锵，酌酒高歌，以卜竟夕之欢。”③

北宋“四京”为东京开封府（今河南开封）、西京河南府（今河南洛阳）、南京应天府、北京大名府（今河北大名），皆是当时繁华大都市，其中东京为北宋京都，又称“汴京”，是全国政治、经济和文化中心。孟元老《东京梦华录》记载东京元夜观灯：

① （宋）孟元老撰，邓之诚注：《东京梦华录注·序》，中华书局1982年版，第4页。
② （宋）宋敏求：《春明退朝录》卷中，中华书局1980年版，第29页。
③ （宋）吴自牧：《梦粱录》卷四，浙江人民出版社1984年版，第26页。

正月十五日元宵：

> 大内前自岁前冬至后，开封府绞缚山棚，立木正对宣德楼，游人已聚御街两廊下。奇术异能，歌舞百戏，鳞鳞相切，乐声嘈杂十余里。……①

十六日至十九日：

> 诸幕次中，家妓竞奏新声，与山棚露台上下，乐声鼎沸……华灯宝炬，月色花光，霏雾融融，动烛远近……诸坊巷、马行，诸香药铺席、茶坊酒肆，灯烛各出新奇……别有深坊小巷，绣额珠帘，巧制新妆，竞夸华丽，春情荡飏，酒兴融怡，雅会幽欢。②

元宵灯节约始于汉代，到宋代百姓生活康乐，观灯活动达到了鼎盛，《东京梦华录》的生动记载，堪称盛世东京元宵佳节的风俗人情的绘本。柳永的《迎新春》写自己元夜游赏：

> 嶰管变青律，帝里阳和新布。晴景回轻煦，庆嘉节、当三五。列华灯、千门万户。遍九陌，罗绮香风微度。十里燃绛树，鳌山耸、喧天箫鼓。　渐天如水，素月当户。香径里，绝缨掷果无数。更阑烛影花阴下，少年人、往往奇遇。太平时、朝野多欢，民康阜、随分良聚。堪对此景，争忍独醒归去。

柳永写元宵节的词，有《倾杯乐》（禁漏花深）、《玉楼春》（皇都今夕知何夕）、《长相思》（画鼓喧街）和《甘州令》（冻云深）等，而以这首《迎新春》最佳。此词再现了汴京元夜观灯的繁华景象："太平时，朝野多欢民康阜（盛）"，千门万户良宵华灯燃起，九陌罗绮香风，十里喧天箫鼓；明月香径里，绝缨

① （宋）孟元老撰，邓之诚注：《东京梦华录注》卷六，中华书局1982年版，第164页。

② （宋）孟元老撰，邓之诚注：《东京梦华录注》卷六，中华书局1982年版，第172—173页。

掷果；烛影花阴下，少年奇遇。而词人游乐其中，酣醉得不肯“独醒归去”。

柳永除了长期逗留汴京外，还游历了江南一带的金陵、苏州、杭州、扬州、镇江等繁华都市，先后到过洛阳、长安、成都等大城市，他把自己的游赏经历写进词里，将当时的“承平气象，形容曲尽”①。如写杭州：“万井千闾富庶，雄压十三州。触处青蛾画舸，红粉朱楼。”（《瑞鹧鸪》）写苏州：“古繁华茂苑，是当日、帝王州。咏人物鲜明，土风细腻，曾美诗流。寻幽。近香径处，聚莲娃钓叟簇汀洲。晴景吴波练静，万家绿水朱楼。”（《木兰花慢》）写成都：“锦里风流，蚕市繁华，簇簇歌台舞榭。雅俗多游赏，轻裘俊、靓妆艳冶。”（《一寸金》）还有写六朝都会金陵的《木兰花慢》（拆桐花烂漫），写淮左名都扬州的《临江仙》（鸣珂碎撼都门晓）等，最负盛名的是写三吴都会杭州的《望海潮》：

> 东南形胜，三吴都会，钱塘自古繁华。烟柳画桥，风帘翠幕，参差十万人家。云树绕堤沙，怒涛卷霜雪，天堑无涯。市列珠玑，户盈罗绮，竞豪奢。　　重湖叠巘清嘉，有三秋桂子，十里荷花。羌管弄晴，菱歌泛夜，嬉嬉钓叟莲娃。千骑拥高牙，乘醉听箫鼓，吟赏烟霞。异日图将好景，归去凤池夸。

梅鼎祚《青泥莲花记》云：“柳耆卿与孙何为布衣交。孙知杭州，门禁甚严，耆卿欲见之不得，作《望海潮》，按：即‘三秋桂子，十里荷花’一词。往谒名妓楚楚，曰：‘欲见孙，恨无门路，若因府会，愿借朱唇歌于孙前，若问谁为此词，但说柳。’秋夕夜会，楚宛转歌之。孙即日迎耆卿预坐。”② 可知此词为赠驻节杭州的两浙转运使孙何而作。

---

① （宋）陈振孙撰，徐小蛮、顾美华点校：《直斋书录解题》卷二一，上海古籍出版社1987年版，第616页。

② （明）梅鼎祚撰辑，易军校点：《青泥莲花记》卷十三，黄山书社1996年版，第296页。

杭州自古为繁华大都会，风景秀丽，人文荟萃，生活富庶，此词咏叹杭州的佳丽繁盛。笔墨虚实相间，层次错落有致，将自然形胜与社会繁华交错写来：烟柳画桥的秀丽与十万人家的繁庶，涛卷霜雪的壮观与市列珠玑的豪奢，重湖叠巘、秋桂荷花的西湖之美与羌管菱歌、钓叟莲娃的游赏之乐，一一铺陈描摹。李之仪《跋吴师道小词》称扬柳永这一类词："铺叙展衍，备足无余。形容盛明，千载如逢当日。"[①] 罗大经《鹤林玉露》云："此词流播，金主亮闻歌，欣然有慕于'三秋桂子，十里荷花'，遂起投鞭渡江之志。"[②]此说未必可信，金主完颜亮挥鞭渡江南侵，并非仅是赏爱西湖的秋桂夏荷，但由此可见这首《望海潮》的魅力。

黄裳《书〈乐章集〉后》概叹柳永词能将太平气象"一写于乐章"，为"盛世黼藻"[③]，主要是指《乐章集》中这类游赏都市风光风情的词作，反映了太平盛世的繁华景象，令人歌其词、闻其声而"犹想见其风俗，欢声和气，洋溢道路之间"[④]。柳永其它词，如《玉楼春》写元宵观灯之乐："皇都今夕知何夕，特地风光盈绮陌。金丝玉管咽春空，蜡炬兰灯烧晓色。"《笛家弄》写清明郊游之乐："水嬉舟动，禊饮筵开，银塘似染，金堤如绣。是处王孙，几多游妓，往往携纤手。"《破阵乐》写观龙舟竞渡之乐："两两轻舠飞画楫，竞夺锦标霞烂。罄欢娱、歌《鱼藻》，徘徊宛转。"如他自己在《戚氏》中回忆的："帝里风光好，当年少日，暮宴朝欢"，可谓饱览京都的繁盛，尽享繁华富庶的都市生活，无处不惬意、无往而不乐。其《抛球乐》：

---

① （宋）李之仪：《跋吴师道小词》，金启华、张惠民等编：《唐宋词集序跋汇编》，江苏教育出版社 1990 年版，第 36 页。

② （宋）罗大经撰，王瑞来点校：《鹤林玉露》丙编卷一，《唐宋史料笔记丛刊》，中华书局 1983 年版，第 241 页。

③ （宋）黄裳：《书〈乐章集〉后》，金启华等编：《唐宋词集序跋汇编》，江苏教育出版社 1990 年版，第 15 页。黼藻：古代礼服上用青黑两色绣的字形花纹。此比喻藻饰、文饰。

④ （宋）黄裳：《书〈乐章集〉后》，金启华等编：《唐宋词集序跋汇编》，江苏教育出版社 1990 年版，第 15 页。

晓来天气浓淡，微雨轻洒。近清明，风絮巷陌，烟草池塘，尽堪图画。艳杏暖、妆脸匀开，弱柳困、宫腰低亚。是处丽质盈盈，巧笑嬉嬉，手簇秋千架。戏彩球罗绶，金鸡芥羽，少年驰骋，芳郊绿野。占断五陵游，奏脆管、繁弦声和雅。　向名园深处，争泥画轮，竞羁宝马。取次罗列杯盘，就芳树、绿影红阴下。舞婆娑，歌宛转，仿佛莺娇燕姹。寸珠片玉，争似浓欢无价。任他美酒，十千一斗，饮竭仍解金貂贳。恣幕天席地，陶陶尽醉太平，且乐唐虞景化。须信艳阳天，看未足、已觉莺花谢。对绿蚁翠蛾，怎生轻舍。

正是这“浓欢无价”、“怎生轻舍”的人生享乐观，柳永五陵冶游、香车宝马，歌舞婆娑、脆管繁弦，美酒饮竭、幕天席地，陶然尽醉太平盛世。

四　意志和情感的双重失落

歌酒狎妓的游冶、都市风情的游赏，构成了柳永世俗享乐生活的主要内容，但这是一个仕宦潦倒的失意文人的世俗享乐，总摆脱不了背后的酸楚味。他晚年所写的《少年游》：

长安古道马迟迟，高柳乱蝉嘶。夕阳鸟外，秋风原上，目断四天垂。　归云一去无踪迹，何处是前期？狎兴生疏，酒徒萧索，不似少年时。

长安道上，古往今来，多少追逐名禄的车马奔竞，可词人没有了高远飞扬的意兴和缠绵眷念的情思。旧时之意志和旧日之欢娱都已落空，早年的狎玩意兴已冷落萧疏，流连歌酒的朋侣也已老大凋零，只剩不知归宿何处的踽踽而行的瘦马倦客。此时宦游的漂泊、行役的劳苦、情场的冷落、年岁的衰老，使词人的心境黯淡、落寞、迷茫，就如同秋风原野上低垂的天际、西沉的落日。此词抒写了词人晚年功名淡薄、风情衰减的凄凉情怀，“狎兴生疏，酒徒萧索，不似少年时”，传达出意志和情感双重落空的人生悲慨，似乎从中也透出对红尘争逐、人世沧桑若有所悟的思致。

宋朝统治阶层注重士子操行，“不用浮薄新进喜事之人”[①] 为治道之先，所以无贤德之名而行迹放浪的柳永，几十年滞阻于科场仕途。柳永于宋真宗大中祥符元年（1008）之前，已寓居京城以求取功名，至仁宗朝临轩被黜名，到景祐元年（1034）近 50 岁才科举中第；然而入仕后，也只是在地方的微官卑职中“久困选调”。据吴熊和先生的《从宋代官制考证柳永的生平仕履》，柳永于庆历三年（1043）后，方磨勘改著作郎，后迁太常博士，转屯田员外郎，卒赠郎中。[②] 终其一生，他始终未脱离由中下层官僚和出身寒微的文士所组成的“寒士”阶层。寒士蹇运的柳永，一生怀才不遇，困顿潦倒，早年失志尚可借浅斟低唱以自遣，至晚年连歌酒风月也冷落荒疏，正如他自己所感叹的：“一生赢得是凄凉。”（《少年游》）这不是一般感叹，而是一种彻入心骨的人生失落感，可以说，正是词人一生凄凉的悲剧，凝聚成了这首羁旅词的“悲秋”——失落了过去，无奈于现在，而又无法把握将来的人生悲凉。

出身于儒宦家庭，却拥有着与之不兼容的放浪性情的柳永，始终有着功名事业与游冶风情的矛盾，一生都在二者之间纠结：他想做一个文人雅士，却割舍不了歌楼妓馆的风月恋情而“恣情浓睡”（《殢人娇》）；醉眠歌楼放浪时，又不能彻底断念仕宦功名而“浮名牵系”（《殢人娇》）。他一方面对功名难就而牢骚满腹，一方面又恣意狂荡而放纵消遣；既尝遍了繁华都市的市井风月的享乐滋味，又谙尽了遭受上层社会排挤的失意文人的悲凉滋味，[③] 这种纠结既源于他本人，又源于他所生活的社会时代。

北宋的“盛平”时代，充溢着男女欢爱、及时行乐的享乐欲求，反映出市民世俗思想的勃兴，而柳永代表了这种市井文化并浸染于其中。他的快乐是被解放了的具有强烈个人主义色彩的人性情欲的张扬，但那只是个体生命感性存在的偏向于感官享受的快

① 吴海京编著：《资治通鉴续纪》第一册，中国文史出版社 2014 年版，第 201 页。

② 吴熊和：《从宋代官制考证柳永的生平仕履》，《文学评论》1987 年第 3 期。

③ 杨海明：《柳永：世俗词人的人生哲学和人生况味》，《阴山学刊》1997 年第 4 期。

乐，很难在内在精神层面提供价值支撑而获得真正的满足，所以在其文化角色交错的生存焦虑中，他的世俗享乐总带有一种浮浅的伤感情绪、一丝哀淡的苦涩味。柳永，就这样在世俗享乐中集乐与哀于一生。

柳永是落魄失意的世俗享乐者，与之同时，他也是词之幸者："一代词宗"——俚俗词的开山祖。

第四节　北宋盛世的享乐世风

宋词的创作与传播，与其所赖以生存的社会环境关系密切，夏承焘《瞿髯论词绝句》云："陈桥驿下有词源。"① 此论颇具慧眼，将帝王的政治策略与宋代歌舞宴集的享乐世风以及柔靡艳丽的词风联系起来。

赵匡胤取代后周、建立宋朝后，甚防他人效仿陈桥兵变、黄袍加身。《宋史·石守信传》记载：宋太祖建隆二年（961），一日退朝后，赵匡胤留故臣石守信、高怀德、王审琦等饮酒。酒至半酣，"帝曰：'人生驹过隙尔，不如多积金，市田宅以遗子孙，歌儿舞女以终天年。君臣之间无所猜嫌，不亦善乎？'"② 第二天，诸将领纷纷上表称病，请求解职，宋太祖一一赐准，史称"杯酒释兵权"。

统治者倡导"歌儿舞女以终天年"，于是文恬武嬉，歌舞宴饮，整个社会从上层乃至中下层享乐世风盛行。

一　"崇文抑武"的统治策略

宋朝立国之初，就采取一种对外保守妥协、对内强化集权专制的基本国策。统治者鉴于唐末的藩镇跋扈，尤其是五代政权皆由掌握兵权的将领代兴，为了防止地方割据，在"杯酒释兵权"以后，便开始削弱和分散宰相权力、严密控制地方官吏，建立起直属朝廷

① 夏承焘著，吴无闻注：《瞿髯论词绝句》，中华书局1983年版，第7页。
② （元）脱脱等：《宋史·石守信传》卷二五〇，中华书局1977年版，第8810页。

的财政系统、司法系统，将行政权、财权、军权收归到中央朝廷，并采用分化事权的方式以维护中央集权。由此，宋朝成为一个以成熟的文官制度为基础的君主专制和中央集权空前强化的王朝。重文轻武，作为宋代加强中央集权的立国策略之一，直接引导和影响了士林阶层的价值观念、行为方式及文化娱乐和社会风气。

赵匡胤好读书，马背上亦手不释卷，虽以“陈桥兵变”得天下，却深知“王者虽以武功克定，终须以文德致治”[①]，政治上采取偃武修文的策略。陆游《避暑漫钞》记载，宋代立国之初，宋太祖曾密镌誓碑一座，“立于太庙寝殿之夹室”，其中重要的一条：“不得杀士大夫、及上书言事人”。每逢新天子即位，皆须恭读誓词，“子孙有渝此誓者，天必殛之”。[②]表现出统治者对士大夫免开杀戒的仁厚以及放开文禁的宽容。

宋初立，“罢藩权，择文臣使治州郡”[③]，重文治轻武功的统治者大力网罗天下文人士子充入各级官僚机构，“恩逮于百官者，唯恐其不足”[④]，以政治、物质上的丰官厚禄优待文人。时，歌舞游赏、浅斟低唱成为文人士大夫们普遍的享乐方式，据朱弁《曲洧旧闻》记载，宋仁宗时“两府、两制家中，各有歌舞，官职稍如意，往往增置不已”[⑤]。这些“增置不已”的家妓，即在主人筵席间歌舞侑觞。时听歌狎饮风气盛行，柳永的词中多有描述：“是处小街斜巷，烂游花馆，连醉瑶卮”（《玉蝴蝶》），“有笙歌巷陌，绮罗庭院”（《洞仙歌》），“过平康款辔，缓听歌声”（《长相思》）。同时，宋代兼容并蓄的多元文化又使文人士大夫的价值取向和行为取向圆融通达而不固执一端。如韩维（字持国），其父韩亿仁宗朝曾为参知政事，受父荫入官。平素“喜声乐。遇极暑辄求避，屡徙

① （宋）司马光等：《资治通鉴》卷十一，中华书局1957年版，第105页。

② （宋）陆游：《避暑漫钞》，朱易安、傅璇琮主编：《全宋笔记》第五编（八），大象出版社2013年版，第140页。

③ （宋）江少虞辑：《宋朝事实类苑》，上海古籍出版社1981年版，第11页。

④ （清）赵翼撰，王树民校证：《二十二史札记校证·宋制禄之厚》卷二五，中华书局1984年版，第530页。

⑤ （宋）朱弁：《曲洧旧闻》卷一，中华书局1985年版，第4页。两府：中书省、枢密院。两制：翰林学士、知制诰。

不如意，则卧一榻。使婢执板缓歌不绝声，展转徐听。或颔首拊掌，与之相应，往往不复挥扇。则卧一榻，使婢执板缓歌不绝声，展转徐听。或颔首拊掌，与之相应，往往不复挥扇”①。周煇《清波杂志》记载：“韩黄门持国，典藩觞客，早辰则凛然谈经史节义及政事设施，晚集则命妓劝饮，尽饮而罢。”② 如此，宋代文人仕子角色的多重性，往往将循礼雅正的官吏儒士与风流狎妓的才子词客相整合，他们治国理政的公务与歌舞冶游的私情，“因为社会政治、商业经济、娱乐文化发展形成的不同空间而得以实现”③。

二　高度繁华的城市经济

宋朝除了面对外族的不断入侵，国防军事势力“积弱”外，它是一个政治、经济、文化高度发达的朝代，尤其是商业经济繁盛。宋朝出现了纸币交子和银行信用，这是世界上首次出现的纸币，还拥有当时最庞大的帆船舰队和商船队，频繁远航至阿拉伯、东非、印度、东南亚和东亚的日本与朝鲜。汉唐时期的陆上丝绸之路已被海上的“香料之路”、“陶瓷之路”所取代，当时与宋朝建立外贸联系的已达60多个国家和地区。实际上，宋朝已初步迈向商业经济。同时由于手工业和商业的发达，宋代的都市规模和人口数量大大超过唐代，北宋的京城开封有户约25万，达125万余人；南宋的京城临安（今浙江杭州）有户约39万，人口达195万余人。西方历史学家认为：当时与之前的世界上，还没有出现过像两宋那么多的具有巨量人口的城市。吴自牧《梦粱录·塌房》云：“柳永咏钱塘词曰‘参差十万人家’，此元丰前语也。自高庙（高宗）车驾自建康幸杭驻跸，几近二百余年，户口蕃息，近百万余家。杭城之外城，南西东北各数十里，人烟生聚，民物阜蕃，市井坊陌，铺席

---

① 丁傅靖辑：《宋人轶事汇编》卷七引《避暑录话》，中华书局1981年版，第298页。

② 丁傅靖辑：《宋人轶事汇编》卷七引，中华书局1981年版，第298页。

③ 王筱芸：《“变旧声作新声”——柳永歌词的都市叙述与北宋中叶都市文化建构》，《文学评论》2007年第3期。

骈盛，数日经行不尽，各可比外路一州郡，足见杭城繁盛耳。”[①] 宋代张择端的《清明上河图》、孟元老的《东京梦华录》等，也都对当时都市经济的繁华有具体生动的描述和记载。

周密《武林旧事》记载，南宋临安元夕之夜：

> 宫漏既深，始宣放烟火百余架，于是乐声四起，烛影纵横，而驾始还矣。……翠帘销幕，绛烛笼纱。遍呈舞队，密拥歌姬。脆管清吭，新声交奏，戏具粉婴，鬻歌售艺者，纷然而集。[②]

无论是皇家庆典还是民间娱乐，其喧闹、奢侈的盛大场面“亦东都遗风也”[③]，而且毫不逊色于北宋汴京。两宋词人里也多写到游赏元夕繁华的节庆场景，如：

> 东风夜放花千树，更吹落，星如雨。宝马雕车香满路。凤箫声动，玉壶光转，一夜鱼龙舞。
>
> ——辛弃疾《青玉案·元夕》
>
> 拥麾幢、光动珠翠。倾万井、歌台舞榭，瞻望朱轮骈鼓吹。控宝马、耀貔貅千骑，银烛交光数里。
>
> ——康与之《宝鼎现》

初唐著名诗人卢照邻在《长安古意》中，曾描述唐代西京长安城的游冶盛况：“挟弹飞鹰杜陵北，探丸借客渭桥西”、“北堂夜夜人如月，南陌朝朝骑似云”，但是唐代城市格局严整，各种活动场所限制在相应集中的区域内，商贸活动在定时开放的东、西二市进行，而且严格实行宵禁，市民平时夜间不得出行。至宋代，规整、封闭的坊市制被彻底打破，仁宗的庆历、皇祐年间（1041—1054），

① （宋）吴自牧：《梦粱录》卷十九，浙江人民出版社 1984 年版，第 180 页。
② （宋）周密：《武林旧事》卷二，浙江人民出版社 1984 年版，第 32 页。
③ （宋）周密：《武林旧事》卷二，浙江人民出版社 1984 年版，第 32 页。

自唐以来的棋盘式斗面结构的城市布局，被临街随处开设商业活动中心所代替，商铺分布在城中的每条街巷。供有闲阶层娱乐消遣的勾栏瓦舍也相继增多，北宋汴京“近北则中瓦，次里瓦，其中大小勾栏五十余座。……可容纳数千人”①。街道两旁店铺林立，相国寺内“每月五次开放万姓交易”，“珍奇异兽，无所不有”②。宋以前的里坊宵禁完全解除，“二纪（庆历、皇祐）以来，不闻街鼓之声，金吾之职废矣”③。南宋临安的夜市“直至四鼓后方静，而五鼓朝马将动，其有趁卖早市者，复起开张，无论四时皆然”④。柳永《玉楼春》云：“金吾不禁六街游，狂杀云踪并雨迹。”描述了都市制度变革带来的恣意冶游的生活空间。

较之唐代，宋代城市生活更自由、开放，随着城市经济的高度繁荣，市民阶层的迅速壮大，形成了歌乐遍及街巷酒肆、市民彻夜游冶的近代商业文明的雏形。北宋末词人万俟咏，在词中写“太平无事，君臣宴乐，黎民欢醉”（《醉蓬莱》）的盛世繁华和歌酒享乐。柳永的《玉楼春》：“金丝玉管咽春空，蜡炬兰灯烧晓色。凤楼十二神仙宅，珠履三千鹓鹭客”更是生动地描述了朝野歌吹沸天、灯火彻夜的都市生活情景，祝穆《方舆胜览》引范镇感叹：“仁宗四十二年太平，镇在翰院十余载，不能出一语歌咏，乃于耆卿词见之。”⑤

罗宗强《玄学与魏晋士人心态》说：魏晋之际“士人的纵乐，其中却还包含有对人生的深切眷恋和对于人性的体认。礼的束缚解除了，自我得到了很大程度的认可，感情也在放纵中得到了丰富和

---

①（宋）孟元老撰，邓之诚注：《东京梦华录注》卷二，中华书局1982年版，第66页。

②（宋）孟元老撰，邓之诚注：《东京梦华录注》卷三，中华书局1982年版，第88页。

③（宋）宋敏求：《春明退朝录》卷上，中华书局1980年版，第11页。金吾：武职官吏，掌管宫中及京城昼夜巡警，以执御非违。据《唐六典》载：唐代都城实行坊市宵禁巡逻制度，“凡两京城内，则分左、右巡，各察其所巡之内不法之事”。

④（宋）耐得翁：《都城纪胜·市井》，（宋）孟元老等：《东京梦华录（外四种）》，文化艺术出版社1998年版，第79页。

⑤（宋）祝穆撰，（宋）祝洙增订，施和金点校：《方舆胜览》卷十一，中华书局2003年版，第197页。范镇（1007—1088），字景仁，华阳（金四川双流）人。北宋文学家、史学家，官翰林学士，曾参与编纂《新唐书》。

发展”[①]。士人的纵乐不仅是魏晋之际，唐宋时期亦如此，尤其是宋代更甚。长期以来，由于儒家思想及社会规范的长期积淀，所共同形成的僵化的理性法则对士人们形成了有形或无形的精神制约和心理压抑，但是宋代城市商业经济的发达、社会物质的富庶丰足，以及歌舞宴集的享乐风气，比之前代更激发了士人们的人性意识，张扬了他们世俗享乐的欲求，他们卸下在正统社会中循礼君子的端庄面孔和“理学”规行矩步的自重束缚，在统治者提倡的“歌儿舞女”的欢娱纵乐中体认人性、肯定自我。柳永词中歌酒游赏的都市叙述，正反映了宋代都市文化以享乐为尚的世风。

三　承唐制而来，发达的歌妓制度

歌妓制度，是古代一种特殊的社会、文化现象。黄现璠《唐代社会概略》云：“唐承六朝金粉之后，娼妓之多，空前未有。约分家妓、公妓两种。长安都城中有所谓‘北里’、‘平康里’与‘教坊’者，即为当日风流渊薮。”[②] 唐代的妓馆主要集聚在平康里，而宋代妓馆歌楼遍布城市的主要街道。妓馆聚集的街巷有：曲院街、朱雀门外东街、旧曹门外南北斜街、牛行街、鹩儿市东西鸡儿巷、相国寺北小甜水巷、景德寺前桃花洞[③]，等等。

宋承唐制而来，官方和民间各种音乐机构与娱乐场所大量蓄养和使用歌妓，吴自牧《梦粱录·妓乐》记载：

> 如府第富户，多于邪街等处，择其能讴妓女，顾倩祇（只）应。或官府公筵及三学斋会、缙绅同年会、乡会，皆官差诸库角妓祇直。[④]

---

① 罗宗强：《玄学与魏晋士人心态》，浙江人民出版社1991年版，第48页。

② 黄现璠：《唐代社会概略》上海商务印书馆1937年版，第67页。

③ （宋）孟元老撰，邓之诚注：《东京梦华录注·妓馆》卷三，中华书局1982年版。

④ （宋）吴自牧.《梦粱录》卷二十，浙江人民出版社1984年版，第192页。角妓：犹风流美貌、才艺出众的名妓。（明）徐渭《西厢记眉批》云：“宋人谓风流蕴藉为‘角’，故有‘角妓’之名。”

由于手工业和商业的发达，宋代的都市规模和数量大大超过唐代。据《宋史·地理志》，宋代10万户以上的城市，由唐代的十余个增加到40余个，长江流域还出现了其他超过百万人口的大城市，如成都、苏州等。随着人口巨量的城市的繁盛，勾栏瓦肆、歌楼妓馆勃兴，仅北宋初年，汴京百万人口中“鬻色户将及万计”①。

在都市的商业活动中存在着各类行业性乐妓，如酒楼茶肆的说唱艺妓是其中最普遍的一种。据周密《武林旧事·歌馆》所记南宋临安京城内：

> 平康诸坊，如上下抱剑营、漆器墙、沙皮巷、清河坊、融和坊、新街、太平坊、巾子巷、狮子巷、后市街、荐桥，皆群花所聚之地。外此诸处茶肆，清乐茶坊、八仙茶坊、珠子茶坊、潘家茶坊、连三茶坊、连二茶坊，及金波桥等两河以及瓦市，各有等差，莫不靓妆迎门争妍卖笑，朝歌暮弦，摇荡心目。②

北宋自太宗实行官卖酒制度，用酒税遗利来充盈国库，以应付庞大的军费开支与文官薪俸。宋神宗熙宁二年（1069）始，王安石大倡变法，主张“善理财者，（民）不加赋而国用足”③之说，乃厉行官卖制之酒酤法。时开“设法卖酒”之风气，令“娼女坐肆作乐”④，即选派隶身乐藉的色艺出众的官妓于官属酒楼用歌乐佐酒，以诱使人们买酒饮酒。这种酒色歌舞的结合使酒楼生意兴隆，“歌管欢笑之声，每夕达旦，往往与朝天车马相接，虽风雨暑雪，不少减也”⑤。宋代官办酒肆众多，著名的有和乐楼、和丰楼、中和楼、春风楼、太和楼、西楼、太平楼、丰乐楼等，均属于户部点检所

---

①（宋）陶穀：《清异录》卷上，朱易安、傅璇琮主编：《全宋笔记》第一编（二），大象出版社2013年版，第22页。

②（宋）周密：《武林旧事》卷六，浙江人民出版社1984年版，第95页。

③（明）陈邦瞻：《宋史纪事本末》卷三七，中华书局1977年版，第326页。

④（宋）王楙：《燕翼诒谋录》卷三，（宋）王铚、（宋）王楙：《默记 燕翼诒谋录》，中华书局1981年版，第23页。

⑤（宋）周密：《武林旧事·酒楼》卷六，浙江人民出版社1984年版，第95页。

（专司酒库的官署）管辖，每座酒楼均有数量不少的官妓。其中以丰乐楼最为出名，南宋吴文英曾写有《莺啼序·丰乐楼节斋新建》，极赞丰乐楼"天风笑语"之高耸、"脂痕茸唾"歌妓之美艳、"峨冠鸣佩"饮客之华贵，因为此词，《莺啼序》词牌又名《丰乐楼》。

除此之外，还有大量的私人经营的酒店，著名的有熙春楼、三元楼、五闲楼、赏心楼等，官属酒店或私营酒楼，凡中大型的都有歌妓迎客。孟元老《东京梦华录》对汴京的酒肆歌妓有具体描述：

> 凡京师酒店，门首皆缚彩楼欢门。唯任店入其门，一直主廊约百余步，南北天井两廊皆小阁子。向晚灯烛莹煌，上下相照，浓妆妓女数百，聚于主廊槏面上，以待酒客呼唤。望之宛若神仙。①

遍及京城的歌楼酒肆，夜灯辉煌，数百浓妆妓女聚于主廊槏面，"以待酒客呼唤"，等着为客人点唱佐饮，所唱多为"新声"，即新兴流行的曲子词。

曲子词原属于民间音乐文学，晚唐五代进入文人创作的宫廷府宅，入宋之后，它作为娱宾遣兴的应歌之词，又演化成一种都市文学，一种大众文艺、酒肆文艺：

> 新声巧笑于柳陌花衢，按管调弦于茶坊酒肆。②
>
> ——孟元老《东京梦华录·序》

柳陌花衢，茶坊酒肆，一片新声巧笑、管弦歌舞。同时，宋代盛行歌乐佐觞的风俗，文人士大夫宴游、聚会、饯别、品茶、祝寿等都携歌妓以佐酒助兴，如柳永《剔银灯》所写春明时节："论槛买花，盈车载酒，白琲千金邀妓。"宋代由于曲词新声的普遍流行和城市文化娱乐的大量需求，作为承载者、传播者的歌妓的数量迅

① （宋）孟元老撰，邓之诚注：《东京梦华录注》卷二，中华书局1982年版，第71页。

② （宋）孟元老撰，邓之诚注：《东京梦华录注·序》，中华书局1982年版，第4页。

速增加，形成了宋代歌妓远较唐代为盛的局面。

随着宋代市井享乐意识的膨胀、歌乐冶游风气的盛行，乐妓被商业化了，歌舞佐宴成了她们在秦楼楚馆市井中卖艺谋生的行业。市井私妓充斥酒楼茶坊，带有强烈的情欲色彩，其间文人墨客和歌舞妓人之间的情感微妙、暧昧，如秦观的《一丛花》：

> 年时今夜见师师，双颊酒红滋。疏帘半卷微灯外，露华上、烟袅凉飔。簪髻乱抛，偎人不起，弹泪唱新词。　　佳期谁料久参差，愁绪暗萦丝。想应妙舞清歌罢，又还对、秋色嗟咨。惟有画楼，当时明月，两处照相思。

词中所写双颊酒红、偎人不起，弹泪唱新词；妙舞歌罢、画楼明月，两处照相思，即词人曾夜宿歌楼妓馆，为赠汴京名妓李师师而作。

晚唐五代的《花间集》不乏“锦帐”、“香衾”之类艳情描写，如“眉翠薄，鬓云残，夜长衾枕寒”（温庭筠《更漏子》），“春情满眼脸红绡，娇妒索人绕”（魏承班《诉衷情》），“肌骨细匀红云软，娇羞不肯入鸳衾”（和凝《临江仙》），但大都以婉转的笔触写出。而至宋代，妓女歌舞佐酒的风气大盛，人们对情与欲的享乐追求变得直接而强烈，这在长期混迹“烟花巷陌”的柳永的《乐章集》里，被大量地无所遮掩地表现出来，如“愿天上人间，占得欢娱，年年今夜”（《二郎神》），“待伊要，尤云殢雨，缠绣衾，不与同欢。尽更深，款款问伊，今后敢更无端”（《锦堂春》），可谓将男女情欲宣泄得淋漓尽致。

欧阳修词集中今存艳词60余首，关于其所作艳词，历代诸词论家多予以辩护。曾慥《〈乐府雅词〉序》云：“欧公一代儒宗，风流自命，词章窈眇，世所矜式。当时小人或作艳曲，谬为公词。”① 陈振孙《〈乐府雅词〉序》云：“欧阳公词，多有与《花间》、《阳

① （宋）曾慥：《乐府雅词序》，孙克强主编：《唐宋人词话》（上），河南文艺出版社1999年版，第190页。矜式：敬重取法。

春》相混，亦有鄙亵之语厕其中，当是仇人无名子所为也。"①。夏承焘先生《四库全书词籍提要校议》对此复有考订，认为："北宋士大夫如范仲淹、司马光亦为艳词，不必为欧阳修讳。"② 其实，时文人们饮酒狎妓、歌筵填词成为普遍的风气，为社会文化风尚的一大景观，"士大夫昵裙裾之乐"③，与歌妓建立亲密关系成为一种身份的象征。欧阳修年轻时也有风流佚荡、不拘小节的一面，那些艳词或是在特定环境下其艳冶生活的真实反映。

宋代统治者提倡现时行乐，城市经济的繁荣、歌妓制度的发达以及城市体制的变革、市民阶层的活跃和新兴的街市娱乐文化的勃兴，使长期被封建伦理压抑、禁锢的情感和欲望找到了宣泄的出口，新兴的世俗精神有了滋长的土壤，整个社会心理和社会习尚转为浮靡，士庶之间侈靡成风。人们沉溺于对世俗物欲的享受和追求，遍及繁华街市的坊间瓦舍、市井酒肆成了人们娱乐游冶的场所。文人墨客甚至不惜"千金"观一舞、听一曲、买一笑、拚一醉："一笑千金何啻。向尊前、舞袖飘雪，歌响行云止"（柳永《长寿乐》），"为妙歌新调，粲然一曲，千金轻费"（方千里《还京乐》），"买一笑、千金拚。共醉倚、画屏暖"（陈允平《凤来朝》）。尤其是从柳永的俗词中，更能看到这种随着社会生活方式和价值观念的变化，文人士大夫亦浸染于其中的世俗享乐情味。

宋代是市民阶层勃兴、市民意识觉醒的时代，世俗文化必然向精英文化渗透。文人士大夫们接受到新兴的世俗精神，他们并不排斥和拒绝歌舞声色的世俗物质生活，而是艺术化地享乐于盛世的富庶繁华。从某种意义上讲，宋代是一个重视世俗享乐的朝代。

① （明）陈振孙：《〈乐府雅词〉序》，孙克强主编：《唐宋人词话》（上），河南文艺出版社 1999 年版，第 191 页。

② 夏承焘：《唐宋词论丛》，上海古典文学出版社 1956 年版，第 215 页。

③ （宋）周煇：《清波杂志》卷九，《宋元笔记小说大观》第五册，上海古籍出版社 2001 年版，第 5109 页。《清波杂志》卷九："士大夫昵裙裾之乐，顾侍巾栉辈得之惟艰。或得一焉，不问色艺如何，虽资至凡下，必极美称。"

第五章

恋情词：男女情爱的婚恋取向

词，原本是合乐演唱的歌词，它的兴起、传播和繁盛与词之歌者——歌妓有着密不可分的关系。而唱词的歌妓与填词的才士之间的亲密交往以及倾情爱恋，成了唐宋文人婚外恋情的主要方式和全部内容，这是擅长“言情”的唐宋词苑撩拨不开的情思中最缠绵悱恻的吟唱。

唐宋文人士子们浅斟低唱，流连于舞榭歌台，这种文人雅士风流倜傥的生活方式是社会风尚使然。他们所写的大量赠妓词、代妓词、咏妓词、恋妓词等，形成了唐宋词题材内容的一大特征。其中，将男女情爱写到情真情深而动人心旌的是晏几道。

第一节 “四痴”之人晏几道

晏几道（1030—1106），字叔原，号“小山”，临川（今江西抚州）人，晏殊之幼子。相府暮年之子的晏几道，如同贾府里的宝玉，含着金汤匙出生。自幼聪颖过人，格外得其父宠爱，“金鞍美少年，去跃青骢马。牵系玉楼人，绣被春寒夜”（晏几道《生查子》），每日里斗鸡走马、玉楼歌酒，过着珠围翠绕、锦衣玉食的贵族公子生活。

宋仁宗至和二年（1055）晏殊去世，渐家道中落。宋神宗熙宁七年（1074），好友郑侠因反对新法而被罗织罪名，交付御史台治罪，晏几道受其牵连入狱。[①] 虽不久便获释免，但其人生从相府公子到被系入狱，经历了世态炎凉，目睹了官场的尔虞我诈和党争倾轧的污浊，使原本就不求仕进的晏几道，从此以一种冷眼旁观与全身避祸的心态，对“仕途”由不屑、厌恶而逐渐疏离。

一　文才出众，沉沦下僚

晏几道“平生潜心六艺，玩思百家”[②]，风流倜傥，文才出众。据邵博《邵氏闻见后录》记载：宋神宗元丰五年（1082），晏几道任颍昌府许田（今河南许昌）镇监。其帅府韩维曾从游于其父晏殊门下，晏几道自恃才华，呈上自作新词一卷。韩维回复：“得新词盈卷，盖才有馀而德不足者。愿郎君捐有馀之才，补不足之德，不胜门下老吏之望。”[③] 直言不讳希望晏几道“捐有馀之才，补不足之德”，不要辜负“门下老吏”的期望！似是指责晏几道耽于歌酒风流而不务科举仕宦正途。

晏几道《小山词·序》自言：

> 往与二三忘名之士，浮沉酒中。病世之歌词，不足以析酲解愠，试续南部诸贤余绪，作五七字语，期以自娱。[④]

“有馀之才”的晏几道与二三“忘名之士”沉溺于歌酒宴饮，虽然才华横溢，却无意于科考，只喜欢填写男女情爱的小词以析酲解愠、自娱自乐。其《玉楼春》云：“雕鞍好为莺花住，占取东城南陌路。尽教春思乱如云，莫管世情轻似絮。　古来多被虚名误，宁负虚名身莫负。劝君频入醉乡来，此是无愁无恨处。”直接

① （宋）赵德麟《侯靖录》卷四：“郑侠上书事作，下狱，悉治平时往还厚善者，晏几道叔原即在数中。侠家搜得晏叔原与侠诗云：‘小白长红又满枝，筑毬场外独支颐。春风自是人间客，主张繁华得几时。’裕陵（宋神宗）称之，即令释出。”

② （宋）黄庭坚：《〈小山词〉序》，（宋）黄庭坚撰，郑永晓辑校：《黄庭坚全集辑校编年》（上），江西人民出版社 2011 年版，第 619 页。

③ （宋）邵博：《邵氏闻见后录》卷十九，中华书局 1983 年版，第 151 页。

④ （宋）晏几道：《小山词·序》，金启华、张惠民等编：《唐宋词集序跋汇编》，江苏教育出版社 1990 年版，第 25 页。南部诸贤：指南唐李煜、李璟、冯延巳等君臣词。

袒露自己的心迹：莫被仕宦利禄的虚名所耽误，只需尽情享受明媚春光，沉醉到“无愁无恨”的歌酒醉乡。黄庭坚《〈小山词〉序》说晏几道疏于顾忌，“文章翰墨，自立规摹，常欲轩轾人，而不受世之轻重。诸公虽称爱之，而又以小谨望之，遂陆沉于下位”①。

晏几道的《阮郎归》：

天边金掌露成霜，云随雁字长。绿杯红袖趁重阳，人情似故乡。　兰佩紫，菊簪黄，殷勤理旧狂。欲将沉醉换悲凉，清歌莫断肠！

此词于汴京重阳宴饮而作。小晏赋性天真而风流，多酒筵歌席、良辰佳节的欢娱和放纵，而他以昔日相府之子沉沦下僚、落拓一生，故常于歌筵丝竹寓其幽怨。此词最后三句微吟数遍，当入三昧而出三昧。“殷勤理旧狂”有三层意思：所谓“狂”，一肚皮不合时宜，发露于外，一也；其狂为平素“旧”有，一度衰减，如今重新整理，二也；其狂“殷勤理”之，却不似年少时，若有颇不得已处，三也。下句“欲将沉醉换悲凉”即是注脚。而这悲凉又非一时沉醉疏狂所能消解，筵前清歌一唱，不免又是“断肠”。结处吞吐往复，将一份人生失意推进向更为无奈的境地——欲作旷达不得、自我宽解不能。

晏几道词多“狂篇醉句”，如“归来独卧逍遥夜，梦里相逢酩酊天”（《鹧鸪天》），“柳里眠，花里醉，不惜绣裙铺地”（《更漏子》），“歌渐咽，酒初醺，尽将红泪湿湘裙”（《鹧鸪天》），“临风一曲醉朦胧，陌上行人凝恨去”（《玉楼春》），“归来双袖酒成痕，小字香笺无意展”（《玉楼春》），“百分蕉叶醉如泥，却向断肠声里醒”（《木兰花》），等等。这些酒词醉句不囿于男女之情的缠绵悱恻、凄艳幽怨，而是借佯狂歌酒抒泄人生落拓的悲凉酸楚、空虚惆怅，见出他率真疏放人生的沉着厚重的一面。

---

①（宋）黄庭坚撰，郑永晓辑校：《黄庭坚全集辑校编年》（上），江西人民出版社2011年版，第619页。

二　生性高傲，不趋时附势

陈振孙《直斋书录解题》称晏几道“纵弛不羁，而不苟求进，尚气磊落”[①]，是说他疏放不羁，崇尚气节，为人淡泊磊落。晏几道生性高傲自负，不肯趋时附势而苟合于时。陆友仁《砚北杂志》引邵泽民语：

> 元祐中，叔原以长短句行。苏子瞻因黄鲁直欲见之，则谢曰：“今日政事堂中，半吾家旧客，亦未暇见也。”[②]

哲宗元祐年间，晏几道的长短句流行，词名盛传于京师。苏轼通过弟子黄庭坚转达欲结识之意，却被谢绝说：“今日政事堂中一半是我家故旧，未暇见也。”时，苏轼在朝廷受皇帝、太后赏识，迁中书舍人、翰林学士，乃当朝权贵要人，晏几道却语气颇为倨傲，不屑见之。

晏殊生前历任要职，善提携后进，如韩琦、欧阳修等皆出其门下，多有居高位权重者，但晏几道不愿借助于先父的门生故吏谋取功名，一生仕途偃蹇，曾以恩荫为太常寺太祝（掌管祭祀），后任颍昌府许田镇监、开封府推官等微职。据王灼《碧鸡漫志》载：“叔原年未至乞身，退居京城赐第，不践诸贵之门。”[③] 约 68 岁时，辞官退居于京城所赐旧宅，不踏权贵之门。

晏几道擅词，但绝少写酒筵聚饮、祝寿庆贺、节序游览的酬答之作。王灼《碧鸡漫志》记载：

> 蔡京重九、冬至日，遣客求长短句。欣然两为作《鹧鸪天》：“九日悲秋不到心，凤城歌管有新音。风凋碧柳愁眉淡，

---

① （宋）陈振孙撰，徐小蛮、顾美华点校：《直斋书录解题》卷二一，上海古籍出版社 1987 年版，第 618 页。

② （元）陆友仁：《砚北杂志》，《笔记小说大观》第 10 册，江苏广陵古籍刻印社 1983 年版，第 323 页。

③ （宋）王灼撰，岳珍校正：《碧鸡漫志校正》卷二，巴蜀书社 2000 年版，第 38 页。乞身：乞骸骨而告老还乡，即退休。

露染黄花笑靥深。　初过雁，已闻砧。绮罗丛里胜登临。须教月户纤纤玉，细捧霞觞滟滟金。”“晓日迎长岁岁同，太平箫鼓间歌钟。云高未有前村雪，梅小初开昨夜风。　罗幕翠，锦筵红。钗头罗胜写宜冬。从今屈指春期近，莫使金罇对月空。”竟无一语及蔡者。①

权倾一时的宰相蔡京，曾于重九和冬至日，遣客欲求晏几道词。所遣派之人宋乔年（宰相宋庠之孙），与晏几道一样为故相之后，风流倜傥，曾落魄多年，加之晏、宋两家素有深厚的世交之情，故晏几道欣然接受，为之作《鹧鸪天》两首。可是词中只吟咏太平，言“风凋碧柳愁眉淡，露染黄花笑靥深”的重阳、“云高未有前村雪，梅小初开昨夜风”的冬至，竟不着一字对蔡京的阿谀奉迎之词。

三　天性未泯的真纯

晏几道平素与黄庭坚相交甚笃。宋神宗元丰二三年（1079—1080）间，黄庭坚赴吏部等候改官，晏几道与他常诗酒唱和，或醉倒垆边，或同榻夜语，时晏几道正值壮年，意气纵横，期许不凡，亦颇负盛名。

黄庭坚为北宋著名的诗人、词人、书法家。诗歌与苏轼并称“苏黄”，被奉为盛极一时的江西诗派宗主；其词与秦观并称“秦黄”；书法与苏轼、米芾、蔡襄并称为“宋代四大家”。他在为《小山词》所作序中，惺惺相惜称晏几道为人之英杰，还说他有“四痴”：

仕宦连蹇，而不能一傍贵人之门，是一痴也；论文自有体，不肯作一新进士语，又一痴也；费资千百万，家人寒饥，而面有孺子之色，此又一痴也；人百负之而不恨，己信人终不疑其欺己，此又一痴也。②

---

① （宋）王灼撰，岳珍校正：《碧鸡漫志校正》卷二，巴蜀书社2000年版，第38页。

② （宋）黄庭坚：《〈小山词〉序》，（宋）黄庭坚撰，郑永晓辑校：《黄庭坚全集辑校编年》（下），江西人民出版社2011年版，第619页。

仕宦坎坷，而不愿依傍权贵之门，一痴也；文章自成体，却不肯作进士语，二痴也；家人寒饥，而面有孺子之色，三痴也；人百负之而不恨，终不疑其欺己，四痴也。“四痴”之人乃为人真纯，自然之本性未泯之人。此等人自当深于情、执于情而痴于情，缘于此，晏几道才写出了那些“动摇人心”① 的恋情词。

第二节　“二晏”词之比较

一　晏氏父子名盛于时

北宋初期词坛，晏几道与其父晏殊齐名，人称“二晏”。毛晋《〈小山词〉跋》云：“晏氏父子，具足追配李氏父子。”② 李氏父子，即李璟、李煜，在五代词坛以“父子词人”闻名于世，毛晋认为晏氏父子足以追配李氏父子。

对“二晏”词评论家颇有轩轾，多认为小晏胜大晏，如：

> 晏小山工于言情，出元献、文忠之右。……而措词婉妙，则一时独步。③
>
> 叔原以贵人暮子，落拓一生，华屋山丘，亲身经历，哀丝豪竹，寓其微痛纤悲，宜其造诣又过其父。④

晏几道青少年时风流旖旎，中年长期陷入仕宦困顿，晚年落入孤寞境地，这种人生遭际与他高傲疏狂的个性、执着纯情的气质相结合，成就了他的词。其词善于言情，措词婉妙而“一时独

① （宋）黄庭坚：《〈小山词〉序》，（宋）黄庭坚撰，郑永晓辑校：《黄庭坚全集辑校编年》，江西人民出版社 2011 年版，第 619 页。

② （明）毛晋：《汲古阁书跋》，上海古籍出版社 2005 年版，第 84 页。

③ （清）陈廷焯撰，杜维沫校点：《白雨斋词话》卷一，人民文学出版社 1998 年版，第 10 页。

④ 夏敬观：《夏评〈小山词〉跋》，夏敬观撰，葛渭君辑：《吷庵词评》，《词学》第五辑，华东师范大学出版社 1986 年版，第 201 页。华屋山丘：语出（三国）曹植《箜篌引》：“盛时不再来，百年忽我遒。生存华屋处，零落归山丘。”

步”。夏敬观先生认为：叔原以相府贵族幼子落拓一生，亲身经历了华屋山丘，哀丝豪竹的曲词里寓含了微痛纤悲，他词的造诣应超过其父。

二　狂篇醉句“寓其微痛纤悲”

《小山词》与《珠玉词》相近，“二晏”词沿袭晚唐五代余绪，擅长小令，工于言情，其言情皆未脱酒边花间的路径。但小晏因经历了华屋山丘的变故，乃“古之伤心人也”①，所以多于狂篇醉句中“寓其微痛纤悲”，较之大晏，他的词更多带有一种哀怨的情调，以清丽凄婉见长。其《菩萨蛮》：

> 哀筝一弄湘江曲，声声写尽湘波绿。纤指十三弦，细将幽恨传。　　当筵秋水慢，玉柱斜飞雁。弹到断肠时，春山眉黛低。

湘江，是舜之二妃泪洒斑竹和魂游处，也是屈原自沉处，流不尽的是千古幽怨。《沉湘曲》，古筝曲调名，其哀声悲音，闻之使人怆然生愁。此词开头“哀筝一弄”蓦然而来；结尾“弹到断肠”悠然而止，整个词笔势空灵，似不着纸，一片飘忽神行。

词人将筝声之哀与筝妓之怨糅合写来。那《沉湘曲》悲哀低徊，尽从湘江的水清波绿中流泻；那筝妓，纤指抚弄的暗传幽怨、明眸流盼的沉浸入神、敛眉垂目的悲不自禁，只清淡几笔勾画，从中逗露出不尽的哀怨幽恨，可谓“哀丝豪竹，寓其微痛纤悲”。

再看晏几道的《蝶恋花》：

> 醉别西楼醒不记。春梦秋云，聚散真容易。斜月半窗还少睡，画屏闲展吴山翠。　　衣上酒痕诗里字。点点行行，总是凄凉意。红烛自怜无好计，夜寒空替人垂泪。

① （清）冯煦：《蒿庵论词》，唐圭璋编：《词话丛编》，中华书局1986年版，第3587页。

此词的上、下片歇拍，是传达人物心境的着意之笔。一写画屏闲展，衬见辗转不寐；一状蜡烛泪垂，映出形影孤单。一冷翠一暖红，一无情一有情，相映成趣，词人采用侧笔旁衬，将醉别醒后的凄凉意绪借翠屏与红烛见之，道尽孤怀难遣、寒夜不眠的况味。陈廷焯《词则》评此词："一字一泪，一字一珠。"[①]"一字一珠"，是形容此词的用语精巧洁丽；而"一字一泪"，则是说此词情致深挚凄婉，"点点行行，总是凄凉意"。

佚名《道山清话》记载：

> 晏元献公为京兆尹，辟张先为通判。新纳侍儿，公甚属意。先字子野，能为诗词，公雅重之。每张来邸，即令侍儿出侑觞，往往歌子野之词。其后王夫人浸不能容，公即出之。一日，子野至，公与之饮。子野作《碧牡丹》词，令营妓歌之，有云"望极蓝桥，但暮云千里，几重山，几重水"之句。公闻之怃然，曰："人生行乐耳，何自苦如此！"[②]

晏殊新纳一歌妓很是喜欢，每逢张先来府，必命她佐酒唱张先词。后因夫人王氏妒忌，只得将其驱遣出门。一日张先再来，作《碧牡丹》词叹曰：伊人不见，望断蓝桥，只见暮云遮绕，千里之外几重山、几重水？晏殊听后，愀然叹道："人生行乐耳，何自苦如此？"

大晏作为踌躇满志的达官贵人，正是以这种"人生行乐"的心态惬意地享受"现在"，因此其词中有着唯恐美好光景终将逝去的忧惧。而小晏作为出身钟鸣鼎食之家的落魄公子，所拥有的美好只在"过去"，因此其词中有着一种无法释怀的怀旧恋旧。他在疏离政治、生活失重后，便于缱绻怀旧中寻求心理平衡，其今日对比的追忆自然多一些凄凉感怀，如："追思往事好沾巾"（《临江仙》），

① （清）陈廷焯：《词则》（上），上海古籍出版社1984年版，第48页。

② （宋）佚名：《道山清话》，中华书局1985年版，第12页。蓝桥：在陕西蓝田的蓝溪。相传蓝桥有仙窟，唐代秀才裴航在此遇见云英，双双成仙，入玉峰而去。后用以指相爱男女约会之处。

“一春弹泪说凄凉”（《浣溪沙》）。小晏词中这份泪落沾巾的“凄凉意”，却是大晏词中很少见的。

晏殊的《木兰花》：

> 池塘水绿风微暖，记得玉真初见面。重头歌韵响琤琮，入破舞腰红乱旋。　　玉钩阑下香阶畔，醉后不知斜日晚。当时共我赏花人，点检如今无一半。①

这是一首忆昔怀旧之作，所写佳人歌喉清啭、舞姿飘盈，曾令词人心摇神迷，伊人是“花”，还是“共我赏花”的人？语焉不详，在明写与暗写交替互见中，让人玩味自得。此词由往昔阑下香阶的歌韵琤琮、舞腰乱旋，急转落到眼前：当时赏花人，点检无一半。昔日的美妙情事，今日回想尽成陈迹，这往事的回忆清晰而又朦胧，真切而又渺远，最后只剩物是人非的一怀伤心惆怅。张宗橚《词林记事》云：“东坡诗‘樽前点检几人非’，与此词结句同意。往事关（系）心，人生如梦，每读一过，不禁惘然。”② 此词于结处戛然止住，收出人生无常的沉厚伤感，但是与小晏的怀旧词比较，这酣歌醉舞过后的恍如隔世之感，深沉而不哀沉，孤寂而不凄寂，总也退却不去大晏的从容华贵气。

同时大晏多沉稳之理性，对待两性感情是有节制的，可自我解脱而轻浅，如《浣溪沙》“满目山河空念远，落花风雨更伤春，不如怜取眼前人”。而小晏乃“情到痴处”之人，自求解脱而不能，愈见其情深情痴，如《阮郎归》“欲将沉醉换悲凉，清歌莫断肠”。小晏词有效学大宴之处，他的《玉楼春》“此时金盏直须深，看尽落花能几醉？”便是化用大宴的《鹊踏枝》“门外落花随水逝，相看莫惜尊前醉”。但是大晏通达自遣，落花随水的春怨不惜樽前一

---

① 重头：词中前、后阕节拍（句式、音韵）完全相同的称“重头”，唱时有回环往复的韵律。入破：唐宋大曲末一个音乐段落的名称，节奏开始加快。因其繁弦急声喻为破碎，故名“入破”。

② （清）张宗橚辑，杨宝霖补正：《词林纪事 词林纪事补正》上册，上海古籍出版社 1998 年版，第 173 页。

醉了之；小晏则怨落花匆匆，金盏沉饮又能有几醉？其春思更深，笔致更见婉曲。

三　“秀气胜韵，得之天然”

王灼《碧鸡漫志》论大晏、小晏云：

> 晏元献公长短句，风流蕴藉，一时莫及；而温润秀洁，亦无其比。①
>
> 叔原如金陵王谢子弟，秀气胜韵，得之天然，将不可学。②

王灼说小晏如金陵王谢贵族子弟，秀美的气韵得之天然，不可以学。其实小晏词还是可学的。宋人学晏几道词的，如周紫芝，自称“予少时酷喜小晏词，故其所作，时有似其体制者”（《竹坡词·鹧鸪天》自注）。其《鹧鸪天》词：

> 一点残缸欲尽时，乍凉秋气满屏帏。梧桐叶上三更雨，叶叶声声是别离。　调宝瑟，拨金猊，那时同唱《鹧鸪词》。如今风雨西楼夜，不听清歌也泪垂。

一盏残灯欲尽，梧桐叶上秋雨声声。那时，与她一同调瑟唱曲；如今风雨西楼，不听清歌也独自泪垂。词人缱绻怀旧，写得如此清丽凄婉，确近晏几道恋情词。

再如赵令畤，沈际飞《草堂诗余正集》云：“斜阳在目，各有其境，不必相同。一云‘却照深深院’，一云‘只送平波远’，一云‘只与黄昏近’，句句沁人。”③ 晏殊的《踏莎行》一是“斜阳却照深深院”，写愁梦酒醒时迷离昏沉；一是“夕阳只送平波远”，写高楼望断时渺远空茫。赵令畤的《蝶恋花》“斜阳只与黄昏近”，

① （宋）王灼撰，岳珍校正：《碧鸡漫志校正》卷二，巴蜀书社2000年版，第34页。

② （宋）王灼撰，岳珍校正：《碧鸡漫志校正》卷二，巴蜀书社2000年版，第34页。

③ （明）沈际飞：《草堂诗余正集》，张璋等编：《历代词话续编》（上），大象出版社2005年版，第522页。

则写秋波望穿的迷乱黯淡。三者皆借一抹夕阳托出愁怀，各具意境，各臻其妙，都是沁人心脾的佳句。赵令畤为皇家宗室，所作词格调清婉、气韵秀美，亦颇近小晏，他的两首《蝶恋花》被编入晏几道的《小山词》。时，还有陈克的闺情词，清丽婉转，俨然是小晏嫡派。

王灼评大、小晏词，虽然没有直接将“二晏”一比高下，但似乎可以这样说：大晏词的艺术成就大过其子；而小晏词的灵秀气韵胜过其父。

第三节 “此情深处”：晏几道的恋情词

《史记·吕不韦列传》记载：“吕不韦取邯郸诸姬绝好善舞者与居。”[①] 这或许是家妓的滥觞。蓄养家妓之风气，起于汉代而盛于南北朝，自东晋以来，士族生活豪侈，纵情声色，无论是仕宦簪缨之族，还是钟鸣鼎食之家，蓄养家妓遂蔚然成风气，南朝时“王侯将相，歌妓填室；鸿商富贾，舞女成群。竞相夸大，互有争夺，如恐不及。”[②]

隋唐两代，贵族大官僚及士大夫家中盛行广蓄妓妾，至宋代此风愈炽又甚于唐代，时官僚士大夫蓄养歌舞妓成为普遍的享乐习尚。魏泰《东轩笔录》记载宋祁：“后庭曳绮罗者甚众”[③]，宴客“会饮于广厦中，外设重幕，内列宝炬，歌舞相继。坐客忘疲，但觉漏长，启幕视之，已是二昼。名曰‘不晓天’”[④]。延及北宋中后期及偏安东南的南宋时期，此风有增无减。周密《齐东野语》记

① （汉）司马迁：《史记·吕不韦列传》卷八十四，中国文史出版社 2003 年版，第 818 页。

② （宋）李昉等奉敕编纂：《太平御览·乐部七》卷五六九，中华书局 1960 年版，第 2574 页。

③ （宋）魏泰撰，李裕民点校：《东轩笔录》，《唐宋史料笔记丛刊》，中华书局 1983 年版，第 171 页。

④ （宋）陆游撰，李剑雄、刘德权点校：《老学庵笔记》卷七，中华书局 1983 年版，第 142 页。

载循王张俊的曾孙张镃，蓄家妓“数百十人”，所办“牡丹会”：

众宾既集，坐一虚堂，寂无所有。俄问左右云：“香已发未?”答云：“已发。”命卷帘，则异香自内出，郁然满坐。群妓以酒肴丝竹，次第而至。别有名姬十辈皆衣白，凡首饰衣领皆牡丹，首带照殿红一枝，执板奏歌侑觞，歌罢乐作乃退。复垂帘谈论自如，良久，香起，卷帘如前。别十姬，易服与花而出。大抵簪白花则衣紫，紫花则衣鹅黄，黄花则衣红，如是十杯，衣与花凡十易。所讴者皆前辈牡丹名词。酒竟，歌者、乐者，无虑数百十人，列行送客。烛光香雾，歌吹杂作，客皆恍然如仙游也。①

家中名姬十人为一队，穿一色衣、簪一种花，随香起卷帘而出，于筵前唱曲劝酒，“如是十杯，衣与花凡十易。所讴者皆前辈牡丹名词”。酒会毕，歌乐者数百十人列行送客，烛光香雾，丝竹歌吹，宾客皆恍然如仙游。

晏几道年轻时，曾流连于好友府邸宴饮的歌妓间，据他的《小山词·序》自述：

始时沈十二廉叔、陈十君龙家，有莲、鸿、苹、云，品清讴娱客。每得一解，即以草授诸儿。吾三人持酒听之，为一笑乐而已。而君龙疾废卧家，廉叔下世，昔之狂篇醉句，遂与两家歌儿酒使俱流转于人间。②

起初沈廉叔、陈君龙家，有莲、鸿、苹、云四歌姬，品流清雅，善唱曲娱乐宾客。每得一首词，便草拟给她们唱，三人饮酒听歌，为一笑乐罢了。不久，陈君龙病瘫在床，沈廉叔去世，昔日的

① （宋）周密撰，张茂鹏点校：《齐东野语》卷二十，《唐宋史料笔记丛刊》，中华书局1983年版，第374页。

② （宋）晏几道：《小山词·序》，金启华、张惠民等编：《唐宋词集序跋汇编》，江苏教育出版社1990年版，第25页。解：乐曲和诗歌的章节。一解，一阕词、一首词。

那些狂篇醉句，便与两家遣散的歌姬一起流落到民间……

宋代善写恋情的词人中，白石词稿“有本事之情词十七八首”①，“梦窗词稿忆姬之作，占四分之一”②，但都不及晏几道，其《小山词》中描写恋情的词占总数的十之七八。王铚《默记》卷下云：“叔原妙在得于妇人。”③ 确然。在轻吟浅唱、饮酒听歌之际，与莲、鸿、苹、云四位歌妓的欢愉之情，不管是当时的草拟笑乐，还是后来的追述旧踪，都为晏几道的填词创作注入了灵性的活水。一本《小山词》或可当作他的爱情回忆录来读，多用感伤笔调写爱情的聚散悲欢、残梦旧迹，那一群活泼烂漫、清雅洁净而又柔姿媚态的歌姬，在其笔下呼之欲出，毛晋《〈小山词〉跋》称赏道：“字字娉娉袅袅，如揽（毛）嫱、（西）施之袂”，有“恨不能起莲、鸿、苹、云，按红牙板唱和一过（遍）”之叹。④

一　往日情事“如昨梦前尘”

德国哲学家费尔巴哈说：“只有回忆不复存在的事物时的惨痛激动，才是人类的第一个艺术家。”⑤ 可以说，晏几道是“回忆不复存在的”恋情而成就的词人。晏几道年轻时生活在富贵温柔之乡，有过一番缠绵悱恻的恋情，后来所拥有的失去了，他只能在“不复存在”的痛苦伤感中不断地追忆。其《鹤冲天》云：“守得莲开结伴游，约开萍叶上兰舟。来时浦口云随棹，采罢江边月满楼。　花不语，水空流，年年拚得为花愁。明朝万一西风动，争向朱颜不耐秋。”似乎有意借写景而将“莲”、“萍”、“云”等字嵌入。那些如“花”的歌妓作为一个群体歌舞翩然，联袂走进他的歌酒生活、走进他的清词丽句，词人为之拚得一愁一痴一醉。而待到中年失意潦

---

① 夏承焘：《唐宋词人年谱》，上海古籍出版社1979年版，第448页。

② （宋）吴文英撰，杨铁夫笺释：《梦窗词笺释》，广东人民出版社1992年版，第3页。

③ （宋）王铚、（宋）王林：《默记 燕翼诒谋录》，《唐宋史料笔记丛刊》，中华书局1981年版，第46页。

④ （明）毛晋：《汲古阁书跋》，上海古籍出版社2005年版，第84页。

⑤ ［德］费尔巴哈：《关于哲学改造的临时纲要》，［德］费尔巴哈著，荣震华等译：《费尔巴哈哲学著作选集》下卷，商务印书馆1984版，第106页。

倒时，她们便成了追怀不已的旧情往事：

《破阵子》：柳下笙歌庭院，花间姊妹秋千。记得春楼当日事，写向红窗夜月前，凭谁寄小莲？……

这首《破阵子》写杳然的小莲：笙歌庭院，花间秋千，犹记春楼当日情事，今夜写于月窗前，可是凭谁寄给小莲？晏几道另有《鹧鸪天》也曾怅叹："手拈香笺忆小莲，欲将遗恨倩谁传？"

《木兰花》：小颦若解愁春暮，一笑留春春也住。晚红初减谢池花，新翠已遮琼苑路。……

这首《木兰花》写妩媚的小颦（小苹）：最美是她的嫣然一笑，小颦若解人的暮春愁绪，只需绽开如花靥的笑，她一笑就能把春留住。晏几道另有《玉楼春》也写到她的笑："小颦微笑尽妖娆，浅注轻匀长淡净。"

《虞美人》：……双星旧约年年在，笑尽人情改。有期无定是无期，说与小云新恨、也低眉。

这首《虞美人》写娴静的小云：牛郎织女双星年年践约相会，人情却不如，"有期无定是无期"，说与小云听时，又添一怀新恨，簇在敛眉无语。

《虞美人》：……年年衣袖年年泪，总为今朝意。问谁同是忆花人？赚得小鸿眉黛、也低颦。

这首《虞美人》写多情的小鸿：年年梅开时节，相思泪沾襟袖，那"谁同是忆花人"的一问间，她眉黛低颦。晏几道在《南乡子》中也写其他歌姬一点愁心的眉："共说春来春去事，多时。一点愁心入翠眉。"

此外，晏几道的恋情词中还出现有玉箫、阿茸、小琼、小杏、小梅等歌妓的名字，她们才艺出众、风姿绰约，让他为之欣赏、爱悦。晏几道长期寄迹于绮罗脂粉丛中，但他并没有全然以贵族公子风月消遣的态度去玩赏女性，而是以自己人生的潦落失意去真诚地理解和同情歌妓舞女的沦落生涯。所以在他的眼里，她们的歌喉舞姿、一颦一笑都是那样轻灵美丽，让人饮酒听歌之余，多一份怜爱、一份缱绻，即使日后流落离散了也难以释怀："缥缈歌声，记得《江南弄》。醉舞春风谁可共？"（《蝶恋花》）"流水便随春远，行云终与谁同？"（《临江仙》）如此种种，正如他在《小山词·序》中感叹的：

> 追惟往昔过从饮酒之人，或垄木已长，或病不偶。考其篇中所记悲欢离合之事，如幻、如电，如昨梦前尘，但能掩卷怃然，感光阴之易迁，叹境缘之无实也！[①]

二　彩云意象，"聚散真容易"

晏几道恋情的怀旧心态，可用一个典型意象来代表——"彩云归"。试看他的《临江仙》：

> 梦后楼台高锁，酒醒帘幕低垂。去年春恨却来时。落花人独立，微雨燕双飞。　　记得小苹初见，两重心字罗衣。琵琶弦上说相思。当时明月在，曾照彩云归。

全篇以"春恨"为关捩，由梦回酒醒的眼前到落花微雨的去年，再追溯到心字罗衣的初见，时空交错，层层翻转，怀恋之情于字外盘旋、句中吞吐。开篇："梦后楼台高锁，酒醒帘幕低垂。"此两句为互文，酒醒梦觉不见伊人，唯见楼台高锁、帘幕低垂，一"梦"字一"醒"字，给人以人去楼空、往事如幻的恍惚之感。结

① （宋）晏几道：《小山词·序》，金启华、张惠民等编：《唐宋词集序跋汇编》，江苏教育出版社 1990 年版，第 25 页。

处："当时明月在，曾照彩云归。"袭用李白《宫中行乐词》"只愁歌舞散，化作彩云飞"的"彩云"意象，表现一种聚散无定的伤感：红颜知己、歌舞情事，当初绚丽如彩云，然而倏忽即逝也如彩云！词中的"彩云"意象，暗用了"巫山云雨"[①]的典故。

意象，是中国古典诗词的一个基本艺术范畴，但对其基本含义的界定众说不一，突出的有唐代诗人王昌龄《诗格》的解释："久用精思，未契意象。心偶照境，率然而生。"[②]是说主观之"心"与客观之"境"偶然相照相应，则意象"率然而生"。意象，即"意"与"象"的相契合。意象的生成必须是心物交融，如"云雨"意象，是男女之主观情爱与云雨之客观物象的融合为一。

意象派诗歌代表作家艾兹拉·庞德，是英美现代派诗歌的奠基人之一。他从中国古典诗歌、日本俳句中生发出"诗歌意象"的理论，"意象主义"一词由他首先使用。艾兹拉·庞德认为中国古典诗歌整个浸泡在意象之中，可以说，中国古典诗词是由无数意象构建成的艺术殿堂，尤其是在唐宋这一高峰阶段，出现了大量的诗歌意象。瑞士心理学家卡尔·荣格指出："原型意象或原型是一种形象，……每个意象中都凝聚着一些人类心理和人类命运的因素，渗透着我们祖先历史中大致按照同样的方式无数次重复产生的欢乐和悲伤的残存物。"[③]所以读唐宋词，必须读那些典型意象以及所衍生出的意象群，读懂它们所积淀的人类心理、情感以及所包含的人生意蕴和审美意蕴。

晏几道的词多用"云"、"云雨"等意象追忆往事旧情，如：

断云残雨当年事，到如今、几处难忘。(《风入松》)
几处歌云梦雨，可怜便、流水西东。(《满庭芳》)

---

① (战国楚) 宋玉《高唐赋》："昔者先王尝游高唐，怠而昼寝。梦见一妇人，曰：'妾巫山之女也，为高唐之客。闻君游高唐，愿荐枕席。'王因幸之。去而辞曰：'妾在巫山之阳，高丘之阻。旦为朝云，暮为行雨。朝朝暮暮，阳台之下。'旦朝视之，如言。"

② (唐) 王昌龄：《诗格》，张伯伟编撰：《全唐五代诗格校考》，陕西人民教育出版社1996年版，第150页。

③ [瑞士] 荣格著，冯川、苏克译：《论分析心理学与诗的关系》，生活·读书·新知三联书店1987年版，第8页。

凭谁问取雪云信，今在巫山第几峰？（《鹧鸪天》）

断云残雨、歌云梦雨、巫山雪云，显然出自于《高唐赋》“旦为朝云，暮为行雨”的原型意象，但晏几道词的“云”意象，除了男女欢爱之意，主要还指事物的美好脆弱以及人事的聚散无定。他的伤逝怀旧，来自曾经有过的情到深处的爱恋，其恋情与身世交相纠结，所叙写的昔日之悲欢离合以及“彩云易散”的怅怀，往往超越男女之间云雨欢爱的初始意蕴，寓托了比男女恋情更加宽泛的人生感慨，如：

春梦秋云，聚散真容易。（《蝶恋花》）
恨如去水长空，事与行云渐远。（《扑蝴蝶》）
自古悲凉，是情事、轻如云雨。（《解佩令》）

显然其中深寓了“感光阴之易迁，叹境缘之无实”的惆怅之叹。可见出晏几道与歌妓的风花雪月的恋情，不完全是表面轻薄的感官享乐，还有着“春梦秋云”的理性内省和延伸开去的人生体验。

三　情真情痴“动摇人心”

唐至宋以来，文人士大夫对待歌姬的态度渐趋宽厚。中唐白居易蓄养家妓十余人，其中樊素（又称“柳枝”）、小蛮尤能歌善舞。孟棨《本事诗·事感》记载：“白尚书姬人樊素善歌，妓人小蛮善舞，尝为诗曰：‘樱桃樊素口，杨柳小蛮腰。’”① 白居易因自己晚年患风疾，而樊素正年轻丰艳，乃于心力未尽时遣之，② 张宗泰《质疑删存》认为此“乃最深于情之人”③。宋人将之视为文人

---

① （唐）孟棨：《本事诗·事感》，周光培编：《唐代笔记小说》第二册，《历代笔记小说集成》，河北教育出版社1994年版，第211页。

② 白居易《春尽日宴罢，感事独吟》：“病共乐天相伴住，春随樊子一时归。”

③ （清）张宗泰等撰，吴新成等点校：《质疑删存（外二种）》，中华书局2006年版，第70页。（清）张宗泰《质疑删存》为唐代白居易燕子楼“诗杀”关盼盼辩诬，云：“白公乃最深于情之人，其于樊素则一再遣之必去而后已。若于己之爱妾，则恐其死殉；而于人之爱姬，仍责其偷生，殊非情理之平。”

士大夫蓄妓的一种行为风范，多认同和仿效此举，据吴衡照《莲子居诗话》记载："少游姬人边朝华，极慧丽，恐碍学道，赋诗遣之，白傅所谓'春随樊素一时归'也。"① 宋代文人士大夫的蓄妓、恋妓，不再只为"者边走，那边走，只是寻花柳"（王衍《醉妆词》）的嫖客行为，也减却了狎妓寻乐的猥亵成分，多能以同情、理解和尊重的态度与歌姬亲密交往，其怜香惜玉不乏真于情、深于情者。

陈廷焯《白雨斋词话》称晏几道："其词则无人不爱，以其情胜也。情不深而为词，虽雅不韵，何足感人？"② 情真、情痴，是晏几道其人其词的情感特征，他的那些缱绻于逝去的美好而凄婉伤感的词，总在倾诉自己一份痴恋的真挚情感，即使"可怜人意，薄于云水，佳会更难重"（《少年游》），但依旧是人"负之而不恨"的痴情断肠："两鬓可怜青，只为相思老"（《生查子》），"梦魂随月到兰房，残睡觉来人又远"（《南乡子》），"罗衣著破前香在，旧意谁教改"（《虞美人》）。

据晏几道《小山词·序》自述，其恋情词多为应歌遣兴而作："每得一解，即以草授诸儿。吾三人持酒听之，为一笑乐而已。"但小晏有着痴人痴情的悲欢离合的恋情经历，并以此为"原型"来创作他的恋情词，所以其词情或有所虚构，却又是词人真实之所有。吴世昌先生《词林新话》曾称赏说：

> 小山之歌儿舞女，闲愁缠绵，情思宛转，无一不真。③

小山所恋虽是处于社会下层的歌妓，但他大多能消减"狎妓"心理，以平等的态度怜爱她们，乃至尊重她们的人格，其相思之情婉曲而真挚："相思处，一纸红笺，无限啼痕"（《两同心》），"欲

① （清）吴衡照：《莲子居词话》卷二，唐圭璋编：《词话丛编》第三册，中华书局1986年版，第2432页。

② （清）陈廷焯撰，杜维沫校点：《白雨斋词话》卷七，人民文学出版社1959年版，第196页。

③ 吴世昌：《词林新话》，北京出版社1991年版，第32页。

写彩笺书别怨，泪痕早已先书满”（《蝶恋花》）。当他滴泪研墨写来，“此情深处，红笺为无色”（《思远人》），那情深之泪墨的濡染，浸透纸背，使粉笺字迹也淡然失色。

试看他的《鹧鸪天》：

> 小令尊前见玉箫，银灯一曲太妖娆。歌中醉倒谁能恨？唱罢归来酒未消。　　春悄悄，夜迢迢，碧云天共楚宫遥。梦魂惯得无拘检，又踏杨花过谢桥。

《小山词》中写到“梦”的有50余首，“痴人说梦”的晏几道一生梦思萦回，多借梦境幻情写相思恋情，如《临江仙》“相寻梦里路，飞雨落花中”，《蝶恋花》“月细风尖垂柳渡，梦魂常在分襟处”，《清商怨》“梦觉春衾，江南依旧远”，等等。即使知道梦境本为虚无，但情苦的是连这虚无的梦也没有：“梦魂纵有也成虚，那堪和梦无。”（《阮郎归》）

此词写对一歌女缱绻思念而入梦，昔日的樽前初见和今日的遥夜相思，都是发生在静悄的春夜。结拍二句宕开一笔，又深进一层：“梦魂惯得无拘检，又踏杨花过谢桥。”一缕梦魂习惯了无所拘束，又踏着月色杨花走过谢娘桥。“惯得”，自然不是一次，如《木兰花》：“朝云信断知何处，应作襄王春梦去。紫骝认得旧游踪，嘶过画桥东畔路。”那巫山云雨的春梦中，“认得旧游踪”的紫骝，一声嘶鸣，又踏过青楼谢桥的东畔路。奥地利心理学家、精神分析学派创始人弗洛伊德认为：“梦是愿望的达成”①，这种达成以一种特殊而不寻常的方式出现，它使某些“强力压抑的愿望在梦中予以实现”②，以疏导和宣泄出从肉体到精神的那一份焦虑。词人执着追求的恋情遭到无法逾越的现实阻扼，相思之苦之极，无奈只能用自在的梦幻补偿压抑的现实，用神魂的聚合弥补形骸的隔离，实是借一

① ［奥地利］弗洛伊德著，丹宁译：《梦的解析》，国际文化出版公司2000年版，第35页。

② ［奥地利］弗洛伊德著，丹宁译：《梦的解析》，国际文化出版公司2000年版，第135页。

缕梦魂飘荡的随意无拘检，来冲破礼教的任何清规戒律对人性的遏制，以追求精神上恋慕相思的绝对自由。

此等词句只有情到深处痴处方可道得出。邵博《邵氏闻见后录》记载："伊川闻诵晏叔原'梦魂惯得无拘检，又踏杨花过谢桥'长短句，笑曰：'鬼语也。'意亦赏之。"① 是说如此梦魂缥缈的幽艳意境，只有"鬼才"才能写出。北宋时，程颢，人称"明道先生"；其弟程颐，人称"伊川先生"。二程为洛阳人，曾一起就学于周敦颐门下，皆为宋代理学的奠基人物，其思想学说称为"洛学"，对后世影响比较大。冯梦龙《古今谈概》记载：

> 两程夫子赴一士大夫宴，有妓侑觞。伊川拂衣起，明道尽欢而罢。次日，伊川过明道斋中，愠犹未解。明道曰："昨日座中有妓，吾心中却无妓；今日斋中无妓，汝心中却有妓。"伊川自谓不及。②

像程颐这样恪礼端方、一本正经的大儒，竟也称赏晏几道的情爱丽句，足见其"动摇人心"的艺术魅力。叶嘉莹先生将诗词之兴发感动作用分为三个层次："第一个层次是属于官能之触引的感知；第二个层次是属于情感之触引的感动；第三个层次则是超越前二者之上，更足以在心灵及哲思方面引起人深远之触引与联想的一种感发。"她认为李煜后期词"由感动的层次进入了感发的境界"，而晏几道词属于"情感之感动的层次"。③

具有真淳本性的晏几道，所恋乃贵族宅邸里清丽脱俗的家妓，他以一种细腻善感的温情相恋，没有无行文人的冶荡狎邪，也褪去了柳永混迹于市井私妓、世俗享乐的轻薄和庸俗，是一种带有近乎完美色调的审美诗意的欣赏和爱怜。但是，那些歌姬似乎只是他过去美好生活的一个记忆符号，是他反省人生、沉思生命的一个特殊

① （宋）邵博：《邵氏闻见后录》卷十九，中华书局1983年版，第151页。

② （明）冯梦龙：《古今谈概》，黑龙江人民出版社1988年版，第44页。

③ 叶嘉莹：《论晏几道词在词史中之地位》，缪钺、叶嘉莹：《灵谿词说》，上海古籍出版社1987年版，第180页。

的视角。晏几道超越社会阶层的差别爱怜她们，这种“泛爱”有点像《红楼梦》大观园的贾宝玉对待十二钗，更大程度上是词人一种理想化的情感投射。

美国社会心理学家马斯洛，在需求层次理论中强调爱情的需要。“爱情的一个特征就是，一切焦虑不安的情绪都烟消云散了。”①而哲学的“高峰体验的一个方面就是，恐惧、焦虑、约束、防卫和控制都烟消云散了”②。可见两者的精神作用是一致的。“高峰体验被看成是一个自我肯定、自我确证的时刻，有着自身的内在价值。”③它通过筑成诗意栖居将人从沉沦状态中抽拔出来，归于本真生存，而这种妙境，一般人可通过爱情偶一至之。晏几道正是借助一份纯美的“痴”情爱恋，于高峰体验的生命诗意状态中，暂且远离现实的混浊、仕宦的纷争，在持酒听歌的缱绻中、在昨梦前尘的追忆中获得精神的片刻栖息和自由，来到达“自我肯定、自我确证”的存在和满足。

第四节　文人与歌妓的婚外恋情

宋代文人与歌妓的两性情爱，多来自歌筵酒席间的“琵琶弦上说相思”，属于社会上层之外的婚外恋情，这与宋人“独重女音”的社会习尚、文人“浅斟低唱”的审美取向相联系。

一　“浅斟低唱”的趣尚

（一）宋人“独重女音”

在花间词兴起的晚唐五代，已出现了尚艳、尚柔、尚女音的社

---

① ［美］马斯洛著，刘锋等译：《自我实现的人》，生活·读书·新知三联书店1987年版，第79页。

② ［美］马斯洛著，刘锋等译：《自我实现的人》，生活·读书·新知三联书店1987年版，第311页。

③ ［美］马斯洛著，刘锋等译：《自我实现的人》，生活·读书·新知三联书店1987年版，第287页。

会审美风气，至宋代亦盛。王灼《碧鸡漫志》指出：

古人善歌得名，不择男女。战国时，男有秦青、薛谈、王豹、绵驹、瓠梁，女有韩娥。汉高祖《大风歌》，教沛中儿歌之。武帝用事甘泉、圜丘，使童男女七十人歌。汉以来，男有虞公、李延年、朱顾仙、朱子尚、吴安泰、韩法秀，女有丽娟、莫愁、孙琐、陈左、宋容华、王金珠。唐时男有陈不谦、谦子意奴、高玲珑、长孙元忠、侯贵昌、韦青、李龟年……女有穆氏、方等、念奴、张红红、张好好……①

其中，唐时宫廷乐工李龟年善歌，擅吹筚篥、奏羯鼓，亦长于作曲，和李彭年、李鹤年三兄弟制作的《渭川曲》特别受到玄宗赏识，王公贵族也经常请至府上演唱，每次赏赐成千上万。可见宋以前，男音与女音并重，男声善歌者也享有盛名，故王灼《碧鸡漫志》云：

今人独重女音，不复问能否。而士大夫所作歌词，亦尚婉媚，古意尽矣。②

感叹宋人独推重女音，不问能否唱好，而士大夫所作歌词，也崇尚婉丽柔媚，古人善歌不择男女之意尽失矣。徽宗政和年间，苏门弟子李廌（方叔），在阳翟（今河南禹州）遇一善唱曲子的老翁，当场写一首《品令》词调侃：

唱歌须是，玉人檀口，皓齿冰肤。意传心事，语娇声颤，字如贯珠。老翁虽是解歌，无奈雪鬓霜须。大家且道：是伊模样，怎如念奴！③

---

① （宋）王灼撰，岳珍校正：《碧鸡漫志校正》卷一，巴蜀书社2000年版，第26页。

② （宋）王灼撰，岳珍校正：《碧鸡漫志校正》卷一，巴蜀书社2000年版，第26页。

③ 念奴，唐玄宗时著名歌妓，善歌。（五代）王仁裕《开元天宝遗事》载：“念奴每执板当席，声出朝霞之上。”曲调《念奴娇》即以她命名。后以“念奴”代指歌妓。

认为唱词曲者须是玉人檀口、皓齿冰肤，语娇声颤、字如贯珠，嘲笑那老翁虽知晓唱词曲，无奈雪鬓霜须，听众都说：这模样怎如歌妓！吴自牧《梦粱录·妓乐》也记载，唱词曲必须娉婷佳人“声音软美”：

> 自景定以来，诸酒库设法卖酒。官妓及私名妓女数内，拣择上中甲者，委有娉婷秀媚，桃脸樱唇，玉指纤纤，秋波滴溜，歌喉宛转，道得字真韵正，令人侧耳听之不厌。①

刘克庄《〈翁应星乐府〉序》也认为：“长短句当使雪儿、啭春莺辈可歌，方是本色。”② 由此，可窥见宋人听唱曲子词的“尚柔”心理。欧阳修的《减字木兰花》曾描述席间小唱：

> 歌檀敛袂，缭绕雕梁尘暗起。柔润清圆，百琲明珠一线穿。　　樱唇玉齿，天上仙音心下事。留往行云，满坐迷魂酒半醺。

宴前侑觞助欢的清唱令曲小词，也是由“樱唇玉齿”的妙龄女郎，歌喉“柔润清圆”地娓娓唱来。可见宋代“独重女音”成为一种社会习尚，甚至到嘲笑和排斥男音的地步，这种重女音、尚婉媚的歌坛风尚，使曲子词更加“女性”柔媚化，如王兆鹏所指出的：“宋词柔美婉媚风格的确立和本色观念的形成，与女性歌妓的演唱有着互为因果的关系。”③

词最初附丽于音乐，其音乐性必然影响到艺术特性、题材创作和审美趣味。词“倚声”而作的燕乐，是歌筵酒席间一种新兴的流

---

① （宋）吴自牧：《梦粱录》卷二十，浙江人民出版社 1984 年版，第 192 页。

② （宋）刘克庄：《〈翁应星乐府〉序》，金启华、张惠民等编：《唐宋词集序跋汇编》，江苏教育出版社 1990 年版，第 252 页。

③ 王兆鹏：《宋词的口头传播方式初探——以歌妓唱词为中心》，《文学遗产》2004 年第 6 期。

行音乐，“歌者杂用胡夷里巷之曲”①，繁声促节极富变化，充溢着世俗性的活泼、冶荡、轻靡，迥然有异于典重乃至沉闷的庙堂雅乐，也完全不同于从容和缓的“华夏正声”的清乐。“燕乐”的曲调靡丽、婉曲、轻飙、流荡，传播媒体主要是歌舞妓，应歌而佐欢娱宾的晚唐五代花间词，原本就是“绣幌佳人”举纤纤玉指拍案香檀，用清艳之辞助娇娆之态而演唱的。南唐词至北宋的二晏、欧阳修词皆以小令为主，当时惯用的词调如《浣溪沙》、《临江仙》、《更漏子》、《女冠子》、《采桑子》、《蝶恋花》等，无论是调名或是调乐都具有柔婉之美。柳永所用的词调也大都是《看花回》、《玉山枕》、《柳腰轻》、《阳台路》、《红窗迥》、《剔银灯》之类柔靡之音。这一类词调适宜朱唇皓齿、语娇声颤的女性来唱，才能达到以声传情、声情并茂的艺术效果。

另外，流行燕乐所配的歌词以男女的柔情绮思为主要内容。燕乐，较早地流行于盛唐玄宗时期。据俞文豹《吹剑三录》云，玄宗酷爱“夷乐”，教坊乐工予以仿制，于宫廷娱乐宴飨间演奏，后“喧播朝野，熏染成俗，文人才士，乃依乐工拍弹之声，被以长短句，而淫词丽曲，布满天下矣”②。时流布天下的燕乐，是一种配“淫词”演唱的“丽曲”。张炎《词源·词派》曰：“簸弄风月，陶写性情，词婉于诗。盖声出莺吭燕舌间，稍近乎情可也。”③意谓“簸弄风月”的词柔婉于诗，自当“声出莺吭燕舌间”，即由柔婉的女声演唱。所以宋人“男不唱艳词，女不唱雄曲”④，听赏曲子词排斥粗豪男声，看重柔美女音，实为自然。

（二）尚乐、尚柔的“浅斟低唱”

宋代与“独重女音”的社会习尚相联系的，是文人士大夫“浅

---

① （后晋）刘昫等：《旧唐书·音乐志》卷三十，中华书局1975年版，第1089页。

② （宋）俞文豹撰，张宗祥辑校：《吹剑录全编》，古典文学出版社1958年版，第46页。

③ （宋）张炎：《词源》卷下，中华书局1991年版，第61页。莺吭燕舌：比喻女子的歌喉。

④ （元）燕南芝庵：《唱论》，《中国古典戏曲论着集成》第一册，中国戏剧出版社1959年版，第161页。

斟低唱”的审美取向。时“（汴京）幽坊小巷，燕馆歌楼，举之万数”①。宴饮冶游、听歌观舞，成为士林风雅娱乐生活的重要内容，构成了“尚乐”的社会风俗画面的主色调。由这种享乐世风滋生出“浅斟低唱”的审美取向，则是自然不过的。

在“浅斟低唱”中，文人学士与歌妓乐工亲密交往，或合作度曲填词，或专为歌妓填制曲词。北宋词人刘几有一首颇为流行的《花发状元红慢》，据叶梦得《避暑录话》记载：

> 刘几神宗时，与范蜀公重定大乐。洛阳花品曰状元红，为一时之冠。乐工花日新能为新声，汴妓郜懿以色著，秘监致仕刘伯寿（几）尤精音律。熙宁中，几携花日新，就郜懿家赏花欢咏，乃撰此曲，填词以赠之。②

可知《花发状元红慢》这首著名的流行歌曲，是词人刘几、乐工花日新和歌妓郜懿三人合作，于歌楼“欢咏”、浅斟低唱的产品；而其词的内容，则是借描绘“一时之冠”的名花状元红，以赞美倾动京城的名妓郜懿。

一代才士苏轼，写有一首《贺新郎》：

> 乳燕飞华屋。悄无人、桐阴转午，晚凉新浴。手弄生绡白团扇，扇手一时似玉。渐困倚、孤眠清熟。帘外谁来推绣户？枉教人梦断瑶台曲。又却是、风敲竹。　　石榴半吐红巾蹙。待浮花、浪蕊都尽，伴君幽独。秾艳一枝细看取，芳心千重似束。又恐被、西风惊绿。若待得君来向此，花前对酒不忍触。共粉泪、两簌簌。

此词将佳人与榴花双绾，虚实相映写来。芳瓣千重，犹人之芳

① （宋）孟元老撰，邓之诚注：《东京梦华录注》卷五，中华书局1982年版，第131页。

② （清）王奕清等奉敕编：《钦定词谱》卷三一《花发状元红慢》引，中国书店2010年版，第56页。

心蹙束，花与人两相怜惜；恐西风摧折，惊落残芳枯绿，是花惊也是人惊；最后花瓣粉泪，对酒簌簌坠滴，花与人融合为一。有关此词本事，宋人众说不一。宋人杨湜《古今词话》云：苏轼知杭州时，府僚于西湖宴集，官妓秀兰浴后倦眠，因姗姗来迟受责，故折榴花请罪，苏轼为其解围而作此词。胡仔《苕溪渔隐丛话》则云："野哉，杨湜之言，真可入笑林矣。东坡此词，冠绝古今，托意高远，宁为一娼而发耶？"①

这首《贺新郎》被誉为一时之绝唱，并附有与歌妓相关的趣闻逸事，或认为乃好事者附会之辞。其实，在充满声色歌舞享乐氛围的城市娱乐生活中，文人才士与歌妓"浅斟低唱"，为歌妓而应歌作词，已成为两宋时期普遍流行的风气，即使苏轼这样冠绝古今的大词人，也未尝不可"为一娼而发"。

从唐末五代起至两宋词坛，歌舞、醇酒、美人、才士是合而为一的。美酒佳肴的花间尊前，红颜把盏、舞袖助兴，酒酣耳热之际，佳人捧墨展纸，才士挥毫填词，然后被之管弦，由乐妓歌喉婉转唱出，整个社会形成了"人人歆艳咀味于朋游尊俎间，以此为相乐也"② 的风气。

所谓"浅斟低唱"，是歌筵酒席上，与歌词的香软婉媚相应的一种轻缓柔细的情调，一种从容文雅的风度。它不是狂放豪饮时"关西大汉"铜琵琶铁绰板的雄声高唱，而是浅斟细酌时，由妙龄歌妓手执红牙拍板"语娇声颤"的低唱。"在北宋'浅斟低唱'成为一种词坛主流风尚，甚至成为创作和欣赏艳美小词的代用语"③，柳永的"浅斟低唱"，正代表了当时以柔媚为美的时尚。宋代那些充溢着绮罗香泽之态和莺娇燕昵之语、情调柔婉而音律圆润的恋情词，就是从这艳美曼妙的浅斟与低唱中流泻出来的。

---

① （宋）胡仔：《苕溪渔隐丛话》后集卷三九，人民文学出版社 1993 年版，第 344 页。

② （宋）鲖阳居士：《〈复雅歌词〉序》，金启华、张惠民等编：《唐宋词集序跋汇编》，江苏教育出版社 1990 年版，第 364 页。

③ 刘扬忠：《唐宋词流派史》，福建人民出版社 1999 年版，第 147 页。

二　"琵琶弦上说相思"

十年生死两茫茫，不思量，自难忘。

——苏轼《江城子》

东风恶，欢情薄。一怀愁绪，几年离索。错！错！错！

——陆游《钗头凤》

何日归家洗客袍？银字笙调，心字香烧。

——蒋捷《一剪梅》

苏轼的悼念亡妻，长歌当哭；陆游的错失前妻，哀感顽艳；蒋捷的思归眷妻，流丽温婉，皆动人心旌。但是这一类婚姻夫妻之情，远不是唐宋词"言情"的主旋律。

（一）官方社会以外的爱情

德国哲学家、思想家恩格斯的《家庭、私有制和国家的起源》有这样一段话：

古代所仅有的那一点夫妇之爱并不是主观的爱好，而是客观的义务；不是婚姻的基础，而是婚姻的附加物。现代意义上的爱情关系在古代只是在官方社会以外才有……①

恩格斯指出：古代仅有的一点夫妇之爱，并不是主观的情感，而是客观的义务；不是婚姻的基础，而是婚姻的附加物。现代意义上的爱情关系，在古代只是在官方贵族社会以外才有，是"与同样也处在官方社会以外的妇女——艺妓，即异地妇女或被释放的女奴隶发生的关系"②。贵族阶层与下层艺妓，因其才艺的出众、容姿的美丽、亲密的交往、旨趣的融洽等与之产生爱情。同样的，中国古

① ［德］马克思、［德］恩格斯：《马克思恩格斯选集》第四卷，人民出版社1995年版，第75页。

② ［德］恩格斯：《家庭、私有制和国家的起源》，［德］马克思、［德］恩格斯：《马克思恩格斯选集》第四卷，人民出版社1995年版，第75页。

代社会，文人士大夫的婚姻一般逃不脱“父母之命，媒妁之言”的普遍法则，它不是建筑在爱情的基础上的，而是门阀关系、政治利害与经济因素的联姻，而文人士大夫与那些“超群出众”的歌妓之间的恋爱关系，以“所爱者的互爱为前提”，大致属于恩格斯所说的古代官方贵族社会以外的爱情。

当然，也不排除歌妓与文人由相爱而进入婚姻，被纳为姬妾。明代陶宗仪的《名姬传》记载，与苏轼有过交往的名妓有王朝云、秀兰、周韶、琼芳、琴操、马娉娉等。其中王朝云，据孔凡礼先生《苏轼年谱》引：“《燕石斋补》谓朝云乃名妓，苏轼爱幸之，纳为常侍 。”[①] 熙宁四年（1071），苏轼贬杭州通判，一日与几位文友同游西湖，歌舞宴饮之间，混迹烟尘的妙龄小歌妓王朝云，清丽淡雅如空谷幽兰，让苏轼有所属意。后朝云入苏府，受到苏轼夫妇的善待。宋哲宗绍圣元年（1094），苏轼贬逐惠州，朝云随行由家妓转为侍妾。贬居惠州时期，苏轼写有《蝶恋花》：

> 花褪残红青杏小。燕子飞时，绿水人家绕。枝上柳绵吹又少，天涯何处无芳草！　　墙里秋千墙外道。墙外行人，墙里佳人笑。笑渐不闻声渐悄，多情却被无情恼。

张宗橚《词林记事》引《林下偶谈》载：“子瞻在惠州，与朝云闲坐。时青女（霜神）初至，落木萧萧，凄然有悲秋之意，命朝云把大白（酒），唱‘花褪残红’。朝云歌喉将啭，泪满衣襟。子瞻诘其故，答曰：‘奴所不能歌，是“枝上柳绵吹又少，天涯何处无芳草也。”’子瞻大笑曰：‘是吾正悲秋，而汝又伤春矣。’遂罢。”[②] 时，苏轼已值年老病残，其贬逐境遇与暮春随风飘飞的柳絮相似，朝云读懂了词中所寓含的伤感和怨悱，唱来泪沾衣襟、泣不成歌，可知两人相知之深。绍圣三年（1096）八月，王朝云经受不住岭南瘴雨蛮风的恶劣环境而病故，苏轼遵其遗愿将她葬于惠州

① 孔凡礼：《苏轼年谱》（上）引，中华书局 1998 年版，第 286 页。

② （清）张宗橚辑，杨宝霖补正：《词林记事 词林记事补正》上册引，上海古籍出版社 1998 年版，第 297 页。

(今属广东)西湖栖禅寺外松林间，并亲撰墓志铭，写《悼朝云》诗以寄托哀思。

苏轼平生多有朋僚宴聚、歌酒携妓之游乐，如所作赏瑞香花词《西江月》："小院朱阑几曲，重城画鼓三通。更看微月转光风，归去香云入梦。　翠袖争浮大白，皂罗半插斜红。灯花零落酒花秾，妙语一时飞动。"词写得清雅婉丽，词中插花劝酒的歌妓只是佐欢助兴，主人的乐趣在于饮酒赏花时与二三好友"妙语一时飞动"的雅情逸兴。平素苏轼对歌妓绝少投入感情，家中蓄妓也只是以备宾客宴饮之需，但对王朝云却深情挚意如此，一代才士与歌姬，有情人终成眷属，乃词坛一段千古佳话。

宋代歌妓根据其妓籍和服务对象的不同，大致可分为官妓、家妓和市井妓三大类。北宋的韩琦"家有女乐二十馀辈"[①]，寇准"好《柘枝舞》，会客必舞《柘枝》，每舞必尽日，时谓之：'《柘枝》颠'"[②]。这些是宰辅重臣府邸里娱乐宾客的歌舞妓。宋代除了贵族蓄养家妓，还专门设有官妓（营妓）[③]。官妓依附于各级官署，为州、府、县等地方官僚应酬宴饮时服务。宋代地方官府每逢官员上任离任，或有宾客达官过境都要设宴迎送，一般由官妓歌舞佐酒。如神宗元丰元年（1078）正月癸亥，"诏：自今学官非公筵不得豫妓乐会"[④]。高宗绍兴二十六年（1156）三月己未，"诏：诸郡守臣许以休务日用妓乐于公筵，余并不许。擅自借用，仍委监司守臣具奏，台谏觉察"[⑤]。这些朝廷禁令透露出：宋代官吏公宴之外不得随便召用和参与妓乐宴会；而公宴和旬休日等宴饮用妓乐合法，乃为惯例。当然，官吏与官妓之间不得有染，按宋律："宋时阃帅、郡守等官，虽得以官妓歌舞佐酒，然不得私侍枕席。"[⑥] 此

---

① （宋）江少虞辑：《宋朝事实类苑》卷八，上海古籍出版社1981年版，第79页。

② （宋）沈括：《梦溪笔谈》卷五，岳麓书社2002年版，第32页。

③ 营妓：《汉武外史》载："至汉武始置营妓，以待军士之无妻室者。"唐宋时，"营妓"实为官妓的别称，地方官妓因聚居于乐营教习歌舞，又称"营妓"。

④ （宋）李焘：《续资治通鉴长编》卷二八七，中华书局2004年版，第7015页。

⑤ （宋）李心传：《建炎以来系年要录》卷一七二，中华书局1956年版，第2825页。

⑥ （明）田汝成撰，陈志明编校：《西湖游览志馀·委巷丛谈》卷二十一，《中国历代风俗史料丛刊》，东方出版社2012年版，第402页。

外，就是酒楼茶坊、平康诸坊的民间私妓。两宋大多数词人，特别是中下层士大夫和落寞失意的文人，除了接触地方官妓，更多地就是流连于市井私妓，如柳永、秦观、周邦彦、姜夔、吴文英、张炎等，他们的词作经常写到与里巷私妓的亲密交往。

周邦彦的《少年游》：

> 并刀如水，吴盐胜雪，纤手破新橙。锦幄初温，兽烟不断，相对坐调笙。　低声问：向谁行宿？城上已三更。马滑霜浓，不如休去，直是少人行。

纤手破橙，对坐调笙，锦帐初温，几多缠绵温馨；夜已三更，马滑霜浓，不如休去，不尽温柔体贴。此低声一问，不再别作一语，室内之温香、室外之霜寒，挽留者之柔情、欲行者之犹豫，无限情景、无限意态尽让人想见。孙麟趾《词径》云："恐其平直，以曲折出之，谓之婉。如清真'低声问'数句，深得婉字之妙。"①此词写秋夜男女幽会，温情而低婉，那纤手破橙，轻声低问的是谁？对坐调笙，夜深未去的人又是谁？据张端义《贵耳集》云：

> 道君（徽宗）幸李师师家，偶周邦彦先在焉。知道君至，遂匿床下。道君自携新橙一颗，云："江南初进来。"遂与师师谑语。邦彦悉闻之，隐括成《少年游》云云。②

风流倜傥的大词人周邦彦与同样风流倜傥的徽宗皇帝，竟然相撞于京城名妓李师师的青楼香闺，演绎了一段艳情、一阕艳词。或认为此乃传闻之言，不足为信，王又华《古今词论》引清人毛稚黄云：此词"似饮妓馆之作"③。

① （清）孙麟趾：《词径》，唐圭璋编：《词话丛编》第三册，中华书局2005年版，第2556页。

② （宋）张端义：《贵耳集》卷下，中华书局1985年版，第46页。

③ （清）王又华：《古今词论》，唐圭璋编：《词话丛编》第一册，中华书局2005年版，第609页。

“言情”的唐宋词，所言之情，主要是婚姻之外与歌妓的恋情。宋代词人大多是官僚士大夫或中下层文人，而歌妓无论是官妓、家妓还是私妓，都是身隶乐籍、婢籍和娼籍的“贱民”，而广为流行的曲子词的创作和演唱，使这两个不同社会阶层的人建立起联系。

瑞士19世纪文化史、艺术史学家布克哈特，在研究意大利文艺复兴时期上流社会的社交娱乐方式时指出：“在中世纪的最繁荣时期，西欧的贵族曾设法为社交和诗歌建立一种‘宫廷的’语言。……认真地和有意识地试图使语言变为一种文学的和社交的语言，对意大利来说是极端重要的。”① 罗马的名妓在这些场合“演奏乐器、歌诵和朗诵诗篇”，使社交活动具有了“一种更为高雅的性质”。② 这与我国晚唐五代两宋时期有相似之处，当时由文人填制、歌妓演唱的词成了一种“文学的和社交的语言”，使文人士大夫的礼仪社交与娱乐活动更为高雅，其间词也成了沟通词人与歌妓、才子与佳人的爱情语言。

如南宋姜夔，曾因两首咏梅的绝妙佳词而得佳人。辛亥绍熙二年（1191）冬，姜夔雪天赴石湖别墅拜访范成大，因赋二阕咏梅词《暗香》、《疏影》，范成大将一色艺俱佳的歌妓小红赠与。除夕，姜夔携小红自苏州归湖州（浙江吴兴），写《过垂虹》诗云：“自作新词韵最娇，小红低唱我吹箫。曲终过尽松陵路，回首烟波十四桥。”陆友仁《砚北杂志》记述：小红自归白石之后，“尧章每喜自度曲吟洞箫，小红辄歌而和之。”③ 这一段绝世才子与红颜知音，因词曲而相遇相爱的风流情事，让后人艳羡不已。

以酒宴词曲为媒介，在频繁亲密的合作和交流过程中，歌妓爱慕词人的风茂才华，词人欣赏歌妓的美貌才艺，并互为艺术上的知

① ［瑞士］雅各布·布克哈特著，何新译：《意大利文艺复兴时期的文化》，商务印书馆1991年版，第371页。

② ［瑞士］雅各布·布克哈特著，何新译：《意大利文艺复兴时期的文化》，商务印书馆1991年版，第392页。

③ （元）陆友仁：《砚北杂志》，《笔记小说大观》第十册，江苏广陵古籍刻印社1983年版，第339页。

音和感情上的依托。于是文人与歌妓两相知音、两相倾慕的爱情被大量地写进词里。

《中国词学大辞典》[①] 设“名词本事”一类，辑录的宋词本事30多个，大部分涉及词人与歌妓之间的密切交往。两宋词人那些“缘情绮靡”的名篇佳作多产生于这种交往中，所吟咏的乃官方贵族社会以外的恋情，如：

> 柳永《雨霖铃》：朝欢暮宴，被多情、赋与凄凉。
> 秦观《满庭芳》：销魂。当此际，香囊暗解，罗带轻分。
> 周邦彦《解连环》：拚今生，对花对酒，为伊泪落。
> 姜夔《眉妩》：信马青楼去，重帘下，娉婷人妙飞燕。

胡晓明《中国诗学之精神》将诗中“佳人之咏”分为三类[②]，或借此将唐宋词的“歌妓之咏”分为四种，从舞袖歌扇，享乐人生的追求——春梦秋云，昔日情怀的伤逝——愁横眉黛，离散难聚的相思——秋水伊人，遇合无期的执着，恰好勾勒出了风流才子与歌妓佳人的恋情四部曲。这可分别以柳永、晏几道、周邦彦、姜夔的恋妓经历为典型，从他们的恋情词中一一读到。

（二）“人生自是有情痴”

欧阳修，可以说是宋代“情之自觉”时代思潮的肇始者：

> 人生自是有情痴，此恨不关风与月。
>
> ——欧阳修《玉楼春》

欧阳修从人性自觉意识的高度，将“情”看成是人的本性、本质所在，认为：人们痴苦的多愁多恨，并不关涉清风明月，不是风

① 马兴荣、吴熊和、曹济平主编：《中国词学大辞典》，浙江教育出版社1996年版。

② 胡晓明：《中国诗学之精神》，季羡林、周一良、庞朴主编：《东方文化丛书》，江西人民出版社2001年版，第204页。《中国诗学之精神》第七章，“佳人之咏”分为红叶题诗：自由人生之向往；人面桃花：昔日情怀之伤逝；秋水蒹葭：遇合无期的执着。

花雪月良辰美景的撩拨，而是缘于原本就有的、弃之不去的铭心刻骨的男女情爱。蔡伸《柳梢青》亦云：“丁香露泣残枝，算未比、愁肠寸结。自是休文[①]，多情多感，不干风月。”

天钟情于我辈，男女之情爱情痴，是人原本就有的一种情感，是人之所为人之所在。俞文豹《吹剑录外集》云：

> 欧阳文忠、范文正矫矫风节。而欧公词云：“寸寸柔肠，盈盈粉泪。楼高莫近危栏倚。”又“薄悻辜人终不愤，何时枕上分明问。”范文正词“都来此事，眉间心上，无计相回避。”又“明月楼高休独倚。酒入愁肠，化作相思泪。”……情之所钟，虽贤者不能免。[②]

身居相位而矫矫风节的欧阳修、范仲淹，皆情之所钟而不能免者。欧阳修的《踏莎行》（侯馆梅残）笔致柔婉，语语佳丽，将一怀羁思离情“写来极柔极厚”[③]。范仲淹，宋仁宗康定元年（1040）任陕西经略副使兼知延州（今陕西延安），为将号令严明，爱抚士卒，屯田安边卓有声威，“夏人相戒莫敢犯，曰：‘小范老子胸中有数万甲兵’”[④]。他所倡导的“先天下之忧而忧，后天下之乐而乐”[⑤]，滋养了古今无数仁人志士的道德节操。如此耀古烁今、高风亮节人物也曾属意歌妓[⑥]，用哀婉清丽的词笔写有言情词，其《御街行·秋日怀旧》：

---

① 休文：南朝梁代诗人沈约，字休文。多情善感，作诗多清怨色彩。历仕宋、齐、梁三朝，以不得大用，郁郁成病，消瘦异常。（唐）姚思廉《梁书·沈约传》载：“沈约与徐勉素善，遂以书陈情于勉，言己老病：‘百日数旬，革带常应移孔，以手握臂，率计月小半分。以此推算，岂能支久？’”

② （宋）俞文豹撰，张宗祥辑校：《吹剑录全编》，古典文学出版社1958年版，第51页。

③ 唐圭璋：《唐宋词简释》，人民文学出版社2010年版，第75页。

④ （宋）孔仲平：《孔氏谈苑》，中华书局1985年版，第43页。

⑤ （宋）范仲淹：《岳阳楼记》，（宋）范仲淹：《范文正公集》卷七，北京图书出版社2006年版，第3页。

⑥ 吴曾《能改斋漫录·记诗》卷十一：“范文正公守番阳郡，创庆朔堂。而妓籍中有小鬟妓，尚幼，公颇属意。既去，而以诗寄魏介曰：‘庆朔堂前花自栽，便移官去未曾开。年年长有别离恨，已托东风干当来。’介因鬻以惠公。今州治有石刻。”

纷纷坠叶飘香砌。夜寂静，寒声碎。真珠帘卷玉楼空，天淡银河垂地。年年今夜，月华如练，长是人千里。　愁肠已断无由醉，酒未到，先成泪。残灯明灭枕头欹，谙尽孤眠滋味。都来此事，眉间心上，无计相回避。

此词题作“秋日怀旧”。上片感秋：秋风萧萧、秋叶枯碎，秋空澄澈、秋月如练，着力烘染秋夜清冷寒寂的氛围和环境，以映托玉楼卷帘、人隔千里的愁思。下片抒愁：愁肠，在举杯未饮之际；愁眠，在残灯孤枕之时。欲醉不能，欲眠不成，故收结到心头眉间无计可回避。此词写黯然伤怀的秋夜相思，一片情极之语，低徊缠绵，沉挚切骨。许昂霄《词综偶评》为之感叹：“铁石心肠人亦作此销魂语。”①

此词过片“愁肠已断无由醉，酒未到，先成泪”，与范仲淹另一首《苏幕遮》“酒入愁肠，化作相思泪”皆为写愁佳句，两者都写愁深于酒、泪浓于酒，于真情流溢中见痛楚凄哀。若作比较，前者语意奇警，肝肠已愁断，酒无由得入，酒虽未入愁肠，却已先化作清泪，比之后者入肠化泪的意思更折进一层。

杨慎《词品》评范仲淹的闺情词，云：“一时勋德重望，而词亦情致如此。大抵人自情中生，焉能无情？但不过甚而已。”② 人原自情中生，焉能无情？范仲淹乃“不甚”情者，亦不能免此，何况晏几道一类多情之人。

尹觉《题坦庵词》云：“词，古诗流也。吟咏情性，莫工于词。临淄（晏殊）、六一（欧阳修），当代文伯，其乐府犹有怜景泥情之偏，岂情之所钟，不能自已于言耶。”③ 言情，最适宜的莫过于具有柔美特质的词体，男女之爱，“情之所钟”不能自已，故用婉约蕴藉的词言之。晏几道的《临江仙》，其“落花人独立，微雨燕双

① （清）许昂霄：《词综偶评》，唐圭璋编：《词话丛编》第二册，中华书局1986年版，第1550页。

② （明）杨慎：《词品》卷三，唐圭璋编：《词话丛编》第一册，中华书局1986年版，第467页。

③ （宋）尹觉.《题坦庵词》，（明）毛晋：《宋六十名家词》，上海古籍出版社1989年版，第264页。

飞”一联，于自然工丽的对句中抒写极幽微凄婉的男女情愫。它实从晚唐翁宏《春残》诗中一字不改借来，然翁宏的诗有句无篇，鲜为人知，一经小晏借用入词，遂成千古名句。这两句亦景亦情：人，孑然独立；燕，翩然双飞，况值残花零落，冷雨迷濛。那去年今又的“春恨”为何？伤心花落春逝耶，感叹微雨燕飞耶？不，此处不是触景生情，实乃景生于情，一切都缘于词人曾经有过而不能释怀的琵琶诉相思的缠绵、伊人彩云归的怅恨，词人用凄美婉丽的词将它抒写出来，是对“人生自是有情痴”的具象化演绎。

（三）“琵琶弦上说相思”

歌酒狎妓风气，至唐代已盛。孙棨《北里志》云：“平康里，入北门，东回三曲，即诸妓所居之聚也。妓中有铮铮者，多在南曲、中曲。”① 平康里为唐长安街坊名，位于长安城北，也称“北里”，所聚居的歌妓经常接待举子、新及第进士及朝士一类。其歌妓一般色艺出众，如“善谈谑，能歌令”的绛真，“辩慧，往往有诗句可称”的楚儿，“举止风流，好尚甚雅”② 的颜令宾等，故颇得文士的眷顾与流连。

《桂枝香》词调宋人大量填制，如王安石的《桂枝香》（登临送目）、陈亮的《桂枝香》（天高气肃）、张炎的《桂枝香》（晴江迥阔）等，而此词牌得名来自及第士子狎妓冶游。毛先舒《填词名解》云：《桂枝香》词牌名出自唐人裴思谦。裴思谦，唐文宗开成三年（838）戊午科状元，尤袤《全唐诗话》记载：“思谦及第后，作红笺名纸十数，诣平康里，因宿于里中。”③ 写有《及第后宿平康里》诗：“银釭斜背解明珰，小语低声贺玉郎。从此不知兰麝贵，夜来新惹桂枝香。”古代把状元登科比喻“折桂”。唐代举子及第放榜后，除了参加皇帝“钦点”的曲江宴，就是到“风流渊薮”之地

① （唐）孙棨：《北里志》，《唐五代笔记小说大观》下册，上海古籍出版社 2000 年版，第 1404 页。

② （唐）孙棨：《北里志》，《唐五代笔记小说大观》下册，上海古籍出版社 2000 年版，第 1405—1408 页。

③ （宋）尤袤：《全唐诗话》卷四，（清）何文焕辑：《历代诗话》（上），中华书局 1981 年版，第 161 页。

平康里歌酒赋诗、眠花宿柳。

宋代，歌酒狎妓之风气更甚。文人墨客们于歌乐饮筵之间莫不就曲填词，风流才子填词，歌妓佳人唱词，往往于琵琶弦上暗通款曲。苏轼的《诉衷情·琵琶女》描写道："小莲初上琵琶弦，弹破碧云天。分明绣阁幽恨，都向曲中传。　肤莹玉，鬓梳蝉。绮窗前。素娥今夜，故故随人，似斗婵娟。"蝉鬓玉肤的歌妓，将绣阁幽恨"都向曲中传"，那琵琶弦上，一是幽恨暗传的弹者，一是制词知音的听者，又怎能不两生爱意。

如风流才子周邦彦，南宋时陈鹄的《耆旧续闻》、张端义的《贵耳集》、周密的《浩然斋雅谈》，这三本书属于史料文献笔记、杂说类，都记载了他与京城名妓李师师、宋徽宗之间的三角关系。张端义《贵耳集》云：师师爱慕周邦彦的才华，因此，周邦彦被宋徽宗贬斥。清真词的名篇《少年游》（并刀如水）、《兰陵王》（柳阴直），皆为之而作。宋人笔记多信手抄录，不复考核，此未必实有其事，故王国维《清真先生遗事》为之辨明其妄，云："先生立身颇有本末，而为乐府所累，遂使人间异事皆附苏秦，海内奇言尽归方朔。"① 即认为周邦彦立身行事颇有本末主次，那些香艳的风流韵事附会他身上都是填词惹的。或许一切皆缘于词，通晓音律的大词人周邦彦与歌妓之间，总是牵扯到深情蜜意的情爱。其《意难忘》：

> 衣染莺黄。爱停歌驻拍，劝酒持觞。低鬟蝉影动，私语口脂香。檐露滴，竹风凉，拚剧饮淋浪。夜渐深，笼灯就月，子细端相。　知音见说无双。解移宫换羽，未怕周郎。长颦知有恨，贪耍不成妆。些个事，恼人肠，试说与何妨。又恐伊、寻问消息，瘦减容光。

那因为相思而长颦有恨、瘦减容光的歌妓，于樽前低鬟蝉影、

① （清）王国维撰，周锡山编校：《王国维集》第一册，中国社会科学出版社 2008 年版，第 52 页。

持觞劝酒，乃是一善解移宫换羽的“知音”。

歌妓制度发达的唐宋时期，是处处管弦笙歌、燕乐流行的时代，歌妓们多是才艺出众、姿色媚人，尤其是酒筵歌席间，她们的媚姿娇态、柔声曼语，往往唤起士大夫文人由于传统道德性压抑而沉寂心底的原本的人性情欲，也使他们在潦倒失意的仕途之外，寻求到身心疲惫的一种慰藉。耿介不合世俗的晏几道，虽身处官场却并不愿介入政治，而是沉湎于“琵琶弦上说相思”的歌酒风流里。其《御街行》有云：

> 狂情错向红尘住，忘了瑶台路。碧桃花蕊已应开，欲伴彩云飞去。回思十载，朱颜青鬓，枉被浮名误。

词人悔恨于沉沦俗务而厌倦利禄浮名，欲在桃花“彩云”的温柔醉乡里——自我营造的精神空间和享乐天地，寻求狂情放纵的一份解脱。

北宋至南宋词坛，超越花间“艳科”的狭隘界域，于婉约言情中，糅入了晏殊的闲情、柳永的羁情、晏几道的恋情、秦观的谪情、姜夔的雅情等。凡此种种，都直接或间接地与歌妓有着割不断的联系，词人们跨越传统封建礼教设置的禁区，从人性不可抑止的本能情欲出发体悟丰富的人生。同时，作为曲词创作的合作者、演唱者和传播者，含笑樽前、殢人索词的歌妓“无疑是一种比较直接的驱动力，它是激励词人创作的重要心理机制。”① 文人才士们在流连歌楼妓馆时，因为她们的存在，歌喉舞腰、衣香鬓影，促发了作为男性词人的创作欲望和灵感，构成一种持续不断的爱情和创作的精神引力。

三 两情相悦，“乐而不淫”

对男女两性之情，明代曲评家张琦《衡曲麈谭》阐述道：

---

① 李剑亮：《唐宋词与唐宋歌妓制度》，浙江大学出版社 1999 年版，第 103 页。

> 人，情种也。人而无情，不至于人矣，曷望其至人乎？情之为物也，役耳目，易神理，忘晦明，废饥寒，穷九州，越八荒，穿金石，动天地，率百物。生可以生，死可以死，死可以生，生可以死，死又可以不死，生又可以忘生。①

汤显祖的《牡丹亭》正演绎了这一题旨：情能生人，情亦能死人，因情而死，缘情而生。这是从超越生死的角度来阐释“情”的无限性、永恒性。

情爱，是人类生命的题中应有之义，它与生、死向来被视为文学艺术表现的三大永恒主题。在中国诗歌的早期，《诗三百》的十五国风民歌，表现男女情爱就是其主要内容，如《关雎》：“关关雎鸠，在河之洲。窈窕淑女，君子好逑。”②《蒹葭》：“蒹葭苍苍，白露为霜。所谓伊人，在水一方。”据考证，这一类诗是当时春日，男女于水洲求偶时表白歌唱的。孔子称《诗三百》“乐而不淫”、“思无邪”③。“淫”，过甚、放纵也。相对地说，人类青春期的男女情爱快乐而不放纵，大多是一种中和纯正的“无邪”。

唐宋的艳情词，不乏乐而淫之作。如周邦彦作词素有典雅之誉，但其艳情词承柳永而来，犹未能真正“脱俗”，写恋妓之情直露无遮，以致专主清真一派的沈义父也予以批评，曰：“往往轻而露，如清真之‘天便教人，霎时厮见何妨’，又云‘梦魂凝想鸳侣’之类，便无意思，亦是词家病。”④直至清末，尚有词论家据此而斥责周邦彦词“旨荡”⑤。

至南宋中后期，人们应和理学家的词学观，斥责妖声艳辞而败

---

① （明）张琦：《衡曲麈谭》，《中国古典戏曲论著集成》第四册，中国戏剧出版社1982年版，第273页。

② 程俊英、蒋见元注析：《诗经注析》上册，中华书局1991年版，第3页。（以下所引《诗经》，皆据此本。）

③ （春秋）孔子，钱穆新解：《论语新解·为政》，生活·读书·新知三联书店2002年版，第56页。

④ （宋）沈义父撰，蔡嵩云笺释：《乐府指迷笺释》，人民文学出版社1963年版，第56页。

⑤ （清）刘熙载：《艺概·词曲概》卷四，上海古籍出版社1978年版，第110页。

坏风尚，认为写男女之情要发乎情、止乎礼，大旨归于雅正，张炎的《词源·赋情》就明确主张好词应是“屏去浮艳，乐而不淫”[①]。如吴文英的《风入松》词悼忆去姬，用似真似幻的写法形成时空交错的混淆：“黄蜂频扑秋千索，有当时、纤手香凝。”此为情深意痴之语。痴，乃“理之所必无”而“情之所必有”，词人因见秋千悬索而思佳人纤手，见黄蜂频扑而思纤手香凝，触物怀人、推物及人，写来婉而不浮薄、丽而不淫艳，故陈廷焯《云韶集》评曰：“情深而语极纯雅，词中高境也。”[②]

情深而纯雅者，莫如南宋大词人姜白石，他用深情痴爱和文思丽藻，留与后世一首首幽美凄艳的合肥情词。夏承焘先生《唐宋词人年谱》云：“白石自定歌曲六卷，共六十六首，而有本事之情词乃得十七八首，若兼其托兴梅柳之作计之，则几占全部歌曲三分之一。此两宋词家所罕见。”[③] 姜夔年轻时曾漫游江淮间，有过金鞭茸帽、章台走马的冶游生活。少年才俊、风流儒雅的他，在合肥（今属安徽）结识一对妙擅琵琶的青楼歌妓姊妹，两情深挚，分离后再也不曾相见，但这一段相思情缘终生未能释怀。

或许是个性、气质使然，性情清高飘逸的姜夔，用一生的挚爱做了一场哀婉悱恻的琵琶幽梦，虽然有“肥水东流无尽期，当初不合种相思”（《鹧鸪天·元夕有所梦》）的怨悔，但他的大半生都在咀嚼少年情遇的情殇苦果而无法解脱：

第一是、早早归来，怕红萼无人为主。（《长亭怨慢》）
见梅枝，忽相思。几度小窗，幽梦手同携。（《江梅引》）
淮南好，甚时重到？陌上生青草。（《点绛唇》）
花满市，月浸衣，少年情事老来悲。（《鹧鸪天》）

他的《醉吟商小品》云：“又正是春归，细柳暗黄千缕。暮鸦

① （宋）张炎：《词源》卷下，中华书局1991年版，第62页。

② （清）陈廷焯：《云韶集》，（清）陈廷焯撰，孙克强主编：《白雨斋词话全编》第一册，中华书局2013年版，第188页。

③ 夏承焘：《唐宋词人年谱》，上海古籍出版社1979年版，第448页。

啼处，梦逐金鞍去。一点芳心休诉，琵琶解语。”一点芳心唯“琵琶解语”，故每每梦魂相逐，其《踏莎行》：

燕燕轻盈，莺莺娇软，分明又向华胥见。夜长争得薄情知？春初早被相思染。　　别后书辞，别时针线，离魂暗逐郎行远。淮南皓月冷千山，冥冥归去无人管。

“梦，……是丧失了的或缺失了的东西的表现。”① 元夜，词人因感梦而作此词，结尾点明梦中女子魂飞淮南（宋合肥属淮南东路），可知她即是姜夔昔日所恋的合肥琵琶女。梦中：伊人步态轻盈走来，声容风姿如旧，娓娓吐诉别后的一怀痴情：先怨责情郎不知长夜难眠，春染相思；再叙说自己离魂暗逐，天涯行遍。末了：“淮南皓月冷千山，冥冥归去无人管。”一“冷”字点染出幽月寒夜，伊人梦魂飘然寻来而又孑然归去的凄孤，意境幽冷而情怀悲恻。此词用清绮幽峭之笔写缱绻深挚之情，以伊人入梦始，以伊人魂归止，一往而情深。虽肉体不能长相守，心魂却犹能长相思，这就是姜夔一生魂牵梦萦的纯情至美的合肥恋情。

多情而又纯美的张先，一生诗酒风流，据传80岁时仍纳小妾，好友苏轼作诗调侃，有“一树梨花压海棠”佳句。张先的词于酒筵歌席间多写男女之情，其《醉垂鞭》为即席赠侑酒歌妓所作：

双蝶绣罗裙，东池宴，初相见。朱粉不深匀，闲花淡淡春。　　细看诸处好，人人道，柳腰身。昨日乱山昏，来时衣上云。

词人筵前初见惊艳的伊人：“朱粉不深匀，闲花淡淡春。”宛如姹紫嫣红中幽花一朵，绽着淡淡春色。结处“昨日乱山昏，来时衣上云”二句尤妙，化用李白《清平调》“云想衣裳花想容”诗意。

① ［美］简·卢文格著，韦子木译：《自我的发展》，浙江教育出版社1998年版，第370页。

此词虽然未脱咏妓题材的“艳俗”，但词人并没有以玩赏女性的轻薄流于冶艳，而是从侧面落墨，轻描淡抹了一幅生动传神的人物素描，那风尘歌女神情清雅、风韵天然，在“乱”、“昏”二字着意濡染的一片迷离氛围里，仿佛身着云衣霓裳从山巅飘至歌筵前，令人心动神迷。

据杨湜《古今词话》记载：“张子野往玉仙观，中路逢谢媚卿。初未相识，但两相闻名。子野才韵既高，谢亦秀色出世，一见慕悦，目色相授。张领其意，缓辔久之而去。因作《谢池春慢》以叙一时之遇。”① 其《谢池春慢》云：

> 缭墙重院，时闻有、啼莺到。绣被掩余寒，画幕明新晓。朱槛连空阔，飞絮无多少。径莎平，池水渺。日长风静，花影闲相照。　　尘香拂马，逢谢女、城南道。秀艳过施粉，多媚生轻笑。斗色鲜衣薄，碾玉双蝉小。欢难偶，春过了。琵琶流怨，都入相思调！

一个日长飞絮、风静花影的日子，词人尘香拂马，与“媚生轻笑”的歌妓谢媚卿邂逅于去往城南道观的途中，一见，两相慕悦，目光流盼。虽然终生只有这一面之缘，却将一段铭心的相思永远地留在了他清媚倩丽的词中。后人又由于这首婉曲深情的词，把那秀艳多媚、嫣然一笑的佳人永远留在了画中，如清人费丹旭所绘《逢谢媚卿》。一次惊艳而咏妓，一次艳遇而恋妓，但在张先的笔下如此流丽丰美、缱绻情深。

入宋以后，随着儒学理性精神的高扬，个人情欲逐渐从传统文学的诗体中淡退。而人“是有情欲的存在物，情欲使人强烈追求自己的对象的本质力量”②，马克思的这一段话从人的存在这一根本问

① （宋）杨湜撰，赵万里辑：《古今词话》，唐圭璋编：《词话丛编》第一册，中华书局1986年版，第24页。

② ［德］马克思：《1844年经济学—哲学手稿》，［德］马克思、［德］恩格斯：《马克思恩格斯选集》第四卷，人民出版社1995年版，第132页。

题上肯定了情欲的存在和意义。作为生命的人，情欲与性爱活动的存在是必然的，是对人的本质力量的证实。男女之情是最个人化的一种柔软、幽微的情愫，也是人之本性的体现，所谓“食、色，性也”①。这种人性需求，也要有在精神层面自我宣泄的渠道，而“言情”的词从人的情欲出发，对以理性为主的传统诗歌精神予以扩充和补救，带给了人们一种充分发露的方式。风流倜傥的唐宋文人士子们，出入秦楼楚馆、歌筵酒席间，写有许多千古传诵的爱情佳句，如：

换我心，为你心，始知相忆深。

——顾夐《诉衷情》

衣带渐宽终不悔，为伊消得人憔悴。

——柳永《凤栖梧》

渐写到别来，此情深处，红笺为无色。

——晏几道《思远人》

两情若是久长时，又岂在朝朝暮暮。

——秦观《鹊桥仙》

这些美妙词句表达的两性情爱“乐而不淫”，所蕴含的真情、挚情，对情欲、性爱以及男女情感生活态度有一种广泛的启示意义而醒人心目。

① （战国）孟子撰，（清）焦循疏：《孟子正义·告子上》，中华书局1987年版，第743页。

第六章

豪旷词：烟雨平生的处世态度

北宋前期词坛，在晏殊、欧阳修、柳永诸家的柔婉吟唱里，“词为艳科”肆意滋生着。至苏轼挟天风海涛扑来，他以诗为词，或慷慨言志，或旷达抒怀，逸怀浩气超乎流俗，以清雄豪旷之姿、以不可遏止之势崛起于北宋词坛。胡寅《〈酒边集〉序》云：

> 及眉山苏氏，一洗绮罗香泽之态，摆脱绸缪宛转之度，使人登高望远，举首高歌，而逸怀浩气，超然乎尘垢之外。于是花间为皂隶，而柳氏为舆台矣！①

第一节 “千古风流人物”苏轼

苏轼（1036—1101），字子瞻，号“东坡居士”，眉州眉山（今属四川）人。历北宋仁宗、英宗、神宗、哲宗、徽宗五朝，荣辱迭起一生，亦才情雄放一生。其诗与黄庭坚并称“苏黄”，开宋一代诗风；其文与欧阳修并称“欧苏”，为“唐宋八大家”之一，开宋一代文风；其词与辛弃疾并称“苏辛”，开一代词风，其诗、文、词均代表了宋代文学的最高成就。苏轼亦善画枯木怪石，为“湖州竹派”重要人物；其书法与黄庭坚、米芾、蔡襄并

---

① （宋）胡寅：《〈酒边集〉序》，金启华、张惠民等编：《唐宋词集序跋汇编》，江苏教育出版社1990年版，第117页。皂隶：古代衙门的差役。舆台：古代奴隶中两个低等级的名称，后泛指地位低贱的人。

称“宋代四大家”。“千古风流人物”乃苏轼词之名句，实可用来妙题苏轼自己。

一　学识广博，以读书为平生快事

苏轼以读书为平生之快事，元怀《拊掌录》记载：

> 东坡在玉堂，一日读杜牧之《阿房宫赋》，凡数遍。每读彻一遍，即咨嗟叹惜，至夜分犹不寐。有二老兵皆陕人，给事左右，坐久，甚苦之。一人长叹，操西音曰：“知他有甚好处，夜久寒甚，不肯睡！”连作冤苦声。①

读书是苏轼的生活习惯，即使是苦寒夜也不释卷，“公尝言观书之乐，夜常以三鼓为率，虽大醉归，亦必披展至倦而寝”②。

读书，也是苏轼度过人生苦难的精神支撑之一。贬谪昌化军③（今海南儋州）时，蛮荒之地无多书可读，偶得柳子厚文集，于是，横看侧看，敲骨吸髓，每个字都反复玩味。其《和子由闻子瞻将如终南太平宫溪堂读书》云：“譬如倦行客，中路逢清流。尘埃虽未脱，暂憩得一漱。”读书之于苏轼，就如同行走天涯的倦客，路途看到一溪清流，虽不能彻底洗脱名利得失之尘埃，但也可使仕宦疲惫的心灵得到暂时休憩。

二　襟怀超旷，不为外物所累

沈祥龙《论词随笔》云：“词不能堆垛书卷，以夸典博，然须

---

① （宋）元怀：《拊掌录》，丁传靖编：《宋人轶事汇编》卷十二，中华书局1981年版，第616—617页。玉堂：汉代待诏于玉堂殿，唐时待诏于翰林院，至宋以后翰林院亦称“玉堂”。《宋史·苏易简传》载：“帝尝以轻绡飞白大书‘玉堂之署’四字，令易简牓于厅额。”或应为“雪堂”，误作玉堂。苏轼贬黄冈时，于城东坡地耕种，并筑室取名为“雪堂”。

② （宋）何薳：《春渚纪闻》卷六，中华书局1983年版，第88页。

③ 昌化军：宋神宗熙宁六年（1173）改儋州设昌化军，下辖宜伦、昌化、感恩三县。宋高宗绍兴六年（1136），废昌化军、万安军、吉阳军三军为县，隶属琼州，绍兴十四年（1144）复为昌化军。宋理宗端平年间，改名南宁军。

有书卷之气味。胸无书卷，襟怀必不高妙，意趣必不古雅。”[①] 黄庭坚评苏轼的《卜算子》（缺月挂疏桐）：“非胸中有数万卷书，笔下无一点尘俗气，孰能至此?”[②] 确然，苏轼的文士词颇有浓厚的书卷气，而他也正是用胸中万卷书，滋育出一种不为外物尘俗所累的超逸襟怀。

苏轼初贬黄州（今湖北黄冈）生活极为艰难，其《答秦太虚书》云：

> 初到黄，廪入既绝，人口不少，私甚忧之。但痛自节俭，日用不得过百五十。每月朔，便取四千五百钱，断为三十块，挂屋梁上。平旦，用画叉挑取一块，既藏去叉。仍以大竹筒别贮用不尽者，以待宾客。[③]

后，老友马正卿从扬州前来探望，目睹“先生穷到骨”的困顿，不禁心酸，便于黄州太守徐君猷处求得城东撂荒旧营地数十亩，与之开垦耕种以解决生计。这是黄州城东一块坡地，为茅草荆棘丛生的瓦砾之场，苏轼于其间耕作、筑室，自号“东坡居士”。洪迈《容斋三笔》云：“详考其意，盖专慕白乐天而然。”[④] 确实，苏轼“东坡”之号因仰慕白居易而然。

唐代著名文人谪宦中，白居易最能表现出旷达自适的态度，《新唐书·白居易传》记载：“既失志，能顺适所遇，托浮屠生死说，若忘形骸者。”[⑤] 宋代文人多有意识地效仿白居易。如王禹偁，宋太宗淳化二年（991）贬商州团练副使，生活极为困苦，“坏舍床

① （清）沈祥龙：《论词随笔》，唐圭璋编：《词话丛编》第五册，中华书局1986年版，第4058页。

② （宋）黄庭坚：《跋东坡乐府》，金启华、张惠民等编：《唐宋词集序跋汇编》，江苏教育出版社1990年版，第29页。

③ （宋）苏轼撰，孔凡礼点校：《苏轼文集》卷五二，第四册，中华书局1986年版，第1536页。

④ （宋）洪迈：《容斋三笔》卷五，远方出版社2002年版，第784页。

⑤ （宋）宋祁、（宋）欧阳修等：《新唐书·白居易传》卷一一九，中华书局1975年版，第4302页。

铺月，寒窗砚结澌”，“瘦妻容惨戚，稚子泪涟洏”（《谪居感事》），遂于城南淮渎寺前典租田地自种蔬菜，以贴补俸薪的低微。友人李宗谔写信劝言：“看书除庄、老外，乐天诗最宜枕藉。”① 王禹偁《聊以自贺》诗自注中亦言：“予自谪居多看白公诗。”罗大经《鹤林玉露》云：“本朝士大夫多慕乐天，东坡尤甚。”② 苏轼“不轻许可，独敬爱乐天，屡形诗篇”③，曾于《次京师韵送表弟程懿叔赴夔州运判》诗中云：“我甚似乐天”。所“甚似”的，是白居易进退从容的人格精神。唐宪宗元和十四年（819），白居易谪居江州（今江西九江）四年后转官忠州（治所今四川忠县）刺史，曾于城东坡地种花，写有《东坡种花》、《步东坡》等诗，表现自己淡忘得失的恬静的生活情趣和心境。苏轼劫后余生贬黄州，亦躬耕于城东坡地，于是取白乐天之遗意，自号“东坡”，可见出他身处谪境的泰然自适，一种旷达超逸的胸襟。

三　品格高雅，迥然超乎流俗

苏轼的词品与人品“高度的统一和融合”④。谢章铤《赌棋山庄词话》曰：“读苏、辛词，知词中有人，词中有品，不敢自为菲薄。”⑤ 苏轼其人其词，来自于他的学养及其襟怀、品格，唯其如此，其人，一生荣辱迭起而不失旷达之态；其词，迥然超乎流俗而有清雄旷放之雅质。

苏轼其人不可学得，其词亦不可学得。王鹏运《半塘未刊稿》云：

> 北宋人之词，如潘逍遥之超逸，宋子京之华贵，欧阳文忠

---

① （宋）王禹偁：《得昭文李学士书报以二绝》其一题注，《全宋诗》卷六四，北京大学出版社1991年版，第720页。

② （宋）罗大经撰，王瑞来点校：《鹤林玉露》丙编卷三，《唐宋史料笔记丛刊》，中华书局1983年版，第287页。

③ （宋）周必大：《二老堂诗话》，（清）何文焕辑：《历代诗话》（下），中华书局1981年版，第656页。

④ 吴熊和：《唐宋词通论》，浙江古籍出版社1998年版，第203页。

⑤ （清）谢章铤：《赌棋山庄词话》卷九，唐圭璋编：《词话丛编》第四册，中华书局1986年版，第3444页。

> 之骚雅，柳屯田之广博，晏小山之疏俊，秦太虚之婉约，张子野之流丽，黄文节之隽上，贺方回之醇肆，皆可模拟得其仿佛。唯苏文忠之清雄，敻乎轶尘绝迹，令人无从步趋。①

王氏认为：北宋诸词人如潘阆之超逸、宋祁之华贵、欧阳修之骚雅、柳永之广博、晏几道之疏俊、秦观之婉约、张先之流丽、黄庭坚之隽永、贺铸之醇厚，皆可效学而得其仿佛，唯苏轼之清雄，超脱尘俗，令人无从亦步亦趋。后人学苏轼者不多，非其词之技巧难学，而是无苏轼之超旷心襟与独特人品，南宋中后期，一些词人学苏、辛，往往袭其貌而未能得其神，最终沦入“粗豪叫嚣”之流，正可佐证。

元符三年（1100）徽宗即位大赦，苏轼渡海北归，苏辙《亡兄子瞻端明墓志铭》记载：

> 明年，舟至淮、浙。秋七月，被病，卒于毗陵。吴越之民相与哭于市，其君子相吊于家，讣闻四方，无贤愚皆咨嗟出涕。太学之士数百人，相率饭僧慧林佛舍。呜呼，斯文坠矣！后生安所复仰?②

北归第二年，苏轼因病卒于毗陵（今江苏常州）。平素“子瞻虽才行高世而遇人温厚，有片善可取者，辄与之倾尽城府，论辨唱酬，间以谈谑，以是尤为士大夫所爱。”③ 苏轼去世时，当地文人雅士在家予以祭奠，数百太学生相继到寄棺的慧林寺院施饭给僧人，仰天长叹：呜呼！当世文豪殒没了，后生辈还能仰慕谁?

---

① （宋）苏轼撰，邹同庆、王宗堂校注：《苏轼词编年校注》引，中华书局 2007 年版，第 1039 页。苏文忠：苏轼去世 69 年后，南宋乾道六年（1170），宋孝宗追赠太师，谥“文忠”。

② （宋）苏辙撰，陈宏天、高秀芳点校：《苏辙集·栾城后集》卷二二，第三册，中华书局 1990 年版，第 1117 页。

③ （宋）王辟之：《渑水燕谈录·才识》卷四，中华书局 1981 年版，第 42 页。

第二节　苏轼词风的豪旷

一　以词“言志”的选择

熙宁五年（1072）苏轼外放杭州通判，政治上颇为失意，遂拈笔为词。后于密州知州任上创作《江城子·密州出猎》，便有意突破“言情”小词的传统窠臼，援阳刚之气入词——“以诗为词”、以词“言志”。

（一）“以诗为词”，打破诗词界域

“以诗为词”一语在当时略带贬义。它最先出于陈师道的《后山诗话》：“子瞻以诗为词，如教坊雷大使之舞，虽极天下之工，要非本色。”① 认为苏轼的以诗为词，如教坊男伎雷中庆之舞，虽极天下之美，但终不是女伎之舞，失去了应歌小词的柔媚“本色”。

陈师道《后山诗话》云：“退之以文为诗，子瞻以诗为词。”② 苏轼的以诗为词如同中唐韩愈的以文为诗，都是一种“破体为文”的创作，即打破了文以载道、诗以言志、词以言情的传统界域。刘熙载《艺概·词曲概》云：

> 东坡词颇似老杜诗，以其无意不可入，无事不可言也。③

指出苏轼词如杜甫诗歌之博大，开拓了词的疆域。苏轼的词除了言男女情事，酬答寄赠、宴饮送别、记行游赏、走马射猎、咏物题画、登临怀古、说理谈玄等，无意无事不可入于词中，而且与他的诗歌题材每每相通。

宋诗一般具有散文化倾向，讲究意脉流动。苏轼以诗为词，如

① （宋）陈师道：《后山诗话》，（清）何文焕辑：《历代诗话》（上），中华书局1981年版，第309页。

② （宋）陈师道：《后山诗话》，（清）何文焕辑：《历代诗话》（上），中华书局1981年版，第309页。

③ （清）刘熙载：《艺概·词曲概》卷四，上海古籍出版社1978年版，第108页。

《江城子·密州出猎》："老夫聊发少年狂。左牵黄。右擎苍。"词人一时豪兴、纵情放笔，起句即着一个"狂"字贯穿全篇。此等词句不讲究文字的凝练和意象的排叠，近乎叙述的散文化语句，其放笔快意的气势、挥洒自如的风度，亦与其诗歌创作个性一致。此外，苏轼词中所用议论说理、熔裁典故的手法，以及次韵、集句、隐括、题序等形式，都是揽诗入词的具体表现。故李清照云："苏子瞻，学际天人，作为小歌词，直如酌蠡水于大海，然词皆不葺之诗尔。""不葺之诗"，即长短句不齐的诗。确实苏轼词非词人之词，乃"诗人之词"。

（二）揽诗入词，词之雅化

"诗人之词"既不起于也不盛于苏轼。之前，范仲淹有《渔家傲》，据魏泰《东轩笔录》载：范仲淹守边时，作《渔家傲》数阕，皆以"塞下秋来风景异"为首句，"颇述边镇之劳苦，欧阳公尝呼为'穷塞主之词'"[①]。今仅存一首，其"四面边声连角起。千嶂里，长烟落日孤城闭"，以角声、千峰、长烟、落日一片充满肃杀之气的边地寒秋景色，烘托一座紧闭的"孤城"。这首《渔家傲》始以边塞题材入词，一变低徊婉转之调为慷慨沉雄之声，开了苏、辛之先河。另外王安石有《桂枝香》登临怀古词："千古凭高对此，谩嗟荣辱。六朝旧事随流水，但寒烟衰草凝绿。"《词林纪事》卷四引杨湜《古今词话》云："金陵怀古，诸公寄调于《桂枝香》者，三十余家，独介甫为绝唱。"[②] 可知以诗的边塞、怀古题材入词，这种词中"诗化"因素并不创自苏轼，但是自觉而全面地揽诗入词，并以此改革传统的软媚词风则是始于苏轼。可以说，在词向抒情诗体转变的过程中，范、晏等文人词较早地显露出诗化的迹象，待苏轼继之而来，便完成了词之诗化而雅化。

词至李煜眼界始大、感慨遂深，然而王鹏运《半塘老人遗稿》

---

① （宋）魏泰撰，李裕民点校：《东轩笔录》，《唐宋史料笔记丛刊》，中华书局1983年版，第126页。

② （清）张宗橚辑，杨宝霖补正：《词林纪事 词林纪事补正》上册引，上海古籍出版社1998年版，第253页。

感叹“断代南流，嗣音阒然”①，即南唐之后几成断代，继承的声音沉寂了。至北宋中期词坛，苏轼承接南流而来，始斐然卓声。《叶嘉莹说词》指出：“后人称东坡词‘指出向上一路’，后主实在乃是一位为之滥觞的人物。”② 这种滥觞，主要是气象开阔、意境深广方面的，由此开了宋代苏轼等士大夫词“言志”一派的广大法门，后至辛弃疾等则衍为蔚然大观。

（三）“以词言志”，词体始尊

苏轼的“以诗为词”突出表现为“以词言志”。在宋代理学的作用下，先秦儒家的淑世精神被弘扬，在作为正统文学样式的诗歌中，“诗以言志”成为文学思想中的一个基准。此外，宋代士人的淑世精神向词的领域延伸，使正统之外的“言情”小词也表现出遵从雅正传统而“言志”的一面，苏词的言志，正是他经世致用的襟抱寄托于诗溢而为词。当然，更重要的是苏轼乃“千古风流人物”，当他的情感襟抱不能从“词为艳科”中找到相应的表达形式时，就必然冲破传统的束缚，他的以词“言志”是从自身情感需要出发的一种必然选择。

晚唐至北宋初，文人们填词与诗文的创作取向迥然不同，他们正襟端坐写“载道”之文、“言志”之诗，而纵情适意地写“言情”之词，到了苏轼则不再有这种界分。苏轼“以诗为词”的崛起，意味产生了面目全新的一体——言志体。北宋前期词人如晏殊、欧阳修、柳永等，社会角色都可定位于士大夫文人，但他们的词多是男子作闺音的“代言体”，为应歌的“遣宾娱兴”之作，而苏轼直接用词作为抒写士大夫心志情怀的工具，尽兴纵意地流露和表现自我，包括作为士大夫自身的人格品行、学识才华、心性修养、胸襟抱负、闲情逸趣等，故陈廷焯《白雨斋词话》云：“词至东坡，一洗绮罗香泽之态，寄慨无端，别有天地。”③ 江西诗派三宗

① 龙榆生：《唐宋名家词选》引，上海古籍出版社 2012 年版，第 67 页。

② 叶嘉莹：《从〈人间词话〉看温韦冯李四家词的风格——兼论晚唐五代时期词在意境方面的拓展》，叶嘉莹：《叶嘉莹说词》，上海古籍出版社 1999 年版，第 78 页。

③ （清）陈廷焯撰，杜维沫校点：《白雨斋词话》卷一，人民文学出版社 1959 年版，第 12 页。

之一的陈师道，中年受知于苏轼，为“苏门六君子”之一，居徐州时与黄庭坚书信往来甚勤，其《与黄鲁直书》云：“迩来绝不为诗文，然不废书。时作小词以自娱，用以卒岁。”① 可知当时词在文人士大夫手里，已由应歌而唱的“娱宾”成了抒写襟怀的“自娱”，而这个彻底性的转变是由苏轼完成的。

苏轼之前，词乃歌筵酒席间流行音乐（燕乐）的附庸和佐酒助欢的工具，一直被视为“艳科”、“小道”、“末技”，始终未能登文学大雅之堂。欧阳修《归田录》记载：

> （钱惟演）在西洛时，尝语僚属言：“平生惟好读书，坐则读经史，卧则读小说，上厕则阅小辞（词），盖未尝顷刻释卷也。”②

钱惟演（962—1034），字希圣，吴越王钱俶之子，从父归附宋朝。家富图书典籍，博学能文，仁宗朝官至宰相。以枢密副使任西京洛阳留守时，自称平素好读书，手不释卷：端坐则读经书史书，闲卧则读笔记小说，上厕时便读小词。这段史料反复被后人引用，以致有人惊呼：词曾沦落为“厕所文学”！

苏轼“以诗为词”，力求用诗体之文大、质重、径阔、境显来改造词体之轻微狭小，他的以词言志提升了词的品位、扩大了词的境界，使“言情”而卑俗的词雅化了，拔升到了与诗同等的地位。

二 “豪旷”的艺术本质特征

郭麐《灵芬馆词话》云：“至东坡，以横绝一世之才，凌厉一代之气，间作倚声，意若不屑，雄词高唱，别为一宗。”③ 苏轼以绝世之才别为一宗的“雄词高唱”，几百年来被视为豪放词，被推

① （宋）陈师道：《后山居士文集》卷十，上海古籍出版社1984年版，第576页。

② （宋）欧阳修：《归田录》卷二，中华书局1981年版，第24页。

③ （清）郭麐：《灵芬馆词话》卷一，唐圭璋编：《词话丛编》第二册，中华书局1986年版，第1503页。

崇为开了豪放一派。其实不尽然，东坡的“言志”词实为一种豪旷雅词。

（一）文化性格的超旷

唐之李白与宋之苏轼，一为“诗仙”，一为“词仙”。李白性格桀骜不驯，豪放纵逸，嗜酒，杜甫《饮中八仙歌》云：“李白斗酒诗百篇，长安市上酒家眠。天子呼来不上船，自称臣是酒中仙。”后人多绘“李白醉酒图”，如清代苏六朋的《太白醉酒图》。李白是“酒中仙”，其狂放醉酒表现的是一种率性的张扬，于酣醉中更见他的狂傲洒脱。

苏轼也好酒，尤喜看客人饮酒，其《书〈东皋子传〉后》自述：“予饮酒终日，不过五合，天下之不能饮，无在予下者。然喜人饮酒，见客举杯徐引，则予胸中为之浩浩焉，落落焉。”① 他善于玩味酒兴的意趣，常在酒后乘兴赋诗填词、作画书写，觉气拂拂从十指中出，黄庭坚说：“东坡老人翰林公，醉时吐出胸中墨。”② 但是后人却很少作“东坡醉酒图”，而多绘东坡吟啸图、放鹤图、对弈图、玩砚图等。古人发啸于长风皓月之下和山林旷野之中，以抒泄隐逸情志与自然风物契合的情怀，魏晋时竹林七贤的阮籍长啸于苏门山，陶渊明“啸傲东轩下”（《饮酒》其四），皆为放达疏闲之人。苏轼亦喜吟咏长啸，如他的《定风波》“莫听穿林打叶声，何妨吟啸且徐行！”苏轼的吟啸、放鹤、对弈、玩砚等，皆表现出一种疏放的达观和雅静的内敛。

从热情外向到沉思内敛，从狂放粗豪到清雅细腻，这是唐宋社会文化背景差异所形成的文人士大夫文化心理和文化性格的差异，李白与苏轼，正典型地代表了这种差异。③

李白与苏轼的创作都有“放”的艺术特征，即抒发真情至性，

① （宋）苏轼撰，孔凡礼点校《苏轼文集》卷六六，第五册，中华书局 1986 年版，第 2049 页。

② （宋）邓椿：《画继》卷三，安澜编：《画史丛书》第一册，上海人民美术出版社 1963 年版，第 12 页。

③ 刘扬忠：《酒趣·诗心——从苏轼的饮酒看其文化性格》，《湖北大学学报》1994 年第 3 期。

任意挥洒，淋漓奔放，但李白是真正的豪放，而苏轼则不尽然。李白性格的一个主要特征为“狂”，这是一种豪气四溢的外铄式性格，多有“天生我材必有用，千金散尽还复来”（《将进酒》）、“大道如青天，我独不得出”（《行路难》）的人生浩叹，与这种个性相应，李白的诗风表现为一种豪放恣纵。而苏轼性格的本质特征为“旷”，是一种超越世俗的荣辱得失而获得的内心安适，一种内省而超逸式的通达，这种超旷胸襟和精神境界熔铸了他的词，使其词溢于豪雄之气外更多地表现为洒脱飘逸的清旷。

王水照先生的《苏轼的人生思考和文化性格》，结合宋代历史环境和苏轼的人生经历与思想变化，将其复杂的文化性格描述成一个由“狂、旷、谐、适”组成的完整性格系统。①而在这狂、旷、谐、适四者中，旷与适是最主要的，旷与适的有机结合，构成了苏轼文化性格中的主导与本质方面。

（二）主导风格的豪旷

苏轼的词真正属于豪放格调的为数很少，或认为苏轼全然豪放的词如《江城子·密州出猎》一类，不过是“偶尔即兴”之作，其它大部分词或旷逸清俊、或空灵隽永、或朴质平淡、或秀丽妩媚，多姿多彩而且不乏脍炙人口。王兆鹏提出的“东坡范式”②的新命题，则完全否认“豪放词派”。

若就艺术风格而论，“豪放”，是由吞吐大荒的胸怀、超然物外的气度和真力弥满的精神境界创造出的，表现为气象恢弘、情感激越、气势奔放。固然，苏轼作词雄放不羁、笔势纵横，用“豪放”作大致的概括也未尝不可。如：

陆游《老学庵笔记》：

试取东坡诸乐府歌之，曲终，觉天风海雨逼人。③

---

① 王水照：《苏轼的人生思考和文化性格》，《文学遗产》1989 年第 5 期。

② 王兆鹏：《论“东坡范式”——兼论唐宋词的演变》，《文学遗产》1989 年第 5 期。

③（清）沈辰垣等编：《历代诗余》卷一五引，下册，上海书店出版社 1985 年版，第 1363 页。

王士祯《花草蒙拾》：

> 黄鲁直亦云："东坡书挟海上风涛之气。"读坡词，当作如是观。①

但是，苏轼的词不是如挟天风海涛的"豪放"二字所能包括的。苏轼词主流的艺术特质应该是一种豪旷雅词。这种雅，是以"以词言志"的雅，风格上具体表现为豪雄与清旷两面，同时又是二者的糅合为一，其中"旷"（旷放、旷达、旷适、旷逸）似乎更是苏轼词的风格基调。试看他的《念奴娇·赤壁怀古》：

> 大江东去，浪淘尽、千古风流人物。故垒西边，人道是、三国周郎赤壁。乱石崩云，惊涛裂岸，卷起千堆雪。江山如画，一时多少豪杰。　　遥想公瑾当年，小乔初嫁了，雄姿英发。羽扇纶巾，谈笑间、樯橹灰飞烟灭。故国神游，多情应笑我，早生华发。人间如梦，一樽还酹江月。

俞文豹《吹剑续录》记载："东坡在玉堂，有幕士善讴。因问：'我词比柳词何如？'对曰：'柳郎中词，只合十七八女郎，执红牙板，歌"杨柳岸，晓风残月"；学士词，须关西大汉，铜琵琶，铁绰板，唱"大江东去"。'东坡为之绝倒。"② 此词历来视为由关西大汉绰铁板演唱的千古绝调，被推为东坡豪放词的第一篇，但若细加推究，"豪放"二字却不能诠释此词主旨。

此词作于神宗元丰五年（1082），时苏轼因"乌台诗案"贬黄州已两年余，词人兀立江岸，神游赤壁，触目兴感而作此词。词中将江山之胜、英雄之业、兴衰之叹、穷谪之慨熔为一炉，不乏笔力雄健、境界雄阔之处，但是苏轼写此词并不是壮心方盛，要畅发吞

---

① （清）王士祯：《花草蒙拾》，唐圭璋编：《词话丛编》第一册，中华书局 1986 年版，第 681 页。

② （宋）俞文豹撰，张宗详辑校：《吹剑录全编》，古典文学出版社 1958 年版，第 38 页。

吐八荒的进取之志；而是政治仕途遭受重挫后，劫后余生反思，转而向超越宠辱忧乐的“旷达”。

词的开端“浪淘尽、千古风流人物”，古今成败，尽随大江浪淘而去，是通观古今的超脱；其结尾“人生如梦，一樽还酹江月”，是非荣辱，且洒向永恒的江心明月，是妙悟自然的洒脱，这一首一尾精警处乃是词旨所在。词中抒泄的是“消磨壮心殆尽”① 后，谪居黄州时潜思内省的放旷之怀，雄视千古，人生如梦，随那祭洒的一杯酒，一切都消融入永恒的江心明月，终归于一片高远旷寂。故这首“赤壁怀古”词雄放其表、超旷其里，徐釚《词苑丛谈》评此词“自有横槊气概，固是英雄本色”②，显然不完全符合苏轼作词的本意。

（三）艺术境界的清旷

苏轼原本性情豁达，尤其是用世之志屡遭挫败后，笃信老庄与禅学，追随陶渊明的静穆，愈益变得通脱达观。他于得失穷泰之外参悟物理，自慰自解，其主体性格亦由豪健雄放的外向而趋于超逸疏放的内敛。反映到他的“言志”的词中，则是豪气渐减而呈现出清旷的个性特征，于豪雄之中往往见出高旷、清疏、飘逸的气韵。其代表作《水调歌头》：

> 明月几时有？把酒问青天。不知天上宫阙，今夕是何年。我欲乘风归去，又恐琼楼玉宇，高处不胜寒。起舞弄清影，何似在人间！　转朱阁，低绮户，照无眠。不应有恨，何事长向别时圆！人有悲欢离合，月有阴晴圆缺，此事古难全。但愿人长久，千里共婵娟。

此词于中秋咏月而怀胞弟子由。郑文焯《手评〈东坡词〉》称

① （清）黄苏：《蓼园词选》，唐圭璋编：《词话丛编》第四册，中华书局1986年版，第3077页。

② （清）徐釚：《词苑丛谈》卷三，上海古籍出版社1981年版，第44页。

此词："发端从太白仙心脱化，顿成奇逸之笔。"① 词人以"奇逸之笔"写大境界，在结构上大开大阖，蕴含了天地人生的迷惘、探寻、追求与苦闷，而感情基调则是一种洒脱旷达。

苏轼与苏辙自幼兄弟情深，早年一起读韦应物的《示全真元长》诗"宁知风雨夜，复此对床眠"，② 恻然感动，相约入仕后尽早退隐，共享"听雨对床眠"之乐。时，苏轼政治上失意，外任密州知州，与苏辙分离已有七年之久。一怀思念深深的他，无奈地怨责道：低依绮窗、照人不眠的明月啊，不应有恨，为什么总在人别离的时候圆？月本是无情物，何以怨之？可知思念之极、离愁之深。可词人转念一想，"人有悲欢离合"就如同"月有阴晴圆缺"，人生之无常如月之盈亏，人生短暂而月之永恒，于是"此事古难全"一语消解过。词人演绎物理而阐释人情，情与理终是以理遣情，由此思亲之苦豁然释怀。结尾"但愿人长久，千里共婵娟"，由己及天下人，将月夜思亲的情怀推向更空旷高远的境界。

这首《水调歌头》，写月下饮酒的逸兴遐思。词人纵览古今变迁，横观天地流转，运以跌宕起伏之笔，将天上与人间、出世与入世融合一起，以自然之物理遣排人生之离情，构造出一个轶尘绝俗的奇逸词境，整个词于疏放洒脱中见清旷飘逸。

苏轼这一类词多以清幽之景、清逸之气以抒发旷达之怀，既有空灵澄澈的清妙天趣，也有飘逸逍遥的潇洒风神，二者融汇，构成了他的词所特有的超尘脱俗的清旷之境。如：

《西江月》：可惜一溪风月，莫教踏碎琼瑶。
《卜算子》：拣尽寒枝不肯栖，寂寞沙洲冷。

---

① （清）郑文焯撰，孙克强、杨传庆辑校：《大鹤山人词话》卷一，南开大学出版社2009年版，第45页。

② （唐）韦应物《示全真元常》："宁知风雪夜，复此对床眠。"后经白居易沿用，"风雪"化为"风雨"，其《雨中招张司业宿》诗云："能来同宿否，听雨对床眠？"据苏辙《逍遥堂会宿二首·序》载："辙幼从子瞻读书，未尝一日相舍。既仕，将宦游四方，读韦苏州诗至'安知风雨夜，复此对床眠'，恻然感之，乃相约早退，为闲居之乐。故子瞻始为凤翔幕府，留诗为别曰'夜雨何时听萧瑟？'"

《念奴娇》：我醉拍手狂歌，举杯邀明月，对影成三客。

《念奴娇》：便欲乘风，翻然归去，何用骑鹏翼？

词中所表现的，或是空明澄澈的情趣、孤高尘绝的人格，或是天真放旷的情怀、驭风仙界的遨游，可谓一洗尘念俗虑，超逸绝尘而游于物外。

东坡之词，旷也。壮士抵掌顿足而歌之，文士吹箫击磬以节之，可也！

第三节 儒释道融通的人生哲学

旷，超旷、豪旷、清旷，是苏轼之为词，也是苏轼之为人。以旷达卓然特立于宋代士林的苏轼，将儒释道圆融于一身，是宋代士大夫精英文化孕育的千古风流第一人物。

宋神宗熙宁初，苏轼以上书受到神宗知遇，曾进谏曰："'臣窃意陛下求治太急，听言太广，进人太锐，愿陛下安静以待物之来，然后应之。'上竦然听受，曰：'卿三言，朕当详思之。'"① 时，神宗重用王安石为相，锐意变法，苏轼持以异议，针对新法推行中出现的弊端，他主张渐变而反对骤变，认为积重难返、欲速则不达。于是遭到新党的排挤，宋神宗熙宁五年（1072）外放为杭州通判。

后变法失利，于元丰年间（1078—1085）从事改制，一些投机新法的官僚结党营私，伺机报复，苏轼成了政治倾轧的牺牲品。宋神宗元丰二年（1079）三月，苏轼由徐州（今属江苏）调任湖州，例行公事呈《湖州谢上表》，七月突遭逮捕，御史何正臣弹劾其谢恩上表中用语暗藏"谤讪讥骂"朝政之意。同时，监察御史台里行舒亶搜罗苏轼的诗句，从中断章摘句，指控他"包藏祸心，怨望其

① （宋）苏辙：《亡兄子瞻端明墓志铭》，（宋）苏辙撰，陈宏天、高秀芳点校：《苏辙集·栾城后集》卷二二，第三册，中华书局1990年版，第1118页。

上，讪讟谩骂，而无复人臣之节者，未有如轼也”[①]。御史中丞李定也历数苏轼“罪有四可废”[②]。苏轼的诗文中确实流露过一些牢骚，如反映灾民无以聊生的惨状：“哀哉吴越人，久为江湖吞。官自倒帑廪，饱不及黎元”（《送黄师是赴浙宪》），指责赋税沉重、谷贱伤农：“官今要钱不要米，西北万里招羌儿。龚黄满朝人更苦，不如却作河伯妇”（《吴中田妇叹》）。其中针砭新法的流弊，无非是“见事有不便于民者，不敢言，亦不敢默视也。缘诗人之义，托事以讽，庶几有补于国”[③]，但这些成了新党弹劾的把柄，于是苏轼以“讥讽新法”、“讪谤朝廷”的罪名锒铛入狱。

时，亲友及朝中大臣多方营救。宰相吴充直言：“陛下以尧舜为法，薄魏武固宜。然魏武猜忌如此，犹能容祢衡，陛下不能容一苏轼，何也？”[④] 已罢相退居江宁的王安石，也上奏神宗曰：“岂有圣世而杀才士者乎？”[⑤] 于是这年底，饱受牢狱之苦的苏轼结案出狱，贬为黄州团练副使。此案件先由监察御史告发，后在御史台狱受审，史称“乌台诗案”[⑥]。

“乌台诗案”的铁窗镣铐，打破了苏轼志怀苍生、“致君尧舜”[⑦] 的政治理想的追求。与儒家入世意志不同的佛、道，主要探究的是人的本质意义、生存状态及解脱途径等带有终极性的人生问题，当苏轼的济世之志被严重挫败后，老庄佛禅的思想便成了他必然的选择。

---

① （宋）李焘：《续资治通鉴长编》卷二九九，中华书局 2004 年版，第 7266 页。据（宋）陈振孙《直斋书录解题》卷二十载：“沈括先与坡同在馆阁。后察访两浙，至杭，求坡近诗。签贴以为讪怼，李定等论诗置狱，实本于括云。”

② （宋）李焘：《续资治通鉴长编》卷二九九，中华书局 2004 年版，第 7266 页。

③ （宋）苏辙：《亡兄子瞻端明墓志铭》，（宋）苏辙撰，陈宏天、高秀芳点校：《苏辙集·栾城后集》卷二二，第三册，中华书局 1990 年版，第 1120 页。

④ （宋）吕希哲：《吕氏杂说》，丁传靖辑：《宋人轶事汇编》卷十二，中华书局 1981 年版，第 602 页。

⑤ （宋）周紫芝：《太仓稊米集》卷四九《读诗谳》，文渊阁《四库全书》影印本，上海古籍出版社 1987 年版，第 9 页。

⑥ 乌台：御史台，因官署内遍植柏树，又称“柏台”。又柏树上常有乌鸦栖息筑巢，乃称“乌台”。

⑦ 苏轼《沁园春》：“有笔头千字，胸中万卷；致君尧舜，此事何难？”

一　佛家：随缘自适的心态

宗教与人类的精神化生存密切相关，周裕锴在论及苏轼的禅悦倾向时指出："伦理政治与个人存在的冲突，在南北朝之前往往通过儒、道互补解决，如汉初的黄老之学、魏晋的玄学；在南北朝以后，这种解决方法却逐渐表现为儒、释互补，如隋唐的佛学、两宋的禅宗。从某种意义上说，佛禅比老庄更能深刻地从存在论意义上解决个人生死解脱问题。"①

中唐以降，佛禅思想大行其道，唐代文人士大夫多与僧人密切交往，于儒家功业之外习佛参禅，从个体生命存在的意义层面寻求内在精神的支撑。如中唐大文学家、思想家、政治家韩愈，对他来说，儒学思想是深入骨髓的，他在儒学式微而释、道盛行之际，力辟佛、道而致力于复兴儒学，所倡导的古文运动实是复兴儒学的一种重要手段。元和十四年（819），韩愈因谏迎佛骨②而贬逐潮州（今属广东），在《潮州刺史谢上表》中有"臣负罪婴衅，自拘海岛，戚戚嗟嗟，日与死迫。……怀痛穷天，死不闭目"③之悲声。后，他以客观的态度看待佛教，修正自己平日斥佛排佛的立场，主动交结当地名僧大颠禅师。在其交往过程中，他真切感受到："实能外形骸，以理自胜，不为外物侵乱。与之语，虽不尽解，要自胸中无滞碍。"④对佛教"虽不尽解"的他，在谪居的生存处境中，借对佛禅义理的觉悟来超越现实的困厄，从而有了"不为外物侵乱"而"胸中无滞碍"的获益。

（一）"近来朝野客，无座不谈禅"

宋代，文人士大夫与佛禅的关系进一步加强，士人与僧人多结

---

① 周裕锴：《梦幻与真如——苏黄的禅悦倾向与其诗歌意象之关系》，《文学遗产》2001年第3期。

② （唐）韩愈《论佛骨表》上书唐宪宗，有云："乞以此骨付之有司，投诸水火，永绝根本。"

③ （唐）韩愈撰，（清）马其昶校注，马茂元整理：《韩昌黎文集校注》卷七，下册，上海古籍出版社2014年版，第691页。

④ （唐）韩愈：《与孟尚书书》，（唐）韩愈撰，（清）马其昶校注，马茂元整理：《韩昌黎文集校注》卷三，上海古籍出版社2014年版，第237—238页。

交往来，如云门宗的圆通居讷、大觉怀琏、佛印了元，与文坛名流欧阳修、王安石、苏轼、苏洵等广有交往。苏轼在《宸奎阁碑》文中称赏怀琏提倡三教合一，说："琏独指其（禅）妙与孔、老合者，其言文而真，其行峻而通，故一时士大夫喜从之游。"① 而这些名僧也成为士大夫亲近佛门的津梁，一些位居通显的官僚热衷佛禅，将服膺儒学与栖心空门二者结合，更带动一时的社会风气。至北宋中后期，文人士大夫参禅习佛更为普遍，司马光所谓"近来朝野客，无座不谈禅"②，正是当时参禅士风的表现。

锐意改革的政治家也浸染佛禅。王安石年轻时便以重振孔孟之道为己任，直到终老未曾消歇。但"熙宁变法"失败后退居金陵，他归心于佛，多与僧人交游唱和，晚年舍府宅为寺宇，宋神宗赐匾亲书"报宁禅寺"。《宋史》本传云："初，安石训释《诗》、《书》、《周礼》，既成，颁之学官，天下号曰'新义'。晚居金陵，又作《字说》，多穿凿附会，其流入于佛、老。"③

欧阳修平生诋斥佛老，但并不妨碍他晚年罢相后汲取佛、道思想而自我排遣。据叶梦得《避暑录话》记载："晚罢政事守亳，将老矣，更罹忧患，遂有超然物外之志。在郡不复事事，每以闲适饮酒为乐。"④ 欧阳修《蝶恋花》有"帘影无风，花影频移动"句，金圣叹评曰：

> 余尝言写景是填词家一半本事，然却必须写得又清真，又灵幻，乃妙。……盖人徒知"帘影无风"是静，"花影频移"是动，而殊不知花影移动，只是无情，正为极静；而"帘影无风"四字，却从女儿芳心中仔细看出，乃是极动也。呜呼，善

---

① （宋）苏轼撰，孔凡礼点校：《苏轼文集》卷十七，第二册，中华书局1986年版，第501页。

② （宋）司马光：《戏呈晓夫》，（宋）司马光撰，李之亮笺注：《司马温公集编年笺注》第二册，巴蜀书社2009年版，第488页。

③ （元）脱脱等：《宋史·王安石传》卷三二七，中华书局1985年版，第8467页。

④ （宋）叶梦得：《避暑录话》卷上，《宋元笔记小说大观》第三册，上海古籍出版社2001年版，第2586页。

填词者，必皆深于佛事者也。[①]

欧阳修词中静极而动、动极而静的灵幻描写，确实有寂静空灵的禅趣意味，当如金圣叹所评，能填如此妙词乃“深于佛事者”。

（二）“归诚佛僧，求一洗之”

传统文化的儒释道三教，在其理论和实践体系中“生命关怀”都是一个重要元素。文人士大夫一般有着以超越现实苦难为旨归的宗教情怀，而“禅宗是一种追求自我拯救或解脱的教宗”[②]，如汤一介《〈中国禅宗史〉序》所说“是以‘内在超越’为特征”[③]。比之注重调适个体生命状态的老庄，苏轼更接近于这种“治心为主”的佛禅。他一生研习佛禅义理，与之交往过的禅师诗僧不计其数，其中名声颇大的有怀琏、参寥子、元净、宝觉、善本、惠辩、重辨等。两宋居士佛教进一步兴盛，北宋士大夫们奉行的主要是南宗禅的临济宗，苏轼与杨亿、王安石、苏辙、黄庭坚等人，都被看作临济宗的俗家弟子。

在宦海浮沉中，尤其不可忽视的是佛禅对苏轼的精神裨益。

宋时，朝廷不许罪臣居官舍，如晁补之贬信州（今江西上饶），依居野寺托身；秦观贬郴州（今属湖南），寄居于简陋旅舍；黄庭坚贬宜州（今属广西），迁居风雨无遮的小南门。苏东坡初至黄州，也无处安身，暂住定惠院。其附近有一安国寺，苏轼隔一两日去焚香默坐，旦往而暮还，开始他“归诚佛僧，求一洗之”的生活。所作《黄州安国寺记》具体描述道：

得城南精舍曰“安国寺”，有茂林修竹，陂池亭榭。间一二日辄往，焚香默坐，深自省察，则物我相忘，身心皆空，求罪垢所从生而不可得。一念清净，染污自落，表里翛然，无

① （明）金圣叹：《唱经堂批欧阳永叔词十二首》，（明）金圣叹撰，曹方人、周锡山校点：《金圣叹全集》第四册，江苏古籍出版社 1985 年版，第 761 页。

② 张节木：《禅美学》，北京大学出版社 2007 年版，第 21 页。

③ 释印顺：《中国禅宗史》，江西人民出版社 1999 年版，第 19 页。

所附丽。[①]

禅宗是“静默的哲学”[②]，“禅”是梵文 dhyana 音译“禅那”的略称，原意是沉思、静虑。它讲求“顿悟”，一种彻悟的心境，在刹那或瞬间似乎超越一切时空、因果、物我、人己的界限，与宇宙本体融为一体。安国寺的参禅默坐、静虑敛心，使苏轼体悟到这种“物我相忘、身心皆空”的空静之境，使他初次遭贬而失去平衡的痛苦心灵得到慰藉而归于平和宁静。同时，安国寺的继莲大师是一高僧，曾获钦赐袈裟，后婉拒皇帝亲赐法号，说：“知足不辱，知止不殆。”这让苏轼为之自我反思，感叹“余是以愧其人”[③]。相形之下，一切是非、荣枯、得失、穷达皆可淡然处之，于是他淡定地面对从朝堂贬向僻远的命运的陡然转跌，将自己从仕宦荣辱的困扰中解脱出来。

据《宋史》本传，元丰七年（1084）苏轼贬黄州四年后，神宗手札曰“人材实难，不忍终弃”[④]，遂量移汝州（治所今河南临池）团练副使。路经泗州，苏轼随友人游南山，写有《浣溪沙》：

元丰七年十二月二十四日，从泗州刘倩叔游南山。

细雨斜风作晓寒，淡烟疏柳媚晴滩。入淮清洛渐漫漫。　雪沫乳花浮午盏，蓼茸蒿笋试春盘。人间有味是清欢。

南山的早春清新秀洁，细雨渐收，浅滩疏柳尽沐在晴光里；午时，一盏雪沫乳花的清茶、一盘蓼茸蒿笋的春蔬，使词人欣然喜悦道：“人间有味是清欢”——人世最美的滋味在清淡处！这晓寒烟柳、清茶野餐的清淡欢愉，正是苏轼摆脱贬谪困顿之后的一种自适

① （宋）苏轼撰，孔凡礼点校：《苏轼文集》卷十二，第二册，中华书局 1986 年版，第 392 页。

② 冯友兰：《中国哲学简史》，北京大学出版社 1985 年版，第 295 页。

③ （宋）苏轼：《黄州安国寺记》，（宋）苏轼撰，孔凡礼点校：《苏轼文集》卷十二，第二册，中华书局 1986 年版，第 392 页。

④ （元）脱脱等：《宋史·苏轼传》卷三三八，中华书局 1985 年版，第 10809 页。

心境的流露。

(三)“此心安处是吾乡”

苏轼作于宋哲宗元祐元年(1086)的《定风波》:

> 长羡人间琢玉郎,天应乞与点酥娘。尽道清歌传皓齿,风起,雪飞炎海变清凉。　　万里归来年愈少,微笑,笑时犹带岭梅香。试问岭南应不好?却道:此心安处是吾乡。

此词为好友王巩的侍妾柔奴而作。王巩字定国,自号“清虚先生”,善绘画诗文,为人豪气真情,因受苏轼乌台诗案牵连,被逐出京,贬宾州(今广西宾阳)监酒税,其歌姬柔奴毅然与之千里同行。据吴幵《优古堂诗话》记载:三年后,王巩得以放归,聚饮席间唤柔奴出来为东坡斟酒。苏轼见到流落异乡的柔奴“万里归来年愈少”,于是惊异地问她:“岭南荒蛮之地,在那里想家否?”柔奴回答道:“此心安处,便是吾乡!”[①] 一歌姬有如此豁达心襟,苏轼为之感动,挥毫写下了这首轻快风趣的《定风波》。虽然“此心安处是吾乡”一语发自柔奴之口,尽管白居易已说过类似的话,如“我生本无乡,心安是归处”(《初出城留别》),但一经苏轼此词道出,便成了千古人生警句。

时,苏轼刚结束黄州之贬,与王巩一道返回京师。“此心安处是吾乡”,不难看出苏轼本人随遇而安的处世态度:穷通得失、贵贱荣辱皆随缘自适,泰然自处。这,就是苏轼自足的心灵安顿处,也是他安和处世的一种生存方式,如他在《问养生》中所说的:“安则物之感我者轻,和则我之应物者顺。”[②] 只要内心安和,随缘顺物,则得失不能乱其心,利害不能驱其意,无所不适。

苏轼贬黄州时,身处常人不易承受的遭罹境况,其《寒食雨》诗云:

---

① (宋)吴幵:《优古堂诗话》,丁福保编:《历代诗话续编》上册,中华书局1983年版,第262页。

② (宋)苏轼撰,孔凡礼点校:《苏轼文集》卷六四,第五册,中华书局1986年版,第1983页。

春江欲入户，雨势来未已。
小屋如渔舟，濛濛水云里。
空庖煮寒菜，破灶烧湿苇。
那知是寒食？但见乌衔纸。
君门深九重，坟墓在万里。
也拟哭途穷，死灰吹不起。

谪居荒村僻地，春雨寒食时节小屋破灶，空庖冷菜，身陷于穷途末路的绝境，心死如吹不起的灰烬！可知苏轼当时，贫病寒苦的穷途困境以及悲哀沉郁的心境，读后让人鼻酸。而苏轼正是缘于佛禅的“无住于心”，所达到的“此心安处”的安顺平和，才安然度过了贬逐黄州四年多的艰难生活，以及后来更为困踬的远逐惠州、儋州的岭南生涯。

苏轼之于佛学，并不是追求超然玄悟的境界，也不在意玄奥的禅理教义，只是作为一种达观的人生态度，使自己身处困境而安之若素，正如他自己所说：“佛书旧亦常看，但暗塞不能通其妙，独时取其粗浅假说以自洗濯……学佛、老者，本期于静而达。”[①]“洗心归佛祖”[②]的苏轼，“出处荣枯一笑空”（《游宝云寺》），他从自然的山水草木中体察禅味，从日常的行住坐卧中体验禅悦，从生命的流动无常中体悟禅境，以之洗濯心灵的尘垢，以“静而达”的心态超越尘世纷争及生命的苦难。

二　道家：顺乎自然的超脱

（一）北宋：道教兴盛时期

北宋皇帝的崇道始于太宗，真宗尊崇有加，大兴土木，扩建太

① （宋）苏轼：《答毕仲举书》，（宋）苏轼撰，孔凡礼点校：《苏轼文集》卷五六，第四册，中华书局1986年版，第1671页。

② 苏轼《和蔡景繁海州石室芙蓉仙人（石曼卿也）旧游》：“我今老病不出门，海山岩洞知何许。门外桃花自开落，床头酒瓮生尘土。前年开阁放柳枝，今年洗心归佛祖。梦中旧事时一笑，坐觉俯仰成今古。”

清宫、洞霄宫、明道宫等。仁宗继之，亲撰《逍遥赋》诗云：“但观三教，惟道至尊。上不朝于天子，下不谒于公卿。避樊笼而隐迹，脱俗网以修真。”至徽宗则更甚，自封“教主道君皇帝”，诏设经局①整理校勘道教经典，将《政和万寿道藏》540函5481卷全部刊印于世，为我国历史上道教全藏雕印之始，还亲自注释《御注道德经》、《御注冲虚至德真经》等书。

宋代文人士大夫于道教多有浸染。如宋王室贵族赵令畤（1051—1134），初字景贶，苏轼为其改字德麟，自号“聊复翁”，宋太祖次子燕王赵德昭玄孙。一生敏于治学，诗词文均有造诣，著有笔记《侯鲭录》。仁宗元祐年，苏轼为颍州知州时，荐其才于朝廷，后坐元祐党籍被废十年。高宗绍兴初，袭封安定郡王，迁宁远军承宣使。王灼《碧鸡漫志》云：“赵德麟、李方叔皆东坡之客，其气味殊不近，赵婉而李俊，各有所长。”② 赵令畤追随苏轼，而作词自为一体，他的词于清丽婉约之外，也时有表现自己实践道家隐逸的自得之趣，如《浣溪沙》：

少日怀山老住山。一官休务得身闲。几年食息白云间。　似我乐来真是少，见人忙处不相关。养真高静出尘寰。

赵令畤虽贵为宋朝王室，但曾经历仕宦之沉浮，故奉以道家思想寻求对现实的解脱，此词中他脱却贵族的钟鼎金玉，不关朝堂的政务世事，于山林白云间自得其乐，全然似一“养真高静”的道人。

宋代道之盛与词之盛，两者有交互作用的现象。作为本土宗教的道教，轻易地渗入词体创作，一方面仙道成为词表现的一大题材，另一方面词成为道教传播的重要手段之一。蔡镇楚《宋词文化学研究》指出：“宋金时期，道教真人以词论道，以词传道，蔚然成风。在道教界，词之为体，已经蜕变而为传播道教学说的主要媒

① 经局：官署名。南朝梁太子官署有典经局，北齐有典经坊，隋称“司经局”，唐一度改名“桂坊”。主要掌管经籍、典制、图书、公文的印刷与收藏。

② （宋）王灼撰，岳珍校正：《碧鸡漫志校正》卷二，巴蜀书社2000年版，第34页。

体之一。”[①] 如张伯端有《紫阳真人词》一卷，用《西江月》、《满庭芳》两个词牌填词共26首，好道者“观之则智虑自明，可以寻文解义”[②]。

（二）“齐得丧，忘祸福”

苏轼《东坡志林》云：“吾八岁入小学，以道士张易简为师。”[③] 苏轼年幼时，就随眉山天庆观道士张易简读书，学《易经》、《庄子》，终生与道士高人交往频繁。任签书凤翔（今属陕西）判官时，在终南县上清宫修读道藏，作《读道藏》诗有云：“至人悟一言，道集由中虚。心闲反自照，皎皎如芙蕖。”[④] 贬至黄州时，对道家养生之术“厚自养炼，谪居无事，颇窥其一二”[⑤]。其《虔州崇庆禅院新经藏记》曾说：“口不能忘声，则语言难于属文，手不能忘笔，则字画难于刻雕。及其相忘之至也，则形容心术，酬酢万物之变，忽然而不自知也。”[⑥] 相忘之至，则心术、酬酢乃至万物之变、自我之形骸，忽忽间全不知也，这种“忘”——忘世、忘我的境界，也就是庄子“唯道集虚”[⑦] 的“心斋”。

苏轼在《韩魏公醉百堂记》中称赞韩琦：

> 方其寓形于一醉也，齐得丧，忘祸福，混贵贱，等贤愚，同乎万物而与造物者游。[⑧]

---

① 蔡镇楚：《宋词文化学研究》，湖南人民出版社1999年版，第145页。

② （宋）张伯端：《悟真篇·后序》，（宋）张伯端撰，（宋）翁葆光等注：《悟真篇集释》，中央编译出版社2015年版，第234页。

③ （宋）苏轼撰，王松岭点校：《东坡志林·道士张易简》卷二，中华书局1981年版，第47页。

④ （宋）苏轼撰，（清）王文诰辑注，孔凡礼点校：《苏轼诗集》卷四，中华书局1982年版，第182页。

⑤ （宋）苏轼：《答秦太虚书》，（宋）苏轼撰，孔凡礼点校：《苏轼文集》卷五二，第四册，中华书局1986年版，第1536页。

⑥ （宋）苏轼撰，孔凡礼点校：《苏轼文集》卷十一，第二册，中华书局1986年版，第390页。

⑦ （唐）杜光庭《道德真经广圣义》：“唯道集虚，虚心则道集于怀。道集于怀而神与化游，心与天通，而万物自化于下，圣人自安于上。可谓至理之代矣！”

⑧ （宋）苏轼·《韩魏公醉百堂记》，（宋）苏轼撰，孔凡礼点校：《苏轼文集》卷十一，第二册，中华书局1986年版，第345页。

韩琦（1008—1075），字稚圭，自号“赣叟”。历经北宋仁宗、英宗和神宗三朝，无论在朝中贵为宰相，运筹帷幄，还是外任地方官，勤政爱民，都堪称封建社会的官僚楷模。熙宁八年（1075）于相州（今河南安阳）任上溘然长逝，宋神宗为之素服恸哭，御撰《两朝顾命定策元勋之碑》，谥“忠献”。韩琦一生曾有为相十载、辅佐三朝的辉煌时期，也有前后长达十几年的被贬、外任地方官的潦倒生涯，苏轼称赞他“齐得丧，忘祸福，混贵贱，等贤愚”，皆能泰然处之。

苏轼对韩琦的推重里不乏自许，庄子“齐物论”的等贵贱、齐祸福的道家思想，正是他自己政治失意时贬谪生活的调节剂，使其一生不为逆境所困而从容自如。同样，庄子顺乎自然、物我同一的审美境界，指引苏轼醉心于清风明月之间，遗忘尘世而超然独立，如他贬黄州时所作《前赤壁赋》描述的：

> 纵一苇之所如，凌万顷之茫然。浩浩乎如冯虚御风，而不知其所止；飘飘乎如遗世独立，羽化而登仙。①

泛舟游于赤壁之下。清风徐来，水波不兴，白露横江，水光接天。任一叶小船飘荡，越过苍茫万顷的江面。浩荡乎，如御风而行不知所止，飘飘然，如遗世独立而入仙，这就是庄子哲学的适性逍遥的境界。

《庄子·缮性》云：“轩冕在身，非性命也，物之傥来，寄也。”② 意谓荣华高位并非真本性命，不过是偶然得来或无意得来的暂寄之物。苏轼的内心深处一直有着风物无涯而人生有限、今古成空而虚名何益的思想潜流，在一生的荣辱得失中，他福来不喜、祸来不避，从尘世的纷扰中获得内心的省静。苏辙《亡兄子瞻端明墓志铭》记载：

---

① （宋）苏轼：《前赤壁赋》，（宋）苏轼撰，孔凡礼点校：《苏轼文集》卷一，第一册，中华书局1986年版，第6页。

② （战国）庄子撰，王叔岷诠：《庄子校诠》外篇，中华书局2007年版，第571页。

（惠州）居三年，大臣以流窜者为未足也。四年，复以琼州别驾安置昌化。昌化非人所居，食饮不具，药石无有。初僦官屋以庇风雨，有司犹谓不可，则买地筑室。昌化士人畚土运甓以助之，为屋三间。人不堪其忧，公食芋饮水，著书以为乐，时从其父老游，亦无间也。①

苏轼贬惠州居三年，朝廷大臣或认为流贬轻了，遂又以琼州（今海南海口）别驾安置昌化军。昌化非人所居之地，缺少饮食药物，房屋简陋，苏轼却食芋饮水，著书以为乐，与当地父老交游融和无间。罹难而居、居危而忧，这是人之生存本能，然而能如苏轼泰然任之，却是他人所难及的。

三　儒家：匡时济世的襟抱

柳诒徵《中国文化史》说：“盖宋儒真知灼见人之心性，与天地同流。故所言所行，多彻上彻下，不以事功为止境，亦不以禅寂为指归。”② 苏轼正是这样“不以事功为止境，亦不以禅寂为指归”的亦儒亦禅的儒者。

儒家在本质上是一个关注现世的学说，齐家治国、兼济天下的进取精神融入了文人士大夫们的骨髓里，苏轼本人就是著名的遵奉儒学的思想家。宋初期，诸皇帝多弃儒取道，主张无为而治，统一的思想价值体系尚未建立，于是胡瑗、孙复、石介“三先生”以及欧阳修、范仲淹、苏舜钦等先后大力倡导儒学。随后而来的儒学大兴，促发了儒学内部不同思想学派的形成，如“北宋五子”③。北宋嘉祐、治平年间（1056—1067），儒学的发展形成了以王安石荆公学、司马光温公学、苏轼的蜀学、二程的洛学（含张载的关学）为代表的“理学四大派”。各学派立足现世，阐发儒家经典经义，其

① （宋）苏辙撰，陈宏天、高秀芳点校：《苏辙集·栾城后集》卷二二，第三册，中华书局1990年版，第1126页。

② 柳诒徵：《中国文化史》，上海古籍出版社2001年版，第578页。

③ 理学“北宋五子”：周敦颐的“濂学”，张载的“关学”，邵雍的性命之学，程颢、程颐的“洛学”。

中就济世匡国这一儒家的淑世思想，施之于政事时不同学派各执己见，著名的有程、苏的洛蜀之争①。

（一）以身许国之志

古代眉州（今四川眉山），陆游《眉州披风榭拜东坡先生遗像》曾有“郁然千载诗书城”之赞叹，其民多以诗书为业，文人士子“以天下为己任”的入世心态发愤好学、博取功名。整个宋朝共中进士 886 人，史称“八百进士”，为著名的“进士之乡”，仅宋仁宗嘉祐二年（1057），眉山县举荐礼部应试者近 50 人，进士及第 13 人（包括苏轼、苏辙兄弟）。“三苏”，为宋代眉山文化鼎盛的标志。

苏轼从小得母亲教诲，接受正统的儒家思想教育，苏辙《亡兄子瞻端明墓志铭》记载：

> 公生十年，而先君宦学四方，太夫人亲授以书。闻古今成败，辄能语其要。太夫人尝读《东汉史》，至《范滂传》慨然太息。公侍侧曰：“轼若为滂，夫人亦许之否乎？”太夫人曰：“汝能为滂，吾顾不能为滂母耶？”公亦奋厉有当世志，太夫人喜曰：“吾有子矣！”②

东汉直臣范滂，曾“登车揽辔，慨然有澄清天下之志”③，后因举劾权豪、严整疾恶、不肯阿附权贵而在党锢之祸中遇害，他的用世意志、清廉节操和正直品格，深深烙入年幼苏轼的心灵。

“庆历新政”时，范仲淹、欧阳修等诸贤“以直言谠论倡于朝，

① 苏轼为学，儒释道诸家兼收并蓄，其“蜀学”在宋代被程朱理学视为异端杂说，但至明代，被阳明理学所认同。（明）董其昌《〈凤凰山房稿〉序》云：“盖自宋元祐中，程、苏为洛蜀之争。后百余年，考亭出而程学胜；又三百年，姚江王伯安出而苏学复胜。姚江非尝主苏学也，海内学者非尽读苏氏之书，为苏氏之文也。不主苏学，而解粘去缚，合于苏氏之学。不读苏氏书，而所嗜庄、贾、释禅，即子瞻所读之书。不作苏氏文，而虚恢谐谑、澜翻变幻，蒙童小子，齿颊笔端，往往得之。”

② （宋）苏辙撰，陈宏天、高秀芳点校：《苏辙集·栾城后集》卷二二，第三册，中华书局 1990 年版，第 1120 页。（南朝宋）范晔《后汉书·范滂传》载：“激素行以耻威权，立廉尚以振贵势，使天下之士奋迅感慨，波荡而从之。幽深牢破室族而不顾，至于子伏其死而母欢其义。壮矣哉！”

③ （南朝宋）范晔：《后汉书·范滂传》卷六七，中华书局 1965 年版，第 2203 页。

于是中外缙绅知以名节相高、廉耻相尚，尽去五季之陋矣”[①]。“天下争自濯磨，以通经学古为高，以救时行道为贤，以犯颜纳说为忠。”[②] 时，苏轼方总角之年，从乡学先生得知“韩、范、富、欧阳，此四人者，人杰也”[③]，对这些推行新法的时贤非常仰慕。

母亲的正统教育、时贤的崇尚名节，少时便深深植根于苏轼的思想土壤，他入仕初始便立下以身许国之志：“敢以微躯，自今为许国之始。”[④] 这使他在后来的仕宦生涯中，始终如一地坚守自己的政治信念，指陈时弊，忠直敢言，独立不倚，刚正不阿，表现出高度的社会责任感、道德操守和独立的自我人格。

苏轼未入仕之前，就关注国家时事，对当时北宋积弱的社会现实有着深刻的认识，认为：“天下有治平之名，而无治平之实；有可忧之势，而无可忧之形，此其有未测者也。”[⑤] 并劝谏宋神宗改革弊政：“方今之势，苟不能涤荡振刷，而卓然有所立，未见其可也。”[⑥] 曾写有《进论》、《策论》等50篇呈上朝廷，所论皆得其要领、语中要害。入仕为官后，苏轼“砥砺名节，正色立朝，不务雷同以固禄位”[⑦]，

---

① （元）脱脱等：《宋史·列传》卷四四六，中华书局1977年版，第13149页。

② （宋）苏轼：《〈六一居士集〉叙》，（宋）苏轼撰，孔凡礼点校：《苏轼文集》卷十，第一册，中华书局1986年版，第316页。

③ （宋）苏轼：《〈范文正公集〉叙》，（宋）苏轼撰，孔凡礼点校：《苏轼文集》卷十，第一册，中华书局1986年版，第311页。《〈范文正公集〉叙》云：“庆历三年，轼始总角入乡校。士有自京来者，以鲁人石守道所作《庆历圣德诗》示乡先生。轼从旁窃观，则能诵其词。问先生以所颂十一人者，何人也？先生曰：‘童子何用知之？’轼曰：‘此天人也耶，则不敢知；若亦人耳，何为其不可！’先生奇轼言，尽以告之，且曰：‘韩、范、富、欧阳，此四人者，人杰也。’时虽未尽了，则已私识之矣。”

④ （宋）苏轼：《谢制科启二首》，（宋）苏轼撰，孔凡礼点校：《苏轼文集》卷四六，第四册，中华书局1986年版，第1324页。

⑤ （宋）苏轼：《策略》，（宋）苏轼撰，孔凡礼点校：《苏轼文集》卷八，第一册，中华书局1986年版，第226页。

⑥ （宋）苏轼：《策略》，（宋）苏轼撰，孔凡礼点校：《苏轼文集》卷八，第一册，中华书局1986年版，第227页。

⑦ （宋）苏轼：《张九龄不肯用张守珪牛仙客》，（宋）苏轼撰，孔凡礼点校：《苏轼文集》卷七，第一册，中华书局1986年版，第197页。《御定孝经衍义》卷六八：“苏轼有言：‘士大夫砥砺名节，正色立朝，不务雷同以固禄位。非独人臣之私义，乃天下国家所恃以安者也。若名节一衰，忠信不闻，乱亡随之。’”

“不与时上下，随人俯仰”①。连视蜀学为异端的大理学家朱熹，于《自熙宁至靖康用人》中也不得不肯定他，对“均户口、轻赋役、教战守、定军制、倡勇敢之类，是煞要出来整理弊坏处”②。

（二）“忠义填骨髓”

熙宁四年（1071），苏轼《上神宗皇帝书》论新法弊病，得罪宰相王安石，遂请求出京外任杭州通判③，知密州（今山东诸城）、徐州、湖州。元祐四年（1089），苏轼因反对尽废新法，认为新法应参用所长，遂与旧党产生严重分歧，再度出京外任，先后知杭州、颍州、扬州、定州（今属河北）。苏轼一生任过八州知州，在各地知州任上革新除弊，因法便民，施惠于民，皆颇有政绩。

报国济世的入世精神，践行于苏轼的一生。在苏轼的仕宦浮沉中，无论得志或失意，即使是政治理想与贬谪现实大相抵牾时，其儒家仁政惠民的情怀都始终不曾放弃过。苏轼在《与李公择》中吐露心声：“吾侪虽老且穷，而道理贯心肝，忠义填骨髓，直须谈笑于生死之际……虽怀坎壈于时，遇事有可尊主泽民者，便忘躯为之，祸福得丧，付与造物。”④ 这是贬黄州时写给友人的信，可知苏轼坦然面对坎壈困境时，其中的支撑力量亦来自他填入骨髓的“道理”、“忠义”和“泽民”的信念，是他对儒家忠义信念的坚守。陆游《跋东坡帖》称赏苏轼：“公不以一身祸福，易其忧国之心。千载之下，生气凛然。”⑤

---

① （宋）苏轼：《叔孙通不能致二生》，（宋）苏轼撰，孔凡礼点校：《苏轼文集》卷七，第一册，中华书局 1986 年版，第 196 页。

② （宋）朱熹，（宋）黎靖德编，王星贤点校：《朱子语类》卷一三〇，中华书局 1986 年版，第 3100 页。

③ 苏轼《杭州召还乞郡状》：“蒙二帝非常之遇，不忍欺天负心，欲具论安石所为不可施行状，以裨万一。……若朝廷不以臣不才，犹欲驱使，或除一重难边郡，臣不敢辞避。报国之心，死而后已。”

④ （宋）苏轼撰，孔凡礼点校：《苏轼文集》卷五一，第四册，中华书局 1986 年版，第 1500 页。

⑤ （宋）陆游：《陆游集》第五册，中华书局 1976 年版，第 2262 页。

四　儒、释、道的互补与圆融

（一）宋代的“三教合一”

儒、释、道，由唐代的“三教鼎立”到宋代的“三教合一”，体现了成熟的宋型文化的兼容性。北宋初期，统治者提倡儒释道并重，“（真宗）上谓宰臣王旦，曰：‘三教之设，其旨一也，大抵皆劝人为善，唯识达之士能一贯之。’”[①] 而且宋代的三教融合具有理论上的自觉，北宋道教思想的代表人物张伯端，为道教南宗紫阳派的鼻祖，被尊为“紫阳真人”，他在《悟真篇·序》中说：“教虽分三，道乃归一。”[②] 即三教同归于“善”，善在治世、修心、养生。宋代，儒释道三教的互释现象屡见不鲜，宋代大儒多“出入佛老”。宋代理学由周敦颐发端，二程为之扩大，至朱熹集大成。而周敦颐所著述的代表性典籍《太极图说》、《通书》，其学术渊源来自道士陈抟，程颢、程颐的哲学体系的最高范畴“理”与“天理”，渊源于佛教的真如佛性；朱熹曾潜心研读《圆觉经》、《楞严经》、《坛经》和《道藏》的道图、道说。这些名儒融佛、道入儒，对宋代理学的形成影响很大。

宋代新儒学——理学的兴起，使宋代的文化思想处于“复合性”的开放状态。修身于儒、遣心于释、皈依于道，成为务求“识达之士”的文人士大夫的人生价值观。宋孝宗《原道辨》所云：“以佛修心，以道养生，以儒治世，斯可也。”[③] 正反映了自上而下在出世与入世之间寻求平衡的一种普遍状态，而这种三者并行不悖而又兼容并收的互补结构，使得宋代文人士大夫的思想多元而不执于一端。

苏轼作为宋代士大夫精英文化第一人，更充分地受到三教互补

① （宋）释志磐撰，释道法校注：《佛祖统纪校注》卷四五，上海古籍出版社 2012 年版，第 1058 页。

② （宋）张伯端撰，（宋）翁葆光等注：《悟真篇集释》，中央编译出版社 2015 年版，第 9 页。（唐）令狐德棻等《周书·韦敻传》载：“（北周）武帝又以佛、道、儒三教不同，诏敻辨其优劣。敻以三教虽殊，同归于善，其迹似有深浅，其致理殆无等级。”

③ （宋）李心传：《建炎以来朝野杂记》乙集卷二《〈原道辨〉易名〈三教论〉》，下册，中华书局 2000 年版，第 544 页。

精神文化的浸淫。素以正统儒家自居的朱熹，曾于《答汪尚书书》中指斥苏氏的“蜀学”与王安石的“新学”一样，“皆以佛老为圣人，既不纯乎儒者之学矣”①。确然，苏轼并非一个纯粹的儒学思想家，他在思想上呈现出多元性：

> 初好贾谊、陆贽书，论古今治乱，不为空言。既而读《庄子》，喟然叹曰：“吾昔有见于中，口未能言，今见《庄子》，得吾心矣。”……后读释氏书，深悟实象，参之孔墨，博辨无碍，浩然不见其涯矣。②

苏轼的思想宏博开放，不拘泥于陈规而善于变通，他出入儒道，濡染佛禅，灵活通脱，各有所用，以“现世”为基点，把庄、禅融合在自己的儒家思想体系中，可谓是“识达之士”而能将儒释道一以贯之者。

（二）通达圆融的人生哲学

苏轼对儒释道三家的杂取与整合，构成了他人生哲学的三位一体：儒家达则兼善天下的处世方式；道家顺应自然不为物累的处世态度；佛教随缘自适静而达的处世心态。整体地看，苏轼的士大夫文化人格，精神本质上属儒家传统，而性情发露上更多庄、禅的超逸。他崇儒而不迂执，奉道而不厌世，好禅而不佞佛，而是将儒释道三者融会贯通，表现为一种人生哲学思想的通达。

关于入世与出世，先秦时期身为智者贤人的庄子与屈原，在各自的价值体系内都达到了至高境界，后世士人不可企及也难以为之，故往往于二者折中。如明末清初的思想家、政论家唐甄，其《〈庄屈合诂〉序》既不认同庄子的“遗世绝物”，认为“当以屈子

---

① （宋）朱熹：《朱文公文集》卷三十，国家图书馆出版社2006年版，第467页。《答汪尚书书》云：“至若苏氏之言，尚（上）者出入有无，而曲成义理；下者陈指利害，而切近人事。起智训才辩，谋为气概，又足以震耀而张皇之，使听者欣然而不知倦，非王氏之比也。然语道学，则迷大本；论事实，则尚权谋。衔浮华，忘本窭；贵通达，贱名检。此其害天理，乱人心，妨道术，败风教，亦岂尽王氏之下哉！”

② （宋）苏辙：《亡兄子瞻端明墓志铭》，（宋）苏辙撰，陈宏天、高秀芳点校：《苏辙集·栾城后集》卷二二，第三册，中华书局1990年版，第1123页。

之志济之，则达而不至于荡”；也不赞成屈原的“自捐其躯”，主张“当以庄子之意济之，则忠而不至于愚”①。其实苏轼的人生哲学，也可以说是一种调和的折中，他用儒家立本，杂采佛、道，达到了一种内在和谐的圆融。

第四节　苏轼的旷达人生

苏轼是绝顶聪明的智者，这不仅表现为他在诗、词、文、赋等文学创作领域所取得的极高成就，而且还表现在他对人生的透彻感悟及其睿智的处世态度——旷达。

先秦时期的庄子是最早参透人生的大智者，他的“逍遥游”——无名、无功、无己、无用之境，实乃古人“旷达”的滥觞。东晋孙盛《魏氏春秋》云：“（阮）籍旷达不羁，不拘礼俗。”②很显然，这里的“旷达”，原本指一种超越名利而放任达观的人生态度、人格趋向或精神境界。后，人们用作古代文学批评的一个术语，指一种洒脱超逸的艺术风格或审美情趣。

或认为从普遍意义上讲，旷达的表象下，其蕴涵的深层情感实际上是一种内心的痛苦和无奈。如苏轼的《虞美人》：“持杯月下花前醉，休问荣枯事。此欢能有几人知，对酒逢花不饮，待何时？”刘永济先生认为“辞虽旷达（悠闲）情实郁抑”③。司空图《二十四诗品》的“旷达”品云：

生者百岁，相去几何。欢乐苦短，忧愁实多。何如樽酒，日往烟萝。花覆茅檐，疏雨相过。倒酒既尽，杖藜行歌。孰不

---

①（清）钱澄之撰，殷呈祥校点：《庄屈合诂》，黄山书社1998年版，第2页。

②（晋）陈寿撰，（南朝宋）裴松之注：《三国志》注引，中华书局1982年版，第604页。

③ 刘永济：《宋词声律探源大纲 词论》，中华书局2007年版，第202页。

有古，南山峨峨。[1]

作者用诗的语言对一种诗歌艺术风格予以生动描述，但它借以展示出来的也是一种人生状态："欢乐苦短、忧愁实多"，于是尽饮杯酒、杖藜行歌，这就是"旷达"。

苏轼的一生，在北宋新旧党争的政治现实中荣辱迭起，但他始终旷达求"适"并安然自适，其"旷达"更多的是处在人生困窘中主动地接受痛苦、淡化痛苦，从而渡过困境而采取的一种生存智慧，也是建立在理性精神上的智者的大觉悟。

一　价值取向：用世之志与旷达之怀

叶嘉莹先生《论苏轼词》认为，苏轼词最可注意的成就在于："能够极自然地用小词抒写襟抱，把自己平生性格中所禀有的两种不同的特质——用世之志意与旷达之襟怀，作了非常完满的结合融汇。"[2] 这种完满的融汇，即苏轼豪旷词的"雅"。同时，用世之志意与旷达之襟怀的融合，也是苏轼的价值取向和行为取向，是他的生命价值意义内在与外在结合的圆满实现。

宋代党争的失败者多被政敌贬逐到蛮荒之地，而流放海南是最严厉的处罚，苏轼是第一人。此后，据《琼州府志·谪宦》[3] 统计，宋代还有任伯雨、折彦质、冯时行、李纲、李光、赵鼎、胡铨等人，因党争也相继流贬海南。

哲宗绍圣四年（1097），苏轼被责授琼州别驾昌化军安置，其别驾一职为州府佐官，实为虚职，而且当时朝廷有三不禁令：不得食官粮、不得住官舍、不得签公事。苏轼初闻儋州谪命时，将海南看作不归之路，在《与王敏仲书》中写道："某垂老投荒，无复生

① （宋）司空图撰，罗仲鼎、蔡乃中注：《二十四诗品》，浙江古籍出版社 2013 年版，第 89 页。

② 叶嘉莹：《论苏轼词》，缪钺、叶嘉莹：《灵谿词说》，上海古籍出版社 1987 年版，第 194 页。

③ （清）明谊、（清）张岳崧修纂：《道光琼州府志》卷三二，海南出版社 2006 年版。

还之望。昨与长子迈诀，已处置后事矣。今到海南，首当作棺，次便作墓。”① 当他由次子苏过陪护来到儋州，遥望海天茫茫四环一岛的晚年谪居地，不禁发出“此生当安归，四顾真途穷”（《行琼儋间肩舆坐睡梦中得句》）的慨叹。但苏轼是最善于自我排解的人，其《试笔自书》云：

> 吾始至海南，环视天水无际，凄然而伤之，曰：“何时得出此岛耶?”已而思之，天地在积水中，九州在大瀛海中，中国在四海中，有生孰不在岛者?覆盆水于地，芥浮于水，蚁附于芥，茫然不知所济。少焉水涸，蚁即径去，见其类，出涕曰：“几不复与子相见，岂知俯仰之间，有方轨八达之路乎?”念此可以一笑。②

书信中以拟人化的妙喻来自嘲、自解，真切而深刻地反映了自己贬逐荒僻之地，从四顾天水茫茫的凄然忧伤到“俯仰之间，有方轨八达之路”的解脱，一念顿悟而坦然释怀，从而获得心灵的安适：异乡即故乡，无路即有路。

海南的生活环境极其恶劣，苏轼不仅居无定所，“如今破茅屋，一夕或三迁。风雨睡不知，黄叶落枕前”（《和陶怨诗示庞邓》），又年老体衰、贫病交加，过着“食无肉，病无药，居无室，出无友，冬无炭，夏无寒泉”③ 的荒蛮生活。

虽是谪居戴罪之身，苏轼却不曾放弃他的拯世济民之志。曾游儋州城东学舍，为之震惊：“摄衣造两塾，窥户无一人。……先生馔已缺，弟子散莫臻。”（《和陶示周掾祖谢》）于是在城南郊桄榔林买一块薄地，筑得茅屋陋舍五间，名为“桄榔庵”，中设“载

① （宋）苏轼撰，孔凡礼点校：《苏轼文集》卷五六，第四册，中华书局1986年版，第1695页。

② （宋）苏轼撰，孔凡礼点校：《苏轼文集》（《苏轼佚文汇编》卷五），第六册，中华书局1986年版，第2549页。

③ （宋）苏轼：《与桯秀才书》，（宋）苏轼撰，孔凡礼点校：《苏轼文集》卷五五，第四册，中华书局1986年版，第1682页。

酒堂”① 为讲学场所，躬耕自食的同时为当地的书生学子兴教授业。唐宋的贬谪制度，使大量通过科举入仕的官吏流贬到蛮荒之地，这些士大夫精英的出现，带来了先进的中原文化，使僻远贬谪地的落后文明得到开化，并促使了当地文化教育的兴起和文学的繁盛，如唐代韩愈贬潮州、柳宗元贬永州（治所今湖南零陵）皆如此。刘禹锡贬连州（今属广东）时，重文兴教，开连州千年之文脉，此后数百年名人辈出，文化教育之兴盛突显于岭南文化中。宋代，如黄庭坚贬宜州、胡铨贬吉阳军（今海南三亚），尤其是苏轼贬儋州。得苏轼的讲学传道，其得意门生姜唐佐和符确，先后成为被海峡隔绝的海南第一个举人和进士，之后经宋元明清，海南共出举人 767 人、进士 97 人，《琼台纪事录》载：“宋苏文公之谪儋耳，讲学明道，教化日兴，琼州人文之盛，实自公启之。”②

从宋哲宗绍圣四年（1097）贬儋州，到元符三年（1100）五月北归，谪居儋州三年也是苏轼文学创作的丰盛时期，共创作诗词 140 余首，各种表、赋、颂、碑铭、论文、书信、杂记等 180 篇，并完成《易传》、《论语说》、《书传》三部学术著作的修订和撰写。这对以儒家价值观“立言”而不朽于后世的苏轼来说，是不幸而幸！苏轼离开儋州北归时，写有“九死南荒吾不恨，兹游奇绝冠平生”（《六月二十日渡海》）的诗句，完全以一种超然洒脱、悠然自得的心态，回首三年的谪困生涯——他人生贬谪的最后驿站。

袁衷《庭帏杂录》说：“黄、苏皆好禅。谈者谓子瞻是士大夫禅，鲁直是祖师禅。”③ 在参禅信佛、出世情怀方面，苏轼不及黄庭坚。苏轼本质上是儒士，是“入世”的士大夫，始终不渝地坚守“有益于世”、“不为苟生”的人生信念；苏轼还是颇有影响的学者

---

① 苏轼：《和陶始春怀田舍二首并引》云：“儋人黎子云兄弟，居城东南，躬农圃之劳。偶与军使张中同访之。居临大池，水竹幽茂。坐客欲为醵钱作屋，予亦欣然同之，名曰‘载酒堂’。”明代嘉靖年间学者在此讲学，故将“载酒堂”改名为“东坡书院”。

② （清）戴肇辰：《重建东坡书院并修洄酌亭记》，见《琼台纪事录》，清同治刻本。

③ （明）袁衷：《庭帏杂录》卷下，中华书局 1985 年版，第 11 页。

宗师，“人传元祐之学，家有眉山之书”①，他以哲人的眼光陶铸庄、禅而援道、释入儒。正缘于此，无论处朝堂之高，还是处江湖之远，苏轼并没有将“兼济”和“独善”割裂开来，他入世而出世、出世而入世，将用世之意志与旷达之襟怀圆融，达到了一种完满境界。

二　人生感悟：雪泥鸿爪

宋人好以诗发议论，尤其是“子瞻以议论作诗”②，重议论、尚理致，善于将议论与意象融合，事、理、情、景融为一体，开创出独辟蹊径的哲理诗。他的《和子由渑池怀旧》诗有云：

人生到处知何似？应似飞鸿踏雪泥。
泥上偶然留指爪，鸿飞那复计东西。

诗中用“雪泥鸿爪”的意象，以哲理性的议论表达对人生感悟的妙思奇趣。“雪泥鸿爪”是最为警策的名句，它比喻人生行踪的偶然性和无定性：人生行踪的无定，犹如偶尔留在雪泥上的鸿爪印迹，只是偶然的存在，最终都将消逝无痕。他以此劝解胞弟子由，人生短暂，随时变灭，不要执着于“往日”，那已是过去，终归于寂灭一空。

“雪泥鸿爪”的意蕴，若进一步深层发掘，这也是一种生灭不定、人生如梦之感。赵令畤《侯鲭录》记载：

东坡老人在昌化，尝负大瓢行歌于田间。有老妇年七十，谓坡云：“内翰昔日富贵，一场春梦。”坡然之。里人呼此妇为

① （宋）罗大经撰，王瑞来点校：《鹤林玉露》甲编卷二引，《唐宋史料笔记丛刊》，中华书局1983年版，第33页。《鹤林玉露》甲编卷二：“孝宗最重大苏之文，御制序赞，特赠太师，学者翕然诵读。所谓‘人传元祐之学，家有眉山之书’，盖纪实也。”“元祐之学”：盛行于元祐年间苏轼的“蜀学”。

② （宋）张戒：《岁寒堂诗话》卷上，中华书局1985年版，第5—6页。

"春梦婆"。①

苏轼的仕途就像是"一场春梦"。才气横溢的苏轼青年得志，21岁便进士及第。仁宗嘉祐二年（1057），苏洵携带苏轼、苏辙二子进京应试礼部。时，文坛领袖欧阳修为主考官，小试官是诗坛宿将梅尧臣，两人正锐意诗文革新。苏轼的策论《刑赏忠厚之至论》说理透彻，文辞简练而平易晓畅，脱尽五代宋初以来的浮靡艰涩之风，获欧阳修"老夫当避路，放他出一头地也"②的称赏，并为之断言"他日文章必独步天下"③。一时，名动京城。

苏轼入仕后，"平步青云"似非难事，却不料宦海风波迭起。熙宁四年（1071），苏轼上书议论新法弊病，与新党变法政见不合，遂自请出京外任。元丰二年（1079），被弹劾所作诗文言涉讥谤，遭诬陷入狱，后贬黄州。元祐元年（1086），高太后临朝听政，重新启用旧党司马光为相，苏轼以礼部郎中被召还朝，三个月后迁中书舍人、翰林学士知制诰，知礼部贡举。但苏轼不赞成司马光"其意专欲变熙宁之法，不复校量利害，参用所长"④，并指斥旧党执政后出现的腐败。由此，"临事必以正，不能俯仰随俗"⑤的苏轼，既不能容于新党又不能见谅于旧党，被新旧两党视为异端而加以排斥，再度自求外任。绍圣元年（1094）哲宗亲政，重新起用新党，一概贬斥元祐旧臣，苏轼复以"讥斥先朝"罪贬惠州，继而远徙儋州。苏轼一生如此穷达荣辱变幻无常，回头一顾，真可谓一场春梦！

---

① （宋）赵令畤：《侯鲭录》卷七，中华书局1985年版，第69页。

② （宋）欧阳修：《与梅圣俞书》，（宋）欧阳修撰，李逸安点校：《欧阳修全集》卷一四九，第六册，中华书局2001年版，第2459页。

③ （宋）杨万里：《诚斋诗话》，丁福保编：《历代诗话续编》下册，中华书局1983年版，第1374页。（宋）朱弁《曲洧旧闻》云："东坡诗文，落笔辄为人所传诵。每一篇到，欧阳公为终日喜，前后类如此。一日与棐（欧阳棐）论文及坡，公叹曰：'汝记吾言，三十年后，世上人更不道著我也！'"

④ （宋）苏轼：《辩试馆职策问劄子》，（宋）苏轼撰，孔凡礼点校：《苏轼文集》卷二七，第二册，中华书局1986年版，第792页。

⑤ （宋）苏辙：《亡兄子瞻端明墓志铭》，（宋）苏辙撰，陈宏天、高秀芳点校《苏辙集·栾城后集》卷二二，第三册，中华书局1990年版，第1125页。

苏轼《和陶还旧居》云："生世本暂寓，此身念念非。"认为人生世间不过是短暂的寓居，如梦幻泡影，转瞬间便化为虚无。他的词中时有一种人生无常、世情幻梦的人生空漠感，如"休言万事转头空，未转头时皆梦"（《西江月》），"世事一场大梦，人生几度新凉"（《西江月》）。苏轼在《水调歌头·赤壁怀古》中，也作"人生如梦"之叹。张端义《贵耳集》云：

> 李季章（壁）奉使北庭，虏馆伴发一语云："东坡作文，爱用佛书中语。"李答云："曾记《赤壁》词：'谈笑间，狂虏灰飞烟灭。'所谓'灰飞烟灭'四字，乃《圆觉经》语云：'火出木烬，灰飞烟灭。'"北使默无语。①

当年赤壁之战，曹操挥师南下，"方其破荆州、下江陵，顺流而东也，舳舻千里，旌旗蔽空，酾酒临江，横槊赋诗，固一世之雄也，而今安在哉"②？"灰飞烟灭"四字用在"赤壁怀古"词中，大有一语千钧之力，也似乎用它与"人生如梦"的慨叹相呼应。当然，也如张端义所云，苏轼此叹或多或少受了佛教《圆觉经》语的启示，"人生如梦"原就是佛教核心教义之一，在佛教经论中多有以梦为喻者。

苏轼的"人生如梦"，虽然缘于他宦海浮沉的人生遭际，但更多地带有生命意义的哲思的深邃和理性的睿智。他对"人生如梦"的透彻感悟，明显受到佛家"一切本无，四大皆空"和道家"人生如寄"思想的影响，但苏轼追求佛、道的虚静，却不陷入佛、道的虚无而不可执着。他只是当面对人生忧患时，善于以之作为自我排解的方式，将困厄命运带来的精神与肉体的痛苦看空、看淡，如："回头自笑风波地，闭眼聊观梦幻身"（《次韵王廷老退居见寄》），"人生悲乐，过眼梦幻"（《与王庆源》），"笑劳生一梦"（《醉蓬莱》）等，笑看人生只如过眼梦幻，于是将一切仕宦风波淡然处

① （宋）张端义：《贵耳集》卷下，中华书局1985年版，第51页。

② （宋）苏轼：《前赤壁赋》，（宋）苏轼撰，孔凡礼点校：《苏轼文集》卷一，第一册，中华书局1986年版，第6页。

之，不被外物所拘牵而超乎尘世之外。

三 处世态度："一蓑烟雨任平生"

"人生如梦"的深沉感叹，也来自苏轼原本就有的忧患心理，而苏轼的可贵之处在于，通晓人情物理的透彻和变换角度看问题的睿智，这使他具有缓释生命忧患而超然达观的非常人所及的能力。

苏轼一生饱受政治风浪的颠簸，尽尝"崎岖世味"，但他"一蓑烟雨任平生"，无论处人生的顺境逆境皆达观自适。其《定风波》：

> 三月七日沙湖道中遇雨。雨具先去，同行皆狼狈，余独不觉。已而遂晴，故作此词。
>
> 莫听穿林打叶声，何妨吟啸且徐行！竹杖芒鞋轻胜马，谁怕？一蓑烟雨任平生。　料峭春风吹酒醒，微冷。山头斜照却相迎。回首向来萧瑟处，归去，也无风雨也无晴。

此词写于元丰五年（1082）春，谪居黄州时。那是"乌台诗案"劫难刚过，苏轼极度苦闷的时期，但词人不敛疏放之态，风雨中竹杖芒鞋、吟啸徐行，待到雨后斜阳："归去，也无风雨也无晴。"那蓦然回首处：风耶，雨耶，阴也，晴也，无不消逝一空——一切都归于"无"。这种处变不惊的泰然自若，正是苏轼心境空阔、无所滞碍的体现，是一种大有大无、去留无意的人生境界。如郑文焯《手评〈东坡词〉》评说的："此足征是翁坦荡之怀，任天而动。"①

"任天而动"、随缘知命的人生哲学思想，在宋词中多有体现，如朱敦儒《西江月》："不须计较苦劳心，万事原来有命。"管鉴《西江月》："富贵功名任运，佳辰乐事随缘。"吴儆《西江月》："尘世白驹过隙，人情苍狗浮云。不须计较谩劳神，且恁随缘任运。"范成大《酹江月》："富贵功名皆由命，何必区区仆仆。"辛

① （清）郑文焯撰，孙克强、杨传庆辑校：《大鹤山人词话》卷一，南开大学出版社2009年版，第48页。

弃疾《瑞鹧鸪》："随缘道理应须会，过分功名莫强求。"如此感叹不胜枚举。其中最典型的是赵师侠的《踏莎行》：

> 万事随缘，一身须正，功名富贵皆前定。多图广计要争强，如何人力将天胜？　　枉费机谋，徒劳奔竞，到头毕竟由他命。安时处顺得心闲，饥餐困寝亏贤甚。

词人认为只需一身浩然正气，功名富贵不必人为地"枉费机谋，徒劳奔竞"，事事随缘，一切由命，这样就能消释心中的种种欲念和不平，达到乐天知命、安时处顺的"心闲"境地。这也是唐宋文人调节失意贬谪所带来的精神苦闷常用的有效方法，借此自我宽慰以达到心态的平衡。但是，很少有人真正像苏轼那样荣辱穷达皆"万事随缘"，以坦荡之怀而处之泰然。

这首《定风波》将日常遇雨天晴的小景与人生彻悟的深邃哲理融为一体，意趣诙谐而意兴超旷，活脱脱见出苏轼洒脱的个性和风神，读来，性情之外不知有文字。苏轼尤偏爱此词末两句，晚年谪居海南时，又将之写入其《独觉》一诗中："翛然独觉午窗明，欲觉犹闻醉鼾声。回首向来萧瑟处，也无风雨也无晴。"可知其疏旷之态、坦荡之怀贯穿他贬谪生涯的始终。

宋徽宗建中靖国元年（1101），苏轼从海南儋州贬所遇赦北归，途经润州，游金山寺作《自题金山画像》诗有云：

> 心似已灰之木，身如不系之舟。
> 问汝平生功业，黄州惠州儋州。①

此诗作于苏轼去世前两个月。词人风烛残年，面对当年自己的画像抚今追昔，既有垂垂老矣的自叹漂泊，也有俯仰一生的总结：问汝平生功业，黄州、惠州、儋州。当年苏轼作诗托事以讽，本期

---

① 自题金山画像：《金山志》载："李龙眠（公麟）画东坡，像留金山寺。后东坡过金山寺，自题。"心似已灰：语出《庄子·齐物论》："形固可以使如槁木，而心固可使如死灰乎？"

望君主能察知民隐，却蒙冤下狱，远贬僻地：45 岁贬黄州，59 岁贬惠州，62 岁贬儋州，前后困居于贬所 10 年。一代文豪，天纵英才，彪炳千秋的文学功业却是在这屡遭贬逐的逆境中建立的，是自嘲之语，也有自我慰藉之意，多重感情交织一起，语含苍凉而又有几分寓庄于谐，它是苏轼咀嚼尽人生种种况味后，回头一叹一笑。

第五节　“苏派”词人的旷达胸襟

元好问《新轩乐府引》云：“山谷、晁无咎、陈去非、辛幼安诸公俱以歌词取称。吟咏情性，留连光景，清壮顿挫，能起人妙思……皆自坡发之。”① 苏轼疏放旷达，以性情之语铸词，其词吟咏情性，清壮顿挫，抒写主体自我情志，而后，北宋至南宋的黄庭坚、晁补之、陈与义、辛弃疾等皆沿此而来。

一　黄庭坚：兀傲洒脱之意气

黄庭坚（1045—1105），字鲁直，自号“山谷道人”，洪州分宁（今江西修水）人。自幼聪颖过人，七岁作牧童诗：“骑牛远远过前村，吹笛风斜隔岸闻。”“读书数过辄诵。舅李常过其家，取架上书问之，无不通，常惊，以为一日千里”②。其读书数遍即能背诵，其舅李常随意从架上取书问之，皆对答如流，惊叹为“一日千里”之才。据郑永晓《黄庭坚年谱新编》，熙宁五年（1072），苏轼至湖州访问孙觉，见黄庭坚诗文大加称赏道：“超逸绝尘，独立万物之表，驭风骑气，以与造物者游。”③ 后，黄庭坚赠诗与苏轼，表达仰慕之忱，遂成其门下弟子，得苏轼“如精金美玉”之称誉。

---

①（金）元好问：《遗山先生文集》卷三十六，《四部丛刊初编》影印本，上海书店 1989 年版，第 644 页。

②（元）脱脱等：《宋史·黄庭坚传》卷四四四，中华书局 1977 年版，第 13109 页。李常（1027—1090）：字公择，南康建昌（今江西永修）人。以富于藏书、博学能诗闻名于当世。哲宗时，累拜御史中丞。《宋史》有本传。

③（宋）苏轼：《答黄鲁直书》，（宋）苏轼撰，孔凡礼点校：《苏轼文集》卷五二，第四册，中华书局 1986 年版，第 1532 页。

黄庭坚为人刚直，具有超轶绝尘的兀傲性情。贬戎州（今四川宜宾）次年初春，迁居城南而筑“任运堂”，寓意随缘任运。与友人相酬和，作有《鹧鸪天》云：

黄菊枝头生晓寒，人生莫放酒杯干。风前横笛斜吹雨，醉里簪花倒着冠。　　身健在，且加餐，舞裙歌板尽清欢。黄花白发相牵挽，付与时人冷眼看！

“付与时人冷眼看”，活脱脱一个我行我素、笑傲群小的“狂者”形象，与东坡的“竹杖芒鞋轻胜马，谁怕？一蓑烟雨任平生”（《定风波》）相仿佛。但细加玩味，此词中流露出一股为山谷所特有的傲岸不羁。诚如黄苏《蓼园词选》所评：“‘斜吹雨’、‘倒著冠’，则有傲兀不平气在。末二句尤有牢骚，然自清迥独出，骨力不凡。”①

黄庭坚有《山谷词》，又名《山谷琴趣外编》，其早期词杂有俳体，不免俗艳。但他效学苏轼，以瘦硬峭劲的笔姿写了许多清旷疏放之词，如《定风波》（万里黔中一漏天）、《减字木兰花》（诗翁才刃）、《水调歌头》（落日塞垣路）、《虞美人》（平生本爱江湖住）、《南乡子》（黄菊满东篱）、《水龙吟》（早秋明月新圆）等，风格趋于疏宕清旷一路。其《念奴娇》：

断虹霁雨，净秋空，山染修眉新绿。桂影扶疏，谁便道，今夕清辉不足。万里青天，姮娥何处？驾此一轮玉。寒光零乱，为谁偏照醽醁？　　年少从我追游，晚凉幽径，绕张园森木。共倒金荷家万里，难得尊前相属。老子平生，江南江北，最爱临风笛。孙郎微笑，坐来声喷霜竹。

此词小序云：“八月十八日同诸生步自永安城楼②，过张宽夫园

① （清）黄苏：《蓼园词选》，唐圭璋编：《词话丛编》第四册，中华书局1986年版，第3041页。

② 诸生：一作“诸甥”，指跟随黄庭坚到戎州贬地的洪朋、洪刍、洪炎等几位外甥。

待月。偶有名酒，因以金荷酌众客。客有孙彦立，善吹笛。援笔作乐府长短句，文不加点。”可知此词是黄庭坚贬居戎州时，与友人登楼饮酒赏月之际，以洒脱意兴援笔而成。

词人屡遭挫折，流徙穷乡僻壤，故词中虽然不乏桂影扶疏、清辉倾杯的赏月雅兴，却也隐然有抑郁不平的牢骚，但黄庭坚生性豁达，“泊然不以迁谪介意”①，故此词寓抑塞于清旷，更多地勃发出高朗傲岸之气。“老子平生”三句，写尽平生漂泊颠踬，却一吐旷逸豪气；末了，以临风听笛收束，一缕激越之音凌空荡漾，在天地间回旋不已。这首旷词笔墨劲健淋漓，意境澄澈旷远，类似苏轼词风，自有一股豪情逸气充溢其间，展示出词人不以浮沉萦怀的傲岸个性和旷达襟怀。写成之后，词人亦颇自得意，“或以为可继东坡赤壁之歌”②。

黄庭坚的旷放之气亦与苏轼相通。据马端临《豫章先生传》载：责授涪州（今四川涪陵）别驾、黔州（今四川彭水）安置时，“命下，左右或泣，公色自若，投床大鼾，即日上道”。至黔州后“以登阅文墨自娱，若无迁谪意”。获知除名送宜州管制时，亦“未尝一语尤之，浩然自得也”。③身往瘴乡的迁徙之途，在《讨洞庭青草湖》诗中犹写道：“我虽贫至骨，犹胜杜陵老。忆昔上岳阳，一饭从人讨。”以自己的处境尚强于昔日贫病交加、漂泊无依的杜甫而自我安慰。

黄庭坚是“治心修性为宗本”④之人，作为苏轼最为称赏的弟子，学养亦一如老师，平生奉儒而又融通佛、老，重视心性修养。黄庭坚幼年常随祖母参拜佛寺，中年思想与佛教黄龙宗相契合，主张以出世为入世，自36岁自号“山谷道人”始，服膺禅宗，俨然佛门居士，释惠洪《山谷老人赞》说他：“情如维摩诘，而欠散花

① （元）脱脱等：《宋史·黄庭坚传》卷四四四，中华书局1977年版，第13110页。

② （宋）胡仔：《苕溪渔隐丛话》后集卷三一，人民文学出版社1993年版，第243页。

③ （元）马端临：《豫章先生传》，杨讷、李晓明编：《文渊阁四库全书补遗》宋元卷第二册，北京图书馆出版社2006年版，第25页。

④ （宋）洪炎：《〈豫章先生文集〉序》，祝尚书编：《宋集序跋汇编》第二册，中华书局2010年版，第696页。

之仙女；心如赤头璨，而著折角之幅巾。”① 他如苏轼一样出处行藏随缘自适，面对人生的折难困顿，更多地向内心寻求解脱和平衡，始终保持安然自得的豁达心态。释惠洪《冷斋夜话》记载：

> 山谷南迁，与余会于长沙，留碧湘门一月。李子光以官舟借之，为憎疾者腹诽，因携十六口买小舟。余以舟迫窄为言，山谷笑曰：“烟波万顷，水宿小舟，与大厦千楹，醉眠一榻何异？道人缪矣。”②

“烟波万顷，水宿小舟，与大厦千楹，醉眠一榻何异”，何其从容、洒脱！可见他于人生穷途而随缘适性、不为外物所累，面对憎恨者的心怀毁谤，不失傲岸坦荡的人格操守。黄庭坚将“超佚绝尘”的学养胸襟、豁达洒脱的人格力量融入劲健峭拔的词创作，也融入他豪纵疏放的人生。

二 晁补之：坦荡磊落之襟怀

刘熙载《艺概·词曲概》指出：“东坡词在当时鲜与同调”，“晁无咎坦易之怀，磊落之气，差堪骖靳”。③ 龙榆生的《苏门四学士词》，则从地域环境方面阐释晁补之词与苏轼词风格的相近：

> 北人性格，本宜于东坡一派之作风，所谓“坦易之怀，磊落之气”苟不流于粗率，便见真实本领。北宋有无咎，南宋有稼轩，皆山东人，而东坡得此两贤，为之翊赞。于是豪放一宗，骎夺正统派之席而代之矣。④

---

① （宋）释惠洪：《山谷老人赞》，明复法师主编：《禅门逸书初编》第四册，台湾明文书局1981年版，第260页。

② （宋）胡仔：《苕溪渔隐丛话》前集卷四八引，人民文学出版社1962年版，第328页。

③ （清）刘熙载：《艺概·词曲概》卷四，上海古籍出版社1978年版，第109页。骖靳：语出《左传·定公九年》：“吾从子，如骖之有靳。”杜预注：“靳，车中马也。猛不敢与书争，言己从书如骖马之随靳也。”后以“骖靳”喻指前后相随。

④ 龙榆生：《龙榆生词学论文集》，上海古籍出版社1997年版，第301页。

晁补之（1053—1110），字无咎，自号“归来子”，济州巨野（今属山东）人。出身于书香大族，幼承家学，七岁能文。元丰二年（1079）进士第一，神宗阅其文，称曰：“是深于经术者。可革浮薄。”[①] 元祐年，官秘书省正字，迁著作郎。后被列入元祐党人，绍圣后屡遭贬谪，流放边郡多年，先后贬应天府、亳州通判，监信州盐酒税。徽宗即位，遇赦北归，拜礼部郎中，兼国史编修。崇宁年间，追贬元祐旧党，出知河中府（治所今山西蒲州），徙知湖州、密州、果州（今四川南充）。后免官还乡，于金乡（今属山东）城东修葺“归来园”，以文翰自娱。宋徽宗大观四年（1110）解除党禁，起用为泗州知州，初秋抵达任所，中秋日赋绝笔词《洞仙歌》而卒。

晁补之才气飘逸，嗜学不倦，通晓书画，善诗词文。其词是苏门文人中受苏轼词风影响最深的一位，胡薇元《岁寒居词话》云：“无咎为苏门四学士之一，其词神资高秀，可与坡老肩随。”[②] 尤为看重晁补之词的苏派特色。晁补之前期词作中，即有效学苏轼的明显倾向，如《八声甘州·扬州次韵和东坡钱塘作》：

> 谓东坡、未老赋归来，天未遣公归。向西湖两处，秋波一种，飞霭澄辉。又拥竹西歌吹，僧老木兰非。一笑千秋事，浮世危机。　莫倚平山栏槛，是醉翁饮处，江雨霏霏。送孤鸿相接，今古眼中稀。念平生、相从江海，任飘蓬、不遣此心违。登临事，更何须惜，吹帽淋衣！

此词作于元祐七年（1092）夏，时苏轼以龙图阁学士[③]知扬州，晁补之任扬州通判，为苏轼属官。此词是与苏轼的唱和之作，苏轼

---

① （元）脱脱等：《宋史·列传》卷四四四，中华书局1977年版，第13111页。

② （清）胡薇元：《岁寒居词话》，唐圭璋编：《词话丛编》第五册，中华书局1986年版，第4031页。

③ 龙图阁：约建于宋真宗咸平四年（1001），收藏宋太宗御书、御制文集、典籍、图画、祥瑞之物以及宗正寺所进属籍、世谱。景德元年（1004）置龙图阁侍制，后又置龙图阁学士。龙图阁学士为加官，一种虚衔，用以加文学之士，备顾问、与论议，以示皇帝尊宠。

原唱高旷飘逸，“寄伊郁于豪宕”①，晁补之词力追苏轼，豪情旷怀，一气跳荡，其气势酣畅、笔力豪健亦与苏轼相近。只是多模仿意味，自出己意少。

晁补之学苏轼并显现自己独特的艺术个性，主要是在他中年以后，四处迁徙和废退隐居时期。其后期词不但题材广泛，而且境界高朗旷远，艺术上趋于成熟和个性化。最为传诵的是他的《摸鱼儿·东皋寓居》：

> 买陂塘、旋栽杨柳，依稀淮岸江浦。东皋嘉雨新痕涨，沙觜鹭来鸥聚。堪爱处，最好是、一川夜月光流渚。无人独舞。任翠幄张天，柔茵藉地，酒尽未能去。　　青绫被，莫忆金闺故步。儒冠曾把身误。弓刀千骑成何事？荒了邵平瓜圃。君试觑，满青镜、星星鬓影今如许！功名浪语。便似得班超，封侯万里，归计恐迟暮。

这首词写于崇宁二年（1103）退居金乡，经营“归来园”时。上片极写隐居之乐，颇得苏轼清旷超逸的意味；下片则沉郁感喟，寓辛酸悲愤于旷达之语中。黄苏《蓼园词选》称此词“语意峻切，而风调自清迥拔俗”②。

晁补之学苏轼主要是“以诗为词”，用雄健疏朗的笔力抒发士大夫主体意识的胸臆，时作诸如“待归时，揽取庭前皓月，也应堪寄”（《水龙吟》）、“松间药臼竹间衣，水穷行到处，云起坐看时”（《临江仙》）之类旷语。然而苏轼禀性气质的超拔飘逸，则非强力追求所能获至。晁补之的性情孤介清高，趋于朴直内向，终不及苏轼勘破事理人情的超迈气度和旷达襟怀。冯煦《宋六十一家词选

① （清）陈廷焯撰，杜维沫校点：《白雨斋词话》卷八，人民文学出版社1998年版，第219页。

② （清）黄苏：《蓼园词选》，唐圭璋编：《词话丛编》第四册，中华书局2005年版，第3091页。

例言》评其词："无子瞻之高华，而沉咽则过之。"[①] 即晁补之词虽然自有傲兀跌宕之气，但往往由跌宕感喟趋于沉郁凄咽。也许是，晁补之无论沉沦下僚或是闲于东皋，匡世之心志不灭，只是党争酷烈的现实使他空有安邦辅国的热情而终老于荒郊，所谓"儒冠曾把身误"，所以当他以坦荡磊落排遣悲怀郁气，其放旷豪健中仍夹以低咽怨抑的感情基调。

三　张孝祥：超尘绝俗之清境

北宋时期一派歌舞升平，人们以浅斟低唱的艳体小词来满足声色享乐之需，在婉约词风占据的北宋词坛，苏轼的"以词言志"被冷落。而北宋后期残酷的党争中，元祐党人彻败于以蔡京等为首的"新党"之手，苏轼生前身后都是"整肃"对象，乃至其文字著作遭禁毁，如宋徽宗崇宁二至三年（1103—1104），两次诏毁三苏及苏门四学士文集。由于这两方面的原因，在北宋词坛，除了晁补之、黄庭坚等苏门弟子，学苏者寥寥无几。

待靖康乱起，如狼似虎的金兵铁骑踏破了文人士大夫浅斟低唱的歌台舞榭。面对沦陷的中原大地，南渡词人群体大都自觉或不自觉地效学苏轼，或慷慨言志、或旷达抒怀，风起而云涌，于是东坡体大盛。南渡"苏派"词人，主要有张孝祥、叶梦得、向子諲、陈与义、朱敦儒等。

张孝祥（1132—1169），字安国，号"于湖居士"，历阳乌江（今安徽和县）人。宋高宗绍兴二十四年（1154）进士第一。曾上疏请为岳飞昭雪冤案，遭秦桧及其党羽忌恨。为人"平生豪气"，澄澈如冰雪，却几番起落而遭际困顿。颇有治才，先后出守数郡，怀"恻怛爱民之诚心"，所至皆有惠政。宋孝宗乾道五年（1169），请祠侍亲而致仕，病卒于芜湖[②]，年仅38岁。孝宗惜之，有用才不尽之叹。其好友著名理学家张栻《再祭张舍人安国》悼之曰：

① （清）冯煦：《蒿庵词话》，张璋等编：《历代词话续编》（上），大象出版社2005年版，第9页。

② （宋）周密《齐东野语》卷十三："安国更八郡，有德爱。以当暑送虞雍公（允文），饮芜湖舟中，中暑卒，年才三十余，士论惜之。"

嗟呼！如君而止斯耶？其英迈豪特之气，其复可得耶？其如长江、巨河奔逸汹涌，渺然无际，而独不见其东汇溟渤之时耶？又如骅骝、绿耳追风绝尘，一日千里，而独不见其日暮锐驾之所耶？此栻所以痛之深、惜之至，而哭之悲也。①

张孝祥词多感怀时事身世，往往兴酣笔健，纵横兀傲，时有潇洒之姿、凌云之气。作词有意追步苏轼的豪雄清旷，叶绍翁《四朝闻见录》载："每作诗文，必问门人曰：'比东坡何如？'"② 其门人汤衡为《于湖词》作序云：

元祐诸公，嬉弄乐府（词），寓以诗人句法，无一毫浮靡之气，实自东坡发之也。于湖紫微张公之词，同一关键。③

明确指出张孝祥作词与东坡的"以诗为词"同一路径。此外，汤衡的《〈于湖词〉序》还进一步描述张孝祥豪旷词的写作状态："衡尝获从公游，见公平昔为词，未尝著稿，笔酣兴健，顷刻即成。……所谓骏发踔厉，寓以诗人句法者也。自仇池仙去，能继其者，非公其谁哉？"④

张孝祥词之承东坡词，非独"骏发踔厉"之豪旷，亦为"笔酣兴健"之清旷，如他的《念奴娇·过洞庭》：

洞庭青草，近中秋，更无一点风色。玉鉴琼田三万顷，著

---

①（宋）张栻撰，邓洪波校点：《张栻集》卷四二，第二册，岳麓书社 2010 年版，第 903—904 页。张栻（1133—1180），字乐斋，号"南轩"，学者称"南轩先生"。南宋名相张浚之子。宋孝宗乾道元年（1165），主管岳麓书院教事，从学者达数千人，初步奠定湖湘学派规模，成为一代学宗。与朱熹、吕祖谦齐名，时称"东南三贤"。

②（宋）叶绍翁：《四朝闻见录》，朱易安、傅璇琮主编：《全宋笔记》第六编（九），大象出版社 2013 年版，第 288 页。

③（宋）张孝祥撰，宛敏灏校笺：《张孝祥词校笺》引，中华书局 2010 年版，第 31 页。

④（宋）张孝祥撰，宛敏灏校笺：《张孝祥词校笺》引，中华书局 2010 年版，第 31 页。仇池：指苏轼，因其撰有《仇池笔记》，故称。

我扁舟一叶。素月分辉，明河共影，表里俱澄澈。悠然心会，妙处难与君说。　　应念岭表经年，孤光自照，肝胆皆冰雪。短发萧骚襟袖冷，稳泛沧溟空阔。尽挹西江，细斟北斗，万象为宾客。扣舷独啸，不知今夕何夕。

据《宋史》本传：乾道元年（1165），张孝祥知静江府（今广西桂林）兼广南西路经略安抚使，“治有声绩，复以言者罢”①。作者遭谗言而落职北归，途经洞庭湖作此词。

词咏洞庭中秋，泛舟人的心迹与湖光月色映带而写，“隐现离合，不可端倪”②。万顷波光，一叶扁舟，写悠然心会的物我相谐；明月映照，肝胆如雪，写月清人洁的物我为一；斟北斗挹西江，邀万象为宾客，写稳泛沧浪的物我同游；至扣舷独啸、今夕何夕，则臻于物我两忘的美妙化境。词的上、下歇拍，一“妙处难与君说”、一“不知今夕何夕”，相映生情，将泛舟洞庭时心与物俱化的无言之乐写到极致，《庄子·外物》说“得意而忘言”③，陶渊明《饮酒》说“欲辨已忘言”，张孝祥此时此际达到了庄、陶所揭示的审美境界。此中词境、人境俱玉洁冰清，似不染俗世纤尘，词之清旷疏放，堪与苏轼咏中秋的《水调歌头》媲美。王闿运《湘绮楼词选》极为称赏此词，云：

飘飘有凌云之气，觉东坡《水调》有尘心。④

其实词人也并非了无尘心，如“肝胆皆冰雪”的心迹表白，“岭表经年”的仕宦蹭蹬，“短发萧疏”的人生喟叹，皆隐含了贬谪身世的感慨，只是张孝祥“世路如今已惯，此心到处悠然”

---

① （元）脱脱等：《宋史·张孝祥传》卷三八九，中华书局1977年版，第11943页。

② （清）黄苏：《蓼园词选》，唐圭璋编：《词话丛编》第四册，中华书局1986年版，第3077页。

③ （战国）庄子撰，王叔岷诠：《庄子校诠》杂篇，中华书局2007年版，第1080页。

④ （清）王闿运：《湘绮楼词选》，唐圭璋编：《词话丛编》第五册，中华书局2005年版，第4294页。

（《西江月·丹阳湖》）。其“到处悠然”的心境，自是胸襟坦荡磊落，热肠郁思只于闲淡处、超迈处见得，故写来运笔空灵而想象奇幻，挥洒出一片淋漓兴会、潇洒意志和空阔意境，满纸充溢超尘绝俗的豪气、奇气和逸气。

蔡启《蔡宽夫诗话》云：“子厚之贬，其忧悲憔悴之叹，发于诗者，特为酸楚。悯己伤志，固君子所不免，然亦何至是，卒以愤死。未为达理也。”[①] 对于中唐柳宗元处贬谪困厄，悯己伤志而忧愤猝死，蔡氏不以为然，认为未能参悟通达之理。这，也代表了宋代文人士大夫安顿人生的基本取向，一种达观的处世态度。唐宋的放臣逐客，多放逐于边远穷僻的南方，同样是“万死投荒”[②]，唐人“不平则鸣”，宋人则采取更为冷静反观的态度，一种自持、自适的理性，“不以物喜，不以己悲”。宋代，一身正气的文人士大夫中，以超旷心态面对贬逐逆境的，有“日以考图书、通古今为事，而不知其官之为谪也”[③] 的尹洙；不以谪为患“而自放山水之间”[④] 的张怀民；“死生祸福与夫世之荣辱得丧，一无所动其心”[⑤] 的汪彦章；有志气自若的欧阳修、闲适自得的王安石、孤傲自持的黄庭坚、坦荡自处的晁补之、逸气不减的叶梦得、豪气不衰的张孝祥，等等，而以苏轼达到了旷达圆通的贬谪心态的最高境界。李泽厚先生说：苏轼的典型意义在于“他把中晚唐开其端的进取与退隐的矛盾双重心理发展到一个新的质变点”[⑥]。这一质变点，即他将儒释道集于一身所达到的圆融境界。

---

① （宋）蔡启：《蔡宽夫诗话》，郭绍虞辑：《宋诗话辑佚》下卷，中华书局1980年版，第393页。

② 柳宗元《别舍弟宗一》：“一身去国六千里，万死投荒十二年。”黄庭坚《雨中登岳阳楼望君山》：“投荒万死鬓毛斑，生出瞿塘滟滪关。”

③ （宋）曾巩：《尹公亭记》，（宋）曾巩撰，陈杏珍、晁继周点校：《曾巩集》卷十八，中华书局1984年版，第299页。

④ （宋）苏辙：《黄州快哉亭记》，（宋）苏辙撰，陈宏天、高秀芳点校：《苏辙集·栾城集》卷二四，第二册，中华书局1990年版，第410页。

⑤ （宋）沈作喆：《寓简》卷六，（清）鲍廷博辑：《知不足斋丛书》第一册，中华书局1999年版，第113页。

⑥ 李泽厚：《美的历程》，文物出版社1981年版，第160—161页。

苏轼以超然旷达面对流贬逆境的“超越模式”，为宋代许多文人士大夫所追随，成为他们具有趋同性的普遍选择，而苏轼的旷达，也正是受到整个宋代融通的文化精神和文人气质的浸润而卓然杰出。

第七章

贬谪词：政治倾轧的贬逐心态

北宋婉约词占据词坛，在一片低徊柔媚的吟唱中，苏轼迸发出充溢阳刚盛气的豪旷之声，顿然如劈空惊雷，一新天下耳目。但秦观作为“苏门四学士”之一，却不曾追随其后，而以自己情辞兼胜[①]、深情邈致的词自辟蹊径，“如幽花媚春，自成馨逸”[②]，创立别是一家的“秦淮海体”。

第一节　“古之伤心人”秦观

秦观（1049—1100），字少游，号“淮海居士”，扬州高邮（今属江苏）人。家世清寒，15岁丧父，其《与苏公先生简》自述：“家贫素无书，而亲戚时肯见借，亦足讽诵。”[③] 秦观早年受高邮乡贤孙觉[④]的影响很大，曾追随其左右，悠游山水，聆听教诲，吟诗弄文。

秦观最为钦佩的，是当时文坛宗主苏轼。宋神宗熙宁七年（1074），秦观26岁时，闻知苏轼移守密州将路经扬州，遂模仿苏

---

① （宋）孙竞《〈竹坡词〉序》：“昔蔡伯世评近世之词，谓苏东坡辞胜乎情，柳者卿情胜乎辞，辞情兼称者，唯秦少游而已。”

② 吴梅：《词学通论》，中国书籍出版社2006年版，第102—103页。

③ （宋）秦观撰，徐培均笺注：《淮海集笺注》卷三十，中册，上海古籍出版社1994年版，第988页。

④ 孙觉（1028—1090）：字莘老，高邮人。北宋经学家、文学家。为人忠直敢谏，历任湖州、卢州、福州、徐州等地知州，多有政绩。哲宗朝，官吏部侍郎、御史中丞。为苏轼、王安石、曾巩的好友，黄庭坚的岳父，与秦氏有戚谊。

轼笔调题诗于寺壁，以期引起文名赫赫的苏轼的注意。据僧惠洪《冷斋夜话》记载：

> 东坡初未识秦少游。少游知其将至维扬，作坡笔题壁于一山寺。东坡果不能辨，大惊。及见孙莘老，出少游诗词数百篇读之，乃叹曰："向书壁者，岂此郎也！"①

熙宁十年（1077），苏轼自密州移知徐州，秦观前往拜谒，写诗道："我独不愿万户侯，惟愿一识苏徐州。"（《别子瞻学士》）从此，结下了终生的师生之谊，秦观一生的政治仕宦、文学事业始终与苏轼同舟，张镃《仕学规范》云："秦少游之才，终身从东坡步骤次第。"②

元祐年间，汴京文人学士拥戴苏轼为文坛盟主，多追随和围绕在他周围，此后，秦观从苏轼广泛交游。西园，为北宋驸马都尉王诜的宅第，时文人墨客多雅集于此。宋神宗元丰初，王诜邀苏轼、苏辙、黄庭坚、米芾、李之仪、李公麟、晁补之、张耒、秦观、圆通大师（日本渡宋僧大江定基）等16人游园。此盛会中文士们风流俊朗，意气豪发，饮酒作诗，一时被传为文坛佳话，称"西园雅集"③。

一　元祐年间"苏门四学士"

宋神宗元丰七年（1084），秦观自编诗文集十卷，苏轼为之作书向王安石推荐，王安石《答苏子瞻荐秦观书》称赏道："清新妩媚，鲍、谢似之。公奇秦君，口之而不置；我得其诗，手之而不释。"④ 秦观屡得名师指点，亦常与同道切磋，又兼之天赋才情，于是其文学才华和声誉日渐显露出来。

---

① （宋）释惠洪：《冷斋夜话》卷一，中华书局1985年版，第1页。

② （宋）张镃：《仕学规范（外二种）》卷三五，上海古籍出版社1993年版，第174页。

③ 西园雅集：文人吟诗论文的宴聚称为"雅集"，古代最著名的雅集是东晋绍兴的"兰亭集"，还有北宋汴京的"西园雅集"。当时由米芾为记、李公麟作图，记录下雅集盛况，后南宋马远、明代仇英皆有摹本，清代石涛、华喦等也多仿之，如现传世的华喦《西园雅集图》。

④ （宋）胡仔：《苕溪渔隐丛话》前集卷五十，人民文学出版社1962年版，第339页。

元丰八年（1085），科举不顺、接连落第的秦观始中进士，这年37岁。初任定海（今浙江镇海）主簿，转蔡州教授。宋哲宗元祐二年（1087），得苏轼、范纯仁等以“贤良方正”荐于朝廷，秦观被召试京师，任太学博士，后迁秘书省正字，兼国史院编修。期间，常与馆阁名流诗词唱和，亦得皇帝砚墨器币赏赐。尤其是元祐年间的赐宴，秦观《西城宴集》诗序记载：

> 元祐七年三月上巳，诏赐馆阁官花酒。以中浣日游金明池、琼林苑，又会于国夫人园。会者二十有六人。①

元祐七年（1092）三月修禊，皇帝诏赐馆阁官吏饮酒，中旬休沐又游金明池、琼林苑，又聚会于国夫人园，参与者26人。这在当时，也是很少见的盛宴，以致秦观后来被贬处州时还回忆起：“忆昔西池会，鹓鹭同飞盖。”（《千秋岁》）“鹓鹭”是两种群飞有序的鸟，用来喻指班行有序的朝官，此指昔时在朝中的馆阁同僚。

在朝中，秦观受到苏轼的奖掖与拔擢，与同时供职史馆的黄庭坚、晁补之、张耒以“苏门四学士”著称于世。在暇日或举酒欢宴，或同游名胜，诗文酬唱、作画题跋，互相切磋砥砺，“一文一诗出，人争传诵之，纸价为贵”②。元祐年间的朝官生活畅达、惬意，这是秦观一生中仅有的仕途顺利时期。

二　一贬再贬，猝死归途

绍圣元年（1094）哲宗亲政，重用新党章惇、蔡卞、蔡京等，

① （宋）秦观撰，徐培均笺注：《淮海集笺注》卷九，上册，上海古籍出版社1994年版，第361页。馆阁：分掌图书经籍和编修国史等事务的官署。宋沿唐制，置“昭文馆”、“史馆”、“集贤院”三馆和“秘阁”、“龙图阁”等。中浣日：宋承唐制，官吏十天一次休息，称“旬休”，每月分为上浣、中浣、下浣。浣，洗头洗身。

② （宋）佚名：《豫章先生传》，（宋）黄庭坚撰，郑永晓辑校：《黄庭坚全集辑校编年》附录三，江西人民出版社2008年版，第1715页。《豫章先生传》：“当是时，公与高邮秦少游，宛丘张文潜、济源晁无咎皆游其门，以文相高，号‘四学士’。一文一诗出，人争传诵之，纸价为高。而公之文尤绝出高妙，追古冠今，烛后辉前。”

元祐党人受到政治清算[①]，苏轼首当其冲。秦观因苏门关系被列入元祐党籍，指为“影附于苏轼”，出为杭州通判，途中，以“增损《神宗实录》”[②] 罪改监处州酒税。三年后，又被新党罗织罪名，因《题法海平阇黎》诗，被弹劾“谒告写佛书”[③]，削秩流放郴州。次年又编管[④]横州（今广西横县），宋哲宗元符二年（1099）再移至雷州（今属广东），一贬再贬。

元符三年（1100）正月徽宗即位，向太后权同处分军国事，大赦天下，朝廷诏苏门中人北归。二月秦观被诏许放还，受命为宣德郎。苏轼也已获准内迁，据王文诰《苏诗总案》载：苏轼“四月，得秦观书”，说“若得及见少游，即大幸也”[⑤]。六月，这对饱经谪难的师生会面于海康（今广东雷州），秦观赋《江城子》以记当时情景：

> 南来飞燕北归鸿，偶相逢，惨愁容。绿鬓朱颜，重见两衰翁。别后悠悠君莫问，无限事，不言中。　　小槽春酒滴珠红，莫匆匆，满金钟。饮散落花流水、各西东。后会不知何处是，烟浪远，暮云重。

遇赦生还的师生重聚了，却没有难得相逢一见的快乐，只有对匆匆别离和相见无期的忧惧。二人相向无言，已是两鬓苍苍矣，或许已预感到“后会不知何处”，只有春酒滴红、满饮金钟，一再地相互劝酒，“无限事，不言中”，可那凄恻难言之隐痛流溢于杯酒间。此一饮后离散，落花流水各奔西东，“烟浪远，暮云重”，前路

---

① 绍圣元年（1094）哲宗主政，起用新党，贬黜旧党 30 余人。对元祐旧臣，已故的夺其谥号，追贬官衔，生者一概贬南荒之地。如旧党名臣刘挚，绍圣元年（1094）贬蕲州，绍圣四年（1097）责授新州安置，同年死于贬所。

② （元）脱脱等：《宋史·秦观传》卷四四四，中华书局 1985 年版，第 13113 页。

③ （元）脱脱等：《宋史·秦观传》卷四四四，中华书局 1985 年版，第 13113 页。

④ 编管：宋代的一种刑律，即官吏获罪，除去名籍，谪放偏远州郡，编入该地户籍，由地方官吏加以管束。

⑤ （清）王文诰：《苏文忠公诗编注集成总案》卷四三，下册，台湾学生书局影印 1978 年版，第 1137 页。

何等的凄凉、茫然！

据何薳所撰《春渚纪闻·东坡事实》记载：苏、秦二人相见后，“少游因出自作挽词呈公。公抚其背曰：‘某常忧少游未尽此理，今复何言！某亦尝自为志墓文，封付从者，不使过子知也。’遂相与啸咏而别”①。可知贬谪苦难中的师生二人，都有客死他乡的心理准备，只是不想海康一别竟成永诀，所赋《江城子》也成绝笔。秦观遇赦放还，曾作《和渊明归去来辞》抒发北归的喜悦之情，并表达归隐的意愿：“止有弊庐，泛有扁舟。濯余足兮寒泉，振余衣兮古丘。”② 可是历经仕宦坎坷磨难的秦观，最终既没有再回朝廷，也没有归隐田园，宋徽宗元符三年（1100）八月，他在北返途中行至藤州（治所今广西藤县），于光华亭猝死，时年52岁。释惠洪《冷斋夜话》载：“时方醉起，以玉盂汲泉欲饮，笑视之而化。”③ 正酒后口渴，以玉盂汲泉，欲饮时，笑视之而坐化了。苏轼闻知秦观死讯“两日为之食不下”，声泪俱下叹曰：

> 少游不幸死道路。哀哉！世岂复有斯人乎？④

第二节　幽花媚春，秦观词的“婉美”

秦观才华风流，善诗词文赋，尤其是词颇负一时美誉。胡仔《苕溪渔隐丛话》将秦观词概括为“婉美”⑤，历代词论家也多从

---

①（宋）何薳：《春渚纪闻》卷六，中华书局1983年版，第92页。何薳（1077—1145）：字子楚，晚号“韩青老农”，浦城（今属福建）人。北宋文学家。其父亲何去非，喜谈兵学亦善作文章，其《何博士备论》为古代兵书经典之一，曾因苏轼鼎力荐举而得官。所撰《东坡事实》当可信。

②（宋）秦观撰，徐培均笺注：《淮海集笺注》卷一，上册，上海古籍出版社1994年版，第30页。

③（宋）胡仔：《苕溪渔隐丛话》前集卷五十引，人民文学出版社1962年版，第344页。

④（元）脱脱等：《宋史·秦观传》卷四四四，中华书局1977年版，第13113页。

⑤（宋）胡仔：《苕溪渔隐丛话》后集卷二二，人民文学出版社1962年版，第253页。

"婉美"的角度对《淮海词》予以评价，如：周济《宋四家词选·目录序论》云"和婉醇正"①，夏敬观《手校〈淮海词〉·跋》称"清丽婉约"②。"婉美"，即一种和婉柔美的艺术特征。秦观词的"婉美"，可以从不同的方面来形容：深隐细微的幽婉，愁思低徊的哀婉，纤巧轻灵的柔婉，淡雅秀洁的清婉，委曲蕴藉的含婉，韵律谐美的和婉。

一 抒情个性：幽婉

在北宋词人中，秦观以独具善感的词心著称。冯煦《蒿庵论词》云：

> 他人之词，词才也；少游，词心也。③

词是心灵的负载体，是性情的物化，所谓"词心"，不外乎是主体对客体的心灵观照，是主体用真性情去体验和表现客体。冯煦说：他人词，表现的是词人的才华；少游词，表露的是词人的心。即秦观以心写词，以词写心，所写来自他内心深处的莫可名状的幽微颤动。他的词"所特有的内容是心灵本身，单纯的主体性格，重点不在当前的对象而在发生情感的灵魂"④。其情感的全部浓淡色调，不论是写相思恋情，或是寄慨身世，从心灵摇荡出来的都是一种细敏的幽婉感受，即在客观外物感发下产生的不能自已的深层情感和心态。试看他的《浣溪沙》：

> 漠漠轻寒上小楼，晓阴无赖似穷秋。淡烟流水画屏幽。　　自在飞花轻似梦，无边丝雨细如愁。宝帘闲挂小银钩。

---

① （清）周济：《宋四家词选》，人民文学出版社1984年版，第3页。

② 夏敬观：《手校〈淮海词〉后附》，周义敢、周雷编：《秦观资料汇编》，《古典文学研究资料汇编》，中华书局2001年版，第387页。

③ （宋）冯煦：《蒿庵论词》，唐圭璋编：《词话丛编》第四册，中华书局1986年版，第3587页。

④ ［德］黑格尔著，朱光潜译：《美学》第三卷（下册），商务印书馆1981年版，第191—192页。

室内，画屏的淡烟流水静寂地展开一片迷远的清幽。独自枯坐里，窗外：落花片片纷飞，那轻柔飘忽就像初醒的残梦；细雨丝丝飘洒，恰是梦后牵扯起的一怀闲愁。只得将帘子垂下，任小银钩悠闲地摇荡……整个词，外在细微的景物与内在幽渺的情感融合一起，构成幽微柔婉的意境。此词笔触特别轻灵，蓦然而来，悠然而去，细加寻味，它没有寓意深刻的寄托，也没有前尘旧踪的追忆，只有轻寒漠漠的春晓，主人公独处一隅所生发出的淡淡愁绪。这轻愁，随那闲挂的小银钩，摇荡向窗外、楼外、院外，那是一种捉摸不定、难以言状的心绪，是一缕时隐时现、似断似续的情思，即一种极为纤细、敏感的心灵感受——秦观的词心。试想，如果没有轻似梦幻的感受，没有纤如丝雨的心绪，能写出这样的词吗？——非秦观的慧心灵性，他人不能为也。这，就是秦观表现出的独特的抒情个性。

在北宋词坛，秦观不像柳永大量创制长调慢词，在词的形式上拓展，也不像苏轼首开雄放豪旷之风，在词的风格上拓新，而是以他善于感发的资质，在艺术心灵上进行深入开掘，展示出一片幽窈丰美。

秦观的词，是《江城子》“飞絮落花时候、一登楼”的凄孤，是《减字木兰花》“欲见回肠，断尽金炉小篆香”的断肠，是《满庭芳》“伤情处，高楼望断，灯火已黄昏”的哀伤，是《踏莎行》“雾失楼台，月迷津渡”的迷失……是对他自身情绪的独特体验，也是对人的普遍情感最细微、最深隐之处的掘进和体验。如叶嘉莹先生《论秦观词》所说，他的词“表现有一种柔婉精微的特美”，“足以唤起人心中某一种幽约深婉的情意”①。

二　审美意象：哀婉

现代西方格式塔心理学认为：人的感情本质上就是一种力的表现形态，如悲哀的感情，在舞蹈中常用缓慢的曲线形的动作表现出来。“就是那些不具意识的事物——一个倾斜的岩石，一棵垂柳，

① 缪钺、叶嘉莹：《灵谿词说》，上海古籍出版社1987年版，第246—247页。

一片晚霞，墙上的裂缝，一片抖动的落叶，一股泉水……都和人体具有同样的表现性。”①

德国鲁道夫·阿恩海姆的格式塔心理学，建立在现代心理学的实验基础之上，他认为力的结构是艺术表现的基础，外在物质世界与内在精神世界是异质的，却能“同构”——异质同构。一片秋叶给人以悲哀，是因为秋叶枯萎卷缩的“力的式样”与人悲哀时的心理结构达到一致。就是说，客观外在某一类景物与人的某一类主观情绪和心理动势之间，往往存在一种暗相对应的内在联系。如堕泥的飞花与岁月消逝的怅恨，朦胧的淡烟与心境的黯淡迷茫，绵延的芳草与愁绪的萦绕不绝，它们之间都有着相互呼应的形态、结构，一种心与物的对应。

秦观幽微哀婉的心理背景，形成一定的情感模式，在此作用下，他常常有选择地从与自己内心相谐的客观景物中寻求情感的呼应，诸如落花流水、淡烟斜日等。这一类外在景物，恰与秦观内在的情绪感受相一致，故每每得到他的偏爱而加以摄取，通过丰富的想象重新改造、组合，熔铸成他词中具有表现性的审美意象。

《淮海词》中多落花流水、斜阳暮色的意象，如：

写落花：乱红如雨，不记来时路。（《点绛唇》）

写斜阳：凭栏久，疏烟淡日，寂寞下芜城。（《满庭芳》）

写暮色：碧水惊秋，黄云凝暮，败叶零乱空阶。（《满庭芳》）

这些飞花败叶、暮云秋水、寒鸦孤村，在词人笔下不再是纯粹的客观景物，而是与词人的哀婉情感有着相同动态结构的审美意象，已融涵了主体的审美体验，即词人在审美观照中所产生的对客体的体认和情感反映。据不完全统计，在秦观的词中，所用到落花意象20余次，斜阳意象15余次。一径纷落的乱红，一抹疏烟的淡日，皆从词人纷乱凄迷、黯淡低哀的心境中营造出来，是“在聚精

① ［德］鲁道夫·阿恩海姆：《艺术与视知觉》，湖南美术出版社2008年版，第389页。

会神的观照中，我的情趣与物的情趣的往复回流”[①]，是心与物对应中的交感和交融，外在与内在两相契合、两相映发，这般地低徊迷离、轻柔幽微。凡此种种，组成了秦观词相对固定的审美意象群，使他的词着上了一层“夕阳飞花般幽美哀婉的色调”[②]。

三　表现方式：和婉

周济《宋四家词选·目录序论》说：“少游意在含蓄，如花初胎，故少重笔。”[③] 秦观抒情幽婉的本质特点，决定了他对表达方式的选择重在清淡含婉，即用轻灵蕴藉之笔抒写柔细幽微的情思。因此，秦观作词与他幽微“词心”的传达相应，少刻肌入骨之语，不着力、不使气，常于轻灵柔缓中漾出一种如“初日芙蓉，晓风杨柳”[④] 的自然和婉的风韵。

缪钺先生《诗词散论》指出：词中所用，尤必取其轻灵细巧者：

言天象则微雨淡云，疏星淡月；
言地理则远峰曲岸，烟渚渔汀；
言鸟兽则流莺凉蝉，双燕孤雁；
言草木则残红飞絮，芳草垂杨；
言居室则藻井画堂，雕栏绮窗；
言器物则银缸金炉，玉钟翠屏；
言衣饰则彩袖罗衣，瑶簪翠钿；
言情绪则闲愁幽怀，俊赏芳思。[⑤]

翻开《淮海词》，比比皆是这种当行本色语。秦观贬处州时所写《千秋岁》，有“花影乱，莺声碎”句，一“乱”一“碎”，似

① 朱光潜：《文艺心理学》，复旦大学出版社 2009 年版，第 33 页。

② 李娜：《以“格式塔”心理学看秦观其人其作》，《广西师范大学学报》1990 年第 1 期。

③ （清）周济：《宋四家词选》，人民文学出版社 1985 年版，第 3 页。

④ （清）况周颐：《蕙风词话》卷二，上海古籍出版社 2009 年版，第 28 页。

⑤ 缪钺：《诗词散论》，上海古籍出版社 1982 年版，第 56 页。

乎下字有些重，见出贬逐心境的凄迷，但用“乱”绘繁花摇曳之状，用“碎”写流莺轻啼之声，仍然是体物细腻，“花影”、“莺声”所取用的还是轻灵细巧者。后，南宋范成大任处州知州时，因心慕秦观此两句，乃建“莺花亭”①。

秦观不只是词家本色，而且深得词家用语三昧，用浅语没有低俗味，用雅语不似华贵气，自是清丽淡雅的语言表述，雅正、纯正，如：

> 斜阳外，寒鸦万点，流水绕孤村。（《满庭芳》）
> 欲黄昏，雨打梨花深闭门。（《忆王孙》）
> 柳下桃蹊，乱分春色到人家。（《望海潮》）

皆雅丽语、清淡语也。或是画面清远，如寒鸦、流水、孤村衬之以斜阳外，渲染出一片疏冷凄清，将极目天涯的伤别之情推宕向淡远的清寂；或是意境幽婉，如：深深庭院，院门掩闭着一庭暗笼的暮色、雨润的梨花，还有帘后独坐的伊人。宋祁有“红杏枝头春意闹”（《玉楼春》）的名句，比之秦观的“柳下桃蹊，乱分春色到人家”，那春色真是繁丽纷“闹”了。秦观词的清淡是一种意不浅露、语不穷尽的含婉的清淡，让人咀嚼无滓。

秦观词倾心于轻柔婉曲的表达方式，其幽约悱恻的情感从低徊要眇的笔调中曲折流出，不作急管繁弦，不着浓墨重彩，只如山涧一湾清泉轻缓地幽咽，自是一种轻柔清婉的美。

明代高邮人张綖，是古代词史上第一个提出婉约、豪放之分的词评家，曾亲刻重印《淮海集》并为之作序，以秦观为“婉约正宗”。秦观的词从抒情个性、审美意象和表现方式三者融会，均呈现出特有的“婉美”——他词的本质色调。夏敬观《手校〈淮海词〉··跋》云：“少游则纯乎词人之词”②，意指秦观词为当行本

① （清）秦瀛《淮海先生年谱》：哲宗绍圣二年（1095），少游在处州，“游府治南园，作《千秋岁》词。后范成大爱其‘花影莺声’之句，即其地建‘莺花亭’。”

② 夏敬观：《手校〈淮海词〉·跋》，周义敢、周雷编：《秦观资料汇编》，《古典文学研究资料汇编》，中华书局2001年版，第387页。

色，而且具有一种更为精纯、柔美的词的特质。

第三节　秦观词与心性的柔弱

一　“虽婉美，然格力失之弱”

秦观词在幽眇婉美的同时，不可避免地具有单薄纤柔的弱质。叶梦得《避暑录话》记载：“苏子瞻于四学士中最善少游，故他文未尝不极口称善，岂特乐府。然犹以气格为病，故常戏云：‘山抹微云秦学士，露花倒影柳屯田。’”①“山抹微云”、“露花倒影”分别是秦观、柳永的名句。苏轼将二者并提，实是对秦观词中近于柳永的婉柔风味不以为然。胡仔《苕溪渔隐丛话》也指出：“少游词虽婉美，然格力失之弱。”②

王直方《王直方诗话》载：“东坡尝以所作小词示无咎、文潜，曰：‘何如少游？’二人皆对曰：‘少游诗似小词，先生小词似诗。’”③真是妙语解颐！试看秦观“诗似小词”的七绝《春日》：

一夕轻雷落万丝，霁光浮瓦碧参差。
有情芍药含春泪，无力蔷薇卧晓枝。

用轻淡的笔墨描写春色，怜花而惜春，其情韵格调如同诗中含泪欲泣的芍药、娇卧无力的蔷薇，如敖陶孙《臞翁诗评》所评：“如时女步春，终伤婉弱。”④元好问《论诗绝句》讥曰：“‘有情芍药含春泪，无力蔷薇卧晓枝。’拈出退之《山石》句，始知渠是女

① （宋）叶梦得：《避暑录话》卷下，《宋元笔记小说大观》第三册，上海古籍出版社2001年版，第2629页。

② （宋）胡仔：《苕溪渔隐丛话》后集卷三三，人民文学出版社1962年版，第253页。

③ （宋）王直方：《王直方诗话》，郭绍虞辑：《宋诗话辑佚》，中华书局1980年版，第93页。

④ （宋）魏庆之撰，王仲闻校：《诗人玉屑》卷二引，上册，古典文学出版社1958年版，第19页。

郎诗。”[①] 一如称秦观诗为“女郎诗”，人称其词为“女郎词”，参读秦观的诗，可知其词的气格不高，他的诗与词均表现出一种纤柔婉弱的女性化的趋同。

宋代婉约词多推重秦观和李清照为“婉约之宗”[②]，词风同属婉美一类。但若作比较，李清照词于清婉中带直，而秦观词于哀婉中带柔，如写离苦之“瘦”损，李清照云“莫道不消魂，帘卷西风，人比黄花瘦”（《醉花阴》），自有一种直切；秦观云“天还知道，和天也瘦”（《水龙吟》），则另是一种低哀。

李清照国愁家愁相糅，沉痛入骨，怨之劲直：

物是人非事事休，欲语泪先流。——李清照《武陵春》

秦观逐恨谪怨堆砌，哀伤过甚，怨之无力：

别后悠悠君莫问，无限事，不言中。——秦观《江城子》

李清照的前期词清俊婉丽，历经靖康之变后，国破、夫亡、家散的磨难反增添了一份沉厚，她的情悲怨苦的后期词，仍时时透露出一股劲直之气，这种婉中见劲、柔中有刚的婉美是秦观所缺乏的。较之“气韵极类少游”[③] 的李清照，也可见出秦观词的柔弱来。

二　个体心理特质的脆弱

秦观词失之弱，除了与其抒情个性的幽婉、审美意象的哀婉和表现方式的和婉相关联外，也缘于他题材内容的薄弱。北宋词坛，当苏轼突破“词为艳科”的藩篱，在词的题材上拓宽时，秦观却又回旋到婉约吟唱。淮海词远没有东坡词“倾荡磊落，如诗，如文，如天地奇观”[④] 的恣肆阔大，他常常用柔笔淡墨言情说怨：早期词言情，多

---

① （金）元好问撰，（清）施国祁注，麦朝枢校：《元遗山诗集笺注》卷十一，人民文学出版社 1989 年版，第 532 页。

② （清）王士祯《花草蒙拾》：“婉约以易安为宗。”

③ （清）沈曾植：《菌阁琐谈》，唐圭璋编：《词话丛编》第四册，中华书局 1986 年版，第 3603 页。

④ （宋）刘辰翁：《〈辛稼轩词〉序》，（宋）刘辰翁撰，段大林校点：《刘辰翁集》卷六，江西人民出版社 1987 年版，第 177 页。

写离情别绪；后期词嗟怨，多写谪怨逐恨，同时“将身世之感，打并入艳情”①。《淮海集》一个“情”字、一个“怨”字，囿于一种狭窄，其思想内容太单薄，少却了笔力的沉博厚重，必然流于柔弱。

当然，秦观词的气卑力弱，与其主体性格的关系更为直接，也是他个体心理特质脆弱所致。

秦观早年主要是闲居高邮耕读，漫游江淮吴楚等地，结交师友名贤，赴京应试求举。亦曾纵酒狂醉、不拘礼节，几与魏晋名士相近。其《饮酒》其二曰：“左手持蟹螯，举觞属云汉。天生此神物，为我洗忧患。山川同恍惚，鱼鸟共萧散。客至壶自倾，欲去不容闲。”古人往往借酒兴抒发诗兴豪情，纵酒高歌、豪宕不羁被视为文人雅事。此诗中的“我”风流倜傥，何其潇洒放达，仿佛太白之遗风。据《宋史·秦观传》记载：秦观“少豪隽，慷慨溢于文辞”，“强志盛气，好大而见奇，读兵家书，与己意合”②。怀抱济世之志和治国安邦的韬略，而且颇为自信，陈师道《秦少游字序》引其自述：“谓功誉可立致，而天下无难事。”③ 但这只是秦观未经磨砺、任然舒展的性格的另一面，而且这种豪隽慷慨，是在儒家积极入世、兼善天下思想熏陶下，古代才士学子的一种集体意向和共同心态，一旦得不到相协一致的个性为依托，便会失去支撑而短暂一时。

秦观36岁未及第前，曾拿一幅自画像给老师索题，苏轼题云：

> 以君为将仕也，其服野，其行方。以君为将隐也，其言文，其神昌。置而不求君不即，即而求之君不藏。以为将仕将隐者，皆不知君也。盖将挈所有而乘所遇，以游于世，而卒反于其乡者乎？④

苏轼的题词概括了弟子的前半生：未仕未隐，不即不藏，恃才

① （清）周济：《宋四家词选》，人民文学出版社1985年版，第29页。

② （元）脱脱等：《宋史·秦观传》卷四四四，中华书局1985年版，第13112页。

③ （宋）陈师道：《后山居士文集》卷十六，上海古籍出版社1984年版，第763页。

④ （宋）苏轼：《秦少游真赞》，（宋）苏轼撰，张志烈等主编：《苏轼全集校注》卷二一，第十三册，河北人民出版社2010年版，第2340页。

访友以游于世，但终未如愿而返归故乡。可知早年旷逸而又恃才的秦观，在放浪纵酒的同时撰文赋诗以干谒名贤，但屡试未第、功名不遂的残酷现实，使他的豪隽之气逐渐有所消减。

1. 初贬离京时期

宋哲宗绍圣元年（1904）政局大变，残酷的党争，使秦观猝不及防地卷入政治旋涡之中，坐元祐党籍被贬，出为杭州通判。初贬离京，所作《望海潮》一词最有代表性：

> 梅英疏淡，冰澌溶泄，东风暗换年华。金谷俊游，铜驼巷陌，新晴细履平沙。长记误随车。正絮翻蝶舞，芳思交加。柳下桃蹊，乱分春色到人家。　　西园夜饮鸣笳。有华灯碍月，飞盖妨花。兰苑未空，行人渐老，重来是事堪嗟。烟暝酒旗斜。但倚楼极目，时见栖鸦。无奈归心，暗随流水到天涯。

据徐培均先生《淮海居士长短句笺注》①，这首《望海潮》写于绍圣元年（1094）。词人即将被遣离汴京，重游西园雅集之地，当年情景再现眼前，不由感慨良多形诸笔端。当年，京都昼游：细履平沙，误随香车；西园夜饮：华烛辉煌，车水马龙。乐极盛极，亦是哀至衰至。今日，烟暝旗斜，不再是华灯碍月；楼栏独倚，不再是俊侣飞盖；时见栖鸦，不再是絮翻蝶舞。末了，结到前路未卜的天涯归心。词旨为感旧，伤时之意亦在其中，于两两相形中抒写今昔之殊、盛衰之感，用昔日的鲜丽繁华反衬今日的冷落孤清。“重来是事堪嗟”一叹，将感旧伤时的沉至从温婉平和的韵调中流出。

对逝去的无奈和对大难将至的忧虑，在他的《江城子》里表现得更为凄伤：“韶华不为少年留。恨悠悠。几时休。飞絮落花时候、一登楼。便做春江都是泪，流不尽，许多愁。”此时的秦观，对时局骤变带来的荣辱不定、前途未卜，心境陷入了一片迷惘暗淡。

---

①（宋）秦观撰，徐培均笺注：《淮海居士长短句笺注》附《秦观词年表》，上海古籍出版社 2008 年版，第 10 页。

2. 贬逐处州时期

据《宋史·刘拯传》记载：绍圣初，御史刘拯弹劾："元祐修先帝实录，以司马光、苏氏之门人范祖禹、黄庭坚、秦观为之，窜易修改，污毁先烈，愿明正国典。"① 于是朝廷追回秦观贬杭州通判的前命，改贬监处州酒税。

秦观作为个体的心理特质，是一种缺少阳刚之气的脆弱。宋神宗元丰元年（1078），第一次科举落第便写了《掩关铭》，闭门不出，事事俱废，少时的慷慨意志顿挫。待到贬处州，所写《千秋岁》云："春去也，飞红万点愁如海。"那春尽花飞、风飘万点的衰残凄迷里，暗含了冤遭贬逐的凄伤和生命被摧折的哀痛，意之幽怨、愁之深广、境之凄厉，被时人视为"挽词"。曾季狸《艇斋诗话》记载："方少游作此词时，传至余家丞相（曾布）。丞相曰：'秦七必不久于世，岂有愁如海而可存乎？'已尔少游果卜世。"② 或认为这是附会之谈，但是如此词句所蕴含的至极悲情自当令人惊骇，反映出了秦观当时郁闷哀苦而难以排遣的沉郁心态。这一时期冤遭贬逐的苦难积聚，开始使秦观不堪承受。

贬处州酒税时，秦观寄居在"水南庵"寺庙，所写《处州水南庵二首》描述了当时的生活情形："市区收罢鱼豚税，来与弥陀共一龛"，"偶为老僧煎茗粥，自携修绠汲清泉"。为了不因言获罪，秦观小心谨慎，常以读佛书度日，但政敌蓄意陷害，再次以读佛书"败坏场务"③ 罪，于绍圣三年（1096），将他削秩编管郴州。《宋史·秦观传》有记载："使者承风望指，候伺过失，既而无所得，则以谒告写佛书为罪，削秩郴州。"④

3. 二贬郴州时期

秦观携子秦湛随从南行，经郴阳道南迁的途中："遥夜沉沉如水，风紧驿亭深闭。梦破鼠窥灯。霜送晓寒侵被。无寐，无寐。门

① （元）脱脱等：《宋史·刘拯传》卷三五六，中华书局1985年版，第11199页。

② （宋）曾季狸：《艇斋诗话》，（清）何文焕辑：《历代诗话》（上），中华书局1981年版，第302页。

③ 场务：宋时盐铁等专卖及税收机构。时秦观被贬为监处州酒税。

④ （元）脱脱等：《宋史·秦观传》卷四四四，中华书局1985年版，第13113页。

外马嘶人起。”（《如梦令》）时值寒冬，夜宿破败驿亭中，难以入睡，“梦破鼠窥灯，霜送晓寒侵被”，烘托出凄清悲怆的心境。

约于元丰二年（1079），秦观曾作有《满庭芳》词：

> 红蓼花繁，黄芦叶乱，夜深玉露初零。霁天空阔，云淡楚江清。独棹孤篷小艇，悠悠过、烟渚沙汀。金钩细，丝纶慢卷，牵动一潭星。　　时时，横短笛，清风皓月，相与忘形。任人笑生涯，泛梗飘萍。饮罢不妨醉卧，尘劳事、有耳谁听？江风静，日高未起，枕上酒微醒。①

吴从先《草堂诗馀隽》引李攀龙评此词云：“‘一丝牵动一潭星’，惊人语也。眠风醉月渔家乐，洵不可谖。值秋宵之景，驾一叶扁舟于凫渚鹤汀之中，潇洒脱尘，有萧萧然自得之意。”② 词中烟渚沙汀、独棹孤篷，一潭星光、一杆钓丝，清风皓月、悠扬短笛，这纯净、宁静而无垠的大自然使词人“相与忘形”，顿悟了似的不再劳心尘世俗事，也“任人笑生涯”，只愿江风静时于舟中浅醉闲眠。少游为苏轼得意门生，此词以清旷之语，表现“潇洒脱尘”的情怀，颇有东坡“飘飘乎如遗世独立，羽化而登仙”的物我两忘的境界。

但是这类词在《淮海词》中少见，秦观毕竟是秦观，他不可能彻悟人生的荣辱得失，也达不到苏轼圆融通达的境界，这种快意人生的疏荡之风，在他早年的倜傥生活中很短暂，在他晚年谪居的后期词里也只是偶一闪现。待到谪徙郴州后，接踵而至的党争迫害，秦观已“从一个慷慨豪隽的才子沉沦为忧郁百结的谪宦”③。所写凄楚欲绝的

① 此词亦见于《张子野词》，此据唐圭璋《宋词互见考》认定为秦观作。元丰二年（1079）中秋，秦观作《龙井题名记》：“元丰二年中秋后一日，余自吴兴过杭，东还会稽，龙井辩才法师以书邀余入山。比出郭，已日夕，航湖至普宁，遇道人参寥……是夕，天宇开霁，林间月明，可数毛发。遂弃舟，从参寥策杖并湖而行。出雷峰，度南屏，濯足于惠因涧，入灵石坞，得支径上风篁岭，憩于龙井亭，酌泉据石而饮之。”其描述与此《满庭芳》词境相同。

② （明）吴从先：《草堂诗馀隽》卷四，吴熊和主编：《唐宋词汇评》两宋卷第一册，浙江教育出版社2004年版，第700页。

③ 刘海清：《秦观性格论》，《中南民族学院学报》2000年第1期。

《踏莎行》"雾失楼台，月迷津渡，桃源望断无寻处"，充满似将走向生命尽头的恍惚幻灭感。

4. 三谪横州时期

据《皇宋通鉴长编纪事本末》记载："绍圣四年二月庚辰诏：郴州编管秦观，移送横州编管。其吴安诗、秦观所在州，差得力职员押伴前去。经过州军交割，仍仰所差人常切照管，不得别致疏虞。"① 从此诏书可知，秦观是在严加防范而不得有所疏忽的情形下，被作为囚徒羁押往横州的。

约于元符元年（1098）春，秦观奉诏移至横州。寄居在城西一祝姓人家，终日饮酒买醉来麻木自己，作《醉乡春》云：

> 唤起一声人悄，衾冷梦寒窗晓。瘴雨过，海棠晴，春色又添多少。　　社瓮酿成微笑，半缺瘿瓢共舀。觉倾倒，急投床，醉乡广大人间小。

此词淡染雨过海棠的一抹春色，表面上写得轻松，但"醉乡广大人间小"一句沉痛之至，压抑的现实无容身之处，只有沉醉中才得自由，这正是苦咽的"微笑"。

秦观亦曾自作排遣，迁贬横州过浯溪（位于今湖南祁阳县）时写有《漫郎吟》："红颜白骨付清醥，一官于我真鸿毛！乃知达人妙如水，浊清显晦惟所遭。无时有禄亦可隐，何必龛岩远遁逃?"此诗吟咏中唐诗人元结，并借以自我排遣，表示既然不能直道行事，则不如吏隐。但是秦观并不能摈弃尘世杂念，真正彻悟"一官于我真鸿毛"。朱弁《曲洧旧闻》记载：

> 秦少游自郴州再编管横州，道过桂州秦城铺。有一举子，绍圣某年省试下第归。至此见少游南行事，遂题一诗于壁曰："我为无名抵死求，有名为累子还忧。南来处处佳山水，随分

① （宋）杨仲良：《皇宋通鉴长编纪事本末》卷一〇二，黑龙江人民出版社 2006 年版，第 1762 页。

归休得自由。”至是少游读之，泪涕雨集。①

“有名为累”乃点醒之言，而少游竟不能就此了悟，于“南来处处佳山水，随分归休得自由”，反而触动了一怀谪宦心事，为之大恸而“泪涕雨集”。此时不堪一再贬谪而穷途末路的他，早年策论纵横的强志盛气、济世襟怀都已丧失殆尽。

5. 四徙雷州时期

元符元年（1098），据《皇宋通鉴长编纪事本末》记载：“九月庚戌，追官勒停横州编管秦观，特除名，永不收叙，移送雷州编管，以附会司马光同恶相济也。”②“永不收叙（录用）”的诏令，对秦观是致命一击，彻底断了他重返朝廷的仕进之念，使渐至老境的他万念俱灰，甚至失去了继续生存的意愿。

古代有写自挽诗的传统，它渊源于汉代丧歌《薤露》、《蒿里》。三国时期魏国缪袭写《挽歌》，指出生死乃不可逃离的自然规律，晋代陆机、陶潜都有拟作。遁世躬耕、超旷为怀的陶潜，其《挽歌》诗既写“有生必有死”、“枯形寄空木”，得失、是非、荣辱不复知觉的身后情景，又写“但恨在世时，饮酒不得足”的遗憾。秦观约于谪徙雷州次年，也写有《自作挽词》，题下自注：“昔鲍照、陶潜自作哀挽，其词哀。读予此章，乃知前作之未哀也。”陶渊明的挽辞虽不无伤感，但能齐死生、了物我，坦然面对死亡，而秦观想效学陶渊明却不得。其《自作挽词》有诗句描述道：“茹哀与世辞”，“槁葬路傍陂”，“孤魂不敢归”，“惨淡阴风吹”。说自己含悲茹哀与世而辞，一把枯槁尸骨葬于山坡路边，孤魂游荡不敢归去故里，坟堆上阴风惨淡地吹着。全然设想自己死于贬所、身后凄凉寂寞之况，满纸凄声悲音，不忍卒闻。

随着贬逐环境的不断恶化、党争打击的不断加剧，秦观愈益陷入悲苦、绝望而不能自拔，最终被彻底地摧折——猝死归途。

---

① （宋）朱弁：《曲洧旧闻》卷五，中华书局1985年版，第35—36页。

② （宋）杨仲良：《皇宋通鉴长编纪事本末》卷一〇二，黑龙江人民出版社2006年版，第1770页。

心性多愁善感的秦观，无论是美景良辰，还是潦倒困境，他都用其敏感而细腻的心去做单纯的感动和承受，只是他更能自在地承受生命之轻，感受风花雪月，在樽前月下浅唱低吟；当承受生命之重，遭受贬谪的挫伤和苦难时则显得不堪重负。也许正是由于秦观心性柔弱——一种柔婉的灵慧，使他对生命之轻与重的愁、恨、悲、欢一类感性情绪，具有超出他人的感受力，由此，也成就了秦观词独具特色的婉美。或者说，正是因为秦观以婉美见长的词，才恰当地承担和负载了他一种幽微柔细的心理气质和情感心态。秦观词的情韵辞意虽婉，但气格骨力见弱，而这正是他词之婉美优长与缺憾并存的两面。

第四节　秦观贬谪词的凄哀色调

一　“古之伤心人也”

秦观词以绍圣元年（1094）被贬为界，可分为前期和后期。冯煦《蒿庵词论》云：“淮海、小山，古之伤心人也。”[①] 秦观词和晏几道词都来自一片“伤心”，晏几道是沉沦下僚，历阅华屋山丘的伤心；秦观则是怀才不遇、失意贬逐的伤心。前者在世态炎凉中被弃落，后者在朋党倾轧中被摧折，所以秦观的伤心远比小晏凄哀。秦观一贬再贬的遭际是一个悲剧，这一悲剧深深地渗入他后期词的创作中，从此，凄怆哀婉成为他情感的“结”，“伤心”成为他生命和创作的主旋律。

早年写愁，是如丝如缕绵细的闲愁：

新愁知几许，欲似丝千缕。（《菩萨蛮》）

无边丝雨细如愁。（《浣溪沙》）

---

① （清）冯煦：《蒿庵论词》，唐圭璋编：《词话丛编》第四册，中华书局1986年版，第3587页。

晚年写愁，则是如江如海深广的谪愁：

> 便作春江都是泪，流不尽，许多愁。(《江城子》)
>
> 春去也，飞红万点愁如海。(《千秋岁》)

法国作家缪塞说过："最美丽的诗歌是最绝望的诗歌，有些不朽的篇章是纯粹的眼泪。"① 秦观后期的贬谪词是最凄美的吟唱，那春江如泪的绵绵不尽里、春尽花飞的衰残凄迷里，暗含了词人冤遭贬逐的凄伤和生命被摧残的哀痛、绝望。

二　后期词"变而凄厉矣"

秦观词到后期，由于内蕴了他贬谪生涯的沉痛和凄厉，词风有所变化，多愁极伤极之语，更见其哀婉进而凄婉来。如他的代表作《踏莎行》：

> 雾失楼台，月迷津渡，桃源望断无寻处。可堪孤馆闭春寒，杜鹃声里斜阳暮。　　驿寄梅花，鱼传尺素，砌成此恨无重数。郴江幸自绕郴山，为谁流下潇湘去？②

绍圣三年（1096）秦观谪迁郴州，于湘楚之地写有20多首贬谪词，这首《踏莎行》是初抵郴州、困居旅舍中所作。起首三句，一"迷"，一"失"，"无寻处"。迷失无寻的不只是被迷雾月色吞噬的楼台、津渡，它似乎是曾有过的人生追求的高远目标和可以问津的出路，如今都迷失了、被吞噬掉了。词人出自极度悲苦的心境，将眼前的实景与内心的幻象两相融涵，构成一片凄迷黯淡的意象和氛围，传达出内心浓厚的失落感、破灭感。此词为了表达难以直言的逐客之恨，词人运用了写实与暗喻合一的手法，情景相融，

---

① ［法］缪塞：《五月之夜》，陈徵莱、冯钟璞译：《缪塞诗选》，人民文学出版社1960年版，第80页。

② 鱼传尺素：古乐府《饮马长城窟》云："客从远方来，遗我双鲤鱼。呼儿（童仆）烹鲤鱼，中有尺素书。"尺素，一尺见方的白绢，用来书写信函，外用双鲤鱼形的木匣子盛装。

虚实相生，创造出凄迷幽怨的意境。王国维云：少游词境最为凄婉，至此，“则变而凄厉矣”①。

“郴江幸自绕郴山，为谁流下潇湘去？”这是词人从深重郁结的谪恨中迸出的一声长叹、一声长问，它类似屈原的天问。王逸《〈天问〉序》记载：

> 屈原放逐，忧心愁悴。彷徨山泽，经历陵陆。嗟号昊旻，仰天叹息。见楚有先王之庙及公卿祠堂，图画天地山川神灵，琦玮谲诡，及古贤圣怪物行事。周流罢倦，休息其下，仰见图画，因书其壁，呵而问之。②

屈原被放逐后，忧心愁悴，常彷徨于山泽。曾见楚先王祠庙的壁上绘天地、山川、神灵及古圣贤之行事，于是仰天长叹，一气将173个问书写在画壁上，这就是从古至今仍不能完全予以解答的《天问》。“天问”即问天，问苍天、问宇宙自然。如屈原问：

> 天何所沓？十二焉分？
> 日月安属？列星安陈？③

屈原真的是要问天地山川、日月星辰吗？不！王逸说他“呵而问之，以泄愤懑，舒泻愁思”，是借问天以抒泄他的一腔忠愤和忧思。

湘楚地域文化的悲剧精神，积淀了屈原忠而见逐的忧愤以及九死未悔的人格理想。流贬至此的秦观，自然与湘楚贬谪文化相通，他以自己横遭贬谪的身世之叹，来真切地感受屈原“何贞臣之无罪

① （清）王国维撰，黄霖、周兴陆导读：《人间词话》，上海古籍出版社1998年版，第7页。

② （汉）刘向辑，（汉）王逸注，黄灵庚疏证：《楚辞章句疏证》卷三，中华书局2007年版，第995页。

③ （汉）刘向辑，（汉）王逸注，黄灵庚疏证：《楚辞章句疏证》卷三，中华书局2007年版，第1017页。

兮，被离谤而见尤”① 的愁苦愤懑，自觉不自觉地追随屈骚的“惜诵以致愍兮，发愤以抒情”②。秦观的“郴江幸自绕郴山，为谁流下潇湘去”？即屈原式的“呵问天地”，只有遭受了人生极大忧患和苦难，郁积了太多的深悲沉恨，无处吐诉而又不得不吐的人，才会发出这样对自然山川终始的究诘。是无理之问，却是至情之辞，词人对人生痛苦的咀嚼尽涵入这一究诘中。这是千古一问，其用意在可解与不可解之间，但有一个人读懂了，这就是苏轼。张宗橚《词林纪事》引《倚声集》载：秦观逝世后，苏轼将这两句书写于扇面，并挥泪题写：“少游已矣，虽万人何赎!”③ 米芾闻之，亦深感悲哀，遂将秦观的这首《踏莎行》及苏轼扇面的跋书写下来，后经人刻石成碑，置郴州苏仙岭的岩壁上，世称“三绝碑”。三绝，即秦词、苏跋、米书。

秦观词意在含蓄，故少重笔。观其一生失意贬逐，并非没有沉怨深恨，怨到极处，有时也用重笔宣泄，如“驿寄梅花，鱼传尺素，砌成此恨无重数”。用“驿寄梅花”、“鱼传尺素”两个典故，写远方亲友寄来的信件，一束束一尺尺，似一块块砖石层层垒砌，将心中的谪恨垒砌到无重数，其只身飘零的离愁逐恨之堆积之沉重，尽可从一“砌”字见出。但这种浓重的宣泄在《淮海词》中绝少，他愁怀郁结，更多的却是难以直言，也不愿用重笔直言，只是将自己的情感含蕴于其中，以清淡之笔写沉挚之情。其《阮郎归》：

> 湘天风雨破寒初，深沈庭院虚。丽谯吹罢小单于，迢迢清夜徂。　　乡梦断，旅魂孤。峥嵘岁又除。衡阳犹有雁传书，郴阳和雁无。

此词作于贬逐郴州次年。写孑然一身远谪僻地，风雨除夕之

① （战国）屈原：《九章·惜往日》，（汉）刘向辑，（汉）王逸注，黄灵庚疏证：《楚辞章句疏证》卷四，中华书局 2007 年版，第 1606 页。

② （战国）屈原：《九章·惜诵》，（汉）刘向辑，（汉）王逸注，黄灵庚疏证：《楚辞章句疏证》卷四，中华书局 2007 年版，第 1263—1264 页。

③ （清）张宗橚辑，杨宝霖补正：《词林纪事 词林纪事补正》上册引，上海古籍出版 1998 年版，第 414 页。

夜，乡梦惊断，旅魂凄孤，末了淡淡两句收束："衡阳犹有雁传书，郴阳和雁无。"古代有鸿雁传书的传说。湖南衡山有回雁峰，古代传说鸿雁南飞至衡阳而止，来年春复北返。此词句哀叹：衡阳还可鸿雁传书，这郴州啊，连鸿雁的踪影都无。用透进一层的写法，哀叹贬地荒远，连唯一能带给人慰藉的亲友音信也无从得到，将不尽羁愁谪恨托之于传书鸿雁，欲言还止，极凄楚也极无奈。如此沉重的愁怀诉诸笔端，却只从怨而不怒的一声叹息中流泻出来，浓寄于淡，重寄于轻，这恰是秦观擅长处。

秦观满纸伤心的后期词，仍然从他的"词心"流泻出来。只因为屡遭贬逐的遭际，多了一层历经磨难后对人生的沉痛感受和深层体验，当他将心灵的摧伤发之于词时，语带沉痛，笔含凄怆，所以较之前期词变得深沉、凝重了，转而为一种幽怨凄婉。秦观无法挣脱个人心志所尚与昏浊现实不相切合而造成的悲剧，也无法排解因主、客观冲突所导致的主观意志遭受压抑而郁结的愁怨。那近乎脆弱的纤细心性，又使他的苦苦挣扎显得微弱无力，当这挣扎也竭尽时，就只剩下独自低哀地幽咽。

第五节　唐宋仕人的贬谪与政治态势

一　"贬谪文学"的源流

贬谪，是中国古代社会的一种政治现象，进而衍变为一种特殊的文化现象、文学现象，并且不曾间断地传承下来。

贬谪文学源远流长。《诗经·四月》是"尽瘁以仕"者为自己遭小人构陷、被逐南迁而不平所写的一首政治讽喻诗，但贬谪文学真正的滥觞，应该是屈原的《离骚》。屈原"博闻强志，明于治乱，娴于辞令"，"正道直行，竭忠尽智，以事其君"，却遭人谗言"信而见疑，忠而被谤"①，被先后流放至汉北、沅湘流域。朱熹《楚辞

① （汉）司马迁：《史记·屈原贾生列传》卷八四，中华书局1983年版，第2481—2482页。

集注》云："屈原既放，思君念国，随事感触，辄形于声。"① 一怀冤屈、一腔忠愤，抒泄成了他的《离骚》以及《九歌》、《天问》等，由此铸就了千古诗魂。之后，历代被贬的士大夫们都有佳篇传世。

王世贞《艺苑卮言》"流贬"条，列举自屈原以下遭受流徙贬逐的诗文大家83人，其中唐代45人，② 著名的诗人就有：初唐的沈佺期、宋之问、杜审言；盛唐的张九龄、李白、杜甫、王昌龄；中唐的刘长卿、韩愈、刘禹锡、柳宗元、白居易、元稹；晚唐的贾岛、李商隐、温庭筠，等等。唐代的贬谪诗，佳作有韩愈的《左迁③至蓝关示侄孙湘》：

一封朝奏九重天，夕贬潮州路八千。
欲为圣明除弊事，肯将衰朽惜残年！
云横秦岭家何在？雪拥蓝关马不前。
知汝远来应有意，好收吾骨瘴江边。

元和十四年（819），唐宪宗派使者去凤翔迎佛骨，京城一时兴起信佛热。韩愈毅然上书《论佛骨表》极力劝谏，唐宪宗大怒，欲处之以极刑，经裴度等大臣以及皇亲国戚们说情，便由刑部侍郎立贬潮州刺史。当天仓促上路，行至蓝田关时，侄孙韩湘赶赴而来，韩愈长歌当哭，挥笔写下了这首诗。本想为朝廷革除弊政，却招来远贬八千里的弥天大祸，而一把衰朽之躯将老死在异乡的瘴江畔。颔联两句，回头："云横秦岭家何在？"；前路："雪拥蓝关马不前。"一如屈原《离骚》的"仆夫悲余马怀兮，蜷局顾而不行"④，其哀景悲情何以堪！此词在笔势跌宕、盘旋冲决中写悲愤交织的迁谪之情，其情感之深厚、气势之沉雄、境界之阔大，可谓卷巨澜于

① （汉）刘向辑，（宋）朱熹注：《楚辞集注》卷四，江苏广陵书社2001年版，第72页。

② （宋）王世贞：《艺苑卮言》卷八，凤凰出版社2009年版，第134页。

③ 左迁：贬官降职。古代一般贵右贱左，论等次以右为尊，以左为下。

④ （汉）刘向辑，（汉）王逸注，黄灵庚疏证：《楚辞章句疏证》卷一，中华书局2007年版，第543页。

方寸，具有悲撼人心的力量。

用词体写贬谪题材，最早应是中唐著名诗人刘长卿，其《谪仙怨》流传至今。据窦弘馀《广谪仙怨》小序记载：安史之乱起，玄宗车驾幸蜀，经马嵬驿时因六军不发而赐死杨贵妃。行至骆谷（在今陕西周至县西南），玄宗登高下马，望秦川而遥拜宗庙，“谓力士曰：‘吾听九龄之言，不到于此。’乃命中使往韶州太牢祭之。因上马索长笛，吹笛成曲，潸然流涕，伫立久之。时有司（乐工）旋录成谱”①。此笛曲便是《谪仙怨》，唐玄宗为追思张九龄而痛悔不已所作，故“其音怨切”。

辛文房《唐才子传》记载：“长卿清才冠世，颇凌浮俗，性刚，多忤权门。故两逢迁斥，人悉冤之。”② 刘长卿一生两次遭贬，皆因“刚而犯上”所致，贬睦州司马时，依调填词《谪仙怨·苕溪酬梁耿别后见寄》：

> 晴川落日初低，惆怅孤舟解携。鸟去平芜远近，人随流水东西。　　白云千里万里，明月前溪后溪。独恨长沙谪去，江潭春草萋萋。

中唐文人以作诗之余暇偶尔试填小词，其词还未脱去近体诗的痕迹，更多是词体初期的过渡形态，所以这首《谪仙怨》词味不足而诗味有余，刘禹锡的《浪淘沙》（莫道谗言如浪深）、白居易的《竹枝》（江畔谁家唱竹枝）也都属于这一类。刘长卿刚傲不阿、不谄媚权幸而遭贬，在古代蒙冤被贬的文人士大夫中具有典型意义，此词写对友人的别离思念和远谪潇湘的怅恨，流溢出凄婉悱恻之情，与《谪仙怨》悲怨的音乐曲调和词调名称都非常贴切，可谓调苦词苦。

韩愈《送孟东野序》云：“大凡物不得其平则鸣。草木之无声，风挠之鸣；水之无声，风荡之鸣。其跃也，或激之；其趋也，或梗

① （唐）窦弘馀：《广谪仙怨·序》，曾昭岷、曹济平等编撰：《全唐五代词》正编卷一，上册，中华书局 1999 年版，第 81 页。

② （元）辛文房：《唐才子传》卷二，中州古籍出版社 1987 年版，第 75 页。

之；其沸也，或炙之。金石之无声，或击之鸣。人之于言也亦然，有不得已者而后言。其歌也有思，其哭也有怀，凡出乎口而为声者，其皆有弗平者乎！”① 唐代遭受贬谪苦难的俊杰才士们，将他们心中郁结的悲愤哀伤诉诸笔端，正是用诗歌、用文字“不平则鸣”，如金石击之而鸣，为他们灰暗惨淡甚至是泣泪沥血的放逐命运抹上一道亮色。

二 北宋：新旧党争的倾轧

宋代遵从宋太祖的祖训，一般不以言事杀士大夫，比焚书坑儒的秦朝和文字狱酷烈的明清两朝宽容许多，但士大夫们仍然逃脱不了被贬和流放的厄运，因此，在宋词中留下了他们四处贬逐的艰难蹒跚的足迹。宋代的贬谪词，可分为北宋、南宋两个时期，北宋官吏的贬谪，主要是由于新党与旧党之争造成。

（一）去国怀乡，忧谗畏讥

唐宋时，岳州巴陵郡（今湖南岳阳）为朝廷南逐官员路经之地，“迁客骚人，多会于此”②。由此，位于城西门上的岳阳楼多被迁客谪人登临题咏。

范仲淹（989—1052），字希文，苏州吴县（今江苏苏州）人。北宋著名政治家、军事家、文学家。为人慷慨论事，看重风节，宋仁宗景祐元年（1034），因谏言触怒龙颜，被贬睦州，景祐三年（1036），因议事讥切时政，贬知饶州（治所今江西波阳）。宋仁宗庆历三年（1043）授参知政事，与富弼、韩琦同时执政，作《答手诏条陈十事》上疏仁宗，提出明黜陟、精贡举、均公田、厚农桑、修武备、减徭役等10项以整顿吏治为中心的改革主张，欧阳修等人也纷纷上疏言事。仁宗予以采纳并施行新政，责成他们有所更张以“兴致太平”，并颁布了减徭役、废并县、减役人等诏令。但新政遭到以吕夷简为首的守旧派的严重阻挠和诋毁，被台谏官指斥为

---

① （唐）韩愈撰，（清）马其昶校注，马茂元整理：《韩昌黎文集校注》卷四，上册，上海古籍出版社2014年版，第260页。

② （宋）范仲淹：《岳阳楼记》，（宋）范仲淹：《范文正公集》卷七，北京图书出版社2006年版，第3页。

结成朋党“欺罔擅权”[1]，庆历五年（1045）初，范仲淹、韩琦、富弼、欧阳修等人相继被排斥出朝廷，各项改革被废止，“庆历新政”夭折。范仲淹自请外任邠州（今陕西彬县）知州，兼陕西四路缘边安抚使，后历知邓州（今河南邓州）、杭州、青州（今属山东），宋仁宗皇祐四年（1052）改任颍州，行至徐州时病逝。

范仲淹罢相第二年，贬放邓州知州时，应巴陵郡守滕子京之函请作《岳阳楼记》，其中以岳阳楼之哀景写迁客骚人的心境：

> ……若夫淫雨霏霏，连月不开，阴风怒号，浊浪排空；日星隐曜，山岳潜形；商旅不行，樯倾楫摧；薄暮冥冥，虎啸猿啼。登斯楼也，则有去国怀乡，忧谗畏讥，满目萧然，感极而悲者矣。[2]

作者以哀景倍写哀情：若是淫雨霏霏、连月不开天气，阴风怒号，日星隐曜，樯倾楫摧，虎啸猿啼，谪人骚客登此岳阳楼，则“满目萧然，感极而悲”。庆历改革失败后，新政官僚一再遭受打击、迫害，朝中欲竭节尽忠之士“皆惧谗畏祸，不敢挺然当国家之事矣”。[3]“去国怀乡，忧谗畏讥”两句，是遭贬南逐所引发的思乡情怀和政治危机感，正揭示了当时远窜僻地、遥离京师之迁客谪人的典型心态。只是以天下为先的范仲淹，乃“于富贵、贫贱、毁誉、欢戚，不一动其心”[4] 的人物，新政失败后，他于地方任职的政事之余，遍览佛典，探究佛理，以寻求心灵的安顿和平衡，终达到了“不以物喜，不以己悲”[5] 的超脱境界。

后，张舜民南逐途经岳阳楼，写有《卖花声》词。张舜民（生

---

① （宋）司马光撰，邓广铭、张希清点校：《涑水记闻》卷四，《唐宋史料笔记丛刊》，中华书局1989年版，第68页。

② （宋）范仲淹：《范文正公集》卷七，北京图书出版社2006年版，第3页。

③ （宋）包拯：《包孝肃奏议·七事》卷一，（明）黄淮、（明）杨士奇等奉敕编：《历代名臣奏议》卷三四，上海古籍出版社1989年版，第450页。

④ （宋）欧阳修：《资政殿学士户部侍郎文正范公神道碑铭》，（宋）欧阳修撰，李逸安点校：《欧阳修全集》卷二十，第二册，中华书局2001年版，第333页。

⑤ （宋）范仲淹：《岳阳楼记》，（宋）范仲淹：《范文正公集》卷七，北京图书出版社2006年版，第3页。

卒年不详)，字芸叟，号“浮休居士”。北宋文学家，亦善画，极受时人看重，买者填塞巷陌，著有《画墁集》。神宗元丰年间，因写诗讥议边事，谪监郴州酒税；徽宗朝，仕至吏部侍郎，因坐元祐党籍贬商州。晚清朱孝臧《彊村丛书》辑有《画墁词》，仅存词四首，皆贬官之作。《卖花声·题岳阳楼》其一：

> 木叶下君山，空水漫漫。十分斟酒敛芳颜。不是渭城西去客，休唱《阳关》。　　醉袖抚危栏，天淡云闲。何人此路得生还？回首夕阳红尽处，应是长安。

张舜民为人质直，慷慨议事，崇尚节气不为名禄。元丰四年(1081)随军远征西夏，主帅高遵裕（宋室外戚）嫉贤妒能，不用部下良策，致使宋兵溃败，张舜民作《西征回》讥议边事：“青铜峡里韦州路，十去从军九不回。白骨似沙沙似雪，将军莫上望乡台。”由此惹怒权贵，遭弹劾而贬郴州监税。这一年秋冬，抵达湖南登岳阳楼，作《卖花声》二首。此词抑郁盘旋，流露出去国流离之思。词人登楼抚栏之际，远水漫漫，暮野昏沉，遥望京城渺茫不可及，而此去生死未卜，于是悲不可遏，迸发出一声仰天长叹：“何人此路得生还？”这一长叹“声可裂石”①，写出了流徙之人前路茫茫、归路茫茫的战栗恐惧感，概括了极其沉痛的古今迁客之悲。

（二）“苏门词人”的一再贬逐

“庆历革新”的新旧党争之后，自神宗熙宁年间始，北宋政坛上又产生了一场规模更大、更激烈的新旧党争，这就是以王安石为代表的变法派“新党”与以司马光为代表的守旧派“旧党”之间的尖锐斗争。这场党争几经反复，中间经过了高太后执政的“元祐更化”、哲宗亲政后的“绍述”新政，一直延续到北宋末年。这一时期众多的文人士大夫身不由己地被卷入了这一政治旋涡中去，在这场旷日持久的相互攻讦、相互排斥的残酷党争中，不少人因莫须有

---

① 梁令娴：《艺蘅馆词选》引麦孺博语，唐圭璋编：《词话丛编》第五册，中华书局1986年版，第4311页。

的罪名遭到株连和贬逐。这种特殊的政治气候催生下，贬官词勃然涌现出来，其中一些佳作多出于“苏门词人”之手。

“苏门词人”，指由苏轼及其门生们所组成的词人群体，是在特定历史条件下，集文学与政治于一身的文人集团。就苏轼而言，其匡时济世的情怀超越个人及党派利益之上，原本无意介入新旧党争，其门下弟子也皆非政治上党同伐异之徒，但是由于他们的政治立场倾向于旧党，所以在新党执政时期纷纷遭受排斥、贬逐。元丰二年（1079），苏轼因作诗文“讪谤”新法而入狱（“乌台诗案”），出狱后贬黄州，绍圣元年（1094）远贬惠州，绍圣四年（1097）贬儋州。苏门弟子受到株连，也先后接连遭贬：秦观贬处州、郴州、横州、雷州；黄庭坚贬涪州、黔州、戎州、宜州；晁补之贬应天府、亳州、处州、信州；张耒贬宣州、黄州、复州（治所今湖北仙桃）、房州（治所今湖北房县）。

元祐年间，黄庭坚、张耒、晁补之、秦观俱供职馆阁，共熏沐于苏门，以“苏门四学士”闻名于当时。绍圣初朝廷政局大变，用章惇为相，倡绍述之说[①]，新党复起，乃尽逐元祐诸臣，于是苏门四学士无一幸免于难，成为政治争斗的牺牲品。但同样是身处被贬后的逆境，因思想观念、学养襟怀、禀性气质、遭际阅历等方面的差异，苏门词人群中各自的心态反应和处置态度有所不同。

1. 张耒的沉静淡泊

张耒（1054—1114），字文潜，号“柯山”，楚州（今江苏淮安）人。仪表丰伟，才雄笔健，工诗善文，名重一时。曾游学于陈州，得时为学官的苏辙的厚爱。熙宁四年（1071）苏轼出任杭州通判，来陈州（今河南淮阳）与其弟苏辙话别，张耒得以谒见苏轼，自此成为苏氏兄弟的门下客。苏轼任密州知州时修“超然台”，张耒应约写《超然台赋》，苏轼《答张文潜书》为之赞叹道：“甚矣，君之似子由也。……文如其为人，故汪洋澹泊，有一唱三叹之声，

① 绍述：承继前人所为，此指宋哲宗时对神宗所推行新法的继承。《宋史·奸臣传一·章惇》记载：“哲宗亲政，有复熙宁、元丰之意……于是专以绍述为国是，凡元祐所革，一切复之。”史称“绍述新政”。（宋）赵与旹《宾退录》卷七云：“安石之学既行，则奸宄得志，假绍述之说以胁持上下，立朋党之论禁锢忠良。”

而其秀杰之气，终不可没。”①

元祐初，授秘书省正字、著作佐郎，擢起居舍人。绍圣元年（1094），因所修《神宗实录》借鉴了司马光的《涑水纪闻》，成为被排斥打击的对象，这年秋，坐元祐党籍，徙知宣州。绍圣四年（1097），谪监黄州酒税，元符二年（1099），又谪复州监酒。徽宗即位后，一度起用为太常少卿，出知颍州。闻知苏轼卒于常州的讣告，为之缟素而哭，遂遭言官弹劾。崇宁初，复坐党籍落职，贬房州别驾、黄州安置。直至崇宁五年（1106），宋徽宗诏除党禁才得以自由。

身陷仕宦的沉浮不定，张耒也有不平之叹，其《谪官》诗云：“谪官成吏隐，古寺度高秋。寒灯明夜室，清坐闻更筹。裘葛屡往还，感彼岁月遒。吾意方有会，谁能赋离忧。”寄居古寺，独坐清夜寒灯下听更筹之声，一句“谪官成吏隐”的自嘲甚为凄凉、酸楚。然而生性沉静而豁达的张耒，以随缘自适的心态面对这迁谪的悲戚之境：“莫叹萍蓬迹，心安即是家”（《他乡》）。

张耒初贬黄州时，所写《徐仲车书》云：

> 遂至贬所，黄在大江上，风土食物粗相得……谪官之幸，耒卑体亦顽健，新妇以次各无恙。职事亦不绝冗，公私既无事事，中亦泰然。其他外物，应自有命，非人能与也。②

与友人的书信中没有怨谪之叹，只有贬居的“泰然”处之。时，张耒居柯山之西，与曾从师于苏轼的潘大临兄弟结为好友，作《赠潘邠老》诗云：“有屋可以读书，有竹可以忘忧。采庭之菊香有余，烹园之蔬甘且柔。贤哉二子，又复何求。”在绍述党锢日趋酷烈之时，他以满足于书、竹、菊、酒、友俱佳的简朴平静生活，来消解贬逐失意的痛苦，表现出以淡泊为乐的贬谪情怀。张耒作词甚少，胡仔《苕溪渔隐丛话》云：“元祐诸公皆有乐府，惟文潜仅见

① （宋）苏轼撰，张志烈等主编：《苏轼全集校注》卷四九，第十六册，河北人民出版社2010年版，第5322页。

② （宋）张耒撰，李逸安等点校：《张耒集》下册，中华书局1998年版，第1002页。

《少年游》、《风流子》数词。”[①] 他的《风流子》（木叶亭皋下）为谪迁异乡、羁旅之叹的名篇，其秋风之暮感、思亲之乡愁，“情到不堪言处，分付东流”。

2. 秦观的脆弱易折

苏门词人群中，最脆弱易折的是秦观。秦观自绍圣初开始，出杭州通判，道贬处州，再贬郴州、横州、雷州，所谓“岁七官五遣”（《和渊明归去来辞》）。冯煦《蒿庵论词》云：“少游以绝尘之才，早与胜流，不可一世。而一谪南荒，遽丧灵宝。”[②] 秦观早年曾与馆阁名流诗酒风流、不可一世，黄庭坚曾赞叹其文采风流，曰：“闭门觅句陈无己，对客挥毫秦少游。”（《病起荆江亭即事》）但至南逐后，神情大损、才华丧失。他流徙不定而忧愁百结，无法适应瞬息变化的政治局势，其风神俊朗“对客挥毫”的绝世才华，也在令人胆寒的一贬再贬中逐渐消磨掉，而秉性中柔弱、阴郁的性格凸显出来，成了一个忧郁消沉的文弱之士。

宋徽宗崇宁三年（1104）当权宰相蔡京重定党人，第三次设立元祐党籍碑，共 309 人。据《元祐党籍碑》[③]，苏轼在侍郎以上一类中居首，而“影附于苏轼”的秦观，在“余官”一类中竟作为首恶列在第一。时苏轼和秦观虽都已故，但由此可推知他们曾经遭受的政治迫害的压力之大。

政治上失势的士大夫官僚，当遭遇贬谪流放的厄运，大多在经过了悲愤不平、苦闷消沉、哀痛欲绝等情绪波动之后，会被动或主动地选择适合自己的心理调适方法，寻求自我救赎的精神解脱的出路，以淡定地度过人生的苦劫。秦观贬雷州时，写有《海康书事十首》，其四云：“培塿无松柏，驾言出焉游？读书与意会，却扫可忘

---

① （宋）胡仔：《苕溪渔隐丛话》前集卷五一，吴熊和主编：《唐宋词汇评》两宋卷第一册，浙江教育出版社 2004 年版，第 851 页。

② （清）冯煦：《蒿庵论词》，唐圭璋编：《词话丛编》第四册，中华书局 1986 年版，第 3586 页。

③ 元祐党籍碑：为宋代摩崖石刻（广西桂林龙隐岩、融水真仙岩各一块）。北宋徽宗时蔡京专权，列元祐、元符年间旧党人物司马光、文彦博、苏轼等 309 人为奸党，将其姓名刻石颁布天下。后徽宗下诏毁其碑，南宋宁宗庆元四年（1198），元祐党人梁焘曾孙梁律据家藏旧本重刻。碑文，现见于国家博物馆拓片。

忧。”面对恶劣的谪宦处境，他闭门却扫、读书自娱，似乎也有自我调适而“忘忧”的平和安逸，但是这种平和是暂时的，受到自身性格弱点滞碍的秦观，其自我排遣的心理很脆弱。宋代文人士大夫一般儒释道兼修，秦观亦然，所交多有方外人士，尤与参寥道人、辨才名僧相交甚深。秦观自幼即受到佛学熏陶，自言“余家既世崇佛氏”①，而且常手不释卷研习《楞严经》，但是佛、道并没有成为其痛苦灵魂的皈依安顿处。他想走出悲抑愁苦的贬谪困境，却往往在自我挣扎后，又陷入愈益不能自拔的惨淡境地，这种欲求超脱而不得超脱，撕裂式的心灵痛苦使他苦之更甚。诚如王水照先生将秦观与苏轼比较时指出的：秦观以“从失望到绝望”的渐进方式行进到终点；相对而言，处境更劣而远贬儋州的苏轼却“遵循自己‘悲哀——省悟——超越’的思路，最终导致悲哀的化解”②。

3. 黄庭坚的傲兀疏放

元祐年间，黄庭坚仕途顺利，召为校书郎，迁著作佐郎，加集贤校理等。绍圣初，章惇、蔡卞及其党羽认为所修《神宗实录》多诬陷不实之辞，其中有“用铁龙爪治河，有同儿戏”等文字，审问时，黄庭坚据实以答，毫无顾忌，闻者称他胆气豪壮。因此黄庭坚以“诬毁”先朝罪，贬为涪州别驾、黔州安置。元符元年（1098），移至戎州安置。

崇宁二年（1103），黄庭坚因于荆州时作有《承天院塔记》，被转运判官陈举承执政赵挺之意，摘录其中“天下财力屈竭”等数语，诬以“幸灾谤国”罪名，编管宜州。次年迁居城南，将其居所名为日喧夜寂的“喧寂斋”③。时，黄庭坚已是60岁的衰暮之年，犹自怡然自得，不失旷达洒脱的胸襟气度。曾与远道来访的蜀中青年范寥“围棋诵书，对榻夜语，举酒浩歌”，范寥《〈宜州乙酉家乘〉序》称他“虽迁谪处忧患而未尝戚戚也”④。

---

① （宋）秦观：《五百罗汉图记》，（宋）秦观撰，徐培均笺注：《淮海集笺注》卷三十八，下册，上海古籍出版社1994年版，第1217页。

② 王水照：《苏轼研究》，河北教育出版社1999年版，第95页。

③ （宋）黄庭坚《题自书卷后》：“予所僦舍喧寂斋，虽上雨傍风，无有盖障。市声喧愦，人以为不堪其忧。”

④ （宋）范寥：《〈宜州乙酉家乘〉序》，曾枣庄、刘琳主编：《全宋文》第148册，上海辞书出版社、安徽教育出版社2006年版，第358页。

黄庭坚贬宜州期间作有《南乡子》：

诸将说封侯，短笛长歌独倚楼。万事尽随风雨去，休休。戏马台南金络头。 催酒莫迟留，酒味今秋似去秋。花向老人头上笑，羞羞。白发簪花不解愁。

登郡城之楼时，他人相语说封侯，而词人独自短笛长歌。“万事尽随风雨，休休”，“花向老人头上笑，羞羞”，词人自叹自乐，将深沉的人生唱叹寓含于轻松调侃中，表现了身处逆境而安之若素的超然。佚名《道山清话》记载：“山谷之在宜州也，其年乙酉，即崇宁四年也。重九日，登郡城之楼，听边人相语：‘今岁当鏖战取封侯。’因作小词云（略）。倚栏高歌，若不能堪者。是月三十日果不起。”① 可知此词是黄庭坚临终前所作，抱衰病之身躯登楼，犹倚栏高歌，其“莫笑老翁犹气岸，君看、几人黄菊上华颠”（《定风波》）的豪气旷怀不减。

黄庭坚一生中先后遭受两次文字之祸，一是因修《神宗实录》被贬，二是因作《承天院塔记》被贬，十年的贬谪生活，给黄庭坚带来了极大的苦难和伤痛。他所谪处的黔州，比之秦观贬居的处州、郴州更为偏远荒凉，其《与唐彦道书》云：“到黔中来，得破寺堧地，自经营，筑室以居。岁余拮据，乃避风雨，又稍葺数口保暖之资，买地畦菜，二年始息肩。”② 贬戎州时，借住在城南的佛寺里，将自己的居所取名为“槁木庵”、“死灰寮”。衰暮之年又贬宜州，其地理环境恶劣，四周山岭绵延，宋人称之为“烟瘴之地”，最后竟病卒于此贬所。但是注重治心养性的黄庭坚，有一种内敛的深厚学养和人格操守，一种在逆境中的精神自持和自救，自然不同于“钟情世味，意恋生理，一经迁谪，不能自释”③ 的秦观，同是被贬穷山恶水，黄庭坚是倔强、放达，即使在人生最困厄的时候，

① （宋）佚名：《道山清话》，中华书局 1985 年版，第 10 页。

② （宋）黄庭坚撰，郑永晓辑校：《黄庭坚全集辑校编年》（中），江西人民出版社 2011 年版，第 776 页。

③ （宋）胡仔：《苕溪渔隐从话》后集卷三，人民文学出版社 1984 年版，第 21 页。

他仍然顽强地昂着头，表现出睥睨世俗、特立独行的傲兀不屈。缪钺先生《诗词散论》指出："盖诗以情为主，故诗人皆深于哀乐。然同为深于哀乐，而又有两种殊异之方式，一为入而能出，一为往而不返。入而能出者超旷，往而不返者缠绵。"① 就此观之，秦观忧郁、脆弱，纠结于贬谪的愁苦而不能自拔，属于"往而不返"一类；黄庭坚则是"能出者超旷"。

4. 苏轼的睿智旷达

苏轼是苏门词人群中最睿智——具有人生智慧的人，他将儒家之涉世、佛家之出世、道家之忘世三者融会，一生大起大落，皆以灵活圆通的处世态度来坦然面对。

当初"乌台诗案"身陷囹圄的苏轼，受尽严加审讯的诟辱折磨，以为难免一死，写《狱中寄子由二首》与胞弟诀别，有"是处青山可埋骨，他年夜雨独伤神"的诗句。出狱后贬黄州，曾于《谢量移汝州表》中自述：时"只影自怜，命寄江湖之上；惊魂未定，梦游缧绁之中。憔悴非人，章狂失志。"② 可贬居黄州期间，"此间但有荒山大江，修竹古木，每欲村酒醉后，曳杖放脚，不知远近，亦旷然天真"③，犹自作悠游逍遥。

王禹偁，字元之，为北宋诗文革新运动的先驱，以直躬行道为己任，直言敢谏，屡遭谗陷，然"迁谪独熙熙，襟怀自坦夷"（《谪居感事一百六十韵》）。真宗咸平二年（999），因受权贵疑忌，出外任黄州刺史，作有《黄州新建小竹楼记》④，以轻松悠闲的笔调描述寓居竹楼的琴棋雅趣，表现出高情旷怀的自我形象。时隔80余年后，同样被贬至黄州的苏轼作《王元之画像赞并叙》，称赞

---

① 缪钺：《诗词散论》，上海古籍出版社1982年版，第24页。

② （宋）苏轼撰，张志烈等主编：《苏轼全集校注》卷二三，第十三册，河北人民出版社2010年版，第2590页。

③ （宋）苏轼：《答言上人》，（宋）苏轼撰，张志烈等主编：《苏轼全集校注》卷六一，第十八册，河北人民出版社2010年版，第6796页。

④ 王禹偁《黄州新建小竹楼记》："夏宜急雨，有瀑布声；冬宜密雪，有碎玉声；宜鼓琴，琴调虚畅；宜咏诗，诗韵清绝；宜围棋，子声丁丁然；宜投壶，矢声铮铮然——皆竹楼之所助也。公退之暇，披鹤氅衣，戴华阳巾，手执《周易》一卷，焚香默坐，消遣世虑，江山之外，第见风帆、沙鸟、烟云、竹树而已。待其酒力醒，茶烟散，送夕阳，迎素月，亦谪居之胜概也。"

他："雄文直道独立当世，耿然如秋霜夏日，不可狎玩，至于三黜以死。……见公之画像，想其遗风余烈，愿为执鞭而不可得。"[①] 以对前贤的仰慕来自勉自励。苏轼在《送沈逵赴广南》中曾写道："我谪黄岗四五年，孤舟出没风波里。故人不复通问讯，疾病饥寒宜死矣。"可是这第一次贬逐的困境，他安然度过了。

经历了黄州之贬的炼狱般生活，苏轼对政治倾轧、得失纷争有了深刻的体认，面对物质匮乏、精神压抑的贬谪困境，他一反文人墨客的哭穷兴悲，达观而超然物外。后来放逐僻远的惠州，友人来信致以问候，所写《与参寥子》回复道：

> 某到贬所半年，凡百粗遣，更不能细说。大略只似灵隐天竺和尚退院后，却住一个小村院子，折足铛中，罨糙米饭便吃，便过一生也得。其余，瘴疠病人。北方何尝不病，是病皆死得人，何必瘴气。……[②]

短札中以幽默口吻自述流放生涯，让人读到的是背后的酸楚，也读到他笑咽苦涩的旷达。苏轼早年知密州时，作有《超然台记》云：

> 凡物皆有可观。苟有可观，皆有可乐，非必怪奇玮丽者也。铺糟啜醨，皆可以醉；果蔬草木，皆可以饱。推此类也，吾安往而不乐！[③]

即使在后来的贬谪生涯中，苏轼也做到了"苟有可观，皆有可乐"的超然，如初贬黄州的闲适："殷勤昨夜三更雨，又得浮生一日凉"（《鹧鸪天》）；远贬惠州的喜悦："日啖荔枝三百颗，不辞

① （宋）苏轼撰，张志烈等主编：《苏轼全集校注》卷二一，第十三册，河北人民出版社 2010 年版，第 2327 页。

② （宋）苏轼撰，张志烈等主编：《苏轼全集校注》卷六一，第十八册，河北人民出版社 2010 年版，第 6721 页。

③ （宋）苏轼撰，张志烈等主编：《苏轼全集校注》卷一一，第十一册，河北人民出版社 2010 年版，第 1104 页。

长作岭南人”（《惠州一绝》）；再徙儋州的惊叹：“垂天雌霓云端下，快意雄风海上来”（《儋耳》）。可谓无往而不乐！

仕途人生的磨难磨砺，犹如灭寂后的再生，铸就了一个苏轼，而儒家固穷守节的坚毅、老庄游于物外的放旷、佛禅随缘自适的通达这三者的圆融无滞，则带给了逆境中的苏轼以超越的精神力量。尚永亮认为：“从屈原到柳、刘，中经白氏而至苏、黄，标志着中国贬谪文学的三个重要阶段”①，执着意识—悲剧意识—超越意识，苏轼的“超越模式”是对前面贬谪文学模式的突破。

历来论者多将秦观、黄庭坚、苏轼三者比较。释惠洪《冷斋夜话》云：

> 少游谪雷，凄怆有诗云：“南土四时皆热，愁人日夜俱长。安得此身如石，一时忘了家乡。”鲁直谪宜，殊坦夷，作诗云：“老色日上面，欢悰日去心。今既不如昔，后当不如今。轻纱一幅巾，短簟六尺床。无客白日静，有风终夕凉。”少游钟情，故其诗酸楚；鲁直学道休歇，故其诗闲暇。至于东坡南中诗曰：“平生万事足，所欠唯一死。”则英特迈往之气，不受梦幻折困，可畏而仰哉！②

少游钟情之酸楚，鲁直学道之闲暇，皆不及东坡置生死于度外之超逸。

三　南宋：主战与主和之争

比之朝政腐败的北宋末，至南宋，朝廷的政治局势已有了变化，但文人士大夫因党争而遭受贬谪的命运并无大的改善，其谪居境况、政治处境甚至比北宋还险恶。南宋官吏的贬谪，主要是由于主战与主和之争造成。

晚清王鹏运曾辑《南宋四名臣词集》，收录赵鼎《得全居士

---

① 尚永亮：《贬谪文化与文学》，兰州大学出版社 2004 年版，第 13 页。

② （宋）惠洪：《冷斋夜话》卷三，中华书局 1985 年版，第 15—16 页。

词》、李光《庄简词》、李纲《梁溪词》、胡铨《澹庵长短句》于一集之中。南宋四名臣，皆因主张抗金而遭受奸佞迫害，他们的贬官词从不同方面反映了南宋党争迫害中忠正义士的贬谪心态。

（一）李纲：云山深处的休息

李纲（1083—1140），字伯纪，号“梁溪先生”，常州无锡（今属江苏）人。南北宋之交抗金名臣。靖康元年（1126）金兵围攻汴京，李纲为兵部侍郎、尚书右丞，亲自登城督战，率领军民击退金兵。后，遭朝廷投降派的排斥，外逐，旋又加以“专主战议，丧师费财”[①]的罪名，贬建昌军（今江西南城）安置、谪徙夔州（今四川奉节）。宋廷南渡后，首召为宰相，筹划重整朝纲，制定整治军政的十项主张《十议》，修内治、整边防，力图恢复。但主政仅75天，高宗听信谗言，以“杜绝言路，独擅朝政”[②]等罪名将他罢免。李纲罢相后，一再遭贬斥，贬鄂州团练副使，命移澧州（治所今湖南澧县），又移万安军（今海南万宁）安置。遇赦后，隐居泰宁丹霞岩。宋高宗绍兴二年（1132），起用为湖南宣抚使兼知潭州（今湖南长沙），不久罢官。多次上疏，陈述抗金大计，均未被采纳。绍兴九年（1139）正月，宋金议和签约，宋向金称臣纳贡，李纲闻之忧愤成疾，次年，58岁病逝于福州（今属福建）仓前山楞严精舍寓所。

李纲一生屡遭贬官削职，使他产生了复杂的政治情志和人生感慨。一方面，他坚持关心社稷生民安危的政治理念，虽老病也不肯放弃，如他罢相后所作的《病牛》诗云：

> 耕犁千亩实千箱，力尽筋疲谁复伤？
> 但得众生皆得饱，不辞羸病卧残阳。

作者以“力尽筋疲”的病牛自喻，无人哀怜它的劳苦，只为众生的温饱而默默力耕负重到老死。这就是屈原被放逐时“常太息以

① （元）脱脱等：《宋史·李纲传》卷一一，中华书局1985年版，第11250页。
② （清）毕沅等：《续资治通鉴》卷九九，中华书局2012年版，第2620页。

掩涕兮，哀民生之多艰”[1] 的崇高情怀。但是另一方面，在多次遭贬之后，李纲也滋生了彻底休息的归隐意念。如他的《念奴娇·中秋独坐》词：

暮云四卷，淡星河、天影茫茫垂碧。皓月浮空，人尽道，端的清圆如璧。丹桂扶疏，银蟾依约，千古佳今夕。寒光委照，有人独坐秋色。　　怅念老子平生，粗令婚嫁了，超然闲适。误缚簪缨遭世故，空有当时胸臆。苒苒流年，春鸿秋雁，来往终何益？云山深处，这回真是休息。

中秋之夕，词人独坐，赏看星河疏淡、皓月浮空的秋色，不禁一怀感叹：只因误入官场，故屡遭世事变故的打击，当初抗金复国，一腔胸臆又有何益？如今罢官，不如休憩于云山深处。《梁溪词》多豪雄之气而少悲郁之情，此词则于意高境远中多了些许“超然闲适”的意趣。

（二）李光：安之若命的自得

李光（1078—1159），字泰发，号“转物老人”，越州上虞（今属浙江）人。绍兴年间，授任参知政事，后渐与秦桧政议不合，当庭斥责秦桧“欲壅蔽陛下的耳目，盗弄国权，怀奸误国”[2]，一连上五封札子，毅然求去。于是接连被贬谪，出知绍兴府（今浙江绍兴），改提举洞霄宫，贬建宁军节度副使，安置藤州。

绍兴十五（1145）移置琼州，作《水调歌头·自笑客行久》云：“何事成淹泊，流转海南边。水中月，镜中像，慢流连。此心未住，赢得忧患苦相缠。行尽荒烟蛮瘴，深入维那境界，参透祖师禅。”审视以往的仕宦人生，如“水中月，镜中像”一场虚幻，只落得忧患相缠，而今谪居荒烟蛮瘴之地，欲深究佛理、参透佛禅，忘却世俗的荣辱来安度困境。

① （战国）屈原：《离骚》，（汉）刘向辑，（汉）王逸注，黄灵庚疏证：《楚辞章句疏证》卷一，中华书局 2007 年版，第 178 页。

② （元）脱脱等：《宋史·李光传》卷一二二，中华书局 1985 年版，第 11342 页。

绍兴二十年（1150），李光被弹劾与胡铨赋诗唱和、讥谤朝政，移置昌化军。贬逐至此，李光则真正参透穷通得失而得以超脱，他在《予三贬而至儋耳……》诗题中自述道："平生习气扫除殆尽……惟经史、禅悦、道家养生之说乃所乐闻。"① 经史典籍中，李光尤致力于《易经》，认为"易之为书，凡以明人事"，"故于当世之治乱，一身之进退，观象玩辞，恒三致意"②。他在《与胡邦衡书》中勉励胡铨："乘此闲放，尽为己之学。至处忧患之际则当安之若命，胸中浩然之气未尝不自若也。"③

学而优则仕，是古代士人阶层普遍的人生价值选择，而一旦步入仕途则身不由己，难免招致君意难测的杀身之祸，或卷入政治争斗的残酷倾轧，仕人们往往由孜孜求宦转而倦宦，欲退欲隐。李光也有"回头万事何有？一枕梦黄粮。十载人间忧患，赢得萧萧华发，清镜照星霜"（《水调歌头》）的人生慨叹，也作"西兴浦口云树，真个是吾乡"、"小圃犹存松菊，三径未全荒"（《水调歌头》）的归隐之想，反映出他由入仕而贬官而倦宦欲隐的心迹，只是乐生坦然的李光并不曾退隐松菊三径。李光谪移昌化军的第一年，县令李望对他"粗暴无礼，观望上司，百端凌辱。郡中官僚士人，不许往还，行户不许供应饮食，囚之空廨，死在旦暮"④。可他"是非荣辱，了不相干"⑤，家藏书数万卷，无书不读，"论文考史，怡然自得"⑥。绍兴十五年至二十五年（1145—1155），李光贬居海南达10年之久，"虽处厄穷患难，而浩然自得，无一怨

① （宋）李光：《庄简集》卷七，文渊阁《四库全书》影印本，上海古籍出版社1987年版，第502页。《予三贬而至儋耳……》诗云："庵中宴坐户长扁，鼓瑟吟诗乐性灵。客至不妨谈道妙，儒书释典及仙经。"

② （清）纪昀：《四库全书总目·〈读易详说〉提要》卷二，河北人民出版社2000年版，第70页。

③ （宋）李光：《庄简集》卷十五，文渊阁《四库全书》影印本，上海古籍出版社1987年版，第600页。

④ （宋）李光：《与海南时官书》，（宋）李光：《庄简集》卷十五，文渊阁《四库全书》影印本，上海古籍出版社1987年版，第595页。

⑤ （宋）李光：《与胡邦衡书》，（宋）李光：《庄简集》卷十五，文渊阁《四库全书》影印本，上海古籍出版社1987年版，第601页。

⑥ （元）脱脱等：《宋史·李光传》卷一二二，中华书局1985年版，第11342页。

尤不平之语”①，耄耋之年仍得以生还。绍兴二十八年（1158），复任左朝奉大夫。

（三）赵鼎：孤臣孽子之垂涕

赵鼎（1085—1147），字元镇，号“得全居士”，解州闻喜（今属山西）人。南宋“中兴贤相之首”，为政运筹帷幄，力挽狂澜，为人直言敢谏，忠义凛然。高宗绍兴年间，两度为相，因力主抗金，反对议和，遭秦桧党人构陷。绍兴八年（1138），罢相出知泉州（今属福建），不久谪居兴化军，再移漳州（今属福建）、潮州安置。

绍兴十五年（1145），移吉阳军。遭贬逐后，“故吏门人皆不敢通问”、亲旧“弗睹一字之往来”② 的世态炎凉，曾使赵鼎不禁老泪凄然，但他抗金复国的心志不改，给宋高宗的《谢到吉阳安置表》云：“白首何归，怅余生之无几；丹心未泯，誓九死而不移。”③

北宋时，新旧党争遭贬的环境比较宽容，如范仲淹贬睦州，与诸从事时有雅聚，迭相唱酬，“杯中好物闲宜进，林下幽人静可邀”（范仲淹《桐庐郡斋书事》）。欧阳修贬夷陵（今湖北宜昌）令，当地官吏相从，遍游山水，“日相劳慰，时时颇有燕集”④。黄庭坚贬戎州，“蜀士慕从之游”⑤，与之交游问学、酌酒赋诗。而至南宋党争，所遭受的政治迫害则极为严酷，赵鼎被贬吉阳后竟无米为炊，由他人时常馈济。他深知秦桧必欲置己于死地⑥，无奈病重之下遂绝食而死，临终前先自书铭旌：“身骑箕尾归天上，气作山河壮本朝。”⑦ 其精忠报国之风骨凛然，闻知其死讯，天下人为之悲

---

①（清）李慈铭：《〈南宋四名臣词集〉序》，（清）王鹏运辑：《四印斋所刻词》，上海古籍出版社1989年版，第1页。

②（宋）蔡绦：《铁围山丛谈》卷四，中华书局1997年版，第74页。

③（宋）赵鼎：《忠正德文集》卷四，上海古籍出版社1987年版，第692页。

④（宋）欧阳修：《与尹师鲁第二书》，（宋）欧阳修撰，李逸安点校：《欧阳修全集》卷六九，第三册，中华书局2001年版，第1000页。

⑤（元）脱脱等：《宋史·黄庭坚传》卷四四四，中华书局1985年版，第13109页。

⑥（宋）赵鼎《辨诬笔录·序》：“度其势力将置之必死。则今日流离之极而尚延残喘者，皆君父委曲庇护之赐也，有此侥幸，尚复何言。”

⑦（清）明谊、（清）张岳崧修纂：《道光琼州府志》卷三二，海南出版社2003年版，第1430页。箕：星名，二十八宿之一。后以“骑箕尾”指代国家重臣去世。

哀。宋孝宗即位后，谥“忠简”，追封丰国公，为昭勋阁二十四功臣之一。

赵鼎早期词婉媚不减花间，谪后词则转为凄哀之音，况周颐《蕙风词话》称其词“清刚沈至，卓然名家。故君故国之思，流溢行间句里。”① 其《行香子》：

> 草色芊绵，雨点阑斑。糁飞花、还是春残。天涯万里，海上三年。试倚危楼，将远恨，卷帘看。　　举头见日，不见长安。谩凝眸、老泪凄然。山禽飞去，榕叶生寒。到黄昏也，独自个，尚凭阑。

据词中“海上三年”句，可断定这首《行香子》作于赵鼎卒年，即绍兴十七年（1147）。此词以雨点飞花、榕叶生寒的触目之景，渲染倚楼凝眸、老泪凄然的一怀悲凉，情怀之凄苦、声调之凄厉，见出远逐天涯万里的谪人的愁苦心境。南朝文学家江淹，曾贬建安郡吴兴（今福建浦城）令，他的千古名篇《恨赋》铺排跌宕，极力写一“恨”字，概括了人世间种种人生幽怨与遗恨。其中云：“或有孤臣危涕，孽子坠心，迁客海上，流戍陇阴。此人但闻悲风泪起，血下沾衿，亦复含酸茹叹，销落湮沉。”赋中所渲染的谪恨，恰似他自己贬逐心境的写照。古代海南处天涯海角的僻隅之地，其孤臣孽子之垂涕坠心，赵鼎与江淹应同也似乎更甚。他的天涯放逐“老泪凄然”，对苏轼贬谪的超越模式有所偏离。

朱熹《中兴至今日人物》评说赵鼎：“好伊洛之学，又不大段理会得”②。赵鼎素重二程洛学，但对洛学的讲求修心养性、安危祸福不以为意，并未能融会贯通。被贬吉阳前，他曾对属下说：“顷

① （清）况周颐：《蕙风词话》卷二，上海古籍出版社 2009 年版，第 31—32 页。

② （宋）朱熹，（宋）黎靖德编，王星贤点校：《朱子语类》卷一三一，中华书局 1986 年版，第 3143 页。伊洛之学：北宋程颢、程颐兄弟，世称“二程”，均为洛阳（今属河南）人，讲学于伊河洛水之间，影响甚大、门徒众多，故称其所创理学学派为“伊洛之学”，也叫“洛学”。

一夕忽梦以罪贬海上，何耶？将无是耶？”① 后闻南迁谪命时，悲忧涕下。就这一点，比之同样谪逐海南的胡铨，赵鼎则显得逊色。胡铨好春秋之学，《春秋》学为宋代显学之一，注重义理，讲究会通，“自王荆公安石之说盛行，此道几废，建炎绍兴之初，高宗皇帝复振斯文”②。胡铨研习经书而不负所学，曾献所训解的《易》、《春秋》、《周礼》、《礼记解》，宋孝宗诏令收藏于秘书省。文天祥《跋胡景夫藏澹菴所书读书堂字》称赏说：“澹庵临大难决大议，不负所学，于国为忠君，于亲为孝子，斯读书之所致也。”③ 其于国、于亲、于世、于己皆如此，胡铨不畏奸邪而正义凛然，处厄穷患难犹浩然自得，是其学术涵养所在，也是其儒家思想的经世致用。

（四）胡铨：不畏强权的凛然

胡铨（1102—1180），字邦衡，号“澹庵”，吉州庐陵（今江西吉安）人。为尊奉孔孟之道的儒者，一身浩然正气，周必大《跋胡邦衡奏札稿》云：“夫人之生也，有血气，有浩然之气。少而刚老而衰，血气也，众人以之。秉彝好德，养之以直，塞乎天地，少老如一，浩然之气也，胡忠简公以之。”④

绍兴八年（1138），秦桧密谋宋金谈判事宜，同为宰相的赵鼎知道自己的抗金主张已无望，坚决请求辞职。《宋史·赵鼎传》记载：“鼎既去，桧独专国，决意议和。中朝贤士，以议论不合，相继离去。”⑤ 一时之间，形成了秦桧独揽朝政大权的局面。秦桧派王伦出使金国议和，参知政事孙近也全力附会，议和条件要求高宗跪拜接受金国的“国书”，南宋向金俯首纳贡称臣。一时，激起轩然大波，遭到朝野的强烈愤议。精忠英雄岳飞当时是抗金前线的最高军事将领，直言劝谏高宗道：“金人不可信，和议不可恃，相臣谋

① （宋）蔡絛：《铁围山丛谈》卷四，中华书局1997年版，第74页。

② （宋）楼钥：《止斋春秋后传左氏章指·序》，（宋）楼钥：《攻媿集》卷五一，文渊阁《四库全书》影印本，上海古籍出版社1987年版，第791页。

③ 文天祥：《文山集》卷十四，文渊阁《四库全书》影印本，上海古籍出版社1987年版，第607页。

④ （宋）周必大：《文忠集》卷五十，文渊阁《四库全书》影印本，上海古籍出版社1987年版，第535页。

⑤ （元）脱脱等：《宋史·赵鼎传》卷三六〇，中华书局1985年版，第11285页。

国不臧，恐贻后世讥。”[①] 话锋直指相臣秦桧。时任枢密院编修官的胡铨，冒死上奏《戊午上高宗封事》，极言向金人称臣不可行，并请斩主降派王伦、秦桧、孙近三人，“竿之藁街”以谢天下，“不然，臣有赴东海而死尔，宁能处小朝廷求活耶?”[②] 其辞意激切，声振朝野。时，江苏进士吴师古将此奏疏刻版付印，流布四方，吏民争相传诵，被称为“天下第一奇书”。金人闻之“募其书千金，三日得之，君臣夺气”[③]，读后大惊失色，连呼南宋朝有人，不可轻犯。秦桧因此奏章以“狂妄凶悖，鼓众劫持”[④] 的罪名，将胡铨贬昭州（今广西平乐）编管，后迫于公论，改派广州监管盐仓。

时，“海内风靡，争欲罗拜秦门以取宠。自朝廷至山林之士交口吹嘘，权门如烈火，势焰可炙，而告讦罗织之狱兴矣”[⑤]。绍兴十二年（1142），岳飞以“莫须有”罪名遭杀害，主战名将韩世忠亦为之惊心，被夺兵权后主动上表自请罢枢密使，杜门谢客，“绝口不言兵，自号‘清凉居士’，时乘小骡放浪西湖泉石间”[⑥]。而此时的胡铨仍不畏强权，再次向高宗上疏，二度请斩秦桧，于是被贬为新州（今广东新兴）编管。但胡铨并不屈服，其间作《好事近》以抒泄愤懑：

富贵本无心，何事故乡轻别？空使猿惊鹤怨，误薜萝秋月。　　囊锥刚要出头来，不道甚时节，欲驾巾车归去，有豺狼当辙。[⑦]

---

① （元）脱脱等：《宋史·岳飞传》卷三六五，中华书局1985年版，第11375页。

② （宋）胡铨：《澹庵文集》卷二，文渊阁《四库全书》影印本，上海古籍出版社1987年版，第21页。藁街：汉时街名，在长安城南门内，为属国使节馆舍所在地。

③ （宋）杨万里：《〈胡忠简公文集〉序》，祝尚书编：《宋集序跋汇编》第三册，中华书局2010年版，第1322页。

④ （元）脱脱等：《宋史·胡铨传》卷三七四，中华书局1985年版，第11582页。

⑤ （宋）胡铨：《赠王复山人序》，曾枣庄、刘琳主编：《全宋文》第195册，上海辞书出版社、安徽教育出版社2006年版，第247页。

⑥ （宋）周密撰，张茂鹏点校：《齐东野语》卷十九，《唐宋史料笔记丛刊》，中华书局1983年版，第361页。

⑦ 驾巾车归去：指归隐田园。陶渊明《归去来兮辞》云：“或命巾车，或棹孤舟。”

整个词脱口而出，一气呵成。本无心富贵，却离乡入仕，一“空”一“误”悔恨之切；既已入仕，出头不能，欲归不得——“有豺狼当辙!”笔锋直斥议和误国、残害忠良的秦桧等奸臣，所谓“讥讪”之意正暗含其中。近十年间，胡铨及支持他的朝臣名士如王庭珪、张元幹等相继被流放、削籍，“一时士大夫畏罪钳口，莫敢与之立谈”①，此词正写于这一历史背景下。这首《好事近》词锋犀利而大义凛然，表现出作者身处逆境而不畏权势的“豪壮”，以及对国事时局的深切忧愤，当时即为名篇，赢得很高声誉，其高风亮节为后世所景仰。

据王明清《挥麈录·后录》云：“郡守张棣缴上之，以谓‘讥讪’，秦（桧）愈怒，移送吉阳军编管。”② 绍兴十八年（1148），胡铨被移谪到更加荒僻的吉阳军编管。崖州荒凉僻远，地处海南岛最南端，四面环海，交通闭塞，被称为“天涯海角”，胡铨携带家人渡海赴琼，“徒步以涉瘴疠，路人莫不怜之”③。胡铨平素“诗酒癫狂”、“浩歌箕踞”（《醉落魄》），“决眦归鸿，闲倚东风”（《采桑子》），乃一疏放之豪士，处忧患苦境之中，仍始终保持其达观乐生的态度。他在海南荒蛮之岛教化斯民，兴建学堂，“日以训传经书为事”④，“吉阳士多执经受业者，凡经坯冶，皆为良士”⑤。并尊贤爱士，与当地官吏、名流、士人友好往来，其中酬唱最多的是张伯麟，二人气味相投。张伯麟太学生时，“尝题壁曰：‘夫差，尔忘越王杀尔父乎?’秦桧怒杖脊刺配吉阳军”⑥，也是一舍身爱国的义士。胡铨贬居海南达八年之久，绍兴二十五年（1155）秦桧死后，得以量移衡州（今湖南衡阳）。绍兴三十二年（1162）宋孝宗

① （清）潘永因编，刘卓英点校：《宋稗类钞》卷之二，书目文献出版社 1985 年版，第 101 页。

② （宋）王明清：《挥麈录·后录》卷十，中华书局 1961 年版，第 209 页。

③ （宋）王明清：《挥麈录·后录》卷十，中华书局 1961 年版，第 209 页。

④ （清）张擢士等修纂：《崖州志（二种）》，海南出版社 2006 年版，第 264 页。

⑤ （宋）杨万里：《胡公行状》，（宋）胡铨：《澹庵文集》附录，文渊阁《四库全书》影印本，上海古籍出版社 1987 年版，第 79 页。

⑥ （清）明谊、（清）张岳崧修纂：《道光琼州府志》卷三二，海南出版社 2003 年版，第 1439—1440 页。

赵昚即位，胡铨复职奉议郎、知饶州，官至兵部侍郎。胡铨虽然因力主抗金前后遭流贬23年，然其爱国意志不摧，他于《乾道三年九月宴罢》诗中言："久将忠义私心许，要使奸雄怯胆寒。"淳熙七年（1180）79岁病危弥留之际，仍口授遗表期望宋孝宗收复失地。忠义报国，贯穿了这位爱国名臣的一生。

四名臣继苏轼之后，先后踏上海南贬谪之地，苏轼旷达的人格精神或多或少影响到他们，如李纲在《次地角场俾宗之设祭伏波庙》中自得地说："东坡去后何人继，奇绝斯游只我同。"[①] 四名臣与苏轼，都坚定不移于自己的政治选择，即使罹难而贬逐天涯，苏轼"九死南荒吾不恨"，李光"顾九死以犹甘，虽三黜而无憾"[②]，赵鼎"丹心未泯，誓九死以不移"，但是南宋之于北宋，其社会政治形势已有所不同。如果说，北宋新旧党争所引发的贬官现象，主要是由政治理念之争导致政治权益的争斗，涉及到"君子"与"小人"之辨；那么南宋因主战与主和党争所引发的贬官现象，则具有了更深刻的内涵，涉及的是抵御外辱爱国还是苟且偏安辱国，也牵涉到"忠"与"奸"的道德操守问题。所以，同是贬逐海南荒蛮，苏轼的超然荣辱，是关乎个人进退的"性命自得"之学，而南宋四名臣的刚直不屈则关乎国家存亡的民族之大义，故有人认为此非苏轼所及。

宋代，思想学派之间的党议与政治派别之间的党争往往纠合一起。《宋史全文讲议》云：

> 元祐之所谓党者，何人哉？程曰洛党，苏曰蜀党，而刘（挚）曰朔党。彼君子也，而相互排斥，此小人得以有辞于君子也……然熙宁君子之过小，元祐君子之过大。熙宁之争新

---

① （宋）李纲：《梁溪集》卷二四，文渊阁《四库全书》影印本，上海古籍出版社1987年版，第719页。

② （宋）李光：《琼州安置谢表》，（宋）李光：《庄简集》卷十三，文渊阁《四库全书》影印本，上海古籍出版社1987年版，第571页。

法，犹出于公，元祐之自为党，皆出于私。[①]

就元祐旧党内部的洛、蜀之争来看，形同水火，有围绕“礼”和“文”的学理争辩，也有意气用事、排斥异己的私为[②]。以致朝臣之间形成门户之斗和权力之争，危害到仕风朝政，如范纯仁上哲宗《论不宜分辨党人有伤仁化》疏云：“朋党之起，盖因趋向异同。同我者谓之正人，异我者疑为邪党。既恶其异我，则逆耳之言难至；既喜其同我，则迎合之佞日亲。以至真伪莫知、贤愚倒置，国家之患，率由此也。”[③]

可以说宋王朝，是一个政治态势急遽变动的王朝，尤其是北宋，从仁宗朝的“庆历”到神宗朝的“熙宁”，到高太后听政的“元祐”，到哲宗亲政的“绍圣”，再到向太后短垂帘的“元符”，到徽宗掌政的“崇宁”，“一朝天子一朝臣”的针锋相对的党争，使政治社会环境日趋恶化。从北宋延至南宋，党争的纷争不息演变成朝中党同伐异的相互排斥、倾轧，一些心怀社稷之忧的正直贤良之士不知适从，动辄得咎，其个人的政治命运与国势时运紧密联系一起，仕宦浮沉而命运多舛。“两宋时期，其贬谪官员人数之众多、重要成员受谪次数之频繁、谪居时间之久长，皆较唐代有过之而无不及。”[④] 由此，从政治的摧折、生命的苦难和毁灭中生发出大量的贬谪词，这些贬谪词蕴含了震撼人心的悲剧审美价值，凸现出深刻的社会内容和时代特征。

---

① （宋）李焘：《续资治通鉴长编》卷四七一引，中华书局2004年版，第11240页。

② （宋）李焘《续资治通鉴长编》：侍御史王觌奏云：“苏轼、程颐向缘小恶，浸结仇怨。于是颐、轼素相亲善之人，亦为之更相诋讦以求胜，势若决不两立者。乃至台谏官一年之内，章疏纷纭，多缘颐、轼之故也。”

③ （元）脱脱等：《宋史·范纯仁传》卷三一四，中华书局1985年版，第10288页。

④ 尚永亮、钱建状：《贬谪文化在北宋的演进及其文学影响》，《中华文史论丛》2006年第3期。

第八章

羁旅词：行役倦客的宦游生涯

有宋一代大兴科举，是古代科举录取人数最多的朝代，平均每年取士人数约为唐代的5倍①，也为之后的元、明、清三朝所不及。此外，宋初为削弱官员的权力，实行一职多官，其官僚机构空前庞大，至宋仁宗朝，更是奉行“恩逮于百官唯恐其不足”的笼络政策，导致人们对科举仕途的孜孜以求。由此学优而仕、仕而俸厚，成了宋代文人仕子概莫能外的人生道路选择和主流价值取向，求学赶考、赴任宦游等行旅奔波更加风行不衰。

同时，由唐至宋文人的价值观念逐渐发生变化，由对外在的功名事业的关注转而为内在的对个体生存状态的关注，并对文人的创作倾向有所引导，使文人在题材选择方面向羁旅行役主题偏移。所以，宋代产生了大量的游学、游宦、游幕词，而北宋末周邦彦集大成的创作，则将羁旅行役词推上了艺术的巅峰。

第一节 “京华倦客”周邦彦

周邦彦（1056—1121），字美成，号“清真居士”，钱塘（今浙江杭州）人。出生于“旧有簪缨”（《南浦》）的诗书之家。其父周原字德祖，终身未仕，但饱读诗书，对诗书典籍顶礼膜拜。据

① 张希清：《论宋代科举取士之多与冗官问题》，《北京大学学报》1987年第6期。两宋通过科举取士共115427人，平均每年361人，约为元代的30倍、明代的4倍、清代的3.4倍。

《周居士（原）墓志铭》记载：“家有藏书，清晨必焚香发其覆拜之。有笑者，辄曰：‘圣贤之道尽在是，敢不拜耶！’”① 他给儿子取名“邦彦”，缘自《诗经·羔裘》“彼其之子，邦之彦兮”，希望其成为邦国之俊士。出生这样的书香家庭，周邦彦如入芝兰之室而得到浸染，他“博涉百家之书”②，成为才富学赡的才俊。

周邦彦历仕北宋神宗、哲宗、徽宗三朝，一生宦游不定。他早年游学，曾自荆州沿汉水北上，途经郢州、宜城、襄阳等地。约于24岁赴京，此后宦迹流居不定，在40余年的宦游生涯中，三入京师又三出京师，足迹遍及庐州（今安徽合肥）、荆州（今湖北江陵）、溧水（今属江苏）、隆德（今山西长治）、真定（今河北正定）、顺昌（今安徽阜阳）等地。周邦彦的词作中，“羁旅”、“羁思”、“倦客”、“客里”之类的字眼触目皆是，如《南浦》“甚顿作天涯，经岁羁旅”；《绕佛阁》“叹故友难逢，羁思空乱”；《还京乐》“奈何客里，光阴虚费”；《兰陵王》“谁识，京华倦客”，等等。他一生倦旅，流寓江南，远宦北国，备尝宦游的“羁旅况味”。

第二节　以羁旅行役词名世

宋徽宗崇宁四年（1105）九月，新乐《大晟》修成，特建府置官，“朝廷旧以礼乐掌于太常，至是专置大晟府。”③ 大晟府，为北宋掌乐律的官署，宋徽宗宣和二年（1120）废。周邦彦曾于宋徽宗政和七年（1117）提举大晟府④，故被称为“大晟词人”，也曾被称为“宫廷词人”。其实，周邦彦供职大晟府时已年逾花甲，而且

① （宋）吕陶：《周居士（原）墓志铭》，曾枣庄、刘琳主编：《全宋文》第74册，巴蜀书社1992年版，第120页。

② （元）脱脱等：《宋史·文苑传》卷四四四，中华书局1985年版，第13126页。

③ （元）脱脱等：《宋史·乐志四》卷一二九，中华书局1985年版，第3002页。

④ 提举：宋代设主管专门事务的职官，以“提举”命名。张炎《词源》卷下云：“迄于崇宁，立大晟府，命周美成诸人讨论古音，审定古调。沦落之后，少得存者。由此八十四调之声稍传。而美成诸人又复增演慢曲、引、近，或移宫换羽，为三犯、四犯之曲，按月律为之，其曲遂繁。”

不久即“知顺昌府，徙处州”[①]，《清真集》几乎找不出直接反映宫廷生活内容的词。不妨说周邦彦是“羁旅词人”，他尤以羁旅行役词名世。《清真集》中叙写旅况凄凉、宦途奔波之作竟有40多首，几乎占全集的1/4多，至于涉及羁旅行役的更多，约占总数的7/10。羁旅行役是其词作的主要题材，也贯穿在他绝大多数的词作之中。

北宋末词坛的坛主当推周邦彦。周邦彦工诗文、善书法，但皆为词名所掩，今有《片玉词》，又名《清真集》。清真词在当时及后世均享誉甚高，陈廷焯《白雨斋词话》云：

> 词至美成，乃有大宗。前收苏、秦之终，后开姜、史之始，自有词人以来，不得不推为巨擘。[②]

或认为此对周邦彦褒扬过甚，但可见其词影响之大。清真词除了男女情爱，多写羁旅流落，词风浑厚和雅、缜密典丽，上承柳永、秦观，下启姜夔、吴文英等。周济《介存斋论词杂著》云：“美成思力，独绝千古……读得清真词多，觉他人之作，都不十分经意。”[③] 之前，词人们多以兴发感动取胜，如李煜、晏几道、秦观、苏轼，而到了周邦彦这里，以“思力”取胜，如叶嘉莹先生《唐宋词十七讲》所言：“不矜感发矜思力，结北开南是此人。”[④]

一　音韵精美，格律谨严

> 词中老杜，则非先生不可。[⑤]　——王国维《清真先生遗事》

曲子词原是适应新兴乐调演唱的歌辞，合乐而歌、应歌填词，

① （元）脱脱等：《宋史·文苑传》卷四四四，中华书局1985年版，第13126页。

② （清）陈廷焯撰，杜维沫校点：《白雨斋词话》卷一，人民文学出版社1959年版，第16页。

③ （清）周济：《介存斋论词杂著》，人民文学出版社1959年版，第6页。

④ 叶嘉莹：《唐宋词十七讲》，北京大学出版社2007年版，第295页。

⑤ （清）王国维撰，周锡山编校：《王国维集》第一册，中国社会科学出版社2008年版，第52页。

是它作为新兴文学形式的主要特性所在，因此音律——合乐的音律美对于词的创作甚为重要。北宋前期词人多晓音律，所作词也都可以逐管弦倚声而歌。

沈义父《乐府指迷》云："清真最为知音。"① 周邦彦的音乐造诣非常高，以"顾曲郎"自居，亦名其堂为"顾曲堂"②。据周密《浩然斋雅谈》记载：一次，周邦彦自创《六丑·蔷薇谢后作》，曲中唱道：

> 正单衣试酒，怅客里、光阴虚掷。愿春暂留，春归如过翼，一去无迹。为问花何在？夜来风雨，葬楚宫倾国。钗钿堕处遗香泽，乱点桃蹊，轻翻柳陌。多情为谁追惜？但蜂媒蝶使，时叩窗槅。　　东园岑寂，渐蒙笼暗碧。静绕珍丛底，成叹息。长条故惹行客，似牵衣待话，别情无极。残英小、强簪巾帻。终不似一朵，钗头颤袅，向人欹侧。漂流处、莫趁潮汐。恐断红、尚有相思字，何由见得。

此词回环往复咏蔷薇花落，与"怅客里、光阴虚掷"的羁旅飘零身世交织浑融。宋徽宗于禁宫中听演奏后，极为赞赏，只是对曲子取名《六丑》大惑不解，教坊使袁绹回奏道："此词牌乃周邦彦所创。"周邦彦被召入宫，解释说："此犯六调，皆声之美者，然绝难歌。昔高阳氏有子六人，才而丑，故以比之。"③：此词犯了六种不同宫调，都是音乐中极美的调子，但特别难唱。传说上古时"五帝"之一的颛顼高阳氏有六子，皆有才德而相貌丑陋，所以用之比拟这个词牌。宋徽宗听了很是感叹。

周邦彦所传世的词作多自创调，曲律和婉精美，备受歌妓喜

---

① （宋）沈义父撰，蔡嵩云笺释：《乐府指迷笺释》，人民文学出版社 1963 年版，第 44 页。

② 顾曲堂：此用三国周瑜"顾曲"的典故。（晋）陈寿《三国志·周瑜传》载："瑜少精意于音乐。虽三爵之后，其有阙（缺）误，瑜必知之，知之必顾。故时人谣曰：'曲有误，周郎顾。'"

③ （宋）周密：《浩然斋雅谈》卷下，唐圭璋编：《词话丛编》第一册，中华书局 1986 年版，第 232 页。

爱。冯金伯《词苑萃编》引毛幵《樵隐笔录》：

> 绍兴初，都下盛行周清真咏柳《兰陵王慢》，西楼南瓦皆歌之，谓之《渭城三叠》。①

高宗绍兴初年，临安京城盛传周邦彦的羁旅伤别词《兰陵王慢·柳》，歌楼瓦肆皆歌之，称之《渭城三叠》。南宋后期词人吴文英在《惜黄花慢》小序中云："次吴江小泊，夜饮僧窗惜别。邦人赵簿携小伎侑尊，连歌数阕，皆清真词。"可知曲律谐美的清真词一直风靡整个南宋时期。

北宋前期柳永词的盛行，也因"能择声律谐美者用之"②，但所创长调多出于市井俗曲新声，尚有一些格调不高的"冶荡之音"，并且其格律、音韵和字句并无定格，如《倾杯》一调竟有七体之多。周邦彦作为大晟词人多创调之才，《清真集》中新创和自度曲达50余调，词的音律与格律精细谨严，用字高雅，声腔圆美，如他的羁旅词《瑞龙吟》（章台路）、《兰陵王》（柳阴直）等名曲被奉为典范调式，被世人广泛遵从和效法。

苏轼"自是曲子中缚不住者"③。他以诗人词，在词中抒写性灵襟抱，天风海雨般横放杰出，大拗大救，却时有"不协音律者"④，疏离了词协律和婉的传统。而周邦彦妙解声律，能"拗"能"和"，在柳永词的音律平滑之外，别有沉着拗怒之风，而在苏轼词的音律拗怒之外，又自有谐婉和美之韵，其词协律和婉，为词之正宗。周邦彦的羁旅词，以其声律和美而传唱甚广，"贵人、学士、

① （清）冯金伯：《词苑萃编》，唐圭璋编：《词话丛编》第二册，中华书局1986年版，第2270页。瓦：瓦肆、瓦舍。宋代随着市民阶层而兴起的一种游乐商业集散场所。

② （宋）王灼撰，江枰疏证：《碧鸡漫志疏证》卷二，江西教育出版社2015年版，第70页。

③ （宋）吴曾：《能改斋漫录》卷十六引晁补之语，上海古籍出版社1984年版，第469页。

④ （宋）李清照：《词论》，郭绍虞主编：《中国历代文论选》第二册，上海古籍出版社2001版，第350页。

市侩、妓女，皆知其词为可爱，非溢美”①。

二　尤善铺叙，回环跌宕

（清真）长调尤善铺叙。②　　——陈振孙《直斋书录解题》

长调慢词最重章法，北宋词坛周邦彦与柳永均是擅长铺排结构的大家，夏敬观说：“耆卿多平铺直叙，清真特变其法，一篇之中，回环往复，一唱三叹，故慢词始盛于耆卿，大成于清真。”③

柳永创造性地“以赋为词”，极大地丰富了词法，所制词出于应曲坊伶工演唱的世俗化需要，力求明白晓畅而以直、疏、平见长。如他的羁旅词《雨霖铃》（寒蝉凄切）、《采莲令》（月华收）等，全篇从别时写到别后，以直笔平叙的方式层层推进，其铺叙展衍为时空序列性的直线结构。周邦彦的长调慢词从柳永而来，却是回环的曲线结构，开阖跌宕富于变化。其《满庭芳·夏日溧水无想山作》：

风老莺雏，雨肥梅子，午阴嘉树清圆。地卑山近，衣润费炉烟。人静乌鸢自乐，小桥外、新绿溅溅。凭栏久，黄芦苦竹，拟泛九江船。　　年年，如社燕。飘流瀚海，来寄修椽。且莫思身外，长近尊前。憔悴江南倦客，不堪听急管繁弦。歌筵畔，先安簟枕，容我醉时眠。

此词是周邦彦出京流宦、任溧水县令时作。开篇莺老梅肥、繁荫如盖，将江南夏景直逼眼前，以“清圆”二字形容夏木蔚秀，极

① （宋）陈郁：《藏一话腴》，施蛰存、陈如江辑录：《宋元词话》，上海书店出版社1999年版，第531页。

② （宋）陈振孙撰，徐小蛮、顾美华点校：《直斋书录解题》卷二一，上海古籍出版社1987年版，第618页。

③ 夏敬观：《手评〈乐章集〉》，夏敬观撰，葛渭君辑录：《吷庵词评》，《词学》第五辑，华东师范大学出版社1986年版，第199页。

为传神。接下转写所居地势低洼潮湿，略含不堪之怨；而小桥新绿溅溅，又若有欣羡之意。待歇拍“黄芦苦竹”，见出谪宦羁思。过片“年年社燕”，比喻自己天涯漂泊、寄人篱下，陈匪石《宋词举》评曰：“‘年年，如社燕’十三字，直入自身，言今年适然在此，过去未来，行踪靡定，劳悴之情，迁流之感……急泪迸流。”① “且莫”两句宕开一笔，不思身外功名，且尽杯中之饮，转而作达观疏放之想。“憔悴”两句又折回，久客憔悴，不堪当筵管弦，见出内心愁苦郁结难解。末了一笔再转，先安簟枕，歌筵醉眠以解愁思，看似萧闲之致，实为悲颓之语。

全篇清丽景物与孤寂心境交错，羁宦愁闷与歌酒消遣结合，层层脱卸，笔笔勾勒，极吞吐回环、腾挪跌宕之妙。它变柳永词的平铺直叙、一笔到底的发露为婉曲蕴藉。汪东《唐宋词选评语》云：“耆卿崛起，慢词始兴，清真实从柳出，其铺叙长调，气力相钧，而沈郁之思，秾挚之采，固柳所不及也。”② 认为长调铺叙周邦彦后出转精，沉郁顿挫为柳永所不及。

三　隐括入律，浑然天成

> 多用唐人诗语，隐括入律，浑然天成。③
>
> ——陈振孙《直斋书录解题》

隐括入律，此指将唐人诗句入词，适当剪裁、增删，改写成新的词句、词意。北宋中后期的士大夫之词“尚故实”，着力将前人的诗文典故点化入词，以营造典雅的书卷气。如黄庭坚的《念奴娇·八月十七日同诸甥待月》“桂影扶疏，谁便道，今夕清辉不足”，反用杜甫《一百五日夜对月》“斫去月中桂，清光应更多”的诗句；秦观的

① 陈匪石撰，钟振振校点：《宋词举》卷下，江苏古籍出版社 2002 年版，第 109 页。

② 汪东：《唐宋词选评语》，吴熊和主编：《唐宋词汇评》两宋卷第二册，浙江教育出版社 2004 年版，第 881 页。

③ （宋）陈振孙撰，徐小蛮、顾美华点校：《直斋书录解题》卷二十，上海古籍出版社 1987 年版，第 618 页。

《鹧鸪天》“雨打梨花空闭门”，则从刘方平《春愁诗》“梨花满地不开门”点化而成。而在这一点上，以周邦彦表现尤为突出。

据宋代陈元龙所注《片玉集》，其收录的127首清真词中，被注明出自前人的句子就不下四五十处。周邦彦尤善融化唐人清辞丽句入词，含英咀华，将其羁旅况味宛转道出，如《玲珑四犯》“憔悴鬓点吴霜，念想梦魂飞乱”，用李贺的《还自会稽歌》“吴霜点归鬓，身与塘蒲晚”；《琐窗寒》“洒空阶，夜阑未休，故人剪烛西窗语”，用李商隐的《夜雨寄北》“何当共剪西窗烛，却话巴山夜雨时”；《满庭芳》“黄芦苦竹，疑泛九江船”，化用白居易的《琵琶行》“住近湓江地低湿，黄芦苦竹绕宅生”，自比流宦的清寂苦寒情景。张炎《词源·杂论》称赏美成词“采唐诗融化如自己出，乃其所长”，只是有“惜乎意趣却不高远”[①] 之叹。

在北宋词坛，清真词艺术上的开阔气度不如柳永，内容上的拓新境界逊于苏轼，但是他在表现形式上穷极工巧，言情含婉蕴藉、辞句清丽圆润，又着力于章法的缜密变化、声律的谨严和婉，这是柳、苏词所不及的。刘扬忠先生《唐宋词流派史》认为：周邦彦“折中于柳、苏之间，另开浑雅典丽一派”[②]。周邦彦为“集大成”的一代词宗，已为词学界所不争。周济《介存斋论词杂著》云：“清真，集大成者也。”[③] 客观地看，清真词尤其是他的羁旅行役词在“技巧功力方面之博大精深”[④]，确实可谓“集大成者”。

第三节　周邦彦的宦游心路

周邦彦一生仕履，以在汴京为官时间最久，其次是溧水、河中府、处州、明州、真定等，不可详考的是荆襄等地。周邦彦的羁旅词，记录了从早年、中年至晚年迁徙流落的足迹，贯串他的一生，

① （宋）张炎：《词源》卷下，中华书局1991年版，第69页。

② 刘扬忠：《唐宋词流派史》，福建人民出版社1999年版，第268页。

③ （宋）周济：《介存斋论词杂著》，人民文学出版社1998年版，第12页。

④ 叶嘉莹：《唐宋词名家论稿》，河北教育出版社2000年版，第157页。

反映了“经岁羁旅”（《南浦》）的心路历程。赵治中的《“经岁羁旅”天涯的心路历程——周邦彦羁旅行役词述评》[①]，以周邦彦一生的游踪行迹，将其羁旅词分为三个时期，借此可进一步细分为四个时期。

一　滞留京师，“故乡遥，何日去”

宋神宗元丰二年（1079），时24岁，热衷功名的周邦彦赴京入太学读书。元丰六年（1083）献《汴都赋》，其赋壮采奇文长达7000字，神宗见而异之，召至政事堂，命李清臣在迩英阁诵读，因赋中多古文奇字不识，只得读其偏旁。这是一篇摹仿汉代班固《两都赋》、张衡《二京赋》的大赋，极尽铺排、夸饰、渲染之能事描述汴都的繁华，其中也颂扬新政。于是得宋神宗赏识，擢为太学正，“声名一日震耀海内”[②]。周邦彦不仅其文传播士林，其诗亦独步一时，由此文名远播，《咸淳临安志·人物传》记载他“游太学，有俊声”[③]，但此后“居五岁不迁”[④]。

汴京为当时最繁华的都会，“疏隽少检”的周邦彦不免有流连于连歌楼瓦舍、饮酒狎妓的情事，这一时期主要写依红偎翠的艳情词。但是久客京华，又受朝廷冷遇而五年未予升迁，心情抑塞不畅的词人难免思乡念故，所以也写有少量的羁旅怀乡词，如《苏幕遮》：

> 燎沉香，消溽暑。鸟雀呼晴，侵晓窥檐语。叶上初阳干宿雨，水面清圆，一一风荷举。　　故乡遥，何日去。家住吴门，久作长安旅。五月渔郎相忆否？小楫轻舟，梦入芙蓉浦。

① 赵治中：《“经岁羁旅”天涯的心路历程——周邦彦羁旅行役词述评》，《丽水师专学报》1994年第3期。

② （宋）楼钥：《〈清真先生文集〉序》，（宋）周邦彦撰，罗忼烈笺注：《周邦彦清真集笺》（下），香港生活·读书·新知三联出版社1985年版，第485页。

③ （宋）潜说友修纂：《咸淳临安志·人物传》卷六六，上海古籍出版社2015年版，第2388页。

④ （元）脱脱等：《宋史·文苑传》卷四四四，中华书局1985年版，第13126页。

"久作长安旅"一句，可以推断是词人太学后期所作。此词格调清朗、语言流丽，陈廷焯《云韶集》称为"风致绝佳"①。词写客居京城时消暑思归的情思。上片"水面清园，一一风荷举"两句，写荷塘新晴景色，炼一"举"字，状亭亭出水的荷叶随风俯仰，传风荷神清骨秀、摇曳多姿的神韵。下片不说自己触景思乡，却问"渔郎相忆否"，从对面深进一层。末了以梦归作结，那荷塘深处的一叶轻舟，带人进入一种清远境地。词人面对晓檐初晴、浦塘风荷，追忆起昔时与故乡少年伴侣钓游十里荷塘，不由小楫轻舟梦入荷丛，将久居京华而魂牵梦萦的乡思写得极为真切。

周邦彦太学时期的羁旅词，如《浣溪沙》："新笋已成堂下竹，落花都上燕巢泥。忍听林表杜鹃啼。"《渔家傲》："醉踏阳春怀故国，归未得，黄鹂久住如相识。"《一落索》："杜宇思归声苦，和春催去。……目断陇云江树，难逢尺素。"杜鹃啼归声哀苦，催促花落春去，而故园欲归未能，家书遥隔难得，词人抒写久客之羁思，流露出对故土亲友的依恋情怀。

这一时期的羁旅词，多用清丽蕴藉的小令，如罗慷烈《周清真词时地考略》所言："皆状旅况之无憀，动久客之归思，略无凄咽怨断之音，当非后来漂泊之词。"② 其中虽不无清寂孤寞的愁绪，但因仕宦尚未遭受挫折，流露出的情感比较轻微，既无中年行役的"凄咽怨断之音"，更无晚年漂泊的消极颓唐之叹。

二　浮沉州县，"憔悴江南倦客"

元丰八年（1085）三月宋神宗崩，年幼的哲宗嗣位。高太后垂帘听政，起用司马光守旧派，周邦彦因"旋遭时变，不能俯仰取容，自触罢废"③，宋哲宗元祐二年（1087），时32岁，出京外放。先后任庐州教授、溧水县令，浮沉州县达10年之久。

---

①（清）陈廷焯：《云韶集》，（清）陈廷焯撰，孙克强主编：《白雨斋词话全编》第一册，中华书局2013年版，第94页。

② 罗慷烈：《两小山斋论文集》，中华书局1982年版，第59页。

③（宋）周邦彦：《重进〈汴都赋〉表》，（宋）周邦彦撰，罗忼烈笺注：《周邦彦清真集笺》，香港生活·读书·新知三联出版社1985年版，第427页。

其《宴清都》或作于庐州：

> 地僻无钟鼓。残灯灭，夜长人倦难度。寒吹断梗，风翻暗雪，洒窗填户。宾鸿谩说传书，算过尽、千俦万侣。始信得、庾信愁多，江淹恨极须赋。①

这是一首“夜长人倦”思归之作，此为上阕。词人初离繁华京师，来到无钟鼓之乐的庐州，深感地僻人远、形单影只，心情十分凄苦。那残灯长夜“寒吹断梗，风翻暗雪”，所渲染的阴冷气氛透露出作者内心的惶惑和恐惧；而人倦、愁多、恨极等情态，情调低哀凄苦，似乎暗喻自己政治受扼的窘困。此词中隐晦的内涵，使人窥见北宋后期政治风云笼罩下文人士大夫的心理阴影。

据王国维《清真先生遗事》，周邦彦“在教授庐州之后，知溧水之前”曾羁游荆州。② 所作词如：在《点绛唇》中深感宦途颠沛，“楚歌声苦，村落黄昏鼓”；在《琐窗寒》中忧念漂浮不定，“楚江暝宿，风灯零乱”；在《扫花游》中黯然凝伫叹息，“掩重关，遍城钟鼓”，都流露出宦游生涯中的孤单哀怨情绪。

元祐八年（1093）周邦彦知溧水，80多年后强焕任溧水知县，思慕先贤而为周邦彦编辑词集，共收其词182篇。他在《〈片玉词〉序》中记载周邦彦知溧水时：

> 于拨烦治剧之中，不妨舒啸，一觞一咏。③

溧水是负山之邑，官赋浩攘，民讼纷沓。周邦彦身为溧水县

---

① 庾信：南朝梁诗人。初仕梁，后出使西魏，恰值西魏灭梁，被强留北地，后仕北周为开府仪同三司。暮年所作《哀江南赋》、《愁赋》等，多抒写羁旅异域的乡关之思。

② （清）王国维撰，周锡山编：《王国维集》第一册，中国社会科学出版社2008年版，第50页。

③ （宋）强焕：《〈片玉词〉序》，金启华等编：《唐宋词集序跋汇编》，江苏教育出版社1990年版，第68页。

令，一面“为政敬简”①，与民休息；一面于拨烦治剧之余，舒啸吟咏，自得其乐。这一期间，周邦彦也写了一定数量的羁愁乡思的词。如《隔浦莲》：“纶巾羽扇，困卧北窗清晓。屏里吴山梦自到。惊觉，依然身在江表。”自注云：“中山县圃姑射亭避暑作。”“中山”即溧水。词人由困卧而入梦，梦中魂游故乡吴山，待到“惊觉”，依然身在溧水，通过思极入梦以抒写宦途思乡之情。只是随着仕宦的滞阻，这种思乡情感逐渐变得苦涩悲凉。

周邦彦作于溧水的羁旅行役词，以“夏日溧水无想山作”的《满庭芳》（风老莺雏）为代表。陈廷焯《白雨斋词话》云：“此中有多少说不出处，或是依人之苦，或有患失之心。但说得虽哀怨，却不激烈，沉郁顿挫中，别饶蕴藉。”② 与《宴清都》比较，《满庭芳》词中凄苦哀伤的情绪似有减退，消极颓唐的成分有所增加：“憔悴江南倦客，不堪听、急管繁弦。歌筵畔，先安簟枕，容我醉时眠。”这是词人屡经迁谪之后，感情内蕴而行为放达颓靡的表现。溧水地近茅山，道教茅山派创教祖师三茅真君曾在此行道，唐宋时道风很盛。周邦彦原本就受老庄思想的影响，这时期他写有《仙杏山》等诗，自称“本非民土宰官身，欲断人间烟火谷”，表达“癯仙骑白鹿”、“执帚洗仙坛”的学道修仙之想。这种厌世、出世的消极思想，也隐然见于江南倦客一榻醉眠的颓然自放里。

周邦彦10年在沉抑下僚、羁宦漂泊中度过，青年时期的进取锐气消磨殆尽。龙沐勋《清真词叙论》有评：“自遭时变，漂零不偶，即性情亦因之而变化，无复少年‘疏隽少检’之风矣。”③ 这时期的词作，与汴京初旅的怀乡词作风大异，如《宴清都》（地僻无钟鼓）、《风流子》（枫林凋晚叶）、《齐天乐》（绿芜凋尽台城路）、《满庭芳》（风老莺雏）等，多写羁旅行役，感伤身世不遇，或凄

① （宋）强焕：《〈片玉词〉序》，金启华等编：《唐宋词集序跋汇编》，江苏教育出版社1990年版，第68页。

② （清）陈廷焯撰，杜维沫校点：《白雨斋词话》卷一，人民文学出版社1959年版，第17页。

③ 龙沐勋：《清真词叙论》，《词学研究论文集》（1911—1949），上海古籍出版社1988年版，第117页。

怨、或放逸、或颓唐，皆反映了他政治上的苦闷和对仕宦的厌倦。

三　汴京再仕，“事与孤鸿去”

宋哲宗绍圣四年（1098），时 43 岁，周邦彦被召回京，任国子监主簿。元符元年（1098），哲宗召对崇政殿“使诵前赋”①，周邦彦写《重进〈汴都赋〉表》，擢秘书省正字，徽宗即位，历迁校书郎、考功员外郎等。周邦彦“以一赋而得三朝（神、哲、徽宗）之眷，儒者之荣莫加焉”，但“浮沉州县”② 的仕宦岁月殊为流落，他在《重进汴都赋表》一文中，自陈其“漂零不偶，积年于兹”③ 的飘萍之流落和沉沦。而在还京再仕之后，仕途平坦，官阶渐隆，没有了仕宦的奔波流落。

汴京再仕时期前段，羁旅寄慨之作减少，多了一些旧情绮思的恋情。但是，面对朝政的日趋腐败黑暗，以及变法派核心人物之间的争权夺利，词人颇感失望；而国子监主簿之闲职，仅掌管文书簿籍之类，也发挥不了自己博学多艺的才能。于是“京华倦客”的他，过着碌碌无为的平庸生活，彷徨苦闷，羁思难抑，所写《瑞龙吟》将其心怀展露无遗：

> 前度刘郎重到，访邻寻里。同时歌舞，唯有旧家秋娘，声价如故。吟笺赋笔，犹记燕台句。知谁伴、名园露饮，东城闲步？　　事与孤鸿去。探春尽是，伤离意绪。官柳低金缕，归骑晚，纤纤池塘飞雨。断肠院落，一帘风絮。

这首《瑞龙吟》是《清真集》开卷第一篇，向被视为压卷之作。其词境迷离浑融，抒情委婉吞吐，用笔迂回反复，代表了周邦彦沉郁顿挫的风格。此词作于周邦彦重回汴京、任国子监主簿时，

---

① （元）脱脱等：《宋史·周邦彦传》卷四四四，中华书局 1985 年版，第 13126 页。

② （宋）王明清：《挥麈录·余话》卷一，朱易安、傅璇琮主编：《全宋笔记》第六编（二），大象出版社 2013 年版，第 34 页。

③ （宋）周邦彦：《重进〈汴都赋〉表》，（宋）周邦彦撰，罗忼烈笺注：《周邦彦清真集笺》，香港生活·读书·新知三联出版社 1985 年版，第 427 页。

这是原词第三阕。十年外放流徙，今日故地重游，却不见当年歌舞佳人，物是人非而又情随境迁，不禁感慨良多。词中所写不过桃花人面，表面是浪子归来、寻旧欢不遇的“伤离意绪”，实则流露出政治仕途的某种旧梦难追的失落感和孤独感，寄寓了词人浓重的身世慨叹。那一抹沉郁、凄迷、沧桑的味致——“事与孤鸿去”，正反映了这一时期周邦彦重返京城的仕宦心态。

宋徽宗即位后启用新法，在位初期颇有明君气度，后则“疏斥正士，狎近奸谀。于是蔡京以猖薄巧佞之资，济其骄奢淫逸之志”①。即使“为君者讳”的正史也难掩饰其过，《宋史·徽宗本纪》云：

> 溺信虚无，崇饰游观，困竭民力。君臣逸豫，相为诞谩，怠弃国政，日行无稽。②

周邦彦汴京再旅时期后段，面对每况愈下的激烈的党争、日衰的国势，竞进之心几乎泯灭，思想日渐消沉，成了一位委顺知命的孤寞长者。“今日重来，更无人问，独自倚阑愁”（《少年游》），“夕阳深锁绿苔门，一任卢郎愁里老”（《玉楼春》），词人抚今追昔，颇感“别来人事如秋草”的孤寞，大半生世事沧桑、功业无成，人却在仕宦羁旅中渐老去。

四　衰年远宦，“沉思前事，似梦里”

政和二年（1112），时57岁，周邦彦出知德隆府（治所今山西长治），后徙知明州（今宁波鄞州）。政和六年（1116）回汴都，“拜秘书监，进徽猷阁待制，提举大晟府”③，不久又外放。宋徽宗重和元年（1118），63岁，出知真定府（治所今河北正定），旋即改知顺昌府（治所今安徽阜阳），后徙知处州。方腊起事，辗转流离于睦州、杭州、扬州，宣和三年（1121），66岁客死于南京鸿庆宫斋厅。

---

① （元）脱脱等：《宋史·本纪》卷二二，中华书局1985年版，第418页。

② （元）脱脱等：《宋史·本纪》卷二二，中华书局1985年版，第418页。

③ （元）脱脱等：《宋史·周邦彦传》卷四四四，中华书局1985年版，第13126页。

周邦彦于年老远宦时期，羁旅行役之作内容繁富，沉郁顿挫的艺术风格已达纯熟精深，如他的《兰陵王·柳》：

> 柳阴直，烟里丝丝弄碧。隋堤上、曾见几番，拂水飘绵送行色。登临望故国，谁识、京华倦客？长亭路、年去岁来，应折柔条过千尺。　　闲寻旧踪迹，又酒趁哀弦，灯照离席。梨花榆火催寒食。愁一箭风快，半篙波暖，回头迢递便数驿。望人在天北。　　凄恻，恨堆积！渐别浦萦回，津堠岑寂，斜阳冉冉春无极。念月榭携手，露桥闻笛。沉思前事，似梦里，泪暗滴。

此词或认为是周邦彦得罪徽宗，被遣出京时饯别李师师而作。如贺裳《皱水轩词筌》云："周清真避道君，匿师师榻下，作《少年游》以咏其事。吾极喜其'锦幄初温，兽烟不断，相对坐调笙'，情事如见。至'低声问向谁行宿，城上已三更。马滑霜浓，不如休去'等语，几于魂摇目荡矣。乃被谪后，师师持酒饯别，复作《兰陵王》赠之。中云：'愁一箭风快，半篙波暖，回头迢递便数驿。'酷尽别离之惨。"①

这首《兰陵王·柳》"客中送客"，当是周邦彦63岁那年暮春出知真定府，留别汴京故旧而作。据周密《浩然斋雅谈》记载：徽宗诏见周邦彦，"以近者祥瑞沓至，将使播之乐府"，周邦彦却以"某老矣，颇悔少作"对之，"由是得罪"徽宗。② 这或是周邦彦被遣出京的原因。当然，《浩然斋雅谈》多有失实处，此说未必足以作为信史。但王国维《清真先生遗事·尚论三》亦有言："徽宗时，士人以言大乐颂符瑞进者甚多"，但周邦彦绝不为之，"集中无一颂圣贡谀之作"。③ 此言与周邦彦行迹相符，可知其周邦彦与宋徽宗之

① （清）贺裳：《皱水轩词筌》，唐圭璋编：《词话丛编》第一册，中华书局1986年版，第697页。

② （宋）周密：《浩然斋雅谈》卷下，唐圭璋编：《词话丛编》第一册，中华书局1986年版，第232页。

③ （清）王国维撰，周锡山编校：《王国维集》第一册，中国社会科学出版社2008年版，第50页。

间确有不和之处，以致不能留任大晟府。

此词一片托柳起兴：折柳送客，年去岁来，倦游思归，“谁识”二字尤为沉郁。二片写饯饮送别：待残酒曲尽，行者风快舟轻，回头一望，已是天南地北，极尽一怀别恨。三片写别后相思：“凄恻，恨堆积”总提一笔；“念”字转忆温馨往事，月榭携手，露桥闻笛；恍然梦里落到眼前，“泪暗滴”三字收笔极重，“妙在才欲说破，便自咽住，其味正自无穷”①。词之章法如此错落有致，时空转换无痕，将一怀心事流荡其中，萦回跌宕，吞吐不尽，饶有宛曲隽永之致。近代梁启超《中国韵文里头所表现的情感》一文，将古代韵文的表情方式，分为“螺旋式”、“引曼式”、“堆叠式”和“吞咽式”四类，并指出周邦彦的词多属“吞咽式”，其特征是“在饮恨的状态下，情感才发泄到喉咙，又咽回肚子里去”②。此为中肯之论。这种“吞咽式”的表达方式，恰当地表达了词人迟暮之年宦游的凄恻悲抑的心境。

此词意旨深邃，词题为咏柳，实借咏柳而写别情，织入仕宦失意、身世飘零的喟叹。词人久客京华，早已厌倦；虽然大晟府职入清贵，又不得淹留；衰年远宦真定，再次流寓他乡。如此种种“沉思前事，似梦里”，其孤独、愁闷、彷徨的内心情绪潜流暗转，于词中悲咽回环。

这一时期，京华倦客、天涯行客的周邦彦，已是迟暮衰年，词中呈现一种萧飒凄凉景象，“词极其感慨，而无处不郁”③。流亡睦州时作《一寸金》：“自叹劳生，经年何事，京华信漂泊”，“流连处、利名易薄”，“回头谢、冶叶倡条，便入渔钓乐”。自叹劳生之漂泊，感悟利名之虚薄，否定早年的歌楼冶游，用他在《浪淘沙慢》里的一句概括：“叹往事、一一堪伤”。词人一生仕宦行役，“朱颜成皓首”（《木兰花》），厌倦了也疲倦了，想入渔钓闲乐，却身不

① （清）陈廷焯撰，杜维沫校点：《白雨斋词话》卷一，人民文学出版社 1959 年版，第 17 页。

② 梁启超：《饮冰室合集》第 4 册，中华书局影印 1989 年版，第 70 页。

③ （清）陈廷焯撰，杜维沫校点：《白雨斋词话》卷一，人民文学出版社 1959 年版，第 16 页。

由己；欲觅晚年归宿，仍又流徙不定，最终还是客死于他乡宦游。

周邦彦漫长的43年仕宦生涯中，于不同时期写了大量的羁旅行役词。由少年的风流清妍，到中年的凄咽怨断、低徊沉郁，到晚年的萧飒颓唐，从中可将他一生的仕途行迹勾勒一个轮廓，梳理出其宦游的心路历程：

热衷功名——“梦入芙蓉浦”的思乡
浮沉不定——“江南倦客”的憔悴
厌倦漂泊——“事与孤鸿去”的沧桑
欲觅归所——“前事似梦里”的沉思

古代官员因频繁迁调而奔波往返于所任职地是寻常现象，周邦彦宦游心路的轨迹，在文人士大夫为宦生涯中具有普遍意义。

第四节　文人仕子的羁旅况味

羁旅行役，一直是我国古典文学中的重要题材。可溯源到《诗经》中的《豳风·东山》、《小雅·采薇》，汉乐府中的《战城南》、《十五从军征》等，这些诗歌反映徭役兵役带来的痛苦，表现征人游子对家乡亲人的思念。至于文人的羁旅行役之叹，魏晋诗歌已有较多表现，如曹操的《却东西门行》、曹植的《吁嗟篇》、阮瑀的《怨诗》、应玚的《别诗二首》等。到唐代的边塞行役诗、游子思乡诗，更是不计其数，可谓源远流长，蔚为大观。

北宋词坛柳永发端在先，秦观、周邦彦承接其后，再到南宋的姜夔、吴文英等，都写有数量可观的羁旅之作。姚蓉、王兆鹏的《论柳永羁旅行役词的抒情模式》一文，总结了柳永羁旅行役词的四种主题模式——“浪萍风梗”式、“登高临远”式、“孤馆梦回”式、“临歧伤别”式。[1] 这是具有普泛意义的古代羁旅模式，可借此

① 姚蓉、王兆鹏：《论柳永羁旅行役词的抒情模式》，《湖南大学学报》2008年第1期。

来阐释宋代文人仕子的羁旅况味。

一　“浪萍风梗”的久客思乡

在外长期行役、奔忙劳碌，往往会生发久客思乡之情，如《诗经·卷耳》有云：

陟彼高冈，我马玄黄。
我姑酌彼兕觥，维以不永伤。

此诗吟唱道：登上那高高山冈，我的马疲瘦黑黄；且酌满那酒杯，不要长久哀伤。可见在古典诗歌的原创期，羁旅思乡题材就抹上了哀伤色调。

古人喜欢用“浪萍风梗”（“浮萍”、“断梗”、“萍梗”），来比喻人随水漂流、随风飘荡而行踪不定，形容人在行旅中产生的无根感觉。如“此际浪萍风梗，度岁茫茫”（柳永《彩云归》），“任人笑生涯，泛梗飘萍”（秦观《满庭芳》），“萍梗孤踪，梦魂浮世”（晁补之《水龙吟》），“自怜俗状尘容，几年断梗飘蓬”（石孝友《清平乐》），等等。

生命原本就是无根的漂泊，如陶渊明《杂诗》其一吟叹的：“人生无根蒂，飘如陌上尘。”而羁旅漂泊的行旅之途，这种无根孤独感尤为强烈，“脱离了原有文化环境的根基，使游子失了根；而无法在新的环境中扎下根，又使游子在感情上失去了依托”①，缘于这种状态下对根的渴望，久客思乡之情自然而生。同时，中国古代的宗法制社会讲究同族聚居，形成了重血缘、重乡土的社会心理，浓厚的血缘亲情意识和地缘乡土观念，渗透于民族集体遗传的血脉中，所以外出行役或客居他乡时，牵扯不断的是思归怀乡的悲伤情绪。此外，羁游者离乡背井、常年奔波，当人生欲求或政治理想与挫折失意的现实不能达成一致时，往往会对落魄漂泊、羁旅行役的

① 李幼常：《试析中国古代游子之思乡情怀》，《江西科技师范学院学报》2006年第6期。

意义予以质疑，如柳永感叹的："浪萍风梗诚何益"（《归朝欢》），"游宦区区成底事？"（《满江红》）。他们会转而寻求疲惫身心的精神慰藉和寄托，于是故乡由生长居住的地域而成为精神家园的象征，思乡也就成了天涯倦客的双重归栖的心理需要。

陈振孙《直斋书录解题》称柳永："尤工于羁旅行役。"① 柳永中年如断梗飘萍漫游江南，入仕后长期担任地方州郡的卑微官职，辗转宦游各地，多年的漫游与宦游生涯，他写了一些行旅之词。这些行旅词中，充满了"乡关何处"的羁客归思：

> 万水千山迷远近，想乡关何处？
>
> ——柳永《安公子》
>
> 不忍登高临远，望故乡渺邈，归思难收。
>
> ——柳永《八声甘州》
>
> 梦枕频惊，愁衾半拥，万里归心悄悄。
>
> ——柳永《倾杯》

异乡淹留时，旅况寂寞、前途黯淡，最能撩动愁怀的是对故乡的思念。这种"浪萍难驻"（柳永《夜半乐》）的思乡情绪，在宋代士人中普遍存在，宦途愈长而思乡之情就愈凝重。40多年为宦"倦客"的周邦彦，江南乡情尤为深厚，其《隔浦莲》：

> 新篁摇动翠葆，曲径通深窈。夏果收新脆，金丸落，惊飞鸟。浓霭迷岸草。蛙声闹，骤雨鸣池沼。　水亭小，浮萍破处，帘花檐影颠倒。纶巾羽扇，困卧北窗清晓。屏里吴山梦自到。惊觉，依然身在江表。

据强焕的《〈片玉集〉序》，词中"水亭小"指周邦彦溧水任上所建的"姑射亭"，是词人"于拨烦治剧之中"的舒啸觞吟之

① （宋）陈振孙撰，徐小蛮、顾美华点校：《直斋书录解题》卷二一，上海古籍出版社1987年版，第616页。

地。这里新竹摇翠、曲径通幽，蛙鸣雨池、浮萍花影，而纶巾羽扇、困卧北窗里，一枕晓梦自是回到故乡江南，可“惊觉”时依然身处异地。结处，将一怀仕宦流落之感和思乡未归的惆怅寄于言外。

到了南宋亡后的士子遗民那里，民族之根、故土之根乃至文化之根都失去了，他们成了彻底被抛弃的“无根着”，身与心皆流落无依，是乱世浊流中的浮萍断梗。他们的思乡情怀，在劫难、逃难或避难中格外凄苦酸楚，如张炎的《探春慢》：“列屋烘炉，深门响竹，催残客里时序。投老情怀，薄游滋味，消得几多凄楚。听雁听风雨，更听过、数声柔舻。暗将一点归心，试托醉乡分付。”客里时序、老来情怀的薄游滋味，尽在听雁声、听风雨、听舻声里凄楚不尽，只有“暗将一点归心”分付醉乡，在那昏醉里，思乡思归而无家国可归的遗民愁恨才得解脱。

二 “佳人情结”的忆恋闺阁

秦观、柳永与周邦彦“皆多于情者”①，尤于男女之情缱绻不已。他们的羁旅词形成一种抒情模式，往往将羁旅愁怀与别离相思糅合一起。

（一）“佳人情结”的柳永

据初步统计，柳永约70首羁旅之作中，只有4首无关风月佳人，这一现象，王兆鹏先生称之为柳永的“佳人情结”。如：

想佳人妆楼颙望，误几回、天际识归舟。

——柳永《八声甘州》

想绣阁深沉，争知憔悴损、天涯行客。

——柳永《倾杯》

秦楼凤吹，楚馆云约，空怅望、在何处？

——柳永《西平乐》

① 张伯驹：《丛碧词话》，吴熊和主编：《唐宋词汇评》两宋卷第二册，浙江教育出版社2004年版，第892页。

绣阁佳人与天涯行客，一妆楼颙望、一凭栏怅望，两相憔悴瘦损。周曾锦《卧庐词话》指出："柳耆卿词，大率前遍铺叙景物，或写羁旅行役，后遍则追忆旧欢，伤离惜别，几于千篇一律。"[①] 确实，《乐章集》中如《迷神引》（一叶扁舟轻帆卷）、《木兰花慢》（倚危楼伫立）、《临江仙引》（渡口向晚）等，这种临羁旅的远水长天而想秦楼楚馆的红袖佳人，几乎成了相当一部分柳词的情景程式。

情爱，是生命自由之本质的实现，对宦游行役的人来说，身心疲惫的路途，两性欢好的温柔乡是释开羁缚、暂时安泊的港湾。试看柳永的《浪淘沙慢》：

> 梦觉，透窗风一线，寒灯吹息。那堪酒醒，又闻空阶，夜雨频滴。嗟因循、久作天涯客。负佳人、几许盟言，便忍把、从前欢会，陡顿翻成忧戚。　　愁极，再三追思。洞房深处，几度饮散歌阕，香暖鸳鸯被。岂暂时疏散，费伊心力。殢云尤雨，有万般千种，相怜相惜。　　恰到如今，天长漏永，无端自家疏隔。知何时、却拥秦云态？愿低帏昵枕，轻轻细说与，江乡夜夜，数寒更思忆。

全词分为三阕，词人自责、自悔、自怨，委婉曲折地诉说雨窗寒灯之夜，酒醒梦回后缠绵凄楚的相思之情。"久作天涯客"的柳永，早有"当此念回程，伤漂泊"（《满江红》）的疲客之叹，可行行重行行，何处是归程？只有那一缕不绝的对从前欢会"殢云尤雨"的思忆、对绣帏佳人"低帏昵枕"的期盼，成了他天涯羁旅、流落无依时心灵的慰藉，也是他疲乏的羁旅尽头的生命安顿处。

（二）"旧日潘郎"的周邦彦

据史料记载周邦彦"疏隽少检"[②]，"性落魄不羁"[③]，以"旧日

① （清）周曾锦：《卧庐词话》，吴熊和主编：《唐宋词汇评》两宋卷第一册，浙江教育出版社2004年版，第55页。

② （元）脱脱等：《宋史·文苑传》卷四四四，中华书局1985年版，第13126页。

③ （宋）王称撰，孙言诚点校：《东都事略·文艺传》卷一六，齐鲁书社2000年版，第1015页。

潘郎”自居，流连于秦楼楚馆、门户人家（娼妓居所），被后人视为风月场里的风流才子。游宦倦旅的他，所作词总脱不去绮丽艳情，如在词中写道：

> 有流莺劝我，重解绣鞍，缓引春酌。（《瑞鹤仙》）
> 长记那回时，邂逅相逢，郊外驻油壁。（《应天长》）
> 凌波步弱，过短亭，何用素约。（《瑞鹤仙》）

那途中劝酒的、郊外相逢的、短亭相约的，皆为红袖佳人。追忆，是对过去的一种再现。作为风流不羁的才子的周邦彦，50多首羁旅词中，涉及到追忆用“念”、“想”、“记”、“思”等字多达30多个。词人在羁旅行役的奔波劳顿中，追忆最多的就是歌妓恋情，其《拜星月慢》：

> 夜色催更，清尘收露，小曲幽坊①月暗。竹槛灯窗，识秋娘庭院。笑相遇，似觉琼枝玉树，暖日明霞光烂。水眄兰情，总平生稀见。　　画图中、旧识春风面。谁知道、自到瑶台畔。眷恋雨润云温，苦惊风吹散。念荒寒、寄宿无人馆。重门闭、败壁秋虫叹。怎奈向、一缕相思，隔溪山不断。

此词约写于作者羁宦江南时，为旅居驿馆追怀恋人所作。整个词情全是追思悬想，却纯用实笔铺写。上片：月暗曲巷，写居住清幽；玉树幽兰，写初识惊艳。下片：画图春风，写久已倾慕；瑶台云雨，写两情欢洽。“苦”字陡转，一切随惊风吹散，落到眼前空馆无人、败壁寒蛩的不堪羁苦。末了一缕相思隔溪山不断，收得悠然不尽。词中前后形成对比，两相聚时：月照庭院，何其幽清，雨润云温，又何其旖旎；两相离后：颓壁秋虫，何其荒寒，溪山不隔，又何其悠长。词人运笔曲折尽致，将昔日聚合之乐与今日

---

① 幽坊：坊曲，歌妓所居之地。（明）杨慎《词品·坊曲》：“唐制，妓女所居曰‘坊曲’。《北里志》有南曲、北曲，如今之南院、北院。”

羁旅之悲俱加倍写足，孤馆客子的羁旅愁怀糅入的总是闺阁佳人之离情。

追忆旧欢，似乎成了周邦彦羁旅词中特定的情景：光阴虚费的慨叹里，遥想伊人“恨墨盈笺，愁妆照水。怎得青鸾翼，飞归教见憔悴”（《还京乐》）；枫林凋晚的眺望里，回想临别“砧杵韵高，唤回残梦，绮罗香减，牵起余悲”（《风流子》）；清明客舍的思归里，料想东园“桃李自春，小唇秀靥今在否？”风流才子彼“一晌留情”（《庆宫春》），此“一缕相思”（《拜星月慢》），那妆楼佳人的憔悴相思、绮罗香减、小唇秀靥，是行役劳顿途中，尝尽羁旅况味最不能释怀的一丝牵念、一份怀想，也是孤独寂寞的心灵深处最温馨的一缕慰藉。

（三）“薄幸名存”的秦观

《满庭芳》为秦观羁旅词的名作：

> 山抹微云，天连衰草，画角声断谯门。暂停征棹，聊共引离尊。多少蓬莱旧事，空回首、烟霭纷纷。斜阳外，寒鸦万点，流水绕孤村。　销魂。当此际，香囊暗解，罗带轻分。谩赢得、青楼薄幸名存。此去何时见也，襟袖上、空惹啼痕。伤情处，高城望断，灯火已黄昏。

这是客游中赠别歌妓所写，此词一出，一时广为流传，盛唱于京城。蔡绦《铁围山丛谈》记载：“温（范仲温）尝预贵人家会。贵人有侍儿，善歌秦少游长短句，坐间略不顾温，温亦谨不敢吐一语。及酒酣欢洽，侍儿者始问：‘此郎何人耶？’温遽起，叉手而对曰：‘某乃“山抹微云”女婿也。’闻者都绝倒。”①

秦观早年客游汴京、扬州、越州等地，其词多追忆与歌妓交往的风流韵事。在会稽逗留期间，秦观曾与会稽太守程公辟宴游酬唱、流连歌场，这首词当作于此时。时词人科举未第一介书生，流连于青楼歌妓却落个薄幸名声，人生意志和情感两不如意，故此词

① （宋）蔡绦：《铁围山丛谈》卷四，中华书局1997年版，第63页。

写来于低婉中见出沉至。开篇远山微云、天际衰草，秋色萧疏中隐含离思。转而写暂泊共饮，见行色匆匆。随即宕开一笔，回首旧事，但不作具体叙写，托之蓬莱烟云。歇拍插入斜阳寒鸦，流水孤村，以衰景烘染凄凉况味。过片直以情起，点出“伤别”题旨。分赠香囊、泪染襟袖，别离情状宛然目前。尾处以景结情，行舟已发，蓦然回首，已是高城渐隐、万家灯火，别情之怅惘、心境之迷离及前路之渺茫尽见于景中。

人生宦海浮沉，如一叶小舟颠簸无依时，“情会向困境中的漂流者显现出岸的面目”[①]。所以，行役疲惫的词人会深恋凌波微步的佳人，思念青楼歌舞的细腰，回忆香囊暗解的别离，她们才是漂泊者孤独心灵的彼岸。这个彼岸，在他们厌宦倦游的漫长旅途的前方，时时召唤着。

三　“孤馆梦回”的旅途寒苦

花间词以“代言”的方式写女子雨夜枕寒的寂寞，为数不少，如温庭筠的《更漏子》：“梧桐树，三更雨。不道离情正苦。一叶叶，一声声。空阶滴到明。”到柳永的羁旅词，则“自言”客居孤馆时夜深听雨、孤枕难眠，如“夜雨滴空阶，孤馆梦回，情绪萧索”（《尾犯》），“残梦断、酒醒孤馆，夜长无味”（《满江红》）。宋代羁旅词，多这一类孤馆梦回的凄冷形象，表现文人仕子飘零在外的羁旅苦况，周邦彦的《大酺》有云：

> 邮亭无人处，听檐声不断，困眠初熟。奈愁极频惊，梦轻难记，自怜幽独。

邮亭，驿馆，是古代递送文书者沿途投止之处。《汉书·薛宣传》：“过其县，桥梁邮亭不修。”颜师古注：“邮，行书之舍，亦如今之驿及行道馆舍也。”[②] 如沈遘《五言道中见新月寄内》：“邮

---

① 周建梅：《论柳永、周邦彦的羁旅行役词》，《盐城师范学院学报》2007年第4期。

② （汉）班固撰，（唐）颜师古注：《汉书·薛宣传》卷八三，中华书局1962年版，第3397页。

亭苦夜永，灯火寒无光。”张榘《贺新凉》：“怅年来只解，邮亭送人归去。”周邦彦此词所写，乃一个春雨流潦天，路途车马难行，夜晚投宿于邮亭驿舍。不眠里听檐雨不断，刚困倦入眠，怎奈梦又频频被雨声惊断；羁旅“愁极”的梦境是那么恍惚轻浅，醒后记不起了，只有幽独自怜。

除了孤馆檐雨梦回，还有孤舟夜雨梦回。如范成大近30年的宦游，曾经北使幽燕，南至桂广，西达巴蜀，东薄鄞海，有“细数十年事，十处过中秋”（《水调歌头》）的感叹。其《三登乐》：

> 一碧鳞鳞，横万里、天垂吴楚。四无人、橹声自语。向浮云、西下处，水村烟树。何处系船，暮涛涨浦。　正江南、摇落后，好山无数。尽乘流、兴来便去。对青灯、独自叹，一生羁旅。敧枕梦寒，又还夜雨。

橹声自语里水村烟树、晚潮涨浦，到夜晚“对青灯、独自叹，一生羁旅”，那“敧枕梦寒，又还夜雨”，道尽了泊舟行旅的寒寂愁苦。行役之人，将一怀羁思染情于“雨”，檐声夜雨、秋声寒雨，还有芭蕉雨、梧桐雨等等，形成了羁旅凄寒的“雨”意象群，在孤旅梦回时点滴入心、点滴入愁。

四　“登山临水”的失志悲秋

欧阳修的《秋声赋》，从色、容、气、意、声描述“秋”：“盖夫秋之为状也，其色惨淡，烟霏云敛；其容清明，天高日晶；其气栗冽，砭人肌骨；其意萧条，山川寂寥。故其为声也，凄凄切切，呼号愤发。”① 善感的文人们“以情观物”，自然引发与这一季节相对应的情感体验，所以“秋”成了文人创造的触媒。在古代诗词文赋里，就其本体意义或象征意义而言，“秋”包含了惨淡凄切、凛冽萧条、清明寂寥等意蕴，而羁旅悲秋成了中国文学的基

① （宋）欧阳修撰，李逸安点校：《欧阳修全集》卷十五，第二册，中华书局2001年版，第256页。

本母题。

先秦时期楚国辞赋家宋玉，乃古代文人羁旅的“悲秋之祖”，其《九辩》云：

> 悲哉！秋之为气也。
> 萧瑟兮，草木摇落而变衰。
> 憭栗兮若在远行，
> 登山临水兮，送将归。
> ……
> 坎廪兮，贫士失职而志不平，
> 廓落兮，羁旅而无友生；
> 惆怅兮而私自怜！①

发端“悲哉，秋之为气也”，这一来自心底的惊呼，使凄怆悲凉的秋气笼罩全篇。宋玉的《九辩》，借悲秋抒发“贫士失职而志不平”的感慨，用秋肃木凋的凄清感、羁旅远行的漂泊感、登山临水的空渺感来写人生失意的情绪，塑造出一个坎坷不遇、憔悴自怜的寒士形象。这是文人羁旅悲秋的滥觞，由此确定了中国古代文人悲秋的文化传统。

宋玉，作为承载贫士悲秋的象征性符号，在宋人羁旅词中被一再咏叹，如：

> 料凄凉宋玉，悲秋恨、此际怎忍。（陈允平《丁香结》）
> 宋玉当时情不浅，成幽怨。（欧阳修《渔家傲》）
> 晚景萧疏，堪动宋玉悲凉。（柳永《玉蝴蝶》）

宋玉的《九辩》开启了“悲秋”而“感士不遇”之叹，所形成的文化心理定势由文人士大夫们一脉延续，并衍化出更为开阔、

---

① （汉）刘向辑，（汉）王逸注，黄灵庚疏证：《楚辞章句疏证》卷八，中华书局2007年版，第570—584页。

丰富的社会内涵。

一生屈居下僚的柳永“游宦成羁旅”（《安公子》），所写羁旅行役词约占《乐章集》的1/3，其中“秋”意象出现的频率最高，如“秋风”、“秋色”、“秋声”、“秋杪”，“清秋”、“深秋”、“晚秋”等，凝结一种浓重的“悲秋情结”。他的羁旅词《戚氏》（一霎微雨洒庭轩）、《玉蝴蝶》（望处雨收云断）、《八声甘州》（对潇潇暮雨洒江天）、《迷神引》（一叶扁舟轻帆卷）、《竹马子》（登孤垒荒凉）等，大量摄取典型的秋残景物，如蝉吟败叶、蛩响衰草，霜风凄紧、红衰翠减，苹花渐老、梧叶飘黄，烟敛寒林、孤垒荒凉，用来表现登临的失志之悲、飘零之叹，并糅入故乡之思、佳人之念。叶嘉莹先生《论柳永词》指出：柳永在词的意境方面，从闺阁园亭、伤离怨别走向关河冷落、羁旅落拓，从“春女善怀”的低徊转向“秋士易感”的哀伤。[①] 可以说，柳永的羁旅穷愁词扩展了宋人“悲秋”寓情寄意的内蕴和空间，增加了远水长天、羁旅行役的远阔苍凉意味。

这种“士不遇”的悲秋感慨，在稼轩派词人那里表现得尤为抑郁而沉雄。多景楼位于镇江北固山，南宋陈天麟《多景楼记》云：“盖东瞰海门，西望浮玉，江流萦带，海潮腾迅，而惟扬城堞浮图，陈于几席之外，断山零落，出没于烟云杳霭之间。至天清日明，一目万里。”[②] 北宋米芾题书有“天下江山第一楼”的匾额。宋室南渡至南宋中后期，一些忧国志士多于此登临“壮游”，抒写慷慨激越的收复之志，如杨炎正《水调歌头·登多景楼》：

寒眼乱空阔，客意不胜秋。强呼斗酒，发兴特上最高楼。舒卷江山图画，应答龙鱼悲啸，不暇顾诗愁。风露巧欺客，分冷入衣裘。　忽醒然，成感慨，望神州。可怜报国无路，空白一分头。都把平生意气，只做如今憔悴，岁晚若为谋。此意仗江月，分付与沙鸥。

---

① 缪钺、叶嘉莹：《灵谿词说》，上海古籍出版社1987年版，第137页。

② （宋）史弥坚修、（宋）卢宪纂：《嘉定镇江志》卷十二收录，《宋元方志丛刊》影印本，第三册，中华书局1990年版，第2404页。

宋孝宗淳熙五年（1178）秋，辛弃疾出任湖北转运副使，杨炎正与之同舟过镇江，“强呼斗酒”登多景楼。寒风望眼里，江山如画却失落半壁；而自己报国无路，平生意气只作如今憔悴。“客意不胜秋”的词人，不禁感慨唏嘘，欲将残余岁月分付江月沙鸥的遁世归隐。

杨炎正为力主抗金志士，时值盛年仍是一介布衣，满腹经世之才、一腔报国之志无处可施展，故于登临感时抚事之际，多人生失意的悲秋幽怨。辛弃疾依韵和此词作《水调歌头》（落日塞尘起），词中关念时局的忧愤、英雄失路的徘徊以及倦游欲隐的无奈，与杨炎正此词一唱一和。至稼轩派词人，羁旅的登临悲秋，已由贫士的失意不平之叹提升到了志士的报国无路之叹，如张孝祥的《浣溪沙》：“万里中原烽火北，一尊浊酒戍楼东。酒阑挥泪向悲风。”陆游的《秋波媚》：“秋到边城角声哀，烽火照高台。悲歌击筑，凭高酹酒，此兴悠哉。”这一类词超越一般意义上的“悲秋”心理，而交织着忧国伤时的时代忧患，其“悲”剧意味尤为深沉凝重，使羁旅悲秋词的社会内涵得到深化，在思想境界上达到了一个高度。

李白《日出入行》诗云：“草不谢荣于春风，木不怨落于秋天。”草木的荣枯是自然现象，无须感念荣生于春风而怨恨枯落于秋天。人们“悲秋”实为悲己，“人的悲情投射到自然之中，以自然之悲来在一个更广的范围、更高的视点、更深的程度上沉思自身之悲。”[①] 宋玉《高唐赋》云：“长吏隳官，贤士失志，愁思无已，叹息垂泪。登高远望，使人心瘁。”[②] 宦迹无常、情怀落寞的仕人，往往于登高远望之际，染悲情于萧瑟秋色，面对秋色将残、岁时渐晚而沉思自身的命运，深感年华已逝、心志未成，更增添一怀寒士失意的寥落悲凉，秋思无已、愁思无已。

---

① 张法：《中国文化与悲剧意识》，中国人民大学出版社 1989 年版，第 131 页。

② （战国）宋玉：《高唐赋》，（南朝梁）萧统编，（唐）李善注：《昭明文选》卷十九，上海古籍出版社 1986 年版，第 878—879 页。

第五节　宋代羁旅宦游的社会背景

宋代羁旅行役词，与仕子文人的游学、游宦、游幕、游谒等有着密切关系，如士子的求学、科场的蹭蹬、仕途的迁徙以及幕府的出入、清客的旅食等，从根本上来说它是社会时代的产物。

一　学子游学的科场蹭蹬

隋唐开科举，自唐入宋后，科举制度通过一系列改革已趋完备，其中改唐代的乡试、省试二试为三试，即地方的选拔初试为“乡试”，尚书省礼部主持的全国会试为“省试”，皇帝亲自主持的殿廷复试为“殿试”。据《宋史·选举志》记载，宋太祖曾对近臣云：“昔者科举多为势家所取，朕亲临殿试，尽革其弊矣。”① 于是天子亲临殿试，中举者皆为“天子门生”，荣耀无比。宋代礼部试士，一般在乡试次年的二月，殿试在四月，故在京城礼部贡院的会试又称“春试”、“春闱”、“春榜”等。如李曾伯《水龙吟·送吴季申赴省》云：“江头雨过黄花，片帆催向春闱去。……健笔凌云如许。看新年、榜登龙虎。”柳永曾经也踌躇满志写有《长寿乐》云：“便是仙禁春深，御炉香袅，临轩亲试。对天颜咫尺，定然魁甲登高第。”唐代每次科考取士一二十人，士人科举及第后只是获得了入仕资格，还须经过吏部铨选的释褐试才能授予官职。而宋代统治者广开科举仕进之路，大规模扩大科举取士名额，如太宗朝开科8次，登第者达7000人；真宗朝开科9次，取士5200人；“仁宗之朝十有三举，进士四千五百七十人”②，而且宋代进士及第即可授官，其取士规模之大空前绝后，仁宗朝还曾特开“恩科”，推恩及于历年沉沦失意的寒士。比之前代，宋代科举制更有效地成为朝

① （元）脱脱等：《宋史·选举志》卷一五五，中华书局1985年版，第3606页。

② （元）脱脱等：《宋史·选举志》卷一五五，中华书局1985年版，第3616页。宋代科举考试的常设科目有进士、九经、五经、开元礼、三史、三礼、学究、明经、明法诸科。

廷笼络文人士大夫阶层的手段。

科举取士激发了中下层文人对功名事业的追求，唐代漫游求宦、出入边塞，成为一种普遍风气，抒写奔波流落的羁旅行役诗，多产生于边塞诗中。而宋代交游求学的士子、潦倒场屋的文人，则将羁旅大量写进词里，如北宋著名词人秦观37岁中进士，张先41岁中进士，柳永年近50登第，他们的词里都留下了长期游学、科场蹭蹬的行迹。

周邦彦赴京之前，也有过长期游学的经历。据孙虹《清真集校注》①，周邦彦16岁离开家乡钱塘（今浙江杭州），开始了青年时期的游学之行。宋神宗熙宁六年（1073）春，自荆州（今湖北江陵）沿汉水北上，到达长安。居于长安近郊，所写羁旅词《丁香结》，有“登山临水，此恨自古，销磨不尽”之慨叹。约于这年深秋，前往咸阳（今属陕西），旅途写有纪行词《夜游宫》：“念归计，眼迷魂乱。”咸阳期间，写有客居词《月下笛》：“寒灯陋馆，最感平阳孤客。”离开咸阳时，写有饯别词《木兰花令》：“古道尘清榆柳瘦，系马邮亭人散后。”这些羁旅客居词作明快晓畅而又委婉含蓄，显露出周邦彦词清丽婉约的风致，于跌宕顿挫中表达了游学士子的客思、归思、恋思，流露出淡淡一抹清冷孤独。

二　官吏宦游的徙迁流转

唐代随着科举制的形成，官吏系统考评体制日趋完善。宋代沿用唐制而有所变化，较能体现宋朝官吏考课制度特点的，一为考课法，二为磨勘法。“磨勘法”，是官员考绩升迁的制度，宋朝采取磨勘官制，及第后到地方担任初等职官的称为“选人”，由选人磨勘应格升为京朝官。宋代的考课制、磨勘制加上弹劾制，是形成朝廷机构、地方官府和边镇幕府之间官吏黜陟迁转频繁的主要原因。

王禹偁（954—1001），字元之，济州钜野（今属山东）人。宋初诗文革新运动的先驱。宋太宗太平兴国八年（983）进士。知长洲县，与友人诗文唱和，时人多有传诵。太宗闻其名，召试，擢右

① 孙虹：《清真集校注》，中华书局2003年版。

拾遗，历官翰林学士、知制诰等。以直躬行道为己任，直言敢谏，屡遭谗陷，曾贬商州团练副使、知滁州。宋真宗咸平元年（998），因受权贵疑忌，出知黄州，后移知蕲州。王禹偁一生仕宦迁徙不定，传世的唯一词作是他的《点绛唇·感兴》：

> 雨恨云愁，江南依旧称佳丽。水村渔市，一缕孤烟细。　天际征鸿，遥认行如缀。平生事，此时凝睇，谁会凭栏意！

此词约作于任长洲知县时，题为"感兴"，是即景抒怀之作。词人登高凭栏，微雨薄云笼着水村渔市，近处，一缕炊烟，远天，一行征鸿，牵引起登临的一怀情思。这江南水乡风光"皆着我之色彩"，故雨恨、云愁、烟孤，清丽恬静中带有空茫的冷寂，隐然透露出他乡宦游的羁旅客愁，也含蕴了志事不酬、无人会意的怅惘。末三句措意为后来词家所仿效，如柳永《凤栖梧》："草色烟光残照里，无言谁会凭栏意。"

北宋词坛善写仕宦羁旅词的大家，有柳永、秦观、周邦彦。

柳永，早年曾有过"盈车载酒，千金邀妓"（《剔银灯》）的放浪生活，虽负才名却屡遭排斥，晚年中第后外放州郡小官，南北转徙不定，尝尽羁旅漂泊况味。其长调《戚氏》，可看作柳永大半生仕宦落拓的自述：

> 晚秋天，一霎微雨洒庭轩。槛菊萧疏，井梧零乱，惹残烟。凄然。望江关，飞云黯淡夕阳间。当时宋玉悲感，向此临水与登山。远道迢递，行人凄楚，倦听陇水潺湲。正蝉吟败叶，蛩响衰草，相应喧喧。　孤馆，度日如年。风露渐变，悄悄至更阑。长天净，绛河清浅，皓月婵娟。思绵绵。夜永对景，那堪屈指，暗想从前。未名未禄，绮陌红楼，往往经岁迁延。　帝里风光好，当年少日，暮宴朝欢。况有狂朋怪侣，遇当歌、对酒竞留连。别来迅景如梭，旧游似梦，烟水程何限。念利名、憔悴长萦绊，追往事、空惨愁颜。漏箭移、稍觉轻寒，渐呜咽、画角数声残。对闲窗畔，停灯向晓，抱影无眠。

此词作于柳永入仕后宦游的晚年。结构上采用时间回溯与空间位移，时空变换，虚实相生，以此扩大词作意蕴的容量。全篇以用铺叙手法写驿馆旅思，从夕阳黯淡到悄然更阑，再到熄灯向晓，先悲慨秋色，再追忆旧游，最后归结到厌倦仕宦。“念利名、憔悴长萦绊”为一篇词眼。当年未取名禄，狂朋怪侣对酒当歌，几多欢悦自在；如今四处游宦，容颜憔悴抱影无眠，几多凄凉孤寂。今与昔、哀与乐交错映现，形成强烈对照，表现了作者厌倦仕宦漂泊、眷念旧时游赏的暮年情怀。对少年狎游只有追忆没有追悔，所悔的却是名缰利锁的宦游，这便是柳永。

北宋尤其是神宗、哲宗、徽宗三朝，朝廷内部新旧党争激烈。政治上的风云变幻，将许多文人卷入斗争的旋涡，遭受排斥压抑，或离京外任，或流徙僻地，或沉沦微职，因此，一大批士子写了不少左迁流逐的羁旅词，以抒发去国怀乡的牢愁、命乖运蹇和失意流落的哀怨。叶嘉莹先生《论周邦彦词》吟叹道：“多少元丰元祐慨，乌纱潮溅露端倪。”① 即使是不曾直接涉及新旧党争，“于熙宁、元祐两党均无依附”② 的周邦彦，其羁旅词作流露出的浓重的身世感叹和深沉的政治悲慨，也使政坛的风云变幻在词中微“露端倪”。正因为如此，北宋后期的羁旅行役词较之其他时期的同类作品，隐现出更为深刻的社会意义和动荡的政治局势。

三 幕僚游幕的出入幕府

宋统治者殷鉴唐末五代以来的藩镇之害，对幕府采取抑制的政策。但由于两宋时期民族矛盾异常尖锐，宋代统治者又不得不以幕府为工具，与周边少数民族政权相抗争。南宋时期，都督府、宣抚使司、制置使司、安抚使司等机构都设有幕府，文人士子游幕也是入仕的一条重要途径。

幕府制，指古代权臣、戎帅、疆吏、牧守引荐亲信士人以入府署参与行事决策的制度。幕府中幕僚的主要功能为：置备顾问、咨

① 缪钺、叶嘉莹：《灵谿词说》，上海古籍出版社 1987 年版，第 317 页。

② 王国维：《清真先生遗事》，王国维撰，周锡山编校：《王国维集》第一册，中国社会科学出版社 2008 年版，第 50 页。

议谋划、参与决策、掌握机要、典属文书，乃至迎接宾客、经办庶务或代主巡行出使等，其中尤以参议决策和掌握机要为重。幕府僚属多选用亲信或赏识之才，文武兼收，中下层士子群体往往通过多种途径进入幕府。吴曾《能改斋漫录·说诗》云：

> 晏元献公赴杭州，道过维扬，憩大明寺。瞑目徐行，使侍吏诵壁间诗板，戒其勿言爵里姓名，终篇者无几。又使别诵一诗云："水调隋宫曲，当年亦九成。哀音已亡国，废沼尚留名。仪凤终陈迹，鸣蛙只沸羹。凄凉不可问，落日下芜城。"徐问之，江都尉王琪诗也。召至同饭，又同步游池上。时春晚已有落花，晏云："每得句书墙壁间，或弥年未尝强对，且如'无可奈何花落去'，至今未能也。"王应声曰："似曾相识燕归来。"自此辟置，又荐馆职，遂跻侍从矣。[①]

王琪（字君玉）因为有诗才，得晏殊赏识而被征置为僚属。虽然据夏承焘先生考证，王琪续对是附会之说，但晏殊善于识才用人确有之。如张先善作小词，其《一丛花令》写闺怨，有"沉恨细思，不如桃杏，犹解嫁东风"佳句，得"桃杏嫁东风郎中"[②]的美誉。宋仁宗皇祐二年（1050），晏殊知永兴军节度使时，爱张先之才，将他招致幕府辟为通判，公务议事之余常邀至府上饮酒赋诗、听歌填词。

幕僚主要依附于幕主，有时也会因其幕主的政治地位和官职变化而随之迁徙。如陆游，曾有过长期游幕的经历。宋孝宗乾道八年（1172）应川陕宣抚使王炎之邀，于南郑（今陕西汉中）军幕任职，为王炎陈述平戎进取之策。后时局陡转，王炎奉召回临安，幕府迅速解散。陆游自汉中赴成都途中，夜宿葭萌驿作《清商怨》。

---

① （宋）吴曾：《能改斋漫录》卷十一，上海古籍出版社1984年版，第306页。

② （宋）范公偁：《过庭录》，王云五主编：《丛书集成初编》，中华书局1985年版，第24页。《过庭录》："子野《一丛花令》一时盛传，永叔（欧阳修）尤爱之，恨未识其人。子野家南地，以故至都谒永叔。阍者以通，永叔倒屣迎之曰：'此乃桃杏嫁东风郎中。'"

葭萌驿，位于四川剑阁附近，西傍嘉陵江，是蜀道上有名的古驿之一。其词中写道："江头日暮痛饮，乍雪晴犹凛。山驿凄凉，灯昏人独寝。"一时的策划激越昂扬，转瞬之间抗金收复的理想破灭了，词人陷入极度的苦闷，故词中流露出雪晴山驿、灯昏独寝时的孤冷伤感，其凄凉心境与音多哀怨的《清商怨》词调甚是相合。

宋孝宗淳熙二年（1175），陆游入范成大幕府。《宋史·陆游传》记载："范成大帅蜀，游为参议官。以文字交，不拘礼法。"[①]期间，二人诗词酬唱颇多。淳熙三年（1176）秋，陆游作有《双头莲·呈范至能待制》：

> 华鬓星星，惊壮志成虚，此身如寄。萧条病骥，向暗里、消尽当年豪气。梦断故国山川，隔重重烟水。身万里，旧社凋零，青门俊游谁记？　　尽道锦里繁华，叹官闲昼永，柴荆添睡。清愁自醉，念此际、付与何人心事？纵有楚柁吴樯，知何时东逝？空怅望，鲙美菰香，秋风又起。

陆游自乾道六年（1170），由山阴（今浙江绍兴）赴任夔州（今四川奉节），入蜀五年多，担任过州通判、帅司幕僚一类的闲散官职，此时被"讥劾"而休官闲居，故词中有"萧条病骥，向暗里、消尽当年豪气"之叹。陆游是以功业自期的人，曾"自许封侯在万里"（《夜游宫》），"匹马戍梁州"（《诉衷情》），可是眼前华鬓星星，豪气消尽，一腔心事无人诉说；见秋风又起，欲学晋代张翰思鲙美菰香而辞官归乡，却又无奈身不由己。此词写怀旧思乡的行役客思，抒泄"此身如寄"、"壮志成虚"的一怀沉郁忧愤。

据夏承焘、吴熊和《放翁词编年笺注》，淳熙五年（1178）陆游离蜀东归，作《蝶恋花》[②]：

> 桐叶晨飘蛩夜语。旅思秋光，黯黯长安路。忽记横戈盘马

① （元）脱脱等：《宋史·陆游传》卷三九五，中华书局1985年版，第12058页。
② 夏承焘、吴熊和笺注：《放翁词编年笺注》，上海古籍出版社1981年版，第78页。

处，散关清渭应如故。　　江海轻舟今已具。一卷兵书，叹息无人付。早信此生终不遇，当年悔草《长杨赋》。

桐叶晨飘、冷夜蛩语，一怀秋色旅思。当年为王炎幕僚在汉中“横戈盘马”；如今归途黯黯，“一卷兵书，叹息无人付”，自己的北伐战略无人采用；结尾落到“此生终不遇”的绝望愤激。词中表达出仕宦羁旅、“感士不遇”的悲秋情怀。

四　清客游谒的寄人旅食

吴自牧《梦粱录·闲人》记载：南宋时，豪门贵族蓄养大批清客文人，他们主要是陪侍主人“讲古论今，吟诗和曲，围棋抚琴，投壶打马，撇竹写兰，名曰‘食客’，此之谓闲人也”[①]。由此一些未能科考入仕而困顿风尘的下层文人，多辗转于权贵门下。这一类清客文人不属于仕宦阶层，但他们“游谒”显贵官僚而寄人旅食，有着比宦游行役更为凄凉的羁旅况味，思念故土、眷恋佳人、漂萍无依、寒士悲秋，种种羁思旅愁尽含咀其中。

清客文人的游食羁旅，一般有着浓重的“绕树三匝，何枝可依”[②]的孤寒心理，所写往往慨叹自己的身世飘零，如南宋后期的清客词人姜夔、吴文英，词中多写到“客尚淹留”的“天涯情味”。

姜夔终生未仕，一生转徙江湖，贫无所依，曾经慨叹“士生有如此，储粟不满瓶。著书穷愁滨，可续《离骚》经”（《奉别沔鄂亲友》其十），其行迹近于寒士清客和江湖游士。他的《玲珑四犯》自云：“文章信美知何用，漫赢得天涯羁旅。”“天涯羁旅”之说并非虚语，终其一生，其足迹遍及鄂、湘、浙、皖等地，以清客游食的方式在漂泊羁旅中度过。其《霓裳中序第一》：

亭皋正望极，乱落江莲归未得。多病却无气力，况纨扇渐疏，罗衣初索。流光过隙，叹杏梁、双燕如客。人何在，一帘

① （宋）吴自牧：《梦粱录》卷十九，浙江人民出版社1984年版，第182页。

② （三国）曹操：《短歌行》，逯钦立编：《先秦汉魏晋南北朝诗》上册，中华书局1983年版，第384页。

淡月，仿佛照颜色。　　幽寂，乱蛩吟壁。动庾信、清愁似织。沉思年少浪迹，笛里关山，柳下坊陌。坠红无信息，漫暗水、涓涓溜碧。漂零久，而今何意，醉卧酒垆侧。

开篇两句伤高怀远、久客未归，给全词笼下了凄清的气氛。长年羁游，心力交瘁，况又客中秋凉；流光过隙，梁间燕子，恰如自己流寓如寄。同是羁旅为客，昔之年少浪迹、柳陌疏狂；今之败壁幽寂、醉卧酒垆。此词抒写词人羁旅未归的愁思，一层层写来，意愈转深而情愈悲切。词人将“漂零零”的身世之感透射到“乱落江莲”、“乱蛩吟壁”上面，构成一种清幽孤寂的意境，烘托出客中愁思的纷乱、悠长。词中“人何在，一帘淡月，仿佛照颜色”，自是白石词清空淡远的写法。

吴文英（约 1205—1268），字君特，号“梦窗”，晚号“觉翁”，四明（今浙江宁波）人。一生未入科举，长期以清客身份游谒于权贵之门，做过贾似道、史宅之、吴潜等显贵的门客。宋理宗景定元年（1260）以后，一度流寓越州，客寄嗣荣王赵与芮（宋理宗弟、宋度宗赵禥之生父）府邸，相得甚欢。晚年困踬流落而死。

吴文英的《齐天乐》：

新烟初试花如梦，疑收楚峰残雨。茂苑人归，秦楼燕宿，同惜天涯为旅。游情最苦。早柔绿迷津，乱莎荒圃。数树梨花，晚风吹堕半汀鹭。　　流红江上去远，翠尊曾共醉，云外别墅。澹月秋千，幽香巷陌，愁结伤春深处。听歌看舞。驻不得当时，柳蛮樱素。睡起恹恹，洞箫谁院宇？

此词在章法上打破传统的层次结构方式，时空场景随意转换、跳跃变化，情思脉络隐约闪烁，将实有的情事与虚幻的情境错综叠映，强化了词境解读的模糊性、多义性。开篇新烟、梦花、残雨，将暮春飞花烟雨的氤氲散漫全篇。然后以梁间栖燕自怜自己的天涯孤旅。接下转写眼前景色，以绿草、乱莎、荒圃、梨花、晚风、鸥鹭等密集的意象群，婉曲地表达浓密得化不开的羁旅客思。过片

“江上去远”，再又转而接追忆玉樽共醉的故人。“澹月秋千，幽香巷陌”，又拉回到愁肠伤春的眼前。眼前听歌看舞怎比昔日“柳蛮樱素”！故结到“睡起恹恹，洞箫谁院宇？”——身处异乡而心情索然。沈义父《乐府指迷》云：“梦窗深得清真之妙。”① 确然，梦窗词承接清真词而来，但又自为一体，如这首《齐天乐》，多用丽密变幻之笔抒写深微幽眇之思，且又意象繁富、缀词新奇、工于造境，表现出不同于清真词的艺术个性。

同是一介清客，抒写寄人篱下、流落天涯的羁旅愁思，姜白石的《霓裳中序第一》，更注重营造清幽孤寂的氛围来烘托自己“漂零久”、客中思归的落寞情怀；吴文英的《齐天乐》，则多用密丽的词语、时空的跳宕、意象的繁复，反复摹写他的“天涯为旅”、“游情最苦”的羁思。吴文英的其它羁旅词，如《祝英台近》：“自怜两鬓清霜，一年寒食，又身在、云山深处。”《瑞鹤仙》：“西风破屐，林下路，水边石。念寒蛩残梦，归鸿心事，那听江村夜笛。”《满江红》：“荒城外、无聊闲看，野烟一抹。梅子未黄愁夜雨，榴花不见簪秋雪。”那抹不去的，是深深浸染的宋末国运衰微的清冷色调和残败气息，流露出流徙不定的孤寒的文人心理。

人，是个体性的自我存在，更是社会性的存在，是处在一定社会关系中现实的人。个人的遭际和命运不是孤立、偶然的现象，往往与特定的社会环境、历史背景相联系，词人在自我表现的同时，也包含着普遍的社会内涵。宋代的羁旅行役词，呈现的是一个社会时代，是那个时代文人仕子游宦羁旅的群体身影。

① （宋）沈义父：《乐府指迷》，唐圭璋编：《词话丛编》第一册，中华书局 1986 年版，第 278 页。

第九章

英雄词：志士悲慨的淑世精神

靖康之难，大宋王朝丧失了淮河以北的半壁江山，被迫仓皇南渡，成为据于东南一隅的小朝廷。国运危殆的社会现实，激起了文人士大夫们“天下兴亡，匹夫有责”的强烈使命感，在崇尚婉柔的宋代词坛，骤然掀起一股强劲的阳刚之风。但是至南宋偏安渐成定局后，江南人心士气重新陷入低落，在此之际，辛弃疾以飞将军的雄姿出现词坛，并创立了英雄志士群体的稼轩词派。他们的慷慨悲愤之声，将充满抗金复国的民族忧患意识的吟唱绵延至南宋后期。

第一节　辛弃疾的人生“角色错位”

辛弃疾一改以往词人的文弱形象，以勇武雄健的英雄形象出现。他不是温、柳一类的风流才子，不是晏、欧一类的雍容贵族，也不是苏、黄之类的旷雅文士，而是“金戈铁马，气吞万里如虎”（《永遇乐》）的沙场猛将。据记载，辛弃疾的形象：

> 眼光有棱，足以照映一世之豪。[①] ——陈亮语

① （宋）陈亮：《辛稼轩画像赞》，（宋）陈亮：《龙川文集（附辨伪考异）》卷十，王云五主编：《丛书集成初编》，中华书局1985年版，第102页。

精神此老健于虎，红颊白须双眼青。① ——刘过语

陈亮、刘过都是与辛弃疾诗词酬唱的好友和同道知己，他们眼里的辛弃疾如此真实，非同一般。僧义端被辛弃疾擒捉后，曾说："我识君真相，乃青兕（雌性犀牛）也，力能杀人。"② "青兕"、"虎"，正是辛弃疾英雄形象的别一说法。

辛弃疾生活的时代，是南北分裂的时代，是一个呼唤英雄、孕育英雄而又摧折英雄的时代，而他个人的命运遭际，使其成为风云际会的悲剧英雄人物。陈亮《辛稼轩画像赞》中称赞他："背胛有负，足以荷载四国之重。"③ 辛弃疾既有英雄之像，更有英雄之志，但英雄志士的人生失意的巨大忧愤却贯穿他的一生，如他在《满江红》里感叹的：

不念英雄江左老，用之可以尊中国。叹诗书、万卷致君人，翻沉陆。④

英雄用之可以威震中原，却老于江南；诗书万卷能致君尧舜，反沉沦闲隐。杨海明先生认为：这一历史性的悲剧错误，突出地表现为辛弃疾人生道路的两次"角色错位"⑤。

一　仕宦无常时期：弃武从文

第一次"错位"：骁勇的武将"错位"为文吏。

（一）壮声英概的南归

辛弃疾（1140—1207），字幼安，号"稼轩居士"，济南府历城

---

①（宋）刘过：《呈辛稼轩》，辛更儒编：《辛弃疾资料汇编》，《古典文学研究资料汇编》，中华书局2005年版，第60页。

②（元）脱脱等：《宋史·辛弃疾传》卷四〇一，中华书局1985年版，第12161页。

③（宋）陈亮：《龙川文集（附辨伪考异）》卷十，王云五主编：《丛书集成初编》，中华书局1985年版，第102页。

④ 沉陆即"陆沉"，隐居，埋没。《庄子·则阳》云："方且与世违，而心不屑与之俱。是陆沉者也。"郭象注："人中隐者，譬无水而沉也。"

⑤ 杨海明：《唐宋词与人生》，河北人民出版社2002年版，第134页。

（今山东济南）人。他出生时，山东历城沦陷于金人已 13 年。其祖父辛赞未及南渡，被迫仕金，历任宿、亳、沂、海诸州，但仍以宋廷为家国，“每退食，辄引臣辈登高望远，指画山河，思投衅而起，以纾君父所不共戴天之愤”①。辛弃疾年少时，受其祖父辛赞“登高望远，指画山河”以舒愤的熏陶和激励，立下恢复中原、报国雪耻的志向。

宋高宗绍兴三十一年（1161），金帝完颜亮率兵大举南侵，趁其后方空虚，中原抗金义军蜂拥而起。22 岁的辛弃疾，聚众两千人抗金，次年率部加入耿京的抗金起义军，旋即劝说耿京决策南向。他受命南渡与宋廷接洽投南事宜，于北返复命的途中，闻讯耿京被叛徒张安国谋害，义军溃散，辛弃疾勃然大怒，立即追杀窃印而逃的僧人义端，并亲率五十骑突袭五万大军的金营，生擒张安国绑缚于马上，昼夜兼程归于南宋。宋人洪迈《稼轩记》记载道：

> 赤手领五十骑，缚取于五万众中。如挟毚兔，束马衔枚，间关西奏淮，至通昼夜不粒食。壮声英概，儒士为之兴起，圣天子一见三叹息。②

辛弃疾不是以金榜题名跻入仕途，而是以五十骑直闯金兵大营的赫赫战功作为晋见南宋皇帝的“见面礼”，一时壮声英概，声名显赫，时人惊赞他“果毅之资，刚大之气，真一世之雄也”③。

（二）宦迹无常的从文

辛弃疾南归之后，并没有受到朝廷的重用。在南宋朝廷看来，辛弃疾毕竟是来自北方的“归正人”，初只被任命为江阴签判④，所率领的万余部众则被当作流民散置在淮南各州县。宋孝宗乾道六年

---

①（宋）辛弃疾：《美芹十论·序》，（宋）辛弃疾撰，胡亚魁，杨静译注：《美芹十论》，中山大学出版社 2012 年版，第 4 页。

② 辛更儒编：《辛弃疾资料汇编》，《古典文学研究资料汇编》，中华书局 2005 年版，第 4 页。间关：崎岖展转。奏：通“走”。

③（宋）黄干：《与稼轩侍郎书》，辛更儒编：《辛弃疾资料汇编》，《古典文学研究资料汇编》，中华书局 2005 年版，第 56 页。

④ 签判：宋代各州、府选派京官充当判官，称签书判官厅公事，简称“签判”。掌诸案文移事务，秩从八品。

（1170），辛弃疾召对延和殿，上两奏疏，只迁临安司农寺主簿。后，虽然逐步升迁，也只担任州郡的长官或某一路监司，本可成为筹划军务的名将良帅的他，“错位”成了处理棘手事务和日常冗事的文职官吏，被迫弃武而从文。

中国古代最早的兵书，传为姜尚所著的《六韬》、被誉为“兵学圣典”的《孙子兵法》皆出自古齐国，这是历代齐地军事人才辈出的重要文化渊源。而且战国时，齐稷下之学大盛，“自驺衍与齐之稷下先生，如淳于髡、慎到、环渊、接子、田骈、邹衍之徒，各著书言治乱之事，以干世主，岂可胜道哉！”[①] 辛弃疾身受古齐文化稷下之风熏染，“颇谙晓兵事”[②]，好论时政，朱熹称他能“股肱王室，经纶天下”[③]。辛弃疾弱冠之年，曾于沦陷的北方“两随计吏抵燕山，谛观形势”[④]，借登览山川考察军政局势。南归后，乾道五年（1169）于建康府（今江苏南京）通判任上，向宋孝宗上《美芹十论》[⑤]，后又向宰相虞允文进呈《九议》，详尽而周密地条陈战守之策。其指陈时弊无所顾忌，“文墨议论尤英伟磊落”，“笔势浩荡、智略辐辏”[⑥]，迥异于一般士大夫纸上谈兵的书生议政，表现出精湛深厚的兵学修养、审时度势的战略眼光以及善于用兵的北伐谋略，但是均未予以采纳。

辛弃疾雄才大略，具有文武兼备之才，却从未安排到朝廷军、政的重任要职上。其间他由签判、通判、主簿到知州等，宦迹无

---

① （汉）司马迁：《史记·孟子荀卿列传》卷七四，中华书局1983年版，第341页。

② （宋）朱熹，（宋）黎靖德编，王星贤点校：《朱子语类·论兵》卷一一〇，中华书局1986年版，第2705页。

③ （宋）谢枋得：《祭辛稼轩先生墓记》引，（宋）谢枋得：《叠山集》卷三，文渊阁《四库全书》影印本，上海古籍出版社1987年版，第12页。

④ （宋）辛弃疾撰，胡亚魁，杨静译注：《美芹十论》，中山大学出版社2012年版，第4页。

⑤ （宋）辛弃疾《美芹十论·序》：“以为今日虏人实有弊之可乘，而朝廷上策惟预备乃为无患。故罄竭精恳，不自忖量，撰成御戎十论，名曰‘美芹’。其三言虏人之弊，其七言朝廷之所当行。先审其势，次察其情，复观其衅，则敌人之虚实吾既详之矣。”辛弃疾《美芹十论》为：审势第一，察情第二，观衅第三，自治第四，守淮第五，屯田第六，致勇第七，防微第八，久任第九，详战第十。

⑥ （宋）刘克庄：《〈辛稼轩集〉序》，金启华、张惠民等编：《唐宋词集序跋汇编》，江苏教育出版社1990年版，第173页。

常，每任时间都不长，曾于13年间调换了14任官职。

二 投闲置散时期：落职闲居

第二次“错位”：善治的文史“错位”为闲人。

（一）绰有理政之才

据邓广铭《辛稼轩年谱》[①]，辛弃疾在孝宗、光宗、宁宗三朝，曾先后担任过知州、提点刑狱、转运副使、安抚使等，为宋廷平内乱、赈灾荒、办漕运、维持地方治安及整顿吏治，等等。乾道八年（1172），出任滁州知州仅半年，就使屡经兵燹灾荒的穷州荒陋之气一扫而空。宋孝宗淳熙六年（1179），任潭州知府兼湖南安抚使，第二年创建飞虎军，“军成，雄镇一方”[②]。淳熙八年（1181），任隆兴知府兼江南西路帅，当地正逢旱灾，以“闭粜者配，劫禾者斩”[③] 八字发榜安民，使民无饿殍，一境赖以平安。

辛弃疾确实是“有大本领、大作用人”[④]，在地方官任上，以简驭繁、行事果决而多有政绩，朱熹《答杜叔高书》曾叹曰：“今日如此人物，岂易可得？”[⑤] 但他却屡遭弹劾而落职，本是绰有理政之才的文吏，却“错位”成长期罢废置散的隐居闲人。

（二）屡遭弹劾，落职闲居

重文抑武的宋朝，为了维护集权统治，防止文官专权，采用三省分权制衡的体制和台谏监督弹劾制度。台谏，指御史台和谏议院。“御史台掌纠察官邪，肃正纲纪”[⑥]，谏议院“掌规谏讽谕，凡朝政阙失、大臣至百官任非其人、三省至百司事有违失，皆得谏正”[⑦]。如张海龙指出的：两宋台谏制度之发达，在历代王朝中首屈

---

① 邓广铭：《辛稼轩年谱》，上海古籍出版社1997年版。

② （元）脱脱等：《宋史·辛弃疾传》卷四〇一，中华书局1985年版，第12164页。

③ （元）脱脱等：《宋史·辛弃疾传》卷四〇一，中华书局1985年版，第12164页。

④ （清）陈廷焯撰，杜维沫校点：《白雨斋词话》卷一，人民文学出版社1959年版，第22页。

⑤ （宋）朱熹撰，郭齐、尹波点校：《朱熹集》卷六十，四川教育出版社1996年版，第3093页。

⑥ （元）脱脱等：《宋史·职官》卷一六四，中华书局1985年版，第3869页。

⑦ （元）脱脱等：《宋史·职官》卷一六一，中华书局1985年版，第3778页。

一指，统治者借台谏言事来制衡朝政，控制官吏的奖惩升降，而党争与台谏密切联系，使贬谪闲置成为文人士大夫政治生活中一个普遍而又复杂的现象。[①]

辛弃疾自淳熙八年（1181）至宋宁宗开禧元年（1205）年间，屡遭谏官弹劾而落职闲居。

初隐带湖：淳熙八年（1181）冬，42岁壮年之时，改任两浙西路提点刑狱。到任不久，因遭谏官王蔺弹劾“用钱如泥沙，杀人如草芥”[②]，落职。以后，闲居上饶带湖（今属江西），43岁—53岁（1182—1192）。

再隐瓢泉：宋光宗绍熙三年（1192），53岁，赴福建提点刑狱任。绍熙五年（1194）在福建安抚使任上，因谏官黄艾弹劾“残酷贪饕，奸赃狼藉”[③]，遂罢帅任降官；后，连遭谏官奏劾，栽以“赃污恣横，唯嗜杀戮”[④]的罪名，于是被削尽所有名衔，成为一位彻底的“闲人”。闲居铅山（今属江西）瓢泉，55岁—63岁（1194—1202）。

归老铅山：嘉泰三年（1203），韩侂胄谋划北伐，起用主战派人士，辛弃疾64岁垂暮之年，被任为绍兴知府兼浙东安抚使。年近80岁的陆游得知此讯，深感兴奋，写《送辛幼安殿撰造朝》诗为之送行。后，被派到前线重镇知镇江府（今属江苏），赐金带（金饰的腰带）。开禧元年（1205），因荐人失察而降两级，后改任隆兴府（治今江西南昌），旋即遭弹劾，被诬以“好色贪财，淫刑敛聚”[⑤]的罪名而革去官职。回铅山瓢泉故宅，闲居，66岁—68岁（1205—1207）。

辛弃疾晚年所作《哨遍》结拍云：“笑先生，三仕三已。”典出《论语·公冶长》：“令尹子文，三仕为令尹，无喜色；三已之，无

① 张海龙：《宋代文人的谪居心态》，《求索》1997年第4期。

② （元）脱脱等：《宋史·辛弃疾传》卷四〇一，中华书局1985年版，第12164页。

③ （元）脱脱等：《宋史·辛弃疾传》卷四〇一，中华书局1985年版，第12165页。

④ （元）脱脱等：《宋史·辛弃疾传》卷四〇一，中华书局1985年版，第12165页。

⑤ （元）脱脱等：《宋史·辛弃疾传》卷四〇一，中华书局1985年版，第12165页。

愠（郁结）色。"[1] 子文，即斗谷于菟，字子文，是楚国历史上治国安邦之雄才，有文韬武略之奇谋，曾任楚国令尹。《左传》记载他，从鲁庄公三十年到鲁僖公二十三年（前 664—前 637），28 年间三次被罢相又三次被起用。辛弃疾用此典事，表明对"古来贤者，进亦乐，退亦乐"（《兰陵王》）的追慕，也是对自己三被罢官、三度闲居的平生政治遭际的概括。辛弃疾自南归以来 40 多年中，约 20 年被迫隐居江西上饶的带湖、铅山瓢泉的乡间别墅，成为伏卧荒丘的"闲虎"，为此陈亮曾感叹南宋朝廷用人昏庸："真鼠枉用，真虎可以不用。"[2]

黑格尔《美学》指出：

> 人格的伟大和刚强只有借矛盾对立的伟大和刚强才能衡量出来，心灵从这对立矛盾中挣扎出来，才使自己回到统一。环境的互相冲突愈众多，愈艰巨，矛盾的破坏力愈大而心灵仍能坚持自己的性格，也就越显出主体性格的深厚和坚强。[3]

对以英雄自期自许的辛弃疾来说，客观现实与主观抱负之间有着无法逾越的阻隔，人生角色的两次错位，使他一生都在新旧角色的分裂与冲突中痛苦地挣扎，并在这种冲突中坚持自我内心，显示出其主体性格的一种坚韧不拔。这种矛盾冲突，也表现在他罢职闲居后。在带湖、瓢泉隐居的二十年里，他不再有跃马横戈的激情，也不再有理繁治乱的郁闷，而是营造了一个"门掩草，径生苔"（《水调歌头》的适意自在的田园，"形成悖论的是，在这里他虽然找到了生命的归宿，但灵魂并没有能够真正平静地在这里憩息"[4]。驰骋疆场、北伐中原，这种为国效力的赤诚忠心，是他百折不挠、

① （春秋）孔子，钱穆解：《论语新解·公冶长》，生活·读书·新知三联书店 2002 年版，第 126 页。

② （宋）陈亮：《龙川文集（附辨伪考异）》卷十，王云五主编：《丛书集成初编》，中华书局 1985 年版，第 102 页。

③ ［德］黑格尔著，朱光潜译：《美学》第一卷，商务印书馆 1991 年版，第 227—228 页。

④ 罗时进：《论辛弃疾的隐逸及其隐逸词》，《江苏社会科学》1992 年第 6 期。

从不曾动摇的，是他以“主体性格的深厚和坚强”自始至终于胸中存乎一念的。

三 赍志而殁，一代英雄志士的悲剧

宋宁宗开禧三年（1207）秋，朝廷欲起用辛弃疾支撑危局，任命为枢密院都承旨，令速到临安赴任。这是辛弃疾平生第一次被任命为朝廷国务政事的要职，但是英雄一世不得其用，此为时已晚，当诏命到铅山时，68岁的辛弃疾已病重在床，未受命并上章陈乞致仕。

这年九月初十，僵卧于床的辛弃疾，得知南宋最后一次北伐惨败的消息，在绝望悲愤之中“临卒，大呼杀贼数声而止”[①]。辛弃疾主体意识的内涵就是拯世救物、挽救民族危亡的英雄意识和以身殉道的悲剧精神，这是贯穿他一生的，直到他临终最后一口气的呼喊声里。谢枋得《祭辛稼轩先生墓记》云：“公精忠大义，不在张忠献、岳武穆下……公没，西北忠义始绝望！”[②]

辛弃疾葬于铅山县南阳原山，他赍志而殁60年后：

> 咸淳间，史馆校勘谢枋得过弃疾墓旁僧舍，有疾声大呼于堂上，若鸣其不平，自昏暮至三鼓不绝声。枋得秉烛作文，旦且祭之，文成而声始息。[③]

谢枋得（1226—1289），字君直，号“叠山”。学通六经，文章奇绝。《宋史·列传》记载他：“为人豪爽，每观书五行俱下，一览终身不忘。性好直言，一与人论古今治乱国家事，必掀髯抵几，跳跃自奋，以忠义自任”[④]。多次带领义军抗元，南宋亡，以卜卦、教

① （清）蒋焜修、（清）唐梦赉纂：《康熙济南府志·人物志》，《山东省历代方志集成·济南卷》，齐鲁书社2016年版。

② （宋）谢枋得：《祭辛稼轩先生墓记》，（宋）谢枋得：《叠山集》卷三，文渊阁《四库全书》影印本，上海古籍出版社1987年版，第13页。

③ （元）脱脱等：《宋史·辛弃疾传》卷四〇一，中华书局1985年版，第12166页。

④ （元）脱脱等：《宋史·谢枋得传》卷四二五，中华书局1985年版，第12687页。

书流浪度日。因其文名和声望，元朝先后五次派人诱降，都被他严词拒绝，写有慷慨大义的《却聘书》。后，被拘留于大都悯忠寺（今北京法源寺），绝食而死。“咸淳”，是宋度宗赵禥的年号（1265—1274），宋恭帝即位沿用，次年改元德祐。时，已是南宋遗民的谢枋得，过辛弃疾墓旁僧舍，犹闻“有疾声大呼于祠堂者，如人鸣不平，自昏暮至三鼓不绝声”，于是谢枋得秉烛作文，祭文写成而疾呼声始止息。这一带有神奇传说色彩的记述，使人仿佛亲睹辛弃疾虽死犹在九泉之下大呼“杀贼复国”、为自己深鸣不平的情景。

恩格斯《致斐迪南·拉萨尔》指出：悲剧的实质是：“历史的必然要求和这个要求的实际上不可能实现之间的悲剧性冲突。”① 这一简明的阐述，揭示了悲剧性冲突的社会历史内涵。辛弃疾的悲剧与具体历史的社会现实紧密联系，悲剧根源即懦弱的南宋朝廷苟安于半壁江山，无心收复中原。绍兴三十二年（1162）六月，宋高宗赵构以“倦勤”休养为由，传位给养子赵眘（宋孝宗），自称太上皇帝。高宗退位时曾写亲征诏书，辛弃疾晚年读到这篇绍兴年间的诏书，感慨唏嘘，在题跋中写道：

> 使此诏出于绍兴之初，可以无事仇之大耻；使此诏行于隆兴之后，可以卒不世之大功。今此诏与此虏犹俱存也，悲夫！②

绍兴之初，岳飞、韩世忠、李纲等名将俱在，只要北伐，自可无事仇之耻；隆兴之后，虞允文、李显忠、张浚等大将俱在，辛弃疾犹英雄气盛，如果诏征，自可完成不世之大功。然而其亲征诏书从未付诸实施，“今此诏与此虏犹俱存也，悲夫！”这是历史对南宋偏安朝廷的嘲讽，也是主和现实对抗金志士的扼杀。

辛弃疾，一代英雄志士的悲剧！

---

① ［德］马克思、［德］恩格斯：《马克思恩格斯选集》第四卷，人民出版社 1995 年版，第 560 页。

② （元）脱脱等：《宋史·辛弃疾传》卷四〇一，中华书局 1985 年版，第 12165 页。

第二节　辛弃疾的“英雄之词”

南北宋之交，原本吟风弄月的言情婉词，面对靖康国难和宋金对峙的严峻局势，一变为“言志”抒怀的刚劲壮词。

邹衹漠《远志斋词衷》云：“稼轩雄深雅健，自是本色。”①“雄深雅健”四字，见于稼轩词的《沁园春》词，时新筑偃湖未成，叠嶂西驰如万马回旋：“似谢家子弟，衣冠磊落；相如庭户，车骑雍容。我觉其间，雄深雅健，如对文章太史公。”词中描写座座山峰扑面而来，好像谢家子弟衣冠潇洒俊朗，又像司马相如门庭车骑雍容华贵，有的如司马迁的文章雄浑深沉、典雅劲健。卓人月《古今词统》曰：“‘雄深雅健’四字，幼安可以白赠。”②

一　“东坡之词旷，稼轩之词豪”

自北宋苏轼“一洗绮罗香泽之态，摆脱绸缪宛转之度，使人登高望远，举首高歌”③，到南宋辛弃疾“大声镗鞳，小声铿鍧，横绝六合，扫空万古”④，他们的词前后相继而来，呈现出一种与词的正宗——婉约词完全不同的美学风貌。蒋兆兰《词说》云：“宋代词家，源出于唐五代，皆以婉约为宗。自东坡以浩瀚之气行之，遂开豪旷一派。南宋辛稼轩运深沉之思于雄杰之中，遂以‘苏辛’并称。”⑤

---

① （清）邹衹漠：《远志斋词衷》，唐圭璋编：《词话丛编》第一册，中华书局1986年版，第652页。

② （明）卓人月汇选，（明）徐士俊参评，谷辉之校点：《古今词统》卷十五，辽宁教育出版社2000年版，第562页。

③ （宋）胡寅：《〈酒边集〉序》，金启华、张惠民等编：《唐宋词集序跋汇编》，江苏教育出版社1990年版，第117页。

④ （宋）刘克庄：《〈辛稼轩词〉序》，（宋）辛弃疾撰，邓广铭笺注：《稼轩词编年笺注》引，上海古籍出版社1993年版，第598页。

⑤ （清）蒋兆兰：《词说》，唐圭璋编：《词话丛编》第五册，中华书局1986年版，第4632页。

“苏、辛皆至情至性人”①，二者的主导词风都大致趋向阳刚言志一路，故历代词论家多将北宋的苏轼与南宋的辛弃疾并称为“苏辛”。稼轩体的创立，与东坡体确实有明显的继承关系。辛弃疾生于非常之时，又是非常之人，“器大者声必闳，志高者意必远”②，其宏大高远的内在情感的抒发，只有东坡的言志词最适合于他。范开《〈稼轩词〉序》云：

（辛弃疾）非有意于学坡也，自其发于所蓄者言之，则不能不坡若也。③

出于抒怀言志的强烈需要，稼轩不期而然地走东坡词一路。但辛弃疾词承接东坡而又拓展了东坡未创之境界，以自己比东坡更为豪雄的虎啸风生的才力以及独特的审美方式，将词的艺术推向了新的天地。王国维《人间词话》说：“东坡之词旷，稼轩之词豪。”④以“旷”属苏轼的文士之词，而以“豪”许稼轩的英雄之词，颇具辨异的眼光。陈廷焯《云韶集》亦云：“东坡词极名士之雅，稼轩词极英雄之气。”⑤东坡以诗为词，多文士的“逸怀浩气”之雅旷；而稼轩以文为词，多壮士的沉郁悲慨之豪雄，确然。

二　稼轩词的“摧刚为柔”

赵文《〈吴山房乐府〉序》云：“辛幼安跌宕磊落，犹有中原豪杰之气。”⑥此入于词中，自是一种清刚之气，但英雄失路的稼轩

---

① （清）刘熙载：《艺概·词曲概》卷四，上海古籍出版社1978年版，第110页。

② （宋）范开：《〈稼轩词〉序》，（宋）辛弃疾撰，徐汉明编校：《稼轩集》，长江文艺出版社1990年版，第384页。

③ （宋）范开：《〈稼轩词〉序》，（宋）辛弃疾撰，徐汉明编校：《稼轩集》，长江文艺出版社1990年版，第384页。

④ （清）王国维撰，黄霖、周兴陆导读：《人间词话》，上海古籍出版社1998年版，第11页。

⑤ （清）陈廷焯：《云韶集》，（清）陈廷焯撰，孙克强主编：《白雨斋词话全编》第一册，中华书局2013年版，第133页。

⑥ （元）赵文：《青山集》卷二，文渊阁《四库全书》影印本，上海古籍出版社1987年版，第50页。

“敛雄心，抗高调，变温婉，成悲凉”[①]，所以他的词不是一味地“刚”，而是刚柔相济。前人大多注意到稼轩词的这一艺术特征，陈匪石《宋词举》称之为“摧刚为柔”[②]。试看他的《水龙吟·登建康赏心亭》：

楚天千里清秋，水随天去秋无际。遥岑远目，献愁供恨，玉簪螺髻。落日楼头，断鸿声里，江南游子。把吴钩看了，栏干拍遍，无人会、登临意。　　休说鲈鱼堪脍，尽西风、季鹰归未？求田问舍，怕应羞见，刘郎[③]才气。可惜流年，忧愁风雨，树犹如此！倩何人唤取，红巾翠袖，揾英雄泪！

在早期的稼轩词中，这首《水龙吟》向负盛名，约作于乾道五年（1169）建康府通判任上。时词人长期沉沦下僚，才志难伸，遂借登临之际赋此词，一吐胸中垒块。此词写景：“千里清秋”，“水随天去”气势之阔大，接以“献愁供恨，玉簪螺髻”之凄美。情景交融：“断鸿声里”暮色之苍茫，落到“江南游子”之孤单。抒怀：“把吴钩看了，栏干拍遍”之慨叹，结以“红巾翠袖，揾英雄泪”之悲咽。阔景、悲怀、豪气、柔情一时并集，笔力遒劲而笔致宛曲，于纵横跌宕中慷慨淋漓，表现出独具“辛”味的沉郁悲慨，只寥寥数语堪比东汉王粲的《登楼赋》。

稼轩其它词中也流落英雄之泪，如“和泪看旌旗”（《定风波》），“但山川满目泪沾衣”（《木兰花慢·席上送张仲固帅兴元》），“东山岁晚，泪落哀筝曲”（《念奴娇·登建康赏心亭》），“试弹幽愤泪空垂”（《鹧鸪天》），只是此词中英雄悲泪倩红袖佳人拭，如唐圭璋先生《唐宋词简释》所称赏的“豪气浓情，一时并集，如闻垓下之歌”[④]，就如同垓下之围楚霸王别虞姬：英雄之气与儿女之情并

① （宋）周济：《宋四家词选·目录序论》，人民文学出版社1985年版，第2页。

② 陈匪石撰，钟振振校点：《宋词举》卷上，江苏古籍出版社2002年版，第74页。

③ 刘郎：指刘备。（晋）陈寿《三国志·陈登传》载：刘备曾讥笑许汜徒负“国士”之名，汲汲于求田问舍而以英雄自许，说自己“欲卧百尺楼上”，许汜只配卧地上。

④ 唐圭璋：《唐宋词简释》，人民文学出版社2010年版，第193页。

糅——“刚柔相济”。

写“凭栏”的意象，沿花间而来至北宋、南宋，如：

春水渡溪桥，凭栏魂欲销。——温庭筠《菩萨蛮》
怎知我，倚阑干处，正恁凝愁。——柳永《八声甘州》
旷望极，凝思又把阑干拍。——周邦彦《浪淘沙慢》
凭栏正拟一笑，襟抱怯于秋。——李曾伯《水调歌头》
无语凭栏杆，竹声生暮寒。——黄公度《朝中措》

唐宋词中涉及红袖、凭栏，多是销魂、凝愁、怯秋、暮寒一类的感伤举动和心理，往往呈现出一种“柔弱化”倾向。诸多因素的综合作用，宋代士人的文化心理倾向日趋柔弱化，陈人杰《沁园春·序》云：“东南妩媚，雌了男儿。”苏轼感叹：“士亦因陋守旧，论卑而气弱。”[①] 大理学家程颐一言以蔽之曰：“今人都柔了。”[②] 辛弃疾却犹有着侠骨柔肠的血性男儿的“雄”，他也曾对自己说“休去倚危栏”（《摸鱼儿》），可“栏杆”不是简单的物象客体，而是早已融入了主体情感的生命客体，词人国耻未雪的焦虑感、故乡难归的漂泊感，英雄无用的压抑感以及无人会意的孤独感，如此种种交织于胸，而“栏干”成了他的迸泄处：“阑干四面山无数，供望眼、朝与暮”（《御街行·无题》），“千古兴亡，百年悲笑，一时登览”（《水龙吟·过南剑双溪楼》）。似乎只有凭栏远眺，才能使他或悲愤或幽怨的盘旋胸中的情感得以抒泄，这就是辛弃疾难以释解的“栏杆情结”。

苏轼在雄视千古唱“大江东去”时，也于“雄姿英发”插入“小乔初嫁了”的旖旎情怀，但不及辛弃疾的“百炼钢，化为绕指柔”[③]，他的“栏杆拍遍”、红巾拭泪，是一种“刚柔交融”的志士

① （宋）苏轼：《〈六一居士集〉叙》，（宋）欧阳修撰，李之亮笺注：《欧阳修集编年笺注》第八册，巴蜀书社2007年版，第571页。

② （宋）朱熹，（宋）黎靖德编，王星贤点校：《朱子语类》卷一三三引，中华书局1986年版，第3185页。

③ 语出（晋）刘琨《寄赠别驾卢谌》：“何意百炼刚，化为绕指柔。”

悲慨、英雄悲泪。这一类寄豪放于婉约的词，亦见于他的《摸鱼儿》（更能消几番风雨）。整个词幽咽怨怒，将时事之感愤、身世之悲叹暗蕴于伤春宫怨之中。词人摧刚为柔、潜气内转，绮丽其外而沉郁其内，以宛转笔势极顿宕之致，对国事、对朝廷的一怀断肠忧思、一腔缠绵忠爱、一襟郁愤不平，尽于字里行间回肠荡气，锻淬出了稼轩词凌利剑刃上的韬光晦迹的锋芒。其意象柔美而内涵刚劲，情思缠绵却炽烈如火，夏承焘先生称誉为“肝肠似火，色貌如花”①，并推为词中极品。

无论其个性气质、才情学养、襟抱气度，还是社会角色、人生遭际，辛弃疾与早于他或同时于他的词人都不同，后来效学稼轩词的人，多忽略其“刚柔相济”、沉郁顿挫，只粗学辛之豪气狂放，故而流于叫嚣怒骂之途。如谢章铤《赌棋山庄词话》云：“近人学稼轩，只学得莽字、粗字，无怪阑入（掺杂）打油恶道。试取辛词读之，岂一味叫嚣者所能望其项踵？”②

辛门弟子范开对老师的词创作有着深切的体认和理解，所写《〈稼轩词〉序》对当时推尊为词坛一宗的稼轩体描述道：“其词之为体，如张乐洞庭之野，无首无尾，不主故常；又如春云浮空，卷舒起灭，随所变态，无非可观。”③“张乐洞庭”，语出《庄子·天运》：“帝张咸池之乐于洞庭之野……其声能短能长，能柔能刚，变化齐一，不主故常。”④用此典故，恰切地说明了稼轩词之为体，其声能短能长，其势能刚能柔，是一种天才的独特性创造；他不拘于曲子词“故常”，而是淋漓尽致地发扬创体者的自我主体意识，随物赋形，因情造境，如春云浮空卷舒起灭。同时，范开也是词学史上对东坡体与稼轩体进行风格辨异的第一人，其《〈稼轩词〉序》云：

---

① 夏承焘：《唐宋词欣赏》，北京出版社2009年版，第112页。

② （清）谢章铤：《赌棋山庄词话》，唐圭璋编：《词话丛编》第四册，中华书局1986年版，第3330页。

③ （宋）范开：《〈稼轩词〉序》，（宋）辛弃疾撰，徐汉明编校：《稼轩集》，长江文艺出版社1990年版，第384页。

④ （战国）庄子撰，王叔岷诠：《庄子校诠》外篇，中华书局2007年版，第510—613页。

> （稼轩）意不在于作词，而其气之所充，蓄之所发，词自不能不尔也。其间固有清而丽、婉而妩媚，此又坡词之所无，而公词之所独也。①

明确指出：稼轩豪雄词“其间固有的清而丽、婉而媚”，即阳刚与阴柔并济是东坡所没有的。

蔡嵩云《柯亭词论》认为稼轩：“豪放师东坡，然不尽豪放也。其集中有沈郁顿挫之作，有缠绵悱恻之作，殆皆有为而发。”② 诚然，稼轩从东坡而来，但英雄志士的悲慨幽愤与衣冠文士的逸怀浩气是不一样的，雄深雅健的稼轩体与清雄旷逸的东坡体也是不一样的，稼轩词是在苏轼之后，词坛上耸立的另一座艺术高峰，对后世影响深远，清初以陈维崧为宗主的“阳羡词派”推崇苏、辛，尤其推崇辛弃疾，其词风雄浑粗豪、悲慨健举，即以弘扬“稼轩风”为创作宗旨。

三 借词为“陶写之具”

王士祯的《〈倚声初集〉序》，按照创作主体个性气质与社会角色身份的不同，将唐宋词分为四类：

> 有诗人之词，唐、蜀、五代诸人是也。有文人之词，晏、欧、秦、李（清照）诸君子是也。有词人之词，柳永、周美成、康与之之属是也。有英雄之词，苏、陆、辛、刘（过）是也。③

暂且不论其“诗人之词”、“文人之词”、“词人之词”三类如

① （宋）范开：《〈稼轩词〉序》，（宋）辛弃疾撰，徐汉明编校：《稼轩集》，长江文艺出版社 1990 年版，第 384 页。

② （清）蔡嵩云：《柯亭词论》，唐圭璋编：《词话丛编》第五册，中华书局 1986 年版，第 4913 页。

③ （清）邹祗谟、（清）王士祯辑：《倚声初集》，陈良运主编：《中国历代词学论著选》，百花洲文艺出版社 1998 年版，第 437 页。

何严格区分，也不论将苏轼词归为“英雄之词”是否妥当，但王士祯认为辛弃疾词属于“英雄之词”则是十分准确的。

陈廷焯《白雨斋词话》称：“稼轩有吞吐八荒之概，而机会不来。正则可以为郭（子仪）、李（光弼），为岳（飞）、韩（世忠），变则桓温之流亚。”① 稼轩是万人之英杰、盖世之豪雄，他南投宋廷的初衷，是为了完成抗金北伐、统一江山的大业。可悲的是生不逢时，他从南归至去世的40多年，正是南宋抗金的低潮时期，本应大有作为、建立功业的英雄豪杰，一旦理想受挫、壮志消磨，其内心的受伤害感、失落感和不平衡感远比一般的怀才不遇者强烈和深沉。于是词的创作，成了他心灵世界的延伸和补偿，成了他宣泄英雄情结、申述心志不酬而鸣不平的主要工具。刘熙载《艺概·词曲概》云：“宋史本传，称其雅善长短句，悲壮激烈。又称谢校勘过其墓旁，有疾声大呼于堂上，若鸣其不平，然则其长短句之作，固莫非假之鸣者哉！”②

辛弃疾的门人范开深知老师的“词心”，其《〈稼轩词〉序》云：

> 公一世之豪，以气节自负，以功业自许。方将敛藏其用以事清旷，果何意于歌词哉？直陶写之具耳。③

北宋重臣刘挚，“每戒子弟曰：‘士当以器识为先，一命为文人，无足观矣。’”④ 刘挚官至尚书右仆射，一生正气森严、忠贞爱国，曾效力于仁宗、英宗、神宗、哲宗四朝，而且治学严谨、才华横溢，他认为读书人要有思想识见，应当以经世致用为先，若只是一空疏无用的文人，则不足道矣！辛弃疾的为人意识、价值观念也正如此，他不曾将自己看作是一介“文人”，也从不“以词人自

① （清）陈廷焯撰，杜维沫校点：《白雨斋词话》卷六，人民文学出版社1959年版，第166页。

② （清）刘熙载：《艺概》卷四，上海古籍出版社1978年版，第110页。

③ （宋）范开：《〈稼轩词〉序》，（宋）辛弃疾撰，徐汉明编校：《稼轩集》，长江文艺出版社1990年版，第384页。

④ （元）脱脱等：《宋史·刘挚传》卷三四〇，中华书局1985年版，第10856页。

域”，做一个吟咏风月的词人，而是以天下为己任，志在“整顿乾坤”、收复中原，他认为“算平戎万里，功名本是真儒事”（《水龙吟》）。可是，那一双弯弓仗剑、经天纬地之手，却也舞文弄墨起来。其弟子范开道出了辛弃疾词创作的特殊性：在政治失意之余“敛藏其用”，借词为抒泄情志的手段和工具，即他的平生志向原本不在曲词创作，只是长期投闲置散，其一腔忠愤、满腹才力无处宣泄，才选择了用笔墨填词。这与毕一生精力以文学为事业、“以文章余事作诗，溢而为词曲”[①] 的大文豪苏轼是不一样的。

“君子之学，或施之事业，或见于文章”[②]，这是古代文人士大夫的普泛价值观。就心志追求的侧重来看，辛弃疾所求在“立功”施之功业，与苏轼所求在“立言”见于文章确有不同，诚如王兆鹏《唐宋词史论》指出的：“苏轼主要追求的是诗书事业，是文人政治上的功名；而辛弃疾所追求的则是弓刀事业，是武将军事上的功勋。”[③] 可辛弃疾在政治事业受挫之后转而从事词的创作，却成为南宋词坛第一大家，其传世之词多达620余首，数量为两宋第一。

稼轩虽然“意不在于作词”，但实际上当他将词作为“陶写之具”时，就形成了他特殊的生命价值追求。谢章铤《赌棋山庄词话》认为稼轩词“以毕生精力注之，比苏尤为横出”[④]。他用欲整顿乾坤的擎天之手填制的那些豪雄悲慨的词，使自己本应写进宋代政治史、军事史的大名，却赫然写进了中国古代唐宋词史里。

自孔子倡为“兴观群怨”之说以来，以诗言志——以诗抒写政治情怀和反映社会现实，占据着文学的主流地位。成熟于晚唐五代的曲子词，因其固有的酒边花前、娱宾遣兴的性质，原本就远离社会政治、伦理教化。然而北宋随苏轼“以词言志”的崛起，词开始向儒家诗教有所倾斜。靖康之难的特殊政治文化背景，使远绍

---

① （宋）王灼撰，岳珍校正：《碧鸡漫志校正》卷二，巴蜀书社2000年版，第34页。

② （宋）欧阳修：《〈薛简肃公文集〉序》，（宋）欧阳修撰，李之亮笺注：《欧阳修集编年笺注》第三册，巴蜀书社2007年版，第210页。

③ 王兆鹏：《唐宋词史论》，人民文学出版社2000年版，第196页。

④ （清）谢章铤：《赌棋山庄词话》卷九，唐圭璋编：《词话丛编》第四册，中华书局1986年版，第3444页。

《风》、《骚》的“言志”一派大行于时，而南宋辛弃疾以词为“陶写之具”的承接而来，更使这一派趋于极盛。

辛稼轩以词为“陶写之具”的创作，在当时具有很大的示范效应。时，在南渡诸英杰谢世之后兴起的一代爱国志士，他们以北伐恢复为己任，向朝廷力陈中兴大计，但由于统治者及当权主和派的消极退缩，恢复大业如日西坠，志士们悲愤失望之余，不约而同地操起曲词这一“陶写之具”来宣泄自己的政治情怀。如陈亮，南宋著名的思想家，“永康学派”① 代表人物，“为人才气超迈，议论风生，下笔数千言立就”②。朱熹《答陈同甫书》称其文章“新论奇伟不常，真所创见”③，二人学术之争达 10 余年，相互切磋、相互辩难。陈亮提倡“实事实功”而有益于国计民生，对理学家虚言空谈“心性命理”不以为然。所作文章说理透辟，笔力纵横驰骋，气势慷慨激昂，具有政治家的识见才略，他在《甲辰答朱元晦书》中自谓“推倒一世之智勇，开拓万古之心胸”④。陈亮专以词来抒写自己的政治主张和济世襟抱，“每一章就，辄自叹曰：‘平生经济（经国济世）之怀，略已陈矣’”⑤。其他豪杰之士，如韩元吉、刘过、杨炎正、赵善括等亦莫不如此，辛弃疾之生前身后，跟从者和竞趋者甚众。

四　“以笔代剑”之豪雄

辛弃疾“豪爽尚气节”⑥，是壮声英概带剑的英雄词人，“胸有万

---

① 南宋时，陈亮的“永康学派”和叶适的“永嘉学派”、吕祖谦的“金华学派”为“浙东事功学派”。其重要的思想学术取向为“经世致用”，讲求事功，倡言功利，广泛渗入当时浙东地区的政治、经济、文化乃至民众生活，并对清初以黄宗羲为代表的“浙东学派”产生影响。

② （元）脱脱等：《宋史·陈亮传》卷四三六，中华书局 1985 年版，第 12929 页。

③ （宋）朱熹撰，郭齐、尹波点校：《朱熹集》卷三六，四川教育出版社 1996 年版，第 1587 页。

④ （宋）陈亮：《龙川文集（附辨伪考异）》卷二十，王云五主编：《丛书集成初编》，中华书局 1985 年版，第 238 页。

⑤ （宋）叶适：《书〈龙川集〉后》，祝尚书编：《宋集序跋汇编》第四册，中华书局 2010 年版，第 1715 页。

⑥ （元）脱脱等：《宋史·辛弃疾传》卷四〇一，中华书局 1985 年版，第 12165 页。

卷，笔无点尘。激昂排宕，不可一世”①。清人蔡宗茂《〈拜石山房词钞〉序》论宋词云：“姜、张以格胜，苏、辛以气胜，秦、柳以情胜。”② 确然，有着纵横捭阖、激昂排宕之才的苏、辛，其词皆以“气”胜。

辛弃疾本是“中州隽人”③，挟北方豪士的忠勇、激昂之气南归。他竭力推崇那些生气勃然的往古英烈，并以“元龙豪气”（《满江红》）、“刘郎才气”（《水龙吟·登建康赏心亭》）自况，从少年时就“横槊气凭陵”（《念奴娇》），直到晚年镇守京口时，还高唱“气吞万里如虎”（《永遇乐·京口北固亭怀古》）。他一生以“气”自勉，文学创作亦主张以“气”为本，所作词乃“气之所充，蓄之所发”。

陈廷焯《白雨斋词话》云：“稼轩，词中之龙也，气魄极雄大，意境却极沉郁。”④ 如果说词中之仙的苏轼以情性作词，清旷放逸，富于文人雅士之姿，更多旷气、逸气；那么“词中之龙”的稼轩则是以意气作词，雄豪悲慨，颇具英雄志士之态，更多豪气、雄气。

辛弃疾的以豪雄之气驭词，具体表现为他“以笔代剑”的创作。辛弃疾的《水调歌头·席上为叶仲洽赋》有两句自画像似的赞语：“须作猬毛磔，笔作剑锋长。”东晋名将桓温“豪爽有风概，姿貌甚伟”，当时的名士刘惔称赞他：“眼如紫石棱，须作猬毛磔（捺），孙仲谋、晋宣王之流亚也。”⑤ 辛弃疾词用此典故，意为：气概非凡的威猛武将，挥洒笔墨如同沙场挥舞长剑，当是“笔作剑

① （清）彭孙遹：《金粟词话》，唐圭璋编：《词话丛编》第一册，中华书局1986年版，第724页。

② （清）江顺诒：《词学集成》卷五引，唐圭璋编：《词话丛编》第四册，中华书局1986年版，第3272页。

③ （宋）洪迈：《稼轩记》，辛更儒编：《辛弃疾资料汇编》，《古典文学研究资料汇编》，中华书局2005年版，第4页。

④ （清）陈廷焯撰，杜维沫校点：《白雨斋词话》卷一，人民文学出版社1959年版，第20页。

⑤ （唐）房玄龄等：《晋书·桓温传》卷九八，中华书局1997年版，第2568页。晋宣王：司马懿（179—251），字仲达，三国魏杰出的政治家、军事家、战略家。为辅佐魏国四代之重臣，后期为掌控魏国朝政的权臣。“有雄豪志”，善谋奇策，多次征伐有功。后，追封为宣王。

锋长”。辛弃疾这位曾经“旌旗拥万夫”（《鹧鸪天》）的沙场武将，在小词中也禁不住流露出强烈的尚武意识：将手中之笔视作腰间之剑，以抒英雄之怀、言壮士之志。

综观稼轩一生，他具有政治家的远见卓识和军事家的非凡谋略，却终未能一展身手，空使“雕弓挂壁无用”（《水调歌头》）。既然剑已入鞘，只有醉里挑灯拭看，那就“以笔代剑”来抒泄不平的心志和郁愤。稼轩词豪气贯之而“以笔代剑”，自不同于一般衣冠文士之词、闲雅贵族之词，更决非一般倚红偎翠、娱情遣兴的“歌词”，《四库全书总目·〈稼轩词〉提要》云：“其词慷慨纵横，有不可一世之概，于倚声家为变调。而异军特起，能于剪红刻翠之外，屹然别立一宗，迄今不废。”①

第三节　稼轩词的志士幽愤

一　“古来材大难为用”

“人尽其才，悉用其力”②，历来是古代仁人志士共同的政治理想。但社会现实和政治局面的昏浊，往往使一些忠直之臣、有才之士遭受排斥和压抑，不能尽其才、用其力，这几乎成为一种普遍性的社会现象。杜甫的《古柏行》有过辛酸而愤激的人生长叹：“志士幽人莫怨嗟，古来材大难为用！”“慷慨有大略”③ 的辛弃疾，一生都未能施展自己匡时济世的文才武略，“平生志愿百无一酬”④，正是一位带有典型意义的“材大难为用”的悲剧性人物。其《满江红》云：

---

① （清）纪昀等：《四库全书总目提要》卷一九八，中华书局 1965 年版，第 1816—1817 页。

② （汉）刘安等编撰，（汉）高秀注：《淮南子·兵略训》，上海古籍出版社 1989 年版，第 166 页。

③ （元）脱脱等：《宋史·辛弃疾传》卷四〇一，中华书局 1985 年版，第 12162 页。

④ （宋）谢枋得：《祭辛稼轩先生墓记》，（宋）谢枋得：《叠山集》卷三，文渊阁《四库全书》影印本，上海古籍出版社 1987 年版，第 12 页。

> 袖里珍奇光五色，他年要补天西北。

人生角色的两次错位，对辛弃疾这样一位有“补天”之才的志士来说，是一种痛心不已的恨事。他的一生，每每有难尽大才、难展大志之憾，只能被压抑地“材不材间过此生”（《鹧鸪天·博山寺作》），最后赍志以殁，是英雄失意的一生。

辛弃疾素有强烈的“英雄情结”，有着“金戈铁马，气吞万里如虎”（《永遇乐·京口北固亭怀古》）的英雄之气，“看试手，补天裂”（《贺新郎·同父见和再用前韵》）的英雄之志，“了却君王天下事，赢得生前身后名”（《破阵子》）的英雄之梦，也有“把古今遗恨，向他谁说?”（《满江红》）的英雄之悲。他自诩英雄，亦仰慕英雄，“始终把这个世界从根本上看作英雄主义的舞台”①。其笔下反复吟诵的经史典故中的历史人物，构成了一组英雄群像：完璧归赵的蔺相如、逐鹿中原的项羽、运筹帷幄的张良、国士无双的韩信、开疆拓土的汉武帝、马革裹尸的马援、三顾茅庐的刘备、隆中对策的诸葛亮、三国鼎立的曹操、东山再起的谢安、金戈铁马的曹景宗、出兵北伐的桓温，等等。而出现次数较多的是怀才不遇的英杰：自沉汨罗的屈原、穷途恸哭的阮籍、功高难封的李广等。对那些卓然勋业的英雄人物，他为之向往；而对悲剧性的名士英杰，他扼腕叹息。曾“夜读《李广传》，不能寐”，奋笔写下《八声甘州》：“射虎山横一骑，裂石响惊弦。落拓封侯事，岁晚田间。”在对李广落魄的叹惋中，交织了自己英雄失路的悲怀，实为自己“材大难为用”而鸣不平。

二 悲歌慷慨，“一寄之于词”

徐釚《词苑丛谈》引黄梨庄云：

> 辛稼轩当弱宋末造，负管、乐之才，不能尽展其用。一腔忠

① ［美］威廉·詹姆斯：《宗教经验的多样化：对人性的一个研究》，广西师范大学出版社 2008 年版，第 281 页。

愤，无处发泄，观其与陈同父（亮）抵掌谈论，是何等人物！故其悲歌慷慨，抑郁无聊之气，一寄之于词。①

指出稼轩词的创作原动力和政治抒情特征："一腔忠愤，无处发泄"，"故其悲歌慷慨，抑郁无聊之气，一寄之于词"。同时，也揭示了辛弃疾英雄词的主要思想意蕴。

（一）追忆军旅生涯

辛弃疾的终生之志在于统兵北伐、收复中原，但请缨无路，"报国欲死无战场"（陆游《陇头水》），与好友赠别酬唱之间，仍念念不忘"神州毕竟，几番离合"（《贺新郎·同父见和，再用韵答之》），以至"夜半狂歌悲风起，听铮铮，阵马檐间铁"（《贺新郎·用前韵送杜叔高》）。

对往昔军旅岁月的强烈怀念，贯穿了辛弃疾南归后的全部人生，那一段威武雄壮的青年岁月，成了在沉闷的仕宦生涯里，唯一能点燃他生命激情的永远追忆。其《鹧鸪天》：

有客慨然谈功名，因追念少年时事，戏作。

壮岁旌旗拥万夫，锦襜突骑渡江初。燕兵夜娖银胡觮，汉箭朝飞金仆姑。　追往事，叹今吾，春风不染白髭须。却将万字平戎策，换得东家种树书。

这首《鹧鸪天》"因追念少年时事"而作。开篇以激昂的笔调写来，仿佛听见那征战的万马奔腾、弓箭齐鸣。可是当年"旌旗拥万夫"，突骑渡江、汉箭如飞；如今"却将万字平戎策，换得东家种树书"。一句感情跌宕、发自肺腑的长叹，道出了眼前报国无门的悲愤和闲置乡间的无奈。其《西江月》曾云："近来始觉古人书，信着全无是处！"所说的"古人书"应指儒学经典书籍，是词人平生饱读的四书五经，也是他颇负学问所在："算胸中，除却五车书，都无物"（《满江红》），更是他经世济用思想的来源："功名本是

① （清）徐釚：《词苑丛谈》卷四引，上海古籍出版社1981年版，第79页。

真儒事。”可词人近来却断然予以怀疑乃至否定，因为那“万字平戎策”只换得种树书，此乃英雄失路、有志难骋的愤慨不平之语。

对当年军旅生涯的追忆，也表现在他的《破阵子》词里：

> 醉里挑灯看剑，梦回吹角连营。八百里分麾下炙，五十弦翻塞外声，沙场秋点兵。　　马作的卢飞快，弓如霹雳弦惊。了却君王天下事，赢得生前身后名，可怜白发生！

弗洛伊德认为：“梦因愿望而起，梦的内容在于表达这个愿望。”① 当愿望与现实之间有着一条鸿沟，甚至这个愿望根本不可能在现实中实现，那么在“无意识真实状态下自发”的梦便取代了这个愿望，使之通过幻觉经验式的途径成为人们精神体验的一部分。辛弃疾一生，政治愿望与现实的失望交叠一起，梦，是他现实愿望的表达，成了他愿望实现的“精神体验的一部分”，也成了他词中频繁出现的意象。《全宋词》收录的辛词中，直接写“梦”的达70多首，有登天梦：“我志在寥阔，畴昔梦登天”（《水调歌头》），归家梦：“画图恰似归家梦，千里河山寸许长”（《鹧鸪天》），孤鹤梦：“我梦横江孤鹤去，觉来却与君相别”（《满江红》），尤其是以一种复杂心态感慨人生如梦的断梦、破梦、醉梦等。词人借助于一系列“梦”意象，梦中，梦醒，表达出理想与现实的巨大心理落差，而稼轩词中写醉里梦回，最雄壮而沉郁的就是这首《破阵子》。

刘扬忠先生认为：辛弃疾始终深怀着一种“尚武任侠的军人意识”②，他的词从某种意义上讲就是其尚武的军人品性的外化。此论甚为精辟。辛弃疾颇具将才武略，率领百万雄师驰骋疆场、收复中原，是他一生所热切企盼的，当初“少年横槊，气凭陵”（《念奴娇》），是沙场点兵的将帅、横槊赋诗的豪杰，然而南归后只能“醉里挑灯看剑”，貂裘尘敝，弹铗悲歌，其夙愿不遂、功业难就，

---

① ［奥地利］弗洛伊德著，高觉敷译：《精神分析引论》，商务印书馆1984年版，第95页。

② 刘扬忠：《辛弃疾词心探微》，齐鲁书社1990年版，第25页。

直至壮岁闲度、鬓发已白。面对志同道合的好友，满怀心事一气挥落，写成此词。陈廷焯《云韶集》评曰："字字跳掷而出。"①

"可怜白发生"，英雄无用武之地而郁积的痛苦，酝酿了辛弃疾晚期词格外凝重的"沉郁苍凉"之气。如《贺新郎·别茂嘉十二弟》："啼鸟还知如许恨，料不啼清泪长啼血。谁共我，醉明月？"《水调歌头》："长剑铗，欲生苔，雕弓挂壁无用，照影落清杯。"《满庭芳》："老去君恩未报，空回首、弹铗悲歌。"《满江红》："倦客新丰，貂裘敝，征尘满目。"《霜天晓角·赤壁》："半夜一声长啸，悲天地，为予窄。"皆是"词极豪雄而意极悲郁"② 一类，见出沉郁顿挫的激越和沉咽。

（二）怅叹知交零落

辛弃疾《木兰花慢·滁州送范倅》云："长安故人问我，道愁肠、殢酒只依然。目断秋霄落雁，醉来时响空弦。"据《战国策》记载，更羸曾引弓虚发，惊落一只孤雁。魏王问其故，答曰：这是一只暗伤未愈的雁，一听见弓箭的弦声就旧伤迸裂而惊落了。用此典故，喻示自己遭受打击而忧谄畏讥的处境。词人忧念国家民族的危亡，却屡遭谗言落职，老怯流年、愁肠殢酒，而志同道合者零落无几，如他在《淳熙乙亥论盗贼札子》感叹的"臣孤危一人久矣"③。其《贺新郎》：

> 邑中园亭，仆皆为赋此词。一日独坐停云，水声山色竞来相娱。意溪山欲援例者，遂作数语，庶几仿佛渊明思亲友之意云。④

> 甚矣吾衰矣。怅平生、交游零落，只今余几！白发空垂三

① （清）陈廷焯：《云韶集》卷五，吴熊和主编：《唐宋词汇评》两宋卷第三册，浙江教育出版社 2004 年版，第 2479 页。

② （清）陈廷焯撰，杜维沫校点：《白雨斋词话》卷六，人民文学出版社 1959 年版，第 166 页。

③ （宋）辛弃疾：《淳熙乙亥论盗贼札子》，（宋）辛弃疾撰，徐汉明编校：《稼轩集》，长江文艺出版社 1990 年版，第 361 页。

④ 邑：此指铅山县。宁宗庆元元年（1195），辛弃疾江西铅山的瓢泉别墅落成，宋宁宗庆元二年（1196）带湖庄园失火后举家迁往。

千丈，一笑人间万事。问何物、能令公喜？我见青山多妩媚，料青山见我应如是。情与貌，略相似。　　一尊搔首东窗里。想渊明、停云诗就，此时风味。江左沉酣求名者，岂识浊醪妙理？回首叫、云飞风起。不恨古人吾不见，恨古人不见吾狂耳。知我者，二三子。

据邓广铭《稼轩词编年笺注》，此词约作于宋宁宗庆元四年（1198），时辛弃疾被罢职闲居，于信州铅山瓢泉别墅筑有“停云堂”。此词仿效陶渊明《停云》诗，表达“思亲友”之意，借以抒泄内心的孤寂和怨愤。

知交零落，白发空垂，极写己之孤独；犹青山妩媚，相亲相知，转作旷达潇洒；接下东轩饮酒，渊明风味，思慕前贤之疏放；“回首叫，云飞风起”极写狂放之态；“不恨古人吾不见，恨古人不见吾狂耳”，喷吐狂傲之语。最后落到“知我者，二三子”，回应开头的“怅平生、交游零落”。词中将孔子话语、渊明酒趣、李白诗句、《世说》掌故、《南史》典事，尽于词中一一驱遣，其语典事典一经作者信手拈缀，顿成妙语而浑化无迹；且以散文句法入词，于抑扬跌宕中一气倾泻不可遏止。此词于沉郁中见疏狂豪放，谢章铤《赌棋山庄词话》云：“学稼轩者，胸中须先具一段真气、奇气，否则虽纸上奔腾，其中俄空焉。亦萧萧索索，如牖下风耳。”① 乃为精到之语。

结尾“不恨古人”两句，是稼轩平生最自负的词句。岳珂《桯史·稼轩论词》记载：“稼轩以词名，每燕（宴）必命侍妓歌其所作。特好歌《贺新郎》一词，自诵其警句曰：‘我见青山多妩媚，料青山见我应如是。’又曰：‘不恨古人吾不见，恨古人不见吾狂耳。’每至此，辄拊髀自笑。”② 所谓“狂”，乃狂傲自大而不合世俗者。辛弃疾词中颇多“狂态”的自画像：

① （清）谢章铤：《赌棋山庄词话》卷一，唐圭璋编：《词话丛编》第四册，中华书局1986年版，第3330页。

② （宋）岳珂撰，吴敏霞校注：《桯史》卷三，三秦出版社2004年版，第88页。

说剑论诗余事，醉舞狂歌欲倒。(《水调歌头》)
何人为我楚舞，听我楚狂声。(《水调歌头》)
狂歌击碎村醪盏，欲舞还怜衫袖短。(《玉楼春》)

这种狂态飞扬，实是对现实压抑的一种不甘屈服、特立独行的精神，是一怀抑塞磊落之气的外在表现。词人憾恨“古人不见吾狂”，而今人知我狂者，仅“二三子”！抒吐出心志难酬、知音难觅而睥睨古今、孤寞傲世的情怀。

(三) 识尽人生愁味

刘辰翁《〈辛稼轩词〉序》云：“斯人北来，喑呜鸷悍，欲何为者？而谗摈销沮，白发横生，亦如刘越石。陷绝失望，花时中酒，托之陶写，淋漓慷慨，此意何可复道。而或者以流连光景，志业之终恨之，岂可向痴人说梦哉！为我楚舞，吾为若楚歌，英雄感怅，有在常情之外，其难言者，未必区区妇人孺子间也。”① 辛弃疾因为性情鸷悍，往日上章言事得罪他人，所以被人罗织罪名、招致诬陷而落职。难言的他自作疏旷颓放，或醉于杯酒，或游于山水，或歌于风月，借流连光景以排遣内心的“英雄感怅”。罢官闲居时，作《丑奴儿》：

少年不识愁滋味，爱上层楼。爱上层楼，为赋新词强说愁。　而今识尽愁滋味，欲说还休。欲说还休，却道“天凉好个秋”。

辛弃疾退居上饶带湖时常闲游博山，这首《丑奴儿》题于博山道中的壁上。此词运用对比手法渲染一个“愁”字：年少时心高志远，不知愁滋味，偏无愁说愁；如今历经坎坷，识尽愁滋味，却欲说还休。

① (宋) 刘辰翁撰，段大林校点：《刘辰翁集》卷六，江西人民出版社 1987 年版，第 177 页。刘越石：刘琨 (271—318)，字越石，晋朝政治家、军事家、文学家和音乐家。少负志气，有纵横之才，为世乱忠良，素有名望，然喜声色纵逸。有“闻鸡起舞”典故。

辛弃疾实是“识尽愁滋味”之人，如“都将今古无穷事，放在愁边”（《丑奴儿》），“中州遗恨，不知今夜几人愁。谁念英雄老矣，不道功名蕞尔”（《水调歌头》），“叹人生、不如意事，十常八九”（《贺新郎》），“江头未是风波恶，别有人间行路难”（《鹧鸪天·送人》）等，皆而非无病呻吟之叹。为什么“欲说还休，却道‘天凉好个秋’”？只因为愁怀郁积难以诉说，也不愿诉说，纵使诉说出来又有何益，所以欲说还休，所以不言愁而言秋，可谓愁之极、悲之极！而所谓“秋”即愁，草木凋零，秋色入目即为愁；人生艰辛，鬓染秋霜即为愁；多事之秋，失地不收而为愁；壮岁虚掷，心志不酬而为愁，词人言“秋”实为言愁。如周济《介存斋论词杂著》所说：“稼轩不平之鸣，随处辄发。”①

（四）“不如闲，不如醉”

> 归去来兮，行乐休迟。命由天、富贵何时？百年光景，七十者稀。奈一番愁，一番病，一番衰。　名利奔驰，宠辱惊疑。旧家时、都有些儿。而今老矣，识破关机。算不如闲，不如醉，不如痴。
>
> ——辛弃疾《行香子》

这首词作于上饶闲居时。当初铁骑刀枪的骁勇之将，如今成了身心交瘁、愁病缠身的老者，于是效学陶渊明“归去来兮”，名利宠辱皆识破，“不如闲，不如醉，不如痴”。

辛弃疾的三次被谏官弹劾贬职，表面似乎是因财务和个性方面的原因所致，实际与大背景的朝廷政治斗争相关。时，新贵韩侂胄与赵汝愚之争，最后以韩侂胄专权告终，赵汝愚、吕祖俭、朱熹等一批士大夫相继受到打击迫害，史称“庆元党禁”。辛弃疾平素与鸿儒朱熹互为知己、友谊笃厚。辛弃疾曾向朱熹请教为政之要略，朱熹以12字勉励道：“临民以宽，待士以礼，驭吏以严。”② 对于稼

---

① （清）周济：《介存斋论词杂著》，人民文学出版社1959年版，第8页。

② （宋）朱熹，（宋）黎靖德编，王星贤点校：《朱子语类》卷一三二，中华书局1986年版，第3180页。

轩南渡后屡被黜置，朱熹《中兴至今日人物（下）》评判取其大节，认为陈亮与稼轩都是“可用”的出类拔萃的人物，而朝廷有所赏罚不当：

> 此等人皆可用。如辛幼安亦是一帅才，但方其纵恣时，更无一人敢道它，略不警策之。及至如今一坐坐了，又更不问著，便如终废。此人作帅，亦有胜他人处，但当明赏罚以用之耳。①

“纵恣”为提倡中庸之道的理学家所忌，但作为帅才的稼轩，刚毅果断、令行禁止，适当的“纵恣”又是必要的。所以，朱熹对稼轩创办湖南飞虎军予以肯定：“潭州有八指挥，其制皆废弛，而飞虎军一军独盛，人皆谓辛幼安之力。”② 政治上朱熹是主战派，好言恢复，赞赏稼轩的“股肱王室之心”。庆元六年（1200）朱熹病逝，朝廷正严厉地明令禁止理学，“门生故旧至无送葬者。弃疾为文往哭之曰：‘所不朽者，垂万世名。孰谓公死，凛凛犹生！’”③开禧元年（1205），辛弃疾被韩侂胄短暂起用，不久又遭其弹劾被贬，或多或少也受此事影响。

第一次被贬，辛弃疾较多地表现为政治幽愤；第二次被贬，偏重到对于人生的“参透”；第三次被贬，则在政治愤慨、人生参透之外增添了晚景的疏放闲散。这种变化可以看作是向哲理的转化和升华，“人穷则反本”④，人在穷途末路时，往往会返回到人生、人性之本原以寻求精神寄托和解脱。

英雄失路，“归去来兮”，最后落到“行乐休迟”的“不如醉”——“酒隐”。在罢官闲居的20年里，辛弃疾借酒来排遣自己，“午醉醒时，松窗竹户，万千潇洒”（《丑奴儿》），也借酒释

---

① （宋）朱熹，（宋）黎靖德编，王星贤点校：《朱子语类》卷一三二，中华书局1986年版，第3179页。

② （宋）朱熹：《自熙宁至靖康用人》，（宋）朱熹，（宋）黎靖德编，王星贤点校：《朱子语类》卷一三二，中华书局1986年版，第3102页。

③ （元）脱脱等：《宋史·辛弃疾传》卷四〇一，中华书局1985年版，第12165—12166页。

④ （汉）司马迁：《史记·屈原贾生列传》卷八四，中华书局1982年版，第2482页。

放、舒展自己，自称“酒圣”，一狂饮酣醉之徒。在“醉舞狂歌”里，他疏离了君王时政，“醉扶怪石看飞泉，又却是、前回醒处”（《鹊桥仙》）；在“一觞一咏”里，他忘却了荣辱穷达，“我醉狂吟，君作新声，倚歌和之”（《沁园春》）；在“樽俎风流”里，他进入“忘我”境界，“休说往事皆非，而今云是，且把清尊酌。醉里不知谁是我，非月非云非鹤”（《念奴娇》）。

辛弃疾晚年写有《临江仙》云：“老去浑身无着处，天教只住山林。”“借君竹杖与芒鞋，径须从此去，深入白云堆。”这位白发志士，似乎表明欲彻底脱离官场而去，在竹杖芒鞋、白云生处了结余生的心迹。当然，辛弃疾只是用“看穿”人世来淡化自己的政治郁闷，即使他归居带湖、瓢泉，一方山林、一方稻田“稼穑”其中，也做不到陶渊明式的归耕田园，很难获得完全自由的精神解脱。如“书咄咄①，且休休，一丘一壑也风流”（《鹧鸪天·鹅湖归病起作》）。那丘壑风流里，是终日书空，草庐苔径里，是自嘲无用，可见英雄失意的稼穑田园，隐然有难以释怀的不平之气，外若萧闲颓放，内则实为幽怨愤激。

可以说，辛弃疾厌恶官场而又未能弃绝官场，他“不如闲，不如醉，不如痴”，表面上不涉或遗忘国事时局，骨子里却仍然是政治失意的志士幽愤。其《贺新郎》自言：“吾有志，在丘壑。”但他的丘壑之志难脱去济世之志，洪迈《稼轩记》说他：“此志未偿，顾自诡（责求）放浪林泉，从老农学稼，无亦大不可欤?”②“此志未偿”而“放浪林泉”，这是对稼轩式的“归去来兮”最为中肯的揭示。

三　“男儿到死心如铁”的矢志收复

辛弃疾《贺新郎·同父见和，再用韵答之》：

老大犹堪说。似而今、元龙臭味，孟公瓜葛。我病君来高

① （南朝宋）刘义庆《世说新语·黜免》：“殷（浩）中军被废，在信安，终日恒书空作字。扬州吏民寻义逐之，窃视，唯作‘咄咄怪事’四字而已。”

② （宋）洪迈：《稼轩记》，辛更儒编：《辛弃疾资料汇编》，《古典文学研究资料汇编》，中华书局2005年版，第4页。

歌饮，惊散楼头飞雪。笑富贵、千钧如发。硬语盘空谁来听？记当时、只有西窗月。重进酒，唤鸣瑟。　事无两样人心别。问渠侬：神州毕竟，几番离合？汗血盐车无人顾，千里空收骏骨。正目断、关河路绝。我最怜君中宵舞，道“男儿到死心如铁”。看试手，补天裂！①

淳熙十五年（1188）冬，陈亮自东阳（今浙江金华）往江西上饶北郊，专程拜访赋闲在家的辛弃疾。久病在床的辛弃疾为之兴奋，留居十日，并与之同游鹅湖，两人雪中煮酒、林中高歌，纵论天下大事。这次“鹅湖之会”留下了五首《贺新郎》的唱和之作，留下了一段文坛佳话。

此词中有对“鹅湖之会”的深情追忆，雄心壮语，谁人来听？只有西窗夜月、饮酒鸣瑟，你我互为知音；有二人怀才不遇的压抑苦闷，神州分裂，人心相异，我等忧心国事，却无人顾恤、空收骏骨。至结尾笔锋一转，与陈亮互勉互励，誓做为国“补天”的铁心男儿，表达了抗金不渝的共同意志。

辛弃疾的出生地历城（今山东济南），春秋战国时，临近齐国之都营丘（今山东淄博）、鲁国之都曲阜（今属山东），受到齐鲁文化的交叉辐射。齐鲁文化的核心是孔孟儒学，强调大一统的统治、“君君，臣臣”的伦理纲常以及经世致用的功利观，并成为历代士林忠君报国思想的文化渊源。

正统的华夏民族文化遭异族暴力劫持后，所带来的耻辱感必然强化对民族文化的执着，这是一种精神力量，是爱国志士矢志不渝的原动力。稼轩曾自称“孔之徒”，并常用《论语》、《孟子》、《礼记》、《易经》中的典语隐括入词，表现出齐鲁儒家文化的根基和影响。谢枋得《祭辛稼轩先生墓记》说他：“志斩虏馘，挈中原还君

① 硬语盘空：此指不合时宜的抗战恢复言论和寄寓政治胸臆的阳刚豪壮词。汗血盐车：比喻人才埋没受屈。《战国策·楚策四》卷十七载：“夫骥之齿至矣，服盐车而上太行。蹄申膝折，尾湛胕溃，漉汁洒地，白汗交流，中阪迁延，负辕不能上。伯乐遭之，下车攀而哭之，解纻衣以幂之。骥于是俯而喷，仰而鸣，声达于天，若出金石声者。”

父。公之志亦大矣。"① 辛弃疾回归南宋之初，于建康府任参议官微职时就曾自许："功名事，身未老，几时休？诗书万卷，致身须到古伊周。"（《水调歌头》）立志要成为像上古伊尹、周公那样的治国雄才。中年时期，虽屡遭挫折和打击，却始终未泯其抗金复国的雄心，仍然发出"了却君王天下事，赢得生前身后名"（《破阵子》）的壮语。到白发萧萧的晚年，心情时而颓唐低沉，可依旧企盼能请缨杀敌："凭谁问，廉颇老矣，尚能饭否？"（《永遇乐》）他一生以振兴宋室为己任，壮怀不衰、心志不变。这首《贺新郎》云："男儿到死心如铁！"另一首《定风波》也云："白发自怜心似铁！"可见他将收拾残破山河作为"天将降大任于斯人"的一种主动承担，矢志于收复大业"心如铁"，到白发、到身死！充满了重整河山、舍我其谁的英雄壮怀。

稼轩词所抒泄的，是英雄志士报国无门而"男儿到死心如铁"的一腔忠愤、怨愤、幽愤，一部《稼轩长短句》凝结了南宋一代爱国志士的心声。

第四节　"稼轩派"志士的淑世精神

南宋朝廷，充满了主战与主和的激烈斗争。稼轩词派的词人们以抗金复国为己任而奔走呼号，昭示了拳拳不忘国的赤诚之心、忧世情怀和淑世精神，表现出光映千秋的民族气节和人格力量。他们一反歌筵"小词"的聊佐清欢，用如椽大笔写下的忠义凛然、气壮山河的壮词，给词坛带来一股强劲的刚健之风，成为南宋词中最为耀眼的一部分，"读此等词，不可以寻常词观之也！"②

一　先声："梦绕神州路"

南渡之初，广大文士阶层外愤于金人肆虐，内痛于秦桧之流主

① （宋）谢枋得：《叠山集》卷三，《四部丛刊续编》影印本，上海书店1985年版，第13页。

② 刘永济：《唐五代两宋词简析 微睇室说词》，中华书局2007年版，第100页。

和卖国，抗敌御侮的英雄主义精神灌注词坛，慷慨豪壮的吟唱成为词坛主潮。南渡词人群中，以英雄志士为主干的“英雄豪杰词派”，是苏、辛言志词的中间链接，可视为稼轩词派的先声。其中突出的有：以岳飞为代表的将帅词人，以李纲、赵鼎等为代表的名臣词人，以及以张元幹、张孝祥为代表的士大夫词人。

张元幹（1091—1161），字仲宗，号“芦川居士”，福州永福（今福建永泰）人。生于乱世，有救国抗敌之志，以英雄期人亦以英雄自许。靖康元年（1126），李纲为亲征行营使，入其幕府为属官，夙夜临城，冒矢雨抗击围攻汴京的金兵，后与李纲一同遭贬。

张元幹在从事政治之余用词来陶写政治情怀，抒泄愤世嫉邪之气，感情基调慷慨豪壮。建炎三年（1129）金兵南侵，江北地区全部失守，词人愤然作《石州慢》，词中充塞着雪耻复仇的情绪：“心折。长庚光怒，群盗纵横，逆胡猖獗。欲挽天河，一洗中原膏血。”即使到了鬓染霜华的老境，故国之念也未尝一日断绝，其《水调歌头》：“梦中原，挥老泪，遍南州”，“短发霜粘两鬓，清夜倾盆一雨，喜听瓦鸣沟。犹有壮心在，付与百川流”。如同陆游《十一月四日风雨大作》所写的：“夜阑卧听风吹雨，铁马冰河入梦来。”风雨入梦的夜晚，词人系念中原、收复中原的心潮，如百川归海一样奔泻。

再如他的《贺新郎·送胡邦衡待制》：

> 梦绕神州路。怅秋风、连营画角，故宫离黍。底事昆仑倾砥柱，九地黄流乱注？聚万落千村狐兔。天意从来高难问，况人情老易悲难诉。更南浦，送君去！　　凉生岸柳催残暑。耿斜河、疏星淡月，断云微度。万里江山知何处？回首对床夜语。雁不到，书成谁与？目尽青天怀今古，肯儿曹恩怨相尔汝！举大白，听《金缕》。

高宗绍兴八年（1138），胡铨因上书请剑乞斩秦桧被贬，一时士大夫钳舌，莫敢与之言。张元幹激于义愤而不畏强权，写此词赠胡铨并与之饯行，由此触怒秦桧，后遭迫害下狱，削籍除名，而张元幹的铁骨铮铮、高风亮节，为时人所共仰。词的上片：魂牵梦绕、秋风离黍，表达对中原失地的关念。“天柱倾颓、浊流泛滥、狐兔横行”，连用三个比喻写中原沦陷的惨景，将斥责的笔锋暗指向屈膝求和之流。“天意从来高难问，况人情老易悲难诉”两句，举重若轻，既包含了对朝廷苟安的不满，也是为抗金忠良鸣不平。词的下片：天各一方，回首对床夜语，音书难通，别情转入沉重，伤感之至。“目尽青天怀今古，肯儿曹恩怨相尔汝！”忽又当纵怀古今、放眼天下而心志不灰，以豪言旷语互致慰勉，将词意升腾到更高境界。末了，以饮酒听歌的放达，聊遣摧心之痛，结得余情不尽。此词堪称拔天倚地、气贯长虹的爱国绝唱，《四库全书总目·〈芦川词〉提要》称：“慷慨悲凉，数百年后，尚想其抑塞磊落之气。”①

与张元幹并称“二张”的张孝祥，其代表作《六州歌头》，承续东坡之雄放而开稼轩之悲壮，更多地融入南宋之初的时代悲音与英雄气概，在南宋前期与张元幹堪称“词坛双璧”：

> 长淮望断，关塞莽然平。征尘暗，霜风劲，悄边声。黯销凝。追想当年事，殆天数，非人力。洙泗上，弦歌地，亦膻腥。隔水毡乡，落日牛羊下，区脱纵横。看名王宵猎，骑火一川明。笳鼓悲鸣，遣人惊。　　念腰间箭，匣中剑，空埃蠹，竟何成！时易失，心徒壮，岁将零。渺神京。干羽方怀远，静烽燧，且休兵。冠盖使，纷驰骛，若为情！闻道中原遗老，常南望、翠葆霓旌。使行人到此，忠愤气填膺，有泪如倾。②

词的下片抒发故土难收的悲慨。宝剑尘封，岁月将零，写志事难酬的憾恨，一层；干羽怀远，冠盖驰骛，讽刺朝廷的休兵媾和，

① （清）纪昀等：《四库全书总目提要》卷一九八，河北人民出版社2000年版，第5465页。

② 长淮：淮河。据《宋史·高宗本记》载：绍兴十一年（1141）宋金和议，“立盟书，约以淮水中流画疆。”洙泗：洙水、泗水，流经孔子聚徒讲学的山东曲阜，为儒学兴盛地。“冠盖使”二句：绍兴和议后，南宋朝廷每年派遣使者贺正旦、贺金主生辰等，使节车马往来不断。

再一层；中原遗老，南望翠葆霓旌，表达对王师北伐的企盼，又一层。末了，收拢到忠愤填膺，悲泪如倾。此词层层铺叙展衍，气象阔大，辞情慷慨，一气如注，并多处用三字短句连贯而下，繁音促节更添激壮声情。陈廷焯《白雨斋词话》评此词："淋漓痛快，笔致酣畅，读之令人起舞。"① 这首《六州歌头》写于隆兴元年（1163），"符离之败"② 后，主和的言论甚嚣尘上。一次，张孝祥在建康府留守宴客席上感愤时事，即席赋此《六州歌头》词，抗金名将张浚为之食不下咽，当即"罢席而入"③。

二　中坚："正好长驱，不须反顾"

陈亮（1143—1194），字同甫，号"龙川"，婺州永康（今属浙江）人。好慷慨议论时政，言辞激烈，招致当权主和派嫉恨，三度被诬下狱，被世俗视为"狂怪"。陈亮是典型的"位卑未敢忘忧国"（陆游《病起书怀》）的爱国志士，曾四次上书孝宗，纵论天下大势和恢复方略，耸动朝野。孝宗曾欲授以官职，大笑曰："吾欲为社稷开数百年之基，宁用以博一官乎！"④ 绍熙四年（1193）春，51 岁中进士第一名，授建康府签判，未及到任即病逝。

有《龙川词》传世。到了陈亮手里，词之"言志"功能被发挥到几近散文的境地，他把词当作陈述经邦济世之怀的手段，可与其政论奏章同读，如他在送章德茂使金的《水调歌头》中大声疾呼："尧之都，舜之壤，禹之封，于中应有，一个半个耻臣戎！"此言正同于他《上孝宗皇帝第一书》中所说："岂以堂堂中国，而五十年之间无一豪杰之能自奋哉。"⑤ 他的词以痛快淋漓地尽吐胸中块垒为极致，

① （清）陈廷焯撰，杜维沫校点：《白雨斋词话》，人民文学出版社 1959 年版，第 152 页。

② 符离之败：宋金战争重要战役之一。隆兴元年（1163），宋孝宗以张浚为都督，宋军渡淮北伐。由于将帅不和，于符离（今安徽宿州）兵败，遂被迫与金议和，次年签订"隆兴和议"。

③ （宋）佚名：《朝野遗记》，（清）沈辰垣：《历代诗余》卷一一七引，上海书店出版社 1985 年版，第 14 页。

④ （元）脱脱等：《宋史·陈亮传》卷四三六，中华书局 1985 年版，第 12940 页。

⑤ （宋）陈亮：《龙川文集（附辨伪考异）》卷一，王云五主编：《丛书集成初编》，中华书局 1985 年版，第 2 页。

表现出一种激昂慷慨、光明磊落之气。其《念奴娇·登多景楼》：

> 危楼还望，叹此意、今古几人曾会？鬼设神施，浑认作、天限南疆北界。一水横陈，连岗三面，做出争雄势。六朝何事，只成门户私计。　因笑王谢诸人，登高怀远，也学英雄涕。凭却长江，管不到、河洛腥膻无际。正好长驱，不须反顾，寻取中流誓。小儿破贼，势成宁问强对！

陈亮在《戊申再上孝宗皇帝书》中写道："京口连冈三面，而大江横陈，江旁极目千里，其势大略如虎之出穴，而非若穴之藏虎也。"① 此词中即以形象化的语言，演绎他在上皇帝书中对京口地形及战守之势的看法，批评偏安江左的错误政策，希望当权者消除畏敌如虎的病态心理："正好长驱，不须反顾"！让人感受到意气凌厉、心雄万夫的男儿之威势，足以被称为"起顽立懦"、催人奋起的千古壮词。

陈亮乃稼轩派的中坚人物，与辛弃疾十分投契，二人皆英雄气概，力主抗金北伐，注重功利与实学，为同道知己。其作词也同趋慷慨豪雄一路，刘熙载《艺概·词曲概》云："陈同甫与稼轩为友，其人才相若，词亦相似。"② 陈亮作词力追稼轩，纵横豪宕，有个性、有奇气，但慷慨有余而含蕴不足。

三　同盟："心在天山，身老沧洲"

刘克庄《〈翁应星乐府〉序》云："至于酒酣耳热，忧时愤世之作，又如阮籍、唐衢之哭也。近世惟辛、陆二公有此气魄。"③ 认为辛弃疾与陆游词皆以慷慨悲歌为主调，故将辛、陆并提。

陆游（1125—1210），字务观，号"放翁"，越州山阴（今浙江绍兴）人，出身于名门望族，祖父陆佃师从王安石，精通经学，官

---

① （宋）陈亮：《龙川文集（附辨伪考异）》卷一，王云五主编：《丛书集成初编》，中华书局1985年版，第15—16页。

② （清）刘熙载：《艺概》卷四，上海古籍出版社1978年版，第111页。

③ （宋）刘克庄：《〈翁应星乐府〉序》，金启华、张惠民等编：《唐宋词集序跋汇编》，江苏教育出版社1990年版，第252页。

至尚书右丞。父亲陆宰，北宋末任京西转运副使职务，南渡后，因主张抗金受主和派排挤，遂居家不仕。陆游出生于两宋之交，山河的破碎、家庭的流离、民族的矛盾、国势的危弱，给他少时心灵烙下了不可磨灭的印记。

陆游16岁始应试，曾经颇为自信“落笔辄千言，气欲吞名场”（《目昏颇废观书以诗记其始时年七十九矣》），然其科考屡试不第。据《宋史·陆游传》记载：

> 锁厅荐送第一，秦桧孙埙适居其次，桧怒，至罪主司。明年试礼部，主司复置游前列，桧显黜之，由是为所嫉。桧死，始赴福州宁德簿，以荐者除敕令所删定官。①

绍兴二十三年（1153），陆游进京参加锁厅试②，主考官陈之茂唯才是举，阅卷后取其为第一，却因秦桧的孙子秦埙位居陆游名下，触怒秦桧而被除名。次年，陆游参加礼部考试，主考官仍置之前列，秦桧指示不得录取而“黜之”。直到绍兴三十二年（1162）孝宗即位后，授枢密院编修，赐进士出身。

隆兴元年（1163），宋孝宗以张浚为都督，主持北伐。陆游进言献策，张浚赞扬其“志在恢复”。后，符离之战宋军大败，偏安之论随即甚嚣尘上，张浚上疏领罪，被贬为江淮宣抚使。乾道元年（1165），陆游调任隆兴府通判，次年遭言官弹劾“结交台谏，鼓唱是非，力说张浚用兵，免归”③。

乾道八年（1172），王炎任川陕宣抚使，驻军治所南郑（今属陕西），召陆游为干办公事。陆游受其委托草拟驱逐金人、收复中原的战略计划，作《平戎策》云：“经略中原，必自长安始，取长安必自

---

① （元）脱脱等：《宋史·陆游传》卷三九五，中华书局1985年版，第12057页。

② 锁厅试：宋代现任官吏或有爵禄者应进士试。（清）袁枚《随园随笔·锁厅》载：“宋现任官应进士试曰‘锁厅’，言锁其官厅而往应试也。虽中，止迁官而不与科第，不中则停现任。”

③ （元）脱脱等：《宋史·陆游传》卷三九五，中华书局1985年版，第12058页。

陇右始。当积粟练兵，有衅则攻，无则守。”① 投身军旅期间，陆游亲临抗金前线，常至骆谷口、仙人原、定军山等前方据点和战略要塞，并巡逻大散关②。但这年十月，《平戎策》被朝廷否决。

淳熙二年（1175），范成大受任为敷文阁待制、四川制置使，举荐陆游为参议官，二人饮酒酬唱，为莫逆之交。因遭主和派诋毁“不拘礼法”、“燕饮颓放”③，范成大迫于压力将陆游免职。淳熙四年（1177），范成大奉召还京，陆游在《送范舍人还朝》诗中写道：“因公并寄千万意，早为神州清虏尘”。

淳熙十六年（1189）宋孝宗禅位于赵惇（宋光宗），陆游上疏建议“缮修兵备，搜拔人才。明号令，信赏罚”④，力图大计以恢复中原，改任朝议大夫礼部郎中。由于“喜论恢复”，谏议大夫何澹弹劾陆游之议“不合时宜”，后以“嘲咏风月”为名将其削职罢官。陆游遂愤然自题住宅为“风月轩”。

开禧二年（1206），韩侂胄轻率出兵北伐，后宋军溃败。主和派史弥远等诛杀韩侂胄，遣使函其首送往金国，宋宁宗嘉定元年（1208）订立“嘉定和议”。嘉定二年（1209）秋，陆游忧愤成疾，入冬后卧床不起，临终之前，写下绝笔《示儿》诗：“死去元知万事空，但悲不见九州同。王师北定中原日，家祭无忘告乃翁。”

陆游一生都为北伐献策、呼喊，由此不断遭到主和派的排斥和打击，多次被贬罢官，先后退居山阴故里达20余年。国家政治时局的“大我”的忧世，与个人政治遭际的“小我”的忧生，在陆游身上如此紧密地联系在一起。他“少年志欲扫胡尘”（《书叹》），就有“上马击狂胡，下马草军书”（《观大散关图有感》）之壮志；中年“壮岁从戎，曾是气吞残虏”（《谢池春》），“悲歌击筑，凭高酹酒”（《秋波媚》），“呼鹰古垒，截虎平川”（《汉宫

① （元）脱脱等：《宋史·陆游传》卷三九五，中华书局1985年版，第12058页。

② 散关：古代关中四关之一，为周朝散国之关隘，故称“散关”。自古为“川陕咽喉”，是兵家必争之地。陆游《书愤》（其一）云：“楼船夜雪瓜洲渡，铁马秋风大散关。”

③ （元）脱脱等：《宋史·陆游传》卷三九五，中华书局1985年版，第12058页。

④ （宋）陆游：《渭南文集》卷四，（宋）陆游：《陆游集》第五册，中华书局1976年版，第2004页。

春》)，自是豪雄飞纵，卓荦不凡；晚年却“功名梦断”，流年虚度(《谢池春》)。其《诉衷情》：

> 当年万里觅封侯，匹马戍梁州。关河梦断何处？尘暗旧貂裘。　胡未灭，鬓先秋，泪空流。此生谁料，心在天山，身老沧洲！

陆游晚年闲居故乡山阴时，仍忧念时政国事，驰骋疆场、杀敌御侮的心志不改：“老病虽侵甚，壮气颇有余。长缨果可请，上马不踌躇。”(《夜读兵书》)可是一生事业无成，鬓发已衰。在这首《诉衷情》里，词人将老骥伏枥、壮心不已的一腔忠愤贯注于笔端，当年关山戎马的豪雄和今日鬓白身衰的落寞形成鲜明比照，心在疆场而身老沧洲，“此身谁料”四字不尽悲慨。此词是词人壮志当年与英雄暮路心境的典型写照：“自许封侯在万里，有谁知，鬓虽残，心未死！”(《夜游宫·记梦寄师伯浑》)，读来，字里行间时扑一股悲壮郁勃之气。千载之下，梁启超先生为之浩叹：“亘古男儿一放翁。”①

陆游一生笔耕不辍，诗、词、文俱有很高成就，尤以诗名盛于当时。亦工词，存《放翁词》一卷，在词中反复坦陈报效国家、收复中原的壮心，风格以雄放悲慨为主，刘克庄《后村诗话》续集云：“放翁长短句，其激昂感慨者，稼轩不能过。”② 陆游可视为稼轩派的同盟，与辛弃疾为知交。嘉泰三年(1203)，时任浙东安抚使兼绍兴知府的辛弃疾，拜访退居山阴的陆游，二人促膝长谈，共论收复国事。次年辛弃疾奉召入朝，陆游作诗送别，勉励他为国效命，早日实现复国大计。陆、辛二人惺惺相惜，同是报国无门而又矢志不改的英雄词人。

四　余响：“白发书生神州泪”

冯煦《宋六十一家词选例言》云：“后村词，与放翁、稼轩犹

① 梁启超：《读陆放翁集》，梁启超.《饮冰室合集》文集第五册，中华书局影印1989年版，第4510页。

② (宋)刘克庄：《后村诗话》续集卷四，中华书局1983年版，第139页。

鼎三足。其生丁南渡，拳拳君国似放翁；志在有为，不欲以词人自域似稼轩。”[①] 刘克庄（1187—1269），字潜夫，号“后村”，莆田（今属福建）人。虽不及辛弃疾和陈亮之傲睥一世的狂言狂态，亦为不甘平庸的“狂士”，他的《一剪梅·余赴广东，实之夜饯于风亭》描述自己：

> 束组宵行十里强，挑得诗囊，抛了衣囊。天寒路滑马蹄僵，元是王郎，来送刘郎。　　酒酣耳热说文章，惊倒邻墙，推倒胡床。旁观拍手笑疏狂，疏又何妨，狂又何妨！

“疏狂”，往往是面对不合理的社会现实和不公平的人事遭遇，与之抗争的一种方式，看似有些矫情的“疏狂”外表，实际隐藏着“狂者进取”[②] 的积极入世精神和不甘平庸的人生态度。此词中狂生的疏狂不羁形象，见出词人不肯媚俗从众而又愤世嫉俗的处世态度。

刘克庄，在南宋后期一片浅斟低唱的颓靡时风中，奋然承接稼轩之雄风壮调，与刘过、刘辰翁有“辛派三刘”之誉。辛弃疾夫世（1207）时，刘克庄21岁，时稼轩词风正畅行，受时尚感染，刘克庄少年时对稼轩及其词深怀钦佩之情，“幼皆成诵”读其书而深悲其志，他称赏辛弃疾词：“大声鞺鞳，小声铿锵，横绝六合，扫空万古，自有苍生以来所无。”[③] 其作词也极为自觉地趋向辛稼轩一路，刘熙载《艺概·词曲概》云：

> 刘后村词，旨正而语有致。后村《贺新郎·席上闻歌有感》云：“粗识《国风·关雎》乱，羞学流莺百啭。总不涉闺情春怨。”又云：“我有生平《离鸾操》，颇哀而不愠微而婉。”

---

① （清）冯煦：《蒿庵词话》，张璋等编：《历代词话续编》（上），大象出版社2005年版，第14页。

② （春秋）孔子，钱穆解：《论语新解·子路》，生活·读书·新知三联书店2002年版，第248页。

③ （宋）刘克庄：《〈辛稼轩集〉序》，金启华、张惠民等编：《唐宋词集序跋汇编》，江苏教育出版社1990年版，第173页。

意殆自寓其词品耶?[①]

确然，刘克庄用托寓的方式表达自己的创作观念。他认为：词应继承《诗经》国风的“雅正”传统，朴质清新，表现仁人志士的悲慨襟怀；不能柔弱软媚，流连于“闺情春怨”、风月花柳。这一文学主张，直接贯彻到刘克庄的壮词创作中，如他的《贺新郎》：

湛湛长空黑。更那堪、斜风细雨，乱愁如织。老眼平生空四海，赖有高楼百尺。看浩荡、千崖秋色。白发书生神州泪，尽凄凉、不向牛山滴。追往事，去无迹。　少年自负凌云笔。到而今、春华落尽，满怀萧瑟。常恨世人新意少，爱说南朝狂客，把破帽年年拈出。若对黄花孤负酒，怕黄花、也笑人岑寂。鸿北去，日西匿。[②]

这首词将重阳登高、花时病酒的情怀，于顿挫跌宕中一气流注：平生放眼天下、空阔四海，一介白发书生、泪洒神州；而今才华落尽、满怀萧瑟，唯有对花饮酒、聊解寂寞。刘克庄词时有议论过多处，盘郁沉深不如辛弃疾，所谓“直致近俗，乃效稼轩而不及者”[③]。但此词运典用事交叠，抒情议论交并，志雄、意悲、辞畅，有雄放排奡之势，又极曲折跌宕之致，少却了直率发露之弊。

结句鸿雁北去、斜日西沉与开篇长空湛黑、风雨如晦呼应，以景起又以景结，国势衰颓、收复渺茫之意尽在其中。刘克庄所处南宋后期，先是宋金依旧对峙，中原难以收复；继而元兵挥师南侵，宋亡的厄运迫在眉睫，这使得他“叹年光过尽，功名未立”（《沁

① （清）刘熙载：《艺概》卷四，上海古籍出版社1978年版，第112页。

② 南朝狂客：指东晋孟嘉，曾任征西大将军桓温的参军。（唐）房玄龄等《晋书·孟嘉传》载：“九月九日，温燕（宴）龙山，僚佐毕集。时佐吏并著戎服，有风至，吹嘉帽堕落，嘉不之觉。温使左右勿言，欲观其举止。嘉良久如厕，温令取还之，命孙盛作文嘲嘉，著嘉坐处。嘉还见，即答之，其文甚美，四座嗟叹。”后遂用“风吹帽落”典故表示意度从容、萧散自在。

③ （清）沈辰垣等编：《历代诗余》卷一一八引张炎语，上海书店出版社1985年版，第12页。

园春·梦孚若》），充满了英雄老去、壮志成空的悲怆。同是“花时中酒，托之陶写”，而刘克庄的“白发书生神州泪”一叹，比辛弃疾的“志业之终恨之”更忧重愤深，也更低咽、沉郁而悲凉，成为了稼轩派慷慨悲歌的余响。

从靖康南渡，到辛弃疾称雄词坛，士大夫精英人物或心系故国、或感叹世变，以言志的词来负载慷慨悲壮的民族忧患意识，成为当时词坛创作的主流。自辛弃疾英雄词出，“南宋诸公，无不传其衣钵”①，稼轩派词人的词，凸显了他们以天下为己任的慷慨磊落、杀敌报国的忠肝义胆以及欲救国家之危难而不能的痛楚呼号，是一首首英雄气概的雄唱，更是一首首英雄失路的悲歌！

从社会力量的归属来看，宋代在社会内部不存在一个与君权及中央朝廷相抗衡的社会阶层，这样一个相对稳态化的社会，对文人士大夫文化性格的影响便是：激越外扬的气质消淡，理性沉稳的因素增强。而且更多地表现为对社会规范的内在“自觉”与认同，以及在此基础上对政治责任、道德义务的承担，对社稷民生的关注。宋代文人士大夫追随大儒张载倡导的“为天地立心，为生民立命，为往圣继绝学，为万世开太平”②，先秦儒家的积极淑世精神被淳正士风大大弘扬，即钱穆先生《中国知识分子》所指出的“中国智识分子内在精神之此一最高点”③ 的意义所在。

宋朝自建立之初，便崇尚文治，采取完善科举制度、提高文士待遇和广开言谏之路等策略，“以宽大养士人之正气”④。《宋史·忠义传序》这样描述宋代士风：

> 士大夫忠义之气，至于五季，变化殆尽。……真（宗）、仁（宗）之世，田锡、王禹偁、范仲淹、欧阳修、唐介诸贤，

① （清）周济：《宋四家词选·目录序论》，中华书局1985年版，第3页。

② （宋）张载：《张子语类》，（宋）张载撰，章锡琛点校：《张载集》（中），中华书局1978年版，第320页。

③ 钱穆：《国史新论》，生活·读书·新知三联书店2001年版，第154页。

④ （清）王夫之撰，王嘉川译注：《宋论》卷一，中华书局2008年版，第9页。

以直言谠论倡于朝，于是中外缙绅以知名节相高，廉耻相尚，尽去五季之陋矣。故靖康之变，志士投袂，起而勤王，临难不屈，所在有之。及宋之亡，忠节相望，班班可书，匡直辅翼之功，盖非一日之积也。①

确实如此，士大夫忠义之气至五代衰落殆尽，至宋而复兴。宋代士林们大多以名节自砺、以道义相期、以开济自任，有着强烈的经世思想和社会责任感。面对无力攘外而积弱不振的国势，他们的忧患意识、担纲意识比其他历史时期都更为强烈，纠结着个人和民族的英雄主义情结。在于国难之际振臂而呼的英雄词派的群体身上，我们看到这种士人人格的刚毅和挺立，看到民族精神的振作和升腾，尽管他们无法挽救宋王朝最终的覆灭。

半壁江山的南宋，多少英雄志士怀用世之心、兼济之志，为之慷慨激昂、忠义奋发，而统治者的屈事骄虏、苟安求和，却使他们徒然一世豪气、一腔忠愤，终是两鬓霜发、一生悲凉。那是一个南北分裂的令天下志士豪杰恸哭悲歌的时代，是一个浸润并折射出英雄悲剧精神的时代。

---

① （元）脱脱等：《宋史·忠义传序》卷四四六，中华书局1985年版，第13149页。

第十章

隐逸词：宦海浮沉的隐逸心理

中华民族扎根于农耕文化的土壤，与自然的亲和感是与生俱来而根深蒂固的。他们对天地自然有着强烈的亲缘感、归属感和认同感，清风明月、鸟鸣鱼跃、乡村田园、林泉丘壑，是他们心灵深处的安详栖息地，是他们挣脱尘世羁绊的归依处，回归自然，成了中华农耕人心灵恒久的追求与愿望。

宋代的文官政治制度，极大地激发和强化了士人阶层入仕从政的热情，而封建政体的弊端所造成的党争之剧烈、仕宦之沉浮以及罢黜贬谪的挫折感，又使他们需要一个释放负荷和安顿自我心灵的地方。佛、道恰好适应这一心理需求，成为奉儒仕进的文人士大夫们的一种多元选择，引导他们从出世与入世、个人与社会的矛盾中解脱出来，走向回归自然、回归自我的途径。

唐宋文人士大夫用词写“隐逸”之趣，与正统的“言志”、“载道”的文学价值取向大相径庭，所表现的是厌世、遁世、出世情怀，是皈依佛、道的适性自得和回归自然的闲情雅趣。所写田园词、渔隐词、山水词、仙道词等，都可纳入“隐逸词”的大致范围。

第一节　朱敦儒出世的隐逸心迹

朱敦儒（1081—1159），字希真，洛阳（今属河南）人。以词擅名一时，其词多写遁世隐逸生活，词风清新俊逸，“清末四大家”之一的王鹏运尤为喜爱，刊刻《樵歌》钞本，并为之作《〈樵歌〉

跋》云："希真词于名理禅机，均有悟入。"①

朱敦儒一生"不受世间拘束，任东西南北"（《好事近》），除了于宋高宗绍兴三年至绍兴十九年（1133—1149），曾有过16年的仕宦生涯，其它时间都过着放迹林泉的隐逸生活，南渡前隐于洛川，致仕后隐于嘉禾。他的《樵歌》共收词246首，隐逸词约占总数的3/5，内容包括渔钓、山林、田园、饮酒、游仙等。朱敦儒是第一个大量写隐逸词的词人，乃词坛之一变，汪莘《方壶诗余》自序云：

> 唐宋以来，词人多矣。……余于词所喜爱者三人焉：盖东坡而一变，其豪妙之气，隐隐然流出于言外，天然绝世，不假振作；二变为朱希真，多尘外之想，虽杂以微尘，而清气自不可没；三变而为辛稼轩，乃写其胸中事，尤好称渊明。此词之三变。②

一 "麋鹿之性，自乐闲旷"

朱敦儒号"岩壑老人"，又称"洛川先生"，长期遁迹于江湖，"天资旷逸，有神仙风致"③，为东都名士。早年隐居以清高自许，两次举荐为学官而不出。《宋史·文苑传》记载："敦儒志行高洁，虽为布衣，而有朝野之望。靖康中，召至京师，将处以学官。敦儒辞曰：'麋鹿之性，自乐闲旷，爵禄非所愿也。'固辞还山。"④

洛阳为北宋的西京，北依邙山，南对龙门，伊、洛、瀍、涧诸水蜿蜒其间，林壑幽美，名园棋布。朱敦儒前半生隐居洛川，视富贵如敝屣，以渔樵为侣、与鸥鹭结盟，闲来饮酒、醉时吟诗，《相见欢》云："鲈脍韵，橙齑品，酒新香。我是升平闲客、醉何妨。"《蓦山溪》云："浮生春梦，难得是欢娱，休要劝，不须辞，醉便花

① （清）王鹏运辑：《四印斋所刻词》，上海古籍出版社1989年版，第989页。

② （宋）汪莘：《方壶诗余·序》，金启华、张惠民等编：《唐宋词集序跋汇编》，江苏教育出版社1990年版，第227页。

③ （宋）黄昇：《花庵词选·中兴以来绝妙词选》卷之一，辽宁教育出版社1997年版，第171页。

④ （元）脱脱等：《宋史·文苑传》卷四四五，中华书局1977年版，第13141页。

间卧。”自称“升平闲客”，过着醉饮狂欢、闲适放浪的隐居生活。其《鹧鸪天·西都作》：

> 我是清都山水郎，天教分付与疏狂。曾批给雨支风敕，累上留云借月章。　　诗万首，酒千觞。几曾着眼看侯王？玉楼金阙慵归去，且插梅花醉洛阳。①

此词当是从京师返回、隐居洛阳嵩山所作，刻画出词人潇散洒脱、狂放不羁的鲜明个性，词中所述性爱山水、天教疏狂，流连风月、醉酒吟诗，睥睨王侯、漠视利禄，实为词人自我的真实写照，其逍遥狂逸的隐士风姿，在宋代文人隐士中不多见。此词不以直笔写实，而是骋其才气，奇思妙想，以狂逸荒诞出之，当时“脍炙人口”，为一时传诵之作。

朱敦儒词有效学苏东坡处，将出世之情与清空之境交融，形成清疏旷逸的词风，如他的代表作《念奴娇·垂虹亭》：

> 放船纵棹，趁吴江风露，平分秋色。帆卷垂虹波面冷，初落萧萧枫叶。万顷琉璃，一轮金鉴，与我成三客。碧空寥廓，瑞星银汉争白。　　深夜悄悄鱼龙，灵旗收暮霭，天光相接。莹澈乾坤，全放出、叠玉层冰宫阙。洗尽凡心，相忘尘世，梦想都销歇。胸中云海，浩然犹浸明月。

垂虹桥在今江苏吴县东，宋仁宗庆历八年（1048）建，桥上有亭曰“垂虹亭”，是当时文人雅士游览的名胜之地，苏东坡、张先曾于亭中置酒雅集。此词前写“万顷琉璃，一轮金鉴”的放船月夜，后写“天光相接，莹澈乾坤”的纵棹江湖，明显受到苏东坡《水调歌头》（明月几时有）、张孝祥《念奴娇》（洞庭青草）的影响，其意境阔大、格调遒劲，自是“洗尽凡心，相忘尘世”的潇洒

---

① 清都：传说中天帝的宫阙。（春秋）列御寇《列子·周穆王》云：“清都紫微，钧天广乐，帝之所居。”

出尘之姿。词人另一首《念奴娇·月》亦云："洗尽凡心，满身清露，冷浸萧萧发"，当是切合词人隐逸心境之语而不忌重复。朱敦儒这类词，在南渡"苏派词人"中也能读到，如叶梦得的《水龙吟》："舵楼横笛孤吹，暮云散尽天如水。人间底事，忽惊飞堕，冰壶千里。"张元幹的《水调歌头》："宿雨乍开银汉，洗出玉蟾秋色，人在广寒游。浩荡山河影，偏照岳阳楼。"皆有一种超尘脱俗的飘逸、清旷之气。

这一时期，朱敦儒遁离现实而林泉逍遥、吟风啸月，表现出隐逸文人不为名缰利锁所屈身的清高疏放的人格，只是未能脱尽尘网而守节善终。

二　罢官，退居嘉禾的渔隐

宋钦宗靖康二年（1127）金兵南侵，结束了朱敦儒"玉楼金阙慵归去，且插梅花醉洛阳"的名士风流梦，避难流离期间感念家国之难，多有伤时忧世之作。

周必大《二老堂诗话》记载：

> 绍兴二年，诏广西宣谕明槖访求山林不仕贤者，槖荐希真深达治体，有经世之才，静退无竞，安于贱贫。尝三召不起，特补迪功郎，后赐出身。①

绍兴二年（1132），朝廷诏举草泽遗贤，广西宣谕使明槖以朱敦儒"有经世之才，静退无竞"荐为右迪功郎，朱敦儒三召不赴，后经友人劝促，始幡然而起。绍兴三年（1133）命对便殿，以"议论明畅"② 得高宗赏悦，赐进士出身，授秘书省正字，后历任兵部郎中、临安府通判、两浙东路提点刑狱。朱敦儒满腹才华，胸有大志，对自己的隐士风流与儒士雅度颇为自负，仰慕诸葛亮而以卧龙自我期许，云"螭蟠龙卧，谁取封侯"（《雨中花·岭南作》）。但南宋

① （宋）周必大：《二老堂诗话》，（清）何焕文辑：《历代诗话》（下），中华书局1981年版，第662页。

② （宋）脱脱等：《宋史·文苑传》卷四四五，中华书局1977年版，第13141页。

初无道的政治局面、争斗的名利官场，使其难以有所作为，他深感违背了出仕的初衷，遂萌发退隐之念："我是卧云人，悔到红尘深处。难住，难住，拂袖青山归去。"（《如梦令》）绍兴十九年（1149），朱敦儒因发表抗金主战言论，以"专立异论，与李光交通"① 被秦桧党羽右谏议大夫汪勃弹劾而罢官，不久上疏请归，退居嘉禾。

朱敦儒远离官场后，在山光水色中垂钓自乐，全然过一种隐逸生活。据厉鹗《宋诗纪事》引周密《澄怀录》："陆放翁云：朱希真居嘉禾，与朋侪诣之。闻笛声自烟波间起，顷之，棹小舟而至，则与俱归。室中悬琴、筑、阮咸之类，檐间有珍禽，皆目所未睹。室中篮缶贮果实、脯醢，客至，挑以奉客。"②

退居嘉禾期间，写有六首渔父词，均调寄《好事近》。

> 摇首出红尘，醒醉更无时节。活计绿蓑青笠，惯披霜冲雪。　　晚来风定钓丝闲，上下是新月。千里水天一色，看孤鸿明灭。

晚来风定，一竿钓丝悠闲；上下新月，千里水天一色，在纤尘不染、表里俱澄澈的静态画面上，点缀一只明灭于远空的孤鸿，呈现出清旷高远的意境。如同唐人柳宗元的《江雪》诗、张志和的《渔父》词，或寒江独钓的孤高，或绿蓑青笠的闲适，皆是用以自况，此词写渔父醒醉无时的放任、烟波垂钓的闲适，实是朱敦儒晚年隐居生活的写照。恬静清旷的意境中，透现出超然物外的洒脱胸襟，那缥缈孤鸿，正是"天姿旷远，有神仙风致"的词人自我形象。读之，令人翛然有出尘之想。

三　时人讥议"晚节不终"

朱敦儒 74 岁时退居嘉禾，以诗词独步一时。《宋史・朱敦儒传》记载：

① （宋）脱脱等：《宋史・朱敦儒传》卷四四五，中华书局 1977 年版，第 13141 页。

② （清）厉鹗：《宋诗纪事》卷四四，上海古籍出版社 2013 年版，第 1131 页。

> 时秦桧当国，喜奖用骚人墨客以文太平，桧子熺亦好诗，于是先用敦儒子为删定官，复除敦儒鸿胪少卿。桧死，敦儒亦废。谈者谓敦儒老怀舐犊之爱，而畏避窜逐，故其节不终云。①

时秦桧当道主政，喜欢奖用文人墨客以粉饰太平。亦欲让朱敦儒教其子秦熺作诗，于是先用朱敦儒之子为删定官，继而授朱敦儒为鸿胪寺少卿②。朱敦儒老爱其子，为避窜逐不敢不起。绍兴二十五年（1155），朱敦儒屈于秦桧笼络而任职，未几秦桧死，旋亦被废黜，"高宗曰：'此人朕用橐荐以隐逸命官，置在馆阁，岂有始恬退而晚奔竞耶？'"③ 时人讥议其"晚节不终"④，有人遂拈出前期所作《鹧鸪天》，写诗讽刺道："少室山人久挂冠，不知何事到长安？如今纵插梅花醉，未必王侯着眼看！"⑤

朱敦儒深受道教濡染，多作游仙词。生性清高孤傲的他不屑于尘世，而尘世也不容纳他，在他遁世而隐的闲静、宁静中，蕴藏了内心的理想不遂和愤世嫉俗之情："惊尘世，悔平生，叹万感千恨，谁怜深素"（《聒龙谣》）。他深感人间无处安顿，只有将解脱苦闷的希望寄托在梦幻仙境："凭月携箫，溯空秉羽，梦踏绛霄仙去"（《聒龙谣》）。他将梦里飞升的绛霄仙境，作为蜗战蚁聚的尘世的对立面出现，一美妙纯净、一纷争昏浊，表现出词人厌世、弃世的情绪以及对理想世界的追求。

四 大彻大悟的闲适之情

朱敦儒依附秦桧之秽行以致晚节不保，这成了他生命中抹不去的悲哀，使他备受时人讥议，其内心亦深深自疚，同时也使他

---

① （宋）脱脱等：《宋史·朱敦儒传》卷四四五，中华书局1977年版，第13141页。

② 鸿胪寺少卿：鸿胪寺为官署名，主外宾之事，掌朝会、仪节等。主官为卿，副职为少卿（秩从五品）。南宋已不设鸿胪寺，秦桧为笼络朱敦儒特复置此官职。

③ （宋）周必大：《二老堂诗话》，（清）何焕文辑：《历代诗话》（下），中华书局1981年版，第662页。

④ （宋）脱脱等：《宋史·文苑传》卷四四五，中华书局1977年版，第13141页。

⑤ （宋）周必大：《二老堂诗话》，（清）何文焕辑：《历代诗话》（下），中华书局1981年版，第662页。

对人生世事大彻大悟，原来的“出世之情逐渐变为闲适之情”[①]。这种闲适之情，褪尽了先前的孤高傲世、疏放不羁，是一种安于尘世、随缘自适的超脱情怀和心境。如刘子翚《闲境志》描绘的：“无炎凉之俗，无风波之途”，“无为而常自然，真雅怀素志之栖寓”，“心和而气平，神静而体舒，不拘拘跂跂，不营营汲汲”[②]。即一种乐天知命、自然无为的心态，一种与外界事物契合无间的情志中和状态，一种无意超脱而超脱的至高境界。其《菩萨蛮》：

> 老人谙尽人间苦，近来恰似心头悟。九九是重阳，重阳菊散芳。　　出门何处去，对面谁相语。枕臂卧南窗，铜炉柏子香。

老来谙尽人间之苦，近来已悟，却不点明“悟”出了什么，只是荡开一笔写重阳菊芳，枕臂卧窗，铜炉一缕香绕。历经世事纷扰的词人，终归于心和气平的恬淡、恬静，这正是朱敦儒晚年的心境。

这一时期的“希真体”，自然平淡、朴质浅俗。所写闲适词，没有了前期清旷词的飘逸风神，也没有了高蹈遗世的潇洒风度。更多的是醉里翁头、徐行路稳的如释重负，如“且喜前面花好，更听林外莺新。翁头清辣洞庭春，醉里徐行路稳”（《西江月》；是恨海愁山、一时挼碎的看破红尘，如“老来可喜，是历遍人间，谙知物外，看透虚空。将恨海愁山，一时挼碎”（《念奴娇》）；是登临任意，随步云生的怡然自适，如“行到路穷时，果别有，真山真水。登临任意，随步白云生”（《蓦山溪》）。朱敦儒从“相忘尘世”而回到尘世，从脱尽凡俗而可喜凡俗，过去留云借月的“神仙风致”，如今一策杖而行的野老，行到路穷时，果然“别有真山真水”。绍

---

① 张叔宁：《论朱敦儒的晚期隐逸词》，《苏州大学学报》1991年第4期。

② （宋）刘子翚撰，杨国学校注：《屏山集》卷六，中国书籍出版社2012年版，第73页。

兴二十九年（1159），一代大隐逸词人卒，终年79岁。

从朱敦儒《樵歌》所反映的出世心迹来看，隐逸是他自乐闲旷的“麋鹿之性”，似乎又是现实挤压中的无奈选择，同时更是他自觉的生命归宿。

第二节　宋代文人的田园之趣

宋代浅斟低唱的士风之盛，使文人士大夫流连于歌筵酒席而疏远于乡村田野。南宋“中兴四大家”诗人陆游、杨万里和范成大都创作了不少的田园诗，尤其是范成大以其大型田园组诗《四时田园杂兴》60首而著称一时，被誉之为“纤悉毕登，鄙俚尽录，曲尽田家况味”[1]。然而，他们的田园词创作数量与其田园诗相去甚远。

宋代田园词为数很少，代表词人主要有王安石、苏轼、辛弃疾、范成大等。

一　王安石的闲情卜居

王安石（1021—1086），字介甫，号“半山”，临川（今江西抚州）人。北宋著名的政治家、思想家、文学家。每于地方任职上勤政爱民，治绩斐然。宋神宗熙宁二年（1069），任参知政事，次年拜相主持变法，史称“熙宁变法”。因遭守旧派强烈反对，熙宁七年（1074）罢相，以吏部尚书出知江宁府（今江苏南京）。次年神宗再次起用，回京复职，但变法派内部分裂严重，新法难以继续推行，熙宁九年（1076）旋又罢相，再次出任江宁府，次年退居半山园。元丰三年（1080），改封荆国公。宋哲宗元祐元年（1086）保守派得势，主政者尽废新法，遂悲愤抑郁病逝。

王安石之人品，即使屡被“新党”排斥而遭贬的黄庭坚，在所写《跋王荆公禅简》中亦称赏云：“予熟观其风度，直视富贵如浮

① （清）宋长白：《柳亭诗话》引王载南语，湛之编：《杨万里 范成大资料汇编》，《古典文学研究资料汇编》，中华书局1964年版，第182页。

云，不溺于酒利财色，一世之为人也。"① 所写闲逸词无功利逐腥味，多恬淡闲适情趣，其《菩萨蛮》：

数间茅屋闲临水，窄衫短帽垂杨里。花是去年红，吹开一夜风。　　梢梢新月偃，午醉醒来晚。何物最关情，黄鹂三两声。

此词写于晚年罢相，卜居江宁半山园②时。吴曾《能改斋漫录》云："王荆公筑草堂于半山，引入功德水作小港，其中叠石作桥，为集句填《菩萨蛮》。"③ 全篇用前人诗句杂缀而成，如出己口，词旨在一"闲"字。词人几度罢相，此时远离朝廷政治中心，远离仕宦的纷争喧嚣，醉酒昼寝里赏看月色风声、花香鸟语，又别是一种自在，故末处"何物最关情，黄鹂三两声"，归结到"闲"适。如黄昇《花庵词选》所云："极能道闲居之趣"④，略无一点尘俗之气。

王安石二次罢相退居后，心境渐平淡下来。叶梦得《避暑录话》记载："王荆公不耐静坐，非卧即行。晚卜居钟山谢公墩，畜一驴，每食罢，必日一至钟山，纵步山间，倦则即定林而睡，往往至日昃乃归。"⑤ 他归隐钟山（又名"紫金山"）时，还作有《浣溪沙》：

百亩中庭半是苔，门前白道水萦回。爱闲能有几人来。　　小

① （宋）黄庭坚撰，郑永晓辑校：《黄庭坚全集辑校编年》（下），江西人民出版社2011年版，第1582页。

② 半山园：原"晋谢公墩"，传为东晋谢灵运故宅遗址。王安石经常登临寻古访幽，其《谢公墩》诗云："走马白下门，投鞭谢公墩。"遂于此建宅第"半山园"，后捐此宅改建寺宇，宋神宗赵顼赐名"报宁寺"（半山寺）。

③ （宋）吴曾：《能改斋漫录》卷十七，上海古籍出版社1984年版，第491页。

④ （宋）黄昇：《花庵词选·唐宋诸贤绝妙词选》卷之二，辽宁教育出版社1997年版，第38页。

⑤ （宋）叶梦得：《避暑录话》卷上，《宋元笔记小说大观》第三册，上海古籍出版社2001年版，第2583页。

院回廊春寂寂，山桃溪杏两三栽。为谁零落为谁开。

此亦为“百衲之衣”的集句词。小院庭苔，门前潆水，晚春寂寂里山溪桃杏两三枝，为谁零落为谁开？王安石精通《楞严经》，此词中虽无一语谈禅，但清新幽寂的景色与随缘闲适的心境融合，自是一种淡泊忘机的禅理意趣，可见词人参透世事、悟彻人生的深邃、淡泊。

此类词于闲逸情趣中见出骨力，是淡泊名利的一代大政治家引退后所填的小词，非一般写村野闲趣的词可比，它极尽清新、恬静的闲情逸趣，开了后来闲适词之先声。如南宋陆游，“弄笔斜行小草，钩帘浅醉闲眠”（《点绛唇》）、“翛然一饱西窗下，天地有闲人”（《乌夜啼》）、“临浅濑，荫长松，闲据胡床坐”（《蓦山溪》）、“且钓竿渔艇，笔床茶灶，闲听荷雨”（《洞庭春色》）等词，写政治失意后乡居生活的闲静，一种清闲自得颇有王安石的闲适味。

二　苏轼的游赏自然

高雅的隐逸情愫，是文人士大夫文化心理的一个重要特征。苏轼几乎从其入仕始，归隐情结就一直伴随着他，面对接踵而至的人生困顿，他唱了一生“归”的主题，却始终无法像陶潜那样躬耕田园，也不能像王维那样半官半隐，只能将进与退、仕与隐的内心矛盾统一为一体，去平衡、去圆融。

苏轼“归耕田园”的想法，较早见于宋神宗元丰元年（1078）于徐州任上所作的《浣溪沙》：“软草平莎过雨新，轻沙走马路无尘。何时收拾耦耕身。”苏轼赞慕“渊明赋归去，谈笑便解官”（《送曹辅赴闽漕》），但隐逸归耕从来没有成为其主导思想，他感叹“何时收拾耦耕身”，只是慕“归”而思“归”，不曾行迹上与之合一。“归”，是苏轼诗词中出现频率很高的一个字，如“归去来兮，吾归何处”（《满庭芳》），“我应归去耽泉石”（《满江红》），“独棹小舟归去，任烟波飘兀”（《好事近》）等。这种寻求精神安泊的“归”的意愿，使他开拓了乡村词的题材，而以词体文学描写农村风物人情和田园之趣，亦当始于苏轼的笔下。《浣溪沙》其四：

簌簌衣巾落枣花，村南村北响缫车，牛衣古柳卖黄瓜。　酒困路长惟欲睡，日高人渴漫思茶，敲门试问野人家。

此词写于任徐州知府时。这年春旱，苏轼率众人祈雨而碰巧得雨，复去石潭谢神，一路填《浣溪沙》词五首，记沿途风物人情。此词用简素笔墨写夏日村行的小事，似是俯拾即得，实则经过锤炼而归于自然。那古柳树下，卖时鲜瓜果的吆喝声，山野人家敲门索茶的询问声，连同浓郁的田家气息漾溢出画面之外。

邓乔彬《唐宋词美学》说："日渐深入士大夫文士的禅宗，也使士人们向往追求淡泊清雅的生活情趣。入而能登朝理政，出而能觅趣山林。唐人的山水诗主要产生在隐居生活中，宋人则在游宦、贬谪途中，或退归林下之时。"① 苏轼正是于游宦或贬逐中觅趣林泉园田。在他的别具特色的乡村词里："乱蝉衰草"（《鹧鸪天》）的池塘、"一溪风月"（《西江月》）的溪桥、"淡烟疏柳"（《浣溪沙》）的晴滩、"山下兰芽短浸溪"（《浣溪沙》）的郊野，都流注着一片闲逸天然之趣，那是他仕宦倦怠时最好的心灵休憩和归依。苏轼作诗主张"静空"："欲令诗语妙，无厌空且静；静极了群动，空故纳万境。"② 他的乡村词正是在大自然的"静空"之美中，伸展接纳天地万物的丘壑怀抱，舒展远离尘世的虚静空明的心境。苏轼所写仍然是从士大夫"我"的眼中所观照的山野乡村，蕴含了北宋以来以归隐、淡泊为内涵的文人心理，他所着意表现的是一种心灵自由自在的惬意，一种游赏自然的文人雅趣。

三　辛弃疾的心灵慰藉

辛弃疾，对宦海浮沉不定一直怀有深刻的危机感，深知自己"刚拙自信，年来不为众人所容，顾恐言未脱口而祸不旋踵"③，这

① 邓乔彬：《唐宋词美学》，齐鲁书社 2004 年版，第 30 页。

② （宋）苏轼：《送参寥师》，郭绍虞主编：《中国历代文论选》第 2 册，上海古籍出版社 2001 年版，第 304 页。

③ （宋）辛弃疾：《论盗贼札子》，（宋）辛弃疾撰，徐汉明编校：《稼轩集》，长江文艺出版社 1990 年版，第 362 页。

种忧谗畏讥的心理，使他未雨绸缪。淳熙七年（1180），于上饶城北带湖之滨构筑新居，洪迈《稼轩记》记载：

> 既筑室百楹，度财（才）占地什四。乃荒左偏以立圃，稻田泱泱，居然衍十弓。意他日释位得归，必躬耕于是，故凭高作屋下临之，是为“稼轩”。田边立亭曰“植杖”，若将真秉耒耨之为者。东冈西阜，北墅南麓，以青径款竹扉，锦路行海棠。集山有楼，婆娑有室，信步有亭，涤砚有渚。①

其带湖新筑特辟十方稻田为躬耕之地，并将居宅取名“稼轩”，“意他日释位得归，必躬耕于是”。他在《沁园春·带湖新居将成》中明白地表露：

> 三径初成，鹤怨猿惊，稼轩未来。甚云山自许，平生意气，衣冠人笑，抵死尘埃。意倦须还，身闲贵早，岂为莼羹鲈脍哉。秋江上，看惊弦雁避，骇浪船回。　东冈更葺茅斋，好都把轩窗临水开。要小舟行钓，先应种柳，疏篱护竹，莫碍观梅。秋菊堪餐，春兰可佩，留待先生手自栽。沈吟久，怕君恩未许，此意徘徊。

此词化用“松菊三径”、“鹤怨猿惊”、“莼羹鲈脍”三个典故，表达自己急切归隐的心情。辛弃疾自叹人生之舟一直伴随惊涛骇浪，并预感自己这只北方孤雁将会被暗箭射中，所新筑的带湖“轩窗临水”、“疏篱护竹”，为将来的闲居躬耕之地，就是为了“惊弦雁避，骇浪船回”。果然第二年冬，辛弃疾被弹劾而罢职，带湖新居正好落成，于是归居上饶带湖，开始他中年“秋菊堪餐，春兰可佩”的闲居生活。宋光宗绍熙五年（1194），福建安抚使任上，辛弃疾又被罢官回到上饶，于铅山瓢泉“新葺茅檐”建庄园，后移居

① （宋）洪迈：《稼轩记》，辛更儒编：《辛弃疾资料汇编》，《古典文学研究资料汇编》，中华书局2005年版，第3—4页。弓：古代丈量地亩的器具和计算单位，五尺为一弓。

于此，开始他晚年“杖屦无事，一日走千回”（《水调歌头·盟鸥》）的闲居生活。

辛弃疾的乡村词，大多是闲居上饶时所写。其《清平乐》：

> 茅檐低小，溪上青青草。醉里吴音相媚好，白发谁家翁媪。　大儿锄豆溪东，中儿正织鸡笼。最喜小儿无赖，溪头卧剥莲蓬。

此词宋代黄昇《花庵词选》题作“村居”。辛弃疾以盛壮之年落职，闲居上饶带湖，这一时期，清新恬淡的乡村田园词从他笔下流泻出来，以这首《清平乐》最具代表性。作者涉目成趣，以平常语写平常景、叙平常事，用茅檐清溪、一家五口组成一幅栩栩如生的江南乡村风俗图画，农家自足融乐的气息扑面而来。再看他的《清平乐·检校山园书所见》：

> 连云松竹，万事从今足。拄杖东家分社肉，白酒床头初熟。　西风梨枣山园，儿童偷把长竿。莫遣旁人惊去，老夫静处闲看。

闲居的村野如此恬静，乡村的民情风俗如此淳朴，农人的生活如此自足自乐，这里有老庄崇尚的“自然之美”，有陶潜归耕的田园之趣，词人于“静处闲看”里，不由发出“万事从今足”的感慨。其实罢职退居上饶的辛弃疾，心情一直处在矛盾状态，一方面对自己心志未酬、遭谗落职，心怀郁愤不平，“说剑论诗余事，醉舞狂歌欲倒，老子颇堪哀”（《水调歌头》）；另一方面远离仕宦风波和尘世喧嚣，“一丘壑，老子风流占却”（《兰陵王》），又从淳朴安宁的田园生活中寻觅到心灵的慰藉。

辛弃疾致力于乡村词的创作，明显受苏轼的影响，但在题材、意境上都有新的拓展，在他的近乎白描的笔下朴野成趣，平和宁静而又生机一片，时有生动意趣、天然妙语。苏、辛的乡村词，以其疏淡清朗、静穆平和的美感特质，给宋代词坛吹来了一股清新的田野之风。

四　范成大的归居田园

宋代田园词减退“文人气”而充溢乡村泥土气息，是到了范成大的笔下。

（一）范成大的宦海浮沉

范成大（1126—1193），字致能，号“石湖居士”，吴郡（今江苏苏州）人。出身书香仕宦家庭，自幼聪慧，12岁遍读经史。绍兴十三年（1143），18岁其父范雩去世，遂移居昆山荐严寺（吴中名刹）。周必大《范公成大神道碑》云：

> 少师（范雩）薨。公茕然哀慕，十年不出。……无科举意。欲买山，无赀（资）。取唐人“只在此山中”之语，自号“此山居士”。①

唐代贾岛《寻隐者不遇》有“只在此山中，云深不知处”诗句，范成大自号“此山居士”取于此。为料理家事，无意于科举，混迹昆山禅寺读书十载。后，其父挚友王葆以“先君遗志”劝勉，幡然听从，赴京应试。

绍兴二十四（1154），29岁中进士。初入仕途沉滞下僚，孝宗即位，累迁著作佐郎、吏部员外郎，被言官指责为提升超躐等级，免职还乡。宋孝宗乾道六年（1170），慨然而行，以起居郎假资政殿大学士出使金国，不畏强暴，凛然正气不辱使命，得朝野称道。乾道七年（1171），孝宗欲用佞臣张说，范成大拒不草制，孝宗为之变色。范成大乃请领闲职返回苏州。宋孝宗淳熙二年（1175），任四川制置使，凡人才可用者悉招致幕下，才华卓异者则荐之朝廷。选将治兵，施利惠农，为蜀人所颂扬。淳熙五年（1178），拜参知政事仅两月，便遭御史弹劾被罢免。淳熙八年（1181），建康

① （宋）周必大：《范公成大神道碑》，湛之编：《杨万里 范成大资料汇编》，《古典文学研究资料汇编》，中华书局1964年版，第112页。

知府任上“会岁旱，奏移军储米20万石赈饥民”①。长近30年的仕宦生涯，范成大为人刚正、为政清廉，多有政绩。

淳熙十年（1183），五次上书，以苦于风眩之疾为由求退，归返故里，闲居于苏州石湖别墅。范成大《西塞渔社图卷跋》② 云：

> 始余筮仕歙椽，宦情便薄，日思故林。……后十年，自尚书郎归故郡，遂卜筑石湖。

“石湖者，具区（太湖）东汇，自为一壑，号称佳山水。臣少长钓游其间，结茅种木，久已成趣。”③ 范成大终身情系石湖，乾道三年（1167）42岁时，开始在石湖边建造农圃堂，后又建梦渔轩、盟鸥亭等。他对归居退闲生活渴慕已久，当初罢相返归故里时，便写有《晚归石湖》诗云：

> 何须驷马炫乡关，只作归农老圃看。……
> 久矣此心恬不动，如今并与此身安。

“归农老圃”而此心恬静、此身安宁，表现了对退闲生活的自足。如今，荣辱得失、仕宦浮沉一切都放下了，终于如愿归居于石湖了，所以范成大《西塞渔社图卷跋》感叹：“今退闲休老，可以放浪丘壑，从容风露矣。”范成大退居苏州石湖达十年之久。绍熙四年（1193），68岁病卒，谥“文穆”。

（二）“迥异尘嚣”的田园词

范成大素负文名，尤以诗著称，格调清新润丽，亦擅长于词，或咏田园风情，以清逸淡远见长。有《石湖居士诗集》、《石湖词》。

---

① （元）脱脱等：《宋史·范成大传》卷三八六，中华书局1977年版，第11870页。

② 《西塞渔社图卷跋》：该卷跋未见诸传世的《范石湖集》和孔凡礼所辑《范成大佚著辑存》等书，全图卷现藏于纽约大都会博物馆。筮仕：古人将出做官，用蓍草占卜问吉凶，亦指初出做官。歙：歙州，宋徽宗宣和三年（1121）改为徽州，治所在今安徽歙县。宋高宗绍兴二十六年（1156），范成大初入仕，任徽州司户参军。

③ （宋）范成大：《御书石湖二大字跋》，（宋）范成大撰，孔凡礼辑：《范成大佚著辑存》，中华书局1983年版，第136—137页。

钱钟书先生《宋诗选注》认为：范成大为“中国古代田园诗的集大成”[①] 者，晚年隐居石湖时，所作《四时田园杂兴》组诗是其代表作。据《四时田园杂兴》小引云：“淳熙丙午，沉疴少纾，复至石湖旧隐。野外即事，辄书一绝。终岁得六十首，号《四时田园杂兴》。”[②] 诗分为春日、晚春、夏日、秋日、冬日五组，每组12首。其《四时田园杂兴》其四：

> 静看檐蛛结网低，无端妨碍小虫飞。
> 蜻蜓倒挂蜂儿窘，催唤山童为解围。

天井、屋檐、蛛网、小虫，一个残壁废园，无所事事时，或闲庭信步，或仰看檐蛛网虫。这乡村山野的气息、声响，便是他内心如秋清寂的闲静世界。

范成大的词被其诗名所掩，清人为之不平，何梦华抄本《石湖词》云：“成大虽以诗雄一代，而词亦清雅莹洁，迥异尘嚣。”[③] 范成大作为南宋著名的田园诗人，以田园诗笔法写田园词，别具特色。其《蝶恋花》：

> 春涨一篙添水面。芳草鹅儿，绿满微风岸。画舫夷犹湾百转，横塘塔近依前远。　　江国多寒农事晚。村北村南，谷雨才耕遍。秀麦连冈桑叶贱，看看尝面收新茧。

这首词只用淡墨轻描的几笔勾勒，便描绘出清新明净的水乡春景，读来，充满恬静平和的农家气息，颇得苏轼田园词之真谛。词中，流溢出词人沉浸于村北村南、谷雨耕遍的农事喜悦之情，同时在“桑叶贱”的笔底毫端，又隐含了对农人辛劳的关切。范成大并

① 钱钟书：《钱钟书集》第九册，生活·读书·新知2002年版，第311页。

② （宋）范成大撰，富寿荪点校：《范石湖集》，上海古籍出版社1981年版，第372页。

③ （宋）范成大撰，黄畬校注：《石湖词校注·前言》引，齐鲁书社1989年版，第2页。

不是为了躬耕田园而退居石湖，他没有刻意去追求田园诗意的恬淡闲静，其笔下的田园是自然清新“迥异尘嚣”的，更是世俗现实的，多了乡村田垄的泥土气息。

宋代文人士大夫们，当他们“杖屦无事”闲步于乡陌田野，或多或少会看到、了解到村野乡民的嗷嗷困苦之状、官府衙役下乡催租的贪婪面目、农村旱涝兵乱的凋敝荒凉和富人土豪的积金如土，但是他们的词很少表现这种阶级对立或贫富悬殊。而是比较多地用温馨、平和的色彩，描绘清新的乡村风物、富有生趣的乡村生活，展现村夫、农妇、儿童等朴实的人物。至于像王炎的《南柯子》：“蓑笠朝朝出，沟塍处处通。人间辛苦是三农。要得一犁水足、望年丰。”用冷峻的笔调，深刻地揭示处于社会底层的农民的“人间辛苦”，与宋代文人在诗歌中表达的忧念苍生的情怀一致，这一类乡村词并不多见。

宋代文人士大夫们的乡村词，主要缘于自我意识的精神归属感，抒写自我的退隐生活、“退耕情思”。田园对他们来说，成了心情闲适的游赏处：“村舍外，古城旁，杖藜徐步转斜阳。殷勤昨夜三更雨，又得浮生一日凉”（苏轼《鹧鸪天》）；成了淡泊襟怀的洒脱处：“葛巾自向沧浪濯，朝来漉酒那堪着。高树莫鸣蝉，晚凉秋水眠”（辛弃疾《菩萨蛮》）；成了疲惫心灵的归憩地：“一个小园儿，两三亩地。花竹随宜旋妆缀。槿篱茅舍，便有山家风味”（朱敦儒《感皇恩》）；成了远离尘世纷扰的净土：“新雨足，一夜满南塘。粳稻向成初吐秀，芰荷虽败尚余香。爽气入轩窗”（李纲《望江南》）。这是他们自我消释、自我超脱，寻求“我与物谐”的精神自由的一种方式。

第三节 唐宋文人的“渔隐”情结

《庄子・刻意》云：“就薮泽，处闲旷，钓鱼闲处，无为而已矣。此江海之士，避世之人，闲暇者之所好也。”[①] 细雨垂钓、闲卧逐云，日暮长笛、渔歌归棹，这种渔隐生活历来是避世文人、出尘闲客之所好。表现渔隐情味的词较早见于敦煌曲子词，已有“不如归去，归去也，沉醉卧烟霞”（《临江仙》）的吟叹。其《浣溪沙》：

> 卷却诗书上钓船，身披蓑笠执渔竿。棹向碧波深处去，几重滩。　不是从前为钓者，盖缘时世厌良贤。所以将身岩薮下，不朝天。

写一失意文人看破“世厌良贤”的俗世，决意栖身岩薮而隐居。词中表达出向往蓑笠钓船“棹向碧波深处去”的闲适之情，手执渔竿的“钓者”的渔父形象，成了文人渔隐词中常见的特征性的意象。

一　“烟波钓徒”张志和

古代曾出现过许多隐居不仕、绝意功名利禄的高人雅士，他们的隐逸人格和高情雅趣，给后世提供了精神力量和行为范本。宋代文人们的“渔隐”情结，与前代高士尤其是“烟波钓徒”张志和的隐逸传统有着一脉相承的关系。

张志和（732—774），初名龟龄，号“玄真子”，婺州（今浙江金华）人。16岁明经及第。得肃宗赏重，先后任翰林待诏、朔方招讨使、左金吾卫大将军等职，后因力谏而贬南浦（今四川万县）县尉。其母和妻子相继故去后，深感宦海风波和人生无常，遂弃官游吴楚山水。于湖州城西西塞山渔隐，扁舟垂纶，以渔樵为乐，自称“烟波钓徒”。携唐肃宗所赐男女奴婢各一随侍左右，配为夫妻，取名为“渔童”、“樵青”，人问其故，答道：“渔童使棒钓收纶，芦中鼓枻；樵青使苏兰薪桂，竹里煎茶。”[②] 后，张志和迁会稽东郡

---

① （战国）庄子撰，王叔岷诠：《庄子校诠》外篇，中华书局2007年版，第550页。

② （唐）颜真卿撰，（清）黄本骥编订，凌家民点校：《颜真卿集》，黑龙江人民出版社1993年版，第131页。

山阴茅斋陆隐，唐代宗大历九年（774）冬，于湖州东平望驿莺脰湖不知所终。“不须归”的大隐者，终归于青山绿水之间了。

“浮家泛宅，往来苕、霅间”[①]的张志和，写有渔父词五首。《渔歌子》其一：

> 西塞山前白鹭飞，桃花流水鳜鱼肥。青箬笠，绿蓑衣，斜风细雨不须归。

《旧唐书》本传说张志和：“善图山水，酒酣，或击鼓吹笛，舐笔辄成。”[②]这首《渔歌子》词，苍岩、白鹭、桃林，鳜鱼流水，青笠绿蓑，宛若一幅着色明丽的垂钓图，诗情画意，表现自己悠闲自乐的渔隐生活，一种高远、冲澹、悠然脱俗的意趣。如俞陛云《唐五代两宋词选释》所云：“自来高洁之士，每托志渔翁，访尚父于硒溪，讽灵钧于湘浦，沿及后贤，见于载籍者多矣。而轩冕之士，能身在江湖者，实无几人。志和固手把钓竿者……观其每首结句，君子固穷，达人知命，襟怀之超逸可知。”[③]

二　对尘世之外“渔隐”的企羡

据沈汾《续仙传》记载：“颜真卿为湖州刺史，与门客饮，乃唱和渔父词。其首唱即张志和之词‘西塞山前’云云。真卿与陆鸿渐、徐士衡、李成矩共和二十五首，递相夸尚。”[④]据此可知，当时张志和首唱渔父词有五首，颜、陆、徐、李均各唱和五首。

张志和《渔歌子》中的渔父形象飘逸洒脱、超然尘世之外，引起后人众多的唱和或仿作。晚唐五代词中，如和凝《渔父》、《渔歌子》九首，孙光宪《渔歌子》二首，欧阳炯《渔父》二首，李珣

① （宋）宋祁、（宋）欧阳修等：《新唐书·隐逸传》卷一二一，中华书局1975年版，第5609页。

② （宋）宋祁、（宋）欧阳修等：《新唐书·隐逸传》卷一二一，中华书局1975年版，第5609页。

③ 俞陛云：《唐五代两宋词选释》，上海古籍出版社1985年版，第7页。

④ （南唐）沈汾：《续仙传》，王兆鹏主编：《唐宋词汇评》唐五代卷，浙江教育出版社2004年版，第42—43页。

《渔歌子》、《渔父》、《定风波》、《南乡子》约十首，李煜《渔父》二首等。《渔父》词似乎成为词人们表达闲逸思想的主要方式，这些词大多描写渔父生活或表现对渔隐生活的企羡。如李珣的《定风波》下阕：

> 到处等闲邀鹤伴，春岸，野花香气扑琴书。更饮一杯红霞酒，回首，半钩新月贴清虚。①

邀闲鹤为伴，春岸野花扑香里一张琴、一卷书、一杯酒，“回首，半钩新月贴清虚”。这不问尘世的隐逸之士何等超脱潇洒，恰得其所求之“道”而逍遥物外、自由无羁。

至北宋前期，欧阳修的贵族雅词时而表现闲适情趣，如他的《采桑子》其八：

> 天容水色西湖好，云物俱鲜。鸥鹭闲眠，应惯寻常听管弦。　风清月白偏宜夜，一片琼田。谁羡骖鸾，人在舟中便是仙。

此词为欧阳修晚年退居颍州西湖所写，词境清隽疏淡。鸥鹭闲眠，泛舟湖心，天容水色、风清月白恰似一片琼田，这远离尘嚣的心旷神怡，“人在舟中便是仙”，潜在有一种渔隐心理。

南宋初年，宋高宗赵构写《渔父》词 15 首，被称为“清新简远，……虽古之骚人词客，老于江湖、擅名一时者，不能企及”②。随后臣子们多有仿效。于国势危难之际登帝位的赵构，残破半壁江山朝不虑夕，所作《渔父》云：“一湖春水夜来生，几叠春山远更横。烟艇小，钓丝轻。赢得闲中万古名。”其笔墨清新淡雅，一怀淡泊超逸应不完全是无病呻吟，一代帝王，不堪忧世而作出世之想或有之。

---

① 曾昭岷、曹济平等编撰：《全唐五代词》正编卷三，上册，中华书局 1999 年版，第 612 页。

② （宋）廖莹中：《江行杂录》，中华书局 1985 年版，第 8 页。

三 陆游的“笠泽钓叟”

南渡之后，用词吟咏“渔隐”的闲情雅致成为一种风气。善写渔父词的，是坚持抗金收复的陆游。陆游终其一生，都被仕与隐、达与穷的矛盾心理所困扰。所作《烟艇记》云：

> 盖尝慨然有江湖之思，而饥寒妻子之累，劫而留之，则寄其趣于烟波洲岛苍茫杳霭之间，未尝一日忘也。使加数年，男胜锄犁，女任纺绩，衣食粗足，然后得一叶之舟，伐获钓鱼而卖芰芡，入松陵，上严濑，历石门、沃洲而还，泊于玉笥之下。醉则散发扣舷为吴歌，顾不乐哉！万钟之禄，与一叶之舟，穷达异矣，而皆外物。吾知彼之不可求，而不能不眷眷于此也。①

曾经慨然有江湖之思，却因妻儿生计之累没有践行，但是寄其趣于烟波苍茫间，泛一叶之舟，醉则散发扣舷而歌，“未尝一日忘也”，知其不可求，然眷眷于此。

刘克庄《后村诗话》续集云：“放翁长短句，其激昂慷慨者，稼轩不能过；飘逸高妙者，与陈简斋、朱希真相颉颃；流丽绵密者，欲出晏叔原、贺方回之上”②。此将陆游词分为志士词、隐逸词、艳情词。《全宋词》共辑录陆游词 145 首，其中隐逸词约 70 首，包括道家词、渔隐词和田园词，占了其总数的一半。陆游以儒立身、兼容道佛，前期以儒为主积极进取，而后功业无成、鬓发已衰，遂栖心于佛道排遣自己，追求济世襟抱之外的恬淡超逸，所写“沽酒市，采菱船，醉听风雨拥蓑眠”（《鹧鸪天》）一类渔隐词，飘逸高妙，与朱敦儒不相上下。

陆游的“渔隐堂”，当为绍兴三十一年（1161）罢归乡里山阴，短暂家居时所命名，此堂名表明词人厌恶官场争斗，想隐退而寄情于

---

① （宋）陆游：《渭南文集》卷十七，（宋）陆游：《陆游集》第五册，中华书局 1976 年版，第 2130 页。

② （宋）刘克庄：《后村诗话》续集卷四，中华书局 1983 年版，第 139 页。

山水渔樵之间。据现存资料，陆游最早署名“笠泽渔隐”，是作于宋孝宗隆兴元年（1163）的《跋杲禅师蒙泉铭》①，此后，陆游诗文署名有“渔隐”、“渔隐子”、“笠泽渔翁”、“笠泽钓叟”等。淳熙五年（1178）陆游自蜀东归，作《好事近·岁晚喜东归》云：

> 岁晚喜东归，扫尽市朝陈迹。拣得乱山环处，钓一潭澄碧。　卖鱼沽酒醉还醒，心事付横笛。家在万里云外，有沙鸥相识。

远离名利场的词人，暂时忘却了尘俗之累，在乱山澄潭中沉潜心神，以鸥鹭为盟，卖鱼沽酒，享垂钓之乐，恰似一个“笠泽渔翁”。

淳熙六年（1179）秋，陆游调任江南西路常平提举，次年抚州（治所今江西临川）大旱后大涝，陆游号令各郡开仓放粮，并亲自“榜舟发粟”②，同时奏请朝廷“拨义仓赈济，檄诸郡发粟以予民”③。于是被弹劾“擅权”而罢职还乡，重返会稽山阴，陆游反映渔隐生活的“渔歌菱唱”，多写于闲居山阴时。淳熙十四年（1187）冬，陆游任严州知州时以《长相思》词牌作渔父词五首，题下自注云：“灯下读玄真子《渔歌》，固怀山阴故隐（‘渔隐堂’），追拟。”其二：

> 桥如虹，水如空。一叶飘然烟雨中，天教称放翁。　侧船篷，使江风。蟹舍参差渔市东，到时闻暮钟。

虹桥空水，一船飘然烟雨中；蟹舍渔市，时闻暮钟传来。真是不关尘事、清旷洒脱一“放翁”。夏承焘先生说陆游“萧飒衰颓，道人隐士气息很浓重的”④，当是这一类。

① 欧明俊：《从斋名变更看陆游的心态历程》，《安庆师范学院学报》2007年第2期。

② （宋）陆游：《大雨踰旬既止复作江遂大涨》：“传闻霖潦千里远，榜舟发粟敢不勉。空村避水无鸡犬，茆舍夜深萤火满。”

③ （元）脱脱等：《宋史·陆游传》卷三九五，中华书局1977年版，第12058页。

④ 夏承焘、吴熊和：《放翁词编年笺注》，上海古籍出版社1981年版，第8页。

“渔父”的原型，在屈原《渔父》中以问答的方式出现，寓含了“举世皆浊我独清，众人皆醉我独醒”的高洁情志，有着“安能以皓皓之白，而蒙世俗之尘埃”① 的坚贞操守。相比之下，唐宋词中的“渔父”在很大程度上已减削了以隐逸方式与浊世抗争的愤世嫉俗之锋芒，转而写寄身尘外的高洁雅趣。

张志和斜风细雨的渔父、陆游一竿风月的钓叟、朱敦儒烟波垂钓的渔翁，等等，这特定的渔隐形象与词人们特定的隐逸情怀相联系，折射出词人们的自我形象和人格精神，同时也寄托了他们适意自由的人生追求。唐宋文人“渔父钓翁”的隐逸情结，蕴含了丰富的渔隐文化内涵，具有一种恬淡、幽远、清静、虚空的审美意境和哲理意趣。

第四节　古代隐逸方式及文化背景

《史记·伯夷列传》：相传商末孤竹国君死后，二子伯夷、叔齐相互禅让君位。武王伐纣，曾叩马谏阻，不纳。武王灭商建周后，兄弟二人耻食周粟，“隐于首阳山，采薇而食之。及饿且死，作歌。其辞曰：‘登彼西山兮，采其薇矣。以暴易暴兮，不知其非矣’”。② 儒家大力推崇这种以身殉道的行为，主张“天下有道则见（现），无道则隐”③ 的孔子，称二子为“古之贤人也”④，伯夷、叔齐历来被推崇为抱节守志的隐逸典范。

隐逸作为一种社会现象，从传说中的上古一直到明清时期，源远流长，并衍生和发展成为一种勃兴不衰的隐逸文化。中国古代的隐逸文化，从源头起就包含了疏离政治、与现实不合作的反抗精

① （汉）刘向辑，（汉）王逸注，黄灵庚疏证：《楚辞章句疏证》卷七，中华书局2007年版，第1913页。

② （汉）司马迁：《史记·伯夷列传》，中华书局1982年版，第2123页。

③ （春秋）孔子：《论语·泰伯》，（宋）朱熹注：《四书章句集注》，中华书局1983年版，第106页。

④ （春秋）孔子：《论语·述而》，（宋）朱熹注：《四书章句集注》，中华书局1983年版，第96页。

神，以及抱节守志、独善其身的人格精神。

一　大隐、中隐、小隐

儒家"兼济天下"的思想，从来都是古代文人士大夫阶层的出发点和最终理想，然而当这个理想由于现实的原因得不到实现或破灭时，他们往往转向道家的自然无为去寻求精神的自由和超脱。所以，古代文人仕子总是徘徊在朝堂与山林、出世与入世之间，以各种方式追求隐逸。

中唐白居易《中隐》诗有云：

> 大隐住朝市，小隐入丘樊。
> 丘樊太冷落，朝市太嚣喧。
> 不如作中隐，隐在留司官。

古代隐逸方式分三种：隐居在山林丘薮——"小隐"；隐于散官闲职——"中隐"；隐于朝廷闹市——"大隐"。虔诚奉佛的白居易[①]，从自己出仕外郡的散官闲职、少受拘检而又享受游乐中，找到了介于"大隐"和"小隐"之间的"中隐"。宋代所谓"吏隐"、"禄隐"、"半隐"，皆为"中隐"的另一种说法。

汉代，对士大夫实行绝对制约的集权政治统治，士人直谏议政会冒死犯上，阿谀谄附又丧失独立人格，于是在进与退的夹缝中，东方朔采取"避世金马门"的"朝隐"方式。《史记·东方朔传》记载："（朔）时坐席中，酒酣，据地歌曰：'陆沉于俗，避世金马门。宫殿中可以避世全身，何必深山之中，蒿庐之下。'"[②] 至王康琚的《反招隐诗》则提出："小隐隐陵薮，大隐隐朝市。"[③] 魏晋以

① 白居易自号"香山居士"，为香山寺如满僧的弟子，佛教禅宗南岳下第三世法嗣。见（宋）普济《五灯会元》卷三。

② （汉）司马迁：《史记·东方朔传》卷一二九，中华书局 1982 年版，第 3205 页。金马门：宦者衙署的门，大门旁边有铜马，故称"金马门"。

③ （东晋）王康琚：《反招隐诗》，逯钦立编：《先秦汉魏晋南北朝诗》中册，中华书局 1983 年版，第 953 页。

前，隐逸多为居于岩穴丘壑，称“小隐”；晋以后，“夫圣人虽在庙堂之上，然其心无异于山林之中”①，既能拥有利禄的物质享受，又能寻求心性的自由、精神的超脱，是为“大隐”。

古代的封建士大夫文人，真能像陶渊明样不为五斗米折腰而宁愿躬耕田野的人甚少，往往在仕、隐之间纠结：既追求田园山林之趣，而又贪恋仕宦的功名利禄；既想保持个体人格的独立自由，又不愿陷于衣食无着的窘境。如此只能采取一种“两栖”方式：一方面入仕为官，另一方面“心理隐居”。其隐现进退殊途而归一，东晋孙绰《难八贤论》所谓“体玄识远者则出处同归”②。自东晋偏安、玄风南渡以来，文人士大夫对现实政治由忧患变为冷漠，“在门阀制度下官分清浊，士族以讲求事功为耻，以忘怀世务为尚。士族以市朝形迹求山林精神，这种身心相离的体践使他们堂而皇之地朝隐”③。他们戏称这种既“居市朝轩冕”而又“不忘山林蓑笠”为“大隐”和“中隐”，反而把真正的隐居山林贬称为“小隐”。

二 “似出复似处”的半隐

白居易谪居江州期间，曾寻访陶渊明遗迹，其《访陶公旧宅·序》言：

> 予夙慕陶渊明为人，往岁渭川闲居，尝有《效陶体诗》十六首。今游庐山，经柴桑，过栗里，思其人，访其宅，不能默默，又题此诗云。④

他平素敬慕陶渊明“人间荣与利，摆落如尘泥”（《效陶潜体诗

① （战国）庄子撰，（清）郭庆藩辑，王孝鱼整理：《庄子集释》引郭象注，第一册，中华书局1961年版，第28页。

② （南朝宋）刘义庆撰，（南朝梁）刘孝标注，余嘉锡笺疏：《世说新语笺疏·文学》卷上之下引，上册，中华书局2007年版，第270页。

③ 李红霞：《士人的文化心态与朝隐思想的流衍》，《西南民族大学学报》2007年第7期。

④ （唐）白居易撰，顾学颉校点：《白居易集》卷七，中华书局1979年版，第128页。

十六首》）的高士品行，但并不赞成陶渊明“逃禄以归耕”①，而置妻儿于饥寒贫困的境地。白居易晚年闲居洛阳时写有《咏怀》诗，称陶渊明为“高人”，自称为“中人”：“高人乐丘园，中人慕官职；一事尚难成，两途安可得？遑遑干世者，多苦时命塞。亦有爱闲人，又为穷饿逼。我今幸双遂，禄仕兼游息。”他庆幸自己既不是“干世者”为时命所塞，也不是“爱闲人”为穷饥所困，而是“禄仕兼游息”双遂，即仕宦利禄与闲适自由兼得的一种半隐逸的生存状态——“似出复似处”（《中隐》）。这种“吏隐”居官而隐，是一种颇为圆通的处世方式，很受唐宋文人士大夫的企慕和追求，如苏轼《醉白堂记》记载：北宋时期的重臣名相韩琦，在私邸园池上建“醉白堂”，“取乐天《池上》之诗，以为醉白堂之歌。意若有羡于乐天而不及者”。②

古代文人士大夫追求隐逸，看重的是游离于现实政治、功利之外的精神自由，并非要在现实生活中归隐山林田园，这样，就有了许多一生入仕守官但又追求淡泊意趣的文人士大夫。唐代有王维的辋川山庄、裴度的绿野堂、白居易的园池、李德裕的平泉山庄等；宋代如苏舜钦的沧浪亭、毛滂的东堂、叶梦得的石林别墅、向子諲的芗林别墅、张孝祥的鸥盟轩、范成大的石湖等。他们皆身为朝廷官吏，而于所营造的别墅山庄、园林亭阁半隐，追求疏离正统现实、不关乎经世致用理想抱负的“闲情逸趣”。试看毛滂的《烛摇红影》：

松窗午梦初觉

一亩清阴，半天潇洒松窗午。床头秋色小屏山，碧帐垂烟缕。　　枕畔风摇绿户，唤人醒，不教梦去。可怜恰到，瘦石寒泉，冷云幽处。

---

① （东晋）陶渊明：《感士不遇赋》，（东晋）陶渊明撰，龚斌校笺：《陶渊明集校笺》卷五，上海古籍出版社 1996 年版，第 366 页。

② （宋）苏轼撰，孔凡礼点校：《苏轼文集》卷十一，第二册，中华书局 1986 年版，第 345 页。

炎热夏日，词人高卧松荫之下，唯觉满窗凉意，与尘世的嚣热形成了强烈的反差，只因为午梦初醒时，恰到“瘦石寒泉，冷云幽处”，这就是身为县令的毛滂于“东堂”衙署自我营造的恬静的“半隐”心境。

三 隐逸文化的哲学基础：老庄思想

比之唐朝的雄阔、激昂、开放，宋朝厚重、沉静、内收，是一种以沉潜的内倾性文化为主要特征的社会形态。在这种大的时代背景下，士人更注重对个体命运、自我感受、生命意义的关注和追求，因此以心灵自适为核心的宋型隐逸文化于主流文化之外呈现出它内敛、内省的深刻性。

释德清云：“不知《春秋》，不能涉世；不精老庄，不能忘世；不参禅，不能出世。此三者，经世、出世之学备矣，缺一则偏，缺二则隘，三者无一而称人者，则肖之而已。”[①] “涉世”、“忘世”、“出世”体现了儒、道、佛不同的处世态度，憨山大师强调三者兼修形成互补，认为如果“三者无一而称人”，那只能说像个人而已，一副空皮囊。对儒释道三教义理的通融摄取，是唐宋士大夫文人隐逸文化心态的哲学基础，其中重要的是佛、道思想。

古代文人隐逸思想的源头是老庄，尤其是庄子的人生哲学思想，“隐者‘为我’思想中包含的清新明澈的生命理想，到庄子这儿终于发育成系统理论”[②]。德国哲学家、思想家马克思认为：“人是一个特殊的个体，并且正是他的特殊性使他成为一个个体，成为一个现实的、单个的社会存在物。”[③] 从某种意义上讲，传统儒学是群体的、社会的哲学，所主张的入世、治世忽略人的个体存在，无法解决个体深层的精神需要；而老庄思想则是重视个体的哲学，主张复归人的自然本性，追求个体的精神自由，将个体从人的社会依附性中解放出来，从为外物所役的束缚状态中解脱出来。在这方

---

① （明）释德清：《憨山大师梦游全集》卷三九，蓝吉富主编：《禅宗全书》第五十一册，台湾弥勒出版社 1989 年版，第 573 页。

② 颜世安：《庄子评传》，南京大学出版社 1999 年版，第 315 页。

③ ［德］马克思：《1844 年经济学哲学手稿》，人民出版社 1985 年版，第 80 页。

面，道家弥补了儒家的不足并与之形成互补。

（一）“法天贵真”的自然人生

《庄子·秋水》云：

> 牛马四足，是谓天。落（络）马首，穿牛鼻，是谓人。故曰无以人灭天。①

“天”指自然，“人”指人为。庄子认为牛马生而四足，是天然而成的，而给牛鼻穿上孔、给马戴上笼头，是违反自然的“人为”的行为，由此庄子认为一切“人为”都是对人的自然本性的束缚和戕害。庄子意识到人生痛苦的根源，在于被物所奴役而扼杀了自己的本性。他认为恢复人之本性，就要弃绝一切人为——求名的心思、策谋的智虑、智巧的作为等，去体会无穷的大道，游心于静寂的领域，承受自然的本性而不自我夸矜，从而达到清静的心境。

庄子的超越哲学本于自然而归于自由，他提倡一种顺应人的本性的返璞归真、自然无为，主张“法天贵真，不拘于俗”②，不为外物所累，率情任性地去生活。后来的晋宋士人“山水体道”践行了这一点，并将之阐释在玄言山水诗中，如谢灵运的《登江中孤屿》：“荣悴迭去来，穷通成休戚。未若常疏散，万事恒抱扑。”适意自在于自然山水而淡泊穷通休戚，这是来自人对自我本性的认识和张扬，是对人的自然本性的回归。自然以花开花落、山空水流的自在方式，向羁绊于世俗名利而迷失本性的人们昭示生命存在的本质和意义。陶渊明的挂冠而去，正是悠然南山的“山气日夕佳，飞鸟相与还”（《饮酒》），让他从对自然的观照中返视自身，领悟到了天地自然和人生的真意，从而归耕于返璞归真的田园生活。

（二）“物我同一”的精神自由

自天地之始，“天”之自然，田野山林、花木鸟兽就是中华农耕人世代劳作和居住的生存环境，春耕夏耘、秋收冬藏，周而复

① （战国）庄子撰，王叔岷诠：《庄子校诠》外篇，中华书局2007年版，第608页。

② （战国）庄子撰，王叔岷诠：《庄子校诠·渔夫》杂篇，中华书局2007年版，第1238页。

始，这种农耕文明孕育了人与自然的亲和关系，“天人合一”的观念自然而生。

《论语·先进》记载：子路、曾皙、冉有、公西华侍坐。孔子要弟子们各言其志，“（曾）点曰：‘莫（暮）春者，春服既成，冠者五六人，童子六七人，浴乎沂，风乎舞雩，咏而归。’夫子喟然叹曰：‘吾与点也。’”① 朱熹《论语集注》注曰：“其胸次悠然，直与天地万物上下同流。”② 理学的这种胸次悠然、与天地万物融合，与道家所追求的“天人合一”的境界一致，只是儒家主导的是一种入世有为的“淑世精神”，先秦孔子“吾与（赞许）点”的心志——从生机盎然的大自然获得生活意趣和心境宁静，被淡化、被掩抑了，而在老庄那里，怡情山水、归依自然却是道家基本的思想观念。

《庄子·齐物论》云：

> 天地与我并生，而万物与我为一。③

庄子认为天地万物与人原是一体，人类妄自将“万物与我”割裂开来，使自己的心灵萎缩。他主张的“自然人性”，以道家的自然主义哲学为基础，打通自我与外物的隔阂，将孤独渺小的个体化解在“天地与我并生”中，天人合一，物我相偕，由此扩展出一种超越时空限制的谐和、自由的精神境界。如“庄周梦蝶”：

> 昔者庄周梦为蝴蝶，栩栩然蝴蝶也。自喻适志与！不知周也。俄然觉，则蘧蘧然周也。不知周之梦为蝴蝶与？蝴蝶之梦为周与？④

---

① （春秋）孔子：《论语》，（宋）朱熹注：《四书章句集注》，中华书局1983年版，第130页。雩：祭天求雨的地方，在今山东曲阜。

② （春秋）孔子：《论语》，（宋）朱熹注：《四书章句集注》，中华书局1983年版，第130页。

③ （战国）庄子撰，王叔岷校诠：《庄子校诠》内篇，中华书局2007年版，第70页。

④ （战国）庄子撰，王叔岷校诠：《庄子校诠·齐物论》内篇，中华书局2007年版，第95页。

这是庄子“齐物我”最形象的描述，表达了个人与自然万物本质一致性的哲学观点。此寓言中庄周与梦蝶、自我与外物相互会通交感，进入凝神静寂的境界，从而将物与我的界限消解而物我互化为一体。当个体生命一旦融入无限的自然，便通过一个新的体验方式，在大自然里获得精神自由，以超脱人世间的纷争喧嚣。如徐复观先生《中国艺术精神》指出的：“老、庄，尤其是庄子的艺术精神，是要成就艺术的人生”，使人生“得到‘至乐’、‘天乐’，而至乐、天乐的真实内容，乃是在使人的精神得到自由解放。”[①]

苏轼给友人的书信《与子明兄》云：

> 吾兄弟俱老矣，当以时自娱。世事万端，皆不足介意。所谓自娱者，亦非世俗之乐，但胸中廓然无一物，即天壤之内，山川草木虫鱼之类，皆是供吾家乐事也。[②]

“胸中廓然无一物”，即庄子“虚以待物”的“心斋”、“离形去知”的“坐忘”。保持心的虚静、摒绝任何思虑，在虚空而纳万物的心理状态之下进入无往不适的精神境界，这就是苏轼所说“自娱”：一种与天地为一　物我融和的生命体验的快乐。道教强调“人与外界对象的超功利的无为关系”[③]。“天地有大美而不言”[④]，当天地之虚寂静穆、浑厚远阔与人构成“超功利的无为关系”，山川草木虫鱼皆能让人获得“世事万端，皆不足介意”的纯粹的审美体验的“自娱”，由此将人们从名缰利锁中解脱出来，改变“人为物役”的被束缚状况，以归于本我的自由、自乐。

庄子的人生哲学有强烈的愤世嫉俗的成分，而他崇尚自然、追求精神自由的哲学思想，极大地影响和扩张了中国古代文人士大夫

---

① 徐复观：《中国艺术精神》，华东师范大学出版社 2001 年版，第 36 页。

② （宋）苏轼撰，孔凡礼点校：《苏轼文集》卷六一，第五册，中华书局 1986 年版，第 1832 页。

③ 李泽厚：《美的历程》，安徽文艺出版社 1994 年版，第 59 页。

④ （战国）庄子撰，王叔岷校诠：《庄子校诠·知北游》外篇，中华书局 2007 年版，第 809 页。

的心灵世界。

四　对陶渊明的企慕和接受

（一）陶渊明的躬耕田园

魏晋时期隐逸文化勃兴，晋宋士人冲破政统名教（儒家的伦理纲常）的束缚，人格与精神自由得到充分发展，他们或退隐于庄园而清谈玄理，或归隐于田园而躬耕自牧，或在徜徉山泽林泉中游目骋怀，以此对抗或遁离污浊动荡的社会现实，展示出洒脱不羁、清高雅洁的隐士人格。

宋代文人多追慕晋宋名士风流，如晁补之《满庭芳》："竹林、高晋阮，阿咸潇散，犹愧风期。便弃官终隐，钓叟苔矶。"史达祖《贺新郎》："为狂吟醉舞，毋失晋人风雅。"曹冠《兰陵王》："有陶令秫酒，谢公山屐。闲来潭洞，醉皓月，弄横笛。"刘克庄《贺新郎》："拂袖归来也。懒追陪、竹林嵇阮，兰亭王谢。"张炎《桂枝香》："晋人游处，幽情付与，酒尊吟笔。任萧散、披襟岸帻。"而晋宋士人中对宋代影响最大的是陶渊明，他潇洒飘逸、脱略世故的魏晋风度和真淳、自由、高洁傲世的隐逸人格精神，被文人士大夫所广泛接受。陶渊明——道家人生哲学思想的践行者，他的《桃花源记》所描述的世外桃源生存状态，正是反人性异化的诗化了的老庄社会理想。

陶渊明（约365—427），字元亮，又名潜，自号"五柳先生"，私谥"靖节"，浔阳柴桑（今江西九江）人。被称为"隐逸诗人之宗"①。《晋书·隐逸传》记载："潜少怀高尚，博学善属文，颖脱不羁，任真自得，为乡邻之所贵。……执事者闻之，以为彭泽令。"②

> 素简贵，不私事上官。郡遣督邮至县，吏白应束带见之，潜叹曰："吾不能为五斗米折腰，拳拳事乡里小儿邪！"义熙二

---

① （南朝梁）钟嵘撰，周振甫译注：《诗品译注》，中华书局1998年版，第207页。

② （唐）房玄龄等：《晋书·隐逸传》卷九四，中华书局1997年版，第2460页。

年，解印去县，乃赋《归去来》。[①]

陶渊明博学善文、颖脱不羁。早年怀“大济于苍生”[②] 的心志出仕，但东晋腐朽的门阀制度扼杀了他济苍生、安社稷的政治理想，仅做过祭酒、参军之类小官卑职，生活也陷入饥寒交迫的窘境。于彭泽（今属江西）县令任上，不愿为五斗米折腰，解印绶挂冠而去，遂躬耕于田园。

宗白华先生指出：“汉末魏晋六朝是中国政治上最混乱、社会上最苦痛的时代，然而却是精神上极自由、极解放，最富于智慧、最浓于热情的一个时代，因此也是最富有艺术精神的一个时代。”[③] 就是这样一个特殊时代，产生了让后世高山仰止的陶渊明。陶渊明生活在晋宋之际，整个魏晋南北朝时期，皇权王朝不断更迭，政治斗争异常残酷，许多名士如嵇康、二陆、张华、潘岳、刘琨、谢灵运等都遭到杀戮。陶渊明目睹了无止的战乱、篡夺、阴谋和争斗，对丑恶官场的厌恶和对政治杀戮的回避，“有志不获骋”（《杂诗》其二）的他选择了退隐。陶渊明的躬耕田园，是全身避祸的政治上的退隐，更是保持自我本性，对“独志”理想人格的追求，他抛弃外在的轩冕荣华，固穷守节，追求真淳自由的生活。

《归园田居》其一：

方宅十余亩，草屋八九间。
榆柳荫后檐，桃李罗堂前。
暧暧远人村，依依墟里烟。
狗吠深巷中，鸡鸣桑树颠。
户庭无尘杂，虚室有余闲。
久在樊笼里，复得返自然。

---

① （唐）房玄龄等：《晋书·隐逸传》卷九四，中华书局 1997 年版，第 2460—2461 页。

② （东晋）陶渊明：《感士不遇赋》，（东晋）陶渊明撰，龚斌校笺.《陶渊明集校笺》卷五，上海古籍出版社 1996 年版，第 365 页。

③ 宗白华：《美学散步》，上海人民出版社 1981 年版，第 208 页。

方宅草屋、榆柳桃李，傍晚的村落、墟里的炊烟，深巷中的狗吠、桑树颠的鸡鸣，一幅宁静安谧、纯朴自然的田园风光，充溢着安土乐天、归依自然之情。这田园归居，如陶渊明所云："此中有真意，欲辨已忘言。"（《饮酒》其五）真，即真淳的自然。真意即"蕴真"，蕴含着自然造化的神妙，也蕴含作者的归真返璞之趣，这种"真意"只能用归耕田园、归依自然的心灵去感受，难以用言语表达。庄子是贵意不贵言，"得意而忘言"①，陶渊明则是"欲辨已忘言"。

如同庄子的"山林兮，皋壤兮，使我欣欣然酥焉！"② 山林与原野，一切大自然的美都使他欣欣然如酥如醉，陶渊明也在清新的田园大自然中欣然享受到了自然淳朴、冲淡平和的生命喜悦，使"久在樊笼里"被扭曲的心灵得到复苏、洗涤，使原本不受拘束、向往自由的性情得到充分的伸展。他在《归去来兮辞》中对其田园隐居生活描述道：

> 三径就荒，松菊犹存。携幼入室，有酒盈樽。引壶觞以自酌，眄庭柯以怡颜。倚南窗以寄傲，审容膝之易安。园日涉以成趣，门虽设而常关。策扶老以流憩，时矫首而遐观……怀良辰以孤往，或植杖而耘耔。登东皋以舒啸，临清流而赋诗。③

三径松菊、有酒盈樽，庭柯怡颜、植杖耘耔，面前展开的是如此清新恬静的田园，与污浊、纷争、尔虞我诈的官场迥异，日涉成趣的他于归耕田园中深得大自然之真趣，"登东皋以舒啸，临清流而赋诗"，回归到了不为外物所累的真淳的生存状态——人之自然、自由的本体状态。

---

① （战国）庄子撰，王叔岷校诠：《庄子校诠·外物》杂篇，中华书局2007年版，第1080页。

② （战国）庄子撰，王叔岷校诠：《庄子校诠·知北游》外篇，中华书局2007年版，第845页。

③ （东晋）陶渊明撰，龚斌校笺：《陶渊明集校笺》卷五，上海古籍出版社1996年版，第391页。

（二）宋人对陶渊明的接受

唐之前，魏晋隐士风度被视为旁支，唐代崇尚功名进取为士人的主流价值取向。有宋以来，退隐则成为文人士大夫的一种主动选择——实际归隐或“心理归隐”，即便为谋生之计不能实际上归隐，也在精神上追求归隐。“归隐”是士大夫内心深处的渴求，而归耕田园的陶渊明则是他们所仰慕的偶像。

钱钟书先生《谈艺录》指出：“渊明文名，至宋而极”①，宋人极为推尊陶渊明平淡自然、醇厚隽永的诗歌。朱熹诲人学陶渊明、柳宗元诗云：“作诗须从陶、柳门庭中来，乃佳，不如是，无以发萧散冲澹之趣。”② 苏轼则将陶渊明推许为千载独步的第一诗人，其《评韩柳诗序》云：“所贵乎枯淡者，谓其外枯而中膏，似澹而实美，渊明、子厚之流是也。”③ 同时，宋代文人士人们多企慕陶渊明返璞归真的挂冠躬耕。陶渊明饮酒、赏菊、抚琴、耕读的名士风致，为他们所效仿，并在词里反复吟咏，如沈端节《朝中措》“堪笑渊明，蓬头曳杖，吟赏东篱下”，赵必豫《宴清都》“有秫田贰顷，菊松三迳，不如归去”，刘辰翁《莺啼序》“但东篱半醉，残灯自修菊谱”等，成为一种抒写隐逸情怀的象征。

1.“世农”自居的苏轼

苏轼尤喜爱陶渊明的归园田居诗，《与苏辙书》自述：“吾于诗人无所甚好，独好渊明之诗。渊明作诗不多，然其诗质而实绮，癯而实腴。”④ 谪居黄州时，得友人送江州东林寺藏本《陶渊明诗集》，如获至宝，把它当作自遣的良剂：

> 余闻江州东林寺，有《陶渊明诗集》，方欲遣人求之，而李江州忽送一部遗余。字大纸厚，甚可喜也。每体中不佳，辄

① 钱钟书：《谈艺录》，中华书局1984年版，第88页。

② （宋）罗大经撰，王瑞来点校：《鹤林玉露》甲编卷六引，《唐宋史料笔记丛刊》，中华书局1983年版，第113页。

③ （宋）苏轼撰，孔凡礼点校：《苏轼文集》卷六七，第五册，中华书局1986年版，第2109—2110页。

④ （宋）苏辙：《〈子瞻和陶渊明诗集〉引》，（宋）苏辙撰，陈宏天、高秀芳点校：《苏辙集·栾城后集》卷二一，第三册，中华书局1990年版，第1110页。

取读。不过一篇，惟恐读尽，后无以自遣耳。[①]

苏轼所读陶诗也多有妙得，曾读陶渊明的《饮酒》其五："结庐在人境，而无车马喧。问君何能尔？心远地自偏。采菊东篱下，悠然见南山。山气日夕佳，飞鸟相与还。此中有真意，欲辨已忘言。"苏轼特别称赏"采菊东篱下，悠然见南山"两句，曰："采菊之次，偶然见山，初不用意，而景与意会，故可喜也。今皆作'望南山'，便觉一篇神气索然也。"[②] 其不经意间"景与意会"，是一种"无我之境"，有一种淡然忘机的天真意趣，这种至高境界，只有在心境闲静、虚静时才能达到，而苏轼读到了陶渊明当时的意趣和心境。他的《题渊明诗》：

陶靖节云："平畴交远风，良苗亦怀新。"非古人偶耕植杖者，不能道此语；非余之世农，亦不能识此语之妙也。[③]

认为非渊明躬耕田园，不能道此语，而自己能"识此语之妙"。在这里，苏轼以"世农"（世代务农）自居，自认为是与渊明相通者。他亦经常杖黎徐行于郊外村舍、细草沙路，所写乡间野景的小词，清淡有致，如《鹧鸪天》：

林断山明竹隐墙，乱蝉衰草小池塘。翻空白鸟时时见，照水红蕖细细香。　村舍外，古城旁，杖藜徐步转斜阳。殷勤昨夜三更雨，又得浮生一日凉。[④]

---

① （宋）苏轼：《书〈渊明羲农去我久诗〉》，（宋）苏轼撰，孔凡礼点校：《苏轼文集》卷六七，第五册，中华书局1986年版，第2091页。

② （宋）苏轼：《书诸集改字》，（宋）苏轼撰，孔凡礼点校：《苏轼文集》卷六七，第五册，中华书局1986年版，第2099页。

③ （宋）苏轼撰，孔凡礼点校：《苏轼文集》卷六七，第五册，中华书局1986年版，第2091页。

④ 浮生：《庄子·刻意》外篇云："其生若浮，其死若休。"谓人生在世虚浮无定，后称人生为"浮生"。

此词是苏轼贬黄州时乡间幽居生活的写照，“飘然脱去世俗之乐，而自乐其乐也”[①]。郑文焯《手批〈东坡乐府〉》云：“渊明诗‘啸傲东轩下，聊复得此生。’此词从陶诗中得来，逾觉清异。”[②]

苏轼不只是推崇陶渊明田园诗炉火纯青的艺术境界，更钦慕陶渊明的为人。苏轼自从入仕，一直身处党争剧烈的政治局势中，几十年仕宦南迁北徙，思想极为矛盾和痛苦，所以托迹于老庄，力追陶潜的超逸与静穆。他的《书〈李简夫诗集〉后》云：“陶渊明欲仕则仕，不以求之为嫌；欲隐则隐，不以去之为高。饥则扣门而乞食，饱则鸡黍以延客，古今贤之，贵其真也。”[③] 即推重陶渊明欲仕则仕、欲隐则隐，“质性自然”的真率、真淳和放达。苏轼《与苏辙书》云：

> 然吾于渊明，岂独好其诗也，如其为人，实有感焉。渊明临终《疏》告俨等：“吾少而穷苦，每以家弊，东西游走。性刚才拙，与物多忤。自量为己，必贻俗患，黾勉辞世，使汝等幼而饥寒。”渊明此语，盖实录也。吾真有此病，而不自知，平生出仕以犯世患。此所以深愧渊明，欲以晚节师范其万一也。[④]

苏轼对陶渊明为人“实有感焉”。因为自己与陶渊明都有刚直不阿、不合流俗的一面，而陶渊明“黾勉辞世”以躬耕园田，自己却执于仕宦30余年，与世多忤、屡陷大难而不自知，所以深愧陶渊明，欲以晚节效学他一二。

---

① （宋）苏轼：《上梅直讲书》，（宋）苏轼撰，孔凡礼点校：《苏轼文集》卷四八，第四册，中华书局1986年版，第1386页。

② （清）郑文焯：《手批〈东坡乐府〉》，吴熊和主编：《唐宋词汇评》两宋卷第一册，浙江教育出版社2004年版，第442页。

③ （宋）苏轼撰，孔凡礼点校：《苏轼文集》卷六八，第五册，中华书局1986年版，第2148页。

④ （宋）苏辙：《〈子瞻和陶渊明诗集〉引》，（宋）苏辙撰，陈宏天、高秀芳点校：《苏辙集·栾城后集》卷二一，第三册，中华书局1990年版，第1110页。

2.“归去来兮”的辛弃疾

陶渊明嫉恶于官场的昏浊，“五仕五已”而归耕于田园，这为“三仕三已”的辛弃疾所效慕。辛弃疾的《兰陵王》云：“茅檐上，松月桂云，脉脉石泉逗山脚。寻思前事错。”恰是陶渊明《归去来兮辞》“实迷途其未远，觉今是而昨非”之慨叹。就如同陆游，所作《书感》诗自注：“余村居筑小轩，以‘昨非’名之。”所说“村居”，应指山阴故里。他的《昼卧》诗云“故山松菊今何似，晚矣渊明悟昨非”，也是化用陶渊明的“觉今是而昨非”。

绍熙五年（1194），辛弃疾55岁罢闽帅初归，作《沁园春·再到期思卜筑》：

> 一水西来，千丈晴虹，十里翠屏。喜草堂经岁，重来杜老，斜川好景，不负渊明。老鹤高飞，一枝投宿，长笑蜗牛戴屋行。平章了，待十分佳处，著个茅亭。　　青山意气峥嵘，似为我归来妩媚生。解频教花鸟，前歌后舞，更催云水，暮送朝迎。酒圣诗豪，可能无势，我乃而今驾驭卿。清溪上，被山灵却笑，白发归耕。

稼轩罢居带湖时，曾在期思（今江西铅山县）买得瓢泉，这次罢归再到此地，意在卜筑新居。此词所表现的似乎是辛弃疾“人生展转闲中看，客路崎岖倦后知”（《鹧鸪天》）的彻悟。他笑看仕宦“蜗牛戴屋”的庸碌，“人间腥腐，纷纷乌攫”（《雨中花慢·登新楼》）的纷争，如今不再“此意徘徊”（《沁园春·带湖新居将成》），杜甫草堂、渊明斜川，要白发归耕了。辛弃疾自言“吾有志，在丘壑”（《贺新郎》），这归耕稼轩、闲居铅山，也许就是他别无选择的选择，是他英雄悲剧人生的必然归宿。

邓广铭《稼轩词编年笺注》共收词626首，其中约176首作于带湖闲居时，173首作于瓢泉闲居时，即稼轩词一大半是在赋闲时期所作。而其赋闲词作中，又有2/3的篇什表现出归隐的情趣，除了吟老庄、谈佛释，就是大量地称颂陶潜。辛弃疾笔下的隐逸历史人物，有巢父、许由、伯夷、叔齐、范蠡、陶渊明、林逋等，当然出现次数最多的高情隐士是陶渊明。陶渊明不为五斗米折腰的高风亮节和不与世俗同流合污的耿介品质，他引为同调，如其《水龙吟》云："老来曾识渊明，梦中一见参差是。觉来幽恨，停觞不御，欲歌还止。"对陶渊明的一怀倾慕，到了梦寐以求而醒后怅然幽恨的地步。

清溪茅亭、白发归耕的辛弃疾，读陶诗是他晚年闲居时的最爱，案头备置而手不释卷。他常以陶潜自况，萧疏颓放，如：

> 倾白酒，绕东篱，只与陶令有心期。（《鹧鸪天》）
> 便此地结吾庐，待学渊明，更手种、门前五柳。（《洞仙歌》）
> 问北窗高卧，东篱自醉，应别有、归来意。（《水龙吟》）

沈家庄《论稼轩词的文化意识》指出："辛稼轩词中大量颂陶潜、吟老庄，谈佛释，正反映了其深刻的文化性格矛盾。"① 儒家的济世精神，在辛弃疾的文化性格中是占主导性的；而佛、老出世的人生态度，则是他文化性格的另一侧面，其心态游移于进与退、仕与隐之间，是社会情感外倾与个体情感内敛的矛盾体。面对南北山河破碎，"闲愁最苦"（《摸鱼儿》）的辛弃疾，不可能真正做到"万事不关心眼"（《永遇乐》），心安理得地"北窗高卧"。当初"渡江天马南来"，只为"平戎万里"、"整顿乾坤"（《水龙吟·甲辰岁寿韩南涧尚书》），他对陶潜归耕田园的倾心不已，绝非一般地看破红尘、恬淡无为，而是出自一怀忧愤，内中凝结着志意不遂的郁愤幽怨，这是辛弃疾丘壑之志的情感心态的主调。如刘乃昌先生所说："辛氏'闲适词'并不闲适，名为'闲适'并不尽当。因为在这些词里，翻腾着作者峥嵘不平的感情波涛，常于旷达中显出沉郁，于闲适中露出愤激。"②

林云铭《楚辞灯》自序云："每当读骚，辄废书痛哭，失声仆地。因取蒙庄齐得丧、忘是非之旨以抑哀愤。"③ 描述了自我排遣的

① 沈家庄：《论稼轩词的文化意识》，《东方丛刊》1993年第1、2辑合刊。
② 刘乃昌：《辛弃疾论丛》，齐鲁书社1979年版，第65页。
③（清）林云铭：《楚辞灯·序》，华东师范大学出版社2012年版，第2页。

具体情形：读屈原的《离骚》弃书痛哭，乃至失声仆地，只有借《庄子》的“齐得丧、忘是非”才能够消解一腔忠愤，使悲痛难抑的心灵获得宁静。古代文人士大夫当儒、道两种文化心理纠结时，在入世与出世的矛盾中多做如此自我调适，难以超脱忘世的辛弃疾亦然。他的《满江红》：“鹏翼垂空，笑人世、苍然无物。”“鹏翼”，用《庄子·逍遥游》语意：“鹏之背，不知其几千里也；怒而飞，其翼若垂天之云。”① 词人横空出世、俯瞰众生，化用庄子出世的“逍遥游”来表达“补天西北”入世的逍遥游，可见其儒、道兼容，使事用典浑然无痕。辛弃疾虽不是全真道流，但受到道教的影响，自云“案上数编书，非《庄》即《老》”（《感皇恩·读庄子有所思》），他报国无门的满腹怨悒、愤懑，只有从老庄的归依自然、陶潜的恬淡田园那里得到抚慰，这是他对自己内心郁结的一种纾解和平衡的方式。

宋代的士人们，无疑从老庄的哲学思想、从陶渊明的躬耕田园那里找到精神的依托。尤其是当他们在仕宦浮沉不定中挣扎，当儒家经世济民的价值观在政治现实中渐趋黯淡，当内敛反思、对人生价值重新认识时，他们从个体生命回归自然中获得精神自由的最高形式，从淳朴、宁静的田园乡村获得痛苦的解脱和心灵的憩息。他们发现田园自然“真意”的同时也发现了自我，达到了“物我同一”的人生哲理境界。

第五节 宋代士林的隐逸心理

宋型文化的内敛沉潜，使文人士大夫将向外求索转为向内自省，所以宋代士林的文化心理比之唐代更加内倾化，更为自觉地寄情于林泉田园，从中观照、体悟人生和排遣人生，由此，唐宋士人隐逸的人生追求和文化心态呈现出多元的丰富性。

① （战国）庄子撰，王叔岷校诠：《庄子校诠》内篇，中华书局 2007 年版，第 3 页。

一　追求自由人格："梅妻鹤子"林逋

宋代是一个富有隐逸文化内涵的朝代，隐逸文化的主要承载者不是樵夫野老，而是隐"士"——文人士大夫阶层。隐"士"的退居闲居，不只是栖身丘壑、放迹林泉，而是更内化为一种自由精神、一种人格理想。

林逋（967—1028），字君复，又称"和靖先生"，钱塘（今浙江杭州）人。北宋初著名隐逸诗人。《宋史·隐逸传》记载他："性恬淡好古，弗趋荣利，家贫衣食不足，晏如也。"① 于西湖孤山结庐隐居，种梅养鹤，吟诗自遣，一生不曾娶妻育子，世称"梅妻鹤子"。

林逋安贫乐道、不慕荣利，具有高标独立、卓然不群的自由人格，梅尧臣《〈林和靖诗集〉序》称其为人："若高峰瀑泉，望之可爱，即之愈清。"② 其《山园小梅》有咏梅千古绝句："疏影横斜水清浅，暗香浮动月黄昏。"清淡、雅洁、高逸，一如其人。林逋今存词仅三首，偶于词中也可寻觅他的隐逸情趣，如《霜天晓角》：

> 冰清霜洁，昨夜梅花发。甚处玉龙三弄？声摇动、枝头月。　梦绝，金兽爇，晓寒兰烬灭。要卷珠帘清赏，且莫扫、阶前雪。

昨夜，一树梅花发了，晓来莫扫阶前积雪，那白雪红梅，正好卷帘清赏。从冰清雪洁的"卷帘赏梅"中，可感受到幽居湖山的清幽之美，更可体味出词人雅洁的独立人格和闲寂的生活情趣。

法国16世纪人文主义思想家蒙田谈到退隐，说："我们要保留一个完全属于我们自己的自由空间，犹如店铺的后间，建立起我们真正的自由，和最重要的隐逸和清静。在那里，我们应该进行自己

---

① （元）脱脱等：《宋史·隐逸传上》卷四五七，中华书局1977年版，第13432页。

② （宋）梅尧臣：《〈林和靖诗集〉序》，祝尚书编：《宋集序跋汇编》第一册，中华书局2010年版，第54页。

同自己的交谈，毫不涉及与外界的沟通与交流。”① 蒙田，是人类感情冷峻的观察家，是一个逃避社会的隐居者，他赞美自由、静谧与闲暇，向往优游恬适的生活，这段话传达出他自己塔楼隐居的生存体验②，即在喧闹尘世之外，需要保留一个完全属于自己的自由空间，在那个隔绝尘世的自我交流的空间里，能够获得心灵的清静，达到一种自我的自在、自足、自适。隐逸，实际上是一种绝对孤独感的追求，只有在隔世的绝对孤独状态中，才能获得人格、精神和意志的最大自由。可以说，“结庐西湖之孤山，二十年足不及城市”③ 的林逋，绝意于仕途、绝迹于闹市，甚至绝断于一切尘俗情欲，将高人雅士的“小隐”——这种自我生存的自在自足、这种人格精神的最大自由，体验到了一个至纯至静的绝美境界。

二　厌倦仕宦浮沉：“忧隐”与“心隐”

宦海生涯的浮沉不定，往往使仕人对仕宦厌倦、厌弃而产生归隐心理，这是唐宋仕人最常见的隐逸。

叶梦得（1077—1148），字少蕴，号“石林居士”，苏州吴县（今江苏苏州）人。徽宗朝，累迁翰林学士，后出知汝州，不久落职。政和五年（1115）起知蔡州，移帅颍昌府（治所今河南许昌），惩治黠吏，救灾赈民，因性情耿介为宦官所恶，秩满后再度落职。宣和三年（1121）归隐，于湖州卞山石林卜筑精舍。宋室南迁后被起用，高宗建炎初，授户部尚书，迁尚书左丞，深晓理财之道。绍兴初，为江东安抚大使兼知建康府，整饬边备，抵御金兵。宋金议和后，调任福建安抚使兼福州知州，因忤秦桧意受到主和派排斥，遂主动上疏告老，退居石林故居。其地北临太湖风景秀美，又有藏书万卷，他终日读书赏景，啸咏自娱。

---

① ［法］蒙田：《关于退隐》，［法］蒙田著，潘丽珍等译：《蒙田随笔全集》上卷，译林出版社1999年版，第271页。

② 米歇尔·德·蒙田（1533—1592），文艺复兴后期法国人文主义思想家、作家。37岁时继承父亲的乡下领地，在波尔多蒙田古堡圆塔三楼的藏书室远离尘嚣，读书写作，长达20年。

③ （元）脱脱等：《宋史·隐逸传》卷四五七，中华书局1977年版，第13432页。

毛晋《〈石林词〉跋》评叶梦得词："绰有林下风，不作柔语殢人，真词家之逸品也。"[①]"林下风"，即隐逸之气。叶梦得词于豪雄之气外，也不时有尘外之音、隐逸之气。如他的《八声甘州》，词人于"烟波千顷，云峰倒影"的空远清澈里，寄托"浮家泛宅"的心志；老去余生不妨学陶潜"芒鞋筇杖"、"风月入尊"，表现出超然尘外的追求和不为物累的洒脱。

叶梦得曾位居显要而又时遭贬废，历尽了宦海浮沉的他，厌倦官场而寓情寄意于丘壑田园，只是他的隐逸是"忧隐"。其《水调歌头》：

> 秋色渐将晚，霜信报黄花。小窗低户深映，微路绕欹斜。为问山翁何事，坐看流年轻度，拚却鬓双华。徙倚望沧海，天净水明霞。　　念平昔，空飘荡，遍天涯。归来三径重扫，松竹本吾家。却恨悲风时起，冉冉云间新雁，边马怨胡笳。谁似东山老，谈笑静胡沙！

此词作于初退隐时。"归来三径重扫"，黄花小窗、松竹微径，写山居生活的闲适，却流露出"坐看流年轻度"的感伤；最后落到系念国事的忧愤和心志未酬的苦闷："谁似东山老，谈笑静胡沙！"恰反映出词人隐逸与忧国的矛盾心态。叶梦得乃身隐而心未尽隐者，这一类隐逸之士，多有"扶苍生、济天下"之志，当理想在现实中破灭后，选择遁世而悠游菊篱松径，却无论是主动归隐或被动退隐，都无法彻底参破一切、绝去尘想，而是会时隐时现地于闲适中流露出落寞之感，于旷达中寓含郁愤之情。

至宋代，禅宗几乎成为文人士大夫的宗教。士林盛行的世俗化了的禅宗，"在士大夫那里留下的，主要还是以追求自我精神解脱为核心的适意人生哲学与自然澹泊清净高雅的生活情趣"[②]。"修身以儒，治心以释"的文人士大夫们所热衷追求的隐逸，更多的是以

---

① （明）毛晋：《汲古阁书跋》，上海古籍出版社2005年版，第87页。

② 葛兆光：《禅宗与中国文化》，上海人民出版社1986年版，第721页。

淡泊、虚静、清旷为特质的“心隐”，一种消弭功利之念的精神自由、心灵自适。

苏轼的“退隐”之心，从青年时就开始了。宋仁宗嘉祐四年(1059)，苏轼守母丧期满，自蜀返京，冬日行船经三峡，耳目所及皆发之于咏叹，其《入峡》诗云：“尘劳世方病，局促我何堪。尽解林泉好，多为富贵酣。试看飞鸟乐，高遁此心甘。”这虽然是苏轼平素潜心庄子的自然流露，却是在他渴求功名时同时显现的，苏轼似乎还未踏入官场就有了倦鸟思返的念头。而这种高遁林泉的隐逸情怀，在他以后的仕宦浮沉中更是从未断绝过。

苏轼的《行香子·述怀》云：“几时归去，作个闲人。对一张琴，一壶酒，一溪云。”但是这种一张琴、一溪云、有酒盈樽的闲隐生活，却一直未能如他所愿。究其原因，除了“主恩未报耻归田”(《喜王定国北归第五桥》)的忠君责任感，还有为衣食稻粱谋，如他所自述的：“我亦恋薄禄，因循失归休。”(《除夜直都厅……》)北宋初著名诗人王禹偁，也有如此感叹：“唯惭恋禄俸，未去耕田畴。”(《月波楼咏怀》)对仕人来说，忠君之事的社会责任感与个体人格的自由独立——仕与隐两者是相矛盾的，面对两难的选择时，居庙堂之高而存江湖之志的“心隐”缓解了其矛盾冲突。罗大经《鹤林玉露》云：“士岂能长守山林，常亲蓑笠？但居市朝轩冕时，要使山林蓑笠之念不忘，乃为胜耳。”① 一语道出了仕人的慕隐的真实心迹。

苏轼从入仕前期，任签书凤翔府判官的“身与时违合退耕”(《次韵子由种菜久旱不生》)，到任杭州通判的“杀马毁车从此逝”(《捕蝗至浮云岭，山行疲苶，有怀子由弟》)；从任密州知州的“归田计已决，此邦聊假馆”(《除夜病中赠段屯田》)；到任徐州知州的“明年乞身归故乡”(《赠写御容妙善师》)；直到为官后期，“乌台诗案”入狱而出狱，初贬黄州，再贬惠州，三贬儋州，苏轼始终都未能抽身官场而退隐园田，他只是在进退出处的徘徊中

---

①（宋）罗大经撰，王瑞来点校：《鹤林玉露》丙集卷五，《唐宋史料笔记丛刊》，中华书局1983年版，第332页。

选择一种方式——心隐。

苏轼不同于叶梦得的“忧隐”，他是心隐而身未隐者，他向往“开门而出仕，则跬步市朝之上；闭门而归隐，则俯仰山林之下”①的中隐生活，却一生都不曾归隐，但是他的不隐而隐，却将宋代士人的“心隐”践行到了极致。宋徽宗元符三年（1100），苏轼自琼州遇赦北还，第二年病逝于常州孙氏馆。苏辙《亡兄子瞻端明墓志铭》记载：“公始病，以书属（嘱）辙曰：‘即死，葬我嵩山下。’”② 临了，还是不忘“归”，一把衰骨终归于远离喧嚣尘世的嵩山南麓了。

三　遵循显隐古训：“无道则隐”

中国古代文人的隐逸，“或隐居以求其志，或曲避以全其道，或静己以镇其躁，或去危以求其安，或垢俗以动其概，或疵物以激其情”③。儒家乱邦不居、无道则隐的思想，佛、道全身避祸、适意自在的观念，构成了他们隐逸人格精神的基础。而乱世之隐逸，往往既有适情忘性、放迹山水的佛道之隐，又有愤世遁迹、乱邦不居的儒家之隐。

在南渡词坛上，隐逸词人群是置身于抗金复国、慷慨悲歌主潮之外的独特的一群词人，突出的有朱敦儒、杨无咎、周紫芝、吕渭老等人。

绍兴十一年（1141）“绍兴和议”后，秦桧把持朝政的局面日益恶化，主战的名相重臣相继遇害或贬逐，如岳飞、赵鼎、张浚、李纲等，忠正之士无不自危，曾叱咤风云的抗金英雄韩世忠也

---

①（宋）苏轼：《灵璧张氏园亭记》，（宋）苏轼撰，孔凡礼点校：《苏轼文集》卷十一，第一册，中华书局1986年版，第369页。

②（宋）苏辙：《亡兄子瞻端明墓志铭》，（宋）苏辙撰，陈宏天、高秀芳点校：《苏辙集·栾城后集》卷二二，第三册，中华书局1990年版，第1117页。据（清）王士俊等监修《河南通志》卷四八：“三苏祠在郏县西北峨眉山。……盖文忠尝谪汝，爱其地有山，形胜类其乡，遂有终焉之志。因号曰‘小峨眉山’。贻书仲氏文定（苏辙谥‘文定’）曰：‘我死，贫不能归，其葬我于是。既而自请徙常。’建中靖国元年，卒。其子过偕文定，奉柩葬焉。”

③（南朝宋）范晔：《后汉书·逸民传》卷八三，中华书局1965年版，第2755页。

"绝口不言兵，自号'清凉居士'，时乘一骡，放浪西湖泉石间"①。隆兴二年（1164）"隆兴和议"后，南宋小朝廷割地求和，宋与金形成了较为稳定的南北对峙局面，而文人志士多陷入有志难酬的境地。

儒家"用行舍藏"的仕隐观圆融通达，孔子《论语·公冶长》云："道不行，乘桴浮于海。"②《孟子·公孙丑上》云："可以仕则仕，可以止则止。"③ 既然南宋统治者偏安一隅，"天意从来高难问"（张元幹《贺新郎》），不如可止则止；同时，在血腥的战乱面前，人命似蝼蚁，荣华如烟云，社会的伦理道德秩序被践踏，严酷的现实不得不引起士人对济世政治理想的质疑，以及对自身生命价值的究问。于是面对残山剩水的偏安现实，隐逸避世、远祸全身成为当时士大夫文人的一种普遍心理，由此南渡词坛出现了大量遁离现实的"尘外之音"。

吕渭老的《水调歌头》："作个生涯不遂，松竹雨荒三径，却忆五湖船。""白鸥汀，风共水，一生闲。"表达出欲遁世而去、闲隐云水间的孤高落寞，然犹含有世事之慨叹。而周紫芝的《浣溪沙·和陈相之题烟波图》："水上鸣榔不系船，醉来深闭短篷眠。潮生潮落自年年。"朱敦儒的《好事近》："拨转钓鱼船，江海尽为吾宅。恰向洞庭沽酒，却钱塘横笛。"则是沽酒、闲眠，垂钓、横笛的雅兴不浅，似乎是一任它世事变幻、潮生潮落。南渡隐逸词人们，在寄意林泉的遁世隐逸里，淡却了尘世的干谒进取、功名利禄，也淡却了"风景不殊，正自有山河之异"④ 的家国之耻。

"无道则隐"，有收拾破碎山河、抗金之志的张元幹，也作志士落魄后的隐逸之吟。张元幹又号"真隐山人"，绍兴元年（1131）

① （清）潘永因：《宋稗类钞》卷之四，丁傅靖辑：《宋人轶事汇编》卷十五，中华书局1981年版，第790页。

② （春秋）孔子：《论语》，（宋）朱熹注：《四书章句集注》，中华书局1983年版，第77页。

③ （战国）孟子：《孟子》，（宋）朱熹注：《四书章句集注》，中华书局1983年版，第234页。

④ （南朝宋）刘义庆撰，（南朝梁）刘孝标注，余嘉锡笺疏：《世说新语笺疏·言语》卷上，上册，中华书局2007年版，第92页。

“不屑与奸佞同朝，飘然挂冠”[①]，归隐福州故里，后漫游江浙等地。他的隐逸词《水调歌头》，写泊舟江村的悠闲自得，表现“却爱吾庐高枕，无事闭柴门”的遁世心态，而将平生意气化作了“与世共浮沉”、“何用画麒麟”的愤激。至晚期收拾破碎山河的壮志消磨，而寄身尘外的虚寂思想日益加重，其《渔家傲·题玄真子图》：

> 钓笠披云青障绕，绿蓑细雨春江渺。白鸟飞来风满棹。收纶了，渔童拍手樵青笑。　　明月太虚同一照，浮家泛宅忘昏晓。醉眼冷看城市闹。烟波老，谁能惹得闲烦恼。

此词清旷飘逸，颇具潇洒出尘的韵致，描绘一个不染世尘的渔父形象，实借张志和的垂钓抒写自己的隐逸情怀。但是张元幹这一类志士，可以效仿“浮家泛宅”的隐逸，“醉眼冷看”尘世，却家国之耻犹在，很难忘却尘世，其淡泊之心与愤世之情总是杂糅一起。

至宋末元初词坛，隐逸词创作再一次成为风气，当时遗民词人张炎、周密、陈允平、王沂孙、仇远等多有吟唱。对不屈于夷灭华夏的正统儒士们来说，那是完全彻底的“无道则隐”，南宋遗民们大多入元不仕，在追慕陶渊明的吟咏里遁迹山林，隐逸而终。

徐清泉认为：“以‘天人合一’为基础，以道家为核心，以儒释为补充的相关隐逸思想的浸染，使传统中国人具备了一种回归自然的心理预设，此即羡隐的内因。”[②] 生存顺逆境的改变、世事治乱的更迭、个人与社会的依违等，这些外因只是“唤醒内因的”的契机，当内在的驱动和外在推动力的契合，便形成了唐宋隐逸文化勃兴的现象。由唐至宋，以功利仕进为雅而渐趋于以淡泊恬退为雅，

---

① （明）毛晋：《〈芦川词〉跋》，（明）毛晋：《汲古阁书跋》，上海古籍出版社2005年版，第93页。

② 徐清泉：《论隐逸文化在中国传统文学艺术发展中的意义》，《文学评论》2000年第4期。

文人士大夫的隐逸之趣，体现出内省、静观的整体文化心理的共同特征。无论是大隐、小隐，还是忧隐、心隐，回归自然的乡野田园、林泉丘壑，成为唐宋士人疏离政治、遁离尘世的一方乐土，这一块纯净的精神自由的栖息地，充溢着“精神灌注生命的诗意”①，是他们一种诗性人生的追求，也是一种人生道路的选择。

① ［德］黑格尔著，朱光潜译：《美学》第三卷（上册），商务印书馆 1991 年版，第 207 页。

第十一章

清雅词：游赏唱酬的“雅玩”时尚

孝宗朝“隆兴北伐”的符离败绩，导致“隆兴和议”的签订，之后宋金持续了40年之久的“和平”。至宁宗朝“开禧北伐”失败，订立“嘉定和约”，南北之间又“通好”18年，南宋半壁的局面遂固定下来。随着残山剩水的偏安局面，南宋小朝廷恢复了享乐遗风，湖山歌舞，文恬武嬉，士气民风重归于柔靡。高宗时，靖康年间废置的礼乐制度逐渐恢复，绍兴十二年（1142）诏开天下乐禁，两年之后复置教坊。时，缙绅豪门的声色之好、朝野宴乐的歌舞之风炽盛，其歌酒喧沸、奢侈享乐的程度超过了当年北宋末世，如林升《题临安邸》所描述的：

> 山外青山楼外楼，西湖歌舞几时休？
> 暖风熏得游人醉，直把杭州作汴州！

文人士大夫们趋时代之颓风、托歌酒以自遣，逞风流才性而作娱宾小词，已是趋势所必然！于是北宋晚期浅斟低唱的绮丽词风复活了，南宋中后期词坛，出现了姜夔清雅词派等。

第一节　布衣清客的姜夔

一　才华绝世，一介清客词人

姜夔（1155—1221?）[①]，字尧章，号“白石”，饶州鄱阳（今

① 姜夔卒年尚无定论，据夏承焘《姜白石系年》及《行实考》其生卒年为1155—1221年。

属江西）人。其父姜噩，绍兴三十年（1160）进士，曾任汉阳（今属湖北）知县，但是姜夔却终生未能通过科考的铁门槛而进入仕宦阶层。

（一）“漫赢得天涯羁旅”

姜夔自幼随父宦居汉阳，14岁其父殁于任上，遂寄居于汉川（今属湖北）其姊家。约于宋孝宗淳熙十二年（1185），以故人子的身份于潭州长沙拜识“千岩老人”萧德藻。萧极赏爱其才，“四十年作诗，始得此友”[①]，遂以侄女嫁与他为妻。次年春萧德藻调官湖州，姜夔随之寓居湖州，后卜居苕溪之上，因与弁山白石洞天为邻，故称“白石道人”。

约于宋光宗绍熙四年（1193），姜夔结识贵胄公子张鉴、张镃兄弟（南渡名将循王张俊之后），与之交往。宋宁宗庆元二年（1196），应邀举家迁往杭州，依张鉴（字平甫）寓居先后达10年之久，与之诗酒唱和，情甚骨肉。姜夔《姜尧章自叙》载：“平甫既殁，稚子甚幼，入其门则必为之凄然，终日独坐，逡巡而归。思欲舍去，则念平甫垂绝之言，何忍言去！留而不去，则既无主人矣，其能久乎？”[②] 张鉴去世后，又杭州居舍毁于大火，姜夔贫无所依，靠卖字与好友周济度日。

约于宋宁宗嘉定十四年（1221）[③]，饱经颠沛转徙的困顿生活后，姜夔病卒于临安旅邸，贫不能葬，吴潜等友人筹资葬之杭州钱塘门外的西马塍。南宋苏泂《到马塍哭尧章》诗云：“除却乐书谁殉葬，一琴一砚一兰亭。”[④] 死后陪葬的只有乐书、一琴一砚和兰亭

---

① （宋）周密撰，张茂鹏点校：《齐东野语》卷十二引《姜尧章自叙》，《唐宋史料笔记丛刊》，中华书局1983年版，第211页。

② （宋）周密撰，张茂鹏点校：《齐东野语》卷十二引《姜尧章自序》，《唐宋史料笔记丛刊》，中华书局1983年版，第212页。

③ 陈尚君《姜夔卒年考》：姜夔之卒当在嘉定二年（1209）夏至后到嘉定三年（1210）间。

④ 夏承焘笺校：《姜白石词编年笺校》引，上海古籍出版社1981年版，第322页。“一琴一砚一兰亭”：姜夔《跋王献之保母志帖》云：“学书三十年，晚得笔法于单炳文。”（元）陆友仁《砚北杂志》云：“单炳文遗古琴给白石。”姜夔所殉葬的琴即单炳文遗赠的古琴。砚，指姜夔常用之砚。兰亭，指姜夔的《兰亭序》摹本或《兰亭考》一文。

摹帖，一如其生前之雅洁。姜夔，以“野云孤飞”似的半隐居、半游食的生活方式了其一生。

（二）以清客布衣终老

姜夔诗、词、文，书法、音乐，无不精善。其书法得魏、晋古法，运笔遒劲，波澜老成，所著《续书谱》一卷①，是南宋书论中成就最高的论著。其善音律，在词调格律、曲式结构及音阶使用方面具有独创性，《白石道人歌曲》中自注工尺旁谱17首，是流传至今唯一的极为珍稀的宋代词乐文献。

姜夔以清客布衣终老，或认为这与唐代以诗赋取士、宋代重以经取士有关系，其时运不济。在词、乐方面才华绝世的姜夔也曾求仕，庆元三年（1197），依张鉴居于杭州时，得丞相谢深甫、京镗的鼓励，曾上书论雅乐，进《大乐议》、《琴瑟考古图》，却“诏付奉常，有司以其用工颇精，留书以备采择”②，姜夔作诗有“二十五弦人不识，淡黄杨柳舞春风”（《戊午春帖子》）之憾，后绝了仕进之想。其实姜夔的精神品格、气质性情都不是仕途中人。白石之兴趣倾力于词，尤其对乐律造诣极深，用心于词曲而厌恶仕途经济（经邦济世），如同红楼中的贾宝玉。他为生计窘迫而应试上书，终违其本心。与姜夔同在千岩老人门下学诗的黄白石（景说）云：“造物者不欲以富贵浼尧章，使之声名耀于无穷，此意甚厚。”③确实一介清客布衣，成就了“声名耀于无穷”的姜夔，天意甚厚。

寻绎而来，两宋词之大家如晏殊、欧阳修、柳永、苏轼、秦观、周邦彦，稼轩、陆游、范成大等，其身份都属于官僚士大夫阶层，李清照是贵族妇女，他们决非与姜夔可比。在古代词史上，姜夔是第一个终生布衣清客的大词人，他不是世家贵戚、儒林道学，也不是隐逸之士、忠义之臣，而是一介清客词人，一生凭借自己才

① （宋）姜夔《续书谱》分总论、真书、用笔、草书、用笔、用墨、行书、临摹、方圆、向背、位置、疏密、风神、迟速、笔势、情性、血脉、书丹等18则。所论书法艺术主张“崇晋贬唐”，反对俗书。

② 陈思：《白石道人年谱》，金毓黻主编：《辽海丛书》第三册，台湾辽沈书社1985年版，第2142页。

③ （宋）周密撰，张茂鹏点校：《齐东野语》卷十二引，《唐宋史料笔记丛刊》，中华书局1983年版，第212页。

华横溢的词曲创作谋取衣食。

作为清客行谒而名盛一时的词人，姜夔的身份具有典型意义，追随而来的在南宋驰声传名的词人吴文英，也是一介布衣清客，他们可视为近代职业作家的先声。之后，元代关汉卿、王实甫以戏曲为生，明代徐渭以清客为生、李贽以讲学为生、扬州八怪以诗画为生，到清代的戏剧家洪昇皆是这一类型文人。姜夔、吴文英等终生清客词人，是宋代社会带有“近代”色彩的一种文化现象：“士人的社会生活从传统的以仕隐为主线索而一变而为仕隐之外的多种人生模式，出现士人脱离政治为中心而以专业知识为谋生手段的社会职业分工的嬗变。”①

二　“翰墨人品，皆似晋宋之雅士”

夏承焘先生《论姜白石的词风》指出：

> 宋室南渡的时候，北方贵族官僚避乱到江南的，大都没有劳动谋生的能力，在仕途上没出路的，便以“道人”“雅士”的态度寄生游食，他们的遭遇和生活很近似乎南北朝时代的南渡士流，颜之推家训所斥责的不事生产、不懂吏治的游惰文人，正是南宋江湖游士的前身。②

南宋中叶以后，诗坛上形成了一个“江湖派”的诗人群体，其得名缘于书商陈起汇刻的《江湖集》。这一诗派大部分是“人在江湖”的布衣寒士，他们在仕途上没出路，依靠教书授徒、鬻文卖字或游谒权贵以获取周济来度生，是一群处于社会底层的“寄生游食”的士人。

时，江湖诗人多以“清客雅士”身份干谒豪门权贵，相率成风气。如宋自逊，字谦父，号“壶山”，文名盛于当时名流界，有《渔樵笛谱》词集。他的《蓦山溪·自述》：“爱学道人家，办竹

① 王洪：《论姜夔作为职业词人的历史文化地位》，《天中学刊》2003年第6期。

② 夏承焘：《姜白石词编年笺注》，中华书局1961年版，第9页。

几、蒲团茗碗。青山可买，小结屋三间。开一径，俯清溪，修竹栽教满。”其居处之清静、人物之清高，俨然晋宋高士，方回《瀛奎律髓》却说他：实则是善于“打秋风”一滑徒，曾一次干谒权臣贾似道获钱二十万缗，建华屋大宅居之。①

姜夔自号“江湖散人”，为“江湖诗派”诗人，属于“谒客阶层”，但他与那些仰人鼻息的食客和依傍权门以拥有厚赀的江湖谒客绝非一类。王国维《人间词话》云：“苏辛词中之狂，白石犹不失为狷。”② 姜夔是不趋时媚俗、清高自傲的狷者，一袭布衣往来江湖，性情高雅、才华出众，具有飘逸不群的风度和狷洁冷峻的气质。

张羽《白石道人传》云：

> 夔，体貌清莹，望之如神仙中人。……性孤癖，尝遇溪山清绝处，纵情深诣，人莫知其所入；或夜深星月满垂，朗吟独步，每寒涛朔吹凛凛迫人，夷犹自若也。晚年倦于津梁，常僦居西湖，屡困不能给资，贷于故人，或卖文以自食；然食客如故，亦仍不废啸傲。③

陈郁《藏一话腴》云：

> 气貌若不胜衣，而笔力足以扛百斛之鼎。家无立锥，而一饭未尝无食客，图史翰墨之藏充栋汗牛，襟期洒落如晋宋间人。④

姜夔孤洁啸傲于世，其人品秀拔、体貌清莹，“望之若神仙中人”，气貌若不胜衣，而笔力足以扛鼎。时，参知政事范成大称赏

① （元）方回辑，李庆甲汇评：《瀛奎律髓汇评》卷二十，上海古籍出版社 2005 年版，第 840 页。

② （清）王国维撰，黄霖、周兴陆导读：《人间词话》，上海古籍出版社 1998 年版，第 11 页。

③ 夏承焘.《姜白石词编年笺校》引，上海古籍出版社 1981 年版，第 321 页。

④ （宋）陈郁：《藏一话腴》内编卷下，施蛰存、陈如江辑录：《宋元词话》，上海书店出版社 1999 年版，第 530 页。

他“翰墨人品，皆似晋宋之雅士”[①]；而范成大亦被人称许为“风神英迈，意气倾倒……萧然如晋宋间人物”[②]，一江湖游士、一达官名流，皆似晋宋雅士，故二人结为忘年之交。

姜夔十分珍惜自己的才华和品行，为人襟怀洒脱，恬淡寡欲，不谋营利，其《姜尧章自叙》云：“旧所依倚，惟有张兄平甫。其人甚贤，十年相处，情甚骨肉。而某亦竭诚尽力，忧乐同念。平甫念其困踬场屋，至欲输资以拜爵，某辞谢不愿。又欲割锡山之膏腴以养其山林无用之身。”[③] 张鉴曾念其困顿科场，想送钱财为他买取官爵，或送锡山田庄给他维持生计，皆被姜夔婉言辞谢。

周密《齐东野语》引《姜尧章自叙》：

> 待制朱公既爱其才，又爱其深于礼乐。丞相京公不特称其礼乐之书，又爱其骈俪之文。丞相谢公爱其乐书，使次子来谒焉。稼轩辛公，深服其长短句。……皆当世俊士，不可悉数。或爱其人，或爱其诗，或爱其文，或爱其字，或折节交之。[④]

当世的权贵俊士不可悉数，或爱其乐，或爱其字，或爱其诗词文赋，姜夔，一介清客布衣矜守气格、风神潇洒，以其高雅的人品和卓绝的才华，而自立于当时名公巨卿之间。他游食行谒的足迹，几乎遍及当时有声望的名士名流，其中有范成大、杨万里、辛弃疾、朱熹、叶适等，或击节激赏、或折节而交。陈撰《玉几山房听雨录》称姜夔：“虽终身草莱，而风流气韵足以标映后世。”[⑤]

---

① （宋）周密撰，张茂鹏点校：《齐东野语》卷十二引《姜尧章自叙》，《唐宋史料笔记丛刊》，中华书局 1983 年版，第 211 页。

② （宋）杨万里：《〈石湖先生大资参政范公文集〉序》，（宋）杨万里撰，辛更儒笺校《杨万里集笺校》第六册，中华书局 2007 年版，第 3296 页。

③ （宋）周密撰，张茂鹏点校：《齐东野语》卷十二引，《唐宋史料笔记丛刊》，中华书局 1983 年版，第 212 页。

④ （宋）周密撰，张茂鹏点校：《齐东野语》卷十二，《唐宋史料笔记丛刊》，中华书局 1983 年版，第 211 页。

⑤ （宋）陈撰：《玉几山房听雨录》，吴熊和主编：《唐宋词汇评》两宋卷第三册，浙江教育出版社 2004 年版，第 2705 页。

第二节　白石的清客雅词

词体之创作、词法之研究、词曲之谱制，是白石一生的文学功业，著有《白石道人歌曲》传世。其词对后世影响很大，清代300百年里，各种刻本和写本就达三四十种之多，有“家白石而户玉田（张炎）”①之盛，被清代浙西词派誉为“词中之有白石，犹文中有昌黎也”②。

前代词话家论白石词，或因其有近周邦彦之处，将之划为“清真派”，或因白石心折而仿效稼轩体，将他附属于“稼轩派”，论其词也多与清真、稼轩相联系，如蒋兆兰《词说》云：“南渡以后，尧章崛起，清劲逋峭，于美成外别树一帜。”③周济《宋四家词选·目录序论》云：“白石脱胎稼轩，变雄健为清刚，变驰骤为疏宕。”④其实白石词承续周邦彦衣钵，又挹取辛弃疾词风，变婉媚为清雅、雄健为清峭，⑤自成一宗，开了清雅词派。

“雅”是姜夔的人品，也是他的词品，其人清雅绝俗、风神潇洒，其词亦以素淡幽远、清峭雅洁见长。对白石词前人品评颇多，见仁见智，张炎《词源·清空》评白石《疏影》、《暗香》云：“不唯清空，又且骚雅，读之使人神观飞越。”⑥后“清空骚雅”四字，常被词论者用作对白石词艺术特质的概括。其“清空”之说，略有难解而带点禅味。沈祥龙《论词随笔》云：“清者，不染尘埃之谓；

---

①（清）朱彝尊：《〈静惕堂词〉序》，施蛰存编：《词籍序跋萃编》，中国社会科学出版社1994年版，第543页。

②（清）张宗橚辑，杨宝霖补正：《词林纪事 词林纪事补正》卷十三引许昂霄语，成都古籍书店1982年版，第366页。

③（清）蒋兆兰：《词说》，唐圭璋编：《词话丛编》第五册，中华书局1986年版，第4632页。

④（清）周济：《宋四家词选》，中华书局1985年版，第4页。

⑤ 朱庸斋《分春馆词话》：“白石词以清逸幽艳之笔调，写一己身世之情，在豪放与婉约外，宜以‘幽峭’称之。”

⑥（宋）张炎：《词源》卷下，中华书局1991年版，第50页。

空者，不着色相之谓。”[①] 张炎《词源·清空》云：“姜白石词如野云孤飞，去留无迹。”[②] 所比拟的皆近于虚灵、澄澈、空明、清远一类。大体来说，姜夔词的“清空骚雅”，应指用疏淡、含蓄的笔法，抒写淳雅、高远的意趣。

白石词不同于晏殊、苏轼、周邦彦、李清照等诸家之“雅词”，而是一种“清客雅词”。他作为浊世之清客、出尘之高士，一洗华艳又弃却粗豪，别创一种清峭幽洁之体，用以抒写幽怀雅致以及身世之感，如郭麐《灵芬馆词话》所描述：“一洗华靡，独标清绮，如瘦石孤花，清笙幽磬。”[③]

一　清空的笔法：流宕，含蓄

清雅词派“姜张”并称。张炎（1248—1320?），字叔夏，号“玉田”，又号“乐笑翁”，贵胄张枢之子。“生平好为词章，用功逾四十年”[④]，撰有《山中白云词》、《词源》。张炎论词贵“清空”，作词亦然，钱裴仲《雨华盦词话》云：“乐笑翁词，清空如一气，转折随手，不为调缚。”[⑤] 其《疏影·梅影》：

> 黄昏片月，似碎阴满地，还更清绝。枝北枝南，疑有疑无，几度背灯难折。依稀倩女离魂处，缓步出、前村时节。看夜深、竹外横斜，应妒过云明灭。　　窥镜蛾眉淡抹，为容不在貌，独抱孤洁。莫是花光，描取春痕，不怕丽谯吹彻。还惊海上燃犀去，照水底、珊瑚如活。做弄得、酒醒天寒，空对一庭香雪。

南宋清雅派词多清虚形象，善用侧笔比拟、烘托、暗喻等，清

---

① （清）沈祥龙：《论词随笔》，唐圭璋编：《词话丛编》第五册，中华书局1986年版，第4054页。

② （宋）张炎：《词源》卷下，中华书局1991年版，第49页。

③ （清）郭麐：《灵芬馆词话》卷一，唐圭璋编：《词话丛编》第二册，中华书局1986年版，第1503页。

④ （宋）张炎：《词源·原序》卷下，中华书局1991年版，第38页。

⑤ （清）钱裴仲：《雨华盦词话》，唐圭璋编：《词话丛编》第三册，中华书局1986年版，第3011页。

空一气，盘旋出之。此词不直接摹写梅花之形态，而是含蓄婉转写梅的黄昏清绝影、依稀缥缈影、竹外横斜影、淡抹孤洁影、珊瑚玲珑影、天寒雪香影。词人运笔空灵“不着色相”，略去形貌而摄“梅影”之神韵，其笔墨雅淡而气韵流宕，尽得清雅淡远三昧。

张炎的“清空”，来自他对白石的推崇和效法。姜夔所著《白石道人诗说》一卷，论作诗云：章法上“有开阖”，“一波未平，一波已作”；用语上“语贵含蓄”，“句意欲深、欲远”；用典上“僻事实用，熟事虚用”。[①] 姜夔的词，实际上正是这种诗法的实践，用此笔法所填词，自然是流宕、含蓄、虚渺——“清空”。如他的《念奴娇》：

> 闹红一舸，记来时，尝与鸳鸯为侣。三十六陂人未到，水佩风裳无数。翠叶吹凉，玉容销酒，更洒菰蒲雨。嫣然摇动，冷香飞上诗句。　　日暮。青盖亭亭，情人不见，争忍凌波去。只恐舞衣寒易落，愁入西风南浦。高柳垂阴，老鱼吹浪，留我花间住。田田多少，几回沙际归路。

所描写的武陵（今湖南常德）古城野水荷塘，如此词小序所言“意象幽寂，不类人境”[②]，读来，令人神清意远。词中从闹红一舸，来时，到几回沙际，归去；从水佩风裳无数，荷之盛，到西风舞衣易落，荷将衰，一气跌转流宕。“嫣然摇动，冷香飞上诗句”两句，其设想清雅、缀辞冷峭，妙思丽语让人匪夷所思。水珮风裳、凌波而去，则化用李贺写芳魂诗句和贺铸写佳人词句，运典用事，虚实莫辨。此词借用俞陛云所言：“语在可解不可解之间，词家之妙境，所谓如絮浮水，似沾非著也。”[③] 读姜夔的这类词，仿佛读到词人脱

① （宋）姜夔：《白石道人诗说》，王大鹏编：《中国历代诗话选》第二册，岳麓书社 1985 年版，第 789—792 页。

② （宋）姜夔《念奴娇·序》：“余客武陵，湖北宪治在焉。古城野水，乔木参天。余与二三友，日荡舟其间。薄荷花而饮，意象幽闲，不类人境。秋水且涸，荷叶出地寻丈，因列坐其下，上不见日。清风徐来，绿云自动，间于疏处，窥见游人画船，亦一乐也。朅来吴兴，数得相羊荷花中，又夜泛西湖，光景奇绝。故以此句写之。”

③ 俞陛云：《唐五代两宋词选释》，上海古籍出版社 1985 年版，第 361 页。

略形迹、意态萧远的风神。

王国维《人间词话》曾赞赏周邦彦《苏幕遮》的“水面清圆，一一风荷举”，而觉姜夔此词“犹有隔雾看荷之恨”①。其实白石词笔虚活，往往于空际传神。此词从虚处着笔，遗貌取神，以绝色佳人比拟绿叶粉荷，所写玉容醉酒、嫣然一笑、凌波而去、舞衣脱落，亦人亦荷，咏荷而不滞于荷，清绝、丽绝、幽绝，确给人“隔雾看荷”之感。咏物而不泥拘于所咏物，不即不离，“似花还是非花”，这是咏花词的最高境界，也是白石词清空之妙处。

杨柏岭《唐宋词审美文化阐释》指出：“‘隔’对词体艺术来说有着特殊的意义。”② 原为歌场演唱的词，“隔帘听”是娱宾遣兴的一个实际场景。唐代教坊曲有《隔帘听》词调，柳永就此调填有《隔帘听》“隔帘听，赢得断肠多少”。浅斟低唱时的“隔帘听”，给人以丰富的音乐体验的空间；而倚声填词所达到的“隔雾看”的艺术效果，则给人以想象的空间。这双重空间，在姜夔的清雅词里，正来自其“清空”的幽远、清远。

二　清冷的意境：冷色，幽境

陈廷焯《白雨斋词话》言白石词：“以清虚为体，而时有阴冷处，格调最高。”③ 姜夔词虽然也时有“温情”暖色，如他眷怀合肥恋人一类的情词；但作为高人雅士的他，词的总体色调呈现出冷调的文化品位。杨海明先生指出：“姜词特别好写秋、冬的景物，特别好用冷色的字面”，“可见他对阴暗事物、残缺事物、衰飒事物的那种偏嗜”④。

唐宋绮丽词多金樽歌扇之类的描写，但词人们的心底或悯世伤

---

① （清）王国维撰，黄霖、周兴陆导读：《人间词话》，上海古籍出版社 1998 年版，第 8 页。《人间词话》：“美成《青玉案》词：‘叶上初阳干宿雨。水面清圆，一一风荷举。’此真能得荷之神理者。觉白石《念奴娇》、《惜红衣》二词，犹有隔雾看花之恨。”此将《苏幕遮》误作《青玉案》。

② 杨柏岭：《唐宋词审美文化阐释》，黄山出版社 2007 年版，第 242 页。

③ （清）陈廷焯撰，杜维沫校点：《白雨斋词话》卷二，人民文学出版社 1959 年版，第 29 页。

④ 杨海明：《唐宋词纵横谈》，江苏大学出版社 2010 年版，第 138—139 页。

时、或感慨身世，总有一抹悲哀的底蕴，尤其是漂泊无依的清客词人。姜夔有绝世之才华，却终身未能入仕而寄生游食，被排斥在主流社会以外。回看自己大半生江湖行谒的生涯，姜夔在《姜尧章自叙》中曾慨叹：“嗟呼！四海之内，知己者不为少矣，而未有能振之于窭（贫寒）困无聊之地者。”① 漂泊无依的他：“满汀芳草不成归，日暮，更移舟、向甚处”（《杏花天·小舟挂席》）；“客途今倦矣，漫赢得，一襟诗思”（《徵召》）；“谁念飘零久，漫赢得幽怀难写”（《探春慢》），透露出的孤独感凄冷彻骨。尽管词人将这一襟诗思、一襟幽思、一襟倦思，付与把酒临风、长栏笛声的洒脱：“把酒临风，不思归去，有如此水。况茂林游倦，长干望久，芳心事、箫声里”（《小重山·赋潭州》），但仍然抹不去无所归宿的清冷、清寂。

“幽韵冷香”的白石词“以冷为美”，多用“寒”、“愁”、“空”、“清”、“乱”、“冷”等字，一抹清寒幽苦的冷色调。其咏物绘景尤好用“冷”字，如“淮南皓月冷千山”（《踏莎行》）、“冷云迷浦”（《清波引》）、“重见冷枫红舞”（《法曲献仙音》）、“香冷入瑶席”（《暗香》）、“月上汀洲冷”（《湘月》）等。“冷”字成了白石词中的一个“语码”，其中隐含着寒士所特有的身世飘零之感和孤寒心理，其词所摄取的清冷物象与所敷设的清寂感情色调两相融合，构成了一种幽冷意境。

> 二十四桥仍在，波心荡、冷月无声。（《扬州慢》）
> 嫣然摇动，冷香飞上诗句。（《念奴娇》）
> 千树压、西湖寒碧。（《暗香》）
> 一春幽事有谁知。东风冷、香远茜裙归。（《小重山令》）

此等词句极凄艳幽寂、虚灵冷澈，其意境之幽洁、清冷、寒寂，足以倾动元明清三代数百年文人，至清代曹雪芹《红楼梦》仍

① （宋）周密撰，张茂鹏点校：《齐东野语》卷十二引，《唐宋史料笔记丛刊》，中华书局1983年版，第211—212页。

有“寒塘渡鹤影，冷月葬花魂”[①] 的相似意境。从陶潜之菊、杜甫之竹、林逋之梅，到姜夔之荷塘之月梅，这一类物象都具有冷美脱俗的雅质，所蕴含的审美文化心理乃宋、元、明、清一脉相承。

三　清雅的意蕴：“在花则梅”

布衣清客的姜夔，疏离于尘世的纷争喧闹，自是一怀清气雅韵，因而常以绝尘之物与清幽之景作为吟咏对象，借以寄寓自己清高雅洁之性情，表现幽香冷韵的审美情趣。

姜夔爱咏傲冰雪而独开的梅、出淤泥而不染的莲，一是品格清劲，一是品格幽洁，而二者又尤爱梅之清峭劲拔。清代张潮《幽梦影》云：“梅令人高，兰令人幽，菊令人淡，春海棠令人艳，牡丹令人豪，蕉与竹令人韵，秋海棠令人媚，松令人逸，桐令人清，柳令人感。”[②] 其中梅之神清骨冷、高风绝尘，与姜夔孤洁清傲的人品心性最相符。姜夔存词80余首，翻开《白石道人歌曲》，无不使人感到一股高远意趣的清雅之气幽悠而来，刘熙载《艺概·词曲概》云：“姜白石词幽韵冷香，令人挹之无尽。拟诸形容，在乐则琴，在花则梅也。”[③] “在花则梅”，恰好形容姜夔词的清雅，而又正是词人的孤清心神“化作此花幽独”。

对梅花的吟咏品题，是宋代文人雅文化的表征。姜夔雅爱梅花，《白石道人歌曲》咏梅词有18首之多，如《小重山令·赋潭州红梅》：“斜横花树小，浸愁漪。一春幽事有谁知。”《玉梅令》：“有玉梅几树，背立怨东风，高花未吐，暗香已远。”《探春慢·衰草愁烟》：“甚日归来，梅花零乱春”。尤以《暗香》、《疏影》两首，堪称宋代梅之雅词的极品。

《暗香》、《疏影》为姜白石自度曲之名篇巨制，以林逋的“疏影横斜水清浅，暗香浮动月黄昏”两句各取首二字名之。其《暗香》：

---

① （清）曹雪芹撰，（清）高鹗续：《红楼梦》第七十六回，人民文学出版社2008年版，第1068—1069页。

② （清）张潮：《幽梦影》，安徽文艺出版社2003年版，第103页。

③ （清）刘熙载：《艺概》卷四，上海古籍出版社1978年版，第110页。

旧时月色，算几番照我，梅边吹笛。唤起玉人，不管清寒与攀摘。何逊而今渐老，都忘却、春风词笔。但怪得、竹外疏花，香冷入瑶席。　　江国，正寂寂。叹寄与路遥，夜雪初积。翠尊易泣，红萼无言耿相忆。长记曾携手处，千树压、西湖寒碧。又片片、吹尽也，几时见得。

词人将咏梅和忆人融合来写，忽人忽花，如痴如醉。上片：“旧时”月色，吹笛摘梅，重温往事情味深至。“而今”渐老，词笔生涩，语意顿折到今不如昔，一怀怅然。“但怪”二字再作一转，竹外疏花，冷香入席，偏又引人情思。下片：折梅难寄，对花把酒，写忆念之深切；“长忆”转入往事，携手处千树红梅压西湖寒碧，奇丽幽绝，景美托出人美；结拍又折回，梅落人去，几时重见？一片情深情痴以问句委婉出之。此词一气流转跌宕有致，句句不离梅花，处处忆念玉人，以人衬梅、以梅映人，咏物而寄情，写意而传神。

郑文焯《郑校白石道人歌曲》云：“此二曲为千古词人咏梅绝调。以托喻遥深，自成馨逸。”① 若作比较，《疏影》偏重写梅的“幽”，一纸幽独、幽怨、幽婉；而这首《暗香》则更多从梅的“清”着墨，透出一片清雅、清疏、清迥。白石是借梅的冰清玉洁、孤高自赏，来寄寓自己的孤傲人格和幽独情怀。

在南宋后期词坛乃至宋末元初，许多词人自觉效法白石词，一时蔚然成风，衍成一个“清雅词派”，又称为“清空词派”，如谢章铤《赌棋山庄词话续编》引王鸣盛语：“洎姜夔、张炎、周密、王沂孙方开清空一派，五百年来，以此为正宗。”② 众多追随者中艺术成就最高的是词论家张炎，刘熙载《艺概·词曲概》云：“张玉田词清远蕴藉，悽怆缠绵，大段瓣香白石。”③ 他所著述的《词源》

① （清）郑文焯：《郑校〈白石道人歌曲〉》，吴熊和主编：《唐宋词汇评》两宋卷第三册，浙江教育出版社 2004 年版，第 2780 页。

② （清）谢章铤：《赌棋山庄词话续编》，唐圭璋编：《词话丛编》第四册，中华书局 1986 年版，第 3549 页。

③ （清）刘熙载：《艺概》卷四，上海古籍出版社 1978 年版，第 112 页。

从理论上对清雅词派作了最完备的总结，提出了“清空说”、“雅正说”，清雅派词人作词审音协律、句琢字炼，用空灵高洁的词笔抒写风雅的襟怀和清远的情趣，词的内容和形式皆归于雅正。

朱彝尊《词综发凡》云：“世人言词必称北宋，然词至南宋始极其工，至宋季始极其变，姜尧章氏最为杰出。”[①] 就词史的发展和影响而言，白石开端的“清雅词”一派，代表了词史嬗变的必然结果。应该说，词体自其诞生起，就开始了“俗”与“雅”之间的消长演进。原生民间词的“歌场”娱乐文学与后世文人词的“案头”抒情文学，其间的差别是显然易见的。这种差别昭示出：朴质趋俗，是词体文学生成的初始状态；而去俗从雅，则是词体文学发展的最终结果。原生于民间市坊里巷的曲子词，经晚唐五代文人之手逐渐趋于清丽文雅；到北宋遂蔚然形成雅词主流，并随不断“雅化”而逐渐疏离歌场舞榭，到南宋姜夔、吴文英等手里，最终成为主要供文人案头吟咏的新诗体，完成了它从俗到雅的彻底转变。

第三节　宋代士林的“尚雅”取向

白石及清雅词派的出现之必然，还在于这是一个文人士大夫“崇雅”的时代。到了宋代，“‘雅俗’作为评价人格及文学艺术方面的标准，更为突出和强调，从而成为成熟恒定的价值观念和审美观念”[②]，而“崇雅黜俗”凝定为文人士大夫的集体意识，并外化为一种“雅”的审美追求和艺术化的文化生活追求。

一　理学的规范与净化：儒雅的文化人格

瑞士心理学家卡尔·荣格认为：“一切文化最后都沉淀为人格。”[③]

① （清）朱彝尊撰，（清）汪森编，李庆甲校点：《词综》，上海古籍出版社 2014 年版，第 4 页。

② 王水照主编：《宋代文学通论》，河南大学出版社 1977 年版，第 50 页。

③ ［瑞士］卡尔·荣格：《论心理学与诗歌的关系》，［瑞士］卡尔·荣格著，冯川、苏克译：《心理学与文学》，生活·读书·新知三联书店 1987 年版，第 223 页。

个人的文化，最后成为个人的人格；一个民族的文化，最后就成为这个民族的集体人格。宋代在思想层面“三教合一”，文人士大夫找到了有助于达到精神和谐、人格平衡的有效方略：儒释道三教贯通。这种融通的文化，滋养出宋代士林雅的文化人格，他们的“尚雅”脱俗，追求淡泊、清雅的情致趣味，明显受到理学和佛、道的濡染。

宋代佛教最为兴盛的是禅宗和净土宗，南宋文士普遍“尚雅”的背后是对佛禅独钟的精神世界和文化意趣。在与中土固有的儒家文化交流中，佛教亦接纳儒家的术语，如“清雅”一词在佛典中频频出现，并常用来形容超尘脱俗的佛教徒的谈吐、高僧的气质以及梵乐的空灵清妙。清客雅士的姜夔，对佛、道有着深厚的研究，他清雅的风度、高雅的人格和淡雅的艺术追求，皆与佛教徒崇尚清雅、超越世俗的精神相通。清雅风流之士张炎更是虔诚的信徒，曾为大觉寺捐赠无尽灯一座[①]，深受佛教思想浸染的他，对词的艺术精神的追求就是“清空”二字，南宋末与清雅词人们于清韵空灵的西湖赏梅观荷、酬唱填词。

当然，作为主流意识的理学，对宋代士林“尚雅”文化心态的影响更为深刻。儒门中人如周敦颐、张载、程颢、程颐、朱熹，正是在三教融通的基础上汲取释、道精华，将儒学改造为以性命义理之学为主体的理学体系。它从哲学本体论的高度，对封建制度和伦理纲常进行了充分的解释和论证，从而成为统治阶层的主流意识和官方哲学，渗透到政治、文化、伦理和社会生活的诸多方面。

宋初，太祖“尚文抑武”用文吏取代武臣，“自时厥后，子孙相承，上之为人君者，无不典学；下之为人臣者，自宰相以至令录，无不擢科。海内文士，彬彬辈出焉”[②]。传为宋真宗所撰《劝学篇》云：“男儿欲遂平生志，六经勤向窗前读。”[③] 宋代士人为登第

---

① （元）释明本撰，释慈寂等编《天目中峰和尚广录·大觉寺无尽灯记》：“大圆觉场开莲花峰，有旃檀林、龙泉围、绕梅野。居士张公叔夏施财造无尽灯一座，复舍腴田若干亩，用充膏油，持以供养。”

② （元）脱脱等：《宋史·文苑传序》卷一九八，中华书局 1977 年版，第 12997 页。

③ 引自坊间本《绘图解人颐》卷一。

遂志而饱读经史诗书，深受儒家正统思想的教育与熏陶，“中和雅正”、彬彬文雅形成士人尚雅去俗的文化心理和文化人格。村上哲见《唐五代北宋词研究》说：

> 到了宋代，随着科举制度的整顿和彻底化，较之血统关系，更加重视一个个的人是否适合做士大夫，同时以格外明确的方式认识了士大夫的应有状态和士君子的理念。例如对雅俗的区别，感觉变得敏锐起来。①
>
> 而在那理念中，毫无疑问，“雅”成了最重要的属性之一。敏锐地区别“雅俗之见”，雅与俗，爱雅而排俗，这是要求士大夫具备的最起码的资格。这种感觉已有长久的传统，这是毋庸赘言的，但是随着如上所述的阶层状况的变化，它成了更加自觉和明确的认识。②

村上哲见指出：宋代随着科举制的彻底化，士大夫理念中“‘雅’成了最重要的属性之一”。“雅”为正统观念已有长久的传统，但在宋代“它成了更加自觉和明确的认识”。在士君子理念和人格审美意识上，士大夫精英们自觉地追求“儒雅”而断然“排俗”，如黄庭坚《书嵇叔夜诗与侄榎》云：“士生于世，可以百为，唯不可俗，俗便不可医也。”③

北宋程颢开其端、南宋陆九渊大启其门径的“心学”，与朱熹的“理学”形成分庭抗礼之势，而宋代心学、理学的兴盛，对文人士大夫起到了规范思想行为和塑造、净化人格的作用，使宋代士人的精神世界向理性主义复归。儒家传统文化主张雅正与节制，所提倡的“礼”，不仅是外在的礼法、礼俗、礼仪等社会秩序，还是一种精神实质的仁义道德，“立于礼”，即生命主体——人之立身行事

---

① ［日］村上哲见著，杨铁婴译：《唐五代北宋词研究》，陕西人民出版社 1987 年版，第 157 页。

② ［日］村上哲见著，杨铁婴译：《唐五代北宋词研究》，陕西人民出版社 1987 年版，第 226 页。

③ （清）刘熙载：《艺概·书概》卷五引，上海古籍出版社 1978 年版，第 161 页。

严格遵循“礼”的规定，并将外在的规范转化为内在自觉的行为。同时，理学并不是禁绝一切情欲，而是主张情“发而皆中节”[①]，以“理”节“情”而合乎礼义道德。在这种伦理化环境中，“伦理条件与文学家双向反复交流，很自然地，伦理价值成了文学家的自觉价值，并构成了中国文学家独特的伦理人格”[②]。宋代社会在理学伦理观念的熏染和规范下，文人士大夫由唐人的务求事功转而追求个体人格的自我完善，一般有着道德理性的自我约束，虽然蓄妓宴饮蔚成风气，但不能“过”之，不能低俗，而是追求一种雅而不俗的诗酒风流。风流才子柳永长年混迹歌楼妓馆，沉溺于歌酒狎妓甚至流于鄙俗，故遭到文人雅士们的批评与鄙夷以及统治阶层的排斥。

至南宋中后期，朱熹、张拭、吕祖谦、陆九渊等各立门户，理学呈现出鼎盛局面，继而朝廷大力倡导扶持理学，并用以规范士人、匡正士风。刘扬忠先生指出：“理学盛行后的南宋儒生士人比起北宋更加温文尔雅，举止‘中节’而合‘理’，其文化行为（包括创作）更加重守道义，潇洒而又厚德，山水云林、清笙幽笛、品竹赏梅等等，成为主要的好尚”[③]。其文化娱乐生活更趋理性化，多雅兴雅趣而不堕入庸俗恶俗。

宋词所蕴含的“雅”的文化精神，是宋代士林人格心理和价值取向的真实体现。一代之学术的理学与一代之文学的词，两者或离或合相关联，“代表着圣人之道的理学，以诗教为标准，裁约着宋词的审美观念。无论是北宋时期理学家对词的摒弃，还是南宋时期理学家对词学的靠拢，都体现了这一尺度”[④]。北宋时期，讲求修身养性的正统理学，以传统诗教为标准制约离经背道“言情”的词，

① （汉）戴圣编，（汉）郑玄注：《礼记·中庸》，（宋）朱熹注：《四书章句集注》，中华书局1983年版，第18页。

② 苏桂宁：《宗法伦理精神与中国诗学》，生活·读书·新知三联书店2002年版，第13页。

③ 刘扬忠：《南宋中后期的文化环境与词派的衍变》，《中国社会科学院研究生院学报》1997年第6期。

④ 常言：《论理学对宋词的影响》，《西北师大学报》2002年第4期。

对晚唐五代以来词的娱宾遣兴、"主乎淫"① 采取排斥的态度。刘克庄《〈黄孝迈长短句〉跋》云：

> 为洛学者皆崇性理而抑文艺，词尤艺文之下者，昉于唐而盛于本朝。秦郎"和天也瘦"之句，脱换李贺语耳，而伊川（程颐）有"亵渎上穹"之诮，岂惟伊川哉。秀上人罪鲁直劝淫，冯当世愿小晏损才补德，故雅人修士，相诫不为。②

然而词在北宋中后期，有"向主流文化悄然回归"的趋势③。自北宋后期至南宋，苏轼之旷雅、周邦彦之典雅、辛弃疾之健雅、姜夔之清雅，词不断地被雅化。随着雅词的兴起，理学家词人群体出现在南宋词坛，如活跃于孝宗、光宗、宁宗三朝的信州词人群，以韩元吉、赵蕃、韩淲等为代表，崇信朱（熹）、陆（九渊）之学，多填词联吟酬唱，词中不乏理学义理化情趣。大理学家朱熹亦以清润雅正染笔填词，并与当时词名颇盛的陆游、辛弃疾情谊深厚，与姜夔也有交游。时，理学与词由排斥转而相互靠拢，一些理学词汇如"格物致知"、"正心诚意"、"修身养性"等也见于词篇，如王迈的《沁园春》、沈瀛的《醉落魄》等。同时，儒学诗骚义理的文艺观也贯通于论词，南宋初鲖阳居士《〈复雅歌词〉序略》批评晚唐五代"流于淫艳猥亵"，并指责北宋词坛云：

> 我宋之兴，宗工巨儒，文力妙于天下者，犹祖其遗风，荡而不知所止。脱于芒端，而四方传唱，敏若风雨，人人歆艳，咀味于朋游樽俎之间，以是为相乐也。其韫骚雅之趣者，百一二而已。④

---

① （宋）汪莘《方壶诗余·序》："唐宋以来，词人多矣。其词主乎淫，谓不淫非词也。"

② （宋）刘克庄：《〈黄孝迈长短句〉跋》，金启华、张惠民等编：《唐宋词集序跋汇编》，江苏教育出版社 1990 年版，第 263 页。冯当世：据（宋）邵博《邵氏闻见后录》，劝小晏"损才补德"的应是韩维。

③ 沈家庄：《宋词的文化定位》，湖南人民出版社 2005 年版，第 321 页。

④ （宋）鲖阳居士：《〈复雅歌词〉序略》，金启华、张惠民编：《唐宋词集序跋汇编》，江苏教育出版社 1990 年版，第 364 页。

鲖阳居士认为今之词即古诗之裔，而四方传唱的词“人人歆艳，咀味于朋游樽俎之间”，古之“骚雅之趣”百无一二。这是第一次在词中提出“骚雅”，后人们评词多从其所论，如周密《浩然斋雅谈》云：李彭老词笔妙一世，“张直夫（侃）尝为词叙云：‘靡丽不失为国风之正，闲雅不失为骚雅之赋’”①。到张炎的《词源》，“骚雅说”是其词论核心，“雅正”、“清空”成为他论词的最高审美标准和艺术境界。浅斟低唱、游赏吟唱的词，原本为唐宋文人士大夫宴饮酬唱等文化娱乐生活的承载体、传播体，词之趋雅、尚雅与享乐世风、雅玩士风必然交互影响，形成“崇雅黜俗”审美取向的互动。

二　饱读诗书的滋养：清雅的书卷气息

陈寅恪《金明馆丛稿二编》云：“华夏民族之文化，历数千年之演进，造极于赵宋之世。”② 宋之前，华夏民族文化已有了相当丰厚的积累，而宋代则在此基础上更有了继往开来的发展和建树。一般论文学，以“唐宋”并称；论绘画，以“宋元”并提；而论学术思想，则更以“汉宋”对举。

宋代，可以说是一个墨香氤氲的时代。宋立国之初，“削平诸国，收其图籍，及下诏遣使购求散亡”③，以增益昭文馆、史馆、集贤院三馆之书，至徽宗时编撰《秘书总目》，总计卷数达55923卷，但据《宋史·艺文志》记载：“迨夫靖康之难，而宣和馆阁之储，荡然靡遗。”④ 后经南宋朝廷的搜求、恢复，至嘉定十三年（1220）编撰《中兴馆阁续书目》时，藏书总量达59429卷。⑤ 叶德辉《书林清话·叙》云：“书籍自唐时镂版以来，至天水一朝，

① （宋）周密：《浩然斋雅谈》卷下，唐圭璋编：《词话丛编》第一册，中华书局1986年版，第226页。

② 陈寅恪：《邓广铭〈宋史职官志考证〉序》，陈寅恪：《金明馆丛稿二编》，生活·读书·新知三联书店2015年版，第245页。

③ （元）脱脱等：《宋史·艺文志》卷二〇二，中华书局1977年版，第5032页。

④ （元）脱脱等：《宋史·艺文志》卷二〇二，中华书局1977年版，第5033页。

⑤ 姚兆余：《宋代文化的生成背景及其特点》，《甘肃社会科学》2001年第1期。

号为极盛。”[①] 由于时代文化精神的丰富滋养，宋代士林多饱学之才士，文人士大夫的“雅”由书香熏染出来。

宋代士人学识广博、学养深厚，散发出浓郁的书卷气息，其读书之勤奋为他朝所难及，这在宋诗里多有描述，如晁冲之《夜行》：“孤村到晓犹灯火，知有人家夜读书。”魏野《晨兴》：“烧叶炉中无宿火，读书窗下有残灯。”范仲淹少时寄居长白山（位于今山东邹平县西南）醴泉寺僧舍，日啖凝粥，读书不怠[②]；黄庭坚晚年贬宜州编管，于处境困厄中仍口不停吟、手不辍书。

宋代统治者政治上采取偃武修文的策略，上层的崇文风气对社会的影响很大。宋代文人勤于读书不仅为光耀门楣的世俗功名，也以读书养性为乐事，是一种浸润于书斋化而自乐的生活方式。陆游《跋〈渊明集〉》自述：年十三四岁时“偶见藤床上有渊明诗，因取读之，欣然会心。日且暮，家人呼食，读书方乐。至夜，卒不就食”[③]。杨家麟《史余萃览》云：

> （陆游）作书巢以自处，饮食起居，疾疴呻吟，未尝不与书俱。每至欲起，书围绕左右，如积槁枝，至不得行。时引客观之，客不能入，既入不能出。相与大笑，遂名曰“书巢”。[④]

陆游以读书自娱，至老而好学不辍，有小庵两间取名为“老学庵”，其《读书》诗自云：“吾生本寒儒，老尚把书卷。眼力虽已疲，心意殊未倦。”宋人多有像陆游这样的书巢蠹鱼，而且因为嗜

---

① （清）叶德辉：《书林清话》，上海古籍出版社 2008 年版，第 2 页。天水一朝：指赵宋王朝。天水（今属甘肃），是赵氏的郡望之地，宋朝的国姓为“赵”，故学界又称宋朝为“天水一朝”、“天水一代”。

② （宋）魏泰《东轩笔录》：范仲淹少时家贫，于长白僧舍修学，昼夜不息。每日“惟煮粟米二升，作粥一器，经宿遂凝，以刀画为四块，早晚取二块。断齑数十茎，酢汁半盂，入少盐，暖而啖之。如此者三年。”

③ （宋）陆游：《渭南文集》卷二八，（宋）陆游：《陆游集》第五册，中华书局 1976 年版，第 2252 页。

④ （清）杨家麟：《史余萃览》，丁傅靖辑：《宋人轶事汇编》卷十七，中华书局 1981 年版，第 930 页。

读而雅好藏书，如姜夔一介清客寒士，家无立锥之地而“图书翰墨之藏充栋汗牛”。

蔡绦《西清诗话》记载：

> 元丰中，王文公在金陵，东坡自黄北迁，日与公游，尽论古昔文字，闲即俱味禅悦。公叹息谓人曰：“不知更几百年，方有如此人物。”……又在蒋山时，以近制示东坡，东坡云：“若‘积李兮缟夜，崇桃兮炫昼’，自屈、宋没世，旷千余年，无复《离骚》句法，乃今见之。”荆公曰：“非子瞻见谀，自负亦如此，然未尝为俗子道也。”当是时，想见俗子扫轨矣。①

王安石与苏轼政治派别不同，然一代名臣与一代名士皆为嗜书饱学之士，谈论古今、诗词酬赠之间，俱玩味禅悦、骚雅而排斥庸俗，并引领当时士林之风气。

苏轼《记黄鲁直语》引黄庭坚言：“士大夫三日不读书，则义理不交于胸中，对镜觉面目可憎，向人亦语言无味。”② 宋代士人乐此不疲于一杯清茗、一卷书册，浸润在书斋化的生活里。“腹有诗书气自华”（苏轼《和董传留别》），书本孕育和滋润了宋代文人士大夫内在深厚的人文修养，他们浓郁的书卷气发显在外，为一种清韵绝俗的精神气质和雅而不俗的生活品味。

三　尚雅的审美趣味：雅致的生活追求

宋代文人普遍怀有着“崇雅黜俗”的审美意趣。如黄庭坚论书法：“东坡简札，字形温润，无一点俗气。”③ 朱熹论诗：“要使方寸之中，无一字世俗言语意思，则其诗不期于高远而自高远矣。”④

---

① （宋）蔡绦《西清诗话》，吴文治主编：《宋诗话全编》第三册，江苏古籍出版社 1998 年版，第 2490—2491 页。

② （宋）苏轼撰，孔凡礼点校：《苏轼文集》，《苏轼佚文汇编》卷五，第六册，中华书局 1986 年版，第 2542 页。

③ （宋）黄庭坚：《题东坡字后》，（宋）黄庭坚撰，郑永晓辑校：《黄庭坚全集辑校编》（中），江西人民出版社 2011 年版，第 1093 页。

④ （宋）魏庆之：《诗人玉屑》卷一引，上册，古典文学出版社 1958 年版，第 4 页。

罗大经论文：力赞欧阳修之“温纯雅正，蔼然为仁人之言，粹然为治世之音”①。张炎论词：“古之乐章、乐府、乐歌、乐曲，皆出于雅正。”② “雅”，成为宋代文人大致趋同的审美心理和艺术标准，同时也是一种生活趣味。阮葵生《茶余客话》记载苏轼：

> 凡待过客，非其人，则盛女妓丝竹之声，终日不辍，有数日不接一谈，而过客私谓待己之厚。有佳客至，则屏妓衔杯，坐谈累夕。③

宋人施德操《北窗炙輠》中也有此类记载。名重天下的大文豪苏轼好宾客，其待客分两等：俗客来访，待以女伎丝竹，终日不辍，但自己却数日之内不与之交谈；雅士来访，则摒去声乐歌妓，杯酒之间终日谈笑，与之交流、切磋艺文。因为品茗清谈是待雅士的最佳礼遇，而待俗客侧不妨用歌舞宴饮的俗礼。

南宋罗大经，号“鹤林”，于抚州推官任上，因朝廷纠纷受株连而罢官。被贬后闭门读书，专事著述，撰有笔记《鹤林玉露》甲、乙、丙三编，其自述：

> 农圃家风，渔樵乐事，唐人绝句模写精矣。余摘十首题壁间，每菜羹豆饭饱后，啜苦茗一杯，偃卧松窗竹榻间，令儿童吟诵数过，自谓胜如吹竹弹丝。④

每菜羹豆饭后，于松窗竹榻间啜茗品诗，尤爱品读写农圃家风、渔樵乐事的唐人绝句，自谓胜过歌酒丝竹。可见，宋代士大夫在酒色歌舞、女妓丝竹的享受之外，还有一种品茗诵诗的高情雅趣。

---

① （宋）罗大经撰，王瑞来点校：《鹤林玉露》丙编卷二，《唐宋史料笔记丛刊》，中华书局 1983 年版，第 264 页。

② （宋）张炎：《词源》卷下，中华书局 1991 年版，第 37 页。

③ （清）阮葵生：《茶余客话》，丁传靖辑：《宋人轶事汇编》卷十二，中华书局 1981 年版，第 621 页。

④ （宋）罗大经撰，王瑞来点校：《鹤林玉露》甲编卷二，《唐宋史料笔记丛刊》，中华书局 1983 年版，第 25 页。

其实传统民族文化数千年演进，到宋代出现了一个由雅而俗的转变趋势。文学艺术方面突出的一个表现，如为民众所喜闻乐见的（话本小说、戏文、通俗诗词）说唱、歌舞、戏剧之类俗艺术日趋流行，于瓦舍勾栏演唱、流播的词，亦随市民文化的兴起而盛。兼容并蓄而具有“整合性”的宋代文化，体现为平民俗文化和士人雅文化以及这两个层面的交互作用，但其主流文化还是士大夫精英文化，是“雅”文化，所以，文人士大夫们在雅俗同时承载时，更多地表现出对“雅”的生活享乐和审美追求。

“人是文化的生物”[①]，这是德国文化人类学家兰德曼的主要论题之一。这个命题所包含的内容，即人是文化的存在，是社会、历史和传统的存在，它有两层含义：人创造了文化，同时又被文化所创造。宋代文人士大夫产生了雅的主流文化，同时“崇雅”的精英文化也塑造了他们，决定了他们雅的精神追求、雅的生活方式及其存在。

第四节　宋代文人的“雅玩”

张端义《贵耳集》云：“汉人尚气好博，晋人尚旷好醉，唐人尚文好狎”，至于本朝，他的评断是“宋人尚名好贪”。[②] 此为中肯之言，深刻揭示了宋代特别是南宋人们文化娱乐心理的两面：“尚名”，指对风雅、雅趣之雅名的崇尚；“好贪”，指对歌酒游乐物质生活的贪图。不以耽玩为耻，是宋代文人士大夫的趋同化心理，比之前代，宋人的世俗享乐为盛而又更多尚“雅”倾向，这两方面貌似矛盾而实则统一。

在宋代极富包容性的特定的思想文化背景下，宋代文人普遍具有一种二元悖反心态和多重文化人格。周密《武林旧事·序》云：“朝歌暮嬉，酣玩岁月，意谓人生正若如此。”[③] 这是宋人一种朝歌

① ［德］米夏埃尔·兰德曼：《哲学人类学》，贵州人民出版社2006年版，第206页。

② （宋）张端义：《贵耳集》卷下，中华书局1985年版，第54页。

③ （宋）周密：《武林旧事·序》，浙江人民出版社1984年版，卷首。

暮舞、声色犬马的“酣玩”；而山水园林、清笙幽笛、品茗赏梅、诗酒唱酬等，这是宋人高情雅趣的“雅玩”。诚如杨海明先生指出的：“酣玩”与“雅玩”，“虽都带有一定程度的‘玩世’意味，但其间自又存在着偏重于物质享受和偏重于精神享受的不同，更还存在着粗鄙与精细、庸俗与优雅的差异”①。前者听歌饮酒、醉眼观舞，充溢着灯红酒绿的绮靡气息；后者品花赏月、观山听松，散漫出高雅闲适的生活情趣。宋人既过着纵情欢娱的“酣玩”生活，又不乏对人生诗意消遣的精细品赏——“雅玩”，这与时人普遍追求的生活方式密切相联系——亦俗亦雅，而文人士大夫多偏重于后者。

古代公休日制度最早出现在汉代，据文献记载：“休假亦曰‘休沐’，汉律：吏五日得一休沐，言休息以洗沐也。”② 到了唐高宗的“永徽之治”，“上以天下无虞，百司务简，每至旬假，许不视事，以与百僚休沐”③。唐代王勃《滕王阁序》云：“十旬休假，胜友如云。”宋词中也多有写到“休务”，如苏轼《临江仙·冬日即事》：“自古相从休务日，何妨低唱微吟。”赵以夫《二郎神·次方时父送春》：“任诗卷抛荒，棋枰休务，寂寞风帘舞絮。”宋代文人士大夫有着优越的物质生活水准、社会地位以及较高的文化修养，当是社会的“有闲”阶层，如周密《少年游·赋汗云轩》云：“花外琴台，竹边棋墅，处处是闲情。”赵文《苏幕遮·春情》云：“几许闲情，百计难消遣。”他们于公休日或闲居里，将其“闲情”释放和消遣在赋诗填词、游园赏花、春游秋泛、宴饮唱酬之类“雅玩”活动中。

一　园池林苑的闲适之乐

唐宋时的文人官僚，案头文牍的忙碌之余，往往于公余时间宴集游乐，或者是“致仕”之后闲居清游。于是皇家御园、贵族私家林苑以及一般士大夫们的私人园宅，那些清幽秀丽的园池馆阁，便

① 杨海明：《唐宋词与人生》，河北人民出版社2002年版，第224页。

② （唐）徐坚等奉敕撰：《初学记》卷二十，中华书局1982年版，第482页。

③ （宋）王溥：《唐会要》卷八十二，中华书局1990年版，第1518页。唐宋官吏实行“旬休”制，休息日一般停止公务，故又称“休务”。

成了官吏们和文人雅士的“雅玩”场所。

（一）张镃的“南湖”乐事

张镃（1153—1221?），字功甫，号“约斋”，先世成纪（今甘肃天水）人，寓居临安。能诗、擅词、善画，陆游、杨万里、尤袤、辛弃疾、姜夔等皆与之交游。出身贵族豪门，继承祖产而家财巨富，过着“半隐”式的豪奢而闲适的生活，“一时名士大夫，莫不交游，其园池声妓服玩之丽甲天下”①。

杨万里《〈约斋南湖集〉序》云：“初，予因里中浮屠德璘谈循王之曾孙约斋子有能诗声（词曲），余固心慕之，然犹以为贵公子，未敢即也。既而访陆务观于西湖之上，适约斋子在焉。则深目颦蹙，寒肩臞膝，坐于一草堂之下，而其意若在岩岳云月之外者，盖非贵公子也，始恨识之之晚。”杨万里与张镃初见，其深目瘦肩，气骨清癯，坐一草堂之下，“意若在岩岳云月之外”，全然无贵族公子之纨绔气，以致杨万里有相见恨晚之叹。并为之“题像”云：

> 香火斋祓，伊蒲文物，一何佛也；襟带诗书，步武璚琚，又何儒也；门有朱履，坐有桃李，一何佳公子也；冰茹雪食，凋碎月魄，又何穷诗客也。②

张镃乃洒脱至极之人，集为佛、为儒、雅士、诗客于一身。他在所营建的“南湖别墅”长日逍遥，《张约斋赏心乐事》自序云：“每适意时，相羊（徘徊）小园，殆觉风景与人为一。闲引客携觞，或幅巾曳杖，啸歌往来，淡然忘归。”③ 并将一年12个月的宴饮游赏次第写来，名之曰“赏心乐事”，其中记叙大略摘取如下：

> 正月孟春揽月桥看新柳，二月仲春南湖泛舟，三月季春曲

① （宋）周密撰，张茂鹏点校：《齐东野语》卷二十，《唐宋史料笔记丛刊》，中华书局1983年版，第374页。

② （宋）杨万里：《张功父画像赞》，（宋）杨万里撰，辛更儒笺校：《杨万里集笺校》第七册，中华书局2007年版，第3740页。

③ （宋）周密：《武林旧事》卷十引，浙江人民出版社1984年版，第159页。

水流觞；

四月孟夏芙蓉池赏新荷，五月仲夏水北书院采蘋，六月季夏碧宇竹林避暑；

七月孟秋南湖观鱼，八月仲秋浙江亭观潮，九月季秋把菊亭采菊；

十月孟冬诗禅堂试香，十一月仲冬孤山探梅，十二月季冬南湖赏雪。①

南湖别墅的“赏心乐事”逐月不同，大量的是斗草采苹、观鱼泛舟、品茶流觞、踏雪寻梅之类的雅趣。

（二）毛滂的“东堂”吟咏

毛滂（约1061—1124?），字泽民，衢州江山（今属浙江）人。北宋一大家，开潇洒俊逸之风，著有《东堂词》。宋哲宗元符二年（1099），任武康（今属浙江）县令，《武康县志》记载他：“慈惠爱下，政平治简。暇则游山水，咏歌以自适。”② 原衙内前任筑有“尽心堂”，衙吏告知：“前大夫忧民劳苦，眠饭于簿书狱讼间”，故取此名。但毛滂到任时，早已“菌生梁上，鼠走户内，东西两便室，蛛网粘尘，蒙络窗户”（毛滂《蓦山溪·序》），于是重加修葺，改建为“东堂”新园宅。其旁修造有生远楼、画舫斋、潜玉庵、寒秀亭、阳春亭、花坞、蝶径，并垒石为渔矶、编竹为鹤巢，植荼蘼花于阳春亭西窗。于政事公务之外，营建了一个闲来游玩休憩之所。其以“东堂”为题的《蓦山溪》词云：

东堂先晓，帘挂扶桑暖。画舫寄江湖，倚小楼、心随望远。水边竹畔，石瘦藓花寒。秀阴遮，潜玉梦，鹤下渔矶晚。　藏花小坞，蝶径深深见。彩笔赋阳春，看藻思、飘飘云半。烟拖山翠，和月冷西窗。玻璃盏，葡萄酒，旋落酴醾片。

---

① （宋）周密：《武林旧事·张约斋赏心乐事》卷十，浙江人民出版社1984年版，第159—162页。

② （宋）毛滂撰，周少雄点校：《毛滂集》附录，浙江古籍出版社1999年版，第269页。

晨起沐日，闲倚小楼；午梦花荫，蝶径徜徉；晚傍西窗，月下饮酒。衙门公务之外的休闲生活是何等惬意。这，从毛滂《东堂词》的许多词及词序中也可见得，如“春晚与诸君饮”（《清乎乐》），“寒食初晴，东堂对酒”（《浣溪沙》），“松斋夜雨留客，戏追往事”（《浣溪沙》），“月夜对梅小酌”（《浣溪沙》），“东堂小酌，赋秋月”（《南歌子》）等。清人楼敬思读《东堂词》后，艳羡不已云：

> 迄今读《山花子》、《剔银灯》、《西江月》诸词，想见一时主宾试茶劝酒、竞渡观灯、伐柳看山、插花剧饮，风流跌宕，承平盛事。试取“听讼阴中苔自绿，舞衣红”之句，曼声歌之，不禁低徊欲绝。[①]

（三）范成大的“石湖”闲适

范成大乃风雅之士，“无论在朝抑或在野，均过着闲适潇洒的雅士生活”[②]。淳熙二年（1175），任四川制置使期间，凡可用之人才悉招至幕下，不拘于小节而用其所长，优秀突出者上书荐之朝廷。每于政务之余，与幕僚们游山观水、吟赏烟霞，赋诗填词以佐酒欢。时，陆游入其幕府，两人同以诗名一时，并列为“中兴四大家”，“主宾唱酬，短章大篇，人争传诵之”[③]。陆游所撰《〈范待制诗集〉序》记载：

> 公时从其属及四方之宾客，饮酒赋诗。公素以诗名一代，故落纸笔墨未及燥，士女万人已更传诵。披之乐府弦歌，或题写素屏、团扇，更相遗赠。盖自蜀置帅守以来未有也。[④]

---

① （清）楼敬思：《书毛滂〈惜分飞〉词后》，（宋）毛滂撰，周少雄点校：《毛滂集》附录，浙江古籍出版社1999年版，第273页。

② 邓乔彬、宫洪涛：《〈石湖词〉叙论》，《苏州大学学报》2009年第3期。

③ （清）沈雄编撰，孙克强、刘军政导读：《古今词话》引刘漫塘语，上海古籍出版社2009年版，第31页。

④ （宋）陆游：《渭南文集》卷十四，（宋）陆游：《陆游集》第五册，中华书局1976年版，第2098页。

宋孝宗乾道八年（1172），石湖别墅建成，其兴筑规模为宏构巨制，依随地势高下建造亭台楼榭，遍栽花木，有农圃堂、盟鸥亭、绮川亭、天镜阁、玉雪坡、千岩观诸胜，宋孝宗御书“石湖”二字赐之。范成大于淳熙十年（1183），病归故里，其《醉落魄》词云：“花久影吹笙，满地淡黄月。”以蕴藉之笔，写退居石湖的悠闲清雅，被历代评家所激赏：“‘淡黄月’句已颇清新，更有吹笙人在花影中，风情绝妙。”①

石湖为山庄园林之胜景，也是文人雅士的聚饮之地。范成大于此广交天下雅士，常与友人饮酒唱酬，曾作《满江红》小序云：“始生之日，丘宗卿使君携具来为寿，坐中赋词，次韵谢之。”其词曰：“竹里行厨，来问讯、诸侯宾老。春满座、弹丝未遍，挥毫先了。”“竹里兴厨”，即与宾客临时在竹林设座宴饮。春风满座、高朋满座，丝竹歌吹未尽，挥毫填词已了，颇见宾主之雅趣逸兴。

宋代的皇室贵族、官僚士大夫们，多好修筑亭榭台阁。李格非《洛阳名园记》记载北宋时期洛阳一地的私家名园19所，其跋言感叹道：“呜呼！公卿大夫方进于朝，放乎一己之私以自为，而忘天下之治忽，欲退享此乐，得乎？唐之末路是矣！”② 他以对国家安危的忧思斥责大兴园林池苑之奢风，但从该书对所记诸园的规模、布局、景观的翔实描述中，却也不难看出北宋士大夫对园池情有独钟。到了南宋，由于地枕江南青山秀水，尤其是建都于山水佳美的杭州，其园池之盛更远超过北宋。耐得翁《都城纪胜·园苑》记载京城临安苑园50余所，杭州城之内、外、东、西、南、北仅以“园”命名的略列举如下：

城内：内贵王氏富览园、御东园、杨府秀芳园等；
城东：东御园（今名富景园）、五柳御园等；

① 俞陛云：《唐五代两宋词选释》，上海古籍出版社1985年版，第359页。

② （宋）李格非：《洛阳名园记》，中华书局1985年版，第18—19页。《洛阳名园记》：此书作者，（宋）陈振孙《书录解题》、（宋）晁公武《郡斋读书志》俱载李格非撰，（宋）邵博《邵氏闻见后录》卷十七全载此书，标“格非”名。（明）毛晋《津逮祕书》误题“华州李廌”撰，《丛书集成初编》亦标李廌记。

城西：聚景御园、张府七位曹园、下竺寺御园等；

城南：玉津御园、内贵张侯壮观园等；

城北：赵郭家园等；

沿苏堤：三贤堂园、九里松嬉游园等；

钱塘门外：裴府山涛园、赵秀王府水月园、张府凝碧园等；

涌金门外：张府泳泽园、慈明殿环碧园等。①

“其余贵府富室大小园馆，犹有不知其名者”②，不知还有多少！宋人园林之盛与游赏之乐自然相联系，当官僚士大夫为官、贬官或致仕，一般尽其财力营建或豪侈或简朴的宅院、亭阁、园池，于其中娱情遣兴、雅集聚饮。

二　清野山水的泛舟之兴

天高气爽、月明水澈的秋季，文人往往生发清流泛舟的雅兴。如姜夔依人寄居一生漂泊，而寄情山水、游赏山水的雅志不减，其《湘月·序》所记：

> 丙午七月既望……大舟浮湘，放乎中流。山水空寒，烟月交映，凄然其为秋也。坐客皆小冠练服，或弹琴，或浩歌，或自酌，或援笔搜句。……

此小序勾画了一幅“湘江雅集”的泛舟画卷：山水空寒、烟月交映，月冷汀洲、中流容与，画楫舟中“坐客、多少风流名胜”（《湘月》），或弹琴、或浩歌、或自酌、或援笔，皆清雅萧闲，似晋宋雅士风流再现。

姜夔另有一些游西湖、鉴湖以及游越中山水等词篇，都表现了文人泛舟的清雅情趣。如其《徵招·序》云：“越中山水幽远。予

① （宋）耐得翁：《都城纪胜·园苑》，（宋）孟元老等：《东京梦华录（外四种）》，文化艺术出版社1998年版，第87—88页。

② （宋）耐得翁：《都城纪胜·园苑》，（宋）孟元老等：《东京梦华录（外四种）》，文化艺术出版社1998年版，第88页。

数上下西兴、钱清间，襟抱清旷。越人善为舟，卷篷方底，舟师行歌，徐徐曳之，如偃卧榻上，无动摇突兀势，以故得尽情骋望。”并于词中写道：“客途今倦矣。漫赢得、一襟诗思。记忆江南，落帆沙际，此行还是。”词人舟游越中山水，一水清幽、一襟清旷，于怡情山水中释放自我心性，得适性自乐之雅趣。

月下大江泛舟，最盛名的是苏轼。宋神宗元丰五年（1082）苏轼贬谪黄州时，曾先后两次与友人月夜泛舟于赤壁（赤鼻矶），写下了两篇以赤壁为题的赋。其《前赤壁赋》云：

> 壬戌之秋，七月既望，苏子与客泛舟游于赤壁之下。清风徐来，水波不兴。举酒属客，诵明月之诗，歌窈窕之章。少焉，月出于东山之上，徘徊于斗牛之间。白露横江，水光接天。纵一苇之所如，凌万顷之茫然。①

一叶扁舟，在浩瀚无涯的江面随波飘荡，悠悠忽忽遗世独立。浩瀚永恒的江水与豁达洒脱的襟怀一并腾跃而出：“惟江上之清风，与山间之明月，耳得之而为声，目遇之而成色，取之无禁，用之不竭。是造物者之无尽藏也，而吾与子之所共适。”于是，世事无常、宦海浮沉的一怀惆怅涣然冰释，“相与枕藉乎舟中，不知东方之既白”。其泛舟游乐之极，而至忘怀得失、超然物外的境界。

苏轼在黄州时还有蕲水舟游，其《西江月》小序记载：

> 顷在黄州，春夜行蕲水中，过酒家饮。酒醉，乘月至一溪桥上，解鞍曲肱，醉卧少休。及觉已晓，乱山攒拥，流水锵然，疑非尘世也。书此语桥柱上。

春夜，乘月舟行蕲水，“乱山攒拥，流水锵然，疑非尘世也”。作《西江月》词云：“可惜一溪风月，莫教踏碎琼瑶。解鞍欹枕绿

① （宋）苏轼撰，孔凡礼点校：《苏轼文集》卷一，第一册，中华书局1986年版，第5—6页。

杨桥，杜宇一声春晓。”如此春夜行舟、醉卧溪桥，去尽了人世一切尘俗之物象，只剩下一溪风月与词人心灵的对话与交融。苏轼，无论是赤壁泛舟之“浩”游，还是蕲水泛舟之“幽”游，都将己身归依自然、融于自然，达到了“天人合一”的境界。其高旷之胸襟、清雅之情趣，如清代方苞读《前赤壁赋》所叹赏曰：“良由身闲地旷，胸无杂物，触处流露。”①

三　赏花游乐的品咏之趣

在统治阶层大兴宴游之风的背景下，宋代赏花风俗之盛。宋代朝廷为点缀太平气象、融洽君臣之间关系，四季筵宴不断，并将赏花钓鱼、曲宴赋诗作为常例规定下来。李焘《续资治通鉴长编》记载，宋太宗雍熙元年（984）：

> 召宰相近臣赏花于后苑。上曰：“春风暄和，万物畅茂，四方无事，朕以天下之乐为乐，宜令侍从词臣各赋诗。”赏花赋诗自此始。②

宋代王公贵族也多赏花观月、赋词酬唱的雅兴。如张镃在自家南湖园赏花，所撰《玉照堂词》中，以之为词题写有《好事近·拥绣堂看天花》、《玉团儿·香月堂古桂数十株着花，因赋》、《念奴娇·宜雨亭咏千叶海棠》、《烛影摇红·灯夕玉照堂梅花正开》等。张镃的赏花，自是贵胄公子的“雅玩”，其《昭君怨》：

> 月在碧虚中住，人向乱荷中去。花气杂风凉，满船香。
> 云被歌声摇动，酒被诗情掇送。醉里卧花心，拥红衾。

“醉里卧花心，拥红衾”，乃携妓观荷的声色之乐，但词人写来月色云影、花气歌声，晕染出了一片诗情画意，不见亵玩的酒色

① （清）姚鼐编纂，吴孟复、蒋立甫主编：《古文辞类纂评注》中册，安徽教育出版社1995年版，第2102页。

② （宋）李焘：《续资治通鉴长编》卷二五，中华书局2004年版，第575页。

味，只是一种“雅玩”情趣。

贵族士大夫的高宅华府，其宴饮游赏都有清客们陪侍的身影。姜夔生性原本爱花，曾“以盆莲数十置中庭，宴客其中”（吴文英《拜星月慢·序》）。依张鉴、张镃兄弟居杭州十年，多从其游，自然也受到南湖赏花乐事的薰染，故其词中多写到花，如《鹧鸪天·丁巳元日》：“慵对客，缓开门，梅花闲伴老来身。”《蓦山溪》：“荷苒苒，展凉云，横卧虹千尺。”《虞美人·赋牡丹》：“玉笙凉夜隔帘吹，卧看花梢摇动、一枝枝。”《少年游·戏平甫》：“杨柳津头，梨花墙外，心事两人知。”《鹧鸪天》：“芙蓉影暗三更后，卧听邻娃笑语归。”所赏梅花、荷花、牡丹、梨花、芙蓉，不一而足，让人嗅到一径芳气、一襟清气。

宋人爱花赏花是自上而下的，邵伯温《邵氏闻见录》记载，北宋西京洛阳：

> 岁正月梅已开，二月桃李杂花盛，三月牡丹开。于花盛处作园圃，四方伎艺举集，都人士女，载酒争出，择园亭胜地，上下池台间，引满歌呼，不复问其主人。抵暮，游花市，以筠笼卖花，虽贫者亦戴花饮酒相乐。①

每于春季的园圃花市，赏花、卖花，四方伎艺聚集，都人士女争相出游，“贫者亦戴花饮酒相乐”，呈现出“以天下之乐为乐”的世俗化倾向。其文人赏花趋于世俗化，而平民则趋于雅致化，形成一种雅俗共赏的文化娱乐活动，传达出随着宋代平民文化的兴起，宋人在赏花游乐方面独特的审美追求和文化内涵。

唐人也爱赏花，最爱是象征着雍容华贵的国色天香的牡丹；而宋人以富丽为俗、以平淡为雅，最爱赏爱吟的则是清雅的梅花。《四库全书总目·〈梅花字字香〉提要》云：

① （宋）邵伯温：《邵氏闻见录》卷十七，《唐宋史料笔记丛刊》，中华书局 1983 版，第 186 页。

《离骚》遍撷香草，独不及梅。六代及唐，渐有赋咏，而偶然寄意，视之亦与诸花等。自北宋林逋诸人递相矜重“暗香”、“疏影”、“半树”、“横枝”之句，作者始别立品题。①

屈原的《离骚》遍撷众芳香草，独不涉及梅花；六朝及唐代诗歌渐有赋咏，也只视为一般的花卉。到宋代，梅花才受到了普遍青睐，诗家词客们别出“梅花”一类专门吟咏。据统计，《全宋词》、《全宋词补辑》中所咏花卉共计有54种，居前三位的分别是咏梅1 157首、咏荷173首、咏桂172首，② 而以咏梅花为最多。

姜夔、范成大等文人雅士爱梅至深，据姜夔《暗香》小序：

辛亥之冬，予载雪诣石湖。止既月，授简索句，且征新声，作此两曲。石湖把玩不已，使工伎肄习之，音节谐婉，乃名之曰《暗香》、《疏影》。

“辛亥”，此为绍熙二年（1191）。时范成大65岁，告病退居石湖别墅，姜夔雪天赴苏州拜访他。主宾共赏梅花，应范成大之请，姜夔自度新曲创制咏梅词《暗香》、《疏影》两阕。范成大“把玩不已”，将此新词交家妓传习演唱，深赏其音节之清婉、意境之清寂，乃留姜夔逗留一月余，临别，又以歌妓小红赠予他。范成大亦是爱梅成癖的“雅士”，他因爱梅而广收梅之品种，遍植于所居范村，并专门修了一本《范村梅谱》，与张镃《玉照堂梅品》，为宋代梅花文化的一对奇葩。

四　吟社雅集的唱酬之风

宋代由于城市人口的密集和都市经济的发达，宋人多热衷于结社聚会。据周密《武林旧事》记载，当时比较有名的专业性民间娱乐社团有：绯绿社（杂剧）、齐云社（蹴球）、遏云社（唱赚）、清音

① （清）纪昀等：《四库全书总目提要》卷一六七，河北人民出版社2000年版，第4291页。

② 黄杰：《宋词与民俗》，商务印书馆2005年版，第96页。

社（清乐）、锦体社（花绣）、雄辩社（小说）、绘革社（影戏）……[①] 在名目繁多的社团中，吴自牧《梦粱录·社会》特别提出：

> 文士有西湖诗社，此乃行都缙绅之士及四方流寓儒士，寄兴适情赋咏，脍炙人口，流传四方，非其他社集之比。[②]

此“西湖诗社”，乃由京城缙绅之士和四方流寓杭州的文人组成，其“寄兴适情赋咏，脍炙人口”，非其他文人社团可比。

张宏生《江湖诗派研究》指出：“大约在《诗经》时代，唱和的形式便出现了。但是，真正以诗歌形式进行唱和的作品，则是东晋才产生的。其后，经过宋、齐、梁、陈，至唐代逐渐走向繁荣，到宋代达到了鼎盛。”[③] 有宋一代，结社酬唱之风盛行不衰，尤其是南宋达到了空前的规模。在南宋后期江湖诗派活跃的时期，据不完全统计，有山中后社、东嘉诗社、江社、桐阴吟社、江湖社、西湖诗社等。

词的结社酬唱，著名的有南宋末年的“吟台词社”。这是一个清雅词人以京都临安为中心而结成的创作群体，主要成员有张枢、杨缵、周密、张炎、李彭老、王沂孙、陈允平、施岳等。他们以清客雅士的高雅风韵相互标举，追求清空幽邃的审美情趣和清雅淡远的艺术境界，其词体创作有共同遵守的词谱（杨缵《圈法美成词》），有词论（张炎《词源》）、词法（杨缵《作词五要》和张炎《乐笑翁要诀四则》）、词选（周密《绝妙好词》），形成了共同祖法姜夔而又面貌有异的骚雅清空词风。

张镃之孙张枢，一字云窗，自号“寄闲”。他在西湖的南湖别墅“结吟台，出花柳半空间。远迎双塔，下瞰六桥，标之曰‘湖山绘幅’”（周密《瑞鹤仙·序》）。召集文人墨客在此“雅集”赋词，“吟台词社”之名因此而得。周密《瑞鹤仙·序》记载吟台落成时：

---

① （宋）周密：《武林旧事·社会》卷三，浙江人民出版社1984年版，第40页。

② （宋）吴自牧：《梦粱录》卷十九，浙江人民出版社1984年版，第181页。

③ 张宏生：《江湖诗派研究》，中华书局1995年版，第15页。

初筵，翁[1]俾余赋词，主宾皆赏音。酒方行，寄闲出家姬侑尊，所歌则余所赋也。调闲婉而辞甚习，若素能之者，坐客惊诧敏妙，为之尽醉。越日过之，则已大书刻之危（高）栋间矣。

周密词调闲婉的新作才填制完毕，敏妙的歌妓就即席演唱，待到第二天，其词已被镌刻在堂上栋梁之间了。吟社词人们的这种唱酬活动频繁，一般以吟咏湖光山色、园池楼台以及琴棋书画、花鸟虫鱼为题材，相互填词和词，格调清雅，兴味闲适。

幽雅的西子湖，是最能滋养文人雅士风流倜傥、高情雅趣的绝胜之地。吴自牧《梦粱录·西湖》记载：

湖山四时景色最奇者有十，曰：苏堤春晓、曲院荷风、平湖秋月、断桥残雪、柳浪闻莺、花港观鱼、雷峰夕照、两峰插云、南屏晚钟、三潭印月。春则花柳争妍，夏则荷榴竞放，秋则桂子飘香，冬则梅花破玉、瑞雪飞瑶……[2]

“吟台词社”诸人借西湖大逞其才情雅兴，周密与杨缵、张枢等发起“西湖吟社”，结社联咏西湖。周密《采绿吟·序》描述：

甲子夏，霞翁会吟社诸友逃暑于西湖之环碧。琴尊笔研，短葛綀巾，放舟于荷深柳密间。舞影歌尘，远谢耳目。酒酣，采莲叶，探题赋词。

吟社诸友避暑于西湖：放舟泛游，探题赋词，既有坐客吹箫和之，又有歌妓斟酒助兴，“舞影歌尘”，“荷深柳密”，风流与高雅、惬意与闲适于一湖一身。

① 翁：杨缵，字继翁，号“守斋”，又号“紫霞翁”。南宋清雅词派词人。宋度宗时，其女为淑妃，官列卿。善画墨竹，好弹琴，能自度曲，有《紫霞洞谱》、《作词五要》传世。

② （宋）吴自牧：《梦粱录》卷十二，浙江人民出版社 1984 年版，第 106 页。

吟社词人同题赋咏“西湖十景”，就达数十首之多，并相互唱和、联咏竞技。如施岳曾咏西湖，赋得《曲游春·清明湖上》：

> 画舸西泠路，占柳阴花影，芳意如织。小楫冲波，度麹尘扇底，粉香帘隙。岸转斜阳隔，又过尽、别船箫笛。傍断桥、翠绕红围，相对半篙晴色。　顷刻，千山暮碧。向沽酒楼前，犹系金勒。乘月归来，正梨花夜缟，海棠烟幂。院宇明寒食，醉乍醒、一庭春寂。任满身，露湿东风，欲眠未得。

周密觉得此词甚佳，欲胜之，遂次其韵作《曲游春·禁烟湖上薄游》，有佳句云：“看画船尽入西泠，闲却半湖春色。”在写足翠红燕莺、画舸如织、歌吹沸天的热闹之后，笔锋一转，写繁丽过后的西湖终归于一湖寂静清幽——空灵虚静的美。施岳对此两句击节叹赏不已，“谓道人之所未云”①。

南宋末“西湖吟社”的联咏酬唱，郑思肖《〈山中白云词〉序》记述道：

> 自仰扳姜尧章、史邦卿（达祖）、卢蒲江（祖皋）、吴梦窗诸名胜，互相鼓吹春声于繁华世界，飘飘征情，节节弄拍，嘲明月以谑乐，卖落花而赔笑。能令后三十年西湖锦绣山水，犹生清响。不容半点新愁，飞到游人眉睫之上。②

可是仅过十余年，宋德祐二年（1276）杭城沦陷后，一切恍若隔世。一场宋元易代的沧桑巨变，使西湖酬唱随即成了吟社诸人“头白遗民涕不禁”③ 的回忆和伤叹。如张炎的《渡江云》有云：

---

① 周密《曲游春·序》云：“禁烟湖上薄游，施中山赋词甚佳，余因次其韵。盖平时游舫，至午后则尽入里湖，抵暮始出，断桥小驻而归，非习于游者不知也。故中山极击节余‘闲却半湖春色’之句，谓‘能道人之所未云’。”

② （宋）张炎撰，吴则虞校辑：《山中白云词》，中华书局1983年版，第164页。

③ （清）厉鹗：《论词绝句十二首》，（清）厉鹗：《樊榭山房集》卷七，上海古籍出版社2012年版，第512页。

“新烟禁柳，想如今、绿到西湖。犹记得、当年深隐，门掩两三株。愁余。荒洲古溆，断梗疏萍，更漂流何处？空自觉、围羞带减，影怯灯孤。”当年不恤民情国事，吟风弄月，那清赏雅玩的西湖，最终却是“影怯灯孤”的流亡里，抚今追昔的一怀“渺然愁思”。

邓广铭先生指出：“两宋期内的物质文明和精神文明所达到的高度，在整个封建社会时期之内，可以说是空前绝后的”[①]。这一物质和精神文明高度发达的历史时期，在富庶繁荣的社会环境和“崇尚斯文”[②]的文化背景下，生存于其中的士子文人们对于人生享受——物质的或精神的，更趋于情趣化和雅致化。文人士大夫的琴棋书画、品茗玩石、采菊登高、踏雪赏梅、清流泛舟、诗酒酬唱等文化生活，见出清远平淡的心性和清雅绝俗的生命意趣。它是以优渥的物质生活条件为基础的，更是建立在深厚的学养和博富的才情基础之上的，由此构成了宋代士林雅文化生活的主要内容，成为一种“雅玩”的审美风尚和文化时尚。

“崇文盛世”的宋代，是一个偏安文弱而又富庶繁华的朝代，也是文人士大夫诗意消遣的“雅玩”时代。

① 邓广铭：《关于宋史研究的几个问题》，《社会科学战线》1986年第2期。

② （宋）江少虞：《宋朝事实类苑》卷三，上海古籍出版社1981年版，第24页。

第十二章

丧乱词："黍离之悲"的遗民情怀

文学即"人学"，它与人类的情感基型一样具有多种母题，"黍离之悲"是其中之一。《诗经·黍离》："彼黍离离，彼稷之苗。行迈靡靡，中心摇摇。知我者，谓我心忧；不知我者，谓我何求。悠悠苍天，此何人哉！"汉代毛亨《毛诗序》曰："《黍离》闵宗周也。周大夫行役，至于宗周。过故宗庙宫室，尽为禾黍。闵周室之颠覆，彷徨不忍去，而作是诗也。"① 此诗哀痛悲怆，忧悯家国之至，后世遂用"黍离"代指故国之思、亡国之悲，并在文学创作中一再衍生，由此构成了古代文学的悲剧审美情感和文人士大夫特殊的文化情结。

黍离之悲，是古代文人士大夫经历兴亡更替的历史变迁后所生发的一种特定的民族心理，属于社会悲剧，而社会的陵谷巨变往往引发、加剧个体的人生悲剧，所以它联结了社会和个体两个层面，所包括的内涵主要有：兴亡之叹、故国之思、时事之忧、身世之哀。在唐宋词中尤其是两宋，黍离之悲这一主题得到充分展现，它以一种独特的情感思维模式影响着创作主体的题材选择，词人们写下了大量表现国破家亡、金瓯缺失、忧愤伤时、颠沛流离的爱国词和丧乱词——黍离悲歌。

第一节 "抱节终身"的蒋捷

蒋捷（1245？—1310？），字胜欲，阳羡（今江苏宜兴）人。出

① （唐）孔颖达疏：《毛诗正义》卷四，（清）阮元等校勘：《十三经注疏》，中华书局1980年版，第330页。

身于宜兴望族，先辈中多人在北宋为显官。宋度宗咸淳十年（1274）登进士第，未及授官而南宋覆亡。

蒋捷自号"竹山"，其《少年游》云："二十年来，无家种竹，犹借竹为名。"约曾在江苏宜兴的周铁竺山、武进的前徐竹山、无锡的南泉竹山多处生活过，《蒋氏家乘》记载："竹山在武进西乡，地名前徐。宋竹山公讳捷居此。手植千竹，取虚心坚节之意，故称'竹山先生'。"① 竹之品质清高"有节"，故古代文人志士多有喜爱，清代王士祯尤爱竹成癖，其《〈苍雪轩诗集〉序》云："盖竹之为物也，磊砢多节目，森梢圆劲，质凌霜雪，贯四时而不改柯易叶，在草木之中，有高人贞士、岩栖谷隐之风焉。"② 竹子岩栖谷隐，中空节坚，质凌霜雪，蒋捷取之以为号，比喻人之虚心纳物、砥砺节操，并以此自我勉励。

南宋亡后，蒋捷隐居太湖中竹山岛，坚拒不出，其气节为时人所称。后人对其词褒贬不一，而对其人一致认可，况周颐《蕙风词话》云："蒋竹山词极秾丽，其人则抱节终身"③，陈廷焯《白雨斋词话》称他："词不必足法，人品却高绝"④。

一　义不仕元，抗世而隐

南宋末遗民谢枋得《送方伯载归三山序》云：

> 大元制典，人有十等，一官二吏，先之者，贵之也，谓其有益于国也；七匠八娼、九儒十丐，后之者，贱之也，谓其无益于国也。……嗟乎卑哉！介乎娼之下，丐之上者，今

① 武进前余《蒋氏家乘》，上海图书馆收藏。乘：春秋时晋国的史书称"乘"，后用以通称一般的史书。

② （清）王士祯：《带经堂集》卷七四《蚕尾续文》卷二，《清代诗文集汇编》第134册，上海古籍出版社影印2010年版，第729页。

③ （清）况周颐：《蕙风词话》卷一，上海古籍出版社2009年版，第20页。

④ （清）陈廷焯撰，杜维沫校点：《白雨斋词话》卷五，人民文学出版社1959年版，第133页。

之儒也。[①]

或认为“九儒十丐”为愤然戏言，一笑之谑。据《元史·本纪》记载：元仁宗曾云：“儒者可尚，以能维持三纲五常之道也。”[②]“朕所愿者，安百姓以图至治。然非用儒士，何以致此？”[③]元仁宗为元朝第四位皇帝，自幼熟读儒籍，皇庆元年至延祐七年（1312—1320）在位时，进用汉族文臣，整顿朝政，推行“以儒治国”政策。但是，这据元世祖忽必烈建国号为“大元”（1271）已过了50年。

宋元的更替，使原为社会主流的儒士阶层受到了很大冲击，以往的社会地位、优裕生活不复存在了。元朝统一之初，在异族的统治下，汉儒士文人生存极为艰难，有的不堪盘剥而财尽家毁，有的以鬻字、卜卦、授学、耕种为生。其实南宋末，有一些寒士已坠入靠摆拆字摊谋生糊口的境地，如方回《瀛奎律髓》云：“盖江湖游士，多以星命相卜，挟中朝尺书，奔走阃台郡县糊口耳。”[④]但国破家亡后，不只是江湖寒士，而是整个汉文人士大夫都沦落到社会底层，他们靠鬻字卜卦等维持生计，更加屈辱也更加凄苦酸楚。

到元世祖至元（1264—1294）末年，其统治根基渐趋稳定后，一些优待儒士、发展儒学的政策才逐步实施，《元史·本纪》称：“（世祖）尽求宋之遗士而用之，尤重进士。”[⑤]实际上，当时元朝统治者的歧视汉人儒士的政策，与其招抚、笼络汉人儒士的政策并

① （宋）谢枋得：《叠山集》卷二，文渊阁《四库全书》影印本，上海古籍出版社1987年版，第31页。

② （明）宋濂等：《元史·本纪》卷二六，王云五等主编：《百衲本二十四史》，台湾商务印书馆2010年版，第331页。

③ （明）宋濂等：《元史·本纪》卷二四，王云五等主编：《百衲本二十四史》，台湾商务印书馆2010年版，第314页。

④ （元）方回辑，李庆甲汇评：《瀛奎律髓汇评》卷二十，上海古籍出版社2005年版，第840页。

⑤ （明）宋濂等：《元史·列传》卷一九〇，王云五等主编：《百衲本二十四史》，台湾商务印书馆2010年版，第2129页。

行不悖，于是儒士阶层开始分化，或为生计所迫，或为传儒之道[①]，或怕招致祸累，一部分人忍"失节"之辱而仕元为学官。

南宋遗民中出任元朝学官，突出的有王沂孙、仇远、白珽、戴表元等。戴表元（1244—1310），字帅初，号"剡源"，宋度宗咸淳七年（1271）进士。论诗主张宗唐，诗风清深雅洁，多伤时悯乱、悲忧感愤之辞。战乱毁劫后，生活贫寒益艰，辗转鄞县（今浙江鄞州）、杭州等地，以授徒卖文为生。至元、大德年间，在东南一带"以文章大家名重一时"[②]，元成宗大德八年（1304）以61岁高龄荐为信州教授[③]。他的《送屠存博之婺州教序》云："以为不仕而为民，则其身将不免于累也。……而不仕者无以自容其身。"[④] 似乎出仕元朝，是出于"将不免于累"、"无以自容其身"的忧虑。南宋牟巘《陵阳集·序》曾言："仇仁近（远）、戴帅初辈，犹不免出为儒师，以升斗自给。"[⑤]

尽管传统士人对于仕元为朝官与为学官，有着不同的认识，但是"失节"而仕元，为一些坚守名节的南宋遗民所不齿，毕竟儒士们心理上有着不可逾越的"夏夷之辨"的正统观念。同时，南宋遗民仕元的心态是复杂矛盾的，一方面为了道统（儒家传道的脉络和系统），为了复兴传统儒学及文教，他们认为自己应该出仕；另一方面入仕即意味着失节，毕竟没有遵守传统的不事二主的规条，因此难免在心理上产生名节有亏的自责、痛苦和悔恨。如戴表元任信州教授期满，再调任婺州则因病辞归，归家后所写《送官归作》诗

---

① （元）佚名《庙学典礼》卷一："兵火之后，科举已废。民知为儒之不见用也，去儒而为吏、为商、甚至为盗，儒风十去六七矣。"元世祖末年至元成宗大德年间，一些名儒如袁桷、任士林、邓文原、贡奎、白廷、戴表元、柳贯等，相继出仕为学官，对儒学传承的忧虑是其原因之一。

② （明）宋濂等：《元史·列传》卷一九〇，王云五等主编：《百衲本二十四史》，台湾商务印书馆2010年版，第2131页。

③ 教授：宋代各路、州、县学置教授，为掌管学校课试的学官。元代承袭宋，于诸路、散府、中上州学设置儒学教授，秩九品，为提督学事司下督理学政之职。

④ （宋）戴表元：《剡源集（附札记）》卷十三，王云五主编：《丛书集成初编》，中华书局1985年版，第187页。

⑤ （清）顾嗣立：《元诗选》引，中华书局1985年版，第218页。儒师：此指戴表元出任信州教授。

有“生世悔识字”的感叹，后荐为修撰、博士皆不赴任，读书吟诗以终老。元初，出仕儒士中的这种矛盾心态普遍存在，是他们一个难以解开的心理症结。

蒋捷科考中第时风华正茂、踌躇满志，当他满腹经纶、一展抱负之际，南宋王朝亡了，自己成了流落无依的遗民，其平生理想抱负尽付诸东流。入元后，他曾有过出仕为官的机会，可以摆脱“九儒十丐”的困窘境地。元大德九年（1305），“诏求山林间有德行、文学、识治道者”①。《宜兴县志》记载蒋捷：“元初遁迹不仕，大德中宪使臧梦解、陆垕交章荐其才，卒不就。”② 时，距宋亡已 20 多年，元朝统治渐趋稳固，抗元复宋成了镜花水月。文人们“无心再续笙歌梦”（张炎《高阳台》），渐已淡化了亡国之痛，许多人开始接受和顺应新朝的社会现实，并冷静地面对自己的遗民生存现状。

蒋捷冷眼看那些折节仕元的文人，将其讥为“牵丝傀儡”（《沁园春·次强云卿韵》）。作为正统儒士，在入世与遁世之间，蒋捷的内心面临着一种无法回避的选择的尴尬。兼济天下的政治理想已无法实现，亡国灭种的切肤之痛无法抹去，而流落无依的苦难现实又无法摆脱，但是他最终无所反顾地选择了诏征不赴、遁迹山林的消极对抗方式，表现出鲜明的民族意识和民族气节。

《念奴娇·寿薛稼堂》：

自古达官酣富贵，往往遭人描画。只有青门，种瓜闲客，千载传佳话。

《大圣乐·陶成之生日》：

但也曾三径，抚松采菊，随分吟哦。富贵云浮，荣华风过，

---

① （清）毕沅等：《续资治通鉴》卷一九五，上海古籍出版社 1957 年版，第 5310 页。

② （清）阮升基等修，（清）宁楷等纂：《宜兴县志》卷八《人物志·隐逸》，台湾成文出版社 1970 年版，第 362 页。臧梦解：（明）宋濂等《元史·列传》卷一七七载：“梦解，庆元人，宋末中进士第，未官而国亡。至元十三年，从其乡郡守将内附，授奉训大夫。”臧氏博学洽闻，为当时名儒，亦敏于政事。宋亡即降附元朝，并于日后受到重用。为人刚直廉慎，赈济饥荒、惩办贪吏、平凡冤案，多有政绩，以湖南宣慰副使致仕。

淡处还他滋味多。

《摸鱼儿·寿东轩》：

> 遥汀近浦。便一苇渔航，撑烟载雨，归去伴寒鹭。

词人表明鄙视富贵腥膻①、企慕田园隐逸的淡泊心志，宁可学汉初邵平种瓜归隐、东晋陶潜东篱采菊，一苇渔舟烟雨归去，也决不追名逐利于新朝，摇尾乞怜而屈身仕元。

为了苟全性命于乱世，遁世归隐实际上是一种迫不得已的选择，如张玉璞指出的："就乱世隐者而言，归隐已不再是一种精神寄托，而是一种万般无奈的生存手段；林泉也不再是充满诗意的韬晦之地，而是与世隔绝的避难之所。"② 隐居不出、拒绝仕元的蒋捷，在艰难窘迫、流浪困顿中度过了自己的大半生，其浪迹江湖的足迹达苏南、余杭 带。固然，蒋捷所选择的抗世而隐、流落无依，实也交叠了岁月逝去、心志不酬的怅叹："新绿旧红春又老，少玄老白人生几？况无情、世故荡摩中，凋英伟。"（《满江红》）这种无力改变的悲剧命运是那个注定覆亡的南宋王朝所造成，这种不幸是那个灾难时代的不幸，是词人个体遭遇的不幸，也是整整一代忠贞爱国的遗民们的不幸。

二　三幅"听雨"图的人生缩影

蒋捷晚年所写《虞美人》词，是对自己一生的归结：

> 少年听雨歌楼上，红烛昏罗帐。壮年听雨客舟中，江阔云低，断雁叫西风。　　而今听雨僧庐下，鬓已星星也。悲欢离合总无情，一任阶前，点滴到天明。

此词结构上运用时空跳跃，依次推出三个不同的一时一地的片段场景，其中以"听雨"复沓串连，浑然一体。"听雨"，是贯

① 蒋捷《步蟾宫·木犀》："人间富贵总腥膻，且和露、攀花二嗅。"

② 张玉璞：《"吏隐"与宋代士大夫文人的隐逸文化精神》，《文史哲》2005年第3期。

串全篇的筋络，随“听雨”展衍开三幅不同的画面：歌楼听雨图、江舟听雨图、僧庐听雨图。由此，表现出三个不同阶段的人生遭际：

少年歌楼听雨，红烛罗帐，春风骀荡；

壮年客舟听雨，孤雁秋风，颠沛流离；

老年僧庐听雨，颓颜衰鬓，身心枯槁。

随之也传达出三种不同的人生感悟：少年，和风软雨无羁无忧；壮年，凄风苦雨不堪重负；老年，疏风冷雨一任清寂。其中须细加体味的是，老年僧庐听雨，“一任阶前，点滴到天明”。或认为蒋捷晚年剃度为僧，如倪瓒《听雨楼题咏》云：“韩奕，字公望，吴之良医也。好与名僧游，所云蒋竹山者，则宜兴蒋氏也。以宋词名世。”① 此记载暗示出蒋捷的云游行迹。身处宋元易代巨大变故的乱世，精神上压抑苦闷，物质上拮据困顿，词人只有到释家佛门寻求心灵的依托。如他的《少年游》：“春风未了秋风到，老去万缘轻。”在词人看来生命只是一个过程，人生无常、世事多变，春去秋来的流逝并未引起伤感，只因为老来情怀已淡漠，一切归于虚空。所表达的意味与此词的“悲欢离合总无情”相同，都是一种“人生空寞”之嗟。这首《虞美人》也可以看出佛教对蒋捷的影响，那老来寄居于僧舍檐下，“一任”二字似乎是一切皆空、心如止水。佛禅认为人的本来心性是空寂明静的，但作为遗落于乱世的前朝遗民，蒋捷很难完全做到心静无虑，那彻夜不眠的听雨，“点滴到天明”也是点滴到心头，又似乎作者未能全然忘却世事、国事、家事而进入大彻大悟之境。所谓“一任”，实是入世不再、出世不能的无奈，是历经风风雨雨后的终归于沉寂，或是尝遍人生酸甜苦涩后的欲说还休。

这首小词意致凝重、包蕴深广，是作者忧患余生的自述，展开的是一幅人生长卷，也是他个人命运所依附的宋王朝由盛而衰的缩影。

---

① （元）倪瓒：《清閟阁全集》卷十二附录二，西泠印社出版社 2010 年版，第 411 页。

第二节　宋末蒋捷的丧乱词

一　"语多创获"，寄慨遥深

蒋捷属于宋亡而入元的遗民词人群，在宋末与刘辰翁等人"以词鸣于一时"①，与周密、王沂孙、张炎并称为"宋末四大家"，有《竹山词》一卷，存词90余首。对于其词的评价历来颇有分歧，如毛晋《〈竹山词〉跋》称其："字字妍倩。"② 冯煦《蒿庵论词》却云："即其善者，亦字雕句琢，荒艳炫目。"③ 而刘熙载《艺概·词曲概》称他："未极流动自然，然洗炼缜密，语多创获。"④

（一）字字妍倩，"语多创获"

蒋捷的《一剪梅·舟过吴江》：

> 一片春愁待酒浇。江上舟摇，楼上帘招。秋娘渡与泰娘桥。风又飘飘，雨又潇潇。　　何日归家洗客袍？银字笙调，心字香烧。流光容易把人抛。红了樱桃，绿了芭蕉。⑤

此词约作于离乱流亡的途中。南宋亡后，蒋捷流离到姑苏、太湖一带，时正乘船经过吴江（今属江苏），词写乘船漂泊的"春愁"。全篇用"春愁"领起，江南佳地蕉绿桃红，而词人却流落彷徨，沿途的"风又飘飘雨又潇潇"，暗示着风雨飘摇中流离的身世和破败的国事，那是与春俱在的家国沦丧之哀，故"一片春愁"纵使借酒冲浇也无法排遣。流离失所的词人，"两袖春寒，一襟春恨"

① （清）沈雄：《古今词话》上卷引《松筠录》，上海古籍出版社2009年版，第44页。

② （明）毛晋：《宋六十名家词·〈竹山词〉跋》，上海古籍出版社1989年版，第252页。

③ （清）冯煦：《蒿庵论词》，唐圭璋编：《词话丛编》第四册，中华书局1986年版，第3596页。

④ （清）刘熙载：《艺概》卷四，上海古籍出版社1978年版，第112页。

⑤ 心字香：（明）杨慎《诗品》云："所谓心字香者，以香末萦篆成心字也。"

（《少年游》），“听鹃声度月，春又寥寞”（《解连环》），“送春归，客尚蓬飘”（《行香子》），这春愁不只是一般倦游思归的乡愁，即使归去客袍洗尘，国已破、家难安，昔日闺中纤手调笙、熏炉焚香的温馨雅事也当难再，“何日归家”？正是思归而无归的哀叹。这首小词“字字妍倩”，但清丽浏亮的流荡中却是春愁不尽的低咽。

“红了樱桃，绿了芭蕉”为名句，佳妙之处在于它用两种植物的颜色变化，红了，绿了，将无形无迹的时光流逝转化成可以触摸的生动形象。《一剪梅》词调的歇拍一般用叠字对句，如李清照的“才下眉头，却上心头”。此两句于回旋流荡的音律中，突出表现了画面和心境，不觉堆砌滞涩，反见灵动流丽。竹山词的“语多创获”、造语奇巧，由此可见一斑。

（二）善用比兴，寄慨遥深

蒋捷因时伤事，托物比兴，其词具有一种寄慨遥深的意蕴，如《贺新郎·秋晓》下片：

> 愁痕倚赖西风扫。被西风、翻催鬓鬒，与秋俱老。旧院隔霜帘不卷，金粉屏边醉倒。计无此、中年怀抱。万里江南吹箫恨，恨参差、白雁横天杪。烟未敛，楚山杳。

春秋时，楚人伍子胥的父兄被楚平王杀害，伍子胥含冤茹恨逃奔吴国，曾“鼓腹吹篪，乞食于吴市”①，后成为吴王阖闾重臣，协同孙武带兵攻入楚都，掘楚平王墓，鞭尸三百以报父兄之仇。词中暗用此典故，以伍子胥的“吹篪”恨喻托自己的“吹箫恨”。“万里江南吹箫恨，恨参差、白雁横天杪”，表明自己徒有家国之恨而无以雪耻，只能在无法解脱的哀愁痛苦中双鬓如雪、岁月漂泊。

蒋捷心中郁结的故国之哀思和流离之悲苦，不敢吐诉又不得不吐诉，故往往借助比兴而托物寓情，以达到“言近旨远”的效果。如《洞仙歌·柳》：“自鹅黄千缕，数到飞绵，闲无事，谁管将春迎送。”《探芳信·菊》：“料应陶令吟魂在，凝此秋香妙。傲霜姿，

---

①（汉）司马迁：《史记·范雎蔡泽列传》卷七九，中华书局1982年版，第2407页。

尚想前身，倚窗余傲。"写柳、写菊咏物传神，然又非咏一物，其家国之感、身世之慨隐然蕴含于内。沈祥龙《论词随笔》云："咏物之作，在借物以寓性情。凡身世之感、君国之忧，隐然蕴于其内，斯寄托遥深，非沾沾焉咏一物矣。"[①] 蒋捷的咏物之作正在于此。

遗民词人中善咏物抒怀的，还有被称为"南宋之杰"的王沂孙，其《天香·咏龙涎香》[②]：

> 孤峤蟠烟，层涛蜕月，骊宫夜采铅水。汛远槎风，梦深薇露，化作断魂心字。红瓷候火，还乍识、冰环玉指。一缕萦帘翠影，依稀海天云气。　　几回殢娇半醉。剪春灯、夜寒花碎。更好故溪飞雪，小窗深闭。荀令如今顿老，总忘却、樽前旧风味。谩惜余熏，空篝素被。

元世祖至元十五年（1278），南宋诸帝后陵墓被元僧杨琏真珈盗发，理宗之尸被倒悬于树上，以沥取腹中水银，三日三夜竟失其首，其余遗骨委弃在草莽间。[③] 义士唐珏闻而悲愤，邀集他人收诸帝遗骸共葬之。次年崖山兵败，陆秀夫负帝昺蹈海，王沂孙、周密、张炎、仇远、陈恕可等 14 人结社填词，分咏龙涎香、白莲、莼、蝉、蟹等五题，借以寄托遗民亡国之痛，并结集为《乐府补题》，共收录词 37 首，王沂孙此词编录为第一篇。

此词所咏当有所兴托，但托意深婉幽微，或认为所咏之物为龙涎香，似寓托宋陵被掘之事，"汛远槎风"一句暗含崖山覆亡的哀悼。词中所写今昔悲欢关联家国盛衰，自有一种伤逝悼亡的凄哀怅恨，如陈廷焯《白雨斋词话》所云："王碧山词品最高，味最厚，

---

① （清）沈祥龙：《论词随笔》，唐圭璋编：《词话丛编》第四册，中华书局 1986 年版，第 4058 页。

② 龙涎香：海中抹香鲸的分泌物。（清）吴震方《岭南杂记》载："龙涎香于香品中最贵重。出大食国西海之中，上有云气罩护，则下有龙蟠洋中。卧而吐涎，飘浮水面，为太阳所烁，凝结而坚，轻若浮石。""人香焚之，则翠烟浮空，结而不散。"

③ （清）张廷玉等《明史·列传》卷一七三："夏人杨辇真珈为江南总摄，悉掘徽宗以下诸陵，攫取金宝。裒帝后遗骨，瘗于杭之故宫，筑浮屠其上，名曰'镇南'，以示厌胜。又截理宗颅骨为饮器。"

意境最深，力量最重。感时伤世之言，而出以缠绵忠爱。”①

比兴寄托的表现手法，于南宋遗民词中常见。经历了家国沦丧的南宋遗民词人们，他们背负的亡国之痛只能暗中饮泣哀吟，只能用曲折委婉的方式，借助咏物比兴来抒泄，如《乐府补题》中周密的《水龙吟·白莲》、李彭老的《摸鱼儿·莼》、仇远的《齐天乐·蝉》、陈恕可的《桂枝香·蟹》，诸词作借咏物以托喻，词境迷离恍惚，题旨隐晦而哀感无端，暗寓了宋帝陵之辱和遗民之痛。

蒋捷《竹山词》广采博收而不拘一格，或写动乱流离、故国之思，词旨慷慨而深远，承接苏、辛一路，悲慨清峻；或效学周、姜之婉约，不乏轻灵秀雅，在宋末词坛卓然名家。其词风影响到清初阳羡派词人陈维崧、浙西派词人李符等，朱彝尊编选的《词综》将蒋捷列为南宋一大词家。

二　蒋捷词的丧乱主题

蒋捷身经宋亡入元的巨大动荡，因此，漂泊流离的生存状态的深刻体验、时代巨变导致的人生价值的失落、家国民族以及个人的无可归依，成为了《竹山词》中极为重要的主题。

蒋捷词中常出现带浓重情感色彩的字：愁、恨、老。90余首竹山词中，仅“愁”字就出现了30余次，如“愁多无奈处”（《秋夜雨·秋夜》），“愁痕倚赖西风扫”（《贺新郎·秋晓》），“风刀快，剪尽画檐梧桐，怎剪愁断”（《金盏子》），等等，可谓“乱世的悲情词人”，他的个体遭遇以及深沉倾诉的词，浓缩了那个苦难时代广大的遗民情绪。

（一）流离之苦

宋元更替的动乱之世，文人仕子惊恐、茫然，一夜之间被无情地裹进了躲避兵祸的难民潮，刘辰翁感叹的“乱后飘零”（《临江仙》），蒋捷描述的“影厮伴，东奔西走”（《贺新郎》），是南宋遗民词人群体都经历过的流离苦难，他们的词是对自己生存现状的

---

① （清）陈廷焯撰，杜维沫校点：《白雨斋词话》卷二，人民文学出版社1959年版，第40页。

一种审视。蒋捷的《贺新郎·兵后寓吴》：

深阁帘垂绣。记家人、软语灯边，笑涡红透。万叠城头哀怨角，吹落霜花满袖。影厮伴，东奔西走。望断乡关知何处，羡寒鸦、到着黄昏后。一点点，归杨柳。　相看只有山如旧。叹浮云、本是无心，也成苍狗。明日枯荷包冷饭，又过前头小阜。趁未发，且尝村酒。醉探枵囊毛锥在，问邻翁、要写牛经否。翁不应，但摇手。①

低垂绣帘下，灯边软语、笑涡红透，写兵乱前的温馨安乐。出生宜兴望族的蒋捷，南宋亡前，曾有过着"花院梨溶，醉连春夕"（《瑞鹤仙》）、"粉壁题诗，香街走马"（《喜迁莺》）的风流公子的生活，这成了他孤苦流浪中最美好的回忆。"城头哀怨角"一句笔墨陡转，写眼前霜花满袖、东奔西走的逃难，那荒村流落里荷包冷饭、尝酒抄牛经，其落魄寒酸近乎乞讨。末了，结到"翁不应，但摇手"，以寸砣压千斤之力托住全篇，其意味极厚重，战后兵荒马乱，广大农村人散、田荒、牛亡的凋零破败景象尽在其中。

宋恭帝德祐元年（1275），元军占领宜兴、常州、无锡等地，次年又攻陷临安，词人离乡逃难，流寓到吴门（今江苏苏州）乡下一带。身为书生无一技之长，只能用一支秃笔求人抄写《牛经》，以换取一顿残酒冷饭，其形单影只、食不果腹的生计窘困之极，蒋捷写此词纪实，以赋法入词一气叙来。词中运用写实的表现手法，拈取典型细节实录，从一个侧面反映了南宋亡后难民流离失所的苦难境况，衣食无依的词人、摆手不应的老翁宛然如目前，让人一掬同情之泪。这种饥寒困窘在蒋捷笔下多次出现，如："壮年夜吹笛去，惊得鱼龙嗥舞。怅今老，但篷窗紧掩，荒凉愁愫。"（《喜迁莺》）"鸡边长剑舞，念不到、此样豪杰。瘦骨棱棱，但凄

① "叹浮云"二句：杜甫《可叹》云："天上浮云如白衣，斯须改变如苍狗。"此处化用杜甫诗句，感叹世事变化之快。

其衾铁。"[①]（《尾犯·寒夜》）寒夜里不再有吹笛舞鱼龙、闻鸡起舞的豪情逸兴，只有蓬窗紧掩、衾冷如铁的凄苦难耐。

生计窘迫的蒋捷，长年流转于江南一带，从《梅花引·荆溪阻雪》、《一剪梅·宿龙游朱氏楼》、《一剪梅·舟过吴江》、《行香子·舟宿兰湾》、《高阳台·江阴道中有怀》等词题看，都写在舟行夜宿的漂泊路途。其《一剪梅·宿龙游朱氏楼》：

> 小巧楼台眼界宽。朝卷帘看，暮卷帘看。故乡一望一心酸。云又迷漫，水又迷漫。　　天不教人客梦安。昨夜春寒，今夜春寒。梨花月底两眉攒。敲遍阑干，拍遍阑干。

义不仕元的蒋捷，成了一个无可归依的孤独的漂泊者，对家国的无可归依，对前路的渺茫无寻，加之主体精神无处安顿的失落，衍化为他一种深沉的漂泊情怀。此词当是流落于金华一带所作，写漂泊流浪的客子之思：朝暮卷帘，可是家山已毁，云水迷茫，"故乡一望一心酸"；夜里春寒，一枕客梦难安，只有两眉紧攒，"敲遍阑干，拍遍阑干"。

陈廷焯《白雨斋词话》云："刘改之、蒋竹山，皆学稼轩者。"[②]蒋捷词多用散文句法，其豪宕疏朗确有效学辛弃疾之处，为南宋末哀怨压抑的词坛带来生机，如《贺新郎》（甚矣君狂矣）、《喜迁莺》（风涛如此）一类词，如自注明"效稼轩体招落梅之魂"的《水龙吟》："归来为我，重倚蛟背，寒鳞苍些。俯视春江，浩然一笑，吐山香些。"毛晋《〈竹山词〉跋》认为"其磊落横放，与辛幼安同调"。[③]

试将蒋捷此词的"拍遍阑干"与稼轩《水龙吟》的"阑干拍

---

① "鸡边"句：用"闻鸡起舞"典故。（唐）房玄龄《晋书·祖逖传》载："初，范阳祖逖，少有大志。与刘琨俱为司州主簿，同寝。中夜闻鸡鸣，蹴琨觉曰：'此非恶声也！'因起舞。"后以此比喻有志报国的人即时奋起。

② （清）陈廷焯撰，杜维沫校点：《白雨斋词话》卷一，人民文学出版社1959年版，第24页。

③ （明）毛晋：《宋六十名家词·〈竹山词〉跋》，上海古籍出版社1989年版，第252页。

遍"比较。南宋前中期的黍离之悲，"忠愤所激，不能自已"[①]，高扬的是英雄志士的爱国壮情。辛弃疾是"英雄气"，他的"阑干拍遍"，宣泄的是报国无门的扼腕之痛，是才志难伸的焦虑和苦闷。而南宋末的黍离之悲，"些儿磊块，酒浇不去"（蒋捷《贺新郎》），压抑的是孤臣孽子的亡国悲情。蒋捷是书生气，他的"拍遍阑干"，乃亡国遗民流落无依之叹，虽然也无不带有那个衰亡之世的时代烙印，但更多的是关注乱世隐者个体的生活遭际和命运。

（二）乱世之隐

方勇《南宋遗民诗人群体研究》指出："国家的覆灭、民族的屈辱以及儒士地位的沦丧所带来的人格的扭曲，自尊心的贬损，所有这些都使他们（南宋遗民）陷入了空前的羞辱、悲愤和人生价值的重量严重失落的困扰之中。但又无可奈何，只好仰天发出'大事已去矣，力既不能挽回'之类的浩叹而已，于是，他们不得不带着破碎的心灵蜇入'独善'之途。"[②]

南宋遗民的遁入隐逸之途，内向审视，是否定曾积淀于自我文化心理中的儒家入世的人生观，从而获得个人精神自由和主体人格的回归；外向审视，则是逃避或反叛既存的社会现实，表现不与异族强权暴政合作的民族志节。现实的残酷使蒋捷饱尝了国耻家辱，内心的忧郁愤懑、强烈的民族感情不能直接表达，只能采用消极的反抗——遁迹隐居。

老子平生，辛勤几年，始有此庐。也学那陶潜，篱栽些菊；依他杜甫，园种些蔬。除了雕梁，肯容紫燕，谁管门前长者车。怪近日，把一庭明月，却借伊渠。　鬓边白雪纷如，又何苦、招宾纳宾欤？但夏榻宵眠，面风欹枕；冬檐昼短，背日观书。若有人寻，只教童道，这屋主人今自居。休羡彼，有摇

① （宋）辛弃疾撰，胡亚魁、杨静译注：《美芹十论·序》，中山大学出版社2012年版，第12页。

② 方勇：《南宋遗民诗人群体研究》，人民出版社2000年版，第10页。

金宝辔，织翠华裾。

——蒋捷《沁园春·为老人书南堂壁》

如这首《沁园春》所叙述的：不羡慕达官贵人的摇金宝辔，不理睬门前的长者马车，只需学那陶潜篱栽些菊，依他杜甫园种些蔬，过一种简陋、清寂的遁离尘世的生活：夏榻夜眠，面风依枕；冬檐昼短，背日观书。李调元《雨村词话》认为：竹山词疏宕甚有奇气，“每读之爽神数日”①，当指此一类带有陶潜隐逸气的词。

由于乱世的社会时代、多舛的个体遭际与晋宋隐士相似，陶渊明成了南宋遗民于乱世隐居中普遍效仿的对象，朱熹《〈向芗林文集〉后序》曾云：

> 陶元亮自以晋世宰辅子孙，耻复屈身后代，自刘裕篡夺势成，遂不肯仕。虽其功名事业，不少概见，而其高情逸想，播于声诗者，后世能言之士，皆自以为莫能及也。②

朱熹大为赞赏陶渊明耻于屈仕异朝的忠义操守，认为他将这种抗世的“高情逸想”流播于诗，后人莫能及。宋亡入元后，已经沦落为“十丐九儒”的传统儒林士人们，其“修齐治平”的政治理想彻底破灭了，他们认为“柴桑深避处，亦有晋遗民”（何梦桂《临江仙·和毅斋见寿》），将陶渊明的隐逸高蹈、不仕新朝，理解为包含了一种与自己相通的遗民心理和遗民情感，所以在感叹社会人事、抒发遗民心志和寻求出处进退时，多追慕陶渊明的行为方式和处世态度，借陶渊明之忠义高节来抒发亡国士子忠宋的孤介情操。

篱下菊，醉把一枝枝。——刘辰翁《双调望江南》

向清明，独自掩荆扉。——赵文《八声甘州》

---

① （清）李调元：《雨村词话》卷二，唐圭璋编：《词话丛编》第二册，中华书局1986年版，第1412页。

② （宋）朱熹：《〈向芗林文集〉序》，曾枣庄，刘琳主编：《全宋文》第250册，上海辞书出版社、安徽教育出版社2006年版，第332页。

> 但靖节门前，近来无柳。——张炎《月下笛》

陶渊明的门前五柳、篱边饮菊、松下三径、门掩荆扉，成为他们仿效的生活环境，并以醉把花枝、留看晚香、独掩荆扉来表现自己隐不入元的心态情感和生活状态；同时，他们也在流离无依里，借助陶渊明疏狂不羁、率性而为的自由精神，淡释或消解自己乱世的人生苦难和抑郁。

朱彝尊《〈乐府补题〉序》读宋末遗民词云：

> 大率皆宋末隐君子也。诵其词，可以观其志意所存。虽有山林友朋之娱，而身世之感，别有凄然言外者。其骚人《橘颂》之遗音乎?①

南宋遗民心念故国、怀抱忠贞而遁迹山林，他们的词中虽然表现遁迹山林之娱，却别有家国兴亡之叹、身世流落之感凄然于言外。"此恨难平"（刘辰翁《浪淘沙》）的胸中郁结，始终无法得到真正的化解，如蒋捷"万里江南吹箫恨"（《贺新郎·秋晓》），"两袖春寒，一襟春恨"（《少年游》），"恨无人、解听开元曲"（《贺新郎·吴江》）。这"恨"，是时光流逝的憾恨、是颠沛流离的苦恨，更是亡国遗民的悲恨。作为有着强烈民族意识和深厚儒家根蒂的士人，这"恨"之入骨难消难解，最终只得以皈依佛门了结一生："多事西风，把斋铃频掣。"（《尾犯·寒夜》）

（三）故国之思

当如疾风骤雨一般的蒙古铁骑踏入江南，南宋王朝瞬间被摧毁了。国亡家破，构成了遗民词人主体精神层面的失落感、内心无可归依的漂泊感，与之相呼应的则是更为强烈的今昔之慨和故国之思。蒋捷的《女冠子·元夕》：

① （清）朱彝尊：《曝书亭全集》卷三六，吉林文史出版社2009年版，第421页。（战国）屈原《橘颂》云："受命不迁，生南国兮。深固难徙，更壹志兮。""青黄杂糅，文章烂兮。精色内白，类任道兮。""苏世独立，横而不流兮。"赞美"橘"外美内修，具有坚贞不移的品格、高洁独立的操守。

蕙花香也，雪晴池馆如画。春风飞到，宝钗楼上，一片笙箫，琉璃光射。而今灯漫挂，不是暗尘明月，那时元夜。况年来、心懒意怯，羞与蛾儿争耍。　　江城人悄初更打。问繁华谁解，再向天公借？剔残红灺，但梦里隐隐，钿车罗帕。吴笺银粉砑，待把旧家风景，写成闲话。笑绿鬟邻女，倚窗犹唱，夕阳西下。①

元夕因有上灯的习俗，也称“灯节”。两宋时期，在所有的民族传统节日中，以元夕“朝野多欢”（柳永《迎新春》）最为热闹。灯节的一至五夜，“终夕天街鼓吹不绝，都民士女罗绮如云，盖无夕不然也”②。周密《武林旧事》记载临安元夜赏灯的盛况：

邸第好事者，如清河张府、蒋御药家，闲设雅戏烟火，花边水际，灯烛粲然，游人士女纵观，则迎门酌酒而去。又有幽坊静巷好事之家，多设五色琉璃泡灯，更自雅洁。靓妆笑语，望之如神仙。③

从豪门望族的府邸到民间“幽坊静巷”，无不沉浸在游赏的欢乐之中。但是随着赵宋王朝的覆亡，繁盛而又祥和的元夜赏灯一去不返，这一风俗被蒙古习俗所取代，“笛里番腔，街头戏鼓，不是歌声”（刘辰翁《柳梢青·春感》），所以南宋遗民对元夕特别敏感，它往往引起人们对往昔繁盛的追忆，牵动人们的故国之思。

蒋捷的这首《女冠子·元夕》作于宋亡之后。起笔，即沉入对过去元夕的回忆：和煦春风里，街市飘香，楼馆林立，酒旗拂拂，笙箫如闻仙乐，琉璃彩光四溢。蒋捷另有《花心动·南塘元

① 蛾儿：用彩纸剪成的饰物，女子的头饰。（宋）周密《武林旧事》卷二载：“元夕节物，妇人皆戴珠翠、闹蛾、玉梅、雪柳、菩提叶、灯球、销金合、蝉貂袖、项帕，而衣多尚白，盖月下所宜也。”

② （宋）周密：《武林旧事》卷二，浙江人民出版社1984年版，第159页。

③ （宋）周密：《武林旧事》卷二，浙江人民出版社1984年版，第31页。

夕》:“虹晕贯帘，星毬攒巷，遍地宝光交照。涌金门外楼台影，参差浸、西湖波渺。”那元夕的盛况，词人忆起如昨日一般。“而今”二字，转而写今日元夕景况：灯盏草草，没有了暗尘随马、明月逐人，况近年来心懒意怯，怕出去观灯。随之，用“问”、“但”、“待”、“笑”几个领字，写内心的悲恨酸楚：问有谁，能再向天公借来繁华；但剩梦里，钿车罗帕隐隐士女如云；待以后，定将宋朝盛事的“旧家风景”写成文字；此时，笑听邻家少女倚窗犹唱南宋元夕遗曲，最后落到欣慰一“笑”，但也是苦涩一笑。此词将繁华的昔日和冷落的今日交错闪回，情思婉转而又自然疏俊，词意始终在流动中无一凝滞，寄寓了对故国的深切缅怀和拳拳之心。

钟振振指出：由宋入元，大抵当时民族歧视严重，“汉族知识分子于元蒙统治集团，或因感情隔阂而不愿合作，或因仕进无门而不得合作，或因备受倾轧而不肯合作到底，一时间避世高蹈、屏迹幽居之风蔚然以成”①。如卫宗武、柴望、林景熙等人，为宋廷旧臣或遗民隐士，他们在贾似道当政时不与权奸合污，独守节操；入元之后，因民族“感情隔阂”也不愿与异族统治者合作，遂遁迹于江湖。卫宗武，号“九山”，理宗淳祐年间历官尚书郎，曾罢官闲居三十余载，入元后“眷怀故国，匿迹穷居”②。柴望，号“归田”，宋理宗淳祐六年（1246）上书《丙丁龟鉴》，忤时相之意，下狱；宋亡，与从弟随亨、元亨、元彪“隐于榉林九磜之间，人称‘柴氏四隐’”③。林景熙，号“霁山”，宋度宗咸淳七年（1271）进士，官历礼部驾阁，进阶从政郎，“宋亡不仕”④，隐居于家乡平阳县（今属浙江）白石巷，授徒著书。蒋捷也属于这一类守节不移、避世高蹈的“不愿合作”者。

---

① 钟振振:《论金元明清词》，台湾“中央”研究院文哲所主编:《第一届词学国际研讨会论文集》1994年，第265—290页。

② （清）纪昀等:《四库全书总目·〈秋声集〉提要》卷一六五，中华书局1965年版，第1413页。

③ （清）厉鹗:《宋诗纪事》卷八七，上海古籍出版社2013年版，第1690页。

④ （清）纪昀等:《四库全书总目·〈霁山集〉提要》卷一六五，中华书局1965年版，第1414页。

杨传庆认为：蒋捷的托迹山林是一种“自为”孤独。面对宋元易代、国破家亡的惨痛现实，他拒斥新朝，不愿与之合作，而是选择了遁世而隐的消极对抗方式。“这种‘自为’的孤独是主体的自我封闭，是主体拒绝与当下现实合作所产生的。它指向的是过去，主体企图在对过去的寻觅中减少或消灭孤独。”[①] 这就决定了《竹山词》思念故国不已、欲求解脱心灵重负而终不可得的悲剧内涵。

南宋遗民词人“生际承平，晚遭离乱。牢愁山谷，无补于世。一以禾黍之痛，托之歌谣”[②]。宋元废兴之际产生的《竹山词》，亦将禾黍之痛托之词章，它在真实而形象地反映这段严酷历史的同时，更多地是以细腻的心理描写，抒泄一代遗民所共同历经的那个时代的苦难，以及由精英士流沦为亡国奴的哀怨，深切地流露出独善志节、遁迹山林的故国情怀。

第三节　“靖康之难”的黍离之悲

300余年的两宋历史进程中，政治、经济、文化都高度发达，但它的致命之伤在于边患不绝。为抵御北方民族的南侵，宋初实行“养兵”之策，形成了庞大的军事体系，但为了防止武将专权实行“更戍法”，使兵将不得相习，兵虽多却不精（冗兵）；同时，统治者在军事上奉行守内虚外的妥协政策，由此北宋至南宋形成了积弱的军事局面和孱弱的国防态势。“一而再、再而三的丧师失地，证明宋对辽、西夏、金的侵略是无力抵抗的。宋的统治者的对外政策也就愈变愈卑逊，从‘奉之如骄子’进而为‘敬之如兄长’，以至‘事之如君父’。”[③] 宋朝，最终因外族入侵而导致亡国：金灭北宋，

① 杨传庆：《论蒋捷的“自为”孤独》，《语文学刊》（高教版）2005年第11期。

② 冒广生撰，冒怀辛整理：《冒鹤亭词曲论文集》，上海古籍出版社1992年版，第489页。

③ 《中国文学史·宋代文学》第二册（第一章“宋代文学的承先和启后”为钱钟书先生所撰），人民文学出版社1962年版，第541页。（明）杨慎《升庵集》卷四八：“太祖太宗之时，则奉契丹如娇子。继而真宗仁宗之世，则敬之如兄长。至南渡则事之如君父矣。”

半壁残土；元灭南宋，江山易主。

宋代文人士大夫所遭受的亡国离乱之灾，除了杀身、流浪、饥饿等苦难以外，还加上异族灭国的沉重心理负担——这对严于"华夷之辨"的儒士阶层来说重如泰山！"二帝蒙尘"、"社稷易主"，沦丧于异族铁蹄下的悲恸之深锐程度远远超过寒士之悲和贬官之痛。缘此，在金灭北宋、元灭南宋这两次民族浩劫中，宋代的爱国词、丧乱词勃然生发出来。

宋徽宗宣和七年（1125），金灭辽后，立即调整部署准备攻宋。为迷惑宋朝，不断遣使至宋佯示友好。十月，金发兵十余万，突然兵分东西两路南下，西路由左副元帅完颜宗翰率领攻太原（今属山西），东路由南京路都统完颜宗望率领攻燕山府（今北京），采取分进合击的战法，企图夺取东京开封而灭宋。

十二月宋徽宗见势危急，禅位于太子赵桓（宋钦宗），改元年"靖康"。在金军的强大攻势下，宋钦宗赵桓被迫遣使乞和，许割太原、中山（今河北定州）、河间（今属河北）三镇与金。金军亦恐孤军深入久战不利，遂许和北撤。翌年八月，金廷以宋不履行割让三镇和约为借口，再次兵分两路攻宋。靖康二年（1127）正月，金东西两路军进至汴京城下，形成合围之势，宋遣使向金求和，不允。二月金兵攻破北宋都城汴京，四月掳徽、钦二帝北去，北宋遂亡。

"天子蒙尘，苍生鼎沸。"[①] 靖康之变后，慨叹国耻的慷慨悲声几乎成了南宋150年吟唱的基调。

一　亡君："故宫何处"的哀痛

宋徽宗（1082—1135），名赵佶，北宋第八位皇帝，在位25年。艺术上颇多造诣，音律、书画、诗词歌赋无不精擅。广收古物书画，扩充翰林图画院，并使文臣编辑《宣和书谱》、《宣和画谱》、《宣和博古图》等书。其书法自成法度，楷书瘦劲峻丽，有

① （宋）郑樵：《与景韦兄投宇文枢密书》，（宋）郑樵：《夹漈遗稿》卷三，中华书局1985年版，第22页。

“屈铁断金”之誉，世称“瘦金体”。好画花鸟，存世画迹有《池塘秋晚图》、《四禽图》、《柳鸦图》等，时，画坛有“踏花归来马蹄香”的佳话。但才华风流的“宋徽宗诸事皆能，独不能为君耳”①！其后期为政昏庸，重用奸相蔡京、宦官童贯等，横征暴敛，穷奢极欲，最后导致亡国，被金人所虏囚禁，后受尽凌辱折磨而病死于囚所，终年54岁。

关于靖康之变，佚名《靖康朝野佥言》记载，靖康元年（1126）闰十一月二十六日清早，醴泉观、陈桥、南薰、封丘门皆有金兵下城，杀人劫取财物：

> 城中百姓皆以布被蒙体而走，士大夫以绮罗锦绣易贫民衲袄布裤，以藏妇女，提携童稚，于泥雪中走。惶急弃河者无数，自缢投井者万余，哭声彻天。军民逾城出走者十余万人。城外为番兵杀死者居半。②

次年正月金兵攻陷汴京，随后，徽宗、钦宗二帝以及皇族妃嫔、贵卿朝臣等共3千余人被虏北去金国。

宋徽宗被掳北行的途中，作有《燕山亭·北行见杏花》：

> 裁剪冰绡，轻叠数重，冷淡胭脂匀注。新样靓妆，艳溢香融，羞杀蕊珠宫女。易得凋零，更多少、无情风雨。愁苦，闭院落凄凉，几番春暮。　　凭寄离恨重重，这双燕、何曾会人言语？天遥地远，万水千山，知他故宫何处？怎不思量，除梦里、有时曾去。无据，和梦也有时不做。

那杏花艳香易凋，更有多少无情风雨；天遥地远，万水千山，昔日宫殿在何处？除了梦里有时曾去，无奈，连梦也有时不做。这

① （清）王士祯，勒斯仁点校：《池北偶谈》卷九，《清代史料笔记丛刊》，中华书局1982年版，第202页。

② （宋）佚名：《靖康朝野佥言》，王云五主编：《丛书集成初编》，中华书局1985年版，第1页。

凄哀、这悲泣，近似于李后主的亡国之音。贺裳《皱水轩词筌》云："南唐主《浪淘沙》曰：'梦里不知身是客，一晌贪欢。'至宣和帝《燕山亭》则曰：'无据。和梦也有时不做。'其情更惨矣。呜呼，此犹《麦秀》之后有《黍离》也。"① 只是沦为亡国奴的宋室皇族，所遭受异族杀戮凌辱的悲苦处境，应超过沦为阶下囚的南唐李煜。徽、钦二帝在寒沙风紧的北行途中，以词相唱和云："家山何处？忍听羌笛，吹彻《梅花》"（宋徽宗《眼儿媚》），"家邦万里，伶仃父子，向晓霜花"（宋钦宗《眼儿媚》），一唱一和，声声悲泣乃亡国之音。

王若冲《北狩行录》记载北行途中："宗室仲晷等八百余人，自咸州徙居上京（今黑龙江阿城县），至有缺食，死于道路者。太上闻之，悲不自胜。"谓左右曰："此辈何辜，至于如是！"② 宋徽宗押至北地后，被囚禁于五国城（今黑龙江依兰县）"天井"，其间写有不少诗词，其中《在北题壁》流传最广："彻夜西风撼破扉，萧条孤馆一灯微。家山回首三千里，目断山南无雁飞。"满纸亡国之悲的哀怨、凄凉，音嘶气咽。也许如朱光潜先生《悲剧心理学》所说的："我们在悲剧中欣赏的并不是真实的痛苦和苦难，而是'距离化'即和'真实隔了几层'的痛苦和苦难"，我们从这些词中获得的悲感"在本质上是审美快感"③。而现实中的痛苦和苦难则更为屈辱、血腥。

当初，宋人攻破金陵，俘虏南唐后主李煜；如今，金人攻破汴京，俘虏徽、钦二帝，这便是王朝盛衰更替的轮回。

---

① （清）贺裳：《皱水轩词筌》，唐圭璋编：《词话丛编》第一册，中华书局1986年版，第702—703页。《麦秀》：（汉）司马迁《史记·宋微子世家》载："箕子朝周，过故殷墟。感宫室毁坏，生禾黍，箕子伤之。欲哭则不可，欲泣为之近妇人，乃作麦秀之诗以歌之。其诗曰：'麦秀渐渐兮，禾黍离离。彼狡童兮，不与我好兮。'所谓狡童，纣也。殷民闻之，皆为流涕。"《麦秀》悲殷，《黍离》悯周，"麦秀"与"黍离"的意象往往连用，表达亡宗灭庙的遗恨以及兴废交替中的悲悼之哀、兴亡之叹和故国之思。

② （宋）王若冲：《北狩行录》，（清）傅作楫等：《雪堂集（外八种）》，黑龙江大学出版社2011年版，第382页。

③ 朱光潜：《悲剧心理学》，人民文学出版社1983年版，第245—246页。

二 名臣：挽取长江浇胸臆的忠愤

靖康之难，二位“君父”被金人俘虏北去，对宋朝的臣子们来说，没有比这更大的奇耻大辱了。陆游《跋傅给事帖》记载：“绍兴初，某甫成童，亲见当时士大夫相与言及国事，或裂眦嚼齿，或流涕痛哭，人人自期以杀身诩戴王室。虽丑裔方张，视之蔑如也。”① 靖康之变又称“靖康之难”、“靖康之乱”、“靖康之祸”、“靖康之耻”。到绍兴初年，南渡而来的士大夫们言及靖康之难犹个个裂眦痛哭，可见带给宋代士人的心理创伤有多么深重！

靖康二年（1127）五月，赵构于南京（今河南商丘）即位，改元建炎，史称“南宋”，拟修缮建康城郭准备南渡。为此赵鼎赴建康预作布置，行至仪真（今江苏仪征）泊舟江上，作《满江红》：

丁未九月南渡泊舟仪真江口作。

惨结秋阴，西风送、霏霏雨湿。凄望眼、征鸿几字，暮投沙碛。试问乡关何处是，水云浩荡迷南北。但一抹、寒青有无中，遥山色。　天涯路，江上客。肠欲断，头应白。空搔首兴叹，暮年离拆。须信道消忧除是酒，奈酒行有尽情无极。便挽取、长江入尊罍，浇胸臆。

此词为南宋爱国词先声，音调悲亢，忧思深广。陈廷焯《白雨斋词话》云：“二帝蒙尘，偷安南渡，苟有人心者，未有不拔剑斫地也。南渡后词，如赵忠简《满江红》云：‘欲待忘忧除是酒，奈酒行有尽愁无极。便挽将、长江入尊罍，浇胸臆。……’此类皆慷慨激烈，发欲上指，词境虽不高，然足以使懦夫有立志。”②

靖康之耻激发起无数将士一腔忠愤，最著名的是岳飞的《满江红》：

① （宋）陆游：《跋傅给事帖》，（宋）陆游：《渭南文集》卷三十一，（宋）陆游：《陆游集》第五册，中华书局 1976 年版，第 2290 页。

② （清）陈廷焯撰，杜维沫校点：《白雨斋词话》卷六，人民文学出版社 1959 年版，第 154 页。

> 怒发冲冠，凭栏处、潇潇雨歇。抬望眼，仰天长啸，壮怀激烈。三十功名尘与土，八千里路云和月。莫等闲、白了少年头，空悲切。　　靖康耻，犹未雪。臣子恨，何时灭！驾长车，踏破贺兰山缺。壮志饥餐胡虏肉，笑谈渴饮匈奴血。待从头、收拾旧山河，朝天阙。

开篇奇突，怒发冲冠，仰天长啸，将登高凭栏时，仰俯天地的激烈壮怀喷吐而出。过片"靖康耻，犹未雪。臣子恨，何时灭!"抒发国耻未血的无穷抱憾，民族义愤力透纸背。末了"待从头收拾旧山河"，以穿云裂石的一声高亢再作奋扬。此词一腔忠愤丹心从肺腑倾出，英烈气概、志士悲怀一气旋折，如陈廷焯《云韶集》所称赏的："千载下读之，凛凛有生气焉。"① 不愧为一代靖忠、一代名将，读其词如见其人。此乃忠臣勇将的沥血之词，"气欲凌云，声可裂石"②。

三　文士：物是人非的伤感

金兵攻陷汴京后，在中原大肆烧杀抢掠。李心传《建炎以来系年要录》记载：汴京在靖康之变以前人口近百万，经过这场劫难，壮丁已不满千人，死难者尸积成山："东及沂、密，西至曹、濮、兖，郓，南至陈、蔡、汝，颍，北至河朔，皆被其害。杀人如刈麻，臭闻数百里。淮、泗之间，亦荡然矣。"③ 从"（尸）臭闻数百里"中，可以想见外族入侵所造成的触目惊心的惨况。

扬州为历史名城，是南北水陆交通的枢纽、对外经济贸易的商埠，有着"十里长街市井连"（唐代张祜《纵游淮南》）的繁华兴盛。然而靖康之难后，扬州屡遭金兵烧杀掳掠，烽火连年，宋高宗绍兴三十一年（1161）金完颜亮南侵，攻破扬州，直抵长江边

① （清）陈廷焯：《云韶集》，（清）陈廷焯撰，孙克强主编：《白雨斋词话全编》，中华书局 2013 年版，第 116 页。

② 唐圭璋：《唐宋词简释》，人民文学出版社 2010 年版，第 177 页。

③ （宋）李心传：《建炎以来系年要录》卷四，中华书局 1956 年版，第 87 页。

的瓜洲渡。16年后宋孝宗淳熙三年（1176），姜夔客游到此，有感于兵劫之后古都的荒凉残破不堪，一怀怆然感慨今昔，自制《扬州慢》曲：

> 淮左名都，竹西佳处，解鞍少驻初程。过春风十里，尽荠麦青青。自胡马窥江去后，废池乔木，犹厌言兵。渐黄昏，清角吹寒，都在空城。　　杜郎俊赏，算而今、重到须惊。纵豆蔻词工，青楼梦好，难赋深情。二十四桥仍在，波心荡、冷月无声。念桥边红药，年年知为谁生！

乱后感怀之作前人多有之，写扬州的如赵希迈的《八声甘州·扬州》（寒云飞万里）、刘克庄的《沁园春·扬州》（一梦扬州事）等，虽也写出了扬州的盛衰变化与残破凋零，但不及姜夔此词“运质实于清空”[①]，弥漫着浓重的国破城春的荒冷氤氲，凄楚之音浸入纸背，尤为冷峻沉郁，故有人将之比作鲍照的《芜城赋》。其实扬州的兵火遭劫在晚唐就有，唐僖宗文德元年（888），庐州刺史杨行密攻破扬州，讨平毕师铎、秦彦之乱，富甲天下的维扬重镇，顷刻间“庐舍焚荡，民户丧亡，广陵之雄富扫地矣”[②]。但是姜夔写这首词时不吊古只伤今，只写“胡马窥江去后”扬州的凋敝破败，更好地表露了自己物是人非、忧世伤乱的黍离之悲。

白石词与稼轩词有一定的艺术渊源，所谓“白石脱胎稼轩”。姜夔约50岁时与辛弃疾相交，因吐属近似，有意效学稼轩体，与之唱和的四首词纯然稼轩词风，其它一些感怀身世之作，也多少有着稼轩词风沉郁雄健因素的渗入。只是这首《扬州慢》写于姜夔年轻时，他作为一介儒雅文士，没有英雄志士式的悲慨激昂，只是以含蓄蕴藉的比兴之笔写来，其“感慨全在虚处，无迹象可

---

① 詹安泰：《宋词风格流派略谈》，詹安泰撰，詹伯慧编：《詹安泰词学论集》，汕头大学出版社1997年版，第72页。

② （后晋）刘昫等：《旧唐书·秦彦传》卷一八二，中华书局1975年版，第4716页。

寻"[①]。缪钺先生《论姜夔词》将此词与稼轩比较，云："窥江胡马伤离黍，金鼓长淮寓壮心。若比稼轩豪宕作，笙箫钟鼓不同音。"[②]即认为姜夔词的"窥江胡马伤离黍"为笙箫之声，清寒幽咽；稼轩词的"金鼓长淮寓壮心"为钟鼓之乐，沉厚豪宕。此所论甚为精到、平允。

黍离之悲，在这首《扬州慢》中达到了一种如闻笙箫咽声的深幽境界。可见颇似晋宋雅士飘逸狷洁的姜夔，虽身处草野却不泯忧念国事的淑世情怀，也有"流落江湖，不忘君国，皆借托比兴，于长短句寄之"[③]的一面，陈廷悼《白雨斋词话》云："南渡之后，国势日非，白石目击心伤，多于词中寄其感慨。"[④]当是指这一类词。

清代浙西派以朱彝尊为代表，极为推重姜夔、张炎。王昶《〈姚茝汀词〉雅序》称姜、张："以高贤志士，放迹江湖。其旨远，其词文，托物比兴，因时伤世，即酒食游戏，无不有黍离周道之感，与诗异曲同其工。"[⑤]若作比较姜、张二人词风相近，一清空骚雅，一清空雅丽，抒写"因时伤世"皆托物比兴、寄托深远。但是张炎的先祖父辈均为南宋朝廷重臣，过着"玉田公子"的贵胄奢侈生活；南宋亡之后，几尽沦为"文乞"，乃至以卖卜为生。作为由宋入元的亡国奴，他于国亡家破的悲情深处哽咽低吟，清代秦恩复《〈词源〉跋》云："乐笑翁以故国王孙遭时不偶，隐居落拓，遂自放于山水间。于是寓意歌词，流连光景，噫呜婉抑，备写其身世盛衰之感。"[⑥]确实有之。而姜夔则不尽然，他身处南宋歌舞宴饮

---

① （清）陈廷焯撰，杜维沫校点：《白雨斋词话》卷二，人民文学出版社1959年版，第28页。

② 缪钺、叶嘉莹：《灵谿词说》，上海古籍出版社1987年版，第458页。

③ （清）宋翔凤：《乐府余论》，唐圭璋编：《词话丛编》第三册，中华书局1986年版，第2503页。

④ （清）陈廷焯撰，杜维沫校点：《白雨斋词话》卷二，人民文学出版社1959年版，第28页。

⑤ （清）王昶：《〈姚茝汀词〉雅序》，王运熙、顾易生主编：《清代文论选》上册，人民文学出版社1999年版，第548页。

⑥ （宋）张炎：《词源》后跋，中华书局1991年版，第85页。

的偏安时期，清客无依的寄篱漂泊远不及张炎无处归属的落魄流亡，虽然有所关心半壁残土的社会现实，但对他的词不必每于若有若无之间，究其“无不有黍离周道之感”。

第四节　南宋亡国遗民的哀感悲怀

北宋亡后，孟元老追忆“中州盛日”，写了一部描绘东京汴梁繁华历史的笔记《东京梦华录》，其序云：

> 仆数十年烂赏叠游，莫知厌足。一旦兵火，靖康丙午之明年，出京南来，避地江左，情绪牢落，渐入桑榆。暗想当年节物风流，人情和美，但成怅恨……古人有梦游华胥之国，其乐无涯者。仆今追念，回首怅然，岂华胥之梦觉哉？目之曰《梦华录》。①

孟元老感今追昔的“怅然回首”里，透露出“梦觉”的沉痛的历史反思，也暗寓了对统治者的讽谏之意。然而，南渡后定都杭州城的南宋朝廷并没有以北宋覆亡为鉴，而是苟安于淮河以南的半壁江山，君臣们酣醉歌舞享乐“太平”。最后，蒙古铁骑将他们的“华胥之梦”踏破了。

宋理宗端平元年（1234），宋蒙联合灭金后，南宋王朝处境岌岌可危，强大的蒙古军队连年南侵，而宋军节节败退。宋恭帝德祐二年（1276），元兵攻占临安，俘虏5岁小皇帝恭帝（赵㬎）和诸后妃北去，重演了靖康之难的历史悲剧。此后，经三年海战，元兵彻底击败了张世杰、陆秀夫所领导的宋朝抵抗力量，据《宋史·本纪》记载：

> 十六年正月壬戌，张弘范兵至崖山。……至午潮上，张弘

① （宋）孟元老撰，邓之诚注：《东京梦华录注·序》，中华书局1982年版，第4页。

> 范攻其南，南北受敌，兵士皆疲不能战。俄有一舟樯旗仆，诸舟之樯旗遂皆仆。世杰知事去，乃抽精兵入中军。诸军溃，翟国秀及团练使刘俊等解甲降。大军至中军，会暮，且风雨，昏雾四塞，咫尺不相辨。世杰乃与苏刘义断维，以十余舟夺港而去。陆秀夫走卫王，王舟大，且诸舟环结。度不出走，乃负昺投海中，后宫及诸臣多从死者。七日，浮尸出于海十余万人。……已而世杰亦自溺死，宋遂亡。①

元世祖至元十六年、宋帝昺祥兴二年（1279）正月，张弘范率兵至崖山（今广东新会崖门），与宋残军海战20余天。二月初六，元军南北总进攻，飞箭如雨射向宋船，宋军血战至黄昏。最终突围无望，陆秀夫背负9岁少帝赵昺蹈海殉国，后宫及诸大臣也随之投海，七日，海面浮尸十余万人。后张世杰亦溺水而死，南宋遂亡。东汉战乱末世，王粲《七哀诗》云："出门无所见，白骨蔽平原。"② 唐代安史之乱，杜甫《垂老别》云："积尸草木腥，流血川原丹。"一部数千年的封建王朝衰亡更迭史，正是建筑在血流川原、累累白骨之上的。

文天祥（1236—1283），字宋瑞，自号"文山"，吉州庐陵（今江西吉安）人。宋理宗宝祐四年（1256）21岁状元及第。与陆秀夫、张世杰并称为"宋末三杰"，南宋危难之际官拜右丞相。之前于五坡岭兵败被俘，张弘范兵破崖山时，强制文天祥与之随船，亲睹了宋军海战之惨败。幽囚于燕京（今北京）三年，元朝廷多次威逼利诱劝降，终宁死不降而从容就义。"史称文山性豪侈，每食方丈，声妓满前。晚节乃散家资，募义勤王，九死不夺。……真人豪哉。"③

在押送燕京的北行途中，文天祥曾作《酹江月·和邓光荐》：

① （元）脱脱等：《宋史·本纪》卷四七，中华书局1985年版，第945—946页。

② （汉）王粲：《七哀诗》，逯钦立编：《先秦汉魏晋南北朝诗》上册，中华书局1983年版，第365页。

③ （明）陈霆撰，王幼安校点：《渚山堂词话》卷二，《中国古典文学理论批评专著选辑》，人民文学出版社1960年版，第15页。

乾坤能大，算蛟龙、元不是池中物。风雨牢愁无着处，那更寒虫四壁。横槊题诗，登楼作赋，万事空中雪。江流如此，方来还有英杰。　　堪笑一叶漂零，重来淮水，正凉风新发。镜里朱颜都变尽，只有丹心难灭。去去龙沙，江山回首，一线青如发。故人应念，杜鹃枝上残月。

此词以乾坤阔大起首，气魄非凡笼下全篇，以鹃泣残月收尾，落到情怀苍凉。中间壮怀、豪语、挚情一气流注：虽身陷囚笼风雨牢愁，但浅池难久困蛟龙；虽横槊题诗往事已矣，但江流推涌后继英杰有人；虽朱颜变尽不堪憔悴，但丹心不灭、铁骨铮铮；虽一叶飘零将身死荒漠，但啼鹃精魂不散犹眷故国。一怀赤诚忠心、一身傲节铁骨，天地可鉴而彪炳史册。

可是赵宋王朝气数已尽，文天祥所期冀的后继英杰再也无人。比之金灭北宋，这一次元灭南宋是一次更为彻底的毁灭性打击，它使宋朝陷入万劫不复的境地，华夏文化及其士大夫精英们也都随之而去了。南明遗民钱谦益以宋元鼎革指代明清易代，其《后秋兴之十三》诗云："海角崖山一线斜，从今也不属中华。"① 后人遂有"崖山之后无中华"之慨叹。

谢章铤《赌棋山庄集》引王昶云："南宋词多黍离麦秀之悲。"② 在这第二场愈发惨烈的民族浩劫中，宋代的丧乱词再一次勃生出来，其黍离之悲的吟唱自是愈发惨痛于北宋，浸透在丧乱词中的遗民意识也极为深沉、凝重。

一　"江南无路"的悲苦

蒙古铁骑一踏上江南，士人们便从"山外青山楼外楼，西湖歌舞几时休"的宴饮游冶的春梦中惊醒，于是就有了"不解吹愁吹落

① （清）钱谦益撰，（清）钱曾注：《投笔集笺注》卷下，《清代诗文集汇编》第003册，上海古籍出版社影印2010年版，第648页。

② （清）谢章铤：《赌棋山庄集》卷一，唐圭璋编：《词话丛编》第四册，中华书局1986年版，第3321页。

帽，恨杀西风"（蒋捷《浪淘沙》）的愤然不平；"千古盈亏休问，叹慢磨玉斧，难补金镜"（王沂孙《媚妩》）的沉痛绝望；"叹人间，今古真儿戏"（汪元量《莺啼序》）的无奈感慨。

国破家亡的残酷现实，给南宋文人士大夫带来的是更痛彻入骨的心灵悲哀和生命苦难。他们采取或积极或消极的抵抗方式，前者奋起抗争，以身殉国，杰出代表有张世杰、文天祥、陈文龙；后者隐居守节，终老乡野，以刘辰翁、蒋捷、林景熙等为代表。

刘辰翁（1232—1297），字会孟，号"须溪"，庐陵（今江西吉安）人。厉鹗《宋诗纪事》说他："少登陆象山（九渊）之门。补太学生。景定壬戌，廷试对策，忤贾似道，置丙第，以亲老请濂溪书院山长，荐居史馆，又除太学博士，皆固辞。宋亡，隐居卒。"① 陆九渊为"心学"创始人，是与朱熹"理学"双峰并峙的大儒，刘辰翁师从于他，必然深受儒家"杀身成仁"的忠孝思想的影响。刘辰翁为忠贞正直的儒士，宋理宗景定三年（1262）参加进士试，廷试对策时，不惧炙手可热的权相而敢于庭争，以"济邸无后可恸，忠良戕害可伤，风节不竟可憾"② 诸语忤权臣贾似道。宋德祐元年（1275），文天祥起兵王勤王时，曾入其江西幕府。宋亡，则隐居不仕，埋头著书而终老。

刘辰翁乃宋末节义之士，文坛亦颇具声望，《四库全书总目·〈须溪集〉提要》称他："于宗邦沦覆之后，眷怀麦秀，寄托遥深，忠爱之忱，往往形诸笔墨，其志亦多可取者。"③ 其《须溪集》以"纵横排宕"壮词为主调，感伤时事身世，充盈着对国家民族命运的悲叹，慷慨悲凉、雄放遒劲的风骨中饶有跌宕之姿，在稼轩派"三刘"（另刘过、刘克庄）中艺术成就最大。他的《永遇乐》词以刚劲笔墨写亡国之悲苦情怀，不失为辛派词有力的殿后之作：

璧月初晴，黛云远淡，春事谁主？禁苑娇寒，湖堤倦暖，

---

①（清）厉鹗：《宋诗纪事》卷六八，上海古籍出版社 2013 年版，第 1707 页。

②（明）黄宗羲撰，（清）全祖望补修，陈金生、梁运华点校：《宋元学案》卷八八，中华书局 1986 年版，第 2963 页。

③（清）纪昀等：《四库全书总目提要》卷一六五，中华书局 1965 年版，第 1409 页。

前度遽如许！香尘暗陌，华灯明昼，长是懒携手去。谁知道、断烟禁夜，满城似愁风雨！　　宣和旧日，临安南渡，芳景犹自如故。缃帙流离，风鬟三五，能赋词最苦。江南无路，鄜州今夜，此苦又谁知否？空相对、残釭无寐，满村社鼓。

此词小序云："余自乙亥上元，颂李易安《永遇乐》，为之涕下。今三年矣。每闻此词，辄不自堪，遂依其声，又托之易安自喻。虽辞情不及，而悲苦过之。"

乙亥，是宋德祐元年（1275）。上一年，元兵攻陷襄阳之后，发兵十万大举南下，汉阳、鄂州陷落，刘辰翁预感到将不免亡国灭顶之灾，故"诵李易安《永遇乐》，为之涕下"。此后一年，元兵攻陷临安；临安失陷后二年（1278），时逃亡海上的南宋王朝濒临灭亡。元夕日"断烟禁夜，满城似愁风雨"，刘辰翁于他乡流落中再读李清照的《永遇乐》词，悲不能禁，乃依其声填此词，"托之易安自喻"，以抒吐南宋亡国的哀情悲怀。

南渡后李清照寄居临安，常怀念北宋汴京盛时旧事，晚年赋《永遇乐》（落日镕金）词，借咏元夕灯节，写沧桑世变之后感怀家国身世的沉痛心情。刘辰翁的《永遇乐》距李易安的《永遇乐》已有一百多年，在历史惊人的相似中，两位词人都深切经历了国亡家破之痛和身世流离之苦，都在词里抒写抚今思昔的悲怆情怀。只是李清照悲苦于北宋沦亡时，犹有半壁江山，而刘辰翁所处乃南宋覆亡，已无寸土之地，其"江南无路"，流落山野荒村而"残釭无寐"的悲苦，是李清照所不曾经历的。本篇虽是拟易安词而作，但所表现出的人世沧桑和今昔盛衰之感当更为沉厚凝重，词序中所说"悲苦过之"乃是实情。

刘辰翁"悲苦过之"的，不只是山野荒村的流落无依。自赵匡胤建立宋朝，先后灭后蜀、南唐、北汉，最后剩下契丹（辽）无可收复。北宋：宋与辽"澶渊之盟"后，西夏又崛起，至宋与金结盟灭辽，宋钦宗靖康二年（1127）金又灭北宋。南宋：南渡后受到金人和蒙古的威胁，宋与蒙缔盟灭金后，至宋帝昺祥兴二年（1279）蒙古最终灭南宋。面对少数民族不断的外来侵扰，两宋一直处于无力反击的守势，南宋几次北伐失败，尤其是宋宁宗嘉定以后，朝野上下苟安一隅，士气萎靡不振。么书仪《元代文人心态》指出："胡汉之间实力的消长，是决定民族自信心的决定性因素。在这一点上，两宋君臣、文人乃至百姓，在情感上、心理上，都经历了一个漫长的、痛苦的过程。"① 而蒙古灭南宋，是对宋人士气崩溃的最后致命一击。宋元鼎革之际，蒙古铁骑横冲直撞，几乎将一切正统的伦理道德、思想观念毁于一旦，刘辰翁一类南宋遗民比之李清照等南渡词人，更加"悲苦过之"的正是这精神上的"江南无路"——民族传统心理、信仰和价值观的彻底崩塌。

二 "如孤鸿之号夜月"的泣诉

王国维《观堂集林》云："南宋帝后北狩后事，宋史不详。惟汪水云《湖山类稿》尚纪一二，足补史乘之阙（缺）。"② 汪水云，即汪元量，号"水云子"，钱塘（今浙江杭州）人。出生琴而儒的书香门第，幼时入宫，精通琴画诗词。早年供奉南宋内廷，后随宋三宫北入燕京，长达十三载。于燕京时，多次访慰文天祥于缧绁之中，以诗唱和，勉励其为国尽节。放返南归后隐遁杭州，结诗社与逸民们唱和。

汪元量为宋元之交著名的诗人、词人，有《湖山类稿》、《水云词》。李珏《〈湖山类稿〉跋》云："纪其亡国之戚，去国之苦，间关愁叹之状，备见于诗。……开元、天宝之事纪于草堂，后人以诗史目之。水云之诗，亦宋亡之诗史也。"③

汪元量与南宋宫廷有着无法割舍的联系，他亲历易代改元之痛，见证了南宋王朝覆灭的全过程，"以一供奉琴士，不预士大夫之列，而眷怀故主，终始不渝"④。

汪元量的《满江红·吴江秋夜》：

---

① 么书仪：《元代文人心态》，人民文学出版社 2013 年版，第 2 页。

② （清）王国维：《观堂集林》第四册，中华书局 1959 年版，第 1057 页。

③ （宋）汪元量撰，孔凡礼辑校：《增订湖山类稿》，中华书局 1984 年版，第 188 页。

④ （清）纪昀等：《四库全书总目·〈湖山类稿〉提要》卷一六五，中华书局 1965 年版，第 1413 页。

一个兰舟，双桂桨、顺流东去。但满目、银光万顷，凄其风露。渔火已归鸿雁汊，棹歌更在鸳鸯浦。渐夜深、芦叶冷飕飕，临平路。　　吹铁笛，鸣金鼓。丝玉脍，倾香醑。且浩歌痛饮，藕花深处。秋水长天迷远望，晓风残月空凝伫。问人间、今夕是何年，清如许。

此词作于南宋亡前，一个银光万顷的月夜，兰舟桂桨、渔火棹歌，浩歌痛饮于藕花深处。可这一片清朗幽静里，风露凄寒、芦叶冷飕，却是凝伫时“秋水长天迷远望”，一缕冷寂怅惘的意绪。当蒙古灭金后再又大举攻宋，南宋朝廷覆亡的命运就已是不可逆转，时，有识之士已敏感到大厦将倾：“今天下如器之攲而未坠于地，存亡之机，固不容发。”① 汪元量“敏锐的心灵感受着这种风雨飘摇、大厦将倾的末世气氛，承负了穷蹙日甚的现实与黯淡无望的未来的双重压力”②，此词中弥散的清冷迷离的氤氲，正是南宋王朝没落前的低迷气息。

宋德祐二年（1276），元丞相伯颜率领的大军即将攻入临安的元夕，汪元量预感到大难在即，叹道：“一片风流，今夕与谁同乐？月台花馆，慨尘埃漠漠。豪华荡尽，只有青山如洛。”（《传言玉女・钱塘元夕》）临安沦陷后，三宫被押北上，汪元量时为宫廷乐师裹挟其中，“随之而北”。北行路途，船经昆陵（今江苏常州）、金陵、江都（今江苏扬州）、淮河，抵达元大都（今北京）③。

南宋覆灭后，被元军当作战利品而押解北去的宫女嫔妃们，作为被掳的弱势女性群体，其亡国的命运更加悲惨。据陈邦瞻《宋史纪事本末》记载：元兵攻占临安以后，“索宫女、内侍及诸乐官，

① （明）陈邦瞻：《宋史纪事本末》卷九七，中华书局1977年版，第1080页。

② 钱鸿瑛、乔力、程郁缀：《唐宋词：本体意识的高扬与深化》，广西师范大学出版社2000年版，第313页。

③ 北京，古代别称有幽州、燕京、大都等。幽州之名，最早见于《尚书・舜典》：“燕曰‘幽州’。”两汉、魏、晋、唐代都曾设置幽州，治所均在今北京。辽太宗会同元年（938），将幽州升为幽都府，建号“南京”，又称“燕京”，为辽的陪都。元世祖至元九年（1272），改称“大都”，为元朝国都。

宫女赴水死者以百数"①，其他宫女嫔妃则被装进大船押解去北方。被押同行的宫廷琴师汪元量，曾作诗对此有纪实性描写，《湖州歌》（其十）："太湖风卷浪头高，锦柁摇摇坐不牢。靠着篷窗垂两目，船头船尾烂弓刀。"《湖州歌》（其三十八）："青天淡淡月荒荒，两岸淮田尽战场。宫女不眠开眼坐，更听人唱《哭襄阳》。"其中写到元兵手执锃亮大砍刀，在船头船尾耀武扬威的恐怖场景，以及宫女们夜间张目不敢眠的痛苦情状。汪元量的《水龙吟》是途经淮河时，于舟中夜闻宫人琴声"凄凉酸楚"感怀而作：

淮河舟中夜闻宫人琴声。

鼓鼙惊破霓裳，海棠亭②北多风雨。歌阑酒罢，玉啼金泣，此行良苦。驼背模糊，马头匼匝，朝朝暮暮。自都门宴别，龙艘锦缆，空载得、春归去。　目断东南半壁，怅长淮、已非吾土。受降城下，草如霜白，凄凉酸楚。粉阵红围，夜深人静，谁宾谁主？对渔灯一点，羁愁一搦，谱琴中语。

起笔化用白居易《长恨歌》"渔阳鼙鼓动地来，惊破霓裳羽衣曲"诗句，写亡国的巨变；"春归去"，着一"空"字，浸透了国运已尽、无力回天的深悲。"目断东南半壁，怅长淮、已非吾土"，唯有孤灯下宫女的琴弦，弹拨"羁愁一搦"，撩拨着词人的一怀幽凄。作者以亲历之事，细作陈述，借宫女的琴弦抒发"亡国之苦，去国之戚"。

作为曾经的南宋宫廷琴师，汪元量也将这亡国凄伤"谱琴中语"，如他的《传言玉女》："手捻琵琶弦索。离愁聊寄，画楼哀角。"《锦瑟清商引》："声声字字，历历锵锵。忽低颦有恨，此意极凄凉。"《望江南》："客心愁破正思家，南北各天涯。……和泪捻琵琶。"《满江红》："昭君去，空愁绝。文姬去，难言说。想琵琶哀怨，泪流成血。"这和泪的琵琶声声里"意极凄凉"，有多少客

① （明）陈邦瞻：《宋史纪事本末》卷一〇七，中华书局1977年版，第1162页。

② 龙艘锦缆：用隋炀帝龙舟锦帆故事。（宋）佚名《开河记》载：隋炀帝出游，沿淮河而下。所乘龙舟用锦缎制帆，"锦帆过处，香闻十里"。此借指南宋帝后所乘之舟。

心离愁、故国之思。

汪元量的词多以疏淡之笔直抒胸臆，凄哀深婉而不流于粗率，薛砺若《宋词通论》称他："因饱经世变，目睹两朝兴亡，故其词亦凄恻哀怨，如孤鸿之号夜月。"① 汪元量所作的抚今追昔、感叹国事的丧乱词，几乎可当作"词史"（以词记史）来读，蕴含了深沉的历史反思意识。其《忆秦娥》组词7首，咏叹不胜今昔的亡国哀痛，如孔凡礼先生《汪元量事迹纪年》云："凄凉哀怨，令人泣下，乃遗民心声。"②

三 "西风吹世换"的流落

元初在政治上，对汉人尤其是"南人"施行种族歧视和压迫政策。元蒙把国人分为"蒙人、色目人、汉人、南人"③ 四等，其中被称作"南人"的，是原属南宋的汉人和南宋的孤臣遗民们，其位阶最低下且备受歧视。元初灭宋后，为了笼络人心也进用了少数南人，但这些入仕的南人官吏仍被轻视，称为"腊鸡"④。华夏传统文化的"万般皆下品，唯有读书高"的价值观，被"九儒十丐"的大元典制所替代，文人不仅地位低下，而且笼罩于文网之中，《元史·刑法志》明文规定："诸妄撰词曲，诬人以犯上恶言者处死。"⑤ 宋末士林阶层在物质和精神上遭受到前所未有的压抑和摧残，他们失去了国家、故土、家园，失去了个人前途和精神依托，更失去了民族自信和自尊，只有无奈于"西风吹世换"的孤苦流落。

南宋王朝的转瞬间倾覆，使士人们作为一个整体被那个时代、历史所抛弃，成为了乱世中无法把握自己命运的流亡者。"社会对

---

① 薛砺若：《宋词通论》，上海书店出版社1985年版，第347页。

② （宋）汪元量撰，孔凡礼辑校：《增订湖山类稿》附录二《汪元量事迹纪年》，中华书局1984年版，第237页。

③ 色目人：各色名目之人，是元代对来自中西亚的各民族的统称，包括被蒙古征服并带入中国的中亚突厥人、粟特人、吐蕃人、党项人、中亚契丹人、波斯人及少量阿拉伯人等。元代重用色目人，入居关中的多为高官厚禄、巨商大贾。

④ 腊鸡：（元）叶子奇《草木子》云："南人在都求仕者，北人目为'腊鸡'，至以相訾诟。盖腊鸡为南方馈北人之物也，故云。"

⑤ （明）宋濂等：《元史·刑法志》卷五二，王云五等主编：《百衲本二十四史》，台湾商务印书馆2010年版，第1323页。

生命的挤压与限制，必然会引起生命的回响，这种回响往往是屈辱的悲声。"[①] 于是宋末元初词坛一片哀鸿声声。

在南宋遗民的深层心理结构中，鸿雁是最易触动其亡国意识的原型意象，哀鸿声声，不仅唤起天涯沦落的故土归思，而且更多的是悲怨难抑的亡国之痛、流离之苦。于是"鸿雁意象载负起遗民词人对悲剧生命的最为直接深刻的情感体验"，成为南宋遗民的情感投射对象，[②] 如征鸿、飞鸿、边鸿、归鸿、旅雁、孤雁、断雁、雁声、雁迹等，在遗民词中大量出现。

> 堪恨西风吹世换，更吹我、落天涯。——邓剡《唐多令》
> 想边鸿孤唳，砌蛩私语。——王沂孙《扫花游·秋声》
> 谁识飘零万里，更可怜倦翼。——张炎《新雁过妆楼》
> 前事渺茫中，烟水孤鸿。——蒋捷《浪淘沙·重九》

沦为"亡国奴"的南宋遗民们，面对山河易主、国破家亡的悲惨现实，普遍陷入"我已无家"（刘辰翁《江城子》）、"欲归无路"（刘辰翁《莺啼序》）的颠沛流离的境地。这种无所归依，是一种普遍的生存状态和孤苦心境，所以，鸿雁意象所蕴含的漂泊意蕴，在遗民词人的笔下写得淋漓尽致。这些西风落雁、边鸿孤唳、飘零倦鸿、烟水孤鸿中，注入和寓含了极为深刻凝重的象征意味，表达出被掳北去的君臣和天涯流落的士人亡国无归的哀怨凄苦。

遗民咏雁词，写得最好的是张炎的《解连环·孤雁》：

> 楚江空晚。怅离群万里，恍然惊散。自顾影、欲下寒塘，正沙净草枯，水平天远。写不成书，只寄得、相思一点。料因循误了，残毡拥雪，故人心眼。　　谁怜旅愁荏苒。谩长门夜悄，锦筝弹怨。想伴侣、犹宿芦花，也曾念春前，去程应转。暮雨相呼，怕蓦地、玉关重见。未羞他、双燕归来，画帘半卷。

① 孙维城：《宋韵：宋词人文精神与审美形态探论》，安徽大学出版社2002年版，第230页。

② 马冠芳：《论南宋遗民词中的鸿雁意象》，《西安文理学院学报》2008年第1期。

这首词写孤雁神形兼备，张炎由此而得“张孤雁”的美称。上片：顾影徘徊，欲下未下，写孤雁“怳然惊散”的心悸；再转出孤雁离群“写不成书”，寄寓对北行故人的思念。下片：借长门夜悄、锦筝声咽，托出孤雁形只影单的哀怨；末了以画堂珠帘归燕，反衬孤雁荒野寒沙的凄苦无依，“未羞”二字隐然见出受尽羁苦而自守清操之意。张炎的“孤雁”，承载了遗民词人悲苦的生命体验，句句写雁而又处处见人，人雁双关、物我为一，表达了乱世之中的乱离之人四处飘零的惊恐窘迫和孤寒凄楚，那是宋亡之后一代遗民群体的流落状态和心态。

当年，靖康之乱如腥风血雨骤来，北方士人和民众纷纷四散逃奔，惊恐仓皇间如哀鸿飘零一般，徐梦莘《三朝北盟会编》记载：“是时西北衣冠与百姓奔赴东南者，络绎道路，至有数十里或百余里无烟舍者，州县无官司，比比皆是。”① 南渡词人们也多摄取与其流离失所的遭遇、心境有着某种联系并引发感情共鸣的客观物象——鸿雁，来写南徙避难的士人们的集体忧苦和共同忧患。如朱敦儒的《卜算子》：

> 旅雁向南飞，风雨群初失。饥渴辛勤两翅垂，独下寒汀立。　　鸥鹭苦难亲，矰缴忧相逼。云海茫茫无处归，谁听哀鸣急！

词人由洛阳南逃路上，见雁南飞而有所感发：“无处归”之人与失群之雁，同在风雨飘摇里矰缴相逼、流落天涯。词中雁与人两相映衬，以南飞孤雁象征流离途中广大难民忍饥受寒、孤苦无依的惨状。

但是，朱敦儒《卜算子》所写的“旅雁”，只是忧患矰缴而失群孤飞；而刘辰翁笔下的“箭雁沉边”（《兰陵王·丙子送春》），已是中箭坠落在荒寒北地。所以如今的“断鸿声里”，尽是亡国遗

① （宋）徐梦莘撰，邓广铭、刘浦江点校：《三朝北盟会编》卷一三四，下册，上海古籍出版社2008年版，第977页。

民的凄苦之哀声，不再只是汀洲霜碛、长天日暮的疲惫，更不再有“把吴钩看了，阑干拍遍”（辛弃疾《水龙吟》）的幽愤。民族的本质是观念和精神的实体，它依据于对神圣始祖、同一血缘的笃信和崇拜。在元灭宋的民族大劫难中，流落无依的遗民们，其民族精神和信仰毁灭性地崩塌了，民族的抵抗性也彻底丧失了，他们于词中流露出的亡国叹息，是宋代词坛哀鸿凄唳般的尾声。

由元代宋的朝代更迭，对宋之国家、民族和臣民士林都是一场血泪与火的浩劫。“宗族与国家的消亡，意味着某支血缘单位的消亡。这在以血缘关系为基础，以祖宗崇拜为精神支柱的人们来说，无异于是生存上的最大打击。”① 被抛入家国沦亡悲惨境地的正统文人士大夫们，忧患沉重的历史融入了他们的苦难生命，他们的词中多亡国遗民的黍离之悲、国仇家恨的愤激之声，也多幽怨倾诉的凄苦之音，蒙上了一层沉厚而惨烈的悲剧色彩。夏承焘先生《天风阁学词日记》云：“有宋一代词，事之大者，无如南渡及厓山之覆。当时遗民孽子，身丁种族宗社之痛，辞愈隐而志愈哀，实处唐诗人未遭之境，酒边花间之作，至此激为西台朱鸟之音，洵天水一朝之文学异彩矣。”②

一代有一代之文学——宋之词，一个繁华的朝代衰亡了，一代精英的士林文化衰落了，这个时代辉煌的词也随之消歇了。

---

① 苏桂宁：《宗教伦理精神与中国诗学》，生活·读书·新知三联书店2002年版，第89页。

② 夏承焘：《天风阁学词日记》，浙江古籍出版社1984年版，第232页。

参阅文献

第一章

（后蜀）赵崇祚编，李冰若评注：《花间集评注》，河北教育出版社 1999 年版。

高锋：《花间词研究》，江苏古籍出版社 2001 年版。

刘尊明：《唐五代词史论稿》，文化艺术出版社 2000 年版。

杨海明：《唐宋词美学》，江苏教育出版社 1998 年版。

金启华、张惠民等编：《唐宋词集序跋汇编》，江苏教育出版社 1990 年版。

第二章

（南唐）李璟、李煜撰，王仲闻校，陈书良、刘娟笺注：《南唐二主词笺注》，中华书局 2013 年版。

史双元编：《唐五代词纪事会评》，黄山书社 1995 年版。

王兆鹏、吴熊和主编：《唐宋词汇评》，浙江教育出版社 2004 年版。

张中行：《佛教与中国文学》，北方文艺出版社 2011 年版。

傅璇琮主编：《五代史书汇编》，杭州出版社 2004 年版。

第三章

（宋）晏殊撰，刘扬忠辑评：《晏殊词新释辑评》，中国书店 2003 年版。

谢桃坊：《北宋倚声家之初祖晏殊》，上海古籍出版社 1999 年版。

夏承焘：《唐宋词人年谱》，商务印书馆 2013 年版。

杨海明：《唐宋词与人生》，河北人民出版社 2002 年版。

朱良志：《中国艺术的生命精神》，安徽教育出版社 2006 年版。

第四章

（宋）柳永撰，薛瑞生校注：《乐章集校注》，中华书局 1994 年版。

刘扬忠：《唐宋词流派史》，福建人民出版社 1999 年版。

沈松勤：《唐宋词社会文化学研究》，浙江大学出版社 2000 年版。

（宋）孟元老：《东京梦华录》，中华书局 2006 年版。

（清）纪昀等编纂：《四库全书总目提要》，河北人民出版社 2000 年版。

第五章

（宋）晏几道撰，王双启辑评：《晏几道词新释辑评》，中国书店 2007 年版。

唐红卫：《二晏研究》，南开大学出版社 2010 年版。

李剑亮：《唐宋词与唐宋歌妓制度》，浙江大学出版社 1999 年版。

（清）张宗橚辑，杨宝霖补正：《词林记事 词林记事补正》，上海古籍出版社 1998 年版。

朱易安、傅璇琮主编：《全宋笔记》，大象出版社 2013 年版。

第六章

（宋）苏轼撰，朱孝臧编年校注，龙榆生校笺：《东坡乐府笺》，上海古籍出版社 2009 年版。

（宋）苏轼撰，孔凡礼点校：《苏轼文集》，中华书局 1986 年版。

蔡镇楚：《宋词文化学研究》，湖南人民出版社 1999 年版。

丁傅靖：《宋人轶事汇编》，中华书局 1981 年版。

柳诒徵：《中国文化史》，上海古籍出版社 2001 年版。

第七章

（宋）秦观撰，徐培均笺注：《淮海居士长短句笺注》，上海古籍出版社 2008 年版。

尚永亮：《贬谪文化与文学》，兰州大学出版社 2004 年版。

吴梅：《词学通论》，中国书籍出版社 2006 年版。

曾枣庄、刘琳主编：《全宋文》，上海辞书出版社、安徽教育出版社 2006 年版。

（宋）李焘：《续资治通鉴长编》，中华书局 2004 年版。

第八章

（宋）周邦彦撰，罗忼烈笺注：《清真集笺注》，上海古籍版社2008年版。

刘扬忠：《周邦彦传论》，陕西人民出版社1991年版。

缪钺、叶嘉莹：《灵谿词说》，上海古籍出版社1987年版。

唐圭璋编：《词话丛编》，中华书局1986年版。

张法：《中国文化与悲剧意识》，中国人民大学出版社1989年版。

第九章

（宋）辛弃疾撰，邓广铭笺注：《稼轩词编年笺注》，上海古籍出版社1993年版。

刘扬忠：《辛弃疾词心探微》，齐鲁书社1990年版。

辛更儒编：《辛弃疾资料汇编》，中华书局2005年版。

孙克强主编：《白雨斋词话全编》，中华书局2013年版。

（元）脱脱等编纂：《宋史》，中华书局1985年版。

第十章

（宋）朱敦儒撰，邓子勉校注：《樵歌校注》，上海古籍出版社1998年版。

邓乔彬：《唐宋词美学》，齐鲁书社2004年版。

史双元：《宋词与佛道思想》，今日中国出版社1992年版。

（战国）庄子撰，王叔岷校诠：《庄子校诠》，中华书局2007年版。

葛兆光：《禅宗与中国文化》，上海人民出版社1986年版。

第十一章

（宋）姜夔撰，夏承焘笺校：《姜白石词编年笺校》，上海古籍出版社1981年版。

［日］村上哲见：《唐五代北宋词研究》，陕西人民出版社1987年版。

沈家庄：《宋词的文化定位》，湖南人民出版社2005年版。

杨柏岭：《唐宋词审美文化阐释》，黄山出版社2007年版。

（宋）张炎：《词源》，中华书局1991年版。

第十二章

（宋）蒋捷撰，杨景龙校注：《蒋捷词校注》，中华书局2010

年版。

王兆鹏:《宋南渡词人群体研究》，台北文津出版社 1992 年版。

方勇:《南宋遗民诗人群体研究》，人民出版社 2000 年版。

孙维城:《宋韵：宋词人文精神与审美形态探论》，安徽大学出版社 2002 年版。

朱光潜:《悲剧心理学》，人民文学出版社 1983 年版。